스너프

대산세계문학총서
167

스너프

S.N.U.F.F.

빅토르 펠레빈 윤서현 옮김

문학과지성사

대산세계문학총서 167

스너프

지은이 빅토르 펠레빈
옮긴이 윤서현
펴낸이 이광호
편집 김은주 박솔뫼
펴낸곳 ㈜문학과지성사
등록번호 제1993-000098호
주소 04034 서울 마포구 잔다리로7길 18(서교동 377-20)
전화 02) 338-7224
팩스 02) 323-4180(편집) 02) 338-7221(영업)
전자우편 moonji@moonji.com
홈페이지 www.moonji.com

제1판 1쇄 2021년 9월 13일

ISBN 978-89-320-3896-4 04890
ISBN 978-89-320-1246-9 (세트)

이 책은 대산문화재단의 외국문학 번역지원사업을 통해 발간되었습니다.
대산문화재단은 大山 愼鏞虎 선생의 뜻에 따라 교보생명의 출연으로 창립되어
우리 문학의 창달과 세계화를 위해 다양한 공익문화사업을 펼치고 있습니다.

이미 끝난 사랑이 날마다 죽기를 멈추지 않네*
—세르주 갱스부르

* 싱어송라이터이자 배우인 세르주 갱스부르(Serge Gainsbourg, 1928~1991)가 시인 자크 프레베르(Jacques Prévert, 1900~1977)에게 바치는 노래 「프레베르의 샹송 La chanson de Prévert」 가사의 일부분으로, 원작에는 프랑스어로 "Jour après jour les amours mortes n'en finissent pas de mourir"라고 쓰여 있다.

차례

일러두기

1. 이 책은 Виктор Пелевин의 *S.N.U.F.F.*(МОСКВА: ЭКСМО, 2013)를 우리말로 옮긴 것이다.
2. 본문의 주는 대부분 옮긴이의 것이고, 원주의 경우 (원주)로 표기했다.
3. 원문에서 대문자로 강조한 것은 고딕체로 표기했다.
4. 원문에는 영어 등 외국어 표현이 번역 없이 드러나는 경우가 많은데, 독자의 이해를 위해 한국어 번역을 괄호에 넣어 병기했다.

제1부

댐젤 인 디스트레스*

DAMSEL IN DISTRESS

* 원문에는 'DAMSEL IN DISTRESS'라는 영어 제목만 쓰여 있다. '곤경에 처한 아가씨'를 뜻하는 이 용어는 영화나 소설 등에 등장하는 캐릭터 유형을 일컫는데, 대중을 오도하기 위해 매체에 의도적으로 노출되는 여성 인물을 가리킬 때 사용된다. 2003년 이라크 전쟁 중 포로로 잡혔다가 구출된 미군 병사 제시카 린치(Jessica Lynch, 1983~)에 대한 날조된 영웅담 보도가 주요 사례로 회자된다.

정신적 고통에서 벗어나는 데 도움이 되는 일들이 있다. 심란했던 머리는 무엇을 어떤 순서로 처리해야 하는지 파악하는 과정에서 일시적 평정을 얻는다. 카드 점을 치거나 콧수염과 턱수염을 면도하는 일, 티베트에서처럼 명상 자수를 놓는 일 등이 바로 그런 예다. 요즘에는 거의 잊히다시피 한 책 쓰기 작업도 마찬가지다.

기분이 묘하다.

혹시나 내가 형편없는 소믈리에처럼 마니투 앞에 앉아 미리 세공된 단어 큐빅들이나 꿰고 있을 거라 말하는 작자가 있다면 그놈의 얼굴에 침을 뱉어줄 거다. 물론 어디까지나 비유일 뿐이다. 바람과는 달리 어쩌다가 오르크에 대해 많은 것을 알게 된 건 사실이지만 아직 내가 오르크가 된 건 아니다. 그렇다고 해서 이 짧은 나의 회고록이 인간들을 위해 쓰였다는 것도 결코 아니다. 내가 회고록을 쓰는 건 곧 대면하게 될 마니투를 위해서다. 물론 마니투가 나를 만나줄 거라는 전제 아래 말이다(이 만남에는 나뿐만이 아니라 수많은 이들이 함께 나설 테니 마니투는 바빠질 것이다).

사제들은 특이점*이신 마니투께 간청할 때에는 항상 사건의

---

* 헝가리 태생 미국 수학자 존 폰 노이만(John von Neumann, 1903~1957)은 빨라

정황을 소상히 이야기해야 한다고 말한다. 사악한 혀들은 이것을 낭독료를 부풀릴 요량으로 사제들이 지어낸 말이라고 여긴다. 긴 호소문일수록 그것이 성전에서 낭독되는 데 더 많은 비용이 들기 때문이다. 그렇지만 기왕 이렇게 영원의 얼굴 앞에 섰으니 내 이야기를 가능한 한 자세히 해보겠다. 여러분이 당연히 알고 있으리라 생각되는 지점들도 빼놓지 않고 전부 설명하도록 하겠다. 우리에게 익숙한 이 세상 또한 이제 곧 이런 식의 단편적 소묘들만 남긴 채 사라져버릴 수도 있을 테니.

이 글을 끼적이기 시작할 즈음 나는 이 이야기의 결말을 예상치 못했다. 사건들은 그 일이 일어난 당시 내가 느끼고 이해한 그대로 묘사됐다. 그래서 내 서술은 자꾸만 현재 시제가 되어버린다. 편집 과정에서 이러한 지점을 교정할 수도 있었다. 하지만 그대로 남겨두는 것이 나의 보고를 더욱 생생하게 해주리라. 마치 운명의 힘으로 인해 내 이야기 전부가 성전 셀룰로이드*에 찍히기라도 한 것처럼 말이다. 그러니까 이대로 내버려두자.

이 이야기의 등장인물은 오르크 젊은이 그림과 그의 여자 친구 흘로야다. 나는 이들을 장기간 비행 관찰하게 되었으며 그

진 기술 발전 속도로 인해 인류의 삶이 송두리째 바뀌어버리는 시점, 즉 '특이점(Singularity)'이 도래할 것이라 예측했다. 이후 미국의 미래학자 레이먼드 커즈와일(Raymond Kurzweil, 1948~)은 자신의 저서 『특이점이 온다*The Singularity Is Near*』(2005)에서 인공지능이 인류 지능의 총합을 넘어서는 특이점이 2045년에 도래할 것이라고 주장한 바 있다.

* 성전 셀룰로이드(храмовый целлулоид): '성전'을 뜻하는 러시아어 '흐람храм'과 크롬 필름에 쓰이는 크롬의 러시아어 표기 '흐롬хром'이 발음이 비슷한 점을 이용해 만든 조어.

들이 나눈 모든 대화는 내 '헤넬로레'의 원격 마이크를 통해 녹음되었다. 그래서 나는 이 모든 이야기를 마치 그림의 시선에서 서술되는 것처럼 전할 수 있다. 이로써 내 이야기의 신빙성을 훼손시키는 일 없이 이 작업은 더욱 흥미진진한 것이 된다.

한 오르크 젊은이의 눈으로 세상을 보고자 하는 나의 시도에 진정성이 결여되었다고 생각하는 이들이 있을 수 있다. 특히 내가 이 오르크 젊은이의 감정과 생각을 묘사하는 부분이 걸릴 것이다. 문명화된 인간이 오르크들의 흐리멍덩한 상태에 이입하려 한다는 사실이 다소 미심쩍고 부자연스럽게 보인다는 건 나도 인정한다. 하지만 나는 오르크들의 내면을 완전무결한 초상화로 그리려는 게 아니다.

고대의 한 시인은, 모든 이야기는 칼날 같은 정확한 통찰 위에 팽팽히 널려 있는 직물과 같다고 했다. 만일 내가 오르크들의 영혼을 정확하게 통찰하고 있다면—내 통찰력이 정확하기는 하다—그건 내 덕분이 아니다. 또한 그것은, 감시와 통제를 목적으로 '오르크 문화'의 정신적 지평을 완벽하게 투시할 수 있게 된 우리 소믈리에들이 '오르크 문화'를 창조하는 작업에 수백 년간 몸담아온 덕분도 아니다.

모든 건 훨씬 더 단순한 이유 때문이다. 즉 이 수기의 많은 부분은, 운명적이게도 그림이 내 이웃이 되어 내가 흥미로워하는 모든 질문에 대답해주었기에 기록될 수 있었다. 내가 만일 '그림이 ……라고 생각했다'거나 '그림이 ……하기로 결심했다'라고 쓰면, 이것은 내 생각이 아니라 그가 한 이야기를 편집해서 풀이한 것일 뿐이다.

물론 우리가 젖먹이 때부터 당연시해 온 세상을 오르크의 시선에서 바라보는 것은 역사나 우주의 섭리에 대해 무지한 어린 야만인이 문명사회의 '기적들'과 그 문화('기적들'뿐만이 아니라 문화라는 단어도 따옴표 안에 넣고 싶다)에 적응하고 진입하는 것만큼 어려운 시도다. 하지만 이보다 더 어려운 건 타인의 시선으로 자신을 바라보는 일이다. 이 회고록에서 나는 화자로서, 한편으로는 등장인물로서 주인공이 되어야 한다.

그러나 사랑과 복수에 관한 이 슬픈 이야기의 중심은 나도, 오르크들도 아닌 다른 인물이다. 눈물 없이 그 이름을 돌이킨다는 게 나로서는 여전히 불가능한 일이긴 하다. 그래도 어쩌면 앞으로 한 10여 쪽 정도 더 쓰고 나면 그 이름을 입에 올릴 만큼 충분한 힘이 생길지도 모르겠다.

* * *

나에 대해 몇 마디만 얘기해두자. 내 이름은 데미얀-란둘프 다밀롤라 카르포프이다. 내가 이름 계보 관련 마니투를 따로 갖고 있는 건 아니다. 내가 알고 있는 거라곤 이 이름의 단어 중 한 부분은 교회 영어*에 가깝고, 일부는 상부 러시아어와 관련 있으며, 또 다른 부분은 현대 시베리아에서는 이제 아무도 사용하지 않아 잊혀진 고대 언어에 뿌리를 두고 있다는 정도다. 내 친구들은 나를 그냥 다밀롤라라고 부른다.

---

* 현대 러시아어의 근간이 된 '교회 슬라브어'를 염두에 둔 조어.

만일 나에게 나의 문화적, 종교정치적 정체성에 대해서 말해 보라고 한다면(물론 이런 건 딱 잘라 말하기 어렵다. 하지만 과연 누구의 목소리가 수백 년을 거쳐 자신에게 전해지는지 알고 있어야만 하는 건 여러분도 마찬가지다), 나는 후기 반기독교주의적인 세속적 실존주의자요, 진보수적 수구자유인*이요, 마니투를 향한 사랑의 노예요, 세상만사를 제 머리로 사유하는 자유로운 불청객이다.

직업에 관해 말하자면, 나는 리얼리티를 창조하는 일에 몸담고 있다.

그렇다고 해서 내가 스스로를 마니투 같은 신이라 생각하는 미치광이는 절대 아니다.

어떤 리얼리티라도, 그것은 정보통신 기술의 총합이다. 이건 시신경이 자극을 전달하는 과정 중 뇌를 통해 추정된 별이나 뉴스 프로그램이 전해주는 오르크 혁명이 똑같이 적용된다. 신경회로를 따라 정착해나가는 바이러스의 활동 또한 정보통신 기술과 관련되어 있다. 그러니까 나로 말할 것 같으면 눈이요 신경이요 바이러스인 것이다. 또한 나는 눈이 목표에 도달할 수

---

* 진보수적 수구자유인(либеративный консервал): 두 단어 모두 러시아어에 존재하지 않는다. '자유주의의'의 뜻을 지니며 현대 러시아 진보 진영이 추구하는 가치를 일컫는 단어 '리베랄느이либеральный'의 어미 부분을 '보수주의'를 뜻하는 형용사 '콘세르바티브느이консервативный'의 어미 형태로 대체해 새로운 형용사 '리베라티브느이либеративный'를 탄생시켰다. '콘세르발консервал'이라는 신종 명사 또한 '보수주의자'를 뜻하는 '콘세르바토르консерватор'의 접미사 부분을 '자유주의자'를 뜻하는 '리베랄либерал'의 접미사로 대체해 만들어졌다. либеральный, либерал 등은 한국의 정치 지형과 관련해 오해가 생기지 않도록 문맥에 따라 '자유'와 '진보'를 번갈아 써서 번역하였다.

있게 하는 수단이요, (다음 말은 부드러운 귓속말로 하겠다) 양쪽에 찬 두 개의 기관총이기도 하다.

내 직업의 공식 명칭은 '라이브 뉴스 오퍼레이터live news operator'다. 사실 여기서 교회 영어 단어인 '라이브live'를 '데드dead'로 바꾸는 것이 좀더 정직한 표현이긴 하다. 만일 사실을 있는 그대로 표현하자면 그렇다는 말이다.

매 시대가 자신을 표현하는 완곡한 방법을 터득하는 건 당연한 일 아닌가. 행복의 방만 해도 고대에는 급한 데라고 불렀고, 그 이후에는 화장실, 그다음에는 토일렛이나 욕실 등 여러 방식으로 불려왔다. 이 단어들은 구덩이에서 올라오는 냄새들을 흡수하기 때문에 매번 다른 단어로 교체되어야 한다. 강압적인 생명 박탈 또한 우리가 그것을 어떻게 부르든 이와 마찬가지다. 자기의 명패와 꼬리표가 계속해서 교체되도록 요구한다는 점이 관건이다.

나는 경의를 담아 '오퍼레이터'나 '비디오 작가'라는 단어를 사용한다. 물론 내 마음속 깊은 곳은 내가 하는 이 일이 어떤 일인지 잘 알고 있다. 마음속으로는 우리 모두 이게 무엇인지 잘 알고 있다. 왜냐하면 그 심연 속, 우리가 가진 이성의 빛이 태어난 태초의 어둠 바로 그 속에 마니투가 살아 숨 쉬고 있기 때문이다. 마니투는 어떠한 말이라도 그것이 걸친 누더기를 꿰뚫고 그 본질을 보신다.

내 직업은 서로 밀접하게 연관된 두 가지 양상을 띤다.

나는 비디오 작가로서 '디케이 비디오아트 앤 올DK v-arts & all'이라는 개인 영상 스튜디오를 소유하고 있다. 실력 있는 전문가들이라면 내 영상 스튜디오의 작은 로고를 몰라볼 리 없다. 매 컷 우측 하단에 위치한 이 로고는 크게 확대한 후에나 보일 정도로 작다.

또한 나는 시네뉴스 주식회사*의 전투비행사다. 시네뉴스 주식회사는 뉴스나 스너프 영화를 찍는 기업이다.

이 기업은 정부로부터 완전히 독립된 조직이라 오르크들로선 이해하기 어려울 것이다. 오르크들은 우리가 이야기를 꾸며낸다며 이를 믿지 않으려 한다. 이것은 그들이 자신들의 단체가 그러하듯 단체란 하나같이 뻔뻔하고 비열할 뿐이라고 생각하기 때문이다. 오르크들이 생각하는 수준이 다 그렇지, 뭘 더 바라겠나.

우리 정부는 세금을 들이부어 균열을 틀어막는 사무소 같은 것에 불과하다. 만사가 귀찮은 게으름뱅이가 아니고서야 프레지라토르**에게 침을 뱉지 않을 수 있을까. 프레지라토르에 선출되고 싶어 하는 이들을 찾아내는 것이 매년 점점 더 어려워지고 있다. 정부 관리들은 이를 피하느라 아예 숨어 다니고 있다.

모든 이의 숨통을 죄고 있는 것은 마니투 준비군이다.*** 이곳

---

* 원문 표기는 'CINEWS INC.'. 시네마와 뉴스의 결합이 떠오르도록 'CINEWS'를 '시네뉴스'로 옮겼다.

** 프레지라토르презиратор: 실제 러시아어에 존재하지 않는 단어로, '대통령'을 뜻하는 '프레지덴트президент'와 '황제'를 뜻하는 '임페라토르император'를 합성해 만들었다. 발음상 '경멸하다'를 뜻하는 '프레지라치презирать'와 '콘돔'을 뜻하는 '프레제르바티프презерватив'를 연상시킨다.

*** 준비군(резерв): '리제르프резерв'는 영어 'reserve'의 러시아어 표기로, 예비군이나 후보 선수 그룹, 혹은 은행이나 국가 등 거대 경제 주체들이 비축한 준

출신 녀석들은 다른 이들이 자기네들에 대해 오랜 시간 이야기 하는 걸 탐탁지 않게 여겨서 헤이트 스피치hate speech*에 대한 특별법까지 고안해냈다. 따져보면, 마니투 준비군에 대한 언급이란 언급은 전부 이 법안에 저촉된다. 그렇기 때문에 시네뉴스가 정부를 향해 배 째라는 식으로 대드는 경우는 있어도 이 준비군을 직접적으로 들이받는 일은 있을 수 없다. 같은 이유로 마니투의 집에 대항하려는 자도 존재할 수 없다. 법에 따르면 마니투의 집은 진리를 제외하고는 그 어떤 것의 통제도 받지 않기 때문이다(진리를 발견하겠답시고 특별히 적극적으로 행동할 필요는 없다. 괜한 오해를 살 수도 있으니 말이다).

내가 썩 괜찮은 예술가임에는 틀림없지만 나 같은 예술가는 차고 넘친다.

그래도 난 비행사로서는 최고다. 이건 회사에서도 누구나 인정하는 사실이다. 가장 난해하고 조심스러운 임무는 항상 나에게 맡겨진다. 나 또한 한 번도 시네뉴스 주식회사나 마니투의 집을 곤란에 빠뜨린 적이 없다.

세상에서 내가 정말 사랑하는 것이 있다면 단 두 가지다. 바로 내 카메라와 나의 수라.

내 카메라 이야기를 해야겠다.

내 카메라는 커다란 위장용 광학 장치가 달린 '헤넬로레-25'**

비금 등을 의미한다. '준비금'을 떠올릴 수 있도록 '준비군'이라고 번역했다.

* 혐오를 전파시키는 언급들(원주).

** 러시아어로 '헤넬로레Хеннелора'라고 표기된 이 명칭은 독일어로 된 여성 이름 '하넬로레Hannelore'의 러시아어 표기인 '한넬롤라Ханнелора'에서 맨 앞

다. 이것이 임대 장비가 아닌 내 소유인 덕분에 나는 올라탈 말한 필 없이 전투에 임하는 이들보다 훨씬 더 유리한 조건으로 계약서를 쓸 수 있다.

어디선가 '헤넬로레'가 아프리카 전선에서 공을 세워 대마초 화관으로 장식된 적십자사 훈장을 받은 고대의 최고 비행사인 '녹색 SS'당* 소속 요쉬카 루델**의 호출 명이었다는 것을 읽은 적이 있다. 역사에 문외한이니 어쩌면 내가 잘못 아는 것일 수도 있다. 개인적으로, 요쉬카 루델 같은 이름은 어쩐지 순하고 영리한 기니피그를 연상시킬 뿐이다.

겉보기에 '헤넬로레'는 코 부분에 렌즈가 달려 있고 사방으로 조정 핀이 뻗어 있는 물고기 모양의 폭탄처럼 생겼다. 어떤 이들은 여기서 고대의 유선형 경주용 모터사이클과의 유사성을 발견하기도 한다. '헤넬로레'는 표면을 덮은 위장 마니투 때문에 무광택의 검은색을 띠고 있으며 세로로 세운다고 치면 나보다

의 모음 a를 e로 바꾼 형태다. 독일어 여성 이름을 차용한 것은 독일제 자동차를 연상시키기 위함으로 보이며, 모음 교체는 이 단어로 하여금 남성의 성기를 지칭하는 단어 '헤르xep'를 연상시키기 위함으로 보인다. xep의 마지막 자음 p가 Хеннелора에서도 거의 마지막에 위치하는 것을 보면, 마치 xep가 '길어져' Хеннелора가 된 모양새다. 게다가 뒤에는 숫자 25가 붙어 있다. 동시에 이 단어는 작품 전체를 통틀어 의도적으로 매번 작은따옴표와 함께 등장한다. 러시아어식 작은따옴표와 함께 원문에 표현된 대로라면 «Хеннелора-25»와 같다. 번역어로는 독일어 여성 이름의 앞 모음 부분을 고친 '헤넬로레-25'를 선택했다.

* 흔히 SS로 표시되는 나치 친위대 슈츠슈타펠Schutzstaffel과 '녹색당'의 조합.

** 제2차 세계대전 당시 독일 공군 전투기 조종사였던 한스-울리히 루델(Hans-Ulrich Rudel, 1916~1982)과 독일 녹색당의 아이콘으로 활약했던 요쉬카 피셔(Joschka Fischer, 본명은 Joseph Martin Fischer, 1948~)의 이름을 조합한 것.

머리 두 개 정도는 큰 크기다.

'헤넬로레'는 믿기지 않을 만큼 빠른 속도로 공중에서 이리저리 움직일 수 있다. 급습과 촬영을 위해 최선의 각도를 찾으면서 오랜 시간 목표물 주변을 선회할 수도 있다. 이때는 또 어찌나 조용한지 초근접 비행이 아니라면 상대가 전혀 눈치챌 수 없을 정도다. 위장 장치가 가동된 '헤넬로레'를 발견한다는 건 현실적으로 불가능하다. '헤넬로레'의 마이크로폰들은 닫힌 문 너머의 대화까지도 식별해 녹음할 수 있다. 하이퍼광학기의 도움으로 벽 뒤에 서 있는 인물의 실루엣도 확인 가능하다. '헤넬로레'가 가장 유용하게 사용될 때는 미행이나 저공비행 공격을 할 때다. 아, 물론 이것은 촬영을 위해서다.

출시된 장비 중에 '헤넬로레'가 최신형은 아니다. 많은 이들이 '스카이 프라브다Sky Pravda'*가 대부분의 사양에서 '헤넬로레'를 앞선다고 여긴다. 특히 적외선 포르노 촬영에서 그렇다. '프라브다'에는 훨씬 더 우수한 성능의 광학 위장 장치가 장착되어 있는데 이것이 바로 실리콘 도파관에 기반한 '스플릿 타임split time' 시스템이다. '프라브다'는 절대로 눈에 띄지 않는다. 이에 비해 나의 '헤넬로레'는 전통적으로 사용되어온 메타 물질을 이용한다. 그래서 나는 살아 있는 표적에 지나치게 가까이 다가가면 안 된다. 피치 못해 가까이 다가가야 할 일이 생긴다면 가능한 한 태양을 등진 채로 접근하는 게 낫다.

---

* pravda는 '진실'을 뜻하는 러시아어이자 소련 공산당 기관지 이름인 프라브다 правда의 영어식 음가 표기. 이는 이탈리아 명품 패션 브랜드 '프라다Prada'를 연상시키기도 한다.

그래도 나의 '헤넬로레'는 첫째, 무기 장착에 있어 월등하다. 둘째, 나의 '헤넬로레'는 출시된 상태 그대로의 제품과 비교한다는 게 의미 없을 정도로 이미 튜닝을 마친 상태다. 셋째, '헤넬로레'는 이제 내 몸처럼 익숙해져서 다른 카메라로 갈아탄다는 건 너무나 힘든 일이다.

내가 '전투비행사'라고 이야기했을 때, 그건 우리의 털북숭이 선조들이 석유 곤돌라를 타고 다녔던 것처럼 내가 이 배불뚝이 거대한 몸을 이끌고 몸소 하늘을 난다는 걸 의미하는 게 아니다. 이 시대의 다른 모든 선진 전문가들처럼 나도 재택근무를 한다.

나는 컨트롤 마니투 옆에 앉아, 빠르게 질주하는 모터사이클을 탄 것처럼 무릎을 구부리고 가슴과 배를 부드러운 쿠션들에 기댄다. 나는 골동품점에서 거금을 주고 구입한 가장 귀족적인 고대 오르크 안장 위에 있다. 섬세하고 값비싼 자수가 놓인 이 안장은 시간이 갈수록 점차 검은빛을 띠었는데 충분히 딱딱해서 앉거나 반쯤 누워 일할 때 전립선염과 치질을 예방할 수 있어서 좋다.

내 코에는 다각 마니투가 달린 가벼운 안경이 얹혀 있는데 나는 이걸 쓰고 마치 '헤넬로레'에 달린 머리를 돌리기라도 하는 것처럼 카메라 주변을 둘러본다. 컨트롤 마니투 위에는 오래전 한 예술가의 판화인 「묵시록의 네 기사」가 걸려 있다. 나는 지인 소믈리에 하나에게 내가 일하는 자리가 이 상징적 판화의 연장선에 놓인 것처럼 보이도록 이 네 기사 중 한 명을 지워달라고 부탁했다. 가끔 이게 영감을 줄 때가 있다.

비행술이라는 것은 승마와 유사한 복잡한 예술이다. 내 손에는 굽은 모양의 손잡이가 있고 발 아래쪽에는 안장을 살 때 함께 구입한 은으로 된 오르크식 등자가 컨트롤 마니투와 연결되어 있다. 나는 마치 춤이라도 추는 양 현란한 발 움직임으로 '헤넬로레'를 조종한다. 손잡이에는 카메라의 전투 및 촬영 시스템을 조정하는 버튼이 엄청나게 많이 달려 있는데 내 손가락들은 이 버튼들의 위치를 모두 외우고 있다. 카메라가 날아오르면, 공중에서 손발을 아주 조금씩만 움직여 자세를 고치는 것만으로 내가 날고 있는 듯한 느낌을 받게 된다. 하지만 중력을 느끼지는 않는다. 중력이 카메라 시스템에 무리를 줄 것 같으면 내가 끼고 있는 안경에 불이 들어와 모든 게 빨갛게 보이기 때문에 별 탈은 없다.

재미있는 건 '바보 방지 기능'이라는 게 내장되어 있어서 경험이 적은 비행사들이 카메라를 부수는 일 따윈 거의 일어나지 않는다는 점이다. 그렇지만 나는 가장 섬세한 기술을 구현해야 할 때, 또는 지상에 거의 근접할 정도로 저공비행을 해야 할 때는 이 시스템을 꺼두곤 한다. 카메라는 부서져도 나는 살아남기 마련이다. 하지만 이 경우 내가 내야 하는 마니투는 차라리 죽는 게 낫겠다 싶을 정도로 어마어마하다. 그러니까 나는 정말로 날고 있는 것이며 이 환영이야말로 나에게는 진짜 리얼리티다.

미리 말했다시피 나는 이 기업에서 가장 복잡하고 세밀한 업무를 맡고 있다. 예를 들면, 매번 치러야 하는 오르크들과의 전쟁 같은 것들 말이다.

그들에 대해서 먼저 이야기해두어야겠다. 그러지 않으면 이

'오르크'라는 말의 유래를 도통 이해할 수 없기 때문이다.

왜 그들을 '오르크'라 부르는가? 그건 우리가 그들을 업신여기거나 덜떨어진 종자로 치부하기 때문이 아니다. 우리 사회에는 그러한 편견 따윈 존재하지 않는다. 그들도 우리처럼 인간이다. 그들이 우리와 동등한 신체 조건을 가졌다는 건 부정할 수 없는 사실이니까. 고대 단어 '오르크'가 사용된 건 순전히 우연의 일치일 뿐이다. 어떤 일에도 우연은 존재하지 않는다는 걸 나직이 언급해둬야겠지만.

오히려 이것은 '상중부 시베리아어'라고 불리는 그들의 공식 언어와 연관이 있다.

나는 오르크 속담과 격언을 공부하면서 '언어고고학'이라는 학술 분야에 관심을 갖게 되었고 이를 통해 배운 흥미로운 사실을 아직까지 제법 기억하고 있다.

'상중부 시베리아어'는 미국과 중국 패망 이전 시대에 자연적으로 발생한 언어가 아니었다. 이것은 마약 정부 아츠틀란이 정탐 활동을 하던 중에 생긴 언어다. 아츠틀란의 나구왈들이 시베리아공화국을 집어삼키는 일이 있어도 만리장성 너머에서 전쟁 중이던 중국의 에코 왕국들이 조금도 신경쓰지 않으리라는 게 확연해졌을 때쯤, 아츠틀란은 전통 방식에 따라 시베리아를 몇 개의 반투스탄으로 나누어 각각의 반투스탄들이 그들 자신의 지역어를 사용하게 했다.

당시는 패망과 쇠퇴의 시기였다. 상중부 시베리아어도 역시 흑해 연안에서 모여든 뒤퉁스러운 약쟁이 이민자들이 고안한 언어였다. 그들에게 지급되는 임금은 아츠틀란에서 일반적으로 그러하듯 현물로 주어졌다. 그들은 제2마쉬아흐*를 숭배하면서 그를 기리기 위해 이디시어가 섞인 우크라이나어를 기반으로 상중부 시베리아어를 만들었다. 하지만 그 이후 (약 기운 때문이었는지) 여기에 아주 복잡한 문법, 즉 신출귀몰한 경음 부호와 일곱 종류의 과거 시제를 보탰다. 음성 시스템을 고안할 때는 '모음 ㅜ 소리 내기'를 덧붙였는데, 아마도 이런 걸 생각해내는 게 그들에게는 최선이었나 보다.

이렇게 그들은 벌써 300년 동안이나 우우거렸다. 어쩌면 벌써 500년이 됐을지도 모르겠다. 아츠틀란도, 시베리아공화국도 이미 사라진 지 오래지만 언어는 남았다. 이들은 상부 러시아어는 일상어로, 상중부 시베리아어는 사무와 관련한 공식 언어로 사용한다. 오르크 문화확장국이 이를 엄격하게 관리하는 것은 물론이며 우리 또한 이를 주시하고 있다. 하지만 사실 이걸 감독할 필요도 없다. 오르크 관료 체제 자체가 바로 이 언어 위에서 유지되고 있기 때문에 이를 지키기 위해서라면 그들은 그 누구의 목이라도 따버릴 것이기 때문이다.

오르크 관리라면 이 언어를 배우기 위해 처음 10년간은 고생해야 한다. 하지만 그 이후에는 세계의 지배자가 된다. 모든 문서는 일단 상중부 시베리아어로 번역을 마친 후에야 상중부 시베리아어 관공서 결의서가 첨부되어 접수된다. 그 이후에야 청구인들을 위해 다시 번역된다. 만일 여기에 하나라도 실수가 있으면 문서 자체가 효력을 인정받지 못할 수 있다. 돼지우리 수

---

* 마쉬아흐: '구원자' '해방자'를 뜻하는 '메시아 messiah'의 히브리어 원 발음.

보다 더 많은 이 오르크 관청과 번역소는 이 절차 덕에 밥도 먹고 살도 찐다.

상중부 시베리아어가 일상 언어를 침범하는 일은 거의 없었다. 한 가지 예외가 있다면 그들이 자기 나라를 부르는 명칭이었다. 그들은 자신들의 나라를 우르카인스키 우르카가나트 혹은 우르카이나라고 불렀고 자기들 스스로를 부를 때는 우르크(물론 다른 철학적인 가설도 있긴 하지만 내 생각엔 아무래도 '우크르'*를 가져와 급조한 것 같다)라고 불렀다. 일상 언어에서 '우르크'**라는 단어는 좀처럼 사용되지 않는다. 이 단어는 고상하고 격앙된 문체에 쓰이는데 구식에다가 진부한 느낌이 있다. 하지만 바로 이 단어에서 고대 영어 단어인 '오클랜드Orkland'와 '오크ork'가 나왔다.

우르크들, 특히 그 세포 하나하나가 우리 문화를 흡수하면서 모든 측면에서 우리처럼 되길 추구하는 우르크 도시인들은, 벌써 몇백 년 동안 '오'를 짐짓 과장되게 발음하며 교회 영어식으로 스스로를 오르크라고 불러왔다. 이를 통해 그들은 자신들이

---

* 우크르укр: 고대에 북동유럽 지역에 거주하던 한 종족의 명칭.

** 우르크урк: '월드 오브 워크래프트World of Warcraft' 등의 컴퓨터 게임을 비롯해 각종 판타지 장르에 등장하는 종족 오르크(오크)와 그 발음이 유사하다. 2014년 러시아와 우크라이나 간 크림 분쟁 이후 '우르크'라는 단어가 우크라이나인을 향한 혐오 표현으로 빈번하게 쓰이는 것이 사실이지만, 이 작품이 집필되고 출판된 시기는 그 이전이다. 그러므로 러시아 우크라이나 간 역사, 문화, 언어 전반에서 드러나는 밀접한 관계를 고려할 때 '우르크'는 우크라이나인들을 특칭했다기보다 작가 자신을 포함한 동시대 러시아인들에 대한 비유로 읽힌다. 또한 우르크는 고대 메소포타미아의 서사시인 『길가메시』에 등장하는 국가의 명칭이기도 하다.

권위주의적 독재에 저항하며 문명의 길을 가고 있다는 점을 강조하려 한다. 이러한 그들의 생각은 우리 영화 산업에 이득이 된다. 그래서 '오르크'라는 단어는 '우르크'라는 용어를 완전히 밀어내버렸다. 이제는 우리 측 뉴스 채널들조차 역사의 먹구름이 엄습하여 내게 출격 명령이 내려질 즈음에만 그들을 '우르크'로 부르는 추세다.

이 '출격 명령'이라는 건 물론 나한테 첫 공격을 맡긴다는 뜻은 아니다. 그런 건 신참들도 다 할 수 있는 일이니까. 나의 임무는 전쟁 발발 전에 성전 셀룰로이드를 촬영해 오는 것이다. 이게 얼마나 중요한 일인지는 정보통신업에 몸담은 사람이라면 누구나 알 수 있을 것이다.

매번 전쟁이 일어날 때마다 실로 어마어마한 수의 사람들이 이 방면에서 일하는데도 그들의 수고는 제삼자의 눈에는 보이지 않는다. 전쟁은 오르크 사회 지배자들이 혁명의 기운을 매번 너무 잔인하게 진압하기 때문에(잔인한 방법 말고는 다른 방법을 모르므로) 발생한다. 혁명의 기운은 새 스너프 필름을 찍을 때가 됐다 싶을 즈음 정기적으로 일어난다. 1년에 한 번 정도다. 가끔 더 드물 때도 있다. 대개 사람들은 오르크들의 폭동이 왜 번번이 꼭 필요한 시기에 발생하는지 이해하지 못한다. 나도 여기에 특별히 관심이 있는 건 아니지만 그 역학이 어떤 것인지는 알고 있다.

아직까지 오르크 사회의 농촌에는 전자레인지를 보고 종교적 공포를 느끼는 이들이 많다. 그들로서는 도저히 이해할 수 없으니 말이다. 아니, 대체 어떻게 불도 없고 누가 건드린 것도 아닌데 햄버거가 스스로 점점 더 뜨겁게 데워질 수 있단 말인가. 사실 이건 간단한 원리다. 전자기장을 만들어서 햄버거 입자들이 요동치도록 만드는 것뿐이니까. 오르크 사회의 혁명도 햄버거와 똑같다. 다른 점이 있다면 오르크들의 두개골 안에 들어찬 똥 입자는 전자기장이 아니라 정보통신장에 의해서 요동친다는 정도일 거다.

그들에게 따로 누군가를 특별히 파견할 필요도 없다. 어떤 전 지구적인 비유가—하긴 우리의 비유라는 게 다 전 지구적이긴 하지—자긍심 강한 오르크의 한 동네에, 만일 이 동네에서 자유애가 눈을 뜨면 다른 모든 이들이 그들을 도와줄 것이라고 넌지시 암시하면 된다. 그러면 이 촌 동네에서는 자유애가 깨어나기 시작하는데 이건 흡사 돈벌이와 같다. 왜냐하면 오르크 정부는 이 자유애가 완전히 각성되는 시기를 가능한 한 늦추기 위해 매일매일 동네 면장에게 삯을 치를 것이기 때문이다. 하지만 자유와 행복을 향한 오르크들의 고양된 마음은 진정되지 않을 것이다. 우리는 여기에 마니투를 한 푼도 쓰지 않을 것이다. 물론 우리에게 마니투를 찍어내는 건 일도 아니지만 말이다. 우리는 그저 이 과정을 눈여겨보다가 이것이 적정 온도에 도달할 때 폭격을 퍼붓는다. 물론 이 동네에 직접 폭격을 퍼붓는다는 말이 아니라 대상을 포착해 촬영한다는 의미다.

내 생각엔 이게 특별히 비난받을 일은 아닌 것 같다. 우리 정보통신 채널이 거짓말을 하는 건 아니니까. 오르크들을 실질적으로 지배하는 천하의 잡놈들은 따로 있는데 이런 놈들은 아무 때고 폭탄을 맞아도 싸다. 만일 그들의 체제가 오롯이 악이라 불리지도 못할 처지에 있다면 그건 그 체제가 심하게 퇴화된 붕괴 상태에 놓여 있기 때문이다.

우리가 변명 따위를 늘어놓을 필요도 없다. 우리한테 죄를 묻든지 말든지 마음대로 하시라. 탐탁지 않을 수 있지만, 어쨌든 이 세계의 최선은 우리다. 이건 우리뿐만 아니라 오르크들의 생각이기도 하다.

오르클랜드 혁명운동의 정보통신 지원은 다른 부서 소믈리에들의 업무이고, 나는 따로 비디오영상팀을 책임지고 있다. 이건 예술적이고 종교적인 관점에서 엄청나게 중요한 일이다. 특히 헤드라인('세계가 오르크들에게 경고했다')의 첫 파도가 지나간 이후 제대로 된 피드백이 아직 없는 전쟁 초기에는 더더욱 그렇다.

최근까지 몇몇 전쟁에서 나는 베르나르-앙리 몽테뉴 몽테스키외와 함께 일했다. 아마 여러분도 그의 이름을 익히 들어 알고 있을 것이다. 게다가 베르나르-앙리는 내 이웃이기도 했다(말해두지만 그의 호화로운 삶에 대한 소문은 심하게 과장된 것이 사실이다). 그의 몇몇 취미를 용납할 수 없었던 터라 친구가 되기에는 무리가 있었지만 어쨌거나 우리는 가까운 사이였고 특히 업무 면에서는 결속력 강한 훌륭한 팀을 이루었다. 나는 수행 오퍼레이터였고 그는 평론가 겸 조준수였다.

그는 스스로를 철학자라고 부르길 좋아했다. 뉴스도 그를 그렇게 소개했다. 하지만 교회 영어로 된 유료 소식지에서는 그의 직위를 한결같이 'crack discourse-monger first grade(일급 돌격 디스코스몽거)'라고 칭한다. 그러니까 사실 그는 군인이나 마찬가지인 거다. 이상할 건 하나도 없다. 우리가 애들도 아닌데 현대 철학의 힘이 삼단논법이 아니라 비행 장비 지원에 있다는 걸 누가 모르겠나. 바로 이런 이유로 오르크들은 '디스코스몽거'라는 단어로 어린아이에게 겁을 주기도 한다.

진짜 철학자들이 그러하듯이 베르나르-앙리도 고대 프랑스어로 된 몽롱한 책을 썼다. 책 제목은 'Les Feuilles Mortes'인데 번역하자면 '죽은 잎새들'(그는 왜 그런지 이것을 '죽은 종잇장들'로 번역했다)이었다.* 돌격 디스코스몽거들은 자신들에게 고대 프랑스어에 대한 지식이 있다는 걸 매우 자랑스러워한다. 그들은 고대 프랑스 사상가들과 비슷한 이름을 짓고 자신의 족보를 고대 프랑스의 사상가들에게로까지 추어올린다.

이건 엄연히 희화적이고 카니발적인 발상이다. 그래도 디스코스몽거들은 일에서만큼은 아주 진지하다. 'Le Coq d'Esprit(정신의 수탉)'**이라는 이름의 특수 분대에 속해 있는 그들은 다른 사람들 앞에서 불분명한 발음으로 알 수 없는 문구를 계속해서 주고받는다.*** 하지만 나는 베르나르-앙리가 아는 고대 프랑스어라

---

* 앞서 밝혔다시피 이 작품의 제사는 세르주 갱스부르의 「프레베르의 상송」 일부분이다. 자크 프레베르의 시 「죽은 잎새들Les Feuilles Mortes」은 조셉 코스마(Joseph Kosma, 1905~1969)의 작곡으로 노래로 만들어진 바 있으며 한국에서는 '고엽'이라는 제목으로 더 알려져 있다.

** 프랑스 스포츠 의류 회사 '르코크 스포르티브Le Coq Sportif'를 연상시킨다. 이 회사는 위풍당당한 모습의 수탉 형상을 로고로 사용한다. 수탉은 프랑스를 상징하는 동물이기도 하다.

*** 수탉(페투흐петух): 러시아에서는 섣부르고 호전적인 사람을 수탉이라고 부른다. 또한 형무소에서 성적으로 학대당하는 남성을 이르는 은어이며 동시에 혐오 표현이다. 수탉을 의미하는 단어 첫음절의 발음인 '페пе-'는 남성 성 소수자들을

곤 고작 몇몇 문장뿐이고 그가 듣곤 했던 노래들조차 이미 번역된 것이라는 사실을 잘 알고 있다. 잘 생각해보면, 그가 쓴 책이란 것도 프랑스어 모듈을 장착한 어떤 뛰어난 세공사가 대필한 것이다.

우리는 고대 프랑스어로 된 이 논설들이 어떤 방식으로 집필되는지 알고 있다. 명확하지 않은 고대의 한 인용을 대상으로 선택하고 마니투에 넣은 후, 메뉴를 따라 손가락을 2, 3초간 파닥거리면 끝이다. 단어 큐빅들이 천장에 닿을 만큼 쌓일 수도 있다. 하지만 돌격 비행을 하는 대부분의 다른 조준수들은 이 정도 수고조차 하려 들지 않는다. 그러니까 베르나르-앙리는 그나마 양심적인 전문가였다. 만일 그에게 그 음울한 취미만 없었다면 스크린 사전이 그를 설명하는 데 더 많은 면적을 할애했을지도 모를 일이다.

많은 이들이 여태까지도 그를 용기와 진리의 청렴한 기사로 기억한다. 그게 거짓이라서 내가 그를 비난하는 건 아니다.

인생은 너무나 짧고 우리가 걷는 길 위에 달콤한 꿀방울은 그리 많지 않다. 공인 지식인은 대개 빅 비즈의 상반구 어딘가에서 시작되고 또 끝을 맺는 거대 디스코스*의 파워 라인을 따라 편하게 거짓말하는 것을 선호한다. 이들은 가끔 안전지대에 자리 잡은 호기로운 수탉처럼 괴성을 내지르기도 하는데, 이때에

경멸조로 부르는 '피더르пидор' '페딕педик' 같은 단어들의 첫음절을 연상시킨다.

* 저자 펠레빈은 지식인들이 자주 사용하는 '담론(discourse)'이라는 단어를 의식적으로 사용하고 있다. '디스코스몽거' 또한 우리말로 옮기면 '담론팔이'이다.

도 대개 고대 프랑스어를 사용한다. 혹여 누군가가 그들의 말을 알아듣고 노여워하기라도 할까 봐 노심초사하기 때문이다. 하지만 어쨌거나 억압적인 오르크 사회 체제를 폭로했으니 그만하면 됐다.

이들은 경제적 이득이 없는 활동은 하지 않는다. 이건 교회 영어로 '스마트 프리 스피치smart free speech'*라 불리는 기술인데 세계 정신-퍼레이드에 참석하는 이라면 누구나 완벽하게 구사할 줄 안다.

이 기술은 보기만큼 쉬운 게 아니다. 내적인 유연성뿐만 아니라 오르크들 같으면 절대 이해하지 못할 지식, 예를 들면 파워 라인들이 실제로 어떤 방식으로 휘는지에 대한 지식 또한 필수적이기 때문이다. 파워 라인은 매우 유동적이어서 이건 마치 주식 중개처럼 가슴 졸이는 위험한 일이다.

그래서 창의적인 세공사는 '약다'를 뜻하는 '스마트smart'라는 단어가 고대에 사용되었던 달러 표기(과거 언젠가는 마니투를 '달러'라고 불렀다고 한다)와 '마켓'의 줄임말인 '마트mart'에서 나왔다고 생각한다. 아주 그럴싸한 설명이다. 하지만 스마트 프리 스피치 자체에 능숙한 것만으로는 벌이가 영 시원찮다. 공급이 수요를 훨씬 넘어서니까 말이다.

내가 이 녀석들을 무시한다고 생각하지는 말아주시길. 사실 나라고 본질적으로 더 나을 게 없으니 말이다. 상업적 영상 예

* '혐오 발언'을 의미하는 '헤이트 스피치hate speech'를 염두에 둔 단어 조합으로, 작품 속에서는 서구 지식인을 형상화한 것으로 보이는 디스코스몽거들이 구사하는 말재간을 의미한다.

술가로서 나는 당연히 비겁한 타협주의자이며 이에 대해 불만도 없다. 그래도 난 용감하고 숙련된 비행사다. 이건 사실이다. 그리고 재치 있고 열정적인 연애 상대이기도 하다. 나와 연애하는 그 여성이 내 사랑을 실제로 높이 평가할 리는 만무하지만. 이 이야기는 나중에 하기로 하자.

자, 그러니까 모든 건 베르나르-앙리가 우리에게 제221차 전쟁 발발을 위해 소위 '카수스 벨리casus belly'*라 불리는 뉴스 방송용 빌미 영상을 촬영하라면서부터 시작되었다(스크린 사전에 따르면 이 교회 영어 표현은 고대의 관용구인 '[적의] 배꼽이 떨어지게'**에서 나왔다). 여기서 촬영이란 사실 '기획'을 의미한다. 이미 제220차와 제218차 전쟁을 함께 일으킨 경험이 있는 나와 베르나르-앙리가 이것을 이해하는 데에는 특별한 말이 필요치 않다. 제219차 전쟁을 발발시킨 건 우리와 경쟁 관계에 있는 다른 예술가들이었다.

카수스 벨리를 기획하는 건 은밀하고 세밀하게 진행되는데

---

* 라틴어 표현 'casus belli'는 '전쟁 명분'을 의미하는 국제법상의 용어다. 저자는 belli를 '배, 복부'를 의미하는 영어 단어 'belly'로 마지막 철자를 바꾸어 표기했다.

** 원문을 직역하면 '[적들의] 배를 끊어버리게' 정도다. 러시아어에서 '배를 끊어버린다'라는 표현은 심하게 웃고 있는 사람에게 "조심해, 그러다 배 끊어질라(Смотри, не надорви живот)"라고 말할 때 사용된다. 저자는 이 표현에 '적들'이라는 대상을 붙여 호전적 표현인 양 사용했지만 러시아 독자들에게 이 표현은 '적들을 포복절도하게 만들다'로 읽힐 것이다. 한국어로도 '배가 끊어지게 웃다'라는 표현이 가능하지만 고통을 연상시키는 '배가 끊어지게 아프다'라는 표현이 더 광범위하게 쓰이는지라, '웃음'을 연상시키는 단어를 넣어 '배꼽이 떨어지다'라는 번역어를 선택했다.

결코 쉬운 일이 아니다. 이것은 최고의 전문가에게만 맡겨진다. 예를 들면, 우리 같은 전문가들 말이다.

요즘과 같은 영상 시대에도 전쟁 발발에 대해 비평가나 해설자, 학승들이 이의를 제기할 수 없도록 하는, 가장 확실하며 논쟁의 여지가 없는 전쟁 발발 빌미 영상은 100년 전과 마찬가지로 역시 '댐젤 인 디스트레스damsel in distress'다. 자꾸 교회 영어를 써서 미안한데 달리 표현할 방법이 없다. 게다가 나는 이 단어가 마치 화약 냄새가 매캐한 듯 준엄하게 발음되는 게 마음에 든다.

댐젤 인 디스트레스. 이 표현은 직역한 그대로 그저 '곤경에 처한 아가씨'가 아니다. 이 오르크 아가씨가 건초 곳간 어딘가에서 자다가 악몽을 꾸어 식은땀을 흘리며 몸을 벌벌 떤다고 해서 그게 폭격을 시작할 빌미가 되는 건 아니다. 이 오르크 아가씨가 똥 진창에서 굴러 할머니한테 뒤통수를 쳐맞고 웅덩이에 앉아서 울부짖는다 해도 아무 소용없다. 이 아가씨의 슬픔이 아무리 진실하다 해도 말이다. 여기엔 다른 게 필요하다. 댐젤 인 디스트레스는 한편으로는 억압당한 순결함이면서 다른 한편으로는 그 순결함 위로 중무장한 사악함을 의미한다.

이러한 장면을 원하는 해상도로 만들어내는 데 우리 같은 소믈리에에겐 5분이면 충분하다. 하지만 시네뉴스 주식회사에서 이런 방식으로 일하는 건 예능국뿐이다. 뉴스 영상이 되는 모든 것은 실제로 물리적인 차원에서 일어나는 일이어야 함은 물론이거니와 동시에 우주의 빛을 구성하는 한 부분이어야만 한다. 마니투 가라사대, "Thou shalt keep thy newsreel wholesome!(네 뉴스들이 정결하기를 바라노니!)” 마니투가 이런 말을 정말 했는지는 모르지만 우리가 전해 듣기론 그렇다.

바로 이 종교적인 이유 때문에 뉴스 영상은 성전 셀룰로이드 필름으로 찍는다. 빛 입자들은 수백 년 전 방법 그대로 마니투의 집 봉사자들이 고대 제조법에 따라 준비한 빛 감지 유화액 속으로 파고든다(필름의 너비까지 그대로 경건하게 재현된다).

이때 필름은 발화성을 가져야 한다. 이는 제조법에 ‘마니투의 피처럼 불타다’라는 구절이 명시되어 있기 때문이다. 왜 빛의 흔적을 생생하게 보존해야 하는지는 신비제에서 낭독되는 헌사에 설명되어 있다. 하지만 아동용 바지 입을 때가 훨씬 지난 나는 그걸 기억하기에는 너무 자라버렸다. 게다가 신학과 관련한 질문들엔 끼어들고 싶지도 않다. 여기서 가장 중요한 게 있다면 그것은 이 필름 카메라가 나의 ‘헤넬로레’ 내부에 무지막지하게 자리를 많이 차지한다는 점이다. 이 카메라를 비롯한 미사일과 총신들만 아니었다면 그 밖의 다른 기기들을 숨기는 데는 그저 덜도 크기만 한 용기 하나면 충분했을 것이다. 마니투가 원하시니 별수 없는 일이지만.

뉴스에 관해서라면, 거짓 재현은 불가하다. 하지만 신학자들의 해석에 따르면 마니투는 우리가 이런저런 사건들이 일어나도록 조금 거드는 것에 반대할 분이 아니다. 물론 아주 조금만 손을 보는 거다. 진짜 전문가들만이 이 작업의 수위를 감지할 수 있다. 이를테면 나와 베르나르-앙리 같은 사람들 말이다. 우리는 현실을 왜곡하지 않는다. 대신 우리는 현실이 잉태한 것이 무엇인지를 찾아낸 후 이 현실이 일종의 제왕절개 수술을 받을 수 있도록 도와줄 뿐이다. 물론 편리한 장소, 요긴한 시기에.

우리는 작전에 적당한 때가 오길 며칠 동안 기다렸다. 오르크 폭동자들의 피로 물든 터진 듀렉스*가(원격 카메라 부대가 미사일로 일격을 가해 엄청난 규모의 유혈 사태를 미연에 방지하는 데 성공했다. 하지만 부차적으로 생긴 희생자들에 대한 책임은 카간** 에게 있었다) 북쪽 도로를 따라 슬라바(이건 오르크들의 수도이다)로 돌아오고 있다고 카간의 수행원인 우리의 정보 제공자가 연락해왔다.

나와 베르나르-앙리는 요격을 위해 재빨리 날아올랐다.

내가 "우리가 날아올랐다"고 말할 때 이것은 필름과 장비를 장착한 나의 '헤넬로레'가 그곳으로 날아갔다는 것을 의미한다. 나의 의식 또한 '헤넬로레'와 함께 있고, 나의 몸은 집에 머물렀다. 나는 전투 안경을 쓴 채 머리를 돌리면서 기어를 넣을 뿐이다. 베르나르-앙리는 실제로 오르클랜드에 보내진다. 그게 바로

---

* 터진 듀렉스(Рван Дюрекс): '찢다'라는 뜻을 가진 '르바치рвать' 동사의 피동형 형용사인 рваный(찢어진)와 콘돔 회사 상호명인 듀렉스Дюрекс를 조합해 만든 이름으로, 그 의미는 결국 '찢어진 콘돔'이다. 사실 러시아에서는 '(찢어진 부분을) 꿰맨 콘돔'을 의미하는 욕설 '간돈 쉬토파느이гондон штопаный'가 '아무짝에도 쓸모없는 놈'이라는 경멸의 뜻으로 사용된다.

** 카간каган: 이 단어는 원래는 몽골이나 튀르크 계통 국가의 황제를 일컫는 말로, 작품에서는 오르크들의 우두머리를 가리키는 말로 쓰였다. 이들의 영향으로, 러시아 최초의 국가 키예프 루시의 전신으로 그 실체가 명확하지 않은, 가상의 슬라브 공동체에서도 자신들의 우두머리를 '카간'이라 불렀을 것으로 추정된다. 이 작품 안에서 '카간каган'은 '우르크들의 카간'이라는 의미로 합성되어 '우르카간уркаган'이라고 쓰이는데, '우르카간уркаган' 혹은 '우르카урка'는 러시아어에 존재하는 단어로 '깡패'를 뜻한다.

그의 임무다. 물론 위험이 따르는 일이다. 하지만 나의 '헤넬로레'가 그의 곁에 있는 한 문제될 건 없다.

승강 장치가 베르나르-앙리를 슬라바에서 2, 3킬로미터 떨어진 도로 가장자리에 내려놓고는 위장 장치의 장시간 가동으로 인해 방전되지 않도록 구름 위로 솟아올랐다.

이제 임무가 시작된다.

베르나르-앙리가 나더러 자신은 기도를 하고 있을 테니 지형을 둘러보면서 적합한 인물을 찾아보라고 한다. 기도 같은 소리 하고 있네…… 사실 이 늙은 호색한은 전투 촬영에 앞서 항상 그래왔듯이 이번에도 약에 절어 있는 거다. 하지만 소믈리에 선임들은 이런 걸 눈감아준다. 왜냐하면 베르나르-앙리는 그렇게 해야 카메라발을 더 잘 받기 때문이다.

더군다나 당연한 일이겠지만 이것은 영상 디스코스몽거의 업무 중 가장 중요하다. 개방적인 몸짓과 자세, 침착하고 느릿한 목소리, 자신감 있는 태도와 말본새. 머리를 긁적여도 안 되며 손을 주머니에 넣어도 안 된다. 우리는 영상 사회를 살고 있다. 화면이 재잘대며 전해주는 모든 효과의 15분의 1만 의미를 담은 내용이지 나머지는 모두 그림인 거다.

베르나르-앙리가 가진 가루가 제 힘을 완전히 발휘하기까지는 한 시간 반에서 두 시간가량이 걸린다. 바로 그때쯤 카간의 행렬이 나타날 것이다. 서두를 필요는 없지만 낭비할 시간도 없었다. 인물을 찾아놔야 했다.

고도를 높였다.

상당히 낙후한 지역이었다. 도로의 한편은 풍경화 같았는데 딱 오르클랜드를 대표할 만한 풍경이었다. 대마초 혹은 바나나 플랜테이션, 작은 강, 그리고 두세 곳의 냄새나는 오르크 마을. 도로의 다른 편으로는 음침하기로 둘째가라면 서러울 오르클랜드 정글이 시작되었다. 정글 자체가 음침하다기보다는 정글 너머에 있는 것이 문제였다. 몇백 미터에 걸쳐 나무들이 점차 사라지면서 엄청나게 넓은 습지가 펼쳐지는데 이 습지가 공동묘지의 역할을 겸하기 때문이다.

오르크들은 이곳을 기억의 늪이라 부른다. 슬라바에서 죽은 사람들은 모두 여기에 묻힌다. 이곳은 가느다란 강줄기들이 모여드는 녹회색의 음침한 호수다. 위에서 보면 이 호수는 마치 주근깨처럼 보이는 황색, 회색 혹은 더 짙은 색 반점들로 가득 차 틈이라곤 찾아볼 수 없다. 물에 떠 있는 이것들은 '스푸트니크'*라 불리는 오르크식 관이다. 이 위를 가리고 있는 지푸라기 덮개에는 막대 네 개가 꽂혀 있다. 오르크들은 자신들의 영혼이 이 쪽배를 타고 마니투가 계신 우주로 날아간다고 믿는다. 글쎄, 난 잘 모르겠다.

호수 주변을 두른 숲은 오르크들이 일부러 나무를 심어 조성한 것이다(그렇다, 나무를 심는 오르크도 있다). 왜냐하면 이렇게 하지 않으면 악취 나는 청녹색의 진탕이 도로나 자신들의 경작지를 덮칠 수도 있기 때문이다. 카간이 경호원들의 수행 없이 이 옆을 지나가는 일은 없다. 왜냐하면 이곳은 적이 매복하

---

* 스푸트니크спутник: '길동무'라는 뜻을 가진 이 단어는 행성의 둘레를 운행하는 위성을 가리킬 때 쓰였으며, 이후 우주 개발 시대에 옛 소련이 쏘아올린 첫 인공위성도 '스푸트니크 1호(Спутник-1)'로 명명되었다.

기 쉬운 지형이기 때문이다. 사실 오르크들은 죽은 오르크들을 두려워하기 때문에 이곳은 원체 인적이 드물다. 누군가 오르크들의 머릿속에 그들의 후세대는 항상 그 이전 세대를 배신하기 마련이라고 주입시켜서 그런지 그들의 선조들이 가진 불안감은 일종의 집단적 신경증이 되어버렸다. 습지에 사는 살찐 악어들은 이 신경증을 부추긴다. 악어들이 물 밖으로 기어 나오는 것도 아닌데 말이다. 악어들한텐 스푸트니크만으로도 충분하니까.

고대에는 소위 '현자들'이 이곳에 정착해 살았는데 이들은 매일 죽음에 다가감으로써 피안에서의 자기 지위를 강조하려 애쓰는 이들이었다. 도시에 사는 오르크들은 '다오 페스딘'*경에 따라 점을 치기 위해 그들을 찾아온다. 그들은 이러한 방식으로 마니투에게 질문을 던질 수 있다고 믿었던 것이다(농담이 아니다. 오르크들에게는 정말 그런 책이 존재한다. 사실 그 책은 우리 소믈리에들이 쓴 것일 테지만). 하지만 오르크 황제인 지린 리퀴드**가 집권하면서 이러한 독자적 현자들은 모두 사라졌고 점쟁

* 다오 페스딘Дао песдын: 러시아인들은 노자의 『도덕경』을 가리킬 때 중국어 발음을 따라서 '다오 데 진Дао дэ цзин'이라고 부른다. 작가는 이 단어의 중간 음절과 끝 음절을 '페스딘песдын'이라는 발음으로 대체했다. 이 단어를 구성하는 자음이 내는 소리의 연결이 여성의 성기를 이르는 욕설 '피즈다пизда'와 유사하다.

** 지린 리퀴드(Проср Ликвид): 원문에 나온 러시아어를 그대로 읽으면 '프로스르 리크비드'이다. '프로스르Проср'는 '스라치срать(똥 싸다)' 및 그 단어에서 파생된 '프로스라치просрать('잃어버리다' '망하다'의 뜻을 아주 저속하게 대체 표현한 단어. 굳이 해석하자면 '조지다' '똥 되다' 정도)'를 연상시킨다. '리크비드Ликвид'는 영어 단어 '리퀴드liquid'를 러시아식으로 읽은 것으로 '액체'를 뜻한다. 결과적으로 '지린 리퀴드'는 '묽은 똥' '설사'를 연상시킨다. 이에 배설을 연상시키는

이들은 모두 중앙 본부 산하에서 일하게 되었다. 그때부터는 젊은이들, 그러니까 한적한 곳을 찾는 연인들이 공동묘지 숲을 찾기 시작했다. 물론 죽은 이나 악어가 무섭기는 하지만 사랑이 죽음보다 강하니까. 내가 만일 베르나르-앙리처럼 철학자였다면 분명 이 죽은 이들의 게토에서 피어나는 비밀스러운 휴일을 고대 프랑스어로 찬양했을 것이다.

오르크 소녀들이 가축을 돌보는 시골 마을 근처에서 적당한 촬영지를 찾을 수도 있었고, 정글 가장자리에 난 도로를 따라 더 날아가볼 수도 있었다. 후자를 선택한 나는 비행 5분만에 필요한 것과 마주칠 수 있었다.

갓길을 따라 한 오르크 연인이 걷고 있었다. 같은 또래의 남자아이와 여자아이였다. 열여섯 살이나 그보다 좀더 많을까. 내가 그들의 나이에 대해 자신하는 건 오르크들에게는 열여섯 살이 consent age(동의 연령)이기 때문이다. 만일 둘 중 누구 하나라도 열여섯 살 미만이었다면 같이 있기로 마음먹지 못했을 것이다. 오르크 정부는 우리가 성을 억압하기 위해 도입한 체제를 멍청하다 싶을 정도로 심혈을 기울여 모방하고 있다. 만일 우리 고문들이 허락했다면 그들도 우리의 성교 동의 연령을 받아들였을 것이다. 이걸 첨단 기술 사회로 가는 길이라고 생각하는가 보다. 하긴 뭐가 됐든 그들한테 또 다른 길이 있는 것도 아니니까.

이 연인들은 낚싯대를 가지고 있었다. 모든 상황이 파악됐다.

동사 '지리다'와 익숙한 영어 발음 '리퀴드'를 연결하여 '지린 리퀴드'로 옮겼다.

젊은 오르크들이 영화관 뒷자리 대신 '낚시'를 선택한 것이다.

나는 최대한으로 확대한 후 그들의 얼굴을 얼마간 살펴보았다. 남자 쪽은 머리색이 옅고, 잘생긴, 평범한 오르크 소년이었다. 의지*를 마시고 두리안**을 꽂기 전까지의 오르크 남자들은 모두 이렇게 생겼다. 그리고 댐젤damsel로 말할 것 같으면 참으로 이상적인 모습이었다.

컷에 잡힌 여자의 모습은 그야말로 훌륭했다. 첫째로, 어린애처럼 보이지 않았다. 어린애들이라면 최근 마지막 두 전쟁에서 보여줬었기 때문에 시청자들은 이미 넌더리가 나 있었다. 둘째로 아주 예뻤다. 물론 생물학적 여성치고는 말이다. 아마도 베르나르-앙리는 이런 류의 아기 돼지라면 어떠한 공격에서라도 재빨리 지켜내고 싶어 할 것이다.

나는 마니투를 보았다. 카간은 아직 멀리 있었다. 나에게 시간이 없는 건 아니었지만 굳이 다른 재료를 찾으려 애쓸 필요는

---

* 의지(воля): 이 단어는 동음절로 시작하는 단어 보드카водка를 연상시킨다. 러시아가 수차례 금주령을 거치는 동안 드미트리 불가콥스키(Д.Г. Булгаковский, 1843~?)의 종교적 생활 교훈 책자의 제목 중 하나였던 '보드카는 강하다, 하지만 나의 의지는 더 강하다(Водка сильна, но сильней воля своя)'가 기념주화나 메달 등에 새겨져 널리 알려졌다. 실제로 아직까지 러시아인들은 보드카와 의지를 경쟁 관계처럼 의인화한 표현을 해학적으로 사용한다.

** 두리안дуриан: 냄새가 고약하기로 유명한 열대 과일의 하나이면서 발음상 마약을 가리키는 수많은 은어 중 '두르느이дурный'(멍청한)와 같은 어근을 갖는 '두리дурь'를 떠올리게 한다. дурь에 '칼로치колоть'(꽂다, 찌르다) 동사를 조합한 표현 '칼로치 두리колоть дурь'는 주사기로 마약류를 혈관에 직접 투약하는 행동을 의미한다. 작가는 원문에 이 동사를 그대로 사용해 '칼로치 두리안колоть дуриан'(두리안을 꽂다)이라 쓰고 있다.

없었다. 베르나르-앙리에게 내가 찾아낸 것을 짧게 알리고 여자애의 얼굴을 그의 마니투로 전송했다. 그는 한눈에 그녀에게 반해버렸다. 그의 숨소리로 알 수 있었다. 이때 나는 위장 장치를 최대로 가동하고 조심스레 이 연인들을 따라잡았다. 그들의 잡담을 엿들으면서 등 뒤에서 뒤따라 날았다.

그들은 숲 쪽으로 방향을 돌렸고 오래 걸리지 않아 습지로 수렴되는 여러 작은 강 중에서 하나의 강가 평원을 찾아냈다. 둘은 황급히…… 고기를 잡기 시작했다. 낚시광처럼 보이는 이 남자는 다른 잡생각은 모두 떨쳐버렸다. 곧 여자는 눈에 띄게 심심해했다. 심심해진 건 나도 마찬가지였다. 하지만 남자는 줄곧 낚시만 했다. 찌가 움직였다.

행렬이 나타나기까지는 30분쯤 남았고 그들의 상황은 점점 재미있어졌다. 하지만 안타깝게도 내가 훼방 놓을 시간이 다가왔다.

그림은 하늘 위에 검고 동그랗게 떠 있는 비잔티움*을 쳐다보았다.

고개를 옆으로 기울이고 눈을 가늘게 뜨면 이것은 가까운 나무에 앉은 거대한 새 둥지를 연상시켰다. 눈을 더 가늘게 뜨면 머나먼 고대의 육중한 축구선수들이 몰고 다니는 공이 상상되기도 했다. 머나먼 고대, 주변에 아직 야자수도 없고 1년 중 눈 내리는 날이 많아 하얀 벌판으로 털북숭이 매머드 떼가 다니던……

그림은 흘로야를 쳐다봤다.

'지금 당장 해야 해.' 그는 생각했다. '지금이 아니면 늦는단 말이야…… 그치만 대체 어떻게? 그냥 이렇게 딱 일어서서 다가가 안아버리면? 그러면, 너 갑자기 왜 이래? 하고 묻겠지. 왜 지금에서야 이러는 거야? 하면서. 이 망할 놈의 낚싯대……'

흘로야도 그림이 원하는 바로 그걸 원하는 눈치였다. 화장을 안 하고 데이트에 나온 것이다. 젊은이들끼리의 암묵적 코드에

---

* 비잔티움Бизантиум: 오늘날 터키 이스탄불의 옛 이름인 비잔티움을 러시아어로 표기하면 Византий이다. 작가는 이 도시 명을 라틴어로 읽으면서 동시에 첫 글자를 B에서 Б로 바꿔 달아 Бизантиум이라는 단어를 만들어냈다. 작품의 내용상 이는 비즈니스бизнес의 첫 글자를 가져온 것이며 이 세계를 빅 비즈Биг Биз(Big Biz)라 부른다.

따르면, 이것은 상대에게서 화장을 망가뜨리는 단호한 행동을 기대한다는 일종의 신호였다.

화장을 안 했다는 건 일단 좋은 신호다.

우스꽝스러운 당나귀 귀에 장밋빛 볼, 전장의 북처럼 미끈한 피부를 가진 그녀의 둥그런 머리는 화장을 안 해서 그런지 더욱 더 그의 마음에 들었다. 흘로야에게서는 아주 좋은 냄새도 났는데 흔히 오르크에게서 나는 그런 냄새가 아니었다. 분명 밤사이 향풀을 옷 사이사이에 끼워두었을 테지. 아니면 이번 시즌에 인기를 얻고 있는 향수 '에인션트 서펜트Ancient Serpent'*를 샀을지도 모르겠다. 흘로야는 없는 집안 출신이 아니었다.

옷맵시도 개성 있었다. 흘로야가 입은 새 교복은 그녀의 어린 시절을 상기시키면서 동시에 그 시절에 작별을 고하는 것이었다. 옷 위에 걸친 조끼에는 시기별로 니콜-올리비에 로렌스 폰트리에가 분한 역할들의 초상화가 그려져 있었다. '두 개의 문화-하나의 세계'와 같은 문구가 쓰인 조끼는 황색 구역에서 만들어지는데 흘로야가 입은 조끼는 100마니투를 호가했다. 그림네는 그런 곳에 쓸데없이 낭비하는 가풍이 아니었다. 흘로야의 어깨에는 도베르만 가죽으로 된 화장품 가방이 걸려 있었다. 이것도 한두 푼 하는 게 아니었다.

"졸지 마, 또 찌가 오르락내리락하잖아."

낚싯대를 잡아당긴 그림은 낚싯바늘에서 고기를 떼어내 흘로야에게 던졌다. 흘로야는 물고기를 받더니 대가리 부분을 돌에

---

* 고대의 뱀(원주).

찰싹 내려치고는 히히거렸다. 그러고는 같은 행동을 한 번 더, 또 한 번 더 반복했다.

그림은 더 이상 참지 못하고 그녀에게 다가가 푸드득거리는 물고기를 낚아챘다. 그는 물고기를 한 방에 기절시켜 땅에 던져놓더니 다시 낚싯대가 있는 곳으로 돌아갔다.

군소리를 하고 싶지 않았다. 다른 오르크 여자애들과 비교하면 흘로야는 착한 애였다. 모기를 때려죽이기 전에 따로 괴롭히지도 않는 애니까.

"왜 그렇게 잔인해?" 물이 들어 있는 비닐 봉투에 물고기를 넣으면서 흘로야가 말했다. 봉투 안에는 벌써 두 마리의 물고기가 괴로워하고 있었다. "나 지루해. 괜히 여기까지 왔나 봐."

그림은 간담이 서늘해졌다.

'그래.' 그림은 생각했다. '아무래도 지금이 아니면 안 되겠지……'

"지루하면 이야기나 할까?" 그가 제안했다.

낚싯바늘에 새 미끼를 끼우느라 손이 놀지 않아도 되는 건 다행이었다.

"그래, 그러자." 흘로야가 한숨을 크게 쉬고는 팔로 자기 무릎을 감았다.

그림은 낚싯대를 던져놓고는 흘로야에게로 다가가 그녀 옆에 앉았다. 혹여 그녀에게 몸이 닿을까 조심하면서.

"작문 숙제는 벌써 다 했어?"

흘로야가 고개를 끄덕였다.

"베꼈어. 넌?"

"난 아직." 그림이 말했다. "시작도 못했는걸."

"너 그러다가 혼쭐나는 수가 있어." 흘로야가 확인시켜줬다.

"괜찮아." 그림이 대답했다. "하루면 다 쓸 수 있는걸, 뭐. '무료 사전'에서 베낄 거야."

"너 또 사전 자랑이구나." 흘로야가 말했다. "그 사전 얘기를 하려고 일부러 우리 대화를 그쪽으로 몰고 가는 거잖아. 나도 자랑 좀 하자. 너 우리 아빠한테 모터사이클 있다는 건 아니?"

그림은 얼굴을 붉혔다. 흘로야가 정곡을 찌른 것이다.

"너 바보냐?" 그림이 말했다. "자랑 따윌 하려고 사전 얘길 꺼낸 게 아니야. 사전에서도 못 찾는 게 있단 얘길 하고 싶었던 거지."

"어떤 게 없는데?"

"오르크 왕족들의 이름을 왜 위에서 정하는 거야? 터진 왕가만 해도 그렇잖아. 비짓*도, 듀렉스도 오르크어에서 나온 게 아니잖아, 안 그래?"

"그렇지, 오르크 단어는 아니지." 흘로야도 동의했다.

"대중에게 낯선 고대 단어를 쓰는 거야. 그러니까, 우리야 잘 모르지만, 어쩌면 그 단어들은 모욕적인 뜻으로 쓰였을 수도 있다고. 군복도 그들이 고안한 거잖아. 우리한테는 그냥 군복 디자인 본 뜬 종이를 전쟁 전에 내려보내주는 거고. 백과사전에 이런 것에 대해선 한마디도 안 쓰여 있거든. 장터에서 들었는데 터진 왕가가 우리 오르크 국고를 인간들에게 맡겨서 보관하고

---

* 비짓Визит: 독일제 콘돔 상표 VIZIT.

있다더라. 그렇게 안 하면 인간들이 우리한테 마니투를 찍어주지 않는다던데."

흘로야는 그림의 뒤통수를 쥐어박으며 말했다.

"너 그런 말은 하지도 마." 흘로야가 말했다. "너 그러다가 안쭈구리*들이랑 같이 똥밭을 구르는 수가 있어. 지가 뭐 황색 구역의 영웅이라도 되는 줄 아나 봐?"

그림의 뒤통수를 칠 때 흘로야의 몸이 조금 흔들리는가 싶더니 그림은 이내 그녀의 옆구리가 자신의 몸에 닿는 것을 느꼈다. 기분이 정말 좋았다. 하지만 어쩐 일인지 그림은 물러섰다. 흘로야가 한숨을 쉬었다.

"그리고 이것 좀 봐봐." 그림이 주머니에 손을 넣어 5마니투짜리 지폐를 꺼냈다.

지폐를 이리저리 복잡하게 접으니 머리에는 삐죽삐죽한 장식을 하고 둥그런 비잔티움을 어깨 위에 지고 있던 홀로그램 거인이 겨드랑이 아래로 다리가 달려 있는 너무나도 끔찍한 난쟁이로 변했다.

"있잖아, 정치 이야기는 이제 그만해." 흘로야가 말했다. "또 찌가 움직이네."

그림은 돈을 챙겨 넣고 낚싯대 쪽으로 뛰어갔다. 그는 능숙하게 물고기를 잡아떼어 흘로야에게 던졌다. 이번에는 흘로야가

---

* 교도소 내부에서 괴롭힘을 당하는 재소자를 '테르필라терпила'라고 부른다. 이 단어는 '참다' '견디다'를 뜻하는 '테르페치терпеть'에서 연원한다. терпила에 부정과 무효를 뜻하는 не를 더하여 '니테르필라нетерпила'라는 단어를 만들어냈다. 전자는 '쭈구리'로, 후자는 '안쭈구리'로 옮겼다.

단 한 번의 가격으로 물고기를 기절시켰다.

"벌써 네 마리째야." 봉투에 물고기를 넣으면서 흘로야가 말했다. "악어들이 우릴 잡아먹기 전에 집으로 가는 게 어때?"

그림이 결심한 듯 고개를 끄덕였다.

"그럼 난 화장 좀 할게." 흘로야는 이렇게 말하더니 보란 듯이 조롱조로 그림을 쳐다보았다.

그림은 다른 곳으로 눈을 돌렸다.

흘로야는 물고기가 담긴 봉투를 이중 매듭으로 튼튼하게 묶은 후, 개가죽 가방을 열더니 화장을 시작했다.

그림은 그런 흘로야를 곁눈으로 흘끔거리며 낚싯대를 접어 넣었다. 그림의 심정이 이토록 절망스럽지만 않았다면 분명 우스울 법한 모습이었다. 그림은 흘로야가 뭘 할지 알고 있었다. 이번과 마찬가지로 역시나 비생산적이었던 지난번 낚시에서도 이미 다 봤던 장면이었다.

흘로야는 가방에서 목탄 연필을 꺼내 이마에 노인의 주름처럼 '지혜의 선'이라고 불리는 선 세 개를 지그재그로 그려 넣었다. 오르크 아가씨들은 이 선들이 자신들을 좀더 지혜로워 보이게 한다고 믿었지만 그림의 생각은 달랐다. 다음 순간 그녀는 점토로 된 흰 연필을 쥐었다. 발갛게 생기 넘치는 두 뺨에 두껍게 하얀 칠을 한 그녀는 점토 연필을 집어넣고 이번에는 볼연지를 꺼내 점토가 발라진 위에 커다랗게 두 개의 얼룩을 그려 넣었다. 원기 왕성한 젊음의 생기를 표현하려는 것이었다.

마지막으로 그녀는 알 없는 검은 뿔테 안경을 조심스레 얼굴에 걸쳤다. 안경 두 군데에 실이 감겨 있었는데 이게 바로 아가씨들 사이에 최신 유행이었다.

하지만 이러한 과정을 마친 후조차 그림은 흘로야에게 어떤 매력이 남아 있는 것 같았다. 물론 이제 흘로야는 오르크 우화에 나오는 여주인공, 작은 돼지 흐류* 같기는 했다. 흐류는 대폭식일 전야에 늙은 쥐처럼 보임으로써 자신의 운명에서 벗어나 보려고 진창과 건초 더미에서 구르다가 지저분한 꼴이 된다. 이 우화가 전하는 교훈은 단순했다. 다른 새끼 돼지들을 먹을 때는 모두 조용했지만 흐류를 먹을 때는 농담이 곁들여졌다는 것.

흘로야는 화장품을 집어넣고 얼굴을 들더니 두껍고 붉은 속눈썹으로 그림에게 유혹적인 시선을 던졌다.

"갈까?" 그녀가 말했다.

바로 이 순간, 흘로야를 이제 훨씬 덜 좋아하게 된 탓일까, 그림은 마침내 결정을 내렸다.

흘로야에게 걸어간 그는 결단력 있게 그녀를 안아 키스했다. 처음에는 볼, 그다음에는 윗입술에.

"야, 너 왜 이래…… 왜…… 어머. 저리 가, 멍청이, 나 이미 화장 다 했잖아…… 농담 아냐……"

하지만 그림은 물러서지 않았다. 몇 분간 긴장한 채로 식식거리다가 흘로야는 이내 바닥에 등을 대고 누웠다. 환희에 찬 그림은 그 위에서 과거 상상 속에서만 실습했던 모든 것을 실현했다.

흘로야가 그림의 행동을 거든 건 절대 아니었다. 하지만 특별

---

* 흐류Хрю: 러시아어로 돼지 울음소리는 '흐류흐류хрю-хрю'라고 표현한다.

히 거부한 것도 아니었다. 그녀는 옆을 보며 얼굴을 찡그린 채로 깔보듯 한숨을 내쉬었다. 이 모든 것이 그녀에게는 마치 이미 수년 전에 지긋지긋해져버린 일인 듯했다. 그림은 경험이 거의 없어서 그다지 능숙하진 못했다. 하지만 필요한 단추는 전부 끌러졌고 천으로 된 끈도 다 풀렸다. 곧 그는 그게 진짜 일어나리란 걸 알았다.

그게 진행되던 중 갑자기 훌로야가 손바닥으로 그의 등을 세차게 때렸다.

"저것 좀 봐." 그녀가 속삭이더니 고개로 들판 쪽을 가리켰다.

그림이 눈을 들었다.

그들 앞에는 아무것도 없었다. 하지만 훌로야의 몸이 뻣뻣해진 터라 그는 그녀가 농담하는 게 아니라는 것을 알았다.

다음 순간 그에게도 뭔가가 보였다.

들판 위 허공에 일종의 진동 같은 게 일어났다. 뿌연 얼룩 비슷한 것이 흔들리고 있었는데 그것 자체가 떨고 있는 게 아니라, 마치 무더운 날 흔들리는 열기 너머로 보이는 것처럼, 들판의 다른 편에 서 있는 나무들이 흔들려 보였다. 처음에는 거의 눈치채지 못할 정도였으나 그림의 눈에 얼룩 안에 있는 나무들이 점점 이상해 보였다. 마치 진짜 나무줄기와 나뭇가지가 아니라 그것들이 거울 반사 터널 속에 일그러져 비친 형상처럼 보였다.

"보여?" 훌로야가 속삭였다.

"어."

"저게 뭐지?"

"잠깐만." 그림이 말했다.

그는 흘로야가 빠져나가지 않게 애쓰면서 흙덩이를 한 주먹 움켜쥐고 흔들리는 그 원 안으로 던져보았다.

그러지 말았어야 했다.

흙덩이는 얼룩 안쪽으로 들어가지 않고 아래로 흩어져 내렸다. 아주 가벼운 충격이 가해졌을 뿐임에도 곧 이 얼룩에 엄청나게 놀라운 변화가 일어났다.

순간적으로 얼룩이 중심을 향해 축소되더니 확 사라져버린 것이다. 그리고 방금 전까지 얼룩이 있던 바로 그 자리에, 죽음이 등장했다.

그림은 그것이 죽음이라는 걸 단번에 알아차렸다. 마치 누군가 그에게 미리 죽음을 보여주고 나서 죽음과의 최후 대면이 어떨지 설명이라도 해준 것 같았다. 그림은 죽음을 알아보고도 별로 놀라지 않았다.

무광택의 검은빛을 띤 죽음은 길쭉하고 딱 바라진 모터사이클과 흡사했다. 바퀴는 없었지만 대신 코끝 부분에 비대칭적인 전조등이 잔뜩 붙어 있었다. 몇몇 전조등은 투명했고 어떤 것들은 맹인의 눈처럼 하얀색이었다. 모터사이클에는 아무도 타고 있지 않았지만 죽음한테 이건 지극히 당연한 일이었다. 죽음에는 양방향으로 비스듬하게 짧고 검은 날개가 달려 있었고, 그 비대칭의 삐딱한 몸통이 흐느적대는 여러 개의 표면들로 이루어져 있어, 끊임없이 개폐를 반복하는 판막들 같았다.

죽음은 문신까지 하고 있었다. 동체 가운데에 드리운 삐죽삐죽한 형태의 한쪽 끝이 전면의 코를 향하는 붉은 화살표 모양의 문신이었다. 화살표 아래로 승리를 기념하는 작은 휘장들이 보였다. 휘장에는 인간 모양을 한 크고 작은 형상들과 함께 수치가 표시되어 있었다. 수치가 작지는 않았다. 동체 위의 이 수치들 바로 옆으로 보이는 그을린 강철 덧판들로부터 기관총들의 코가 삐져나와 있었다. 웅웅거리는 죽음의 소리가 아주 미세하게 들려왔다. 주의를 기울이지 않았더라면 그림도 전혀 눈치채지 못했을 정도였으니.

"카메라다." 흘로야가 숨을 내쉬었고 그림은 그녀의 말이 옳다는 것을 알았다.

하지만 이것은 그가 죽음에 대해서 생각해왔던 점이 틀렸다는 말은 결코 아니었다.

그는 전투용 원격 카메라를 이렇게 가까이서 본 적이 없었다. 그림으로 본 것이 전부였다.

"너 떨지 좀 마." 흘로야가 속삭였다. "죽일 생각이었으면 벌써 죽였을 거야. 뭔가 다른 게 필요한 모양이야. 천천히 일어나보자…… 손은 들고."

자극할 만한 움직임을 하지 않도록 노력하면서 다리에 힘을 주어 몸을 일으켰다. 그림은 자신이 심각한 상황에 처했음을 깨달았다. 흘로야는 대수롭지 않다는 투였다. 그녀는 일어서서 옷매무새를 고쳤다. 그림은 전방에 떠 있는 검은 모터사이클의 뿌연 눈동자를 쳐다보며 반쯤 벗겨진 바지를 걸친 채 창피함에 벌게진 얼굴로 섰다.

갑자기 큰 소리로 음악이 울려 퍼졌다. 카메라에 장착된 외부 확성기에서 나오는 소리였다.

이상한 음악이었다. 그것은 오르크 음악이 아니었다. 준엄하고 날카로운 그 음악은 고대, 그 잊힌 영광과 죽음을 상기시켰다. 음악은 적어도 1분간 계속되었는데 음악이 끝나갈 무렵 그림은 몸을 숙여 바지를 올리고 단추를 채울 용기가 생겼다.

음악이 잦아들자 카메라는 마치 어느 쪽으로 가라고 가리키기라도 하듯 공중에서 가볍게 까닥거렸다. 그림은 주저하면서 그 방향으로 나아갔다. 카메라는 하얀 코끝 부분을 끄덕였는데 마치 사람이 동의를 표현하는 것처럼 보였다.

그림은 한 걸음을 내딛고 이윽고 또다시 한 걸음을 내디뎠다. 카메라도 그와 함께 자리를 옮겼다.

"큰길로 나가라는 건가 봐." 흘로야가 말했다.

"어." 그림이 대답했다. "숲으로 도망칠 수 있지 않을까? 나무 사이에 있으면 우릴 못 잡지 않을까?"

믿을 수 없는 일이지만 카메라는 마치 이 말을 듣기라도 한 것처럼 들판과 큰길을 가르는 숲 쪽으로 몸통을 돌렸다. 그림은 복잡하게 울퉁불퉁하고 기다란 카메라 동체 측면을 보았다. 쪽날개들 중 하나에는 두 개의 'B'가 거울상으로 맞대고 있어 마치 숫자 8을 세로로 가른 것처럼 보이는 노란색 비잔티움 문장이 그려져 있었다.

우지직하고 엄청난 소리가 났다. 카메라는 연기에 휩싸였다. 붉은색 실선이 숲 쪽으로 연기의 흔적을 남기며 아주 빠르게 뻗어나갔다. 이 실선이 넘어뜨린 나무 기둥으로부터 나무 부스러기들이 나와 노란 구름을 만들어냈다. 마치 양초처럼 잘려나간 나이 든 키 큰 나무들이 여러 방향으로 널브러졌다.

이윽고 카메라는 발사를 멈추고 그림과 흘로야 쪽으로 몸을 돌렸다. 카메라는 마치 사람이 허락하지 않을 때 그러듯이 코 부분을 여러 방향으로 여러 번 흔들어댔다. 카메라가 잠잠해지고 난 뒤에도 넘어가는 나무 기둥들의 우지직하는 소리가 들려왔다.

"저렇게 잡힐 거라고." 흘로야가 말했다. "알았어?"

"알았어." 카메라한테인지 흘로야한테인지 자신도 모르는 채 그림이 대답했다.

이제 나무가 잘려나가 연기가 자욱한 길을 따라 큰길로 나가면 되었기 때문에 어떤 길로 가야 할지 고르는 것이 어렵지 않았다. 카메라는 그림과 흘로야를 앞세우고 그 뒤를 따랐다.

큰길로 나오자 그림과 흘로야는 멈춰 섰다.

"더 가란 얘긴가?" 그림이 물었다.

"이제 말해주겠지." 흘로야가 예측했다.

그림이 카메라 쪽으로 몸을 돌렸다.

카메라는 이상하게 행동하기 시작했다. 뿌연 눈동자로 그들을 응시한 채 태양을 향해 사선으로 상승하더니…… 갑자기 사라져버렸다. 그림은 카메라가 위장 장치를 가동시켰다는 걸 눈치챘다. 곧 카메라가 어디 있는지 알 수 없게 되었다. 공기 중의 어떠한 떨림도 감지할 수 없었다.

그림은 한동안 하늘을 쳐다보았다.

"가버린 건가?" 그림이 추측했다.

아무런 대답도 없었다.

그림은 몸을 돌렸다. 흘로야가 몸을 단단히 오므린 채로 길 위에 누워 있었다. 그녀는 아무 동요 없이 자고 있는 것처럼 보였다. 그녀의 팔에는 녹색 화살이 꽂혀 있었다. 그림은 몸을 구부리고 싶었지만 다음 순간 튕 하는 소리가 나더니 무언가가 그를 찔렀다. 같은 녹색 화살이 자신의 가슴에 꽂혀 있었다. 그는 화살을 뽑아냈다. 플라스틱 화살대 끝에 달린 짧고 유연한 바늘이 어찌나 가는지 피조차 나오지 않았다.

'별일 아니야.' 그는 생각했다.

길바닥에 주저앉고 싶어졌다. 너무나도 간절해 어쩔 수 없었다. 앉고 보니 누울 수밖에 없어 몸을 뉘었다.

옆에 흘로야가 누워 있었다. 그녀의 옷, 어깨, 한쪽 얼굴이 보였다. 그녀는 눈을 뜨고 있었지만 시선은 다른 곳을 향했다.

그림은 무슨 일이 일어나는지 알 수 없었다. 힘을 좀 내면 일어설 수 있을 것만 같았다. 누군가가 거들어주면 이 마비 증상이 사라질 것 같았다. 하지만 도움의 손길은 없었다.

태양이 하늘을 가로질러 자리를 조금 옮긴 듯했다. 다시 한번 찌르는 느낌이 들었다. 이번에는 다리 쪽이었다. 마비는 곧 사라졌다. 고개를 돌려보니 흘로야가 정신이 드는 모양인지 움직이기 시작했다.

거의 다 일어섰나 싶었는데 갑자기 등 쪽에 충격이 있었는지 그녀는 다시 먼지 구덩이로 나가떨어졌다. 마치 태양이 먹구름 뒤로 사라진 것 같았다. 그는 눈을 들었다.

그림 위로 무장한 기마병들이 하늘을 반쯤 가리고 있었다. 그들 뒤로 기마행렬이 따르고 있었다. 그림과 흘로야가 기마행렬이 지나가는 길목을 가로막고 있었던 것이다.

기마행렬 안에 매우 주요한 인물이 있는 것 같았다. 그는 주둔지 슬라바에서 온 간자베르세르크* 기병들의 엄호를 받고 있었다. 그들은 허옇게 센 턱수염을 한 이들로, 먼지투성이의 드레드록 가발을 쓰고 뼈로 된 짧은 파이프를 입에 물고 있었다. 검은 갑옷 조끼로 위장한 그들은 무거운 창으로 무장 중이었다. 기마병 중 하나는 창의 뭉뚝한 한쪽 끝으로 흘로야의 등을 밀더니 급기야 뾰족한 쪽으로 가격하려고 창을 돌려 잡았다. 베르세르크들은 생각 따윈 안중에도 없이 그저 죽이기만 하는 이들이었기에 그림은 공포에 사로잡혀 꼼짝할 수 없었다.

하지만 이때 짧은 호령이 들렸고 베르세르크는 창을 거두었다. 기마병 전열이 갈라졌고 그들은 길에서 비켜섰다.

"일어서!"

그림과 흘로야는 겨우 몸을 일으켜 세웠다.

그들 앞에는 검은색 모토렌바겐이 있었는데 제일 비싼 차로 길쭉하게 잘빠진 오픈카였다. 아주 유력한 베르투하이**나 탈 수 있었다. 하지만 그 안에 앉아 있는 건 글로벌 우르크들이 아니

---

* 간자베르세르크(ганджуберсерк): 인도에서 마리화나를 부르는 단어 '간자 ганджа'와 고대 노르드어로 신들린 것처럼 격노에 휩싸여 전투에 임했던 전사들을 뜻하는 '베르세르크берсерк'의 합성어. 원문에는 '간자' 대신에 러시아어 문법상 그 목적격인 '간주ганджу'를 써서 '간주베르세르크'라 읽히지만, '간자'가 연상시키는 내용을 담아내기 위해 '간주베르세르크' 대신 '간자베르세르크'라고 했다. '베르세르크'는 미우라 켄타로의 만화 제목으로도 유명하다.

** 베르투하이вертухай: 러시아 수감자들 사이에서 교도관을 지칭하는 은어이며 '돌아다니다' '교묘히 둘러대다'라는 뜻을 가진 동사 '베르테차вертеться'에서 왔다. 작가는 이 단어에 포함된 '-하이'라는 발음에서 영어의 high를 떠올리고 '고위층'을 지칭하는 단어로 사용하고 있다.

라 검은 망토를 두른 음침한 라이트액티비스트*였다. 역시나 검은색인 또 다른 모토렌바겐이 더 멀찍이 서 있었다. 조금 더 땅딸막해서 인상적이었는데 다른 점이라곤 차 지붕이 덮여 있다는 것이었다. 더 멀리에는 금색 스파스티카**로 뒤덮인 붉은 가마가 기적을 부르는 마니투의 얼굴을 장막으로 가린 채 우뚝 솟아 있었다. 비로드 반바지를 입은 채 땀에 젖은 장수 네 명이 한 조를 이루어 각각의 가마 다리를 들고 있었다.

두번째로 언급되었던 모토렌바겐의 지붕이 좌석 뒤로 차곡차곡 접히면서 윗부분이 흐물흐물 열렸다. 내시 중 하나인, 문장이 새겨진 타이즈를 신고 수탉 마스크를 쓴 궁정 비서가 잔뜩 흥분한 채 곧 문 쪽으로 뛰쳐나왔다.

모토렌바겐에 타고 있는 건……

그림은 자신의 눈을 믿을 수가 없었다.

---

* 라이트액티비스트(правозащитник): '프라보자시트닉правозащитник'은 '권리' '옳음' '오른쪽'을 동시에 뜻하는 '프라보право'와 '지키다' '방어하다'의 뜻을 가진 '자시티치защитить'의 파생어 '자시트닉защитник'(옹호자, 수비수)으로 만들어진 합성어로 '인권운동가(human rights activist)'를 뜻한다. 한국어에 '권리'와 '오른쪽'을 동시에 의미하는 단어가 존재하지 않아 부득이 영어 단어 '라이트right'를 그대로 읽는 방법을 택했다. 역자가 '휴먼 라이트액티비스트'에서 '휴먼'을 뺀 것은 러시아어로 '인권운동가'를 뜻하는 단어 프라보자시트닉правозащитник['권리 수호(방어)자'를 의미]에는 따로 '인간'이 표기되어 있지 않기 때문이며, 또한 독자들이 '라이트액티비스트'만으로도 인권운동가를 연상할 수 있으리라 생각했기 때문이다.

** 스파스티카спастика: 제2차 세계대전 이후 '하켄크로이츠'라는 독일식 명명으로 더 잘 알려진 갈고리 십자가 문양(卍)을 러시아어로 свастика라 한다. 작가는 이 단어를 '구원하다'를 뜻하는 단어 '스파스치спасть'와 합쳐 철자 하나 차이인 새로운 단어를 만들어냈다.

그건 바로 터진 듀렉스였다. 우르크들의 카간이자 통치자이며 일곱 전쟁의 위대한 영웅 터진 듀렉스. 왼쪽 뒷자리에는 그의 총아인 소년 하나가 단것으로 범벅이 된 채 널브러져 있었다. 그 오른쪽에서 금 사슬 목걸이를 번쩍대고 있는 고무녀는 빅 비즈에서 만들어진 것이었다. 카간이 여자를 좋아하지 않는다는 건 모두가 아는 사실이었다. 고무녀는 카간의 신분과 톨레랑스, 그리고 그가 다문화 간 소통에 준비된 인물이라는 것을 드러내는 일종의 상징일 뿐이었다.

끝이 휜 구레나룻과 눈 밑에 드리운 잿빛 심술주머니. 지도자의 침울한 얼굴은 상서롭지 못했다. 그는 한쪽 팔을 쭉 뻗어 하품을 하더니 거대한 프록코트*에 꽉 낀 몸을 곧게 폈다.

"이건 뭐야?"

비서는 가면의 부리 부분이 주인의 귀에 가까워지도록 몸을 구부리고 그림과 흘로야를 가리키며 작은 소리로 아뢰기 시작했다.

얼굴에 있던 주름들이 좍 펴지면서 터진 듀렉스가 히죽거렸다.

"길바닥에서?" 그가 물었다.

비서가 고개를 끄덕였다.

터진 듀렉스는 시동으로 간택할지 말지를 결정이라도 하듯 그림을 훑어보았다. 그림은 카간의 총아 소년마저도 자신을 면

---

* 프록코트: 원문에 쓰여 있는 '랍세르닥лапсердак'은 유대인들이 입고 다니는 검고 긴 코트를 의미한다.

밀히 관찰하고 있다는 것을 알아차렸다. 듀렉스는 흘로야에게 눈을 돌렸다가 다시 그림을 쳐다보았다. 생각을 바꾼 것 같았다.

“꺼져.” 그는 손을 휘저었다.

이때 예기치 못한 일이 벌어졌다.

“자퀴제!” 길 위에서 힘 있는 목소리가 쩌렁쩌렁 울렸다.

그림은 지금 벌어지는 일로 이미 놀랐지만 이 소리에 더더욱 놀랐다. 카간 앞에서 그 누구도 그런 어조로 말해서는 안 되기 때문이었다.

그럴 수 있는 이는 디스코스몽거뿐이었다. 채찍을 휘두르듯 쉭쉭거리는 디스코스몽거의 고함 소리는 우르카이나에서 모르는 이가 없었다. 바로 이 소리가 난 후에 죽음이 등장하곤 했기 때문에 사람들은 이것으로 어린아이들에게 겁을 주곤 했다. ‘자퀴제’의 뜻은 ‘나는 고발한다’였다.* 다만 이것은 교회 영어가 아니라 디스코스몽거들이 계보를 두고 있는 어떤 한 고대 종족의 언어였다.

어디서 나타났는지 모를 한 사람이 흘로야 쪽으로 빠르게 다가왔다. 모두가 카간에게 눈이 팔려 있을 때 행렬에 접근한 듯했다.

검소하다 못해 다소 누추한 행색이었지만 큰 키의 이 인물에게서는 당당함이 뿜어져 나왔다. 마대로 짜인 법복의 허리띠는

---

* 간첩으로 몰린 프랑스의 유대인 포병 대위 드레퓌스의 무죄를 주장하며 에밀 졸라가 『로로르』 신문을 통해 대통령에게 쓴 유명한 공개서한 「J'accuse…!(나는 고발한다…!)」(1898)를 염두에 둔 표현.

밧줄로 되어 있었고, 어깨까지 내려오는 희끗거리는 곱슬머리와 매부리코가 그의 당당함을 더욱더 돋보이게 했다. 가히 기사 혹은 영웅의 용모였다.

어쩐지 그림은 금테를 두른 고대의 동전을 떠올렸다. 선조박물관의 1오이로*에는 팔과 다리를 벌린 채 서로 합치된 두 명의 인간 형태**가 묘사되어 있었다. 동전에 그려진 그림에서 자유와 자긍심이 어찌나 넘쳐나는지 그 동전을 주조한 이가 오르크는 물론이거니와 비잔티움인도 아닌 게 분명했다. "통칭 '비트루비우스 남색가들', 레오나르도 다 빈치의 판화"라는 해설이 붙어 있었다. 적나라한 명칭에도 불구하고 이 동전은 그림에게 꽤나 인상적이었다. 방금 등장한 디스코스몽거가 그림에게 불러일으킨 감정 또한 그때와 비슷했다.

그도 지금 벌어지는 일로 인해 동요하는 것처럼 보였다. 짤막한 단어들을 빠르게 내뱉기라도 하듯 그의 아래턱이 미세하게 떨리면서 눈빛 또한 번뜩였다. 굽은 손잡이를 가죽 끈으로 싸맨 기다란 지팡이를 손에 쥔 그가 두 팔을 들어 올리자 법복 틈새로 그 색상과 잘 어울리는 방탄복이 보였다. 인간들만 가질 수 있는 것이었다.

카간은 낯선 이를 음울하게 쳐다보며 아무 말도 하지 않았다.

---

* 오이로ойро: 유럽연합의 화폐 단위인 '유로Euro'의 독일식 발음이 '오이로'여서 그 발음대로 러시아어로 표기한 것이다. '유로Euro'의 러시아어 표준 표기는 'евро'이며 발음은 '이브로'이다.

** 이탈리아의 1유로 동전에는 '비트루비우스적 인간' 혹은 '인체 비례도'라 불리는 레오나르도 다 빈치의 유명한 스케치가 새겨진 바 있다.

이런 등장에 격식을 차려 응대한다면, 그것은 모욕을 당한 것이나 마찬가지였다.

제일 먼저 정신을 차린 건 수탉 비서였다.

"넌 뭐냐?" 비서는 카간을 도우러 다가갔다. "우르크들의 땅에서 뭘 하는 거냐? 감히 어떤 권리, 어떤 권한으로 우르카간이 지나는 길목에 서 있는 것이냐?"

인간은 흘로야에게 다가가 든 것 없는 팔을 들어 그녀의 어깨를 끌어안았다.

"대답해주지." 지팡이를 더 높게 치켜들며 그는 쩌렁쩌렁한 목소리로 말했다. "나는 철학인*일세. 하나 자네가 이 말이 무슨 뜻인지 모르겠다면 주변 일에 무관심하지 않은 나그네 정도로 해두지. 스스로의 양심이 부여한 것 이외에는 어떠한 다른 권한도 없는 그런 나그네 말일세……"

그림은 이 인간이 수탉 비서와 카간을 쳐다보지 않는다는 것을 알아차렸다. 그는 숲 위쪽 공간을 향해 말하고 있었다. 그림은 카메라가 아직도 그쪽 어딘가에 떠 있음을 알아챘다. 이게 어찌 된 상황인지 조금은 이해가 갔다.

"하나, 권력은 없을지 모르나 내게는 뉴스가 있다!" 인간은 매끄러운 목소리를 쩌렁쩌렁 울리며 말했다. "그리고 너희들은 그 뉴스가 마음에 들지 않을 것이다. 너희 망나니와 살인자 일

---

* 철학인(филосóф): 러시아어로 '철학자'는 '필로소프 философ'로 강세가 첫번째 o에 있어 발음이 '필로서프'에 가깝다. 디스코스몽거는 이 단어의 강세를 마지막 모음인 o로 옮겨 '필라소프'로 발음하는데 이는 프랑스어 philosophie[filɔzɔfi]를 연상시킨다. 프랑스를 비롯한 서방 언론의 방송인들을 희화화하고 있다.

당은 이 어린아이에게 해를 끼칠 수도, 더 이상 그 푸른 눈에서 눈물이 나게도 할 수 없을 것이다!”

그림은 자기 얘기가 아닌 게 분명하다고 생각했다. 그림의 눈동자는 회색과 노란색이 섞인 색이기 때문이었다. 이윽고 그림은 이 인간이 자기를 그의 등 뒤에 오도록 하고 흘로야의 몸을 투명 카메라 쪽으로 돌려세워서는 한쪽으로 살짝 미는 것을 보았다. 오르크의 고대적 본능에 따라 그림은 살아남으려면 카메라에서 도망치는 것이 아니라 반대로 수단과 방법을 가리지 않고 카메라 앵글 안쪽에 있어야 한다는 것을 알아차렸다. 그림은 앞으로 발을 내디뎌 흘로야 옆에 나란히 섰다. 디스코스몽거는 언짢은 표정으로 그림을 쳐다보았지만 별다른 도리가 없었다. 곧 그의 목소리가 도로 위에 노래처럼 울려 퍼졌다.

“모든 사람은 마니투의 뜻에 따라 자유롭게 태어난다! 탐욕과 악의에 찬 짐승 같은 괴물이 남편 잃은 여인들의 눈물로 구입한 리무진의 검은 타이어로 어린 시절의 흥겨운 축제를 유린하고 있다. 나는 이에 대해 절대 침묵하지 않으리라. 매우 흥미롭기는 하지만 나는 모른다. 이 자유세계가 우리의 광학 장치로 날아드는 무고한 이들의 눈물과 피의 흩뿌림에 아랑곳하지 않고 얼마나 더 이 자유의 음침한 억압자들을 묵인할 것인지를! 기댈 곳 없는 순수한 이들을 괴롭히는 것은 그 무엇으로도 합리화될 수 없다. 무심한 귀를 틀어막은 그 어떤 귀마개도 개돼지의 먹이로 던져진 어린아이의 심장이 뛰는 소리를 잠재우지 못한다! 나는 오늘, 자기 민중을 핍박하는 망나니, 오르크의 우르카간이 지은 죄를 고발하려 한다. 우리는 대체 언제까지 이 변태, 연쇄살인마, 모든 정신과 의사들이 바라 마지않는 분석 대상, 가장 위험한 사디스트인 이자의 짐승 짓을 묵인하려 하는가? 그러나 나는 더 이상 이 괴물에 관해 이야기하고 싶지 않다. 이 괴물은 나에게 구역질을 일으키기 때문이다. 나는 이 아이들을 구하고 싶을 뿐이다…… 바로…… 자신들의 엄혹한 땅으로 인해 유년기와 청년기에 누려야 할 권리를 부정당한 이 아이들 말이다…… 나는 이 아이들이 오늘부터 비잔티움의 보호를 받게 되었음을 선포한다! 이들은 빅 비즈로의 입장권을 받게 될 것이다!"

그는 먼 하늘에 떠 있는 검은 구체를 가리키면서 옆으로 고개를 돌렸다. 그가 바라본 곳에는 관목들이 세밀하게 떨리고 있을 뿐이었다. 그림은 디스코스몽거가 카메라를 향해 자신의 품위 있는 옆모습을 보여주려 한다는 걸 알아차렸다.

"감히 카간께 그 따위로 입을 놀리다니!" 놀란 수탉 비서가 작은 소리로 중얼거렸다.

낯선 이는 천상의 기쁨으로 빛나는 얼굴을 들어 그를 잠시 바라보더니 실상을 모르는 이들에게는 그저 텅 빈 공간인 하늘 한쪽으로 고개를 돌렸다.

"너의 그 카간이라는 자와 말을 섞는 이가 있기나 한가?"

그림은 주변이 온통 잠잠해진 것을 느꼈다.

카간은 여전히 음울한 얼굴로 정면을 쳐다보며 침묵했다. 하지만 수탉 비서는 더 이상 참지 않았다.

"모독이다!" 그는 숨을 내쉬더니 칼집에서 단검을 꺼내 들고 디스코스몽거에게 다가갔다.

낯선 이는 지팡이를 위로 치켜든 채 잠자코 기다렸다. 그의 얼굴에는 자기가 한 말을 위해서라면 죽음도 불사하는 인간들의 예의 그 자신만만한 미소가 떠올랐다. 그림이 무슨 일이 벌어질지 궁금해하던 차, 순간 하늘에서 갈라지는 듯한 소리가 나더니 아까 나왔던 붉은 실선들이 다시 나타나 수탉 비서를 두 동강 내버렸다. 주위에 잿더미가 분수처럼 솟구쳤다.

도로에 서 있던 이들 전부 그대로 얼어붙었다.

이윽고 모두 움직이기 시작했다.

가장 먼저 움직인 건 흘로야였다. 그녀는 인간의 손을 뿌리치고 멀리 달아났다.

듀렉스의 모토렌바겐을 둘러싼 군인들이 정신을 차렸다. 그들은 무기를 집어 들고 인간에게 다가갔다. 하지만 비서가 만든 붉은 웅덩이에 그들이 채 다가가기도 전에 붉은 화살들이 연기를 뿜으며 나타나 그들 모두를 쳐냈다. 군인들은 신속하게 움직였지만 총포는 힘 하나 들이지 않고 그들의 기습 공격을 가루로 만들었다. 도로 위에 피어오른 먼지 구름 사이로 겨우 카간의 모토렌바겐이 보였다. 찢긴 시체들이 산을 이루었고, 오직 인간만이 여전히 미소를 띤 채 자신을 향해 덤벼드는 이들에게 지팡이를 치켜들었다.

그림은 이 순간이야말로 도로에서 벗어날 기회라고 생각했다. 아무도 제지하지 않았다. 그는 날뛰는 말들을 진정시키려 안간힘을 쓰고 있는 베르세르크들을 지나 숲으로 내달렸다. 몇 분간을 그렇게 달리다가 나무 그루터기에 걸려 넘어졌다. 그림은 미친 듯이 요동치는 가슴을 진정시키기 위해 넘어진 채로 그대로 누워 있었다.

뒤에서 얼마간 총성이 계속되더니 잠시 후 잠잠해졌다.

반 시간쯤 기다리던 그림은 숲을 건너 길가에 다다랐다. 습격당한 대열은 숲 귀퉁이 너머에 있어 그림이 있는 곳에서는 시신들이 보이지 않았다.

"흘로야!" 그가 소리쳤다.

크게 소리를 지르는 건 무서웠지만 다시 한번 불러보기로 했다.

"흘로야!!"

"나 여깄어!" 대답이 날아왔다.

늘어선 나무들에서 떨어져 서 있는 형체가 보였다. 백 보쯤 앞에 흘로야가 도로로 나와 있었다. 그림은 찌르는 햇빛이 눈부셔 얼굴을 찡그리며 그녀 쪽으로 다가갔다.

방금 일어난 악몽에 관해 입을 떼려는 순간, 그림은 이 악몽이 아직 끝나지 않았음을 깨달았다.

흘로야 뒤로 어떤 투명한 윤곽이 아른거리더니 잠시 후 허공에 삼각형 모양의 구멍이 생기고 그로부터 폭이 점점 좁아지는 탑승 계단이 아래로 뻗어 나왔다. 구멍 안에는 갈색 법복 차림의 디스코스몽거가 나타났다. 아래로 내려온 그는 흘로야가 자신을 눈치채기도 전에 양손으로 들어 안더니 검은 삼각형 속으로 던져 넣어버렸다.

그림은 디스코스몽거에게 달려들었지만 그는 벌써 탑승 계단에 실려 올라가고 있었다. 그림은 그의 발목을 붙잡았지만 이내 균형을 잃고 넘어지고 말았다.

디스코스몽거는 발밑을 내려다보았다.

어깨에 드리운 그의 머리카락이 햇빛에 밝게 빛났다. 한순간 그림은 자신을 쳐다보는 것이 천상에서 지상으로 강림한 태양신처럼 느껴졌다. 태양신은 곧 발을 들어 빼내더니 달달한 향기가 나는 샌들로 그림을 먼지 속에 밀어 넣었다.

정말 굉장한 장면들이었다. 창기병 대오 위에 뜬 햇빛이 카메라를 정면으로 때리는, 그야말로 영원을 향한 완벽한 한 컷이 완성된 것이다. 두번째 컷도 더할 나위 없었다. 딱 뉴스용이었다.

나는 모든 저장 매체를 동원해 동시 촬영을 진행했고 이제 1분가량의 성전 셀룰로이드 촬영분을 얻었다. 거기에는 모토렌바겐 안에서 자신의 꾀죄죄한 고무녀(움직이는 것도 아닌데다가 피부마저 최저가 바이오플라스틱으로 되어 있었다)와 함께 널브러져 있는 터진 듀렉스가 함께 등장하는 프레임도 포함되었다. 난폭해 보이는 턱수염 난 전사들이 무기를 쳐든 모습과 그들 앞에서 있는 아이들, 특히 홀로야가 잘 나왔다. 그녀는 울부짖으려 무진 애를 썼지만 별다른 성과를 얻지 못한 채 커다란 눈을 연신 깜빡댔는데 마치 자신이 어디에 있고 무슨 일이 벌어지고 있는지 정말로 모르는 것처럼 보였다. 그녀의 오르크식 색칠법은 제법이었다. 이마에 있는 지그재그 모양의 선은 오르크 젊은이들 사이에 유행이었다. 이것이 감정이입에 도움이 된다는 사실을 모르는 소믈리에는 없었다.

때마침 턱수염을 기른 오르크들도 도착했다.

오르크 엘리트 친위대는 두 가지 유형으로 나뉜다. 카간의 오른쪽으로 정렬하는 '라이트액티비스트'와 왼쪽으로 정렬하는 '간자베르세르크'가 바로 그들이다('레프트액티비스트'*라는 말은 쓰이지 않는데 왜냐하면 오르크들에게 왼쪽은 불결한 것으로 여겨지기 때문이다). 전투에 관한 한 그들은 거의 동급이다. 하지만 파이프와 턱수염, 드레드록 덕분에 마니투로 봤을 때 간자베르세르크들이 훨씬 더 멋졌다. 내가 운이 좋았던지 이 녀석들이 이 오르크 아이들을 맡고 있었다. 라이트액티비스트들은 스파스티카가 붙어 있는 긴 검은색 망토를 입었는데 군인보다는 오히려 사제와 더 비슷해 보였다.

내 의도와 관계없이 그림이 앵글 안으로 들어왔다. 그래도 찌부러진 카간을 배경으로 톱날 같은 창 끝 옆에 선 흘로야가 혼자 속눈썹을 끔벅대는 모습이 한 15초 분량은 되었다. 그림이 나오는 부분은 편집으로 잘라버릴 수도 있고 아니면 게이 시청자들을 위해 앵글 안에 살려둘 수도 있었다. 사실 그림이 예쁘장하긴 했다. 하지만 이런 문제는 내 결정에 달린 게 아니다.

이때 갑자기, 솔직히 내가 아예 까먹고 있었던, 베르나르-앙리, 이 광대 같은 놈이 솟구치듯 격투장에 등장하더니 제 몫을 찾아먹기 시작했다. 녀석과 이제껏 일하면서 보다보다 처음 보는 등신 짓이었지만 촬영 외에 달리 도리가 없었다. 이게 내 일이니까. 오르크 젊은이들도 보듬어주었겠다, 주먹으로 군인들한테 겁도 줬겠다, 그는 이제 도로에서 꺼져주면 그만이었다. 모

---

* 레프트액티비스트(레보자시트닉левозащитник): '수호자(защитник)' 대신에 '활동가'라는 뜻의 '액티비스트(активист, activist)'를 넣어 앞서 등장했던, 현실에서 '인권운동가'를 의미하는 러시아어 '프라보자시트닉правозащитник'의 번역어로 쓰인 '라이트액티비스트'와 운을 맞추었다.

든 게 깨끗하게 끝날 수 있었다. 카간도 바보가 아닌 이상 이게 다 뭘 위해서인지 알 테니까. 그런데 저 모자란 녀석이 선을 넘는 바람에 내가 발포하게 된 거다.

이따위 근무 환경을 더는 참을 수가 없다. 이게 그릇 가게에서 코끼리더러 춤을 추라고 하는 것과 뭐가 다르냔 말이다. 나는 카간과도, 이미 성전 필름에 기록된 그 오르크 커플과도 절대 맞닥뜨려선 안 되는 거였다. 물론, 베르나르-앙리에게 총을 쏴도 안 된다. 물론 녀석을 갈겨버리고 싶기는 했지만. 베르나르-앙리와 카간이 가까이에 있어 내가 발포할 수 있는 틈새는 좁았고 차 쪽으로 위험스레 스치는 도비탄이 생길지도 모르는 상황이었다.

"디렉트리사*에서 물러서라고, 이 등신아!" 나는 통신기에 대고 베르나르-앙리에게 소리쳤다.

하지만 녀석은 못 들은 것 같았다. 어쩌면 통신을 일부러 끊어버린 것일 수도 있다. 혹시 카간을 사살해서 실직하게 되는 건 아닐까 걱정이 됐다. 하지만 우연이 나를 살렸다.

이때 카간도 통신 중이었던 것이다. 그는 총격이 자신을 향할 수 없다는 것을 알았지만 어쨌거나 매우 놀란 상태였다. 전투가 시작되자마자 그는 자신의 고무녀를 꼭 끌어안았다. 이런 그의 행동이 마구잡이로 나온 건 아니다. 그는 카메라 앞에서 어떻게 행동해야 하는지에 대해 이미 통달해 있었다. 하지만 우스꽝스러웠다.

---

* 디렉트리사директриса: '여성 교장'과 '사정권', 두 가지 의미를 가진 단어.

상황은 점점 더 재미있어졌다.

'디렉트리사'는 우리 전문가들이 쓰는 용어로, 촬영팀 요원들이 막아서서는 안 되는 총탄의 예상 궤적을 일컫는다. 카간, 이 바보 같은 오르크가, 인간들이 사용하는 이 단어가 고무녀를 일컬으며 자신이 내 촬영을 망치고 있다고 생각하고는 재빠르게 측면으로 몸을 틀었던 것이다. 바로 이때 도비탄 하나가 그의 고무 마누라를 정확히 뚫고 지나가 빨간색 물감이 사방으로 튀었다. 이로써 주의 깊은 시청자는 카간의 내밀한 취향에 대한 많은 것을 눈치채게 됐다. 그의 모토렌바겐 위로 차 지붕 덮개가 올라가기 시작했지만 이미 늦어버렸다.

그제야 베르나르-앙리는 도로에서 퇴각해야 할 때라는 것을 알아챘다. 경호대가 창들을 곧추세우고 뚜껑 닫힌 모토렌바겐을 동그랗게 둘러싸더니 그 대형을 유지한 채 시체들이 널브러진 길을 따라 앞으로 나아갔다. 대오를 흐트러뜨리지 않기 위해서였다. 베르나르-앙리가 지팡이를 점점 더 위로 치켜들었지만 나는 더 이상 그를 찍지 않았다. 더는 아무도 베르나르-앙리에게 덤벼들지 않았기 때문에 내가 계속 사격할 이유도 없었다.

오르크들이 통과하고 난 후 도로에 널린 군인들의 시신이 마흔 구는 족히 넘어 보였다. 구두창에 짓밟힌 검은 시신들의 꼴이 말이 아니었다. 뉴스용으로 촬영하는 게 쓸모없을 지경이었다. 구출된 아이들이 보이지 않았다. 그들은 다행히 도망쳤다.

마니투를 보니 시스템이 내게 15분 만에 150만을 찍어주고 있었다. 촬영된 것 중 우리 소믈리에들의 마음에 드는 게 많았나 보다. 내가 출격할 때마다 이만큼씩 벌었더라면 이미 하반구에다가 외부 빌라를 샀겠구나 싶었다. 아니면 카야를 구입하느라 받은 대출을 3년 만에 전부 다 갚든지……

베르나르-앙리는 아직까지 갓길에 서 있었다. 아무래도 M-비타민* 약 기운에 아직도 취해 있는 것 같았다. 나는 그의 트레일러를 호출해놓고 그가 탑승할 때까지 기다리기로 했다. 어쨌거나 작전 종료 시까지 그를 책임지는 것은 나니까. 좋게 끝났으니 그를 나무라지는 않았다. 군 전통에 따르자면 이러한 경우 비행에 대한 평가는 사후에 이루어졌다. 그런데 웬일인지 그가 나에게 말을 걸어왔다.

“여자애는 어디 갔어?” 쉰 목소리로 그가 물었다.

“내가 어떻게 알아?” 내가 대답했다. “걜 안 보고 있었는데.”

“그 여자애한테 내가 볼일이 좀 남았는데.” 그가 말했다.

여기서 나는 더 이상 참을 수가 없었다. 그게 무슨 말인지 너무나 뻔했기 때문이다.

“난 지금 너 때문에 카간을 죽일 뻔했다고, 등신아.” 내가 소리쳤다. “근데 지금 내가 네놈 암컷들 뒤도 봐줘야 한다는 거냐?”

“이게 어디서 입을 함부로 놀려, 날아다니는 방둥이 주제에?” 그도 소리를 질렀다. “난 베르나르-앙리 몽테뉴 몽테스키외야! 등신은 내가 아니라 너네 아빠**겠지…… 바닥에다 했으면 너 같

---

* M-비타민M-витамин: 중추신경계를 흥분시키는 약물군 중 암페타민류 약물의 하나인 메스암페타민метамфетамин을 염두에 둔 단어이다.

** 아빠(папá): 러시아어 папа의 강세는 첫음절이다. 베르나르-앙리의 억양은 종종 프랑스식이며 이 단어 또한 두번째 음절에 강세를 두고 발음했다.

은 게 태어났겠냐……"

시작됐다. 이렇게 우리는 서로에 대해 어떤 생각을 갖고 있는지 열 번도 넘게 의사 표현을 했고 그러는 동안 여물통같이 생긴 그의 트레일러가 도착했다. 이윽고 베르나르-앙리는 여자애를 찾아 날아다니더니 곧 그 애가 숲속에 숨어 있다고 통신해왔다. 그는 그녀를 트레일러에 실어 녹색 구역으로 데리고 갔다. 한두 번 해본 솜씨가 아니었다. 평소와 달리 그의 이번 여자 친구는 좀더 오래 살 수 있는 기회를 얻었다. 베르나르-앙리가 전후 세계 건설을 위한 정리 정돈을 맡아 아래에서 오랫동안 머물게 되었기 때문이다.

이제야 나는 카메라를 자동 비행 모드에 놓고 주차할 수 있었다. 카메라는 집으로 돌아왔고, 이제 내 업무는 끝났다.

전투 쿠션에서 내려와 안경을 벗자마자 카야가 눈을 부릅뜨고 나를 쳐다보며 말했다.

"백정 같은 새끼."

발포 계획이 없었던지라 출격을 지켜보라고 그녀를 컨트롤 마니투 옆에 앉혔었다는 걸 벌써 잊어버렸다. 일이 이렇게 전개될 줄 누가 알았겠는가. 그렇지, 어린 여자애가 험한 꼴을 많이 본 거다.

"야, 날아다니는 방둥이." 카야가 악에 받친 목소리로 흉내를 냈다. "그렇게 많이 죽일 필요가 있었어? 불쌍하잖아. 뒤룩뒤룩 살이나 찐 짐승 새끼. 피나 묻히고 다니는 덜떨어진 놈. 너 비행하는 거 다시는 안 볼 거야. 알았어? 절대 안 볼 거라고!"

이 대목에서 기분이 나빠졌다. 내가 뚱뚱한 건 사실이기 때문이다. 베르나르-앙리는 항상 제일 아픈 곳을 공격하는데, 카야도 그랬다.

비만을 놀려대는 건 비리비리한, 모든 측면에서 비리비리한 놈이나 하는 짓이다. 마니투로부터 선택된 이들에게만 후덕함이 허락된다는 걸 그가 알 턱이 없다. 아주 오래전부터 부자를 묘사할 때 껄껄대며 웃고 있는 뚱땡이를 그린 것도 다 이유가 있는 것이다.

당신의 무게. 그것은 당신이 우주에 거하고 있는 바 그 자체다. 만일 당신이 150킬로그램이 나간다면 그건 당신 안에 있는 생의 기운이 평균적인 시민 두 명분을 넘어선다는 걸 의미한다. 당신이 보통 사람들보다 더 똑똑하다든가 어떤 분야에서 다른 이들에 비해 우월하다 해도 놀라울 게 없다. 물론 모두가 천재인 건 아니지만 뚱땡이들은 대개 재미있고 착하고 사회 전체에 아주 유익한 사람들이다. 내가 훌륭한 비행사인 것도 바로 '헤넬로레'를 조정할 때 나의 육감에 기대기 때문이다. 그러니까 나는 배[腹]로 나는 것과 마찬가지다. 배 전체로 말이다.

기술적인 이유로 고대의 비행사들은 대부분 작고 깡마른 체형이었다. 하지만 나는 유명한 에이스들의 예를 찾을 수 있다. 헤르만 괴링이나 베니토 무솔리니가 있으니 말이다. 두 사람 다 정치가로서 명성을 떨친 것은 결코 우연이 아니다. 카야는 둘에게 콧방귀를 뀔 뿐이지만.

그러고 보니 재밌는 게 있다. 살쪘다고 지적하는 카야의 말에 벌써 익숙해진 탓인지 그다지 불쾌하지 않았던 것이다. 덜떨어진 놈이라 불려도 난 그저 웃을 뿐이었다. 하지만 카야가 이 두

가지를 합쳐 나를 덜떨어진 뚱땡이라고 부르는 건 불쾌하다. 이건 어쩔 수 없다.

다 내 탓이다. 카야의 개년성을 가장 높은 수치로 설정해놓은 게 나니까. 누가 시킨 것도 아니고.

이건 그녀의 적색 블록에 위치한 조정탭 때문이다. 나는 카야의 '개년성' '유혹성' '영성'을 모두 최고치로 설정해놓았다. 이게 뭘 의미하는지는 조금 뒤에 설명하겠다.

어쨌든 나는 화가 나서 카야를 조종하는 마니투가 설치된 행복의 방으로 들어갔다. 나는 비밀번호를 눌러 그녀를 정지시켰다.

내가 이런 곳에서 카야의 설정을 조율하는 건 여기에 무슨 상징적이고 배수구적 의미가 있기 때문이 아니다. 그저 카야가 이곳에 들어올 리 없기 때문이다. 그녀가 자신의 설정을 바꾸는 일이 생기는 걸 방지하기 위해서다. 여기서 뭔가 설명이 필요할 것 같다.

카야. 이것은 내 삶의 꽃, 내 최고의 투자, 내 심장의 빛, 숱한 밤들의 행복이자, 해를 거듭하며 오랜 시간 갚아야 할 대출금 분할 상환이다.

카야는 나의 수라다.

성적 지향에서 내가 100퍼센트 순수 글루미라는 사실을 먼저 밝혀두고 싶다. 글루막, 글루미르, 인형박이, 푸포갈*…… 내키

* '글루막глумак'과 '글루미르глумырь'는 '글루미gloomy'의 발음을 그대로 가져오기 위해 발음대로 읽었으며 '쿠클라욥куклоёб'과 '푸파라스пупарас'는 원어 자체에 '글루미'라는 음가가 포함되어 있지 않아 의미와 뉘앙스가 전달되도록 '인

는 대로 부르시라. 당신이 푸파포비아에다가 이 주제에 대해 편견이 있다면 그건 당신이 알아서 해결할 문제이지 나까지 이것을 문제로 여기도록 만들 수는 없다. 우리는 벌써 수 세기 동안 우리의 권리를 위해 싸웠고 결국 '글루미gloomy'라는 단어는 명예로운 쉼표를 사이에 두고 '게이gay'라는 단어와 나란히 쓰일 수 있게 되었다.* 하지만 이건 정치적으로 올바른 용어일 뿐 우리끼리는 서로를 그냥 푸포갈이라고 부른다.

혹시나 당신이 모를까 봐 말해두는데, '푸포갈'은 글루미 피플을 일컫던 모욕적인 용어로 '인형'을 뜻하는 고대 라틴어 '푸파pupa'에서 왔다. 언젠가 게이들이 자신들을 모욕적으로 칭하는 '퀴어queer'라는 별칭을 자조적인 자기 정체성으로 전환시킨 것과 마찬가지로 이 단어는 우리의 무기였다. 빅 비즈에서 이것은 가장 고매한 존경의 표현이다. 오늘날 상대를 모욕하기 위해 '푸포갈'을 사용하는 이들은 이 단어와 '보갈'**을 헷갈려 하는 오르크들뿐이다. 하지만 오르크들에게 이 용어가 꼭 성적 지향을 가

형박이'와 '푸포갈'이라는 번역어를 새로 만들었다.

* '글루미gloomy'는 영어로 '우울하다'는 뜻이다. 유사한 발음이 포함된 러시아어 '글루미차глумиться'는 '놀리다' '조롱하다'를 뜻한다.

** 보갈: 러시아에서 게이에 대한 혐오 표현이면서 동시에 그들 간에 자조적으로 사용되기도 한 '피도르пидор' '피도라스пидорас'를 옮긴 말이다. 한국어로 '보갈'은 19세기 말부터 성매매 여성을 속되게 일컫는 단어 '갈보'의 두 음절을 뒤바꾸어 만들어진 단어로 1970~80년대 종로를 중심으로 게이 남성들이 서로를 '보갈'로 부르기 시작하면서 사용되었다. '보갈' 또한 동성애에 대한 인식이 전무한 시대에 자신들에 대한 자조와 비하를 뒤섞어 만든 은어인 셈이다. 2000년대 중반 이후로 '보갈'은 그 사용 빈도가 현저히 낮아졌다고 한다(한국성적소수자문화인권센터, 『한국성적소수자사전』 참조).

리키는 것은 아니다. 무엇보다도 도덕 규범을 개의치 않는 사람을 가리킬 때도 쓰인다(오르크들에게 도덕 규범이란 과연 무엇인가,라는 질문은 또 다른 논의에서 다루어질 필요가 있다).

물론 내가 생물학적 파트너에 대해서 반감이 있는 건 아니다. 나도 살아오면서 몇 차례 생물학적 파트너들을 경험해본 적이 있다. 하지만 나랑은 맞지 않았다. 나는 수라를 선택했다.

나는 이 단어 자체가 정말 맘에 든다. 이건 마치 노래나 기도, 혹은 천상의 빛깔을 띤 새의 명칭이어야 할 것 같다. 하지만 이것은 단지 푸포갈들을 공개적으로 멸시할 수 있었던 시대로부터 전해 내려온 교회 영어 단어 '서로게이트 워프surrogate wofe'*의 줄임말일 뿐이다. 그렇다고 수라를 대리녀라고 부를 수 있는지에 대해서는 확신이 없다(가끔 우리 스스로 수라들을 속되게 부를 때 쓰는 고무녀라는 말에 대해서는 더 그렇다).

우리 시대엔 오히려 살아 있는 여성들이 대용품이다. 특히 성교 동의 연령이 마흔여섯 살까지 상향 조정되면서 더더욱 그러하다. 그리고 이 살아 있는 여성들 또한 몸의 이곳저곳에 임플란트를 안 한 곳이 거의 없으니 고무녀라 불려도 어색할 게 없다.

고령화 사회에서 영화계 마피아와 나이 든 페미니스트들이 권력을 잡은 후 가장 중요하게 실행한 것이 바로 동의 연령 상향 조정이었다. 현재 그들은 이 연령을 마흔여덟 살로 높이려

---

* 서로게이트 워프surrogate wofe: '대리모'를 뜻하는 '서로게이트 마더surrogate mother'를 연상시키는 단어 조합이다. wofe는 영어권 인터넷상에서 wife의 오타로 굳어진 익살스러운 표기법이다.

한다. 게이와 레즈비언한테 적용되는 성교 동의 연령은 아직 마흔네 살인데, 이건 그들이 막강한 로비를 통해 어퍼머티브 액션affirmative action으로* 자신들을 위한 수정 법안을 통과시켰기 때문이다. 이쨌거나 그들의 동의 연령도 곧 미흔여섯 살까지로 상향 조정될 것이다. 만일 굴락GULAG이 없었다면(나는 벌써 이 캠페인에 9년째 회원으로 참여하고 있다) 성교 동의 연령은 단번에 예순 살까지로 상향 조정되었을 것이다.

우리의 단체 행동은 이 사회 안에서 자유와 상식의 흔적을 지탱하는 마지막 닻이다. 하지만 굴락에 대한 이야기는 길어질 수 있으니 나중으로 미루도록 하자. 다만 한 가지 말해둘 건, 이 굴락이야말로 유일무이하고 진정한 공공의 힘이며 유사시에는 권력은 물론 뉴스에도 대항할 수 있는 능력을 지니고 있다는 점이다. 이것이 이른바 grassroots power(풀뿌리 파워)**이다. 그리고 바로 이 전선이, 헤헤, 내 심장을 관통하고 있다.

물론 모든 게 다 끔찍한 건 아니다. 엄격하게 금지된 건 섹스가 아니라 섹스 촬영이다. 섹스 그 자체에 관해서는 청소년 규칙인 'don't look-don't see(안 보면, 안 보인다)'가 작동된다. 실상 이 안에서 매일 실용적인 이득을 끄집어낼 수 있는 것은 베르나르-앙리 같은 독수리들뿐이다.

냉소적인 이들은 동의 연령 상향 조정이 나이 든 페미니스트들의 작당이라고 말한다. 배를 곯다 못한 누군가가 농익어 시들

---

* 반차별주의 노선으로(원주). 일반적으로 '소수집단 우대정책'으로 해석.

** 일반 시민들의 힘(원주).

해진 자신들의 몸을 기웃거릴 것이라는 희망 때문에 그녀들이 그렇게 행동한다는 것이다. 물론 시답잖은 얘기다. 타인의 성적 무권리를 위한 투쟁은 낡은 숙녀용 샌들과의 섹스나 항문노출증과 마찬가지로 성적 자기표현의 극단적인 형태일 뿐이다. 격투기 선수들의 얼굴을 보시라, 모든 게 납득될 거다. 물론 자신의 에로틱 판타지를 실현시킬 그들의 권리를 인정하지 않는 것은 잔인한 짓이다. 그러나 문제는, 한 성 소수자 집단의 이기적 행동이 거대한 인간 대중에게 문젯거리를 발생시킨다는 데 있다.

하지만 이 히스테릭한 여자들이 문제의 본질은 아니다. 그들은 그저 가림막 같은 것이다. 그들은 그저 떠들어대는 머리통으로만 이용될 뿐, 이 작업의 방향을 결정하고 그 재정적 지원을 맡는 것은 전혀 다른 권력들이다.

권력자들이 동의 연령을 상향 조정하는 것은 이 안건을 열정적으로 로비하는 영화 산업계 측의 계속되는 압박 때문이다. 게다가 동의 연령을 높이려는 영화계 마피아의 노력은 일종의 사회적 반향을 불러일으켰다. 이러한 노력이 위선적인 사회도덕에 부합했기 때문이다. 죽을 때가 되어서야 회개하게 된 장로들이 타인의 기쁨을 제물로 바침으로써 마니투를 매수할 수 있다고 생각한 것이다. 하지만 이러한 선물들로 마니투를 즐겁게 할 수 없다. 우리는 단지 마니투를 능욕하고 있을 뿐이다.

신세기의 자유로운 인간인 우리는 일요일에 신작 스너프를 보러 성전을 다니면서 매 순간 도덕성에 침투하는 끝없는 위선을 맞닥뜨린다. 이것은 거대하고 선명한 총천연색의 위선이다.

아니, 우리가 바치는 공물이 통째로 기만인 것은 아니다. 비행사인 우리는 마니투 앞에서 거짓이 없다. 스너프가 보여주는 죽음에도 거짓은 없다. 하지만 우리가 마니투의 정결한 광선에 바치는 사랑은 몽땅 거짓이다. 그리고 마니투가 우리를 벌할 때—이건 조만간 닥칠 텐데—그 어떤 계좌나 보물도 성물 모독을 통해 이익을 얻은 자들을 구원하지는 못할 것이다.

모든 것이 지극히 점잖아 보인다. 배우들은 혐오감을 불러일으키지 않는다. 그들의 몸은 여전히 아름답고(다소 농익은 듯 번들거리는 아름다움이기는 해도), 움직임은 세세히 연출되었으며, 연출 또한 완벽하다. 하지만 이 시대의 성형 수술이 전례 없는 경지에 이르렀다 할지라도 자연을 기만하기란 어려운 일이다.

남자의 경우는 끔찍할 게 하나도 없다. 결국 남자의 성이라는 건, 그게 뭐가 됐든 그 본질상 별 볼 일 없기 때문이다. 흔히 말하듯, 남자에게는 아름다움 대신 테스토스테론과 돈이 있다. 하지만 여배우들은……

예를 들어, 양 갈래로 알록달록하게 땋아 내린 머리 모양을 하고 천으로 된 토끼 인형을 두 팔로 끌어안고 있는 한 아가씨가 침대 위에 앉아 있다고 생각해보자. 당신은 눈앞에 보이는 것을 젊음의 부드러운 아침이라 여길 것이다. 그런데 다음 순간 자기 피부를 누덕누덕 덧댄 이 존재의 목에 프테로닥틸루스와 같은 아주 미세한 주름이 불현듯 어른거리는 것이다. 당신은 순간적으로 그녀가 노파라는 사실을 알게 되고, 배 아래에서 느껴졌던 따뜻한 파동은 몸 전체를 꿰뚫는 혐오스러운 떨림으로 바뀌게 된다.

여자. 이 매혹적인 꽃을 본 당신은 아이가 탄생할 수 있다는 부담을 떨쳐버릴 만큼 강한 광기에 사로잡힌다. 이는 마니투가 바라는 대로다.

일요일이 되면 당신들은 성전에 간다. 하지만 거기서는 꽃을 보여주지 않는다. 그 대신 자연 법칙에 따르자면 벌써 반세기 전에 실리콘과 프로테인으로 나뉘어 허물어졌어야 할 법한, 임플란트로 부풀려진 고가의 가슴을 보여준다. 그러면서 다른 모든 꽃잎은 성형 수술 후 아직 붕대를 감고 있는 처지라며 이에 대해 사과를 한다. 이래놓고서는 당신에게서 삶을 향한 디오니소스적 사랑의 발작을 기대하는 것이다.

관건은, 모두 알다시피 마니투의 저주를 받은 이 배우 카스트의 '남제자들'과 '여제자들' 중 정말로 아름다운 청년들이 있다는 것이다. 그야말로 엄청나게 아름다운 이들 말이다. 그들이 성전 필름에 나온다면 훨씬 더 아름다워 보이리라는 걸 모두가 알고 있다.

바로 이 점 때문에 '동의 연령'이 마흔여섯 살까지 올라간 것이다. 성전용 촬영에 막대한 돈을 들이기 때문에 포르노 배우들이야말로 어마어마하게 부유하다. 이들은 강력한 마피아나 마찬가지다. 이 마피아는 막강한 정치적 로비력과 엄청난 대중적 지지 기반을 가지고 있다. 빅 비즈 거주자들의 평균 연령이 고령화되었기 때문이다. 영화계 마피아를 구성하는 모든 이들은 서로 이심전심이며 젊은 경쟁자들의 등장을 바라지 않는다.

열린 정보화 사회에서 그 누구도 영화 촬영을 범죄와 연루시킬 수 없다. 그 대신, 촬영되는 대상을 강력한 로비를 통해 범죄

화하는 것은 충분히 가능하다. 이것은 'don't look-don't see(안 보면, 안 보인다)' 규율 때문에 시민 개인의 삶에 큰 영향을 끼치지는 않을 것이다. 하지만 문서로 규정된 명백한 법률 위반으로 인해 젊은 배우들의 성전 포르노 출연은 곧 불가능해질 것이다.

이것이 바로 역설이다.

결국 20대나 30대의 젊은 배우들은 수십 년간 '제자들'로 활동할 수밖에 없다. 즉 이 마피아 내부에서 성장하고 정착해야 하는 것이다. 그리고 성전 포르노에서는 쉰 살씩, 아니면 일흔 살씩 먹은 노인과 노파 들이 연기를 한다. 이것을 만일 디지털로 찍는다면 마니투상으로 원본을 손질하는 과정에서 모든 문제가 해결될 것이다. 하지만 성전 셀룰로이드를 그렇게 취급해서는 안 된다. 스너프는 그야말로 성사聖事이기 때문이다. 내가 우리들이 바치는 제물을 불결하다고 여기는 이유도 바로 여기에 있다. 하지만 이러한 주제에 대한 언급은 우리 사회에 너무나 고통스럽다. 언급하는 것조차 용인되지 않는 것들이 있다. 이것도 그중 하나다.

다행스럽게도 글루미 피플gloomy people의 삶에서 성교 동의 연령은 아무런 역할을 하지 못한다. 그건 인간과 인간 사이에서 일어나는 일에만 적용되기 때문이다. 우리는 '동의' 같은 법률적 문제를 일으킬 일 없는 수라를 이용한다. 수라에게도 또 수라와 관계를 맺는 인간에게도 동의 따위는 요구되지 않는다. 수라가 스너프 필름에 등장하는 것은 금지되어 있다(그들은 종교적 의식의 주체가 될 수 없기 때문이다). 포르노도 마찬가지다(그들은 '동의 연령에 다다르지 않은 이들을 모방한다'). 하지만 수라를 집 안에서 이용한다면 아무것도 문제 될 것은 없다. 물론 당신이 사적 전선에서의 위업을 담은 동영상 클립을 인터넷에 유포시키지만 않는다면 말이다. 사실 이런 유포 사건은 매년 일어나고 있다. 이 때문에 불쌍한 바보들은 백발성성한 페미니스트들이 귀청이 떨어지도록 내지르는 사냥감 모는 소리에 쫓겨 공공 윤리를 위한 먹이로 희생되고 있다.

수라에는 변태 사디스트들과 오르크 카간들이 이용하는 빨간색 물감으로 가득한 고무 인형부터(터진 듀렉스에게 이것은 그저 높은 사회적 신분의 상징이다) 나의 카야같이 기적처럼 완벽한 것까지 종류가 다양하다. 가동 설명서가 자랑스레 밝히고 있듯이 나의 카야로 말하자면 "자가 발전 생합성 '프리미엄 1등급' 구동"이다.

일전에 말한 적 있듯이, 내 카메라가 출시된 것 중 최고는 아닐지 모른다. 하지만 카야는 그야말로 최고다. 내 생각엔 이보다 더 완벽하기는 어렵다. 그녀의 작은 몸에 생명을 주고 영혼을 불어넣는 셀 수 없이 많은 이 모든 고대 기술은 그저 복제의 대상일 뿐 그 누구도 이를 개량할 수는 없다. 게다가 특별히 개량이 필요하지도 않다.

우리의 작고 붐비는 이 세상을 사는 이들 중 나의 카야 같은 모델을 구입할 수 있는 이는 극소수다.

그녀 안에 무엇이 있는지 나는 모른다.

물론, 어느 정도까지는, 흠, 당연히 아주 잘 안다. 하지만 지금 그런 저속한 얘기를 하는 게 아니다. 그러니까 내 말은, 그녀 속에서 대체 어떤 전기적이고 기계적인 작동들이 일어나는지 알 수 없다는 얘기다. 그 모든 게 어떻게 생겨먹었는지 정확히 모르겠다. 그래도 어렴풋하게나마 그림이 그려지는 건, 몇 년 전 어떤 미친놈이 내 것과 비슷한 등급의 수라를 여러 토막으로 톱질해버린 적이 있었는데 그때 몇몇 사진이 우연찮게 내 마니투까지 흘러들어왔기 때문이다.

그 녀석은 아무래도 필름 소각 분파의 일원이었던 듯하다. 뉴스는 그가 자기 여자 친구에게서 핵 배터리를 꺼내 그것으로 폭탄 또는 그 비슷한 것을 제조하려 했다고 전했다. 그렇지만 이건 헛소리다. 배터리는 절대적으로 안전하게 제작되어 있어 허가되지 않은 방식으로 접근하려는 시도가 감지되면 그대로 영원히 작동을 멈춰버리기 때문이다. 이것은 녹색 원자, 고대의 모든 기계에 포함되어 있던 바로 그 원리에 의한 것이었다. 이 배터리는 어떠한 조건에서도 절대 오염을 유발하지 않는, 아주 고가의 것으로 나의 '헤넬로레'에도 장착되어 있지 않았다. 이것은 이른바 주요 과학 기술*이므로 적의 손에 들어갈 가능성이 있는 전투 장비에는 장착되지 않기 때문이다.

물론 바보 같은 짓이다. 첫째로, 수라도 아래로 도망갈 수 있다. 적어도 이론 상으로는 말이다. 둘째로, 만일 격추된 원격 카메라에서 적이 핵 배터리를 꺼내 간다고 하더라도 그걸로 뭘 어쩔 수는 없다. 이건 또 다른 경쟁에 말려들기 싫어하는 원격 카메라 생산자들 사이의 담합 때문이다. 그래서 '헤넬로레'가 이따

---

* 러시아가 매년 발표하는 '주요 과학 기술 목록(перечень критических техноло-гий)'을 빗댄 것이다.

금 충전이 필요한 것과 달리 카야는 그렇지 않다. 핵 배터리는 수 세기를 쓸 수 있고 수라는 항상 자기 주인보다 오래 산다. 그러니까 아까 말한 그 녀석을 아예 이해할 수 없는 것도 아니다.

나는 수라의 몸 안에 있는 핵 배터리나 합성 생물학 기제들이 어떤 방식으로 작동되는지 모른다. 내가 아는 거라곤 육체적 측면에서 수라는 젊음은 물론 이상적인 건강함까지 지닌 갓 씻겨낸 인간 존재와 아무런 차이가 없다는 정도다. 그녀는 전자 시뮬레이션으로 바이오필드를 구현하기도 한다.

물리적 측면에서 말하자면 그녀는 우리의 능력에 대개 미치지 못한다. 그녀는 아주 빠르게 달리거나 여러 가지 곡예 묘기를 수행할 수는 없다(땅을 칠 노릇이기는 해도, 기름진 나 따위와 겨룬다면 그녀가 완승할 것이라는 걸 언급해두겠다). 수라는 주거지 내에서 조심히 다루면서 사용하도록 만들어진 일종의 가정용품이다. 그래도 걸어 다니고 몸을 움직이고 집 안의 잡일을 하는 데는 결코 인간에게 뒤지지 않는다.

수라는 숨을 쉰다. 더 정확히 말하자면 숨을 쉬는 것처럼 행동한다. 그래도 몸속으로 공기가 끊임없이 들어갔다 나왔다 하는 것은 물론이거니와 우리와 똑같이 말을 한다.

그녀는 아무것도 필요로 하지 않는다. 수리도 필요 없다. 만일 피부에 무슨 짓을 한다 해도 그 상처는 곧 자동으로 아문다. 설명서에는 물과 함께 1년에 두세 알 정도 가동 알약(겉보기엔 비타민 비슷한 일종의 플라스틱 구슬이다)만 주면 된다고 쓰여 있다. 만일 당신이, 예를 들어, 수라가 머리를 길게 기르거나 좀더 살이 찌길 바란다면, 이 알약을 훨씬 더 많이 삼키게 하면 된다.

꼭 가동 알약이 있어야 하는 건 아니다. 물고기들이 먹는 압착 사료 같은 유기 추출물이라면 뭐라도 수라에게 먹이면 된다. 그러면 그녀의 신체 내부 구조가 스스로 알아서 필요한 물질을 선별해낸다. 최악의 상황에는 이런 모든 게 없이도 수라는 유지될 수 있다. 그녀의 몸에서 한 부분이 잡아 뜯긴다고 하더라도 그전의 형태로 되돌아갈 수 있다. 가엾은 수라는 그저 몇 그램 정도 가벼워질 뿐이다. 설명서에는 자가 재생 유사 오르가닉 나노 조직이라고 쓰여 있었던 것 같다.

그녀에게 물이 필요한 건 그녀와 내가 사랑을 나누는 그 마법 같은 날들뿐이었다. 아니지, 울어대는 걸로 날 괴롭히고 싶을 때도 그랬다. 어째 우리 이야기가 내게 썩 내키지 않는 민감한 주제에 또다시 가까워지는 것 같다.

아, 그녀의 내부에 대해서 너무 오래 이야기한 것 같으니, 이제 그녀의 겉모습이 어떤지 설명해야겠다.

이 정도 급의 수라를 가질 수 있게 된다면, 당신은 앞으로 탄생할 이 존재의 내밀한 세부 사항에 대해 숙고하면서 소믈리에 팀과 적지 않은 시간을 함께 보내게 될 것이다. 당신은 여생을 함께 보낼 이 몸의 1제곱센티미터씩을 집요하게 탐구하게 된다. 가장 가까운 사람들하고도 나누지 않을 그러한 미묘한 차이가 거론된다. 눈, 코, 턱, 광대 모양, 유두 모양, 배꼽, 그리고 그 아래에 있는 모든 것, 이러한 세부 사항을 결정하는 데에는 짧게는 몇 시간씩, 길게는 며칠씩이 요구된다. 세밀한 지점들은 마무리 도색 작업 단계에서나 연마된다. 하지만 중요한 건 이것이 아니다.

수라의 관건은 당신의 시선이 그녀에게 머무를 때마다 그녀가 당신의 인식에 날리는 파괴적인 한 방에 있다. 소믈리에들이 그토록 날 납득시키려 애썼던 이 지점이 대체 무엇인지 이제야 비로소 이해하게 된 것 같다.

인간 암컷을 쳐다볼 때처럼 가장 냉소적인 시선으로 수라를 바라본다면—수라 생산자들은 바로 그렇게 수라를 바라본다—수라는 그저 두 가지 블록, 즉 정보 블록과 생식 블록(나와 함께했던 수라 전문 컨설턴트의 표현에 따르자면 '최면판'과 '정액 수용기')으로 나뉘는 유기체적 기계일 뿐이다.

생식 블록이란 새로운 인간 존재를 생산하기 위한 컨베이어다. 이게 어떤 건지는 다들 잘 알고 계시리라. 그리고 정보 블록이라는 것은……

이것을 정확히 표현하기는 어렵다. 여성이 생식을 보장하기 위해 (혹은 정반대로 끝장내기 위해) 외부 공간으로 송신하는 신호들의 총체 같은 것이라고 해두자. 엄밀히 말하자면 여성은 자기 자신이 이를 송신한다고 여기지만 사실 이 신호의 90퍼센트는 그녀 자신이 아닌, 자기가 어떤 암컷이든 전혀 개의치 않는 그녀의 본능이 송신하는 것이다. 물론 이것이 바로 여성들이 겪는 끝없는 비애의 가장 큰 원인이다.

여성의 매력은 왜 그토록 강력한가? 어째서 아직 어린이와 다를 바 없는 이 젊은 존재 안에 제국을 파괴할 수 있는 힘이 도사리고 있는가?

그것은 젊은 아가씨의 아름다움이란 현재 안에 보이지 않게 존재하는 오그라든 미래이기 때문이다. 이것은 마니투가 이미 수백만 년 동안 스스로에게서 빠져나와 미래를 향할 때 통과했던 관문 중 하나인, 먼 내일로 향하는 문이 지금 당장 거저 열릴 수 있다는 일종의 메시지다. 마니투는 우리의 눈을 통해 이러한 문을 보길 좋아하신다. 기껏해야 우리는 그런 마니투의 종복이거나 졸개다. 우리가 할 수 있는 거라곤 공손하고 빠르게 그의 명령을 실행하는 것뿐이다. 이것은 그분의 시선이 소년이나 양에게 머무르는 녹록지 않은 순간에도 마찬가지다.

이제 같은 이야기를 시적이지 않은 방식으로 다시 말해보겠다.

생식의 안전을 보장해야 하는 신호 정보는 여섯 가지 감각 기관들 각각에 다다른다. 여기에는 냄새, 촉각, 타인의 입술 맛, 그리고 말소리, 또 이 말들이 일으키는 생각이 영향을 미친다. 하지만 가장 중요한 채널은 물론 시각이다.

과학적 측면에서 보자면 여성의 아름다움은 수 초간 뇌 속에서 분석되는 게놈 및 생식 능력에 관한 총체적 정보와 다르지 않다. 남성은 첫눈에 그녀가 자기 마음에 들었는지 아닌지를 안다. 만일 그녀가 마음에 들었다면 이러한 감정은 빠르게 극도의 강렬함에 다다른다. 이는 이 남성이 5분 후에라도 짐승들에 의해 죽임을 당할 가능성이 있기 때문에 그 위험을 피하려는 본성에서 기인한 것이라 한다.

하지만 우리는 동굴이 아닌 사회 속에 살고 있다. 그러니까 여성들에게 특별히 마련된 천으로 정액 수용기뿐만이 아니라 '최면판'까지도 가리게 했던 종교적 도덕주의자들이 전적으로 옳다. 왜냐하면 여성의 중요 성기관은 당연히 얼굴이기 때문이다. 본능의 나지막한 목소리에 민감한 오르크들이 이것을 '씹판'이라고 부르는 건 다 이유가 있다. 그 이유가 지극히 자명하므로 여기서 굳이 성전 포르노 중 페이셜facial이라 불리는 교과서적인 한 장르의 존재를 인용할 필요도 없다. 화장품 이야기를 꺼내는 것도 괜한 일이다.

우리의 후세 중 일부 여성들에게서 태어난 특정 부류는 더 높은 생존율을 보인다(아니면 어떤 다른 이유 때문인지, 우리 모두를 자신의 한 부분으로 삼는 거대한 생물학적 프로그램이 이들을 선호하는 것 같다). 우리는 다른 여자들보다 이 여자들이 마음에 든다. 더 정확히 말하자면 그녀들은 우리 마음에 드는 게 아니라 바로 그 프로그램의 마음에 드는 것이다. 냉소적인 이 프로그램이 우리를, 처음에는 로맨틱한 황홀함에, 그다음에는 기나긴 가슴앓이에, 그 이후에는 진저리나는 법률적 성가심에 담가버린다.

수라 제작자들은 이 정보생물학적 메커니즘을 이용한다. 처음에 그들은 당신의 DNA 샘플을 가져간다. 그런 다음 당신의 유전자에 완벽하게 일치할 여성적 미의 유형을 계산해낸다. 당신의 수라는 당신 외에 다른 이들에게도 거의 유사한 방식으로 작동할 것이다. 그건 우리 자체가 모두 유전자적으로 아주 유사하기 때문이다. 우리가 지닌 차이란 아주 미묘하다. 그렇지만, 아시다시피 바로 이 미묘한 차이가 제일 중요하다.

물론 수라의 아름다움은 경탄스럽다. 직접 겪어보는 수밖에 없다. 당신은 그저 당신의 신부가 될 그녀의 가상 연령을 고르고 그 밖의 세밀한 부분을 마무리 지으면 된다.

적정 연령을 고르는 데 푸포갈들 사이에서 특별한 의견 일치가 있는 것은 아니다. 스트레이트*들 사이에서 그런 것처럼 말이다. 오르크 젊은이들에 심취해 있는 베르나르-앙리는 인간의 아름다움이라는 꽃은 빠르게 시들어서 아직 싱싱할 때 재빨리 꺾어야 한다고 주장했다. 물론 어떤 면에선 그의 말이 맞다. 내가 보기에 여자한테 제일 좋을 때는 훌로야의 나이인 열여섯 살이다. 이것은 자연이 정한 경계선이다(이 자연이라는 것은 수많은 얼굴을 가지고 있기에 우리와 형법의 언어로도 이야기한다). 대자연에 대한 일종의 친밀함을 아직 보존하고 있는 오르크들에게 이 나이가 그들의 성교 동의 연령인 건 괜히 그런 게 아니다.

열여섯 살 미만의 여자한테 관심을 갖는 건 어린애들이나 괴상한 사람들뿐이다. 나이를 더 먹은 여자들은 자기 나이를 낮추어 말하곤 하는데 이건 최면판이 고객을 정액 수용기로 손쉽게 유인하기 위해서다. 여자들이 일단 그렇게 굴기 시작하면 이것은 분명 자연의 목소리 때문이다.

하지만 카야는 결코 자신의 나이를 낮추어 말할 필요가 없다. 카야는 영원히 시들지 않는 꽃이니까.

수라는 그저 당신에게 최적화된 잠자리용 마네킹이 아니다, 절대 아니다. 수라는 말을 할 수 있다. 그냥 말을 하는 정도가 아니라 당신과 온전한 교제를 한다. 그녀의 행동 양식은 아주

---

* 원문에는 '나투랄натурал'이라고 되어 있는데, 영어의 내추럴natural에서 온 말이다. 영어권에서 이성애자(heterosexual)를 칭하는 말인 스트레이트straight의 러시아식 표현이기도 하다. 한국 독자들의 즉각적인 이해를 위해 '나투랄'이 아닌 '스트레이트'로 옮겼다.

넓은 영역까지 조정 가능한데 이에 대해서는 다음번에 이야기하겠다. 지금은 분노로 눈이 먼 내가 어떤 행동을 했는지에 대해 설명하는 중이니까.

나는 카야를 꺼놓은 채 내 개인 마니투에 그녀의 감정-의지 컨트롤러를 띄우고는 개념성 최고치를 해제해야 할지 말지를 두고 얼마간 생각에 잠겼다. 그러나 '날아다니는 방둥이'이라는 표현이 내 귓전에서 맴돌다 사라진 지 오래였으므로 그만두기로 했다.

하지만 일단 컨트롤러에 접속했으니 최소한의 개입을 하기로 했다. 보조창에 있는 몇 가지 부차적인 조정탭을 이용해 내 직업에 대한 강한 관심을 카야에게 부여했다. 그녀가 자신의 협박을 실행해야겠단 생각을 단념하도록 하기 위해서였다. 개념성이 최고치라 그런지 카야는 응어리진 마음을 쉽게 풀지 않는 성격이고, 나로서는 비행 중에 그녀가 내 컨트롤 마니투 옆에 앉아 있는 게 좋으니까 말이다.

내 직업의 어떤 측면을 그녀 마음에 들게 할지 결정하지 않은 채 그저 모든 그래프를 'any(아무거나)'나 'self-orien(자가 기반)'으로 해놓았다. 이렇게 해두는 것이 특별히 위험하지는 않았다. 게다가 이 순간 나는 화가 머리끝까지 난 상태였고 뭐라도 하고 싶었다.

절차의 마지막에 다다라서야 내가 카야의 컨트롤러에 손대지 않기로 벌써 두 차례나 결심한 적이 있었다는 것을 기억해냈다. 그렇게 결심했던 건 그러한 행동이 그녀를 유일한 삶의 동반자가 아닌 공장에서 생산된 장난감으로 만들어버리기 때문이었다.

진정한 푸포갈은 이런 식으로 행동하지 않는다. 한번 설정된 수라와 끝까지 간다.

나는 이번이 마지막이라고 다시 한번 엄숙하게 맹세했다. 그리고 나의 맹세가 허풍에 불과하지 않도록 컨트롤러 블록에 30분 강제 지연을 걸어놓았다. 이제는 카야를 정지시켜놓은 후 컨트롤러에 접속하려면 30분을 기다려야 한다. 이것은 소비자들의 빗발치는 요구로 인해 도입된 것으로 이 프로그램의 가장 중요한 특징이다. 나는 이 기다림의 시간 동안 내 안에서 글루미 프라이드gloomy pride*가 깨어나리라 생각했다.

이윽고 나는 카야의 일시 중지를 해제시켰다.

내가 돌아왔을 때 그녀는 나의 컨트롤 마니투를 보고 있었다.

카메라는 벌써 정비대에 주차되어 있었고 화면에는 체크 디짓이 올라가고 있었다.

"무섭긴 했지만 재미있었어." 검은 눈으로 나를 올려다보며 그녀가 말했다. "귀염둥이 앵무새 씨, 재미있게 해줘서 고마워. 근데 이 오르크 애들한테 그다음에 무슨 일이 일어났는지도 알고 싶어. 특히 그 남자애 말이야. 또 보여줄 거지?"

처음부터 이랬으면 얼마나 좋아.

"그러면 나한테 뭐 해줄 건데?"

"평소에 하던 거." 그녀는 그렇게 말하고는 눈을 내리깔았다.

"걔들 언제 보고 싶은데?"

"오늘. 지금 당장. 제발, 응?"

---

* 푸포갈의 자긍심(원주).

이 조그마한 여자가 나한테 뭔가를 부탁할 때는 이렇게 좋을 수가 없다.

나는 컨트롤 마니투를 쳐다보았다. '헤넬로레'는 충전을 위해 대기 중이었다. 기본 휴대량 교체를 비롯한 모든 절차에 30분 이상 걸리지는 않을 것이다. 하지만 나는 그녀의 응석을 다 받아주고 싶진 않았다.

"자기야, 오늘은 더 이상 안 될 거야." 이렇게 말하고서 나는 그녀의 소매를 잡아끌었다. "다음에 하자. 사흘쯤 후에. 네가 착하게 군다면 말야."

"왜 지금은 안 돼?"

"이제 '헤넬로레'도 쉬어야지. 그리고 우리 카야는 할 일이 있을 텐데……"

그녀는 고개를 끄덕이고는 얼굴을 조금 붉혔다. 이것은 우리가 처음 만났을 때 내가 이틀 저녁을 할애해 손수 설정했던 효과였음에도, 내 심장은 훨씬 더 빨리 뛰기 시작했다.

아래층이 너무 소란스러워 그림은 집중할 수가 없었다. 거기선 벌써 몇 시간째 술판이 벌어지고 있었다. 친척들이 이틀 전에 죽은, 불구였던 구두장이 호리 삼촌의 마지막 길을 배웅하고 있었다. 처음에는 이들 사이에 다툼이 생겨 그림한테까지 욕지거리가 날아들었다. 잠시 후 화해가 성사되었고 그들은 오르크 민요를 부르기 시작했다.

처음에는 눈물에 겨운 「좆나 이 시궁창에서 내뺄 수 있으려나」를 부르는 듯했다. 「이런 조국을 나는 씹했네」를 부를 즈음에는 '랄랄라' 소리를 어찌나 크게 내던지, 2층에서 숙제를 하려 애쓰던 그림은 스티로폼 마개를 귀에 쑤셔 넣을 수밖에 없었다.

이틀 후 11학년 졸업 작문으로 제출해야 할 '조국과 세계에 대해 내가 알고 있는 것'이라는 주제의 글을 아직 못 썼지만 그다지 걱정되지 않았다. 지린 리퀴드 때 지면 인쇄 버전으로 출판되었던 『무료 백과사전』*이 집에 있었기 때문이다. 보통 그림의 작문 숙제라는 건 직접 쓴 것처럼 보이려고 말을 약간 일그러뜨리고, 자잘한 사실들은 생략하고, 실수를 일부러 보태가면서 이 책에서 베껴낸 것이 대부분이었다. 지금껏 무사할 수 있

* '누구나 편집할 수 있는 무료 백과사전(свободная энциклопедия, которую может редактировать каждый)'은 위키피디아Wikipedia의 러시아 버전 소개 문구이다.

었던 건 선생님한테 이 백과사전이 없었기 때문이었다. 이런 백과사전은 이제 황색 구역에서나 구할 수 있게 되었으니까.

그는 거리낌 없이 작문의 첫 부분에 다음과 같은 역사 개괄을 베꼈다.

'고대 영화 시대에는 세계적 혼돈 위에 우뚝 서서 서로에게 영양분을 공급하던 아메리차와 츠히나라는 두 개의 거대한 나라가 있었다. 고대 세계가 쇠퇴하기 시작했을 즈음 츠히나는 만리장성을 경계로 세계로부터 격리되었고 서로 다른 제국들로 갈라졌으며, 아메리차에서는 히스패닉과 아프로니거들 사이에서 전쟁이 일어났다. 이후 아메리차 또한 서로 적대적인 몇몇 영토로 갈렸다.

세계 제일의 강대국으로 부상한 것은 아메리차 남쪽의 스페인어권 지역이자 이전에 멕시초였던 지역이 포함된 나르코 정부 아츠틀란이었다. 그곳의 거주자들에게 새로운 법*을 내리기 위해 인간의 형상을 한 마니투 안티크라이스트가 당도했다. 안티크라이스트가 자신의 이름을 그렇게 정하고 스파스티카를 자신의 표식으로 삼은 것은 인간의 사고를 정화하기 위해서였다. 가장 증오스럽고 공포스러운 것을 자신의 빛으로 정화하고 모든 곳이 마니투의 집임을 알리기 위해 그는 더 이상 과거는 존재하지 않으며 이제부터는 가장 어두운 구석에서부터 마니투의 목소리가 들리기 시작할 것이라 공포했다. 아츠틀란이 그를 죽이고 그 피를 짊어진다.

---

* 새로운 법(новый Закон): 「요한복음」 13장 34절 "새 계명을 너희에게 주노니(Заповедь новую даю вам)"의 패러디다.

아츠틀란은 암흑의 독재 국가였다. 규범은 잔혹했고 엘리트층은 부도덕했다. 야마토(大和), 브라질, 셴* 왕국, 시베리아공화국, 예브라이히**도 마찬가지였다. 지표 위로 오프스피어***를 띄운 나라들 모두는……'

진즉에 오프스피어에 대해서 썼어야 했다. 그림은 책상에서 일어나 먼저 보고 있던 흑색과 금색 표지의 백과사전 전집 중 한 권을 선반 위에 올려놓고 또 다른 한 권을 집어 들었다. 그는 필요한 항목을 찾아 책을 펼치고 책상에 앉아 계속해서 써 내려갔다.

---

* 셴Шэнь: 신神의 음가를 러시아어로 표기한 것이기도 하면서 중국의 성씨 가운데 심沈의 음가 표기이기도 하다. 여기에서는 왕국의 이름으로 쓰였다. 실제로 심沈나라는 춘추 전국 시대 한 왕조의 명칭이기도 하다.

** 예브라이히Еврайх: 러시아어로 유대인을 뜻하는 예브레이еврей와 나치 독일이 스스로를 칭했던 '제3제국(Drittes Reich)'에서 '왕국'를 뜻하는 라이히Reich의 러시아어 표현 рейх를 변형하여 합성했다. рейх를 райх로 표기했기 때문에 독일어 원어 발음과 유사해졌으며 동시에 '천국'을 뜻하는 러시아어 라이рай를 연상시킨다. 결과적으로 '나치 독일'이 '유대 왕국' 혹은 '유대 천국'으로 변형되었다.

*** 오프스피어(офшар): 영국령 버진아일랜드, 케이맨 제도, 파나마 등 조세 회피처(tax haven)로 더 잘 알려져 있는 역외 금융 시장(offshore financial market) 또는 역외금융 센터(offshore banking center, offshore financial center)를 가리키는 줄임말 offshore의 러시아식 표기가 오프쇼르офшор이며 여기에서 o를 a로 바꾸어 오프샤르 офшар라는 단어가 만들어졌다. 샤르шар는 러시아어로 '공, 구체, 지구'를 의미한다. 원작에 쓰인 오프샤르офшар라는 단어가 발음상 조세 회피처인 офшор와 비슷하면서도 동시에 '공, 구체, 지구'의 뜻이 포함되도록 영어 단어 스피어sphere에 착안해 '오프스피어'로 옮겼다.

'처음에 오프스피어들은 조세로부터 자유로운 치외법권 구역으로서 지상의 법률이 적용되지 않는 곳이었다. 오프스피어들이 나타난 것은 아츠틀란의 프레지라토르인 피의 호르헤가 아츠틀란 국적을 전 세계에 선물하고 지상에 사는 모든 이들을 핵 홀로코스팅*으로 위협하면서 납세 의무를 지웠을 때였다. 반중력 기동 장치로 땅 위에 떠 있는 구체들에는 형식적으로 이 법령이 미치지 못했던 것이다.

그곳으로 점차 영화 산업, 과학, 금융이 자리를 옮기기 시작했다. 드디어 전 지구의 은행업자들에게 숙원이었던 오프쇼어 발행 은행이 실현된 것이다. 오프스피어는 인간 엘리트들이 '점령자' 대중이 삽과 확성기, 혁명 포스터를 들고 난입할 걱정 없이 살아가는 거대 비행 도시로 변모했다. 왕년에 유명세를 떨쳤던 사회운동의 모든 기술은 그 힘을 잃었다. 어떤 이유에서였는지 서로를 전멸시키기 위한 대전쟁이 지상 국가들 사이에서 발발했을 때도 평화 지역으로 공표된 오프스피어는 시련을 겪지 않았다. 핵무기 또한 이곳을 향하지 않았다……'

그림은 다음 페이지를 흘끗 건너보더니 정신없이 눈으로 훑고는 욕설을 내뱉었다. 그다음 대여섯 장은 찢겨 있었다.

이건 집안사람 중 누군가가 너무나도 뻔한 일상적 뒷처리를 위해 한 짓이 틀림없었다. 그림이 마지막으로 이 항목을 읽은

---

* 홀로코스팅холокостинг: 홀로코스트холокост를 의도적으로 호스팅хостинг이나 캐스팅кастинг 등의 외래어 발음과 합성시킴.

것이 고작 몇 개월 전이었으니 최근에 찢긴 것이다. 너무나 재미있는 항목이라 다시 읽을 생각에 기대를 잔뜩 하고 있었는데 괜한 짓이었다.

그림은 영감을 얻기 위해 눈을 들어 공부 자리 앞에 있는 벽을 쳐다보았다.

거기에는 용케 빅 비즈에서 유능한 로이어가 되어 부유한 베르투하이에게 고용되었던 외가 쪽 친척인, 이미 고인이 된 종조할아버지 모르드의 명함이 걸려 있었다. 명함 위로 단순하면서도 엄정하게 인쇄된 글자와 숫자들이 보였다.

모르드 영구 개별 번호* 1 7012 00126 01 8

Attorney at Law

Big Byz 093457890-3288

평범한 오르크가 자신의 힘으로 어디까지 도달할 수 있는지 그림이 매번 눈을 들 때마다 상기할 수 있도록 엄마가 걸어둔 명함이었다. 이상하게도 이 귀감이 도움이 됐던지, 찢긴 페이지들 없이도 잘 넘어갈 수 있을 거라는 생각이 들었다.

그림은 과거 위대한 오프스피어들의 멸망사도 기억하고 있었

* 영구 개별 번호: 원문에는 инн이라고 쓰여 있다. 이는 러시아에서 실제 쓰이고 있는 용어인 '이덴티피카치온느이 노메르 날로고플라텔시카Идентификационный Номер Налогоплательщика(납세자 식별 번호)'의 이니셜 표기다. 작품 전개 중 드러나겠지만 이후 작품 안에서 이 이니셜 표기는 '인디비두알느이 네스티라이므이 노메르Индивидуальный Нестираемый Номер', 즉 '삭제 불가 개인 번호'로 다시 풀이된다.

다. 흥미롭고 섬뜩한 것들이 많았기 때문이다. 예를 들어, 에브라이히 오프스피어와 야마토 오프스피어는 지휘부가 자결한 이후 침몰했다고 했다(에브라이히에서는 모든 엘리트가 고대 오페라를 들은 후 청산가리를 복용했으며 발틱 해로 떨어진 오프스피어는 그 이후 죽어버린 검은 산처럼 바다 위에 솟아 있게 됐다는 것까지도 그림은 기억하고 있었다). 셴 왕국의 거대한 오프스피어는 잘못 베껴 온 반중력 기동 장치의 이상으로 인해 통제 불능이 되어 위에 살고 있던 1억 명 이상의 인간들을 우주로 날려버렸다. 이것은 지금까지도 인류사의 가장 큰 재앙으로 기억되며 많은 부분 이 비극의 영향으로 만리장성 너머의 전국 시대 왕국들이 결국은 생태학적 성장으로 그 방향을 틀게 되었다.

마지막 두 개의 오프스피어인 아츠틀란 오프스피어와 브라질 오프스피어는 현대적 무기가 아니라 마법의 힘으로 붕괴되었다는 소문이 퍼져 있었다. 아츠틀란에 대해 정확히 아는 이는 아무도 없었는데 이것은 마니투 안티크라이스트의 살해 이후 아츠틀란이 저주받은 땅으로 간주되었기 때문이다. 소문에 따르면, 브라질 오프스피어는 꽃을 휘감은 한 소년이 재규어 두개골로 만들어진 전차를 타고 와 멸망시켰다. 그때 소년은 피리를 불고 있었다고 한다.

정보를 몇 개의 문장으로 축약해낸 정도였지만 이것으로 충분할 것 같았다.

이제는 비잔티움 혹은 빅 비즈라고 불리는 마지막 남은 이 세계의 오프스피어에 대해서 몇 마디 해야 한다. 이 오프스피어는 바로 머리 위에 떠 있었지만 이것이야말로 제일 어려운 숙제였다.

이 오프스피어에 대해서는 어떤 어조로 글을 써야 할지 알 수 없었다. 오르크 뉴스를 구성하는 아부성 짙은 소심함과 잔인한 증오의 치밀한 혼합물을 모방한다는 것은 불가능했다. 증오심이 도를 넘으면 (혹은 반대로 존경심이 도를 넘으면) 금세 문제가 야기될 수 있는 거다.

그림은 기본적인 사실을 건조하게 서술하기로 했다.

빅 비즈의 인구는 약 3천만이다. 정치 제도는 마니투적 추첨 선출제 형식의 진보수주의적 민주 정권*이다(완전히 반대일 수도 있지만 어차피 이 말이 무슨 뜻인지 아무도 이해 못 한다). 공식 언어는 교회 영어이지만 상부 러시아어도 통용되고 있다. 정치 시스템은 양당제**이다. 마니투 준비군의 지도자가 프레지라토르이며 동시에 아우구루*** 제너럴인데, 적인****이나 백인 중에서 6년 임기로 선출되는 자리였다. 헌법 규정에 따라 아무도 그의

---

* 저자는 '민주주의'를 뜻하는 '데모크라티야демократия'에 '독재 정권'을 뜻하는 '딕타투라диктатура'의 '-투라тура'를 붙여 '데모크라투라демократура'라는 단어를 만들어냈다. 이를 전달하기 위해 '민주주의'에 '정부'의 별칭인 '정권'을 사용하여 '민주 정권'이라 번역하였다.

** 같은 발음이지만 '兩黨制'가 아니라 '兩黨祭'로 이해해야 한다. 원문에 양당 '제도'가 아니라 '의례' 혹은 '제의(двухпартийный ритуал)'라 표기되어 있기 때문이다.

*** 아우구루(Авгуру): 복점관을 가리키는 고대 로마의 관직명 '아우구르augur'에 인도에서 '선생'을 일컫는 산스크리트어 '구루guru'가 합쳐졌다. 러시아어로 읽으면 '아브구루'이지만 이해를 돕기 위해 '아우구루'로 읽었다.

**** 적인들과 백인들의 앞 글자는 대문자로 되어 있다. 적인은 붉은 머리카락을 가진 이들을 말하며, 서구 문화권에서는 오랜 기간 편견의 대상이었다.

이름을 알거나 얼굴을 볼 수 없다. 뉴스에서 그를 언급하는 것 또한 금지되어 있다.

오프스피어의 정확한 크기는 기밀에 부쳐져 있지만(사실 그들 스스로도 그 크기를 잴 수는 없을 거라고 그림은 생각했다) 이전의 오프스피어들이 패망하기 전 거기에서 떨어져 나온 모든 것이 이 빅 비즈로 수송된 걸 보면 기존의 오프스피어 중 가장 큰 규모다. 비대칭적으로 튀어나와 눈에 띄는 한쪽 부분은 이로써 설명된다. 여러분이 벌써 감 잡았다시피 이 오프스피어는, 시베리아공화국과 아츠틀란 간의 전쟁 시기에 핵폭발로 사라지고 만, 후기 철조망 시대 오프쇼어 군락이 위치했던 문명의 고대 요람, 사랑하는 우리의 수도 위에 떠 있다…… 폭발이 있었던 자리에 이제는 오르크 슬라바가 위치해 있고 몇백 년 전 이전해 온 빅 비즈가 그 위에 위치하게 되었다.

그림은 궁금해졌다. '오프쇼어'는 '오프스피이'와 같은 말인가, 아닌가? '오프쇼어'라는 말이 벌써 두 번이나 나왔다. 같은 말이 아닌 것 같다. 졸업생들이 계속해서 이 둘을 헷갈려 했다고 누군가가 말했었다. 국사 시간에 눈 깜짝할 사이이기는 했지만 철조망 시대 오프쇼어 문명에 대한 얘기가 있긴 있었다. 하지만 학교생활 막바지에 이르면 아무도 그걸 기억하지 못했다.

한 선동적인 방송 프로그램에 등장했던 대목을 넣을 수도 있었다. 빅 비즈는 오르크 수도 위에서 영원히 머무를 운명이기 때문에 오르크들과 인간들은 종국적으로 하나의 운명이고, 이 지점을 비잔티움의 교만한 올리가르흐들이 아직까지 이해하지 못하고 있다는 내용이었다. 하지만 이건 다음에, 맨 마지막에 다뤄야지.

조금이나마 무언가 기술적이고 지적이고 심각한 내용을 보태면 더 좋을 것 같다. 조금이나마 국가적 트렌트에 부합하려면 말이다……

반중력 기동 장치에 대한 항목에서 만족할 만한 적합한 구절을 찾았다. 그럼은 구절 전체를 베꼈다.

'과거의 오프스피어들과는 달리 비잔티움은 다른 곳으로 날아가거나 고도를 더 높일 수 없다. 그 위로는 강풍 구간이 시작되는데 비잔티움이 솔레노이드 중력 닻 위에 얹힌 반지 모양 콘크리트 밑창으로부터 뜯겨져버릴 수도 있기 때문이다. 솔레노이드 중력 닻은 반중력 기동 장치가 부과한 초과 중량 때문에 필수적이다.'

멋지기는 한데 이해가 안 갔다.

'종교' 항목에는 비잔티움의 혁신적 종교를 설명하는 단락이 있었다.

'무비즘이란, 그 자신의 본질 자체로부터 위선적으로 왜곡되고 거세된 마니투이즘으로, 마니투 안티크라이스트가 지상을 거친 수많은 마니투들의 육화 중 하나에 불과할 뿐이라고 여긴다. 깊숙이 간직된 무비즘의 교조는 그 신봉자들에 의해 심원한 비밀로 유지되고 있다……'

명칭에 대해서도 한두 마디 해두어야 했다. 한때 '비잔티움'

이라고 불린 도시가 있었다. 이 도시는 서양의 마지막 수도임과 동시에 동양의 첫번째 수도였다. 그리고 이 상징적인 역할을 어쩌고저쩌고…… 그러니까 이 부분은 뻔한 얘기다.

그림은 『무료 백과사전』 전집에서 꺼내 든 책 한 권을 제자리에 세워놓고는 경제학 교과서를 집어 들었다. 작문 숙제 안에는 경제적 삶에 대한 구절이 꼭 들어가 있어야 했다. 이 부분도 별 생각 없이 또 베낄 수 있었다.

'오르크 경제 발전의 공식 전략은 주요 주가 지수에서 빅 비즈를 따라잡고 추월하는 데 있다. 오르크 경제학계에는 이 목적을 향한 전혀 상반된 두 개의 학파가 존재한다.

그중 '비잔티즘'이라는 명칭으로 유명한 한 학파는 인간들로부터 주가 지수를 모방한 후 현대화를 통해 오르크들의 주가 지수를 더 높여야 한다고 주장한다. 이러한 경제학파는 고전적이라 여겨진다.

두번째 학파는 최근에 등장한 것으로 창시자는 하즘*이라는 학자였다. 그는 빅 비즈에서 연수한 경험이 있는 자로 그곳의 경제학자들에게는 생금덩이 천재로 불리는 인물이었다(그는 그들 사이에서 애덤-스미스 웨손 몬트스트라이처라는 가명으로 유명했다).

하즘은, 진보가 지닌 경제적, 문화적 의미가 고갈된 이후 기술 및 인간과 기계의 언어가 더 이상 변화하지 않게 되었으며 벌써 몇백

---

* 하즘운동(Hazzm Movement): 미국의 지원으로 만들어진 온건 반군 하즘은 시리아 대통령 바샤르 알-아사드를 축출하려는 대표적인 비非지하디스트 반군으로 시리아 북부에서 주로 활동하며 미국을 비롯한 서방의 막대한 지원을 받아왔다.

년 동안 이 세계는 충족의 시대를 영위해오고 있다고 주장했다. 이것은 사회의 정상적 상태이니 이를 정체로 여길 필요가 없다는 것이다. 구석기 시대에 인간들은 몇십만 년을 그렇게 살았다. 인류의 역사에서 '진보'의 시대라고 해봤자 전체 시간의 겨우 1퍼센트에 불과하다. 충족의 시대가 길고 안정적일 것이라 생각할 만한 근거는 많다. 물론 보태어 말하자면, 과거 역사적 안정기보다 훨씬 더 행복하기까지 할 것이다. 하즘은 가까운 미래에 이 충족의 시대가 다시 한번 광폭한 성장의 쳇바퀴로 교체될 것이라 예측했다. 이 모든 일이 마니투의 손에 달려 있다는 것이다.

현대인들은 하즘의 견해를 혁명적이라고 여겼다. 특히 정치경제학 분야에서 그러했다. 그는 오르크들에게는 주식 시장이 존재하지 않으므로 그들의 주가 지수가 비잔티움의 주가 지수를 상회하는 일은 기본적으로 불가능하다는 것을 증명해냈다. 게다가 비잔티움인들한테 주식 시장은 이미 사라진 지 오래였다. 사실 그들은 자신들의 지표를 마니투의 집 안에서 치러지는 성대한 점복 의식을 통해 결정하고 있었고 오늘날에 와서 그것은 단지 상부 마니투이즘(이른바 무비즘이라 불리는)의 종교 의식 중 하나일 뿐이었다.

이뿐만 아니라 하즘은 우르카이나와 비잔티움 사이의 경제적 경쟁은 무의미한 일이라고 주장했다. 왜냐하면 오프스피어와 하부 영토는 일종의 '광역 식민지권'인 동일한 문화-경제 시스템을 형성하기 때문이다. 우르카이나의 진짜 수도는 런던(가장 부유한 오르크베르투하이들이 아주 오래전부터 뜸력*을 획득해온 빅 비즈의 한 구

---

* 뜸력(летаемость): '날다(летать)' 동사에서 파생된 것처럼 보이지만 실제로는

역)이라는 그의 말에 모두가 분개하기도 했다. 제216차 성전 발발 전 (모두가 가슴팍 주머니에 카네이션을 꽂고 다녔을 때) 하즘은 시민들의 사기를 높이기 위해 장터 광장에서 교수형에 처해졌다.

이후 하즘은 복권되었다. 그의 아이디어를 기반으로 자신들만의 주가 지표를 따로 마련하도록 오르크들을 설득하는 두번째 경제학파 '하즈미즘'이 창시되었다. 이러한 방식은 필요한 주가 지표를 곧장 만들어내기 위함이었다. 하지만 많은 이들은 이 학설이 너무 무모하고 단순하다고 여긴다. 왜냐하면 국가의 실물 경제 전략은 두 가지 접근으로 이루어진 독특한 아말감에 기반하고 있기 때문이다.'

'아말감'이라는 낯선 단어가 등장했을 때 다 관둘 수도 있었다. 모든 게 명확했고, 이틀 정도만 더 다듬어서 작문 과제로 제출하면 되는 일이었다. 꼭 덧붙여야 할 것이라고는 세계 온난화와 걸프 스트림의 소멸에 대해서, 고공풍에 대해서, 또 모든 블랙홀이 곧 하나의 동일한 마니투의 몸이며, 하나의 시작점일 뿐인데 단지 우리에게는 그것들이 하늘에 흩어져 있는 것처럼 보일 뿐이라는 내용 정도였다……

표시를 해두고 나서 그림은 안도의 한숨을 쉬었다. 오늘 숙제는 이것으로 끝이다.

백과사전을 제자리에 꽂으려는데 예전에 그림이 손수 베껴 쓴, 아코디언처럼 접힌 종이 하나가 떨어져 나왔다. 그것은 2, 3년 전에 상중부 시베리아어의 과거 시제에 대해 쓴 악동 같은 커닝

작가가 만들어낸, 존재하지 않는 단어다.

페이퍼였다.

나는 박는다–나는 박았다–나는 박아왔다–나는 박았었다–나는 박았었었다–나는 박았었었었다–나는 박아야 한다–나는 박아야 했었다*

뒷장에는 앞 장과 마찬가지로 학생다운 파란색** 펜글씨로 바르게 쓰인 예문들, 즉 서기들이나 번역가들이 사용하는 기억술 규칙들이 쓰여 있었는데 이것의 일부는 이미 민속 욕설이 된 지 오래였다.

네 할매를 박았었다,
네 증조할매를 박았었었다,
네 증증조할매를 박았었었었다***

그림은 한숨을 쉬었다. 종이만 남았을 뿐 오래전 시험을 앞두고 커닝 페이퍼를 썼던 그때의 행복하고 한가롭던 그림은 이미 사라져 여름 한낮의 구름처럼 흩어져버린 것이다. 그때로 돌아갈 방법은 없었다.

---

* 현대 러시아어 및 우크라이나어의 어휘와 문법을 기반으로, 교회 슬라브어 표기법과 노르웨이어 및 덴마크어에 고유한 모음 철자 등을 이용해 작가가 고안한 우르카이나의 공식 언어인 상중부 시베리아어로 표기.

** 러시아 학생들은 대개 파란색 볼펜으로 필기를 한다.

*** 예의 우르카이나 공식 언어인 상중부 시베리아어로 표기.

친척들은 아직도 노래를 부르고 있었다. 노랫소리는 점차 사나워져갔다. 그림은 마니투로 뭐라도 보기로 했다.

안타깝게도 마니투가 보여주는 오래된 스너프는 아래층에서 일어나는 일들에 대한 근본적인 문화적 대체물이라고 부르기는 어려웠다. 더구나 벌써 두세 번 봤던 것이었다.

'희한하네.' 그가 생각했다. '왜 스너프에 대해서 작문해 오라고는 안 하는 거지? 스너프가 부패한 비잔티움 고위층의 도덕적 몰락을 보여준다는 내용조차 안 쓰여 있잖아. 그럼 이건 아마…… 아마도, 검열 때문일까……'

스너프의 전쟁 부분은 많이 잘려 있었다. 완전히 보여준 부분이라곤 전투를 위해서 만들어진, '파르티아 갑옷과 투구'를 흉내 낸 펠트 헬멧과 가죽 조끼를 착용한 오르크 부대뿐이었다. 가끔 적들도 보였다. 여러 색의 토가를 입은 채 멀찍이 찍힌 사람들이 바로 그들이었다. 전기 투석기의 모습이 화면에 잡히자마자 장면이 어찌나 거칠게 잘렸는지 마치 화면에 가위가 등장한 것 같았다.

대신 펠트 덮개 모자를 쓴 채 공 모양의 콘크리트 덩어리에 맞아 죽은 오르크들이 섬세한 곳까지 기분을 심하게 망쳐버리는 비극적 음악을 배경으로 넉넉하고 진득하게 제시되었다.

다행스럽게도 전쟁 부분이 끝나고 사랑 부분이 시작되었다. 화면에는 비교적 젊은 니콜-올리비에 로렌스 폰 트리에와 아직 충분히 새뜻한 엘리자베스-나탈리 마돈나 아우슈비츠가 나타났다.

위대한 배우들은 침대 옆, 미스터리한 프레스코가 그려진 벽을 배경으로 서 있었다. 그들은 팔을 붙들고는 서로를 축축한 눈빛으로 바라보았다. 니콜-올리비에는 선홍색 토가에 다이아몬드 왕관을 쓰고 있었고 엘리자베스-나탈리는 장밋빛 키톤에 셀 수 없이 많은 보석 장신구를 달고 있었다. 열정적으로 키스하는 그들의 주변으로 반나체의 젊은 하인들과 하녀들이 나타났다. 한 무리가 주인공들이 걸치고 있던 귀중품을 끌러주고 또 다른 한 무리는 침대를 정돈했으며 세번째 무리는 기름 램프에 불을 붙였다. 그림은 하녀들 때문에 이 부분도 전부 보았다. 하녀 중에 아주 예쁜 애들이 있었으니까.

안타깝게도, 니콜-올리비에와 엘리자베스-나탈리가 벌써 거의 벌거벗은 상태에서, 엘리자베스-나탈리가 진주로 엮은 자신의 브래지어 끈을 잡아당기자마자 니콜-올리비에가 강인한 손바닥으로 그녀의 완벽한 가슴을 움켜쥐려고 손을 들어 올렸는데, 때마침 장식체로 쓰인 문구가 삽입된 스플래시 스크린이 화면에 떴다.

우르카이나 영성 감시국*

스너프를 편집하는 권리는 인간만이 갖는다. 하지만 그들은 장면 중에서 자신들의 군사 기밀만 편집할 뿐 에로신은 절대 건드리지 않는다. 오르크들은 검열로 아무것도 잘라낼 순 없지만 스플래시 스크린으로 영상을 일시적으로 가릴 수는 있다. 스플

* 예의 우르카이나 공식 언어인 상중부 시베리아어로 표기.

래시 스크린은 계속해서 변해왔는데 이번 것은 그림도 본 적이 없었다.

영성 감독 문구 아래에는 세 끝부분이 구부러진 채로 사선으로 길게 그어진 다리를 한 십자가 모양의 금빛 스파스티카가 빛나고 있었다. 스파스티카는 움직이도록 만들어진 것이었다. 태양의 불꽃이 스파스티카의 금빛 테두리를 따라 달리고 있었고, 고불거리는 작은 수풀 쪽으로 뻗은 그 다리 아래에는 귀여운 짐승들이 춤추고 있었다. 발굽으로 깡충깡충 뛰는 돼지들과 장난치듯 싸움질하는 원숭이들, 날개를 퍼덕이는 닭들이 보였다.

그림은 지금 이 순간 자신과 함께 이 화면을 보고 있을 모든 오르크가 자신처럼 문화확장국이 이 수주를 통해 얼마를 빼돌렸을지 가늠해보고 있으리라 확신했다. 그들이 이토록 많이 빼돌릴 수 있는 것은 5초 만에 만들 수 있는 엉터리 애니메이션 제작이라 할지라도 저 위쪽이나 녹색 구역에서만 가능했기 때문이었다. 아니 뭐, 최악의 상황이라면 황색 구역에서도 가능하긴 하다. 그쪽의 모든 시세에는 오른쪽에 수많은 0들이 더 매겨져 있었다.

스피커 진동판에 나른한 한숨 소리가 들리더니 특색 있는 음악 트랙이 꺼지고 오르크 음악이 연주되기 시작했다. 지린 솔리드가 오르크 음악과 비잔티움 음악을 통합하기 위해 고안한 현이 세 개 달린 만달라이카*가 연주되었다. 그 시절에는 오르크

* 여성의 성기를 의미하는 단어 만다манда에 세 개의 현으로 구성된 러시아 전통 악기 발랄라이카балалайка를 합쳐 만든 단어.

들이 마니투를 개인적으로 소유하는 경우가 많지 않았고 대개 스너프는 군인들의 막사에서 상영되었다. 영성 검열 스플래시 영상이 화면을 가리면 연주자가 만달라이카 연주로 군인들의 흥을 돋우었고 그때부터 이 풍습이 뿌리를 내렸다. 지린 솔리드는 위쪽 인간들을 따라잡아 앞지르려 했다. 하지만 열한번째 전쟁에서 승리하고 선조 고분에 서 있던 그는 야자수에서 떨어진 코코넛 열매에 맞아 죽었다. 이후 그의 모든 유산은 마니투의 저주를 받은 것으로 공포되었지만 만달라이카만은 살아남았다.

다른 채널에서는 뭐가 뭔지 통 알 수 없을 만큼 검열당한 두 편의 스너프가 상영되고 있었다. 그중 하나는 아주 오래된 것으로 오르크들이 넥타이 정장 차림으로 참전했던 지린 리퀴드 치세의 것이었고, 덜 오래된 다른 하나는 치렁치렁 땋은 머리 가발에 캄졸을 입었던 터진 비짓 치세의 것이었다. 둘 다 여러 번 봤던 것이라 죽을 만큼 지루했다. 그림은 마니투를 껐다.

그리고 돌연 창문 쪽으로 몸을 틀었다.

거기에 정말 인간들의 카메라가 떠 있다 해도 그림이 하늘에서 그것을 본다는 것은 어차피 불가능했다. 하지만 거리에서 겪은 그 악몽 이후 그는 항상 누군가가 자신을 감시하고 있다고 느꼈다. 신경성 쇼크 탓인 게 분명했다.

창문 너머는 이전과 똑같았다. 후기 지린 시대에 지어져 거의 다 헐린 3층짜리 콘크리트 건물과 몇 그루의 파리한 야자수들이 보였다. 호리 삼촌이 이미 스푸트니크에 실려 장례용 수레에 누워 있는 것도.

수레 근처에서 친척 두 명이 담배를 피우고 있었다. 한 명은

라이트액티비스트의 검은색 망토를 입은 쥘릭이었고 다른 한 명은 그림으로선 친지 모임에서 처음 본 남쪽에서 온 손님이었다.

쥘릭 삼촌은 사실 라이트액티비스트가 아니었다. 그는 스쿠터 '우르카이나'를 만드는 특구 내의 한 공장에서 일했다. 거기서는 장교복을 모두에게 나누어주었다.

심하게 취한 두 남자는 술자리에서 시작된 대화를 이어가고 있었다.

"기술들은 다 어디로 사라진 걸까?" 남쪽 손님이 분개하며 질문을 던졌다. "백 년 전에 있었던 기술까지도 다 없어져버렸어. 방해 공작 때문인 게 분명해."

쥘릭 삼촌은 마치 상대가 어린애인 양 웃으며 말했지만 그림이 듣기엔 진지하기 그지없는 대답을 내놓았다.

"방해 공작은 무슨. 여기서 방해 공작 얘긴 꺼낼 것도 없어. 일단 첫째로, 우리한텐 기술직이 제일 낮은 카스트잖아. 우리 시대의 영웅*이란 런던에 살면서 자기 집을 가진 베르투하이인 거고. 아니면 최소한 대학에서 7년 동안 솜씨 좋게 카간을 빠는 법을 배운 인문학적 인분주의자** 정도는 되어야 하지. 특히 어쩌다 황색 구역으로 끼어들어 갈 수 있게 되면 말야, 카간만 빠는 게 아니라 위에 있는 놈들을 죄다 빨게 되는 거라고. 그치들

---

* 레르몬토프의 소설 『우리 시대의 영웅』(1840)을 염두에 둠.

** 인분주의자(가브노메타리говнометарий): '똥(가브노говно)'과 '던지다(메타치метать)'를 합성해 작가가 만들어낸 단어다. 풀이하면 '똥던지개' 정도의 뜻이지만, 그 발음상 '인본주의자(구마니타리гуманитарий)를 떠올리게 하므로, '인본주의자'의 음운 하나를 바꾼 '인분주의자'로 번역했다.

한테 난 일종의 하인 비슷한 기계공인 거지. 그러니까 한번 생각해봐, 기술직인 내가 굳이 밑 빠지게 일을 하겠어? 그 독수리 놈들을 별까지 모셔다줄 일 있냐? 제 놈들의 그 '말에 대한 말'이랑 같이 똥통으로 꺼져버리라지……"

타지 손님이 휘청거리는 절릭 삼촌을 붙들어 똑바로 서게 도와주었다.

"둘째론 말이야……" 절릭 삼촌이 말을 이었다.

"뭔데?"

"우리 오르크들은 말이야, 서로가 서로를 괴롭혀. 우리가 일을 처리하는 방식이란 건 속임수, 비열함, 겁박을 통해서거든. 원자재를 취급할 때도 비슷한 방식이고……"

"저 위쪽은 그렇지 않다는 거야?"

"위쪽 인간들은 원자재 다루길 여자 다루듯 하거든. 그치들은 여자의 비위를 맞춰주고 확신을 심어준다고. 일단 관심을 끌어내는 거지. 근데 오르크들은 여자를 속여먹거나 뒤치기만 하려 든단 말이야. 게다가 이것마저 제대로 못 해가지고 속여 먹지도 못한 게 대뜸 뒤치기부터 해대고 있다니까. 그것도 아니면, 뒤치기 먼저 하고 나서는 얼토당토않게 또 속이려 들거나. 감방에서처럼 여자한테, 야이, 개년아, 자세 바꿔! 시방 후려치기 전에! 이렇게 소리나 지르고. 그러고는 있지도 않은 상상 속 돌망치로 여자 근처를 연신 내리찍어대는 거야. 자기가 어렸을 때 얻어맞았던 그대로 말이야. 이러니 우리가 가진 모든 게 이렇게 형편없는 거야, 제대로 작동되는 것도 하나 없이. 원자든 분자든 우리네 권력자들을 무서워하지 않게 된 건 아주 오래전이지…… 에휴…… 우리가 느닷없이 무슨 수로 예쁘고 쓸모 있는 걸 만들어낼 수 있겠어, 상황이 요 모양인데……"

쥘릭 삼촌은 마치 최종 변론을 하듯 주변 세상의 파노라마를 팔로 넓게 펼쳐 보였다. 역시 철근 콘크리트 같은 논증이었다.

"우리 조상들은 마이크로칩도 만들었어." 타지 손님이 말했다.

쥘릭 삼촌이 침을 탁 뱉었다.

"너 지금 뭔 말이냐, 야자수에서 떨어져서 머리가 어떻게 된 거야? 그거야 다 선전 선동이지. 각각의 문명은 다 자기만의 기술적 한계를 가지고 있어. 너 『다오 페스딘』 한번 읽어봐. 우르카가나트에서 고작 샹송* 따위나 들으면서 마이크로칩 같은 걸 만든다는 게 가당키나 하냐? 여기에서 고품질로 생산해낼 수 있는 상품이라곤 저 축복받은 인분주의자들뿐이야. 시체에서 새어나오는 가스로 가스 장사까지는 할 수 있겠네. 그것도 아니면, 파이프를 톱질해서 만리장성 너머로 팔아먹거나."

"무슨 파이프를 말하는 거야?" 타지 손님이 물었다.

"그런 전설이 있어. 지린 시대 초기에 가스 업무를 적인이었던 베르투하이 하나한테 맡겨놨었거든. 근데 그놈이 부임 첫해부터 오래된 파이프들을 죄다 썰어가지고 셴 왕국에 고철로 팔아버린 거야."

"마니투도 훔쳤어?"

"훔칠 필요가 뭐가 있어. 그냥 자기 보너스를 올렸지. 연말 결

---

* 1960~1970년대 샹송에 심취했던 러시아 예술가들이 자신이 겪었던 철창 안에서의 삶을 노래로 만들어 부르고 이를 해학적으로 샹송이라 칭한 데에서 유래.

산 수익에 대한 보너스 말이야."
"그러고 나서 그치는 어떻게 됐어?"
"뻔하지. 런던으로 갔어. 그리고 우리는 그때부터 가스를 통에 넣어서 파는 거고. 그나마 아직까진 그 통이라도 만들 줄 아니 다행이지. 마이크로칩 같은 소리 하고 자빠졌네……"
그들은 꽁초가 된 담배를 끄고는 집으로 돌아갔다. 그림은 한숨을 쉬었다. 쥘릭 삼촌 말이 다 맞긴 하지만 어쨌거나 기술직으로 가는 건 내키지 않았다. 흘로야는 미래의 기술 직공 따위와는 숲으로 들어가지 않았을 테니.
스푸트니크의 덮개는 벌써 덮여 있었다. 날이 더웠다. 사람들은 시체 냄새가 날까 싶어 일찌감치 삼촌과 작별 인사를 했다. 고대의 상징에 따르면 스푸트니크의 반쪽은 정화된 암소의 힘줄로 꿰맨다(이는 고인이 날아서 마니투에 닿기 전에 우주 공간으로 빠져나가지 않게 하기 위해서다. 물론 마니투에 가닿으리라는 걸 믿는 이는 아무도 없다. 그저 풍습일 뿐이다). 스푸트니크는 제일 저렴한 것이었다. 하얀 칠이 된 네 개의 막대기가 뒤집어진 큰 광주리처럼 보이는 조잡하게 얽어 만든 구체로부터 하늘을 향해 삐쭉삐쭉 솟아 있었다. 삼촌의 장례는 소박하게 치러졌다.
당연히 카메라 하나 보이지 않았다.
그림은 웃음을 터뜨렸다.
"나 같은 게 누구한테 필요할 리 없잖아!" 그는 큰 소리로 말했다.
이 말은 텅 빈 방 안을 기이하게 울렸다. 그림은 곧 그 말은 하지 않는 게 나았단 걸 깨달았다.

마당이 예전과 달라 보였다. 수레 옆에 낯선 물체가 보였던 것이다. 얼마 전 일궜던 이랑 앞에 있던 이 낯선 물체가 그림의 눈에 단번에 들어오지는 않았다.

그것은 이 지방 태수인 흘로야 부친의 검은 모터사이클이었다. 이 모터사이클이 딱히 유선형이거나 위협적으로 보이는 건 아니었지만 어딘가 인간들의 전투용 카메라와 닮았다는 생각이 들었다.

바로 그때 문 두드리는 소리가 났다.

장례식에 참석하느라 녹색의 새 사라판*으로 잘 차려입은 이모가 문턱에 서 있었다. 그녀는 취해 있었고 사라판의 배 부분은 벌써 다 풀려 있었다.

"내려가자, 그림." 그녀가 말했다. "이제 가야 돼."

"전 안 갈 거예요." 그림이 대답했다.

"그럼 작별 인사라도 하게 나와. 태수님도 와 계시단 말이야. 너한테 볼일이 있다고 하시던데."

추도식 만찬은 큰 방에 차려졌다. 그림의 부모가 테이블에 자리를 잡고 앉았다. 삼촌들과 이모들, 고모들, 두 명의 사촌형제들, 그리고 시골에서 온 어린 조카도 있었다. 그림은 테이블 위에 음식이 더 많아야 할 것 같다고 생각했다. 쌀로 담근 의지의 병은 좀 적어도 될 것 같았다.

그림이 들어갔을 때는 마니투 성상 아래에 앉아 있던 태수가 한 손에 술잔을 든 채 영결사를 마치던 참이었다.

---

* 러시아에서 전통적으로 입어온 소매 없는 여성용 원피스.

"……우리 때랑은 다르지. 이봐, 그때 인간들한텐 강철 코뿔소가 있었고 우르크들은 죽창을 쥐고 다녔다고. 왜냐하면 사방이 배신이었으니까. 그렇다고 해서 영웅들의 업적이 사라지는 건 아니지, 오히려 그 반대야. 오늘을 사는 모두가 기억해야 해. 그들에게도 곧 들이닥칠 테니까. 모든 사람이 호리처럼 두 다리를 잃고도 가족을 먹여 살릴 수 있는 건 아니야. 자, 추모합시다. 호리, 마니투의 궁전으로 날아가게. 의지보다 달콤한 우주가 자네와 함께하길, 우리 또한 만사형통하길. 우리의 믿음이 옳으니 이는 이루어지리라. 마니투가 우리를 위하시니."

"마니투가 우리를 위하시니." 테이블에 앉은 이들이 불협화음으로 따라 말했다.

술잔을 비우자 모두 일어섰다. 이제 풍습대로라면 우주로 떠나가는 영혼을 따라잡기 위해 서둘러 차를 타고 내달려야 했다. 그림은 양파와 의지의 냄새가 풍기는 사람들의 볼에 격렬히 입을 맞추었고, 시골에서 온 조카에게는 글자 'BB'가 새겨진 자신의 오래된 야구 모자를 선물했다. 누군가 잘 모르는 친척 중 한 명에게는 좀더 자주 들르겠다는 약속도 했다. 그러고 나서야 그는 태수와 단둘이 남았다.

드레드록에 백발 턱수염을 한 태수는 길에서 흘로야와 그림을 거의 죽일 뻔했던 그 전사 중 한 명과 똑같아 보였다. 복장만 다를 뿐이었다. 그가 입은 건 검은색 철갑옷이 아니었다. 그는 나뭇잎과 나뭇가지들이 붙어 있는 야전 위장 군복 대신에 말라붙은 가래침과 파인 홈, 자질구레한 그림으로 덮인 콘크리트 벽을 표현한 도회적 복장을 갖추고 있었다. 그림 중에는 화살 꽂힌 심장, 불경스럽게도 굽은 부분이 펴져 있는 스파스티카와 시베리아식 표현인 '털북숭이'*(확실히 해두기 위해서였는지, 그것이 칭하는 바가 이 단어 위에 그려져 있었다)가 보였다. 그의 가슴팍에는 반쪽 시민** 메달이 달랑거렸고 왼쪽 귀에는 두 개의 귀걸이가 걸려 있었다. 그림은 아마도 젊은이들과 교제하는 데 도움이 되어서일 것이라는 음울한 결론을 내렸다.

태수는 의자 두 개를 마주 보게 놓더니 그중 하나에 앉아 그림에게는 다른 의자를 가리켰다.

"앉아." 그가 명령했다.

그림은 어깨를 으쓱해 보이고는 자리에 앉았다. 맞설 까닭이 없었다.

태수는 주머니에서 뼈로 만든 파이프를 꺼내어 라이터를 잘각이고는 담배를 한 모금 쭈욱 빨았다. 걸레 태우는 냄새에 더해 일종의 역겨운 쓰레기 냄새가 나기 시작했다. 태수는 그림을 자기 쪽으로 손짓해 부르더니 파이프를 돌려 자루 쪽을 그에게 들이밀었다.

"피우고 싶지 않습니다." 그림이 말했다.

"너 따위가 뭘 하고 싶은지 물어보는 게 아니야." 태수가 코웃음을 쳤다. "피우라고 명령하는 거지. 안 그러면 말이 안 통할 테니 말이야."

---

* 털로 뒤덮인 조그마한 생물체를 의미하는 '마흐나트카мохнатка'라는 단어가 원작에는 오르크 언어인 상중부 시베리아어로 мøхнаткя라 표기. 종종 이 단어는 여성의 사타구니와 성기 부분을 일컫는다.

** 태수가 이민족 출신임을 암시한다.

“법에 금지되어 있는데요.” 그림이 할 수 있는 마지막 노력이었다.

“내가 곧 법이야.” 태수는 그렇게 말하고는 파이프를 주먹에 움켜쥐고 나른 한 손으로는 거리낌 없이 그림의 귀를 끄집어 자기 쪽으로 끌어당겼다. 그림의 얼굴이 파이프에 가까워지는 순간 태수는 입술을 주먹에 대고 입김을 세게 불어넣었다. 그림은 담뱃대에서 뿜어 나오는 연기 기둥을 들이마실 수밖에 없었다. 역한 담배 연기가 그의 폐를 달궈 콜록댈 수밖에 없었다. 그는 콜록거렸다. 호흡을 가다듬고 눈을 들었을 때 모든 게 뭔가 기묘하게 변해 있었다.

일단 세상은 공포스러웠다. 그림은 엄청난 위험에 처해 있었다. 교활한 위험이 도처에 흘러넘쳤다. 등 뒤에 오르크 수도를 숨긴 창문에서도, 남은 음식과 빈 병들이 널려 있는 식탁에서도, 푸른 유리로 만든 싸구려 잔들이 놓여 있는 서랍장에서도, 강착원반의 후광과 공허*를 향해 방사되는 가느다란 은총 두 줄기로 구성된 블랙홀을 상징적으로 형상화한 마니투 성상화에서도 마찬가지였다. 아무래도 마니투는 그림의 편이 아닌 것 같았다.

둘째로, 세상은 무섭게 변한 것 뿐만이 아니라 더욱 추잡해져 있었다. 말도 못 할 정도로 끔찍하게.

셋째로, 그는 완전히 절망적이었다. 숨을 데라곤 어디에도 없었다. 도망칠 곳도 없었다.

---

* 작품에 종종 등장하며 ‘공허’로 번역된 ‘푸스토타пустота’는 불교 개념인 ‘공空’을 표현하는 러시아어이기도 하다.

하지만 무엇보다도 무서운 건 가슴에 여자 사타구니를 그려 넣은 채 맞은편에 앉아 있는 태수였다. 사타구니 음모에 핀으로 꽂힌 메달이 보였다.

그림은 문득 자신을 겁에 질리게 만든 이 상태가 태수에게는 일상적이고 친숙하다는 걸 알아차렸다. 그는 자발적으로 이러한 상태에 도달해왔던 것이다. 죽음을 향해 전장에 나아갈 때도 같은 상태였으리라. 도저히 감이 잡히지 않았다. 납득할 수 없는 일이었다. 그림은 그런 힘에 대항하기에 자신이 너무나 무력하다는 것을 느꼈다.

태수는 그림에게 어떤 일이 일어나고 있는지 잘 아는 듯했다. 그는 다시 한번 담배 연기를 빨아들이고는 물었다.

"이제 좀 알아들었냐?"

그림은 고개를 끄덕였다. 그러고는 자신의 의사가 충분히 명확하게 표현되지 않았을까 봐 다시 고개를 몇 번 더 끄덕였다. 그의 끄덕임은 도막도막 잘려 블랙홀이 그려진 성상화 쪽으로 흘러갔다. 어쨌거나 그중 한두 개의 도막이 태수에게 가닿았다.

"그럼 이제 얘기를 해보자." 그가 말했다. "너랑 흘로야에 대한 건 알고 있어. 뉴스를 보는 사람이라면 이제 누구나 알겠지. 흘로야는 진짜 가파르게 위로 올라갔어. 걔는 지금 녹색 구역에 바수르만거*와 같이 있으니까."

"디스코스몽거." 그림이 태수의 실수를 바로잡아주었다.

---

* 바수르만거басурмангер: 비그리스도인, 특히 이슬람교인들을 경멸적으로 부르는 러시아어 단어 바수르만басурман에서 파생된 것으로 작가가 만든 단어.

자기 목소리에 소스라치게 놀란 그림은 곧 어버버거리며 해명하기 시작했다. 말을 바로잡아 태수의 기분을 상하게 하려던 건 아니었으며, 반대로 자신은 존경하고 사랑하는 사람들의 말만 바로잡아준다고, 그리고 자기 엄마도 생전에 그들을 '비즈몽거'라고 불렀었는데 결국 교정할 순 없었다는 둥. 하지만 다행히도 곧 그는 자기가 입 밖으로 낸 소리라곤 '디스코스몽거'뿐이었다는 것을 깨달았다.

태수는 어찌 됐건 이 말을 다 들은 것처럼 보였다.

"씨발 그러거나 말거나." 그가 입장을 밝혔다.

메달을 흘끗 쳐다본 그림은 태수가 정말 그렇다는 것을 곧장 알 수 있었다.

한동안 그들은 말이 없었다. 태수는 벽에 걸려 있는 포스터를 주의 깊게 쳐다보았다. 포스터에는 황금색 구호 위에 터진 듀렉스와 터진 비짓의 옆얼굴이 차례로 겹쳐 그려져 있었다.

결정의 순간이 왔다, 형제여—

이리냐 아니면 저리냐!*

소량만 인쇄되어 아주 귀한 포스터였다. 비짓과, 당시에는 아직 젊었던 듀렉스가 후보로 나선 선거에 앞서 제작된 것이었다. 결과적으로 권력 이양이 구체화된 것은 다른 방식을 통해서였다. 퍼레이드가 진행되던 중 터진 듀렉스가 전임 카간을 두들겨

---

* 예의 우르카이나 공식 언어인 상중부 시베리아어로 표기.

팼고 그 즉시 간자베르세르크들과 라이트액티비스트들이 그에게 충성을 맹세한 것이다. 물론 이 사건은 오르크 지성인의 마음 깊은 곳에 모욕감을 안겼다. 하지만 그 당시 슬라바는 거의 매일 폭격당하고 있었으며 종이 마니투의 시세 또한 무서울 만큼 빠른 속도로 떨어지고 있었다. 그러니 저 위의 스타일리스트들과는 가능하면 다투지 않는 게 나았다.

그로부터 세월이 많이 흘렀지만 지금까지도 나이 지긋한 오르크들은 민주 정권이 지척이었던 그 시절을 회상하곤 한다. 이런 종류의 포스터는 작은 반항으로 받아들여졌다. 이런 것을 벽에 거는 건 황색 구역에 줄을 댄 용감한 진보수적* 가정에서만 가능했다.

그림은 그것을 벽에 건 이가 자기가 아니라 고인이 된 구두장이 호리라고, 다리 없이도 그렇게 높이 포스터를 걸 수 있었던 건 밤에 찾아온 다른 구두장이 친구들이 그를 들어 올려놓고 가버렸기 때문이라고 변명했다. 거짓말이 완전히 뒤엉켰다고 생각됐지만 곧 자기가 아직 입도 뻥긋하지 않았다는 사실을 다시 깨달았다.

태수는 그림이 상황을 파악할 때까지 기다렸다가 입을 열었다.

"너도 뉴스에 나오더라. 맨 처음 뉴스에 딱 한 번 나온 것뿐이었지만. 재방송부터는 전부 흘로야 혼자만 나와. 그건 저기 저 위," 태수가 고개를 위쪽으로 까딱거렸다. "저 위에서 결정한 거야. 바수르만거가 너희 둘 모두한테 오프스피어로 가는 통행증을

---

* 진보수적(либеративный): 15쪽 각주 참조.

약속했지만 너는 안 돼. 아무도 너를 녹색 구역으로 들여보내주지 않을 테니까. 제1경계 지역이 우리 관할이거든. 명단에 네 이름은 없던데. 녹색 구역으로 들여보내주지도 않는데 어떻게 위로 올라갈 수 있겠냐? 그러니까, 저 위에선 너가 필요 없다고.”

그림은 단어 하나하나에 수긍했다. 단어가 귀에 채 와닿기도 전에.

“내 정보에 따르면 너한테 발급된 건 황색 구역 통행증이야. 다시 말해서 안쭈구리 자격으로 그들한테 갈 수 있단 거지. 내가 너라면 안 갈 거야. 전쟁이 진짜 코앞이니까 말이야. 아무리 아부를 떨어도 녹색 구역 통행증을 발급 받기엔 시간이 부족하다고.”

태수는 한 번 더 담배를 빨았다. 그림한테는 대화가 잠시 끊기는 게 들은 말들을 머릿속에 정리해 넣는 데 도움이 되었다. 태수의 이야기는 매우 합리적이고 명확했다.

“게다가 말이지.” 그가 말을 계속했다. “안쭈구리가 된다고 해서 좋을 게 대체 뭐지? 저치들의 바수르만거라면 꽤 괜찮지, 똑똑한 사람들이니까. 근데 황색 구역 출신 우리 쪽 놈들을 보라고, 이건 뭐 그냥 똥덩어리 악취 덩어리지. 얼마 전 그놈들 중 하나가 대단한 발견을 해냈더군, 우르카이나가 빅 비즈의 비밀 심민지*라는 거야.”

* 비밀 심민지(크리토콜로니야крытоколония): 공식적으로는 주권을 가졌지만 실상은 다른 국가에 종속되어 있는 국가를 일컫는 드미트리 갈콥스키의 용어로 비밀 식민지(크립토콜로니야криптоколония)가 바른 표기이다. 원작에서 태수는 그리스어에서 유래한 크립토крипто(감추어진)를 러시아어 크리트이крытый(덮

"비밀 식민지죠." 그림은 자기도 모르게 말을 바로잡았다.

"그래, 그래, 바로 그거. 저들이 그걸 이용해서 누구한테는 훔친 걸 감추도록 해주고 또 누구한테는 주지 않는 방식으로 우리를 지배하고 있는 거라고 하더군. 아직 천 년도 안 지났는데 빨리도 깨달았네, 정말 대단들 하셔. 무슨 풀*들을 구해다 피우길래 그러는 걸까?"

풀에 대한 언급은 그림의 예측처럼 간자베르세르크식 농담이었다. 태수는 그림에게 자신이 측근을 대하는 태도로 그와 이야기하고 있다는 눈치를 주고 싶어 했다.

"머리가 나쁘니 뭐든 잘될 리가 없지." 태수가 말을 이었다. "너, 트루흐라고 알아? 언젠가 우리 동네에 산 적이 있는데."

그림은 부정의 뜻으로 고개를 흔들었다. 그가 트루흐를 본 건 단 한 번 뉴스를 통해서였다. 최근 마지막으로 있었던 전쟁 바로 직전이었다.

"안쭈구리가 된 녀석이야. 황색 구역에 등록된 거지. 그 녀석한테 '폭정의 증인' 민소매 셔츠, 개인 카메라, 최고의 것들이 다 주어졌지. 녀석은 1년 내내 슬라바 전역을 돌아다녔어. 그 녀석 위에는 카메라가 떠 있었지. 짭새레기가 보이면, 그 뒤로 달려

개가 씌워진)에서 파생한 크리토крыто로 잘못 알고 크립토콜로니야крипто-колония 대신에 크리토콜로니야крытоколония라고 말했으며, 그림이 이를 곧 고쳐주었다.

* 풀(트라바трава): '잡초'를 뜻하는 영어의 위드weed처럼 러시아어에서도 대마를 뜻하는 여러 은어 중 하나가 '풀', 즉 '트라바трава'이다. '풀'은 대마를 의미하는 수많은 한국어 은어 중 하나이기도 하다.

가서 궁둥이를 발로 빵하고 차버리는 거야. 돌아다본 짭새레기가 상황을 금방 알아채지. 그래도 지가 별수 있어? 그냥 미소를 지으면서 경례할 수밖에 없지. 트루흐가 여기저기 엄청 쑤시고 다녔지. 녀석한테 그것 외에 더 영리한 생각은 떠오르지 않았으니까. 게다가 결과적으로 위로 가는 통행증도 역시나 나오지 않았어. 전쟁이 터지자마자 첫째 날에 그 호구 녀석 숨통이 눌려 죽었는데, 짭새레기들한테 당한 것도 아니야. 그 녀석을 매일 뉴스에서 보는 게 질력 난 장터 짐꾼들이 그랬지. 너도 그 꼴이 나고 싶은 거냐?"

그림은 다시 부정의 뜻으로 고개를 흔들었다. 처음에 그는 '짭새레기들'*이 누굴 말하는지 몰랐다가 간자베르세르크들이 라이트액티비스트들을 그렇게 부른다는 것을 기억해냈다. 권력을 가진 두 집단은 서로를 좋아하지 않았다. 라이트액티비스트에게도 간자베르세르크를 비하하기 위한 명칭들은 많았다. 이런 명칭 중 그나마 가장 부드러운 것이 '똥피우개'**였다.

"그러니까 잘 들어봐. 이제 곧 전쟁이 시작된다고. 게다가 그

---

* 짭새레기(пусор): 러시아에서는 경찰을 비하하는 표현으로 '쓰레기'를 뜻하는 '무서르мусор'가 쓰인다. 저자는 이 단어의 첫 자를 게이 혐오 표현에 자주 쓰이는 자음 п를 넣어 '푸서르пусор'로 바꾸어 새 단어를 만들었다. 번역어로는 경찰을 비하하는 단어인 짭새와 쓰레기의 이미지를 합치기 위해 '짭새레기'라는 단어를 만들어 썼다.

** 똥피우개(говнокур): 마리화나를 일컫는 은어 중 하나인 '가브노говно'는 원래 '똥'을 뜻하는 러시아어다. '가브노쿠르говнокур'는 여기에 '(담배 등을) 피우다'의 뜻을 가진 동사 '쿠리치курить'를 합성해 작가가 자의적으로 만든 단어다. 한국에서 대마초를 일컫는 은어 중에 '똥가루'도 있다.

건 아주 힘든 전쟁이 될 거야. 거의 스무 종에 가까운 군복을 재봉하고 있다고. 사기를 북돋아야 할 때지. 그래서 우리가 너를 우리 편으로 불러들이고 싶은 거야. 또 이 사실을 널리 알리고 싶고. 대중들이 아군 모두가 매수된 건 아니라는 걸 알 수 있도록 말이야. 우린 마니투에 출연할 수 있게 널 우르카간한테 보내 연락병으로 쓸 거야. 넌 명령들을 전달하게 되는 거고. '우르카이나' 스쿠터도 생기지. 연락병으로 나간 놈 중에서 게으른 놈들 빼놓고는 거의 대부분은 살아 돌아오니까, 그러고 나면 그게 네 커리어의 시작이 되는 거야. 저 오프스피어에서 내 딸을 포함한 이 모든 황녹색 풀때기들보다 더 출세하는 거라고. 안 믿기지?"

그림은 어깨를 으쓱해 보였다.

"잘 봐. 네가 안쭈구리가 된다고 치자…… 그래, 네가 저 위에 올라갔다고 쳐보자고. 거기서 대체 뭘 할 건데? 그 입 놀려서 누구 좆이라도 빨게? 넌 마니투 하나 없이 빈털터리잖아, 거기서 누가 널 필요로 한대? 그냥 종노릇이나 하게 될 거라고. 한데 네가 우리 계획대로 움직인다면 말이지, 흐름만 제대로 타봐, 얼마나 큰 돈벌이가 될지 넌 상상조차 못 할걸? 전부 저 위로," 그는 머리로 위를 가리켰다. "저 위로 입금되는 거지…… 저자들의 법이 어떠냐 하면, 1억 마니투를 훔치면 곧 런던의 명예 시민, 오르크 투자자가 되는 거거든. 이러니까 신중한 베르투하이들 전부가 그러는 거야. 어때. 짭새레기들이 네 목을 비틀 때까지 그놈들 궁둥짝이나 때리고 있는 게 나을까, 아니면 묵직한 일에 착수하는 게 나을까? 이 일은 조용하고 냄새도 안

난다니까, 뭐가 낫겠어?"

"묵직한 일에 착수하는 거요." 그림은 겨우 그의 말을 반복할 수 있었다.

"내 생각은 이래……" 태수는 다시 한 번 담배를 빨았다. "그림, 인생에는 말이야, 두 갈래 길이 있어. 상상 속에서 마니투를 염원할 수 있겠지. 아니면 호리 삼촌처럼 마니투께로 날아가는 방법도 있고. 스푸트니크를 타고 말이야. 그런데 살아생전에 마니투에 닿는 방법도 있어. 곧바로 런던으로 말이야. 밥벌이를 위해 빨아대지 않아도 되고 말 그대로 강 위에 떡하니 서 있으면 되는 거야, 불알 두 짝을 딱 차고서 말이야……"

태수는 콜록대기 시작하더니 연기를 쫓으려고 얼굴 앞을 손으로 휘휘 저었다.

"내가 얼마 전에 베르투하이 하나를 위로 데려다줬는데 말이야." 그가 말을 이었다. "이름은 말해줄 수 없어. 내가 그를 개인적으로 알았던 건 아니고, 그를 경호하라는 지시가 있었거든. 진지한 사내였어. 새까만 모토렌바겐을 타고 다녔는데, 아마 네가 봤으면 어디가 창문이고 어디가 문인지 구분도 못 했을걸. 앞에는 태수가 모터사이클을 타고 가고. 나 말이야, 나. 정해진 곳으로 그냥 가고 있었거든. 뭐, 별 특이한 점은 없었어, 길가로 구부정한 야자수가 있고 벼를 키우는 논이 있었지. 이 베르투하이는 소지품도 없었어, 그냥 핸드백 하나가 전부야. 입은 것도 뭐 별게 없어, 그냥 위에서 흔히 입는 기마병 망토 정도였어. 너나 나도 그렇게 입을 수 있겠다 싶은 정도인 거야. 단지 가슴에는 금빛의 작은 가스통이 달린 사슬 목걸이가 보이더라고. 게다가 손가락만 한 것도 아니었어. 아주 가늘고 조그마한 가스통인데 그냥 자기가 가스 분야에 있다는 걸 의미하기 위해서였던 거야. 우리는 기다렸어. 거의 약속 시간이 다 됐어. 그런데 아무도 없는 거야. 나는 초조했는데 그는 편안하게 서 있는 거야. 웃으면서 말이야. 아무래도 처음이 아닌 것 같았어. 시간이 되자마자 바로 우리 앞 허공에 이렇게 생긴 삼각형 모양의 문이 열리더니 땅으로 내려오는 거야. 계단 같은 게 생기더라고. 그 안으로 안락의자 두 개가 있는 작은 방이 보여. 바깥쪽에서 보면 전혀 아무것도 없고. 그게 그러니까 포르노 배우 개인용 트레일러더라고, 상상이 가? 우리네 오르크 출신 베르투하이가 그런 걸 갖고 있더라니까. 그 녀석이 거기에 오르더니 다 잘됐다며 손을 짧게 흔드는데 문이 딱 닫히더라. 그러곤 끝이야."

"저도 똑같은 걸 봤어요." 그림이 말했다.

이제야 말문이 트인 듯했다.

"봤다니 됐네." 태수가 대답했다. "그러면 이 세상 모든 게 어떻게 돌아가는지 너도 알 거 아니야. 똑똑한 사람들은 바로 그렇게 런던으로 가는 거야. 모두가 런던으로 갈 수 있는 건 아니잖아. 작은 것부터 시작해야 해. 글로벌 우르크가 되고 싶나? 우리가 가르쳐주지. 하지만 처음엔 일단 병영 막사에서 평민들하고 같이 머물러야 해. 전쟁이 시작되기 직전에 사령부의 듀렉스에게로 널 넘길게. 겁내지 마, 그가 널 덮치진 않을 거야. 보갈들은 다른 방식으로 뽑거든. 니가 필요한 건 그저 선전 선동을 위해서야. 무슨 말인지 전부 이해했어?"

"전 아직 열여덟 살이 아닌데요." 그림이 말했다.

"소년단원으로 데려갈 거야. 쫄지 마, 다 우리가 해결할 수 있어. 여기, 너한테 온 징집영장은 내가 손수 주마."

태수가 그림의 손에 갈색 종이 한 장을 남기고는 자리에서 몸을 일으켰다.

"넌 똑똑한 녀석이구나." 그가 말했다. "이제 다 이해했나 본데. 그게 아니어도 아침에 다시 읽어보면 다 이해될 거야. 거기 주소랑 도착 기한이 적혀 있어. 전투에 행운이 따르길 빈다. 나는 지역구로 돌아가야지……"

창문에 다시 해가 나타났다. 태수가 일어서서 출구 쪽을 향했다. 그의 머리가 햇빛에 들어서자 꼬질꼬질한 드레드록 다발이 순간적으로 비잔티움 디스코스몽거의 가볍고 하얀 곱슬머리로 보여 그림은 깜짝 놀랐다.

태수가 나가고 나자, 그림은 바닥에 그대로 쓰러져버렸다. 왠지 모르게 딱딱한 것 위에 눕고 싶어졌다.

태수의 담배 연기가 점차 가셨다. 세상을 무시무시하게 돌변시킨 그 끔찍한 성분은 곧 사라졌지만 친척들이 기억의 늪에서 돌아올 때까지 침울하고 멍한 기운이 계속되었다.

집에 돌아온 친척들은 흡족한 마음으로 감격스러워했다. 눈물을 흘리는 이들도 많았다. 장례식 행렬이 묘지 앞에 있는 마을을 지날 때 비잔티움의 아동 매수꾼과 마주친 것이다. 그것은 다음 생에는 스푸트니크가 고인을 오프스피어로 데리고 올라갈 것이라는 믿을 만한 징조였다.

"검은 망토에 철로 된 슈트케이스를 들었더라고……" 이모가 호들갑을 떨며 말했다. "얼굴에는 거즈 마스크를 했더라니까,

꼭 너희들의 악취는 도저히 못 맡아주겠다는 것처럼. 그 앞에서 촌사람들이 벌써 자기 아이들을 책상 위에 늘어놓았더라고. 그리고 모두들 자기 애를 줄 안 세우고 먼저 평가받게 하려고 기회를 노리는 거야. 싸움 날 뻔했다니깐. 사실 그치는 한두 명만 사 가잖아. 그러고선 앞으로 1년간은 못 보는 거지…… 어머, 그림…… 너 왜 바닥에서 자고 있니? 테이블에 있던 의지를 다 마셔버린 거야?"

그런 다음 그녀는 조금 심각한 표정으로 그림을 일으켜 세우더니 테이블 주변으로 자리를 잡으며 왁자지껄 떠들어대는 친척들이 방해하지 못하도록 그를 2층으로 데리고 갔다.

"얘야, 무슨 일인지 잘 들어보렴." 그녀가 말했다. "태수님이 그러시더라, 넌 이제 곧 전쟁에 나가야 한다고. 새로운 법률이 나왔다고 하던데. '수호자 수호'*를 위한 법률이라던가. 나라 안에 이제 질서가 잡혀가는 거지. 그러니까, 서류 처리 문제로 정부한테 들들 볶이던 이들도 전장의 피로 서류를 적셔오기만 하면 문제시되는 부분을 즉각 해결해주라는 명령이 떨어졌거든. 감히 뇌물 따윈 요구할 수도 없게 된 거지. 우리 그림, 나는 네가 건강히 돌아왔으면 좋겠다. 근데 만일 너를, 오, 마니투여, 그런 일은 없기를, 너한테 누가 상처를 낸다면 말이지…… 내가 서류철 좀 챙겨줄까? 시베리아어로 쓰인 서류 몇 개야. 우리 건창고 관련한 서류고, 동네 사람들 서류도 있어. 거기 그 사람들

* 수호자 수호(О Защите Защитника): 수호자는 일반적으로 군인을 의미한다. 기존 체제를 유지하기 위해 군과 경찰의 소득 보장과 복지를 앞세우는 러시아 정부의 정책을 겨냥한 표현이다.

은 물도 없다더라. 양동이로 강에서 물을 긷는 게 벌써 몇 년째인지 몰라. 최근엔 여자애 둘을 코브라가 물어 죽였다니까. 얘, 무슨 말인지 알겠니?"

BB

개성, 의식, 영혼(우리를 인간이게 하는 이것을 뭐라 부르든지 간에)이 없는 수라가 어떻게 우리와 완전한 교제를 할 수 있는가에 대해서 이해하려면 학식을 겸비한 소믈리에가 되어야 한다. 나는 이러한 부류는 아니라서 그들의 설명을 전달하는 데 있어 부정확할 수도 있다. 하지만 이론에 많은 부분을 할애하지도 않을 것이다.

간단히 말하자면, 수라는 우리를 속이기도 한다.

하지만 그건 우리가 서로를 속이는 딱 그 정도 수준이다.

누군가와 이야기할 때 우리에게는 어떤 일이 일어나는가? 우리는 주워들은 말을 평가하고 적절한 대답을 골라내서 큰 소리로 말하고 다닌다. 상대의 기분을 망치고 싶으면 더 신랄하고 표독스럽게 말하고, 상대에게 아부하고 싶으면 설탕을 조금 치고, 뭐 이런 식이다. 이것은 문화 코드와 생물학적 명령, 그리고 사적인 의사표시에 기반한 입력 정보에 그저 손질을 가한 것일 뿐이다.

문화 코드가 제일 손쉽다. 최고로 상세한 영상 백과사전과 이 사전을 10제곱한 크로스링크 전부를 수라에 부어넣는 것은 일도 아니다. 대화 주제, 짧고 긴 어구, 이것을 말해야 하는 상황, 억양 등이 뭐 그렇게 굉장히 학술적인 분야는 아니다. 게다가 진짜 여자는 네 관심을 다른 곳으로 돌려야 할 때만 입을 연다.

이러한 측면에서 카야의 부록으로 받은 반짝이는 매뉴얼의 한 구절이 마음에 들었다.

"모임 안에서 사교적 잡담을 이어나가는 생식 가능 연령의 여성은 일반적으로 의미 파라미터가 아닌 전혀 다른 표식들에 따라 교제 과정 전체를 통제한다. 그녀는 엄청난 양의 정보를 입수해 판단하면서 동시에 대화의 진행이나 내용과는 전혀 무관한 생물학적 접촉과 관련한 문제를 해결한다. 그래서 상대방은 다음과 같은 느낌을 갖게 되……"

그렇다. 바로 여기서 여심의 불합리성과 관련한 수많은 전설이 탄생된다. 이건 정말이지, 마니투여, 제 표현을 용서하소서, 개떡 같은 소리다. 여성의 마음보다 더 합리적인 것은 없다. 이건 그저 더 높은 차원의 합리성일 뿐이다. 왜냐하면 여성이란 파티장의 칠푼이가 아니라 자연과 영원의 무인칭적 일면이기 때문이다. 이 사회의 생물학적 메커니즘은 프로그램된 시뮬레이션에 별다른 어려움 없이 순응하는데, 이것은 이 메커니즘이 면밀히 계산된 파라미터에 근거하고 있기 때문이다. 내 생각에 이것은 명백한 사실이다.

인간 마음이 갖는 의도와 관련하자면 이야기는 복잡해진다. 각성될 때부터 꿈으로 후퇴할 때까지 우리를 그 주변에서 허우적거리게 만드는 감정적 색조를 띤 이 욕망들 말이다.

많은 사용자가 믿기 싫어하지만, 수라한테는 이런 게 아예 없다. 욕망을 가진 내적 주체가 그 안에 존재하지 않기 때문이다. 네가 아무리 치고받는다 해도 이 방면에서 수라는, 언젠가 고대 국가 니포*에서 탄생한 자신의 전신인 그 무감각한 고무녀와 영원히 동일할 것이다. 수라가 할 줄 아는 거라곤 감정의 모방뿐이다. 다만 이 모방의 질이 어느 정도냐가 관건이다.

그들에게 개성이 있을까? 그렇기도 하고 아니기도 하다. 개성이라는 말을 어떻게 쓰느냐에 따라 답이 갈린다. 카야급의 수라는 개개가 유일무이하다. 이는 내부 데이터 커넥션의 특수한 환경 설정으로 이뤄진다. 수라들은 하나의 계산대를 열 수 있는 다양한 자물쇠처럼 각각 독특하다. 얼개는 하나지만 어디에서나 자기 자물쇠에 맞는 자기 열쇠가 존재하는 것이다. 만일 당신이 수라를 하나 더 사서 전에 있던 수라와 그 설정을 똑같이 해두면 다소 다른 존재가 될 것이다. 또 다른 이미테이션이라고 말하는 것이 맞겠다. 그런 실험들은 벌써 진행된 바 있다.

수라의 내부 설비 중 가장 중요하고 가장 섬세한 부분은 감정-의지 블록이라 불리는 곳이다. 이 안에 장착된 알고리즘은 매우 복잡한데, 문화 코드의 기저부와 우연 발생 장치 사이의 정밀한 상호작용에 기반하고 있다. 이 우연 발생 장치는 또 다른 우연 발생 장치에 의해 조종된다. 이로 인해 수라는 진정 예측하기 어려운 존재가 된다. 물론 살아 있는 여자들과 마찬가지로 엄격히 규정된 제한 아래에서 말이다.

수라는 수백만 년 동안 살아 있는 존재를 속이기 위해 냉혹한 자연 속에서 의해 고안된 모든 생물학적 메커니즘을 하나의 목적, 즉 당신에게 최대의 쾌락을 제공하는 데 사용한다. 하지만

---

* 니포Ниппо: '일본'을 일본어로 발음한 영어 표기 '니폰Nippon'에서 비롯된 표현.

이러한 쾌락의 길에서 당신이 느끼는 것은 고통인바, 이것이 바로 가동 설명서에 분명히 적힌, 엑스터시의 변증법이다.

회사는 약 백 개의 표준형 '성격', 즉 감정-의지 양식을 제시한다. 각각의 양식은 모두 수많은 테스트를 거친다(짐작건대, 생물학적 여성들을 나누는 실제 성격 유형의 수가 훨씬 더 적다). 당신이 만일 공장 출하 프리셋 중 하나를 선택해 사용한다면 당신의 수라는 다년간의 품질 보증을 받을 수 있고 이 경우 당신은 아무것도 조심할 필요가 없다.

당신이 만일 이를 수동 조작으로 전환시킨다면 더 이상 품질 보증은 유효하지 않다. 수동 조작은 인가된 협약에 추가된 부록을 읽고 서명한 후에야 가능하다. 이렇게 되면 회사는 수라와 당신의 삶을 더 이상 책임지지 않는다. 수동으로 조작되는 수라는 정말로 위험할 수 있다. 특히 당신이 그녀를 다룰 줄 모른다면 더더욱.

하지만 수라를 소유한 자가 얻을 수 있는 진정한 행복 또한 바로 여기에 있다.

이 과정을 통해 수라는 가구 같은 물체에서 스스로 죽을 수 있고 당신을 저세상으로 보내버릴 수도 있는 살아 있는 삶의 동반자가 되기 때문이다. 그러한 사례가 실제로 있었다. 그러나 당신이 죽는 일은 사실상 현실성이 거의 없다. 가장 큰 위험은 수라가 도망치거나 스스로 작동을 멈춰버릴 수 있다는 것이다. 이런 일은 자주 일어난다.

그녀가 정말로 당신을 차버리고 싶어 한다든가 죽고 싶어 한다는 게 문제가 아니다. 그녀는 아무것도 바라지 않는다. 게다가 살고 있는 게 아니기 때문에 죽을 수도 없다.

문제는, 그녀가 자신이 보유한 패턴에 기반을 두고 당신이 선택한 감정-의지 유형의 행동을 극도로 정확하게 모방하면, 실감나는 관계를 위해 당신이 쏟은 노력이 잔혹한 삶의 진실에 부딪혀 종결될지 모른다는 사실이다. 거울 앞에 서 있는 자기 모습을 보면 내 말을 잘 이해할 수 있을 것이다. 어쨌거나 못생긴 주인에게서 도망친 수라는 금방 발견된다. 공간 폐색 신호 장치가 그들을 집에서 멀리 달아나도록 내버려두지 않는다. 이러한 일은 종종 일어나는데 결국은 주인의 행복을 몇 분 더 늘려주기만 할 뿐이다.

더 번거로운 일은 이른바 '니르바나'이다. 이것은 수동 조작으로 수라의 영성을 최고치로 설정했을 때 자주 일어나는 일종의 내부 합선이다. 이때 수라는 그저 도망칠 뿐만 아니라 몸을 숨기고 자신의 모든 시스템을 끄고는 마치 겨울잠 비슷한 것에 빠져들 수 있다. 이렇게 되면 그녀를 되찾기가 아주 복잡해진다. 이에 대해서는 다음번에 몇 마디 더 보태겠다.

설정 작업 중 당신은 위아래로 움직이는 꼭지가 잔뜩 달린 큰 제어판 같은 것을 마니투상에서 볼 수 있다. 줄이 여러 개 그어져 있는 이퀄라이저로 조율하는 것처럼 말이다. 이런 화면이 아주 많아서 가능한 설정 자체도 셀 수 없이 많다. 또한 파라미터들도 종종 웃기는 명칭을 갖는데 '볼 붉게 물들이기' '잠결의 부드러움' '하품하기' 등이 있다.

다 직관적으로 이해할 수 있는 것들이다. 만일 당신이 '잠결의 부드러움' 파라미터를 높여놓는다면, 수라는 잠에서 깨는 모습을 흉내 내면서 그저 침대 위 당신 옆에서 잠자코 있지 않고 가까이 다가와 당신의 옆구리에 자신의 따뜻하고 부드러운 몸을 밀착시키는 등의 행동을 한다. 결과적으로 당신은 마음이 안정되는 느낌을 받는다. 즉 당신은 수면용 온열기와 같은 안전하고 단순한 가정용 전기 기구 하나를 설정한 것이며 이 전기 기구에 대한 모든 것을 이미 다 이해했다고 느끼게 되는 것이다.

이것이야말로 진실에서 가장 동떨어진 생각이다.

오만 가지 자질구레한 행동 특성을 맞추는 컨트롤러로 다른 설정을 시도해보는 것은 사실 복잡하지 않다. 만일 당신이 자신의 수라가 하품하는 게 마음에 든다고 치자. 문제없다. 하물며 그게 매 30초 간격이라 하더라도 계속 하품하도록 만들 수 있다. 그리고 이것은 다른 행동 패턴에 영향을 미치지 않는다.

하지만 '영성' '개년성' '유혹성' '솔직성' '도도함' '가식성' 같은, 이른바 '적색 블록'(빨간색 별표로 표시된 컨트롤러들)에 포함되어 있는 파라미터라면 얘기가 훨씬 복잡해진다.

아주 오래전부터 수라의 이상 행동에 대해서 '비탄에는 다 원인이 있으며, 원인에는 다 비탄이 있다'라는 말이 전해진다. 스크린 사전의 설명에 따르면, 고대에 가전제품의 설정을 변환하기 위해 비틀 듯 돌려야 하는 동그란 조절개를 '비탄'이라 불렀다.* 적색 블록의 조절 화면은 바로 이러한 디자인으로 만들어졌다. 이것은 소믈리에의 장난질이나 복고풍에 대한 열정 때문

* '돌리다' '비틀다'의 뜻을 가진 동사 '크루티치крутить'와 '슬픔' '비애' '비탄'의 뜻을 가진 '크루치나кручина' 사이의 발음 유사성을 이용한 말장난이다.

이 아니라, 의뢰인에게 사안의 심각성을 엄중히 상기시키기 위해서다.

왜냐하면 적색 블록의 파라미터에 변화를 가하면 모든 행동 양상이 동시적으로 영향을 받기 때문이다. 만일 당신이 '개년성'과 '잠결의 부드러움' 둘 다를 동시에 최고치로 올려 설정했다고 해보자. 이렇게 되면 수라는 잠들기 전에 당신에게 아주 세게 달라붙어 기어이 당신을 침대에서 떨어지게 한다.

내가 물론 조금 단순화하긴 했지만 사용 지침에 쓰인 것처럼 '행동 패턴 간섭'은 정말로 예기치 못한 결과를 초래할 수 있다. 그러므로 아무리 변덕스럽다고 하더라도 살아 있는 여성이 수동 조작 모드인 수라보다는 훨씬 더 예측 가능하다고 할 수 있다.

가장 교활한 파라미터는 바로 '영성'이다. 이것이 최고치에 가까우면 수라의 모든 행동, 그녀의 모든 말과 반응이 고대 인류의 지혜와 함께 공명한다. 게다가 데이터베이스는 시시각각 갱신된다. 당신의 컨트롤 마니투가 아침부터 '팔리어 대장경 5권과 바라파 복음이 저장되었습니다!'라고 알람을 울리는데 그게 뭔지 당신이 전혀 감을 못 잡는다면, 괜시리 청한 대담한 부탁 때문에 눈알에 포크가 박힐 수도 있다고 봐야 한다.

바로 그 때문에 모든 전문 조율사가 영성을 40 이상, 아니면 최고로 높아도 맥시멈 50퍼센트 이상으로는 올리지 말라고 조언한다. 공장 출하 설정이라면 이게 5를 넘기는 일은 없다. 이래야 수라에 탑재된 거룩한 이치와 관련한 모든 레퍼런스가 비극적 결과를 초래하지 않게 된다. 대충 말하자면, 만일 당신의 수라가 도망을 친다면, 이건 당신이 그녀를 되찾아 가슴에 끌어안도록 만들기 위함일 뿐, 수라가 어떤 내비게이터로도 탐지 불가한 잊힌 배수구 안에서 정말로 니르바나에 들려고 하는 것은 아니라는 말이다.

하지만 진짜 감별사들은 다 또라이들이다. 나도 그중 하나고.

영성이 최고치였을 때 우리의 교제는 믿을 수 없을 정도로 흥미롭고 조마조마했다. 애무 도중 그녀가 무언가 중요한 것을 설명할 때, 깊은 좌절에 빠진 나를 구하려고 노력할 때, 믿을 수 없는 힘이 내 허벅지 안쪽에서 눈을 뜬다. 말하자면 그녀가 전도로 나를 설복시키려는 도중에…… 여러분 모두 무슨 말인지 아실 거다.

누군가는 이것을 수라의 영성이 별로 중요하지 않다는 말로 받아들일 수도 있다. 하물며 더 단순한 사용자들에게야 수라는 그저 빨간색 물감으로 채워진 고무 인형일 뿐이다. 진정한 감별사는 단순히 아름다운 육체를 소유하는 것과 그 안에서 인류 고대의 심장이 뛰고 있는 고매한 영성을 지닌 아름다운 육체, 신적인 꽃을 소유하는 것이 완전히 별개라는 것을 안다. 그런 건 겪어봐야 알지 여기서 이렇게 말로는 절대 설명되지 않는다. 만일 당신이 벌써 이 독을 맛보았다면 이제 당신의 문제는 수라에게 높은 영성을 설정하느냐 아니냐가 아니라 이 모드를 어떻게 안전하게 사용하느냐다.

나는 이 문제를 간단히 해결했다.

카야는 내 집의 경계 밖으로 나가지 못한다. 그녀에게는 공간 이동 폐색 신호 장치가 켜져 있었다. 솔직히 말하자면 그녀는 보이지 않는 개 목줄에 묶여 침대 둘레를 뛰어다니는 것과 같다. 하지만 우리 보금자리의 문턱을 가로지르려 하지 않는 한 그녀가 이 사실을 눈치채지 못하도록 개 목줄의 길이는 충분히 길게 해두었다.

카야는 벌써 두 번이나 니르바나에 들었다. 하지만 그녀가 집에 있기만 하다면 그녀를 거기에서 끌어내는 일은 어렵지 않다. 그것은 'restore defaults(기본값 복원하기)'를 통해 가능한데 이후에는 처음부터 다시 수동 설정을 시작해야 한다. 하지만 당신이 최근 설정 사항을 백업해두었다면 그 절차는 복잡하지 않다. 다행히도 기억은 그대로 보존된다.

만일 내가 영성과 동시에 개념성과 유혹성을 최고치로 올려놓는다면 내 귀여운 인형의 부드러운 살결 아래에 어떤 폭발성 혼합물이 흐르는지 알게 될 것이다. 그녀를 대할 때 한순간도 방심하면 안 된다.

흥분을 일으키는 그녀의 존재라는 건 기껏해야 나 자신의 왜곡된 반영, 다시 말해 그저 환상일 뿐이며, 내가 복잡하게 설계된 거울 앞에서 샐쭉대고 있을 뿐이라는 걸 머리로는 이해한다. 하지만 나에게 카야는, 내가 비행 안경으로 보아온 그 어떤 오르크보다도 훨씬 더 현실적인 생생한 실체다. 솔직히 말하면 오르크들이 아니라 인간들과 비교해도 마찬가지다.

어떤 이들은 수라가 에로틱한 자기기만의 간교한 수작일 뿐이라고 주장한다. 그럴 수도 있다. 하지만 호르몬 방망이로 내 머리를 두들겨 패는 우리의 의붓어머니이신 대자연이나 성교동의 연령을 마흔여섯 살에서 마흔여덟 살로 올리려 하는 위선적 사회 윤리가 나를 속이게 내버려두는 것보다야 내가 나 스스로를 속이는 게 낫다.

카야가 두 오르크 젊은이에게 관심 있는 척하기 시작하면서부터 더 이상 그녀가 니르바나로 떨어질까 봐 조마조마할 필요는 없어졌다. 연기하는 데 상당량의 소프트웨어 리소스가 사용되는 모양이었다. 물론 나는 이것이 연기일 뿐임을 알고 있다. 그래도 카야가 생생한 여성이 될 수 있었던 건 바로 내가 주어진 상황을 명석하게 이해했기 때문이다. 비록 수동 조작 설정으로 품질 보증이 해지되기는 했지만 우리의 관계는 모든 섹스 백과사전에서 언급되고 모든 연인이 꿈꾸는, 바로 그런 조화에 더욱더 가까워졌다. 애쓴 보람이 있었다.

나는 업무 때문이 아니라 그저 애인을 기분 전환 시켜주기 위해 수차례 오르클랜드로 '헤넬로레'를 몰았다. 내 안표眼標가 그림과 흘로야의 몸에 아직 남아 있었기에 그들을 찾는 건 어렵지 않았다. 이 안표로 마니투는 아주 멀리에서도 그들을 찾아냈다. 슬라바 상공을 서성이면서 오르크들의 퇴보를 보여주는 표현력 넘치는 클로즈업 사진 몇 장을 찍어 꽤 괜찮은 값을 받았다.

기분 좋은 성과가 하나 더 있었다. 내 카메라가 좁은 오르크 골목길 위를 미끄러지듯 스치면서 기둥들을 피하고 간판들을 우회하고 개구멍을 헤치고 지나가는 모습을 실컷 보고 나더니 이제야 카야는 자신을 인생의 동반자로 선택한 이 비행사가 얼마나 굉장한 인물인지 깨달은 것이다. 나를 향한 그녀의 태도에 내가 손수 프로그램하지 않은 효과들이 나타나기 시작했다.

이건 이른바 '패턴 간섭' 현상이었고 나는 쌍수를 들고 환영했다. 이제야 모든 게 인간과 똑같아졌다. 비행을 끝내고 환희에 찬 그녀의 눈빛을 포착한 나는 저녁 내내 울면서 노래를 부르고 싶은 기분이었다.

나는 여태까지 왜 그녀가, 예를 들어 시야가 확보되지 않은 악조건 속에서 성전 필름으로 찍는 신성한 촬영의 기술적 측면 같은 게 아니라, 하필 이 두 명의 오르크에게 관심을 갖는지 알 수 없었다. 이건 아무래도 그녀가 가진 취향 선호도의 총합 때문인 듯했다. 특히 이와 가장 밀접한 연관이 있는 것은 눈길 닿는 모든 살아 있는 존재에게 극도의 동정심을 표현하게 만드는 영성이다(그녀는 내가 내 비행 안경으로 보는 것과 똑같은 장면을 컨트롤 마니투를 통해 보았다).

물론 전쟁 직전에는 우박 같은 비난이 매일 나를 덮치곤 했다. 어떤 측면에서 이 비난들은 매우 정당했다. 하지만 이것은 오르크가 밭을 갈면서 개미들을 눌러 죽인다는 이유로 그를 비난할 수 있는 딱 그 만큼만 정당한 것이다.

"넌 네가 망나니인 걸 알기나 하니?" 그녀가 물었다. "도로에 있던 그 불쌍한 녀석들을 뭣하러 죽인 거야?"

"불쌍한 녀석들? 군복 차림에 손에 무기를 쥐고 있었잖아."

"어제까지는 농민이었잖아. 그곳으로 소집된 거고…… 그걸 뭐라고 부르더라, 아, 그 병무청이라는 곳으로 말이야. 그러고는 너희 소믈리에들이 고안한 그 바보 같은 옷을 입으라고 한 거잖아. 그래서 걔들을 죽일 권리가 너희한테 있다는 거야?"

"왜 자신들이 그런 통치를 받아야 하는지는 그들 스스로 생각해봐야 해. 자유를 얻기 위해 투쟁할 거면 하라고 해. 우리가 공중에서 도와줄 테니까."

"전쟁은 네가 시작했잖아."

"부풀려서 생각하지 마. 전쟁은 마니투의 의지로 시작되는 거야. 마니투의 본질이라는 게 원래 그렇게 가끔씩 피를 요구하니까. 우리 예술가들과 철학자들은 이걸로 수입을 올릴 것인지 아닌지를 결정할 뿐이고. 자기야, 돈은 항상 필요하잖아. 하다못해 너의 그 정의로운 노여움의 발작도 값을 치러야 얻을 수 있거든. 또 내가 너랑 하기 좋아하는 다른 모든 것도 다 돈이 드는 일이잖아, 헤헤헤……"

"추잡하고 음탕한 비곗덩어리 원숭이 새끼."

모욕적인 말은 믿을 수 없을 정도로 나를 흥분시킨다.

"넌 불쌍한 군인들을 죽인 것도 모자라서 그림과 흘로야 그 둘의 삶도 파괴한 거라고. 이젠 아마 그림까지도 죽이려 들 거고……"

이쯤에서 나는 진짜로 화가 나버렸다.

이건 아주 드문 일이었다. 내 감정을 분석해보니 무언가를 알 수 있었다.

내가 그녀 때문에 질투를 느낀 것이다.

귀가 먹먹해질 정도였다. 마치 내게도 컨트롤 마니투가 장착되어 있고 나의 인형 아가씨가 부드러운 손가락으로 그 위에 달린 컨트롤러를 움직일 수 있다는 사실을 갑자기 알게 된 것 같았다. 나는 환희에 휩싸였다. 이것은 진정한 환희였다. 그리고 매번 그렇듯, 나의 가련한 그녀는 당장 마루 위에서 나와 함께 이 환희를 나눠야 했다.

잊지 못할 순간이었다.

어쨌든 그녀의 말에는 다소 일리가 있었다. 이즈음 오르크 커플과 관련한 일은 복잡하게 굴러갔다. 그들은 하물며 더 이상 커플도 아니었다. 군인으로 징병된 그림은 전쟁을 기다리면서 병영 막사에서 지냈다. 이제 그가 베르나르-앙리의 초대권을 이용할 수 있을지, 아니면 위로 올라가는 건 죽고 나서 그의 영혼에게나 가능한 것인지 알 수 없게 되었다. 베르나르-앙리는 그림에 대해 자주 떠올리는 것 같지 않았다. 대부분의 시간을 자기 여자 친구와 보내고 있었으니까.

여전히 나의 전우는 아군들이 거주하는 슬라바의 치외법권적 녹색 구역에 머물렀다. 전쟁 이후를 겨냥해 그가 정치권에 발을 들여놓았던 것 같다. 흘로야에게는 통행증인 녹색 카드가 발급되었다. 그리고 그녀는 모든 시간을 그와 함께 보냈다(빠른 절차를 위해 베르나르-앙리는 대개 자신의 여자 친구를 오르크 관리청에서 입양한다. 이게 가격도 싸게 먹힐뿐더러 시간도 적게 걸리기 때문이다). 나는 가끔 '헤넬로레'를 그들의 다락방에 난 쪽창문 쪽으로 접근시켰다. 베르나르-앙리는 모든 철학자가 그러하듯 본능적으로 다락방이라면 사족을 못 쓴다. 아마도 유사시에 다락방에서 공습 계획을 지휘하는 게 손쉬워서일 것이다.

카야가 자기가 본 것에 어떻게 반응할지 흥미로웠다. 물론 나는 그녀가 주변 일에 무반응이며 내 앞에서만 반응을 모방할 뿐이라는 걸 잘 알고 있다. 하지만 나는 카야에게 몇 마디 말을 건넨 후 스스로 그녀와의 이야기에 심취해버렸다는 걸 깨닫지 못했다.

"잘 어울리네." 흘로야를 뜯어보며 나의 귀염둥이가 말했다. "장화에, 채찍에, 가죽 잠바에. 중요한 건, 오르크 전통을 따르고 있다는 거야. 제대로야. 아주 귀여운 솜씨지, 나 같아도 기꺼이 저 깡패 놈을 피가 터지도록 채찍으로 휘갈겼을 거야……"

카야는 어찌나 표독스러운지 그녀의 심술궂은 관심이 다른 사람한테 꽂히면 큰 안도감이 느껴질 정도다. 카야의 이러한 신랄함은 어린애 같은 그녀의 순진함과 어쩐지 조화를 이룬다. 학습 과정 중 뭔가 빼먹은 게 있기 때문인지 아니면 이 또한 연기의 한 부분일 뿐인지 나로서는 알 수 없을 때가 많다.

"왜 저 여자애가 저 녀석을 침대에 묶는 거야?" 그녀가 심각하게 물었다. "때리는 동안 저 녀석이 도망 못 가게 하려는 건가?"

"어디로 도망을 가." 내가 웃음을 터뜨렸다.

"그만해, 나 진지하거든."

"베르나르-앙리한테는 일련의 프로그램이 있어." 내가 대답했다. "모든 게 계획대로야. 처음에 녀석은 오르크 여자 친구한테 자기를 녹색 구역 어딘가에서 침대에 묶어달라고 부탁을 하지. 녹색 구역은 안전하고 유사시엔 도움을 청할 수 있거든. 만일 모든 게 문제없이 진행되면 이제 여자애한테 자신을 숲에 데려가서 나무에 묶어달라고 할 거야. 그다음에 그들은 그가 특별히 마련해둔 숨겨진 오르크 굴로 갈 거고. 그러면 그녀가 그를 거기에다 또 묶는 거지. 게다가 베르나르-앙리는 가지고 다니던 전파 나침반과 위치 표시기를 다 꺼버리거든. 어디서 그를 찾아야 하는지 아무도 모르게 하려고."

"대체 왜 그러는 건데?"

"위험한 건 자극적이잖아. 네가 그런 것처럼, 오, 나의 기쁨……"

"역겨운 침 범벅 개코원숭이 새끼. 아니, 그놈 말고. 너 말이야."

이것 또한 물론 감정 기만이겠지만, 어쨌거나 나는 가끔 카야가 나한테 평소보다 조금 더 진정성 있게 말한다고 느끼곤 했다.

"그다음엔 뭘 하는데?" 그녀가 물었다. "굴에 다녀온 다음에는?"

"베르나르-앙리가 아주 놀랍고 비상한 후속편을 준비해놨지. 하지만 그건, 자기야, 다음에 얘기해줄게."

그게 뭔지 정말 말하고 싶지 않았다.

하지만 카야도 베르나르-앙리와 흘로야를 별로 오래 쳐다보지는 않았다. 아무래도 내가 덜떨어진 예쁜 오르크 여자애를 너무 오랫동안 쳐다보는 게 싫었나 보다. 카야는 그림 쪽에 더 관심을 보였다.

처음에 그녀는 나에게 질투심을 불러일으키려고 그에 대한 호기심을 연기했던 것 같다. 그러다가 내가 짜증을 내자 곧 그녀의 개년성이 작동하기 시작했다. 그녀의 설정 사항 전부가 합쳐진 감각 다발 일체가 가동된 것이다. 그리하여 나는 열린 창틈으로 그림을 훔쳐보며 오르크 병영 근처에서 오랜 시간 죽치고 있거나 산책 중인 그를 공중 미행하는 신세가 되어버렸다.

종군 사제 호미르가 막사로 들어서서 미리 준비된 새하얀 연단에 올라섰다. 연단 위로는 붉은 글씨가 쓰인 현수막이 걸려 있었다.

제221차 성전*

잠잠해진 막사 안에서 사제의 얼굴이 두드러져 보였다. 그건 금실 은실로 수놓인 비단 제의나 베르투하이 관등을 의미하는 세 개의 가로 막대가 추가된 스파스티카 때문도 아니었다.

잿빛으로 센 사제의 머리는 이른바 '지혜의 앞머리'라 불리는 특별한 스타일로 손질되어 있었다. 얼굴을 완전히 뒤덮은 앞머리 아래로 턱수염이 이어졌다. 머리카락으로 덮인 곳에는 눈, 코, 입이 있는 높이에 눈물 자국, 콧물, 음식 부스러기가 붙어 있었다. 이로 인해 지혜의 앞머리는 어떠한 고매하고 평안한, 전혀 오르크적이지 않은 정신 상태를 표현하는 가면 같았다. 그림은 누리끼리한 눈구멍 자국과 함께 마치 저세상 것처럼 보이는 이 가면 뒤에 구리 코걸이를 한 평범한 오르크의 상판대기가 있다는 것을 알고는 있었지만 역시나 경외감으로 떨리는 것은

* 예의 우르카이나 공식 언어인 상중부 시베리아어로 표기.

어쩔 수 없었다.

이윽고 막사를 따라 성상이 운반되었다. 이것은 가장 대표적인 그림 두 장으로, 신도들의 입맞춤에 대비하기 위해 위생상 유리 액자에 끼워져 있었다. 앞장선 성상화는 '슬라바의 마니투'(영묘한 구멍은 금욕주의적인 고대 양식으로 그려져 있었는데, 두 개의 물줄기로 그려진 분홍의 에로스와 갈색의 타나토스가 분출되는 강착 원반의 테두리 모양이었다)였다. 그 뒤를 따르는 것은 촛농으로 뒤덮인 계곡 형상이었는데 그곳은 안티크라이스트 마니투가 총살된 곳이었다. 처덕이게 붙여놓은 향로, 자동 기도祈禱 장치로 인해 불쾌할 정도로 알록달록한 바위, 꽃, 종이학 들, 그리고 돌마다 놓인 푸른색의 전통 스펀지케이크들이 보였다.

대개가 하품이 나올 정도로 침울했다.

사제는 수 세기 동안 묵히고 묵힌 재로부터 부활 중인 우르카가나툼 지려버룸*에 대해, 영靈과 의지가 보우하는 우르카이나에 대해, 세계를 자멸로부터 구원한 우르크 전사의 신성한 희생 정신에 대해, 우르크들에게 매번 전쟁을 강요하는 잘 훈련된 보갈 집단에 대해 오랜 시간 이야기했다. 평소 해온 이야기들과 다를 바 없었다. 그가 우르크들이 마니투에 의해서 창조된 것은 소시민적 무위도식을 위해서가 아니라 전투의 영광과 기도의 기쁨을 위한 것이라고 상기시켰을 때 그림은 첫번째 하품을 눌러 참았다. 그가 진정한 믿음에 대해서 주절대기 시작하자('젊은

---

* 우르카가나툼 지려버룸(우르카가나툼 프로스룸Уркаганатум Просрум): 38쪽의 '지린 리쿼드'에 관한 각주 참고. 각 단어에 라틴어를 연상시키는 어미 형태가 인위적으로 사용되었다.

이들이여, 그자들의 마니투이즘이라는 것은 본질로부터 거세되어 그저 명칭에 불과한 데 비해 그대들과 우리들의 마니투이즘은 본래부터가 옥빛*이었다네……'), 그림은 꾸벅꾸벅 졸기 시작했다. 이윽고 사제가 한 시간짜리 '말에 대한 말'을 봉독하기 시작했을 즈음 그림은 완전히 잠들고 말았다.

그림 혼자만 그런 게 아니었다. '말에 대한 말'은 누구라도 학교에 들어가기 전부터 수없이 들어온 내용이었다. 모두가 이것을 암기할 정도니 졸음은 어찌할 수 없었다.

그림은 예의에 어긋나지 않게 자는 법을 알고 있었고 익숙해진 이 소리의 무늬를 꿈 사이로 감지할 수도 있었다. 전혀 이해할 수 없는 고대 단어들이었지만 이 단어들을 마치 경계표지처럼 이용해 설교가 언제 끝날지 가늠할 수 있었던 것이다.

하지만 이번에는 이 경계표지들이 소용없었다. 그림은 계획보다 점점 더 깊게 잠이 들었다. 눈을 떴을 때는 그가 막사에 남기로 한 이유였던 전시 복점이 이미 시작된 후였다.

흐미르 사제는 입을 너무 오래 사용해서인지 꼴이 말이 아니었다. 이제 그의 헝클어진 머리카락 가면은 그리 고귀하게 느껴지지 않았다. 가면에 붙은 두 눈 중 하나가 얇아져버려 마치 현자가 슬쩍 눈을 찡긋거리는 것 같았다.

그림도 점을 쳐보고 싶었다. 그는 손을 들었다. 다행히도 그에 앞선 신청자는 둘뿐이었다. 구레나룻을 기른 채 어쩐지 다

---

* '하늘색'을 뜻하는 러시아어 남성 형용사 '갈루보이голобой'는 게이를 가리키는 말로 널리 쓰이고 있다. 여기에 쓰인 '라조레브이лазоревый'는 '녹색 빛이 가미된 하늘색'으로 '옥빛'을 뜻한다.

자란 수퇘지를 닮은 시골 청년과 긴 나뭇가지처럼 파리해 보이는 세습 군인 가족의 대표였다. 드러난 몸통에 자리한 문신으로 그가 세습 군인이라는 것을 알아볼 수 있었다.

사제의 팔에는 번쩍이는 하늘색 천으로 철해 엮은 점술서가 들려 있었다. 그림은 책 표지 위에 얹혀 있는, 뼈를 얇게 갈아 광택이 나는 명패와 고매한 고대를 상기시키는 준엄한 글자들이 새겨진 책 제목이 보일 만큼 충분히 가까이 앉아 있었다.

다오 페스딘

대부분의 젊은 오르크들에게 이 단어는 단지 육탄전을 의미할 뿐이었다.* 같은 이름의 이 점술서를 떠올릴 때는 전사들이 미래를 점쳐봐야겠다고 결심하는 전쟁 직전뿐이었다. 복점은 두려움의 대상이었다. 많은 이들은 이것이 운을 앗아간다고 믿었다. 그래서 가장 섬뜩한 군대 의식 중 하나로 여겨졌다. 여기에 나서는 건 용감무쌍한 이들이 아니면 순전히 바보들뿐이었다. 하지만 그림은 자신은 연락병이니 별 탈 없을 것이라 생각했다.

흐미르 사제는 한 시골 청년의 점을 쳤다. 그는 컵 안에 들어 있던 숫자가 적힌 막대 세 개를 흐트러뜨린 뒤 자세히 살펴보고는 네번째 막대와 다섯번째 막대를 내던져버렸다. 그러고는 손가락을 접으며 무언가를 세기 시작했다. 이 셈법은 확률마저 따

---

* 여성의 성기를 가리키는 속어 '피즈다пизда'를 이용한 '다치 피즈디дать пизды'(두들겨 패다)라는 표현과 발음이 비슷하기 때문이다.

르지 않는 복잡한 과정이어서 어떤 예언은 너무 자주 나오는 반면 어떤 예언은 거의 등장하지 않곤 했다.

마침내 흐미르가 점괘를 풀어냈다. 그는 책을 들어 올려 시간의 흐름으로 누렇게 뜬 종이 위에 번호 하나가 매겨진 지면을 관객들에게 보여주었다. 지면은 울퉁불퉁한 글자로 가득했다. 이윽고 그의 목소리가 울려 퍼졌다.

오십육. 파리들에 대하여.

정녕 내가 씹질을 이유로 파리들을 나무랄 수 있겠는가? 하나 그들이 내 머리 위에서 그 짓을 하고 있을 때는 화를 돋우기 마련이다. 보갈들도 마찬가지다. 남몰래 혼자서 자기 영혼을 만족시킨다면 그 누가 반대하겠는가? 하지만 그들은 다른 모든 이들에게 자신들의 뒤치기 기질을 알리기 위해 횃불 퍼레이드를 하고, 스스로를 강변에 있는 가로등에 결박하고, 나팔을 불어대고, 북을 치고, 소리를 지른다. 진실로 이르노니, 이들은 파리만 못하다. 왜냐하면 파리들은 아주 가끔만 내 머리 위에서 죄를 범하지만 보갈들은 하루가 멀다 하고 내 머릿속 한가운데서 교합하려 들기 때문이다. 파리들은 어리석어 그러하다 치나 보갈들은 태연하고 고의적이로다.

이를 통해 나는 깨닫는다. 그들이 범하려는 것은 끼리끼리가 아니라 모두임을, 게다가 강제적으로. 그들이 말하는 상호적인 소도무스*란 건 그저 변명과 핑계일 뿐이니.

* 소도무스содомус: 남색, 비역을 뜻하는 '소도미sodomy'에 라틴어식 어미를 붙여 만든 단어.

이제 막사 전체가 얼뜨기 촌놈을 쳐다보았다. 그는 당황한 채로 눈을 끔뻑댔다.

불길한 예언이었다. 가능한 모든 예언 중 가장 불길했다. 전투를 앞둔 복점에서 마니투로부터 '보갈'을 점괘로 받는다는 것은 절개 있는 죽음을 의미했다. 역시나 좋은 징조일 리 없는 '파리' 따위는 아예 생각할 필요조차 없었다.

문신을 한 세습 군인이 팔을 계속 위로 쳐들자 사제가 그에게로 몸을 돌렸다. 막대를 흩뿌리는 절차가 반복되었다. 이윽고 흐미르가 글이 적힌 지면을 관객들에게 보여주고 낭독을 시작했다.

백팔. 음악에 대하여.

보갈들 사이에서 오래 산 이는 그들이 자신의 죄에 대해 남몰래 부끄러워하면서도 여러 요술을 통해 자신의 재능을 드러내고자 노력한다고 말한다. 스스로 자신에 대해 생각하는 바 '그래, 나는 보갈이다. 그렇게 된 걸 이제 와서 뭘 어찌하겠는가…… 하지만 어쩌면 나는 천재 보갈일 수도 있다! 내가 갑자기 굉장한 음악을 작곡하게 된다면! 천재적인 음악가에 대해서 나쁘게 말할 리는 없겠지……' 그러고는 부끄러움을 뒤로하고 서로를 뒤치기 위해 새로운 음악을 계속 만들어내려 애쓴다. 만일 조용히, 코르크로 꽉 막힌 특정 장소에서 음악 활동을 하는 것이라면 그들의 뒤치기를 대하듯 아무도 유념치 않았을 것이다. 그러나 그들의 음악은 매일 듣게 되어 있다. 그 음악이 모든 곳에서 연주되기 때문이다. 그러므로 우리는 바람과 바다, 나뭇잎들의 사각거리는 소리, 새의 지저귐을 듣는 대신 하늘 여기저기로 쏘아올려 제 재주를 보이고 싶어 하는, 그저 매번 똑같은 텅 빈 죽은 소리만을 듣게 된다.

보갈들의 음악 장비가 고장 나는 경우가 있나니, 이때는 서둘러 침묵에 귀를 기울이도록 하라.

세습 군인의 얼굴이 창백해졌다. 얼굴만 그런 것이 아니라 몸 전체가 하얘져서 오르크 슬라바에서의 탱크전을 표현한 그의 문신 속 군기들에 그려진 스파스티카들 전부가 믿기 힘들 만큼 두드러져 보였다. 하지만 그의 얼굴에는 이전과 마찬가지로 차가운 미소가 번졌다. 역시 군인 혈통은 달랐다.

강당은 귀가 먹을 정도의 침묵으로 가득 찼다.

이제 모든 이들이 그림을 쳐다봤다. 사제가 그를 향해서 몸을 틀자 그림은 그만두고픈 충동을 강하게 느꼈다. 하지만 이미 때는 늦었다. 흐미르는 번호가 적힌 막대들을 바닥에 던졌다.

그가 점괘를 읊기 시작했다.

사십팔. 이 모든 것은 무엇으로부터 시작되는가.

바로 너 자신으로부터다. 이것을 아주 간단하게 증명하겠다. 이 모든 것이 다 무엇이냐? 이 순간 네가 보고, 듣고, 느끼고, 행하는 것들, 그것이 전부다. 그것을 알 수 있는 건 다른 어느 누구도 아닌 오직 너다. 왜냐하면 보는 것은 너의 눈이요, 듣는 것은 너의 귀요, 느끼는 것은 너의 몸이요, 생각하는 것은 너의 머리이기 때문이다. 다른 이들은 다른 것들을 볼 것이다. 그들의 눈은 다른 곳에 가 있을 것이기 때문이다. 만일 그들이 같은 것을 본다 할지라도 그것에 대해 사고하는 것은 타인의 머리이며 그 머릿속은 완전히 다를 것이다.

가끔, 모두에게 하나뿐인 '세계 일반'이 있다고 떠들어대는 이들이 있다. 내 대답은 이러하다. '세계 일반', 그것은 고안된 것일 뿐이며, 각각의 머리는 그 고안 또한 각기 다른 방식으로 받아들인다. 그러므로 모든 것은 어쨌거나 우리 자신으로부터 발생한다.

하지만 내가 나 스스로를 고통스럽게 하는 게 가당키나 한가? 이에 나는 다음과 같은 결론을 내린다. 이 모든 고찰은 그저 유독성 이성에 물린 결과일 뿐이라고. 또한 이성 자체는 나를 지키고 선 짐승과 같으며, 파수꾼처럼 내 곁에 붙어 있다는 그 의미에 한해서만 내 것이라 말할 수 있다고. 필멸의 사변은 이보다 더 멀리로는 절대 나아갈 수 없을 것이니.

가로되, 주시하는 이와 주시당하는 자가 섞일 때까지 불꽃이 수놓은 어둠을 묵상해야 할 것이다. 그러고 나면 짐승은 네가 어디에 있는지 더 이상 알 수 없게 되고 대신 그 자신은 조금만 움직여도 눈에 띌 것이다. 그러고 나면 마니투의 빛으로 가는 길이 열릴지니. 하나 나 자신도 그곳에 당도해본 적은 없다.

그림은 한숨을 돌렸다. 여태껏 한 번도 들어본 적 없는 부분이었지만 '짐승'과 '빛'을 함께 뽑는 것을 길조로 여긴다는 게 기억났다. 이것은 매우 드문 조합이었다. 강당 안에 속닥거리는 소리가 들리기 시작했다. 그리고 누군가가 기특하다는 듯 그림의 등을 두드렸다. 점을 치고 싶은 이들이 곧 늘어났다. 많은 이가 손을 위로 들어 올렸다.

마지막 순간의 긴장이 너무 심했던지 그림은 숨 쉬기가 조금 힘들었다. 그는 두 다리로 버티고 서서 솜옷과 깔개 요 위에 앉아 있는 이들을 스치면서 출구 쪽으로 천천히 움직였다.

복도에 다다르니 입구가 잠겨 있었다. 마치 어린 시절이 손을 흔드는 것 같았다. 그림의 어릴 적 기억대로라면, 사제가 '말에 대한 말'을 봉독하는 동안 아이들이 도망치지 않도록 문은 항상 잠겨 있었다. 다행스럽게도 옆에 창문이 하나 열려 있었다. 담배를 피우기 위해 그곳을 넘어 다니는 이들이 있었다. 창틀을 넘으니 안뜰이 나왔다. 이 안뜰의 담장 너머에 있는 돼지 사육장 앞에서부터 진창으로 뒤덮인 황무지가 시작되었다.

창문 옆에는 '모래'라고 쓰인 빨간색 드럼통이 놓여 있었다. 그 안에 모래는 없었다. 대신 퉁퉁 불은 담배꽁초들이 떠 있고 고약한 냄새가 나는 걸쭉한 액체가 들어 있었다. 아마도 지난 왕조 이후 한 번도 물을 갈지 않은 것 같았다. 주변에는 입대 동기 오르크들이 서 있었다. 그들은 흥분한 듯 손가락으로 하늘을 가리켰다. 그곳에는 카메라 두 대가 검은 점처럼 떠 있었다.

그림은 2, 3분쯤 대화를 엿들었다. 징집병들은 인간들이 전투병들을 정신적으로 압박하기 위해 전쟁 전 에어쇼를 기획한다고 생각했다. 이에 경험 많은 고참이 허허 웃으며 전투병들 따위에 대체 누가 신경을 쓰냐고 말했다(그는 더 짧고 독창적인 표현을 사용했다).

신참 비행사들은 뉴스용으로 돼지들이 등장하는 똥파노라마를 촬영하려고 날마다 여기에 떠 있었다. 비행사들은 이곳을 좋아했다. 울타리 바로 너머에 몇 채의 돼지우리와 지린 솔리드 시대의 파헤쳐진 공동묘지가 함께 있어서 돼지들이 종종 사람 두개골과 함께 화면에 잡혔기 때문이다. 비행사들은 배터리가 닳지 않도록 위장 장치를 끈 상태였다.

그림은 빅 비즈의 검은 구체를 숨기는 위장용 먹구름으로 시선을 돌렸다. 오늘은 도시에서조차 바로 위에 떠 있는 오프스피어가 보이지 않기는 했지만 먹구름이 묵직한 오프스피어를 빨아들이는 것처럼 보였다. 마치 납으로 된 비틀린 소용돌이 같았다.

그림이 서 있는 곳에서 보면 도시는 마치 저 위 먹구름 쪽으로 점차 멀어져가는 것처럼 보였다. 장터 광장, 그리고 어마어마하게 큰 서커스 환상 도로는 모두 저 너머에 있었다. 반대쪽에는 슬라바의 파노라마가 펼쳐져 있었다.

둘로 쪼개진 녹색 구체* 모양의 비즈니스 센터가 보이는 녹색 구역은 선명하고 청량한 색조로 빛났다. 그 옆에는 깔끔해 보이는 안쭈구리들의 작은 도시와 카나리아 색 병영이 조립 라인처럼 늘어선 황색 구역(이렇게 불리는 것도 바로 이 때문이었다)이 펼쳐져 있었다. 시야에 들어오는 더 먼 곳에는 오르크들이 사는 볼품없는 콘크리트 굴들이 덕지덕지 붙어 있었다.

이 풍경 속에 유쾌한 활기를 불어넣는 녹색 얼룩이 어딘가에서 희끗거렸다. 게릴라 정원과 공원의 가로수들이었다. 부유한

---

* 둘로 쪼개진 녹색 구체는 러시아 국영 은행이자 최대 은행인 '스베르방크 Сбербанк'의 로고를 상기시킨다.

간자베르세르크의 저택에서는 대마와 샐비어가 자라고 있었다. 관제 시문학에서 흔히 마니투의 젖가슴을 닮았다고 표현되는 마트리아르히야*의 은옥색 돔들이 시선을 사로잡았다. 하지만 전체적으로 말하자면 오르크들의 수도는 요사이 화재와 폭격으로 생긴 황무지로 인해 곳곳이 검게 탈모된 것처럼 보이는 끝없는 누런 갈색 늪 같은 꼴이었다.

그림은 병영을 우회했다. 성문 근처에는 아무도 없었다. 그는 악취와 음악 소리를 뿜어내는 간이식당들로 가득한 거리로 빠져나와 시내 쪽으로 걸어갔다.

차양을 드리운 가게들에 걸린 간판들이 사방에서 그를 힐끔거렸다. 간판에 그려진 명랑한 낯짝들은, 가게 주인들의 생각대로라면 행인의 마음을 부추겨 소금에 절인 수박이나 당밀 과자를 사게 만들어야 하겠지만, 이것은 그저 삶 앞에서의 고통스러운 공포, 그리고 삶이 이러한 공포를 불러일으키고 있다는 사실에 대한 부끄러움을 느끼게 할 뿐이었다.

반 시간가량 걸으니 벌써 시내였다. 그림은 혼잡을 뚫고 승전문에 다가가 검은 망토 차림의 짭새레기들이 빈질거리는 경계선에 다다랐다. 이제 그는 먹구름으로 가려진 빅 비즈의 땅에 최대한 가까이 접근했다.

오르크 슬라바(상중부 시베리아어로는 우르크의 우쭐**이라 불

---

* '총주교 관구'를 의미하는 '파트리아르히야патриархия'에서 '아버지'를 뜻하는 патр-를 '어머니'를 뜻하는 матр-로 교체하여 '마트리아르히야матриархия'라는 단어를 만들었다.

** 우쭐(가르딘카Гордынка): '슬라바'는 '영광' '영예'라는 뜻을 가졌으며, '가르딘카

리며 더 단순하게 말하자면 거대한 서커스)로 들어가는 이 문은 도시가 있는 거대한 고대 성벽에 뚫린 유일한 통로였다. 슬라바로 접근하는 다른 길은 허용되지 않았다. 오르크 슬라바에는 아무도 살지 않았다. 그곳으로 들어가는 건 죽으러 갈 때뿐이었다. 이 성벽 너머에서 사라진 수많은 오르크도 언젠가 이 붉고 높은 두 문짝 사이를 지나갔을 것이다. 이 생각에 그림은 마음이 언짢아졌다. 그도 이 성문을 통과해야만 한다. 그리고 마니투가 은총을 베푼다면 귀환할 수 있을 것이다.

성문은 눈길을 끌었다. 스파스티카 모양의 철 장식을 덧대 박은 두툼한 나무로 된 성문은 쇠창살처럼 보였다. 살뿐만이 아니라 살 사이 공간까지 붉게 칠해져 있었다.

그림은 구리 자물쇠가 있는 아래로 시선을 옮겼다. 이 구리 자물쇠는 최근에 거두었던 승리 이후 지금까지 성문에 걸려 있었다. 인과관계를 제대로 이해하지 못했던 어린 시절에는 자물쇠가 부서지면 전쟁이 시작되는 것이라고 여겼을 뿐 그 반대일 거라고는 생각하지 못했다. 어떤 악당이 됐든 이 쇠붙이 수호자에게 접근하기란 쉬워 보였다. 여기 이렇게 지척에 있으니 말이다……

그림은 어린 시절 이후 점차 사리를 분별했지만 오늘은 예전으로 되돌아간 것 같은 기분이 들었다. 문득 자신의 생애 동안 이미 여러 번 교체되었던 그 자물쇠가, 언젠가 어린 시절에 그

Гордынка'는 '당당하다' '거만하다' '잘난 체하다'라는 뜻을 가진 '고르드이гордый'에서 연유한다.

렇게 여겼던 것처럼, 숱한 나날 최선을 다해 우르카이나를 지켜 온 숙명적 생명체처럼 여겨졌다. 그리고 이제, 자물쇠를 풀어야 할 때가 온 것이다.

"고맙다, 자물통아." 엉뚱하게도 눈물이 그렁그렁 차오르는 것을 느낀 그림이 중얼거렸다.

하지만 그림이 애처롭게 여긴 것은 자물쇠가 아니라 어린 그림, 유년기의 햇살 쏟아지는 정원으로부터 영영 돌아올 수 없는 자기 자신이었다.

광장으로 돌아온 그림은 새똥으로 뒤덮인 채 군중 위로 치솟아 있는 청동 기마상으로 다가갔다. 이것은 과거의 가장 위대한 오르크 중 하나인 전설적인 탱크 정복자 쥐군 원수였다. 그의 손에 쥐여진 '우르카이나 만세!'*라고 쓰인 현수막이 바람에 심하게 흔들렸다.

광장은 소란스러웠다. 전쟁을 앞두고는 항상 그래왔듯 칭기즈칸, 스탈린, 피의 호르헤,** 마흐무트 2세 마흐디 등 위대한 생활기록부***에 수록된 초상들이 나부끼고 있었다. 예전에 그림은 축제 기간 동안 이 초상들을 누가 들고 다니는지 그다음에는 또 어디에 숨겨두는지 궁금했다. 하지만 항상 그의 호기심은 초상

---

* 예의 우르카이나 관공서 언어인 상중부 시베리아어로 표기.

** '더러운 전쟁'으로 유명한 아르헨티나 군사 독재자 호르헤 라파엘 비델라(Jorge Rafael Videla, 1925~2013).

*** 위대한 생활기록부(벨리키예 칸두이트이Великие Кондуиты): 한국어 '위대한'에 상응하는 러시아어 형용사 '벨리키великий'가 군인이나 학생들의 품행을 기록하는 '생활기록부(칸두이트кондуит)'와 결합된 것.

화를 들고 있는 이들 중 한 명을 미행해야겠다는 생각에는 다다르지 못했다. 이건 아마도 위험한 생각이리라. 뻔하지 않은가.

광장 위 선조박물관 지붕에 달린 날개를 단 악어들이 희미하게 노란 빛을 냈다. 이 악어들은 오르크의 금 보유 창고다(이 악어들은 모두 도금되었을 뿐이며 금이란 금은 진즉에 지린 시대 이전에 도둑맞았다고들 했다). 아래에는 육탄전의 대가들이 자신의 예술적 기량을 시전하고 있었다. 이들은 적이 누구든지 그 목에 일격을 가할 야무진 주먹이 아직 오르크들에게 있다는 사실을 세상 만방에 상기시키는 중이었다. 군중이 사방에서 쏟아져 나왔다. 간자베르세르크들의 철제 방패와 방망이가 간간이 어깻죽지와 등판을 내려치며 이 완강한 힘을 제지했다.

위대한 전사들을 보기 위해 그림은 군중 사이를 오랫동안 헤집고 나아가야 했다. 어찌나 혼잡스럽던지 그림은 몇 번이나 군중에 휩쓸려 길을 잃었다.

주변의 군중은 단순하고 거칠었다. 그림은 양파 껍질, 가죽 쪼가리, 풍선껌, 기름에 구운 바나나, 알칼리성 비누, 돼지 내장, 썩은 파파야, 녹슨 철, 크바솔라,* 탄내, '에인션트 서펜트' 향수 등 별의별 냄새를 다 맡을 수 있었다. 이 냄새들을 가지고서 오르크적 삶에 대한 백과사전이라도 만들 수 있을 것 같았다. 불쾌한 냄새들이었지만 푸주한의 앞치마에 얼굴이 문대지자 이

---

* 크바솔라квасола: '팥'을 뜻하는 우크라이나어 '크바솔랴квасоля'의 마지막 모음 하나를 바꾼 단어. '코카콜라'의 영어식 표기를 떠올리게 하는 동시에 러시아의 전통 저알코올 음료 '크바스квас'를 암시한다. 작품에서는 오르크식 전통 음료의 명칭이다.

모든 냄새가 아주 하찮아졌다. 다행히도 이 마지막 시련이 지나가자 군중이 길을 터주기 시작했다. 장수들이 입장하는 터가 보였다.

선주박물관 벽에 하얀색으로 '리스탈리셰'라고 쓰인 커다란 붉은 포스터가 걸려 있었다. 맨 앞의 '리' 앞에 같은 하얀색으로 누군가가 작게 '드'를 써 넣었다.* 밤 건달도 아닌 포스터 예술가들이 이것을 직접 그려 넣었다는 것을 알아차릴 수 있었다. 이것은 전쟁에 앞서 군중의 사기를 진작시키고 또한 고난의 시기에도 우르크들은 음탕한 농담을 할 줄 안다는 것을 상기시키기 위해서였다.

수없이 밟혀 딱딱한 돌처럼 다져진 땅 위에 사람처럼 보이도록 조잡하게 색칠된 세 개의 커다란 통나무가 서 있었다. 통나무들은 내구성을 높이기 위해 철제 고리들로 옥죄어져 있었는데 그야말로 단단해 보였다. 벽 옆에는 비상용으로 여분의 통나무들이 더 있었다.

옆에는 영웅들의 텐트가 설치되어 있었다. 형형색색의 방패들이 가득 걸려 있는 천막의 꼭대기에는 말 꼬리털이 달려 있었다. 전투가 시작되기 전에 영웅들은 천막 안에서 의지를 마시고 아가씨들과 사랑을 나누었다. 하지만 텐트 디자인은 매번 전쟁 때마다 바뀌었고 이 시설은 어떠한 오르크적 애국심도 불러일으키지 못했다. 천막으로 들어오는 입구는 붉은 옥양목 휘장으

---

* 리스탈리셰ристалище: '달리다'를 의미하는 '리스타치ристать'라는 오래된 단어에서 파생되었으며 '경마장'을 뜻한다. 이 단어 앞에 'д'가 첨가된 '드리스탈리셰дристалище'는 '엉덩이' '변소' 등을 뜻한다.

로 가려져 있었다. 영웅들이 휴식을 취하고 있는 것 같았다.

타격 연습용 통나무들은 적들의 형상이라기보다는 서로 닮지 않은 얼굴 몇 개를 그려내려 애쓰는 예술가의 고통을 닮아 있었다. 그중 통나무 두 개에는 십자와 별들이 붙어 있는 군복이 입혀 있었고, 세번째 것에는 황색 구역 일꾼들이 받는 보급품 중 하나인 반투명 바람막이 점퍼 진품이 입혀 있었다. 이는 배신자들을 절제된 표현으로 암시한 것이었다.

적들은 당연히 혐오스러웠다. 특히 십자와 별은 더 불쾌했다. 이것은 정신 문명을 발전시키느라 유물론적이고 실리적인 인간들이 소유한 것과 같은 살상 수단을 개발하지 못한 오르크들을 살육한 공로를 치하하기 위해 자기들끼리 주고받은 게 분명했다.

괜찮아, 마니투께서 우리의 심판자가 되어주실 테니……

이렇게 생각한 건 그림이 아니었다. 더 정확하게 말하자면, 그림은 오르크라면 그렇게 생각할 것이 분명하다고(더 정확히, 그러니까 완벽히 정확하게 말하자면, 오르크라면 누구라도 그렇게 생각해야 한다는 것을 이해할 것이라고) 여겼다. 하지만 이러한 당위성은 지성의 변두리에서 발생한 뒤 그림의 본질은 건드리지 않은 채 그대로 비존재로 사라져버렸다. 그림은 이와 같은 일이 광장의 다른 모든 이들에게도 일어나고 있다고 확신했다.

"밤볼레오!"* 군중 속 두 개의 목소리가 외쳤다. "밤볼레오!"

---

* 밤볼레오Бамболео: '자유롭게 흔들다' '실룩이다'라는 뜻을 가진 스페인어 단어. 1987년 프랑스 그룹 집시 킹스Gipsy Kings의 앨범 '집시 킹스'에 수록된 곡 「밤볼레오Bamboleo」가 히트하면서 러시아 대중 사이에 회자되었다.

첫번째 장수가 텐트에서 나왔다. 그림은 그를 알아볼 수 있었다. 그는 그 유명한 망치 격투의 마스터, 고무산(고대에는 오래된 고무 타이어를 처리하는 거대한 쓰레기 매립장을 고무산이라 불렀다. 고무산들은 벌써 수백 년 전에 붕괴되었지만 그 명칭만은 아직 남아 있었다)의 흐률이었다.

군중은 어리둥절해하며 서로 눈짓을 교환했다. 이유를 알 순 없지만 전쟁 바로 전에 흐률에게 '밤볼레오'라는 이름이 주어졌다. 이 이름은 오르크라면 모두 알 만한 어떤 뚜렷한 의미를 담은 것이 아니었다. 아마도 위에 있는 소믈리에들이 만든 이름이리라. 다른 것들도 다 그들이 만드니까,라고 그림은 씁쓸하게 생각했다.

자주 있는 일이었다. 그리고 오르크 정부가 이를 어떻게 해명해왔는지 모르는 이는 없었다. 적군의 전문가들이 영웅들의 별칭을 고안해야 더 쉽게 적들에게 각인된다는 것이 그 설명이었다. 하지만 그림은 이러한 오르크식 약삭빠름이 광범위한 영역에 걸쳐 있다는 것을 알았다. 장수들의 이름, 갑옷과 투구뿐만이 아니라 전군 연합 제복의 패션까지도 저 위에서 매년 만들어냈기 때문이다. 물론, 인간이야말로 다른 인간을 겁주는 방법을 제대로 알고 있을 거라는 동일한 이유에서였다. 어쨌거나 오르크들은 이와 관련한 이야기를 꺼내는 걸 내키지 않아 했다.

밤볼레오라면 밤볼레오지 뭘 어쩌겠는가. 이번 시즌에 그는 구리로 만든 소방관 헬멧을 쓰고 늑대 모피를 어깨에 두른 채 별들이 수놓인 푸른색 블루머 팬츠 차림으로 박차가 달린 반짝이는 장화를 신고 있었다. 무기는 저번 시즌 그대로, 철제 자루에 녹이 슨 둥근 대가리가 달린 아주 묵직한 망치였다. 이것은 이른바 '트람바이 반추'라 불렸는데 황색 구역에서 오래된 설계도에 따라 육탄전 맞춤형 규격으로 제작된 것이었다.

군중을 향해 손 흔들기를 멈춘 밤볼레오는 나무로 된 적에게 달려들면서 팔을 뒤로 젖히더니 그 육중하고 둥근 망치로 가장 가까운 곳에 있던 통나무를 쓰러뜨렸다. 통나무가 우두둑하더니 바스러졌다. 밤볼레오가 한 번 더 가격하자 통나무를 죄고 있던 쇠고리가 툭하고 쪼개졌다. 세번째 가격이 끝나고 나니 통나무는 꼴이 말이 아니었다. 밤볼레오는 반추를 어렵사리 어깨에 젖혀 메고는 헬멧을 번쩍이며 별들이 그려진 엉덩이를 흔들면서 텐트로 퇴장했다.

"퉷." 옆에 있던 나이 든 오르크가 침을 뱉었다. "여편네처럼 방둥이는 왜 또 실룩거리는 거야……"

"역사적 고증을 거친 '밀레니움-2' 스타일이군." 정제된 목소리가 바로 옆에서 대답했다. "형씨, 이런 거야말로 세계적인 역사 아니겠어……"

티하리*로군, 그림이 생각했다. 저자들이 '티하리'라고 불리는 이유가 뭔지 진짜 궁금하다니까. 줄곧 뭔가를 말하고 소리 지르는 게 그들이 하는 일이잖아? 그럼 '그롬카리'**라고 불러야 더

---

* 티하리тихарь: '조용하다'라는 뜻의 형용사 '티히тихий'에서 나온 '티하리тихарь'는 상대편에 몰래 잠입해 있는 아군 협력자를 의미하며, 상대편 입장에서는 끄나풀, 바람잡이다.

** 그롬카리громкарь: '우렁차다' '소리가 크다'라는 뜻을 가진 형용사 '그롬키громкий'에서 만들어낸 단어.

맞는 말 같은데.

군중들이 밤볼레오에 특별히 더 열광한 것은 아니었다. 그가 입맛을 돋운 것은 틀림없지만 올해 디자인은 인간 소믈리에들의 도가 지나쳤다. 역사적 고증을 거친 '밀레니움-2' 스타일이 오르크들의 마음을 움직일 수 없었던 것이다.

"알레한드로! 알레한드로!" 군중 속에서 외침이 터져 나왔다.

바로 전엔 밤볼레오의 이름을 외쳤던 그 목소리들이 또 들렸다. 서로 멀리 떨어져 있는, 다 쉬어버린 남자 목소리와 찌르는 듯 날카로운 젊은 여인의 목소리였다. 군중은 이번에도 이 연호를 이어받아 외쳤다.

알레한드로는 또 뭐야?

널널한 검은색 사각 팬티를 거의 가슴까지 추어올려 입은 마르고 키 큰 오르크 하나가 텐트에서 튀어나왔다. 은을 비틀어 꼬아 만든 젖꼭지 고리가 보이자 그림은 그가 누군지 알 수 있었다. 그는 그 유명한 철근 심* 전투의 마스터, 갈대밭 구덩이의 드륙이었다. 그야말로 굉장한 모습이었다!

볼에 난 털은 다 밀려 있었고 풀이 걸쭉하게 발린 머리카락은 양 측면을 향해 두 개의 뿔 모양으로 심하게 뒤틀린 채 말려 있었다. '알레한드로'는 철근 심 대신에 철조 울타리에서 떼어 온 쇠창살로 무장했다. 쇠창살의 뾰족한 부분 주위에는 비틀린 나뭇잎과 별 등이 조각된 금속 장식이 삐져나와 있었는데 아마도 이를 이용한다면 적들의 창자를 휘감아낼 때 손쉽게 희열을 맛

---

* 콘크리트의 인장력을 보강하기 위해 먼저 세우는 강철로 된 막대.

볼 수 있을 것 같았다.

하지만 쇠창살도 소용없었다. 오르크들은 알레한드로에게 무관심했다. 쇠창살을 들고 찌르기 기술을 몇 차례 구사하더니 그는 곧 텐트로 사라졌다. 두어 차례 그의 뒤에 대고 침을 뱉는 이들도 있었다.

이후 오랫동안 텐트에서는 더 이상 아무도 나오지 않았다. 그러다 갑자기 광장에서 울부짖는 듯한 환영의 소리가 뿜어져 나오기 시작했다.

"거시기! 거시기!"*

그림도 다른 이들과 함께 외쳤다. 민중의 사랑을 한 몸에 받는 장수였다. 게다가 이 장수는, 오, 마니투에게 영광을, 인간 스타일리스트의 부정한 손을 탄 것도 아니었다.

거시기는 평소와 마찬가지로, 기름때 묻은 가죽 발라혼을 입고 끝이 뾰족한 막대들을 꽂아 넣은 두 개의 화살집을 등에 두른, 포동포동하고 털이 덥수룩한 모습이었다. 그는 각각의 화살집에서 방망이를 하나씩 꺼내 쥐고 뛰어오르더니 악에 받친 기세로 이 통나무들을 대팻밥이 날아오르도록 타작했다.

"거시기!!" 오르크들이 미친 듯이 외쳐댔다.

나무로 된 적들은 심각한 타격을 연달아 받았고 이윽고 거시기는 그들을 장화발로 때려눕혔다. 환희에 찬 군중이 울부짖기

---

* 거시기(Дрын): 장수 세 명 중 하나의 이름으로 쓰인 '드린дрын'이라는 단어는 옹이가 많이 진, 무기로 쓰이는 무거운 나무토막을 의미하는데 구체적 명칭을 언급할 수 없는 물체를 가리킬 때 쓰인다. 성기를 가리킬 때 사용되는 수많은 단어 중 하나다.

시작했다.

"아무렴, 이런 게 바로 우리 식이지." 그림 옆에 서 있던 나이 든 오르크가 말했다. "울 아부지가 하신 말씀 그대로구먼……"

군중은 거시기를 금방 놓아주지 않았다. 거시기는 쥐고 있던 방망이들을 아작 내고 나서야 퇴장했다. 건장한 오르크 청년들이 나와 새 통나무들을 벽 쪽으로 굴려 내오고 부서진 것들은 치웠다.

정부가 군중의 심기를 간파한 것 같았다. 이제 텐트에서는 오로지 오르크식 복장의 영웅들만 등장했다. 이제 그들의 이름도 모두 오르크식이었다. 먼저 그리쉬가 고대의 언젠가 한 빌어먹을 교회로부터 떨어져 나와 양날 도끼로 변형된 도금 십자가를 들고 등장했다. 그런 다음 단단한 징들이 즐비하게 박힌 쇠몽둥이를 든 둘랴가 나타났다. 그 뒤를 이어 민중의 사랑을 한 몸에 받고 있는 푸주한 즈란*이 반달칼 두 개를 들고 등장했다.

정부는 다시 한번 문화 교류를 표방하면서 지기**라는 이름의 장수를 선보였다. 오르크들은 지기가 등장하기도 전에 씩씩거리며 휘파람을 불어댔다. 그림은 이 장수에게 눈길도 주지 않고 그대로 몸을 돌려 팔꿈치로 군중을 헤치고 나왔다. 그들은 툴툴대며 그림에게 주먹을 날리고는 그의 등 뒤에서 다시 하나로 뭉

---

* 즈란жран: '먹다'라는 뜻을 가진 러시아어 '즈라치жрать'에서 나온 명칭.

** 지기 스타더스트Ziggy Stardust: 영국의 전설적인 가수 데이빗 보위가 자신의 앨범 「화성에서 온 지기 스타더스트와 거미들의 흥망성쇠The Rise and Fall of Ziggy Stardust and the Spiders from Mars」(1972)에서 페르소나로 탄생시킨 가상 인물.

쳤다.

그림은 예의 그 오르크 냄새를 한 차례 더 맡고 나서야 그곳을 빠져나올 수 있었다. 그는 병영으로 돌아왔다. 이번에는 아랫길을 선택했기 때문인지 돌아오는 길이 더 짧게 느껴졌다.

병영 옆 작은 광장에는 넓은 합판으로 만든 게시판이 설치되어 있었다. 그 위에는 '**전쟁 작전도**'라 쓰인 회색 마분지로 된 도면 한 장이 붙어 있었다. 작전도의 양옆에는 또 다른 작은 종이들이 많이 붙어 있었다.

이 전쟁 작전도는 선조박물관에 지금껏 보관되어 있는 이전의 성전 작전도들과 실상 똑같아 보였다. 작전도의 중앙에는 우르크의 우쭐, 즉 인간들에 의해 일시적으로 점령당한 슬라바의 심장이 원 모양의 점선으로 그려져 있었다. 그 내부를 향하고 있는 오르크들의 진격 화살표는 그 끝이 세 개의 혓바닥으로 나뉘어 있었다. 왼쪽 혓바닥은 '적들'이라고 쓰인 단어에 꽂혀 있었고, 가운데 혓바닥은 '악당들'이라는 단어에, 오른쪽 혓바닥은 다시 '적들'이라는 단어에 꽂혀 있었다.

아주 단순한 도면이었다. 그러나 그림은 현실이 교과서에 실린 것과 다르다는 걸 학창 시절부터 이미 알고 있었다. 인간들과 전투를 벌이는 것은 오르크들이 정보망과 총포를 보유했을 때조차도 쉬운 일이 아니었다. 인간들은 전투 중 극도로 복잡한 메커니즘을 사용했고, 그들의 전투 기술로 인해 반듯한 오르크들은 큰 피해를 입었다. 수백 년을 거쳐 인간들은 점점 더 강해졌다. 하지만 오르크들은 정반대로 기술을 하나둘씩 잃어가면서 계속되는 반역과 배신으로 부실해져만 갔다. 그런데도 매 전투

마다 어떻게든 기적적으로 이겨왔다. 아무래도 이건 전투를 앞둔 시점에 노인들이 항상 하는 말처럼, 마니투의 가호와 직접적 개입이 아니라면 설명이 불가능했다.

주요 작전도 옆에 붙어 있는 종이들에는 전술에 대한 해설이 쓰여 있었다. 거기에는 군사용 모욕 행동과 별칭이 세 방향으로 나뉜 주요 공격 노선에 따라 일목요연하게 표로 정리되어 있었다. 모든 이가 전투 대형 안에서 자신의 위치에 상응하는 용어들을 외우게 하기 위해서였다. 군복의 종류에 따른 대오 정렬 계획 및 획득된 첩보도 간단히 적혀 있었다. 그림은 연락병이라 이런 것과는 연관이 없었다.

당직병이 막사 입구에서 그림을 격한 몸짓으로 불러 세웠다. 그림은 근무지 이탈로 견책이라도 당할까 봐 겁을 집어먹었지만 당직병은 포장된 물건을 내밀었다.

"사제께서 너한테 주라며 이 책을 놓고 가셨어. 네가 일찍 나가버리는 바람에 안타깝게 됐네. 널 보고 직접 축하하고 싶어 하셨거든."

"무슨 축하요?"

"거기에 쪽지가 있을 거야."

"복점은 어떻게 됐어요?" 그림이 물었다.

당직병은 침을 탁 뱉었다.

"묻지도 마. 거의 모두에게 암흑의 보갈이 나왔어. 보갈이 아니면 짐승이나 파리가 나왔고. 마니투께서 형제들한테 전갈을 보내신 셈이지, 다들 스푸트니크 준비나 하라고……"

그림은 깔개 요로 파고든 후 벽 쪽으로 몸을 돌린 채 소포를 끌러보았다. 번쩍이는 하늘색으로 철한 책이었다. 그 옆에는 메모가 놓여 있었다.

고대 지식의 소유자이자 우르카이나의 스승, 용맹한 우르크들의 사부이자 우르카간의 겸손한 제자인 정신의 등자 시종 흐미르가 **그림** 생도에게.

마니투의 선택을 받은 이들만이 마흔여덟번째 괘를 받는다고 하네. 복점에서 마흔여덟번째 괘를 받는다는 것은 아주 어려운 일이지. 복점 막대기를 던져 그 괘가 나오는 것은 백 년에 한 번뿐이며 나 자신도 처음 보는 괘일세. '짐승'이나 '빛'에 대해서는 모두가 잘 알고 있지. 하지만 여기 더 비밀스러운 것이 있어. 영들이 보우하사, 자네는 노래와 시를 지을 수 있을 것이야. 예언은 또한 자네가 마니투의 빛으로 오르게 될 것이라 말하고 있네. 최고의 존재가 자넬 사랑하게 될 것이기 때문이야. 이것이 무엇을 의미하는지는 나조차도 명확히 알 수 없네. 나 또한 이러한 번호를 한 번도 뽑아본 적 없기 때문이지.

관습에 따르면 점복에서 이 번호가 선택된 이에게는 점술서를 선물하게 되어 있네. 이제 자네는 책을 펼쳐 어떠한 질문이라도 던질 수 있는 거야.

자네와 이야기를 나눌 수 없어 안타까울 따름일세.

전장에서 행운이 함께하길.

그림은 어깨를 으쓱였다. 무슨 말인지는 도통 알 수 없었지만 기분이 우쭐해졌다.

이윽고 그는 마흔여덟번째 괘를 펼쳐 다시 한번 읽어보았다. 고대의 가사가 전하는 음악 같은 선율은 근엄하고 음울한 느낌으로 다가왔다. 읽은 내용 중 머리에 남는 것이라곤 단 하나였다. 의심 많은 이성은 내 옆에 파수꾼처럼 붙어 있는 짐승일 뿐이다……

고대의 지혜가 유쾌하지는 않았다. 시간의 두께에 금이 가는가 싶더니 그림 앞에 지난날 자신의 파수꾼인 그 짐승이 던지는 어떠한 질문에도 대답하지 못한 채 어쩔 줄 몰라 하는 한 영혼이 보였다. 이런 영혼들이 이 땅에 얼마나 많았던가? 아마도 수많은 이들이 참담함과 소망이 가득한 아름다운 문장들을 영원을 향해 내던져왔을 것이다. 하여, 영원은 무심히 이들의 재능을 삼켰지만 그 정연한 표면에는 어떤 얼룩조차 남지 않았……

그림은 슬픔을 느꼈다.

몇 분 동안 그는, 피를 잘 적시려면 서류를 어떻게 감는 것이 더 좋을지, 이것들을 팔에 감아야 할지 다리에 감아야 할지, 서류에 구멍이 나면 그 효력이 상실된다는 게 사실인지 아닌지 등에 대해 시골 오르크들이 나누는 말을 들었다. 그럴 것 같지는 않지만 어쨌거나 친지들에게 사본을 맡겨놓는 게 나을 거라고, 안 그러면 그 망나니 놈들한테 험한 꼴을 당하게 될지 모른다는데 그들의 의견이 모아졌다.

"토-케이! 토-케이!" 어딘가 굉장히 가까운 곳에서 게코*가

* 토케이 게코: '토-케이, 토-케이' 하고 우는 소리에서 유래된 게코 도마뱀의 별칭.

소리를 냈다.

게코는 좋았다. 게코가 살고 있는 세계에는 성스러운 희생도, 잿더미가 된 제국도, 의지도, 정신도 존재하지 않았다. 그곳엔 우르카가나트조차 없었다. 물론 게코로서는 평생 그 영토를 벗어나본 적도 없겠지만 말이다.

모든 비탄에는 그 원인이 있기 마련이다.

설정이 종합적으로 작동하는 바람에 카야는 마니투가 도살장으로 내몬 오르크들을 동정하게 되었다. 그들의 운명에 대해 비난받을 사람이 그녀의 영성을 최고치로 올려놓은 무책임한 뚱뚱보 남자 친구가 아니면 누구겠는가?

전쟁이 다가올수록 카야는 나에게 더욱더 뾰로통해졌다. 한번은 애무 중 벌겋게 달아오른 얼굴을 보란 듯이 옆으로 돌린 채 내 쪽은 아예 쳐다보지도 않았다. 이렇게 애를 태우니 나는 당연히 돌아버릴 지경이었다. 그러다가도 자기가 나한테 어떤 쾌락을 주는지 일단 알아채면 더 이상 고개를 옆으로 돌리지 않았다. 이건 물론 개념성이 발동된 것이다.

최고치로 가동된 영성이라는 게 얼마나 많은 골칫거리를 만들어내는지 내 이야기를 통해 명확해졌을 것이다. 하지만 그 대신에 내가 얻은 이득이 무엇인지는 잘 드러나지 않았으니 한 번 더 설명해보겠다.

이미 말했듯이 이 설정으로 작동될 때 그녀의 데이터 처리 회로에서 일어나는 극도로 복잡한 정보 분석과 교환 과정은 우리의 대화에서 발생하는 모든 의미를 수천 년 된 인류 지혜의 파편들과 계속해서 결부시킨다. 지금이야 예전 인간들이 무엇을 믿었는지 아무도 정확히 알 수 없다. 하지만 고대 가르침의 흩어진 메아리들이 그녀 안에 존재하는 가상의 의식 흐름 속에서 어른대다가 한 번씩 영리한 조합을 만들어내기도 했다. 이런 순간은 별안간 옛 지혜의 빛나는 궁전이 내 눈 앞에 나타나기라도 한 것 같았다.

나는 이것이 신기루일 뿐임을 알았지만 어찌 됐든 넋을 빼놓는 일이기는 했다.

그녀는 나를, 또 우리 세계를 욕하기 일쑤였다. 게다가 그녀는 정치, 문화, 종교를 한꺼번에 싸잡아 비난했다. 가끔 그녀는 잊힌 무언가나 수수께끼 등을 상기시켰다. 하지만 타오르기 시작한 그 의미의 불꽃은 내가 그녀에게 무언가 되묻는 동시에 그녀가 대화에 흥미를 잃은 듯 빠르게 꺼졌다. 그러고 나서 카야는 폐부를 찌르는 말을 던져 다시 한번 나를 놀라게 하곤 했다. 이럴 때 그녀가 했던 말을 마니투가 못 들어서 얼마나 다행인지 모른다. 뭐, 내가 들었으니 마니투도 다 들으셨겠지만.

쉽게 말하자면, 수라 이용자라면 누구나 느낄 법한 식상함과 둔감함에서 우리의 결합을 구해낸 것이 바로 이 영성이다.

수라가 소시민과 속물들을 위해 만들어진 공장 출하 레짐('안락 넘버 7' '털잠바', 혹은 '구름 같은 부드러움' 등) 중 하나로 작동 중이라면 그녀는 이른 아침 당신이 있는 침대로 크루아상과 커피를 내와서는 미소를 지으며 물어볼 것이다.

"자기야, 잘 잤어?"

그러면 당신은 그녀를 쳐다보며 눈은 제대로 빛나는지 다리는 맞게 잘 붙어 있는지를 생각해볼 것이다. 또 그녀를 튜닝 숍으로 보내 입을 두 치수 정도 늘려야 하는 건 아닌지를 고심할 것이다.

반대로 카야는 늘 나를 신경쇠약 직전으로 몰고 갔다. 내 지적 능력에 부담을 주는 것은 두말할 필요도 없었다. 이런 방식으로 그녀는 내 감정 중추가 욕창에 걸리지 않도록 만전을 기했던 것이다.*

좀더 일찍 일어나 출격 준비를 해야 했던 전쟁 첫날, 그녀는 다음과 같은 혁명적 중얼거림으로 정확히 아침 5시 30분에 나를 깨웠다.

"너희는 혐오스러운 기름덩어리 위선자들이야. 너흰 오르크들을 권력으로부터 수호하기라도 하는 양 행동하지만, 사실 그 정권을 세운 게 너희잖아. 그리고 너희가 오르크들을 공중에서 쏴 죽이는 것도 포르노 배우들 성형수술 뉴스에 구색이나 맞추려고 그러는 거잖아. 이건 위선보다 더 나빠, 이건…… 경멸할 가치조차 없어. 넌 비열해, 비열해, 비열하다고…… 야, 이 돼지 새끼야, 듣고 있냐? 누가 얘기를 하면 좀 일어나라고!"

이게 그저 말하는 알람시계라는 걸 알고 있더라도(저녁때 카야를 5시 30분에 맞추어놓은 건 나 자신이었다) 이런 말을 끝까지 다 듣고 나면 마지못해 대답할 말을 찾게 된다. 물론 내가 베르나르-앙리 몽테뉴 몽테스키외는 아니다. 하지만 나도 말싸움쯤은 할 줄 안다. 어쨌거나 파트너한테서 많은 걸 배웠으니까.

"자기야, 그게 무슨 말이야? 저 아래 오르크들 사이에는 악이

---

* 욕창은 혈액 순환 장애로 조직이 괴사하여 생긴 궤양이다. 카야 때문에 항상 피가 끓어 혈액 순환에는 문제없겠다는 자조적 표현이다.

판을 치고 있다고. 거긴 수백 년 동안 악이 항상 존재해왔어. 그리고 그들 모두 하나같이 다 그 악에 처발려 있다고. 공습하면서 아무나 뺑뺑 쏴도 실수 따윈 없어. 그놈들을 향한 공격은 전부 다 정확하니까. 그리고 사실 우리가 항상 그러는 것도 아니야, 우리는 그냥…… 음…… 우리한테 따로 안건이 있을 때만 간섭하는 것뿐이지. 하지만 뭐가 됐든 이건 우리가 아무것도 안 하는 것보다는 나아. 그러니까 여기에 윤리적 문제 따윈 없다고. 만일 그런 문제가 생길 것 같으면, 내가 장담하는데, 그 문제가 뉴스로 첫 방송을 타자마자 5분 안에 우리 소믈리에들이랑 디스코스몽거들이 상황을 종료시켜버릴걸."

"당연히 그렇겠지." 그렇게 말하고서 그녀는 천장의 어느 한 점을 쳐다보며 코를 찡그렸다. "오르크들만 딱한 게 아니야. 너도 딱해, 이 불쌍한 기름덩어리 바보야."

"내가 왜 바보야?"

"넌 네가 개네들보다 우월하다고 생각하잖아. 저 오르크들보다도 네가 낫고, 나보다도 네가 낫다고 생각하잖아."

이거 재밌어진다.

"오르크들보다야 뭐, 그런 셈이지." 내가 말했다. "너도 날 오르크랑 바꾸지는 않을 거 아냐. 오르크들한테 널 살 만한 돈이 없기 때문에라도 말이야, 하하하……"

농담이 제대로 먹혀드는 건 너무나 기분 좋은 일이다. 내 농담의 성공 여부를 가늠하는 건 어렵지 않다. 훌륭한 농담에는 카야가 미소를 짓기 때문이다. 내가 그쪽 파라미터에 특별히 따로 손댄 것도 아니니 그녀의 평가는 믿을 만하다.

"나랑 너 둘 중에 누가 더 우월하냐는 문제는 말이야," 내가 계속 말했다. "질문 설정 자체가 잘못된 거야. 너는 우월하지도, 열등하지도 않아. 너는 타자잖아. 다들 타자를 있는 그 자체로 받아들이는 법을 배워야 해……"

이건 내가 그냥 베르나르-앙리를 따라서 해본 말이다. 지난번 전쟁에서 그는 '타자'에 대해 이야기하는 것을 좋아했다. 한 번은 또 '이방인'인가 뭔가에 관해 이야기하기도 했다. 오르크들은 대개가 그를 이해하지 못했다. 우리끼리 얘기지만, 그들은 그런 걸 이해할 수준이 못된다. 하긴 그건 나도 마찬가지다. 나도 그의 말에 주의를 기울이지 않았다. 그때는 조준 중이었으니까. 그래도 이 단어 자체는 기억하고 있었다.

"너는 말이야," 카야가 슬프게 말했다. "내가 그냥 말하는 자위 도우미 인형에 불과하다고 생각하잖아. 그건 기름덩어리 돼지 네 말이 맞지. 네 착각은 다른 데 있어. 너는 네 안에 마니투가 살고 있다고 생각하잖아. 그리고 바로 그게 너랑 나의 질적 차이라고 여기고."

"그렇지 않다는 거야?"

"아니고말고." 카야가 응답했다. "너도 나랑 똑같은 자위 기계일 뿐이야. 아무짝에도 쓸모없다는 게 다르다면 다를까. 넌 아무한테도 그걸 해줄 사람이 없으니까. 무슨 말인지 알겠어? 난 너한테 그걸 해주지만 넌 아무한테도 해주지 않잖아. 매일 쓸모없이 웽웽대고 부들부들 떨기나 하고."

"무슨 말인지 모르겠는데." 내가 말했다.

여기서 카야는 웃음을 터뜨렸다.

"게다가 멍청하기까지 하고. 나중에 언젠가 말해줄게. 지금은 사람 죽이러 갈 시간이잖아."

이 소리가 어찌나 화를 돋우었는지 광대뼈 근육이 솟아오른 나는 극기심으로 마음을 억눌러야 했다. 아침 기상 시간에 기운을 북돋는 데 신선한 모욕만 한 게 없다.

'오늘 하루도 시작이로구나' 나는 속으로 말했다. '고마운 가르침이네. 이제 일하러 가야지……'

"알았어." 슬리퍼에 발을 넣으며 내가 말했다. "다음번에 계속하자. 커피 좀 끓여봐. 아빠 곧 출격할 거거든."

"커피 마시고 사레나 들려라, 망나니 같은 놈."

우리 집은 매일 이렇다.

행복의 방에서 나는 몇 초 동안 그녀의 설정을 조정하기 위해, 그러니까 최상으로 설정해둔 개년성을 취소하기 위해 컨트롤 마니투를 켜고 싶은 유혹과 맞서 싸웠다. 결국 유혹이 승리했다. 화가 너무나도 솟구쳤던 것이다. 나는 마니투를 켜고 암호를 입력했다.

크고 빨간 숫자들이 깜빡이는 게 보였다.

30.00

29.59

29.58

정말로 처음 10분간은 끝까지 기다려서 이 모든 걸 마치려고 했다. 하지만 잠시 후 이러다 전쟁에 늦겠다는 생각이 들었다.

그리고 또, 이게 더 중요한데, 내가 일을 그르치고 있다는 생각이 들었다. 이건 완전한 항복이다. 기계가 나를 굴복시켰다는 것은 나도 그저 똑같은 기계일 뿐이라는 방증이며, 그러면 카야의 말이 다 옳은 게 된다.

나는 마니투를 끄고 출격 계획을 세웠다.

행복의 방에서 나왔을 때 나는 이미 완전히 진정된 상태였다. 내가 식탁에 앉자 카야는 나에게 커피와 잼 토스트를 주었다. 카야가 만드는 커피와 잼 토스트는 훌륭하다. 나는 자상하게 그녀의 등, 아니, 좀더 아래쪽을 가볍게 두드렸다. 그녀는 피하지 않았다. 어쨌든 그녀의 본능은 흠잡을 데 없이 완전무결하다. 그녀는 조금 수줍어하는 것처럼 보였는데 방금 전 자신이 한 말에 마음이 쓰이는 것 같았다.

음식을 앞에 두고 앉은 나는 아무 말 없이 마니투에서 흘러나오는 뉴스를 보았다.

우선은 우리의 모토가 쓰인 스플래시 스크린이 등장했다.

"……*the CINEWS of thy heart*(당신 마음속 시네뉴스)"*

전해지는 이야기에 따르면, 한 번도 1초 이상 화면을 차지한 적이 없는 이 우아한 인용은 가난 속에서 죽음을 맞이했다는 고

* 윌리엄 블레이크의 시에 등장하는 "the sinews of thy heart"라는 표현의 패러디로, 원주로 콘스탄틴 발몬트의 번역어 "нервы сердца твоего"(네 심장의 힘줄들)를 제공하고 있다.

대 시인 블레이크가 쓴 시의 한 부분이었다.* 그가 천 년쯤 더 살았더라면 「호랑이」의 이 한 줄로 그는 물론 그의 친척 전부 부자가 되었을 것이다. 인용된 부분은 매일 수도 없이 수백만의 마니투 위에서 번쩍였으니까.

나는 매번 그래왔던 것처럼 그들이 나의 댐젤을 보여주리라 기대했다. 그러나 그들은 그녀 대신에 전쟁 전 시즌을 휩쓴 주요 히트 장면들을 틀었다. 그것은 짧고 흐릿한 영상으로(첩보용 날파리 카메라로 찍은 것처럼 보이기 위해서다) 터진 듀렉스의 기도 장면이었다. 최근 며칠간 이 장면은 최소 스무 번 이상 반복 송출되었다.

이 녹화본은 방금 추태가 벌어졌던 게 분명해 보이는 한 화려한 침실에서 촬영된 것이었다. 침대 위에는 싸구려 SM-수라가 누워 있었고, 오르크 카간은 엄청나게 큰 금빛 스파스티카 앞에 무릎을 꿇고 격렬히 속삭였다.

"마니투여! 제가 담배꽁초를 고무녀에 비벼 끌 때 그녀가 고통을 느끼게 하소서."

유사한 수라의 비극적인 죽음을 이미 뉴스를 통해 셀룰로이드 촬영본으로 접한 시청자들은 이 영상을 믿었다. 역시나 음모론자들은 이것이 아르마냐크** 제조자들이 지불한 선금으로 만들어진 디지털 모사본이라고 주장했다('리퀴드 다이아몬드Liquid

---

* 윌리엄 블레이크의 시 「호랑이The Tyger」(1794)의 한 부분인 "어떤 어깨, 어떤 기술이, 네 심장의 힘줄을 비틀 수 있었던가?(And what shoulder, & what art, Could twist the sinews of thy heart?)"를 의미한다.

** 프랑스 아르마냐크 지역의 브랜디.

Diamond' 병이 전경에 두드러지게 부각되었기 때문이다). 하지만 나는 이것이 연출되었다고 해도 어쨌든 실제 촬영된 것이라는 확신이 들었다. 오르크 카간들은 런던으로 떠나기 전 마지막으로 돈벌이 기회가 생길라치면 무슨 수를 써서라도 여기에 들러붙곤 했다. 자금이 부족해서라기보다는 그저 욕심이 났기 때문이었다.

뭐 괜찮아,라고 나는 생각했다. 이 악에 받친 다밀롤라가 분명 뭔가 아주 멋진 걸 촬영해 올 테니까. 모두에게 두고두고 회자될 그런 걸 말이야.

출격할 시간이 되었다. 카야의 볼에 입을 쪽 맞추고 나는 '헤넬로레' 운전 블록으로 향했다.

보통 나는 그녀를 여름용 안장 옆에 달린 쿠션에 앉힌다. 하지만 이번엔 그녀를 부르지도 않고 그냥 컨트롤 마니투를 켰다. 내가 날아오르려고 하면 당연히 그녀가 알아서 그 뒤에 앉을 것이라 생각했다. 격렬하고 위험한 하루가 될 터였다. 전투 안경을 착용한 나는 기술 장비 데크에서 떨어져나오자마자 그녀 생각을 머리에서 완전히 지워버렸다.

내가 우리 함대에 가까이 갔을 즈음 상공에는 벌써 모든 전투기가 모여 있었다. 나는 전투 촬영 전 항상 그렇듯 기쁨과 긴장을 동시에 느꼈다. 백 대 남짓한 원격 카메라가 주변을 순찰했다. 종종 무리에서 이탈한 한두 대씩이 비틀 듯 급선회하고는 위장용 먹구름의 회색 수정체 쪽으로 멀어져갔다.

나는 완만하게 나선형으로 하강하는 것을 선호한다. 마지막까지 높은 고도를 유지해야 특이한 장면을 찍을 기회가 훨씬 더 많이 생긴다. 이건 경험을 통해서만 깨우칠 수 있는 노하우 중 하나다. 하지만 급강하하는 카메라가 아름답기는 정말 아름답다. 그런 장관은 그 무엇으로도 구속할 수 없는 자유의 감정을 일으키는데, 바로 이것이 오르크들에게는 공포로 느껴진다. 더욱이 우리 비행체의 제동기가 내는 소름 끼치는 끽끽거림이 들릴 테니 말이다.

오늘은 아무도 광학 위장 장치를 켜지 않았다. 즉 텔레비전 성전 채널의 표현을 따르자면 '마니투의 기사들이 오르크들과의 전투를 향해 챙을 열어젖히고 전진한 것'이었다.

흥미롭다. '챙'이란 무엇인가? 스크린 사전에 이 단어는 따로 설명되어 있지 않다. 그저 관용어구들의 개괄적 의미만 있을 뿐이다. '챙을 열어젖히다'라는 말은 '솔직하게, 올곧게'의 뜻을 지닌다. 하지만 나는 고대에는 이 표현이 그렇게 고상한 의미로 쓰이지 않았으리라 확신한다. 아마도 '챙'은 성을 급습하는 도중에 무언가를 챙겨야 할 때 썼던 철로 만든 거대한 팔 모양의 특수 조종 장치 같은 것일 테다. 예를 들면, 탑의 창문을 통해 보물을 챙길 때 쓰는 것 말이다. 그러면 모든 게 다 설명된다.*

이런 것들에 대해 내가 자주 생각하지는 않지만, 마니투의 눈에 우리 인류 측의 정보전 엘리트들은 정말 희한하게 보일 것이다. 팔과 다리를 요상하게 움직여가며 각자 자신의 여름용 쿠

* 챙을 열어젖히고(с открытым забралом): 모자의 챙이나 복면을 의미하는 '자브랄로забрало'가 '가져가다'의 뜻을 가진 '자브라치забрать'와 발음이 비슷한 것을 이용했다. 하지만 원래 자브랄로는 울타리를 뜻하는 '자보르забор' 등의 단어들과 같은 어근을 갖는 단어다.

션을 탄 채 움찔움찔거리며 오만 가지 패션의 불투명 안경을 쓴 백 명의 사람들이라니. 손잡이에 놓여 있는 손가락을 아주 살짝 움직이면 뱃전 대포가 발사된다. 창공을 쏜살같이 달리는 유성 같은 차체 구동은 겨우 눈에 띌 정도로 장딴지가 달싹거리는 움직임일 뿐이다. 게다가 복장도 제각각이다. 아무래도 재택근무이다 보니 개중에는 아마도 꼬질꼬질한 사각 팬티를 입은 이들도 있을 것이다.

그렇다면 우리, 그러니까 재택근무 비행사들은 실제로는 어디에 존재하는 것일까? 자신들의 좁은 방일까, 아니면 오르크 세계의 하늘 위 일까? 또 이 하늘이라는 건 어디에 있는 걸까, 내 '헤넬로레'를 둘러싸고 있는 걸까, 아니면 그것이 내 눈과 귀에 연결된 전선을 통해 중계되어 다다른 내 머릿속에 있는 걸까?

카야가 자기가 가진 고대 지혜를 나한테 다운로드시키려고 오랜 기간 애썼던 기억이 난다. 많지는 않지만 어쨌거나 일부는 기억에 남아 있다.

그녀에 따르면, 위 질문에 대한 대답은 우리가 스스로를 뭐라고 부르느냐에 달려 있다. 만일 그게 몸이라면, 우리가 있는 곳은 방이다. 만일 그게 주의력이나 의식이라면, 우리가 있는 곳은 하늘이다. 하지만 우리는 실상 하늘에 있는 것도, 방에 있는 것도 아니다. 왜냐하면 몸은 구름 위를 날 수 없고 주의력이나 의식은 몸이 아니라면 다른 어느 곳에서도 발생할 수 없기 때문이다. 이 질문에 대한 대답은 그냥 존재하지 않는 것이다. 카야 말마따나 모든 대상이나 개념은 우리 앞의 그것이 진짜 무엇인지 파악하려 들면 사라져 증발해버리니까. 이는 그것을 파악하려는 사람 자체에도 그대로 적용된다.

그녀가 아무리 설명해도, 나 자신 또한 여기에 적용된다는 말을 받아들이기는 힘들었다. 나. 그건 항상 여기 있는 바로 이 사람이다. 그리고 여기로부터 다른 모든 것이 시작된다. 하지만 장담컨대, 본질이 지닌 파악 불가능한 이러한 특성은 지금 이 순간 수많은 비행사들의 컨트롤 마니투 앞에 앉아 있을 수라들에게는 분명히 적용된다.

수라를 파악하는 것은 정말로 불가능하다.

가능한 것이라곤 그들의 외양과 행동을 묘사하는 것뿐이다. 그들 대부분은 소년 소녀 나이대이다. 요즘은 영성을 최고치로 올려놓는 것이 어찌나 유행인지 종종 아이답지 않은 현명한 눈과 마주치기도 한다. 그들 중에는 소년이나 소녀뿐만이 아니라 구름 속을 비행하는 조준기 앞에서 말없이 공허를 씹는 작은 양 두세 마리도 끼어 있을 것이다. 아마 노부와 노파도 발견할 수 있을 것이다. 카탈로그에 그런 모델들도 나와 있으니까.

이쯤에서 아주 흥미로운 질문이 생긴다.

비행사가 일을 끝내고 안경을 벗으면 수라는 자기가 본 것에 대해서 어떤 생각을 했는지 이야기하기 시작한다(영성이 최고치로 가동된 암양과 이야기하는 건 정말로 재미있는 일이다). 당연히 그녀의 모든 견해는 그저 시뮬레이션일 뿐이다. 이때 수라의 청자와 관객이 되어주는 것은 항상 그녀의 주인이다. 주인은 관심을 기울임으로써 그녀를 고무한다.

하지만 그렇다면 비행사가 업무에 정신이 팔려 있을 때 곁에 앉아 마니투를 보고 있는 건 대체 누굴까? 내가 카야에게 관심을 못 쏟고 있는데 그녀는 어떻게 내가 '백정'이라는 걸 아는 걸까? 그게 아니면 그런 것을 보면 자신이 나에게 이런 말들을 해야 한다고 단순히 아는 것뿐인가? 그렇다면 그녀 안에서 이 모든 것을 다 알고 있는 건 대체 누구일까? 수수께끼다. 이건 풀리지 않는 수수께끼다. 이 문제에 대해선 그냥 생각하지 않는 게 좋을 것 같다.

특히 근무 중일 때는.

이런 생각에 잠겨 있다가 형형색색의 하트로 둘러싸인 형광색 문구가 붙은 거대한 트레일러에 걸릴 뻔했다.

!!!NICOLAS-OLIVIER LAURENCE VON TRIER-85!!!

(!!!니콜라스-올리비에 로렌스 폰 트리에-85!!!)

트레일러는 내가 방향을 틀 것이라 확신하고는 먹구름 쪽을 향해 내 카메라의 진행 방향으로 직진해 들어왔다. 그럼 그렇지, 이건 니콜-올리비에가 직접 기념 촬영 비행을 하는 거다. 트레일러가 먹구름 속으로 진입하기 바로 직전 나는 그것을 제대로 관찰할 수 있었다.

트레일러는 거대했다. 꽤 괜찮은 오르크 집 한 채 크기와 맞먹는 금속 큐브였다. 그 안에는 니콜-올리비에의 개인 전용 체력 단련실까지 있다고 했다. 이제는 연배가 있으니 쓸모없어졌겠지만.

트레일러에는 성전 영화에서 그가 연기했던 유명한 역할들이 움직이는 초상화로 붙어 있었다. 그중 제일 큰 초상화는 아주 고전적이었는데, 그가 캡모자에 쇠방망이(교회 영어로 이것은 '배트bat'라고 불리는데 바로 여기서 그의 유명한 가명*이 나온다)를 들고 나오는 3부작 프랜차이즈 「뉴 배트맨」의 장면이었다. 그는 방망이를 팔 옆에 끼운 채 무심한 듯 서 있었지만 사실은 은밀히 이두박근을 내보이기 위한 것이었다.

첫번째 부분은 아주 오래전에 그러니까 이두박근이 파라핀으로 만든 게 아니라 진짜 이두박근이었을 적, 즉 동의 연령이 마흔두 살 혹은 그 근방이었을 때 찍은 컷이었다. 두번째 부분은 10년쯤 전에 찍은 것이다. 이 사이사이에 다른 역할도 많이 연기하긴 했지만 니콜-올리비에의 이미지는 바로 이 서사시 덕분이었다. 그는 오르크에 맞서 그들의 무기로 싸워 승리한 인류의 마지막 영웅이었다.

우리는 그가 선조들의 고분 근처에서 나무 방망이로 오르크들을 죽이는 네번째 프랜차이즈를 찍을 수 있게 이번 전쟁을 시작했다.

물론 니콜-올리비에만을 위해 전쟁이 일어나는 건 아니다. 단 한 명의 배우가 폐경이라고 해서 자유 의지를 지닌 인간 모두가 전쟁을 일으키는 건 아니다. 두세 개의 텔레비전 채널이 그의 대중적 인기를 아무리 부추겨도 마찬가지다.

하지만 니콜-올리비에의 담당 피디가 남은 프랜차이즈 망작들을 다른 슈퍼 부자 노인들과 함께 싹 촬영해버리자고 다른 피디들을 설득해내면(우리끼리 이야기지만 사실 이 노인들이 있어

* 원문에는 프랑스어로 '가명'을 뜻하는 '놈 드 구메르nom de guerre'가 쓰였다.

야 하는 곳은 스너프가 아니라 화장터다), 이제 전쟁은 충분히 일어날 수 있게 된다. 특히, 양심을 지닌 점잖은 사람이라면 결코 묵과할 수 없는 사건들이 오르크 지역에서 계속해서 발생하면 더욱 그렇다. 저녁 티타임에 차를 마시다가 마니투에서 문득 이런 장면들을 보게 된다고 생각해보라. 이게 무슨 말인지 여러분은 잘 아실 거다.

결국은 이렇게 피라미드, 평행육면체, 혹은 팔면체 모형을 한 알록달록한 트레일러들이 날아 내려가게 된다. 각각의 트레일러에 걸린 면밀히 숙고된 시각 영상은 영화 산업 내부에 들어앉은, 보석 같은 인물의 기우고 또 기워댄 인생사와 이 인물의 예술 활동에서의 주요 이정표를 주변으로 송출한다.

그들 또한 먹구름을 통과하고도 위장 장치를 켜지 않는다. 요즘 트렌드가 그렇다. 그들은 언제나 챙을 열어둔 채 공개적으로 행보하는데 챙길 만한 건 이미 다 챙겼다. 얼마나 많은 사람이 영화 비즈니스 근처에 빌붙어 있는지 계산해보면 이건 별로 놀랍지 않은 일이다. 우리 전부가 거기서 빌어먹고 있으니 말이다. 이 중 누군가는 우리의 갑절 이상을 벌어먹기도 한다.

나는 먹구름 쪽으로 나가 아무런 영상 정보 없이 오직 마니투상의 정보에 따라 '헤넬로레'를 2, 3분쯤 몰았다. 주변이 아군들로 가득할 때에는 이렇게 먹구름 속에 있는 게 더 안전하다. 이내 먹구름에서 나온 나는 멍해졌다. 무엇을 보게 될지 이미 알고는 있었지만.

이 위에서 전쟁이 얼마나 아름답게 보이는지 매번 잊게 된다.

고대의 한 소믈리에는 찬장 뒤에서 오랫동안 살고 있는 바퀴

벌레들이 벽에 남겨놓은 얼룩에 슬라바를 비유하기도 했다. 보탤 것도 뺄 것도 없는 아주 적확한 묘사다. 조금 다르게 묘사하면, 이 얼룩의 중앙에는 노란색, 흰색, 하늘색 동그라미로 겹겹이 둘러싸인 거대한 녹색 원인 서커스가 자신의 아름다움을 과시하고 있다. 웅장한 서커스 성벽, 금지된 구역, 해자*가 상공에서 그렇게 보이는 것이다. 원의 중심에는 털이 복슬복슬한 젖꼭지를 닮은 조그만 뾰루지 같은 게 있다. 이것은 코코넛 야자수로 무성한 오르크 선조들의 고분인데 이 위에는 다른 풀들도 자라고 있다. 하지만, 이 밖으로 나가면 비행 벌초 기계가 굵직한 식물들은 전부 베어버린다.

그래서 평평하고 기름진 이 땅에는 갓 돋아난 어린 풀들만이 짙은 초록빛을 띨 수 있다. 하강하면서 확대경을 켜면 이 광활한 평원에서 꿀벌들과 결혼식을 치르는 꽃들이 지어낸 형형색색의 얼룩들이 보이기 시작한다. 생명이 지닌 영원한 장엄함이다. 이상하게도, 오르크들을 불쌍하게 여긴 적은 한 번도 없었지만, 전쟁이 끝날 때쯤 푸르름을 잃고 거무죽죽한 갈색으로 변하곤 하는 이 거대한 잔디밭은 항상 안타깝다. 매해 얼마나 많은 나비와 풍뎅이가 죽어나가는가.

서커스에서는 벌써 이틀째 촬영 준비가 진행 중이었다. 하지만 이 사실을 아는 오르크는 없었다. 어제까지도 투명 레짐 하에 기술 장비 트레일러들이 아래로 내려오고 있었지만 오르크들이 본 것은 하늘에 떠 있는 우리 카메라들뿐이었다. 그들은

---

* 성벽을 둘러 방어 목적으로 파놓은 인공 호수.

오늘 우리 측 공수부대 전 병력을 보게 될 것이다.

오르크 수도의 악취 나는 슬럼가는 한 부분이 서커스 성벽 쪽으로 바짝 들어가 있었다. 장터 광장 쪽이었다. 바로 그곳에 오르크들이 전쟁터로 나갈 때 통과하는, 하나뿐인 성문이 있었다.

오르크들은 이미 전투 준비가 되어 있었다. 그들의 거대한 군대는 서커스의 순결한 녹색 원에 접근하는 낙지처럼 보였다. 그렇게 보인 건 군대의 규모가 카간의 대형 거룻배가 정주하고 있는 장터 광장 안으로 들어가기에는 너무나도 컸기 때문이다. 그래서 병사의 절반은 인접한 길에 모여 있었다.

이때 번뜩 아이디어가 떠올랐다.

갑자기 나는 이 불길한 낙지가 카야 구입비용을 지불하는 데 큰 도움이 될 것이란 걸 깨달았다. 위에서 본 컷은 당연히 한두 대의 카메라가 제공하는 게 아니었다. 하지만 특별한 잔꾀 없이는 그 누구도 이 낙지를 볼 수 없었다. 오르크 대오의 군복 색이 다양했기 때문이다…… 그럼 만일 이걸 흑백으로 본다면…… 나는 보조 렌즈와 필터를 끼워 맞추고 카메라를 켜보았다.

낙지가 어찌나 끔찍했는지 내 기분까지 불쾌해졌다. 교회 영어식으로라면, I was behind the camera and I shed a tear(나는 카메라 뒤에서 눈물을 흘렸다)……라고나 할까. 매번 같은 대오가 전쟁을 일으켜왔는데도 지금까지 아무도 이것을 눈치채고 이 컷을 찍어 팔지 않았다니.

나는 성전 셀룰로이드와 디지털 두 가지 방식으로 동시 촬영을 시작했다. 한 선임 소믈리에는 자기 마니투로 내 자료를 추적했는지 곧장 이 아이디어를 이해하고는 내게 손 키스를 날려댔다. 내 시야의 우측 상단 구석에 박힌 숫자들이 깜빡이며 삑삑 소리를 냈다. 방금 나는 300만 마니투를 번 것이다.

촬영 몇 초 만에 벌어들인 수입이 이 정도다. 이 컷은 오늘 뉴스의 스플래시 스크린으로 쓰이리라. 스플래시 스크린이 다 뭐람, 이 컷은 이번 전쟁의 로고가 될 거다. 흑낙지와 녹색 원…… 그들이 그 원 안에 누구를 그려 넣을지는 미지수다. 사진을 한 열 배쯤 확대하면, 전문가는 누구나 하단에 조그맣게 들어간 표시 '디케이 비디오 아트 앤 올DK v-arts & all'을 볼 수 있는 거다.

이 사진이 수차례 확대될 것임은 의심의 여지가 없었다. 하나의 클로즈업 컷만으로 오르크 족의 폭력적이고 어두운 본질 전체를 그토록 정돈된 형태로 명확하게 보여주는 경우는 드물기 때문이다. 젖먹이들아, 이 몸이 옆에 계실 때 잘들 배워둬라.

내가 맨 마지막에 나만의 나선형 비행법으로 하강하는 것을 좋아하는 것도 바로 이 때문이다. 갈매기들이 지방 덩어리를 찾아 파도 위를 갈팡질팡할 때 먹구름 사이로 치솟는 독수리…… 전쟁 초반부터 마니투를 벌어들였다는 건 굉장한 일이다. 다른 에이스들처럼 나도 전장에서 쓸데없이 빈둥거리는 걸 좋아하지 않는다. 괜히 신입과 부딪힐 수도 있고 '헤넬로레'가 상할 수도 있으니까. 또 영원토록 변함없는 오르크들을 참 영원으로 보내버리는 과정에서 장비에 손상을 입는 일이 얼마든지 일어날 수 있다.

저공비행으로 전투 장면을 찍는 것은 내 취향이 아니다. 오르크들의 내장 따위는 질퍽하고 끔찍한 걸 최고로 치는 애송이들이나 찍으라지. 그 녀석들의 카메라는 관비로 구입된 것이라 깨져도 상관없다. 생존을 위해 자기끼리 치고받게 내버려두면 된다. 제일 중요한 건, 그들이 나랑 싸우지 않고 자기들끼리 싸운다는 거니까.

아니, 나도 물론 하강할 수는 있다. 기량이 되니까. 하지만 거기서 내게 어울리는 일은 단 하나, 촬영 중 일급 배우를 엄호하는 일뿐이다. 예전엔 그것이 가장 큰 책임감을 요구하는 업무였다. 이전 규칙에 따르면, 배우는 스너프를 위해 적어도 한 명의 오르크 정도는 자기 손으로 직접 죽여야 했다. 또 응징의 순간 오르크가 아직 기술적으로는 숨이 붙어 있게 하려면 총을 적시에 쏘아야만 했다. 하지만 새 법칙에 따르면 이젠 오르크를 배우가 죽이든 오퍼레이터가 죽이든 상관없다(뭐가 됐든 삶의 실타래를 끊는 건 마니투라고 신학자들이 결론을 내렸기 때문이다). 중요한 건, 스너프에 찍힌 오르크들이 진짜로 죽어야 한다는 것뿐이다. 이건 어려울 게 없다.

또 오르크들이 카간을 위로 올리려고 플랫폼에 태울 때 카간 주변의 오르크들을 총으로 쓸어버릴 수도 있다(여태껏 오르크들은 자신들의 카간들이 언제가 됐든 선조들의 고분에서 죽음을 맞이하리라 믿고 있다).

하지만 이번에는 아무도 나에게 첫번째 임무도, 두번째 임무도 맡기지 않았다. 아무래도 내 몸값이 너무 비싸기 때문이 아닐까 한다. 뭐, 됐다. 난 오늘 벌만큼 다 벌었……

아, 이런. 이 작업에서 가장 중요한 건 고도를 여유 있게 잡는 일이라는 걸 덧붙여야겠다.

카야가 내 어깨를 잡아당겼을 때 내가 만일 지표 가까이 날고 있었다면 '헤넬로레'가 박살 났을지도 모른다. 다행히 난 높이 날고 있었고 카메라는 그저 공중제비를 도는 데 그쳤다. 나는 운전대에서 손을 떼고 자동 비행 모드를 켠 후 코 위에 얹혀 있던 안경을 벗었다.

카야가 내 얼굴 바로 앞에 자기 얼굴을 들이밀었다.

"왜 그래?" 내가 깜짝 놀라 물었다.

그녀는 자기 뺨을 내 뺨에 대고 문질렀다. 전에 없던 행동이었다.

"너 아빠가 카메라 깨먹으면 좋겠어?" 짐짓 엄격한 체하며 내가 물었다. 하지만 나의 팔은 벌써 그녀의 등, 양 엉덩이 위쪽, 그 작고 매력적인 움푹 파인 곳으로 뻗고 있었다. 이 부분은 디자이너들과 수차례 실랑이를 벌인 후 결국 내 의견대로 만들어진 곳이다.

카야는 촉촉한 입술로 내 코를 찰딱거렸다.

"아빠 기분 엄청 좋게 해줄게." 그녀가 조용히 말했다. "하지만 지금은 아니야. 일단 그림을 보고 싶어. 아래로 내려가자, 날아다니는 방둥이. 빨리. 안 그러면 그놈들이 그림을 죽일 거야."

3

잠자리를 닮은 빛나는 둥근 눈을 가진 죽음의 검은 새가 슬라바 상공을 날고 있었다.

미신을 믿는 오르크 촌놈들은 이 새들의 눈이 마니투의 저주를 받은 유리로 되어 있고, 이 눈의 힘을 통해 죽은 전사들의 영혼을 끄집어내는 것이라 믿었다. 선진화된 도시 오르크들은 이 헛소리를 비웃었지만 그들 역시 마음속으로는 이것을 믿었다.

가끔 어떤 카메라들은 공중에서 아무렇게나 유턴을 한 뒤 점점 더 크게 울부짖으며 지면 가까이로 하강했다. 광장 바로 위에서 수직 강하를 멈추고는 클로즈업 촬영으로 오르크들의 머리 위를 질주하듯 지나가기 위해서였다.

아침 태양의 찌르는 듯한 광선이 수많은 카메라의 광학 장치에 반사되어 눈을 찔렀다. 전투는 아직 시작되지도 않았지만 인간들은 이미 오르크들을 향해 자신들의 독하고 영리한 화살을 쏘아대고 있었던 것이다. 잠시 후 태양이 위장용 먹구름 뒤로 사라지자 조금 나았다.

우르카간의 전투용 거룻배는 여덟 개의 축이 들어간 '다임러* 모토렌바겐' 플랫폼에 장착된 단단한 데리파시이** 틀 위에 설치

---

* 독일의 유명한 자동차 제조업체.

** 데리파시이дерипасий: 세계 최대 알루미늄 기업 '루살'의 회장인 올렉 데리

된 복잡한 목조 장치다. 언제나 그랬듯이 거룻배는 황색 구역의 장인 조합에서 특수 제작된다. 그 생산 과정은 '만일 내일 전쟁이 일어난다면'*의 특별호에서 폭넓게 조명된 바 있다. 거룻배 내부에 무엇이 들어 있고, 속도는 어디까지 낼 수 있으며, 바퀴 하나하나의 무게가 얼마나 나가는지 모르는 이가 없었다. 이제 거룻배는 곧바로 승전문을 향했다. 위로 말린 거룻배의 코 부분 앞에 놓여 있던 울타리는 벌써 치워져 있었다. 모두가 이것의 의미를 알고 있었지만 광장을 가득 메운 군의 전의는 최고조였다.

광장 위의 웅성거림이 점차 더 커졌다. 모든 이의 흥분이 그림에게도 전해졌다. 그는 어마어마한 공명심이 자기 안으로 섞여 들어오는 것을 느끼고는 깜짝 놀랐다. 어쨌거나 그도 우르카간의 연락병이었던 것이다. 이것은 인간들이 전투의 절정에서 예기치 못하게 오르크들의 모바일 통신을 두절시켜버렸던 제214차 전쟁이 끝난 이후 도입된, 책임감이 필요한 명예로운 임무다.

그림은 그의 하얀 새 세일러복을 훑어보는 수많은 오르크의 시선을 느낄 수 있었다. 세일러복은 우익 작전 구역의 군복이었다. 좌익 작전 구역과 중앙 작전 구역에 등록된 다른 두 연락

파스카O. B. Дерипаска의 성 끝부분을 '알루미늄'을 뜻하는 알류미니алюминий의 표기와 비슷하게 바꾸어 만든 단어로, 작품 안에서는 오르크에서 나는 광물의 명칭으로 쓰인다.

* 구소련의 전쟁 독려 흑백 영화「만일 내일 전쟁이 일어난다면…Если завтра война…」(1938)을 예의 우르카이나 관공서 언어인 상중부 시베리아어로 표기.

병들은 복장이 달랐다. 하나는 야만인 복장이었고, 다른 하나는 검투사 복장이었다. 거룻배의 측면에는 그들이 탈 스쿠터들이 걸려 있었다. 쥘릭 삼촌이 일하는 공장에서 생산되는 바로 그 '우르카이나'였다. 이 장비들을 보니 그림은 추도식에서의 대화가 떠올랐다. 그건 정말, 재료를 속이고 자시고 할 것도 없이 그냥 뒤치기부터 해버린 것처럼 보였다. 만들어봐야 어차피 아무짝에도 쓸모없으리라는 걸 알았던 것이다.

그림은 광장에 서 있는 몇몇이 특별히 자신을 향해 손짓하는 것 같았다. 분명히 지금 흘로야도 녹색 구역에서 그를 보고 있을 것이다. 그림 자신도 선조박물관의 벽에 '리스탈리셰'라 쓰인 캔버스 대신에 걸려 있는 거대한 마니투에서 자신의 모습을 수차례 본 적이 있었다.

그림은 터진 듀렉스가 출정용 왕좌에 앉아 있는 거룻배의 코 부분에서 꽤 멀리 떨어져 서 있었다. 고관대작과 지휘관으로 이루어진 무리가 우르카간을 가리고 있어 그림이 볼 수 있는 것은 굽은 그들의 등뿐이었다. 하지만 지배자의 얼굴은 박물관 벽에 계속해서 등장했다. 그는 지극히 편안해 보였다. 어쨌거나 그로서는 벌써 여덟번째 전쟁이었던 것이다.

지도자들은 협의 중이었다.

스크린에서는 다 좋아 보였지만 그래도 그림은 지도부에 대해 특별한 충성심을 느끼지는 못했다. 원격 카메라 총구 아래에 있던 카간을 직접 봤지만 그리 좋은 인상은 아니었다. 아침 일찍 전열을 갖추기 전 어쩐지 사제로부터 선물받은 책으로 점을 쳤던 게 여기에 한몫을 했다. 그가 맞닥뜨린 점괘는 권력에 관한 글귀였다.

기분이 우울해졌다.

글귀는 다음과 같았다.

칠십일. 권력의 비밀.

샹송 살피미* 가라사대, 권력의 본질은 전쟁을 일으킬 수 있는 우르카간의 능력에 있지 않다. 권력의 본질은, 친구 녀석들이 의탁해 오는 절체절명의 순간에 전쟁을 명령하면 우르카간의 지위를 계속 유지할 수 있다는 데 있다. 이외의 다른 통치는 존재하지 않는다. 칼 위의 파멸 혹은 보갈로 가는 배수구가 있을 뿐.

고대를 사는 이들은 이를 깨달았으나, 지금을 사는 이들은 그렇지 못하다.

진실로 이르노니, 지배자의 기예란, 국민들의 비난을 가소로이 웃어 넘기매 설령 자신조차 휩쓸릴 회오리일지라도 마치 그것이 자기 휘하에 있기라도 한 양 행동하며 얼마나 더 오래 모두를 기만할 수 있는지에 달려 있다.

다른 많은 것들도 이와 마찬가지다.

맞는 말인 것 같았다. 벌써 수 시간째 그림은 승전문 앞에서 짙어져가는 회오리를 지켜보고 있었다.

계속해서 부대가 도착했다. 광장은 이미 모두를 수용할 수 없

---

* 범죄 조직에서 여러 곳을 드나들며 이권을 조율하는 힘을 가진 인물을 칭하는 은어인 '보는 자'(스마트랴시이смотрящий)는 동사 '보다'(스마트레치смотреть)에서 파생되었다. 번역어로는 '살피미'를 사용했다.

을 정도로 가득 찼다. 표식병들은 아무도 압살당하지 않도록 접근 거리를 조정하며 행렬 사이를 뛰어다녔다. 군복의 종류에 따라 대오가 정렬되었다. 이번 전쟁의 군복 종류는 다양했다. 물론 골초 태수가 주장했던 것처럼 스무 개까지는 아니었지만.

보병대 중 다수가 파란 옷깃을 단 흰 세일러복을 입었다. 아직 그들에게 무기를 보급하는 중이었다. 도끼창, 반달 도끼, 창, 장검 등 아무에게나 잡히는 대로 배급되었다. 선원들이 우익 작전 구역과 중앙 작전 구역에서 싸우게 되리라는 것을 어쩐지 모두가 아는 듯했다. 그들은 신날 이유가 별로 없었다. 핏빛이 선명하게 보이도록 흰 옷을 입힌다는 건 바보도 아는 사실이었다.

중무장한 돌격대는 검은색 갑옷과 투구, 그리고 톱니를 단 창들로 눈에 띄었다. 그들은 철통같은 방진을 치고 있었는데 꼼짝하지 않는 모습이 마치 목조 조각물처럼 보였다.

검투사 연대는 레티아리우스 복장이었다. 삼지창을 든 건장한 청년들은 실상 벌거벗은 채였다. 그들 모두는 요의 비슷하게 쇼트팬츠에 누더기를 덧대 꿰매 입고 있었다. 이번 해에는 레티아리우스들에게 어깨에 얹는 청동 덮개를 보급하지 않았다. 군 지도부가 유색 금속을 얻기 위해 이것을 팔아넘겼다는 소문이 있었다. 녀석들은 아침 바람에 몸을 움츠렸다. 몇몇은 전투용 그물을 휘휘 돌리다 어깨에 둘러 얹었고 표식병들은 이런 이들을 향해 휘파람을 불어댔다.

누구보다도 갈색 인조털 가죽을 뒤집어쓴 야만인들이 신나 보였다. 좌익 작전 구역을 맡은 이들은 두 개 연대는 족히 채울 만큼 그 수가 많았다. 어쩐지 다들 야만인들이 가장 무탈할 것이라고 생각했다. 그래서 이들에게는 제일 시시한 무기인 나무 방망이와 돌도끼가 주어졌다.

궁수들과 무릿매꾼들, 그리고 화기 투척병들은 다른 병사들로부터 떨어져 서 있었다. 중유 드럼통과 발리스타를 비롯한 중장비들은 아직 광장에 없었다. 인간들이 예정된 시간보다 일찍 폭격을 시작하지 않도록 장비는 마지막 순간에야 도착했다.

그림이 세어본 부대는 광장에 접한 길 위에 정렬한 병사들을 제외하고도 벌써 일곱 종류였다. 더 많을 법했다. 길에는 보통 준비군이 배치되었다. 대오 표식은 건물들 벽 위에 직접 새겨졌다. 전쟁이 있을 때마다 매번 같은 방식으로 정렬했기 때문이다.

그림은 이 모든 게 흥미진진한 가장무도회일 뿐 죽음을 맞으러 서커스로 향하는 게 아니라면 얼마나 좋을까 하고 생각했다. 전 역사를 통틀어 한 번쯤은 그런 일이 일어날 수도 있지 않을까? 그의 머릿속에는 일종의 어린애 같은 기도가 맴돌았다.

'마니투님, 이게 다 제가 못되게 굴었기 때문이라는 걸 알아요. 하지만 이제부터 항상 착한 아이가 될게요, 맹세할게요…… 그러니 제발 이것만은, 제발……'

이윽고 살륙이 시작되었다.

서커스 위에 뜬 소용돌이 같은 먹구름으로부터 이름도 알 수 없는 알록달록한 육면체들, 사면체들, 구체들, 이 밖의 다른 기하학적 형태들이 내려와 깔리기 시작했다. 이것들은 지면에 가까워질수록 점차 그 부피를 늘이면서 속도를 낮추었다. 그러더니 서커스 성벽 뒤로 숨기 전, 쉬익 하는 소리를 내며 카간의 거룻배 위를 스치듯 지나가면서 광장 상공에 원을 그렸다. 아찔해하며 숨을 죽인 오르크들은 잠깐이나마 적을 가까이서 살펴볼 기회를 얻었다.

트레일러들은 화려한 그림으로 장식되어 있었다. 대부분 스너프에서 가져온 장면들이었다. 검게 그을린 나이 지긋한 사내들과의 추잡한 교접에 숨을 죽인 큰 가슴의 나체 여인들, 오르크 대열로 전진하는 인간 측 전투용 차량들, 과거 패장한 카간들에 대한 치욕적 묘사들. 수송 차량 양 측면에 그려진 이 모든 그림이 살아 움직이는 것 같았다. 낯익은 스너프의 금지된 장면들, 검열로 삭제되었던 그 장면들이 하늘에서 떨어지는 것 같았다. 잿빛 구름 너머 저 적대적 세계는 오르크적 금기들을 무시했다. 그 세계는 오르크의 삶 속으로 거칠고 뻔뻔스럽게 틈입했다. 오르크 삶의 음조와 습속 따위는 전혀 개의치 않은 채. 낯선 문화가 가한 타격은 당연히 그것 자체로 전쟁 도발이었고, 모두가 이를 감지했다.

광장은 웅성대기 시작했다. 처음에는 조심스럽던 웅성거림이 점점 더 소란스러워지더니 마침내 움직임으로 증폭되었다. 이내 광장은 들끓었다. 표식병들은 대열 간 간격을 더 이상 유지할 수 없었다. 종대를 유지하기가 점점 더 어려워졌다. 당장 성문을 열지 않는다면 압살을 피할 수 없으리라는 것은 불 보듯 뻔했다. 이것은 학교 다닐 때 풀었던, 물이 흘러 들어가고 나가는 수도관에 관한 문제처럼 기초적인 것이었다.

그림은 커다란 마니투를 통해 수행 장교 중 하나가 카간 쪽으로 몸을 숙여 무언가를 속삭이는 것을 보았다. 터진 듀렉스는 고개를 끄덕이고는 자리에서 일어났다. 광장은 잠잠해졌다.

카간은 잠시 기다리더니 자신의 쇠장식봉을 집어 들고는 거기에다 축축하게 침을 탁 뱉더니 성문을 향해 내던졌다. 쇠끼리 부딪치는 소리가 적막을 깼다. 그의 쇠장식봉이 도금된 스파스티카에 가 부딪친 것이었다.

'이제 끝장이군.' 그림은 생각했다.

성문에서 튕겨져 나온 쇠장식봉이 땅에 떨어지는 사이, 그림은 틈새로 그 너머를 엿보았다. 틈 뒤로는 투박한 역사의 수레바퀴들이 굴러가고 있었다. 위대한 사건은 바로 이렇게 발생한다…… 권력의 비밀은 『다오 페스딘』에 묘사된 바로 그대로였다.

쇠장식봉이 바닥에 떨어지자 장수들이 성문으로 돌진했다. 밤볼레오가 트람바이 반추를 들어올려 애처롭게 쩔걱거리는 자물쇠를 한 방에 쳐냈다.

선조박물관 벽에 걸린 마니투에 자물쇠 고리가 박살나는 장면이 클로즈업되자 광장에 있던 민중들은 성문 쪽으로 잠입한 카메라를 보려고 머리를 쳐들었다. 하지만 카메라는 위장 장치로 인해 보이지 않았다.

광장에 모인 군대는 오래된 구호를 외쳤다.

"우르크에게 복종하라! 우르크에게 복종하라!* 모르주아 이

---

* 우르크урк와 발음이 비슷한 '우르카урка'는 '도둑'을 의미한다. 그러므로 원문에 적힌이 문장의 주어인 우르키урки를 우르크의 복수형이 아니라 우르카의 복수형으로 보면 이 문장은 '도둑들이 지배한다' '도둑들에게 복종하라' 정도로 풀이된다.

산두니!"*

밤볼레오를 도우려고 다른 장수들이 도착하자 성문이 활짝 열렸다. 그들 뒤로 펼쳐진 들판은 아직 그림의 시야에 들어오지 않았다. 그래도 광장 전체를 휩쓴 환희와 두려움의 전기 파동이 그의 등줄기를 타고 흐르는 것은 느낄 수 있었다.

널 안쪽에 도사리던 엔진들이 으르렁거리자 거룻배가 움직이기 시작했다. 카간이 오르크 수도인 슬라바에 첫번째로 입성해야 했다. 전투용 연단은 항상 거대한 보트 모양으로 만들어졌다. 플랫폼이 이렇게 좁고 기다랗게 생겨야 성문을 헤집고 들어갈 수 있기 때문이다.

'노르만 학설 그대로로군.'** 그림은 학생 시절 달달 외웠던 내용을 떠올렸다. '고귀한 뚤린 콘돔***과 바이킹들로 구성된 그의 드루지나,**** 또 뭐가 있었더라…… 벽 아래 개구멍으로 지나가면

---

* 모르주아 이 산두니Моржуа и Сандуны: 프랑스의 전투 함성 '몽주아 생드니!'를 패러디했다. 프랑스의 전투 함성을 러시아어로 제대로 옮기면 '몽주아 이 생드니Монжуа и Сен Дени'이다. 몽주아Монжуа 대신 쓰인 '모르주아Моржуа'는 그 발음상 '모르시морж', 즉 바다코끼리 혹은 한겨울에 얼음을 깨고 강 수영을 즐기는 이들을 연상시키며, 생드니Сен Дени와 발음이 비슷한 '산두니Сандуны'는 19세기 러시아의 유명 귀족이 소유했던 사우나 건물로 현재도 영업 중이다. 정재계 거물급 인사들은 물론 범죄 세력의 우두머리들이 모임을 갖는 장소로도 유명하다.

** 러시아 국가 형성의 기원에 대해서는 전통적으로 '노르만 학설'과 '슬라브 학설' 두 가지가 대립하고 있다.

*** 뚤린 콘돔(토른 콘돔Торн Кондом): tear(찢다)의 과거분사형 torn의 발음을 그대로 러시아어로 옮긴 토른торн을 이름으로 사용했다. 결국은 '찢어진 콘돔'을 의미한다.

**** 드루지나дружина: 통치에 대해 공후와 상담하는 역할이면서 전시에는 군

조상이 난쟁이라 그런 거라고 했더랬지……'

카간의 플랫폼은 측면을 긁혀가면서 갈라진 틈을 통과해(이건 나쁜 징조였지만 모두 다 눈치채지 못한 척했다) 오르크의 슬라바로 들어왔다.

이때 그림에게 이상한 일이 일어났다.

자아가 분열되는 것 같은 느낌이었다. 오르크 거대 군중의 감정을 감지할 수 있는 안테나가 머릿속에 박히기라도 한 것 같았다. 그림은 원하든 원치 않든 이것을 감당해야 했다. 제일 끔찍한 건 어디에 군중이 있고 어디에 자신이 있는지 분간이 잘 안 된다는 점이었다. 오르크들이 서커스 평원으로 달려 나가듯 그림의 머리 속으로 밀려들어 왔고 그림은 자기 의식의 좁은 구석으로 숨어들었다.

자기가 뭘 보고 있는지 알지도 못했지만 그림의 심장은 벌써 달콤하게 훌쩍대기 시작했다. 고대 영웅에 관한 옛날이야기로 입장하는 문이 열린 것이었다……(그림은 영웅 이야기 따위에는 콧방귀를 뀌고 싶었지만 이걸 이해하는 건 이성의 저 끄트머리뿐이었다) 녹색으로 빛나는, 안락하고, 조화롭고, 영예롭고, 사랑스러운…… 우르카이나의 심장, 오르크의 피로 젖은 선조들의 쿠르간……(이 쿠르간이 완전히 파괴되면 더 이상 무엇으로 적실 필요도 없을 것이다) 여기가 바로 우리가 오르크 슬라바를 위해서 수백 년 동안 인간들과 치고받는 곳이로구나……(그래, 이제 가축들을 몰아넣었군, 그럼 어떻게 되는 거지?)

인으로 출전하는 종사단.

충격은 점차 가라앉았다. 이제 그림은 자신이 어디에 있는지 그리고 주변에서 무슨 일이 일어나는지 더 확실히 이해할 수 있었다.

오르크 슬라바는 매끈하게 깎인 풀들이 극히 고르게 덮인 거대한 둥근 들판이었고 그 중앙에는 작은 언덕이 있었다. 들판의 사방은 회색의 시멘트벽으로 둘러싸여 있었다. 몇몇 부분은 너무 멀리 떨어져 있어 시야에 거의 들어오지 않았다.

앞서 쐐기 모양의 대오로 달려 나가던 오르크 영웅들은 전속력으로 질주하는 거룻배와 더 이상 보조를 맞출 수 없었던지 허리춤에 달린 고달이를 뱃전 갈고리에 걸어 거룻배 측면에 매달렸다. '다임러 모토렌바겐'은 엔진 소리를 웅웅거리며 오르크 대열에서 떨어져 나오더니 선조들의 고분 쪽으로 돌진했다.

승전문 쪽이 가장 심각했다. 오르크 군대와 그 기술력은 아무도 압사시키지 않고 목구멍처럼 좁다란 길을 통과해 작전 지역 점령 일보 직전이었다. 서둘러야 했다. 유기적인 팀워크가 필요한 임무였지만 지지부진해 보였다. 게다가 모든 카메라가 카간의 거룻배만 뒤쫓고 있었다. 몇몇은 앞으로 날아갔다가 커브를 틀어 갑판에 서 있는 이들을 아슬아슬한 거리를 두고 헤치며 거룻배를 향해 달려들었다.

그림은 앞으로 나아갔다. 카간이 보였다. 출정용 왕좌에 앉은 그는 아주 가까이에 있었다. 카간은 납작한 작은 마니투로 전쟁 실황을 시청하고 있었다. 그는 돌발 카메라에 잡히지 않도록 전투용 부채로 마니투를 가렸다.

선조들의 고분에 가까워지자 거룻배는 부드럽게 속도를 줄이더니 첫번째 야자수 그늘 아래에서 멈췄다. 그 바람에 갑판 위에 설익은 코코넛 열매가 드리웠다. 코코넛 열매가 누구의 생명을 위협할 리는 없었지만 어찌 되었건 역사를 좀 아는 이들에게는 이 또한 나쁜 징조였다. 모두가 지린 솔리드를 떠올렸다.

여기서는 인간들이 전쟁을 준비하는 모습이 잘 보였다. 그게 별다른 인상을 준 건 아니었다. 우익 작전 구역에는 톱니 모양을 한 짧은 요새 성벽 같은 게 솟아 나와 있었다. 중앙 작전 구역에는 흙으로 만든 기다란 둔덕이 있었고 그 너머에는 방금 전장터 상공을 질주했던 트레일러들이 정차해 있었다. 멀리 왼쪽에는 자잘한 녹색 언덕들이 보였는데 화려한 꽃과 풀로 무성했다. 그림은 두 명의 병사가 이 언덕들을 놓고 나누는 대화를 엿들을 수 있었다. 그들에 따르면 이 언덕들은 수송용 컨테이너면서 동시에 장식 용도를 겸했다. 최근 있었던 두 차례 전쟁 이전에도 이미 인간들은 이것과 비슷한 것을 사용한 적이 있었다.

수행 영웅들은 자신들이 걸려 있던 갈고리를 풀고 나와 우르카간의 거룻배를 반원형 경호 태세로 둘러싸고는 뾰족한 철물을 털처럼 곤두세운 채 꿈쩍하지 않았다.

사실 경계할 만한 대상이랄 게 없었다. 인간들은 눈에 보이지도 않았을 뿐더러 평원으로 진입한 오르크 병력이 선조들의 고분과 최고 명령자의 거룻배를 후방에 위치시키기 위해 좌우익 선봉 위치로 각각 이동하는 것을 보면서도 별다른 행동을 취하지 않았다. 들판을 뛰어다니는 오르크들을 찍는 것은 예술적으로 별로 가치가 없기 때문에 모든 원격 카메라는 전쟁의 가장 성대한 순간, 즉 깃발 교체가 시작된 선조들의 고분 위에 떠 있었다.

언덕 정상의 코코넛 야자수 사이에 강철 깃대가 하나 솟아 있었다. 그 위에는 마치 서로 붙어 있는 두 개의 지구본처럼 거울상으로 맞댄 두 개의 'B'가 그려진 비잔티움의 푸른 깃발이 펄럭였다. 이것은 'two cultures-one world(두 개의 문화, 하나의 세계)'라는 공식 기조에 부합했다.

그림은 고개를 들었다. 비잔티움의 축이 그의 바로 위에 있었다. 오프스피어 자체가 보이는 건 아니었지만 소용돌이 형태의 덥수룩한 위장용 먹구름은 분명히 깃대가 가리키는 하늘의 그곳으로부터 뿜어져나오고 있었다.

그림은 오래된 스너프에서 벌써 몇 차례나 깃발 교체를 봐왔던지라 앞으로 있을 모든 일을 초 단위까지 정확하게 짐작할 수 있었다.

슬라바의 기잡이가 야자수를 헤치면서 언덕으로 뛰어 올라왔다. 이번 시즌의 기잡이는 밤볼레오와 즈란이었다. 돌출된 지면을 펄쩍펄쩍 뛰듯이 디뎌가며 점차 깃대로 다가가는 둘의 모습이 모든 마니투에 클로즈업으로 잡혔다. 곧 비잔티움의 노란색 바시묘르카*가 아래로 내려오자 들판 위에는 느릿한 포효가 울려 퍼졌다. 금빛 스파스티카가 그려진 오르크산 붉은색 천 한 폭이 너풀거리며 게양됐다.

그림은 자신이 여전히 둘로 분열되어 있음을 느꼈다. 눈앞에

---

* 바시묘르카 восьмёрка: 숫자 8을 지칭하는 애칭. 여기서는 노란색 8자의 가운데를 세로로 가른 비잔티움의 상징을 가리킨다.

펼쳐지는 일이 공포스럽기는 했지만 그의 목구멍은 먹먹해졌고 눈에서는 환희의 눈물이 차올랐다. 마치 조국이 직접 그림의 두개골에 앙상한 팔을 집어넣어 필요한 내분비샘을 찾아 억지로 짓누르기라도 하는 것 같았다.

원격 카메라들은 공격하지 않았다. 그들은 공중에 떠 있기만 했다. 가끔씩 한두 대 정도만 우르카간의 거룻배로 급강하했다. 그럴 때면 대기가 갈라지면서 경고음 같은 휙 소리가 났다. 하지만 언제나 그들은 전사들에게 창으로 낚아채이기 전에 방향을 틀었다. 곧 인간들 측에 첫 사상자가 발생했다. 두 대의 카메라가 빠른 속도로 부딪친 후 불꽃을 튀면서 솟아오르더니 먹구름 안으로 사라져버린 것이다.

오르크 깃발이 깃대 꼭대기에 다다르자 스피커에서 웅장한 음악이 흘러나와 거룻배를 울렸다. 왠지 그림은 학교 다닐 때 들었던 노래 수업이 떠올랐다.

'음악에는 보갈적 음악과 전사의 음악 두 가지가 있어요. 보갈적 음악이 연주되면 영혼은 마니투의 빛을 향한 문을 닫아버리죠. 전사의 음악은 그것 자체가 마니투의 빛이고요. 오르크들은 보갈적 음악을 없애버렸어요. 그래서 이제 우르카이나의 땅에는 전사의 음악만 들리게 되었죠……'

그림은 선생님의 생각이 틀렸다고 생각했다. 오르크들은 보갈적 음악을 없애버린 게 절대 아니었다. 그들은 그저 보갈적 음악을 전사의 음악으로 변모시키는 법을 터득한 것이었다. 전쟁을 중계하는 모든 마니투에서 들려오는 이 음악이 바로 그 증거였다.

그림은 깃발을 올리는 순간에 클로즈업으로 오르크군 지도자들이 등장하는 것을 수도 없이 봐왔다. 스너프 세 편 중 한 편에는 항상 이러한 클로즈업이 포함돼 있었다. 이 클로즈업 장면들은 편집되지 않았다. 대부분 이때 지도자들은 자기들끼리 무언가에 대해 이야기를 나누는 모습이었다. 그들의 얼굴을 보면 최근 변경된 전투작전이나 전후 세계 건설의 원칙에 대한 이야기를 나누는 것 같았다. 지금 카간의 거룻배에 있는 그림은 운이 좋았다. 역사에 남을 이 공적 좌담의 한 부분을 듣게 된 것이다.

그의 앞에는 쉬피르 원수와 카간의 늙어가는 애인 중 하나인 메자닌 부관*이 서 있었다. 메자닌 부관은 그림이 입은 것과 같은 세일러복을 입었는데 옷깃에 별들이 달려 있는 점만 달랐다. 메자닌 부관이 쉬피르에게 말했다.

"거기, 영감탱이! 카간의 기도라고 알아?"

쉬피르가 눈썹을 치켜세웠다.

"아, 그 고무녀랑 담배꽁초에 대한 거?"

메자닌 부관은 부정의 뜻으로 고개를 흔들었다.

"그럼 대체 무슨 기돈데?"

"영험한 수도자들은 그 기도가 모든 문제를 해결한다고 하

---

* 메자닌 부관(мезонин-адъютант): 'мезонин'은 프랑스어 'mezzanine'의 러시아식 표기로, 주택의 중간 높이쯤에 아래층의 천장(즉 위층의 바닥)을 늘려 발코니처럼 설치된 공간을 포함한 층을 의미한다. 전장에서 우익과 좌익으로 명령을 전달하는 임무를 맡았던 이들을 '플리겔-아듀탄트флигель-адъютант'라 부르는데(시종 사무관을 뜻하는 독일어 Flügeladjutant에서 유래), 여기서 флигель은 중앙에 위치한 건축물이 아닌 '별관'을 지칭할 때도 사용되었다. 작가는 이 단어를 мезонин으로 바꾸어 мезонин-адъютант라는 단어를 만들어냈다.

던데."

쉬피르 원수가 생각에 잠겨 턱을 긁으며 말했다.

"그럼, 알려줘봐." 그가 말했다.

"'마니투께 영광을!'이라고 반복해."

쉬피르는 '우리가 길을 잘못 든 것 같은데'라는 말이 들릴 때까지 말 빨리하기 놀이를 반복하더니, 돌연 공직자의 면모를 드러내며 말했다.

"똥 싸네, 전투를 앞두고 이딴 게 왜 필요하냐?"

"이게 누구한테 똥이래?" 친절한 미소를 지으며 메자닌 부관이 물었다. "확 돌아버렸냐, 늙어빠진 그루터기 같은 놈아?"

'그러니까' 그림이 생각했다. '이제 음악이 멈추겠지. 그런 다음 날아다니는 벽들을 내려보낼 테고. 그다음은 좌우익과 중앙 작전 구역의 대오가 모두 정렬되었다고 공표하겠지. 그리고 그다음은…… 그다음은 시작이지. 그럼 그다음엔 검열이고. 재미있게 돌아가네. 스플래시 스크린으로는 뭐가 쓰일까? 아마도 마니투의 빛 아래에서 움찔거리는 죽은 전사들로 스파스티카를 만들겠지…… 그러고 나면 또 모두들 이번 스플래시 스크린으로는 얼마만큼이나 챙겼을지 한 번씩들 생각하겠지……'

설사 이 순서가 바뀐다 해도 크게 달라지는 건 없었다.

제일 먼저 도착한 것은 좌우익과 중앙 작전 구역이 모두 정열 배치되었다는 전갈이었다. 그림도 육안으로 이것을 감지할 수 있었다. 인간들의 성으로 행진하는 오르크 대오가 여기저기 보였다. 몇몇 부대는 이미 지정된 위치에 다다라 멈춰 서 있었다. 공격 명령은 없었다.

이윽고 인간들은 날아다니는 벽을 배치하기 시작했다.

그림은 이 모든 일이 어떻게 일어나는지 한꺼번에 본 적은 없었다. 뉴스와 스너프에서는 토막 난 장면만 보여줬기 때문이다.

하나같이 똑같은 원기둥 모양을 한 기계 떼가 먹구름을 헤치고 나타났다. 회색의 이 기계들은 측면에 표시된 번호만 서로 달랐을 뿐 굵은 수도관 토막과 비슷했다. 들판으로 하강하던 이 토막들은 기묘한 사슬과 반 고리 대형으로 정렬하더니 한자리에 멈춰 떠 있었다. 잠시 후 그 수가 어찌나 늘었는지 마치 상공에 거리와 골목으로 이루어진 복잡한 그물이 조립된 것 같았다.

이윽고 이 원기둥에서 회색 천으로 된 장막이 아래로 풀려나오기 시작했다. 그림은 학교에서 슬라이드를 보여줄 때 썼던 걸이용 스크린을 떠올렸다. 스크린은 구겨진 양철 파이프에 보관되어 있었는데 수업 시간 전에 그 양철 파이프에서 스크린을 잡아당겨 놓고 사용했었다. 스크린 아랫부분에는 무게 있는 금속판이 고정되어 있었다. 지금 일어나는 일은 규모만 더 클 뿐 이와 비슷했다. 촘촘하게 세밀한 구멍이 뚫린 두꺼운 직물이 공중에서 나부꼈다. 이제 그림 앞에는 바람에 흔들리는 미로가 펼쳐졌다. 건들거리는 미로는 꼴사나울 정도로 거대했다.

이제 총사령관의 사령부와 중앙 작전 구역, 양 측면 작전 구역들 사이의 직선 가시거리조차 확보되지 않았다. 카간의 거룻배는 거대한 회색빛 벽에 가려 병사들로부터 멀어졌다. 이 회색 벽에는 통로가 많이 뚫려 있었다. 그림은 이 장막이 마니투처럼 여러 장면을 보여줄 수 있다는 걸 알고 있었다. 하지만 아직까지 장막 위에는 아무런 형상도 나타나지 않았다.

"연락병 그림!"

그림은 움찔했다.

바로 그의 앞에 쉬피르 원수가 서 있었다.

"예, 여기 있습니다!" 거수경례를 하면서 그림이 외쳤다.

딴생각을 하느라 그림은 자신이 카간의 거룻배에 귀빈으로 와 있는 게 아니라는 것을 잊고 있었다.

"스쿠터를 타고 우측 작전 구역의 흐롤 장군에게 가. 이제 공격이 시작될 거야. 모바일은 벌써 불통이야. 통신이 끊기면 네가 대신 통신 노릇을 하는 거야. 장군 옆에 붙어 있어. 알겠지?" 쉬피르가 말했다.

"예, 알겠습니다!" 그림이 한 번 더 용감하게 외쳤다.

원수는 몸을 돌려 다시 카간의 의자로 향했다. 그림은 스쿠터 하나를 떼어내 선미까지 끌어낸 후 걸쳐놓은 널판을 따라 땅으로 굴려 내렸다.

아직까지는 모든 게 순조로웠다.

우현 쪽으로 펼쳐진 우측 작전 지역에서는 사람들이 요새 성벽의 한 부분을 세우고 있었다. 그림은 스쿠터 안장 너머로 다리를 걸치고 핸들 위 빨간 스위치를 눌렀다. 모터가 돌아가기 시작했다.

흔들리는 회색 벽에 다다른 그림은 뚫려 있는 구멍 중 하나에 들어섰다. 그러자 그림 앞에 먼젓번 것과 똑같은 회색 장막으로 된 다른 벽이 나타났다. 이 장막 위에도 구멍들이 뚫려 있기는 했지만 그 구멍들을 통해서는 그다음 회색 장벽 말고는 아무것도 볼 수 없었다. 그래도 아직은 이 통로들 사이에서 자신이 어디에 있는지 알아채기가 어렵지 않았다. 몇 분 후 열린 공간으로 빠져나온 그림 앞으로 수많은 병사와 기다란 덮개가 덮인 수송 수레, 요새의 성벽이 펼쳐졌다.

그것은 흐롤 장군의 부대였다.

요새의 성벽은 조금 엉성해 보였다. 그건 성벽이라기보다는 삐죽삐죽한 톱니로 장식된 지붕이 얹혀진, 좁은 폭에 창문 하나 없는 집처럼 보였다. 성벽이라기엔 너무 두터웠고 건물이라기엔 폭이 너무 좁았다. 이건 '요새의 한 토막'이거나 '성의 한 부분'인 것 같았는데 교련 수업에서 들었던 그림의 기억이 정확하다면 오르크들이 적들을 향해 자신들의 광폭함을 드러내 보이려는 '용맹 지점'의 명칭이었다.

성 앞 들판에는 알록달록하게 차려입은 수많은 이들이 갈피를 잡지 못한 채 이리저리 움직였다. 그들의 모습이 너무나 혼돈스러워, 문득 그림은 이 민중 모두를 한꺼번에 통치한다는 것이 대체 가능하기나 한 건지 의문이 들었다.

흐롤은 휘하 장교들에게 둘러싸인 채 판자로 만든 새 연단을 발판 삼아 지도가 붙은 큰 북 앞에 서 있었다. 처음에 그림은 왜 장군이 병사들을 등지고 서 있는지 이해할 수 없었지만 곧 그 이유를 알게 되었다. 복무 중인 그의 참모들이 성벽 토막과 함께 한 컷에 완벽하게 잡혀야 했기 때문이었다.

연단 옆에 스쿠터를 세우고 눈을 들어보니 아니나 다를까 하늘 위에는 열 대도 넘는 카메라들이 떠 있었다. 다시 클로즈업 촬영이 시작될 것이라 생각한 그림은 계단에 올라서기 전 군복과 함께 지급된 빗을 꺼내 머리를 빗었다.

흐롤은 음침한 표정으로 그의 보고를 받았다.

"좋아." 그가 말했다. "명령이 있을 때까지 대기해."

아직까지는 무선 통신이 작동해 모두들 그림을 잊고 있었다.

스쿠터를 타고 지나갈 때는 지리멸렬한 군중일 뿐이었는데, 연단에 올라와 보니 복잡한 움직임 속으로 빨려 들어가는 검은 부대와 하얀 부대가 금세 분간되었다.

검게 보이는 이들이 돌격대였다. 그들은 육중한 창에 기대어 선 방패 대오를 정비하면서 전투태세를 마무리하고 있었다. 세일러복의 오르크들은 이 돌격대 뒤에서 리프트 장비를 점검하며 공성용 사다리를 준비했다. 땅에 널브러져 있던 경장비 레티아리우스들도 이제는 전열을 갖추기 위해 팽개쳐둔 투망과 삼지창을 집어 들었다. 잘못 진입한 작은 분대 하나가 지휘관에게 문책을 당하고 있었다. 검투사들의 위치는 좌측 작전 구역이었다. 전투에 임할 때 부대들은 각기 맡은 바 임무가 있었고 이를 흐트러뜨리는 것은 군사 재판과 교회 파문을 통해 엄격히 통제되었다.

흐롤이 무선 통신으로 말하기 시작했다.

"네! 장비 커버를 전부 뜯었습니다. 예, 알겠습니다. 시작하겠습니다."

그림은 이게 무슨 뜻인지 알았다. 돌격 명령이 떨어진 것이다.

흐롤은 병사들을 향해 돌아섰다.

"사다리 투입!"

돌격대의 검은 대열이 길을 터주었다. 오르크 대오에서 지난

번 퍼레이드 때 선보였던 가장 최신의 공성용 사다리 두 개가 부릉거리는 엔진 모터 소리와 함께 바퀴에 얹혀 등장했다. 빨리 움직일 수 있도록 사방에서 세일러복 병사들이 함께 밀었다. 이윽고 사다리를 성벽으로 굴려놓은 다음 케이블 유압 장치를 작동시켜 사다리를 들어 올렸다. 톱니 이빨의 가장자리에 닿을 만큼 높이는 충분했다. 매번 전쟁 때마다 선전 선동이 넌지시 암시하곤 했던 예의 그 '위쪽에 있는 우리 친구들'로부터 받은 정보가 이번에는 정확했나 보다.

하지만 인간들은 요새를 수비하기 위해 아무도 위에 나타나지 않았다.

호롤 장군은 눈살을 찌푸렸다. 무언가 이해할 수 없는 일이 일어나고 있었다. 병법 규율에 따르면 전투에서 군사들이 가장 많이 목숨을 잃는 지극히 준엄한 시점이 지금이었다. 그런데 적들은 오르크들이 공성용 사다리를 세우도록 내버려두었을 뿐만 아니라 그렇게 올라와 결국 요새의 가장 높은 곳에 진입하는 것조차 막지 않은 것이다.

돌격대원들은 창을 앞으로 세워놓고는 명령을 기다렸다. 지휘관의 침묵이 길어지자 불안감이 고조됐다. 마침내 호롤은 결정을 내렸다.

"공격!"

오르크 병력이 움직이기 시작했다. 무릿매꾼들은 어떤 적이라도 돌 우박으로 쳐 넘어뜨릴 기세로 성 앞 공터로 뛰쳐나오더니 긴 사슬 대형으로 늘어섰다. 같은 시각, 성벽을 기어오르는 임무를 맡은 돌격대원들은 맨 앞 줄 너머로 전진했다. 이들은 등에 고정된 방패 때문에 검은 거북처럼 보였는데 신속하게 사다리를 타고 성벽으로 기어 올라갔다.

그럼은 지금 일어나는 모든 일이 문득 허구처럼 느껴졌다. 이 느낌은 점점 더 강해지더니 매 순간 증폭되는 이상한 소리가 들리기 시작했다.

숫돌바퀴가 돌아가는 소리 같았다. 집채만 한 거대한 숫돌바퀴가 그 무게 때문에 속도를 높이지 못한 채 천천히 움직이는 듯했다. 그럼은 사포질처럼 들리는 이 소리가 다른 이들에게도 들린다는 것을 깨달았다. 께름칙한 예감이 오르크 대오를 파도처럼 훑고 지나갔다. 다음 순간, 성벽을 기어오르고 있어야 할 돌격대원들이 오히려 성벽으로부터 멀리 내달리는 모습이 보였다. 사다리 꼭대기에 다다른 전사들조차 성벽이 흔들리자 무기를 버린 채 아래로 뛰어내리고 있었다.

성벽에는 톱니 모양의 금이 가 있었다. 성벽에 번개라도 새겨진 것 같았다. 순간적으로 틈이 벌어지면서 석고덩이와 파편들이 아래로 떨어져 내리는가 싶더니 모든 것을 빨아들이는 검은 공허가 나타났다. 그럼은 '말에 대한 말'에 등장하는 마니투의 용안이 떠올랐지만 경건하게 묵상이나 하고 있을 때가 아니었다.

성벽 안쪽으로부터 충격이 가해지고 있었다. 큰 석고 조각이 떨어져 나왔다. 거기 있는 건 단순한 공허가 아니었다. 벌어진 틈 안쪽에서 무언가 꾸르륵대는 것이 빛을 내며 움찔거렸다.

"돌격! 돌격!" 흐롤이 소리를 질렀다. "대오를 유지하라, 전사들이여! 무릿매, 발사!"

무릿매꾼들은 머리 위로 가죽 추진기를 들어 휘감아 돌려대자 점차 넓어지는 구멍 속으로 돌들이 날아들었다. 그림은 쨍쨍 울리는 소리를 들었다. 곧 중앙 성벽의 큰 조각이 단번에 무너져 내리면서 그 안에 감춰진 것이 드러났다.

그것은 거대한 철갑 전사였는데 지린 리퀴드 시대에 스너프에 출연했던 갑옷 기사들과 조금 닮아 있었다.

전사의 몸통은 커다란 술통처럼 보였다. 거대한 피라미드 계단처럼 생긴 짧고 뚱뚱한 다리가 보였다. 무릎 자리에는 원통 연결용 경첩이 달려 있었다. 그의 얼굴은 고대의 원뿔형 기름칠용 스포이트처럼 눌려 있었는데 뾰족한 끝이 정면을 향하고 있었다. 위에 난 구멍이 눈처럼 보였을 뿐만 아니라 약간 돌출된 부위 또한 미간 위에 치켜뜬 눈썹을 떠올리게 했다. 그래서 그런지 철로 된 얼굴에는 인간의 표정과 비슷한 것이 드리웠다. 슬픈 호기심이 깃든 표정이랄까. 전사의 한쪽 팔은 그 끝이 강철 몽둥이였고 다른 쪽 팔의 끝은 철망을 댄 깔때기였다.

철갑 전사는 얼굴을 치켜들더니 뿔로 만든 악기에서 나는 소리를 냈다. 구슬플뿐더러 어찌나 소리가 큰지 그림은 귀가 다 먹먹해졌다. 이윽고 철갑 전사는 마치 놀이라도 하듯 자기 앞에 삐죽 튀어나온 사다리를 몽둥이로 내려쳐 떨궈버리고는 전진하기 시작했다.

성벽의 다른 부분이 또 허물어졌다. 그러자 안에 서 있던 또 다른 철갑 거인이 그림의 눈에 들어왔다. 게다가 그 안에 하나가 더 있는 것 같았다. 무언가 하나쯤은 더 자리 잡을 수 있는 공간이었다.

"연락병 그림! 정신 차려, 이 멍청아!"

누군가가 자기 어깨를 흔드는 것을 느낀 그림은 겨우 철갑 전사로부터 시선을 거둘 수 있었다. 그 앞에는 흐롤 장군이 서 있었다.

"카간에게로 가라." 장군이 명령했다. "여기로 화기 투척병을 보내라고 해! 서둘러! 오르크들이 웃음을 띤 채 죽음을 맞이하고 있다고 전해! 영예로운 전투야!"

그림은 장군 또한 자기 못지않게 두려워하고 있음을 알 수 있었다.

"임무 완수하겠습니다!" 그렇게 외친 그림은 스쿠터로 향했다.

거의 1분 동안이나 시동이 걸리지 않아 핸들에 있는 빨간 스위치를 손가락으로 꾹꾹 누르는 동안 그림은 전투가 펼쳐지는 모습을 황홀해하며 지켜볼 수 있었다.

철갑 전사가 오르크 대열에 접근했다. 그의 주변으로 덤벼든 돌격대원들이 톱니 창의 그 날카로운 끝으로 철갑 전사의 무릎 관절을 찌르려고 애쓰고 있었다.

'똑똑하네.' 그림이 생각했다. '정말 똑똑해!'

이때 철갑 전사가 철망 깔때기 팔을 움직였다. 끼긱거리는 익숙한 소리가 울려 퍼지더니, 보이지 않는 어떤 힘이 몇몇 오르크를 순간적으로 일그러뜨려버렸다. 그들은 마치 붉은 증기가 되어 갑옷만 남기고 꺼져버린 것 같았다. 갑옷들은 거대한 다리미로 다림질되어 납작하게 땅에 눌어붙은 채 모락모락 김을 내는 옷가지처럼 보였다. 깔때기에서는 연기도 불도 나지 않았지만 주변 대기는 무더위에 데워진 도로 위처럼 아른거렸다.

철갑 전사는 몽둥이를 그대로 오르크 군중에게 내던졌다. 한 번 더, 또 한 번 더 내리쳤다. 내리치는 속도가 느려 오르크들은 이를 피할 수 있었다. 하지만 그림은 철갑 전사가 가능한 한 많은 민중을 살상하려는 의도가 없다는 것을 깨달았다. 그는 떼를 지어 주변을 날아다니는 원격 카메라들을 위해 일할 뿐이었다. 겉에서 보기에 그의 움직임은 위협적이었다.

성벽의 무너져 내린 폐허를 헤치고 또 다른 철갑 전사가 나오는 것이 보였다. 하지만 때마침 스쿠터에 시동이 걸렸고 그림은 들판의 중앙으로 내달렸다.

미로처럼 보이는 막 위에는 이미 상품 광고가 빛나고 있었다. 몇 분간 이 미로 속에서 불쾌한 시간을 보내고 나서야 선조들의 고분에 서 있는 코코넛 야자수를 발견할 수 있었다. 주변에는 오르크 준비군이 짙은 바다처럼 넘실댔다.

그림은 카간의 거룻배로 내달렸다.

터진 듀렉스는 더 이상 사령탑에 없었다. 그는 선창으로 내려와 있었다. 오르크들의 관습에 따르면, 알칼라*의 초지로부터 강림한 고대 영웅들의 정신이 전사들에게 깃들도록 전투가 진행되는 동안 지도자는 선창으로 내려와 의지를 마시며 용맹스

---

* 알칼라Алкалла: 북유럽 신화에서 오딘을 위해 싸우다가 살해된 전사들이 머무는 궁전인 발할라Вальхалла는 지붕이 방패로 덮여 있는 아름다운 궁전으로 묘사된다. '발할라'와 '알코올'을 합쳐 만든 단어가 '알칼라'이다. 손에 칼을 쥐고 죽으면 발할라로 간다는 이야기처럼 손에 병을 쥐고 죽으면 알칼라로 간다는 우스갯소리가 있다.

러운 노래를 불러야 했다. 오르크 상류층 중 알칼라의 존재를 믿는 이는 아무도 없었다. 대신에 그들 중 많은 이들이 음모론을 믿었고 코코넛 야자수로부터 가능한 한 멀리 떨어져 있으려 했다. 그림은 아예 통치자의 낮은 목소리가 들리는 것처럼 느껴졌다. 목소리는 이렇게 말하는 것 같았다.

"에휴, 그 멍청한 노파 년이 그 녀석한테 어중간하게 말했다니까……"*

하지만 그림은 확신할 수 없었다. 주변이 너무나 소란스러웠다.

쉬피르 원수가 전투를 지휘하고 있었다. 보고를 받은 그는 침울한 표정으로 연락 장교들에게 명령을 전달했다. 곧 다섯 개의 거대한 중유 드럼통을 보유한 오르크의 대부대가 우측 작전 구역으로 전진하는 것이 보였다. 하강 이후 지금은 모토렌바겐 광고가 상영 중인 장막 뒤로 그들이 사라지자 그림은 이제 뭘 해야 할지 생각에 잠겼다. 규정에 따르면, 자신이 투입된 지역의 지휘관이 내리는 명령에 따라야 했다. 그러니까 쉬피르 원수를 따라야 한다.

하지만 원수는 그림을 잊었다. 그림은 원수가 자신을 기억해낼 때까지 기다려야 했다.

원수로서는 그림 따위를 생각할 겨를이 없었다. 날아다니는 벽 뒤에 숨겨진 전방의 다른 작전 구역으로부터 전갈이 빗발쳤

---

* 결정이나 의견이 정확하지 않을 때 쓰이는 러시아어 관용 표현 "할머니가 모호하게 말씀하셨다(Бабушка надвое сказала)"에 욕설을 섞어 표현했다.

다. 그림은 참을성 있게 대기하면서 원수의 관심을 끌어보려 노력했다. 그림은 귀에 들리는 대화의 파편들을 조합해 전투의 전체적 양상을 추측할 수 있었다.

언덕 위에 녹색 컨테이너가 보였던 좌측 작전 지역에서는 엄청나게 큰 도마뱀들이 오르크 야만인들을 덮쳐 거대한 이빨과 발톱으로 그들을 찢어버렸다. 오르크들은 두세 마리의 도마뱀을 메치는 데 성공했지만 돌도끼로 그 목을 따기에는 힘줄이 너무나도 튼실했다. 그리로 레티아리우스 부대를 보냈지만 도마뱀들은 너무나도 손쉽게 그들의 투망을 뿔로 발겨버렸다. 병사들은 올가미를 제작할 수 있는 튼튼한 밧줄과 뾰족하게 깎은 통나무를 더 요청했다. 쉬피르는 밧줄과 통나무의 신속 수송을 위해 슬라바로 전갈을 보냈다. 하지만 이 명령은 다른 연락병에게 맡겨졌다.

이후 좌측 작전 지역의 상황이 아주 나쁘게 돌아갔다. 인간들은 도마뱀들과의 전투가 벌어지는 그곳에서 레티아리우스들을 내쫓아버리기 위해 하늘에서 검은 장막을 내렸고 곧 매머드를 등장시켜 이들을 공격했다. 오르크들은 다리로 짓밟히고 상아로 짓이겨졌다. 전사자 수가 급작스레 증가했다. 잘 무장된 매머드 부대였다. 삼지창으로는 단 한 차례도 그 가죽을 뚫을 수 없었다. 매머드들이 유일하게 두려워하는 건 복부와 무릎 아래 관절에 가해지는 가격뿐이었다. 철갑옷 차림에 석궁과 창으로 무장한 전사들이 탄 거대 매머드는 다른 매머드들과 거리를 둔 채 떨어져 전진하고 있었다. 이 매머드에 사령부가 위치할 것이라 여긴 첩보부는 병력을 여기에 집중시키자고 제안했다.

이 거대 매머드를 제압하기 위해 쉬피르는 창으로 무장한 우측 작전 구역의 돌격 중대를 출동시켰다. 그는 이들에게 공격에 나서기 전 레티아리우스들로부터 투망을 건네받은 후 팬티까지 전부 내리고 있으라는 명령을 내렸다. 이윽고 매머드들이 불을 무서워한다는 사실이 전해졌고 쉬피르는 좌측 작전 구역으로 화염 투척 부대를 보냈다.

그러고 나자 우측 작전 구역으로부터 또 다른 연락병이 도착했다. 호롤 장군이 처음으로 큰 승리를 거두었다는 소식이 전해졌다. 한 철갑 전사를 쓰러뜨리는 데 성공했다는 내용이었다. 밧줄 올가미에 사로잡힌 전사가 피 웅덩이에 발을 헛디뎠던 것이다. 비록 많은 돌격대원이 목숨을 잃었지만 철갑 전사 또한 넘어져 자기가 쏘던 광선으로 그를 도와주러 다가오던 또 다른 철갑 전사의 가슴을 내리쳤다. 새로 등장한 이 철갑 전사는 가슴에서 불꽃 회오리를 내뿜으며 숨을 거뒀다. 예의 첫번째 전사는 쓰러진 상태에서 사격을 계속했고, 주변 오르크들은 이제 그 광선에 맞지 않기 위해 엎드려 있어야 했다. 세번째 철갑 전사는 움직이지 않고 벽 안에 서 있었고 모두가 그쪽으로 다가가기를 두려워했다.

호롤은 참호를 돌파하여 전사자 아래에 가스통 폭탄을 설치해 터뜨리자고 제안했다(그림은 오르크들이 그러한 막강한 무기를 가지고 있다는 것조차 알지 못했다). 하지만 쉬피르는 주요 타깃에 쓰려면 폭탄 두 개를 모두 아껴야 한다며, 철갑 전사 바로 아래에 땅을 파고 중유에 아마 짚과 기름을 섞어 굳힌 땔감으로 모닥불을 피우라고 명령했다. 철갑 전사의 전선을 태워 그 규산

질의 뇌를 훈제하기 위해서였다.

이윽고 대학살이 시작된 중앙으로부터 기별이 도착하기 시작했다. 하나같이 나쁜 소식이었다. 인간들은 오르크의 공격 흐름을 몇 개로 나누어 각개 소탕했다. 이러한 전술을 버텨낼 수는 없었다. 중앙 구역의 전방은 아주 넓었는데 인간들은 처음부터 날아다니는 벽을 이용해 이 중앙 전선을 각각의 작은 구역으로 나누었던 것이다. 구역마다 특정 부대가 오르크들과 전투를 벌였다. 다행히 복장이 다양한 그들의 적군 오르크 부대들은 서로를 도우러 달려오지 않았다.

엘프와 난쟁이 들은 오르크와 아주 오래전부터 친숙한 사이였는데 오르크 부대와의 전투 또한 오래전에 습득된 원칙대로 치러졌다. 엘프들에 맞서 싸우는 것은 타워쉴드 뒤로 몸을 숨겨 화살을 피하고 있는 무릿매꾼들과 투창병들이었다. 그들은 난쟁이 부대에 맞서 미리 준비해둔 죽은 두더지들을 경량 투석기로 발사시키고 있었다. 난쟁이들의 프로그램 알고리즘은 두더지를 불운의 상징이자 극도로 끔찍한 것으로 받아들이므로 이 직격탄이 난쟁이들을 해치우리라 여겼다.

오르크들도 많은 적과 맞닥뜨린 전적이 있다. 예를 들어 강철 갑옷을 입은 말 탄 기사들(이들의 수는 적었다)이나 목을 물어뜯어 치명상을 입히기 위해 땅 속에서 솟아오른 후 순식간에 사라지는 검은 망토의 뱀파이어 부대를 상대한 적도 있었다. 그들과 싸우는 방법은 얼추 알려져 있었다. 기사들은 땅에 창을 꽂아두는 것이 도움이 됐다. 창 위로 지나가던 그들의 말이 복부에 상처를 입기 때문이다. 뱀파이어는 불과 사시나무를 이용해 죽여야 했다. 그들이 땅 어디에서 솟구쳐 오르는지는 원격 카메라가 어디에 떠 있는지를 보면 미리 알 수 있었다.

몇몇 처음 보는 적이, 오르크들에게 가장 큰 타격을 입혔다. 사팔뜨기 부대의 우두머리가 특히 무서웠다. 머리가 희끗한 이 늙은이는 불타는 팔괘에 둘러싸인 채 공중에 떠 있었다. 그는 구슬리*를 연주하면서 오르크들을 향해 갖가지 빛깔의 파동을 발사했고 오르크 대오는 이 파동으로 인해 차례대로 무너졌다. 그의 등 뒤에서는 사팔뜨기 군대가 기쁨에 못 이겨 삿갓을 공중으로 던져 올렸다.

오르크 부대에 맞서 인간 히어로들이 싸우는 구역에서는 새로운 사건이 빗발쳤다. 노병들의 말에 따르자면 기존 히어로 중에는 배트맨과 엑스맨들만 나와 있었다. 다른 히어로들은 처음 보는 이들이었다. 그들은 기묘한 방식으로 무자비하게 싸웠다. 오르크들은 더 이상 공격조차 하지 못했고 그저 전선을 사수하려 노력할 뿐이었다.

가장 출중한 전사들이 하나둘씩 목숨을 잃었다. 전투용 매머드는 칼로 자신의 다리 핏줄을 끊으려던 즈란을 밟아버렸다. 십자가가 그려진 망토를 걸친 소총병들은 그들의 이동 요새를 습격하려는 둘라에게 총격을 가했다. 거시기는 노란 방패를 찬 기사에게 굴복했다. 그리쉬 또한 중앙 전방에서 싸우던 오르크들에 맞서 방진을 치고 있던 붉은 군복 병사들을 공격하다 전사했다. 밤볼레오도 색깔이 바뀌는 점핑말과의 전투에서 영웅답게

* 러시아 전통 현악기 중 하나.

전사했다. 검은색 반바지를 입고 창을 휘두르며 들판을 내달리던 알레한드로도 비정한 죽음을 비껴갈 수 없었다.

병력 지원이 있었음에도 불구하고 좌측 전투 구역에서는 짐승들이 오르크들을 계속해서 압박했다. 그러자 흐롤은 그곳으로 일부 준비군을 보낸 후, 그들 뒤로 레티아리우스 복장을 한 간자베르세르크 독전대를 딸려 보냈다. 독전대는 오르크들이 후퇴할라치면 마지막 오르크까지 전부 사살한 후 자결하라는 명령을 받드는 이들이었다. 그림은 이 똥피우개들이 적어도 주어진 임무의 앞부분은 틀림없이 수행하리라 확신했다. 독전대는 결코 임무를 소홀히 한 적이 없었다.

이윽고 중앙 구역으로부터 아주 나쁜 소식들이 도착했다. 연락병들에 따르면 카메라들은 오르크가 우위를 차지한 지역에서 인간 측에 유리하도록 상처를 은폐하는 특수 마개가 장착된 총알을 쏘아대며 진입하는 중이었다. 인간들이 승리를 거두는 것은 그들의 장수가 오르크의 장수보다 강할 때가 아니라 적절한 시기가 도래했다고 카메라가 결정을 내릴 때였다.

연락병들이 한 돌격대원의 텁수염 난 머리통을 가져왔다. 이마에 무언가 들러붙은 게 있었는데 피부색과 똑같아 그림은 아예 눈치챌 수도 없었다. 연락병이 들러붙은 것 아래로 손가락을 대보니 마개 아래 머릿속으로 난 구멍에서 피가 흘러나오고 있었다. 오르크 장수들 대부분이 치욕스레 패하고 말았다는 보고가 도착했다. 특히, 늙어빠져서 겨우 보여주기 식일 뿐 제대로 싸우지도 못하는 배트맨 주변부로부터의 보고가 빈번했다.

이때 쉬피르가 배트맨과 대적해 첫번째 가스 폭탄을 사용하라는 명령을 내렸다. 곧 수송 수레에서 폭탄이 굴러 내려왔다.

그것은 네 개의 푸른색 가스통에 격발 장치가 장착된 수레로, 비행 폭탄 전리품에서 떼온 폭파 장치로 제작한 것이었다. 무명의 오르크 영웅(이 영웅은 딱 그림 정도의 체격을 가진 소년으로, 무엇보다도 작은 체구와 몸무게 때문에 선택되었다)은 가스통들 뒤에 놓인 좁은 의자에 앉더니 손으로 방아쇠 끈을 쥐고는 슬픈 미소를 지었다. 자살 부대는 이 손수레를 시야가 확보되는 한계선까지 굴렸다. 몇몇의 비무장 오르크가 나무 피리를 연주하며 그들 뒤를 따랐다. 아군에 대한 자부심이 그림을 사로잡았다.

이윽고 희소식이 들렸다. 우측 작전 구역에서 세번째 철갑 전사가 가동되었는데 블루트라는 이름을 가진 한 병사가 우연히 알아낸 중요한 사실 덕분에 이 전사를 저지할 수 있었다는 내용이었다. 이 중요한 사실이란, 날아다니는 카메라 쪽으로 방향을 틀어 바지를 내리고 치부를 보여주면 전투가 일시적 소강 상태로 접어들면서 군용 전차들이 후퇴하고 오르크의 치부가 잡히지 않도록 카메라들이 선회하기 시작한다는 것이었다. 새로 자리 잡은 카메라들이 정지비행하는 동안 치부를 다시 그들 쪽으로 돌려야 하는데, 이런 방식으로 그들의 공격을 몇 차례 무화시킬 수 있었다는 것이다.

쉬피르 원수는 환하게 미소를 지었다. 이 발견으로 전세를 역전시킬 모양이었다.

"전 연락병들은 들어라!" 그가 소리쳤다. "신속히 담당 관할로 복귀해 카메라가 보이거든 바지를 내리고 치부를 흔들어대라고 전해! 승리는 우리의 것이다!"

그림은 이것이 자신에게 내려진 명령임을 알아차렸다. 치부를 흔들라는 명령 말고, 담당 관할로 돌아가라는 명령 말이다. 두렵기도 했지만 동시에 안도감도 느껴졌다. 후방에서 계속 빈둥거리는 건 수치스러웠기 때문이다.

스쿠터에 시동을 거는 데 또 오랜 시간이 걸렸다. 시동이 걸리자마자 그림은 연기와 안개 속으로 내달렸다. 공중에서부터 드리워진 장막들 사이로 두세 번 방향을 틀고 난 후 그림은 길을 잃은 것을 알아차리고 서행하기 시작했다.

악취를 풍기는 아지랑이 사이로 피투성이가 된 오르크들이 그림 앞에 나타났다. 그들은 선두에서 뒤처져 어슬렁거리고 있었는데 그중 몇몇은 아예 쳐다보기가 끔찍할 정도였다. 이윽고 그림은 화염 발리스타를 질질 끌고 있는 포병 부대와 맞닥뜨렸다. 전방이 지척인 게 분명했다. 전방에서 괴력의 폭발음이 울려 퍼졌다.

그림이 있는 곳까지 환희에 찬 오르크들의 외침이 날아들었다.

"배트맨을 죽였다! 배트맨을!"

'여긴 중앙 구역이로군.' 그림이 생각했다. '배트맨이 중앙에 있었으니까. 그럼 내가 잘못 가고 있었구나……'

그림은 속도를 줄이고 주변을 살펴보았다.

이제 그는 자신이 어디에서 왔는지 어디로 가고 있는지 전혀 감을 잡을 수 없었다. 도처에 오르크들의 시체가 널렸고 땅 위에는 연기 띠들이 너울거렸다. 눈이 그을음으로 따가웠다. 사방에서 날아다니는 벽들이 그림이 길을 찾으려 애쓰는 공간을 변형하면서 거의 땅에 닿을 듯 천천히 움직였다.

날아다니는 벽 중 몇 개는 한밤처럼 새까맸고 또 다른 벽들에는 눈이 부시도록 기쁨에 찬 거구의 인간들이 음료수와 로션, 가전제품 들을 아래로 내밀며 웃고 있었다. 이 광고들은 텔레비전 시청자들 혹은 전투 자체는 못 보고 벽이 만들어낸 긴 장막을 보고 있을 오르크들을 고려한 것이었다. 하지만 이 모든 매혹적인 인간적 행복은 그림, 그러니까, 통통거리는 스쿠터를 탄 연락병을 위한 게 절대 아니었다. 운명은 그를 위해 전혀 다른 것을 준비해두었다. 그것은 바로 우르크들의 정신과 의지, 즉 우르카가나툼을 위한 영웅적 죽음이었다. 태어나 처음으로 자신이 온전히 죽음을 각오했다고 느꼈다. 순수하고 진지하게.

'그래, 문제될 거 없어.' 눈대중으로 스쿠터의 방향을 틀면서 그는 생각했다.

몇백 미터 전진하기도 전에 오르크들이 그의 뒤에서 두번째 가스 폭탄을 터뜨렸다. 환호성으로 보아하니 또 인간 측 영웅 하나를 죽인 것 같았다.

자기 앞에서 열리는 통로를 향해 몇 차례 방향을 틀고 난 후 그림은 주변 공간이 빠르게 변형되기 시작했다는 것을 알아차렸다. 날아다니는 벽들은 지면 위를 미끄러지듯 날아 두루마리 형태로 돌돌 말리면서 위로 떠올랐다. 이제는 길을 찾기가 수월했다. 연기 가닥들 속에서 멀리 중앙 전방 구역의 둔덕이 보였다.

또 길을 잘못 든 것이었다. 우측 작전 구역은 그의 예상보다 훨씬 더 오른쪽에 있었다. 하지만 그림은 문득 원격 카메라와 치부에 대한 상관의 명령을 그쪽으로 전달할 필요가 없다는 생각이 들었다. 이 전술을 고안한 것이 바로 우측 작전 구역의 전투병들이었으니 말이다. 그림이 속도를 줄이자 스쿠터의 시동이 또 꺼졌다. 그는 멍하니 주위를 둘러보았다.

옆에서는 날아다니는 벽이 빠르게 돌돌 말려 올라가고 있었고, 그 뒤로 검은색과 노란색의 줄무늬 테이프로 구획된 치외법권 구역이 보였다. 줄무늬 테이프 너머로 들어가는 것은 규정상 금지되어 있었다. 하지만 그림이 기억하는 한, 그 너머를 쳐다보는 것은 금지되어 있지 않았다.

거기에는 적어도 열 명가량 베어 죽은 레티아리우스들이 누워 있었는데 그들 위로 어떤 이상한 형태가 솟아 두드러져 보였다. 처음에 그림은 그것이 의료용 수레라고 생각했다. 그러다 연기가 한쪽으로 걷히자 그는 그들이 오르크가 아니라는 것을 알 수 있었다.

그 앞에 있는 것은 반쯤 헐벗은 여자 둘과 한 명의 전사였다.

여자들은 완연한 중년이었지만 별로 나이 들어 보이지는 않았고 아직 날씬했다. 그들의 달아오른 피투성이 몸뚱이에서 형형색색의 얇은 수건들이 미끄러져 내렸다. 이 천들이 그렇게 우아하지 않았다거나 이 여자들의 치장이 엉성했다면, 그림은 수영장 근처에서 볼 수 있는 평범한 오르크 여자들처럼 그들이 그저 치부를 가렸을 뿐이라고 생각했을 것이다.

전사는 다부진 근육질이었다. 그의 얼굴은 불균형적이랄 만큼 거대하고 울퉁불퉁한 청동 투구 아래에 감춰져 있었고, 등에는 버클로 어깨에 고정된 빨간 망토가 드리워져 있었다. 그의 손에는 짧은 피투성이 단검이 쥐어져 있었다. 그의 몸 전면은 아무 것으로도 덮여 있지 않았는데, 그가 아직까지도 자기 여자 친구들 때문에 흥분 중이라는 건 분명해 보였다. 하지만 그의 여자 친구들은 공중에 뚫린 삼각 구멍 속으로 곧바로 사라져버렸다.

전사는 그림에게로 몸을 틀었다. 그는 몇 초간 투구의 뚫린 곳을 통해 그림을 쳐다보더니 검을 칼집에 넣고 그 삼각 구멍으로 뚜벅뚜벅 걸어 들어갔다. 곧 계단식 승강구가 빨려 올라가더니 구멍이 공중에서 녹아 사라져버렸다. 작은 구름 그림자가 지면을 따라 지나가는 것 같았다. 잠시 후 삼각 구멍의 흔적은 어디에서도 찾아볼 수 없었다. 이제 그림의 눈앞에는 죽은 몸뚱이들이 널린 들판과 부들대며 떨고 있는 줄무늬 테이프뿐이었다.

그림은 얼굴을 옆으로 돌렸다.

날아다니는 벽들은 대부분 퇴각한 상태였다. 연기가 서서히 바람에 실려왔다. 하지만 적들도, 오르크들도 보이지 않았다. 발리스타의 그을린 골조들과 여기저기 겹겹이 누워 있는 무수한 오르크의 시체들만 분간할 수 있었다. 이윽고 돌격대원들이 열 지어 들판에서 퇴각하는 모습이 보였다. 전방에 보이는 게 오르크 병력 중 남아 있는 전부였다.

그는 선조들의 고분 쪽을 쳐다보았다. 우르카간의 거룻배 형체가 멀리서 가뭇했다. 다른 것은 아무것도 보이지 않았다. 고분도, 오르크 슬라바의 중심부도 뜨거운 중유 연기로 곧 덮여버렸다.

이윽고 카메라들이 일제히 미사일을 발사했다.

그림이 평생 한 번도 본 적 없는 장면이었다. 하늘에 떠 있는 거뭇한 점들로부터 가느다란 화염 바늘들이 하얀 자취를 그리며 날아오더니 퇴각하는 오르크들에게로 돌진했다. 오르크들 사이로 폭발음이 우르릉거리기 시작했다.

그림은 스쿠터를 버리고 선조들의 고분 쪽으로 달렸다.

우르카간의 거룻배가 점차 가까워왔다. 거룻배 쪽으로, 마치 그것이 자석이기라도 한 듯 무사히 살아남은 오르크들이 사방에서 서둘러 모여들었다. 하지만 이때 거룻배가 갑자기 부풀더니 불과 검은 연기의 소용돌이에 휩싸였다.

이제 그림은 바삐 서두를 것도 없이 그저 달렸다. 도망가던 몇몇 오르크가 곧 그를 따라잡았다. 바로 그때, 부드럽고 따뜻한 어떤 힘이 그를 하늘로 들어 올려 들판 위로 실어가 풀밭에 눕혔다. 어찌나 조심스럽던지 하나도 아프지 않았다.

풀밭에 누워 있으니 좋았다.

웬지 움직일 수 없는 상태였지만 주위에서 일어나는 모든 일을 지켜볼 수는 있었다. 어쩐지 마음이 편안하고 즐거웠다. 뺨이 조금 얼얼했지만 괜찮았다. 오랜 시간 지루했다. 단지 그의 얼굴 앞에 풀밭에서 솟아오른 작고 파란 꽃 한 송이가 바람에 하늘거릴 뿐이었다. 지척에 쓰러진 한 병사의 터진 동맥에서 검은 실개천이 흘러 퍼지고 있었다.

잠시 뒤 돌격대 근위병이 들판을 따라 도망가는 모습이 보였다. 심리전을 위한 선동 군기를 등에 고정한 것을 보아하니 근위병이 분명했다. 검은 직사각형 군기 위에 쓰인 글자가 하얗게 빛났다.

나는 게걸스레 내장을 먹어치운다
그게 남자아이의 것이든 여자아이의 것이든!

할 수만 있다면 그림은 웃어댔을 것이다.

삐쩍 말라 있던 근위병은 첫눈에도 뻔했다. 그는 평생 지푸라기 섞인 쌀겨, 제일 좋아봤자 겨우 감자 껍질이나 먹어왔을 것이다. 군기에 쓰인 미식가적 경험 따위가 그에게 있을 리 없었다. 흐리멍덩한 울분으로 가득한 얼굴. 첫눈에 보기에도 그는 전형적인 오르크 루저였다.

얼굴을 잔뜩 찌푸린 근위병은 주변 일 따위엔 신경 쓰지 않고 휘청거리며 달리고 있었다. 삶의 풍파에 완전히 지쳐버린 게 분명했다. 바로 이때 온 우주가 그를 돕기 위해 도착했다.

번쩍이는 금속의 별이 그의 등을 관통했다. 곧 다른 별이 하나 더 그를 관통했다. 근위병은 발을 헛딛고 넘어졌다. 이때 그림은 두 명의 녹색 닌자 거북이를 볼 수 있었다. 언젠가 어렸을 적 먹었던, 인간들이 만든 사탕에 그려져 있던 모습 그대로였다. 저공비행하던 원격 카메라가 거북이들을 수행했다.

첫번째 거북이가 근위병 쪽으로 솟구쳐 올라 휘어진 검을 번쩍이며 그의 등에 꽂았다. 또 다른 거북이는 전사와 같은 포즈로 일어서더니 머리 위로 검을 치켜들고 원격 카메라가 거북이들 주위를 사방으로 다 날 때까지 그대로 멈춰 서 있었다. 이윽고 그들이 더 멀리 전진하자 카메라가 그들 뒤를 따라 날아갔다.

다시 한동안 아무런 일도 일어나지 않았다. 그림은 꽃을 바라보았다. 이후 바람이 짙은 빨강으로 물든 구겨진 종이 한 장을 그림의 얼굴 쪽으로 끌어왔다.

그림은 이것이 병사들이 전장에 나갈 때 새 법령에 따라 피를 적시기 위해 지니고 나오는 상부 시베리아어로 된 문서라는 것을 알 수 있었다. 비슷한 종이들이 풀밭 여기저기에 널려 있었다. 종이가 아주 가까이 놓여 있어 인쇄된 글을 읽을 수 있었다.

기한 내 이행대지 않은 조목에 의거하면, 토지 소유와 관련한 판결은 우르크 부동산 단일 등기에 등록되는 순간부터 소유권이 인정된다는 근거에 따라 파기가 요구됨미다. 소유권에 대한 작성 서류를 어떠한 행동도 그릭 영구 개별 번호 1 3672 73897 11 4는 안 했고, 개인적 건물 건축을 위한 허가도 안 바닸고 그는 합의도 안 했습니다(건물 프로젝트는 건축 허가가 받지 안았습니다). 그릭 영구 개별 번호 1 3672 73897 11 4는 그의 아부지 흐릅 개별 영구 번호 1 3299 73965 19 2와는 달리 권리자도, 토지 소유자도, 건물도 아닙니다.*

그 아래부터는 텍스트가 피로 진하게 물들어 있었다.

'틀린 덴 또 왜 이렇게 많은 거야.' 종이는 더 멀리 날아가버렸고 그림은 우울한 생각에 잠겼다. '시베리아어로 번역하는 걸 그냥 자기들끼리 해치운 건가? 그놈들은 번역료 나가는 것마저 아까워 저러는데, 우리는 이렇게 여기서 피를 흘리고 있군……

---

* 예의 우르카이나 공식 언어인 상중부 시베리아어로 작성되었지만 문법적 오류가 많은 서류.

아니면 요즘 번역소들이 일을 저따위로 하는 건가? 나라꼴이 말이 아니네, 나쁜 새끼들……'

몇 분 더 들판을 쳐다보다가 까무룩 잠이 들었는지 아니면 정신을 잃었는지 모르겠다.

정신을 차렸을 때는 이미 밤이었다. 머리가 너무나 아팠지만 움직일 수 있을 것 같다는 느낌이 왔다. 무릎을 땅에 대고 몸을 일으켜 주위를 둘러보았다.

파닥이는 밤 반딧불이를 닮은 원격 카메라의 전조등이 오르크의 슬라바 위로 드문드문 보였다. 멀리 있는 승전문이 선조 고분에 가려 보이지 않았다. 하지만 삼각형 모양의 선조들의 고분 윤곽 뒤로 강력한 프로젝트 광선과 붉은 화력의 섬광이 번쩍였다. 한 여성의 목소리가 강력한 확성기로 증폭되어 들판 위에 울려 퍼졌다.

"우르크 전사여! 지친 그대는 상처투성이다! 빛으로 나아가라, 그리하면 집으로 돌아가도록 도움을 받을 것이다! 승리! 승리!"

저 멀리 위로 올라가는 트레일러들을 보고 나서야(트레일러들의 후미등이 붉은색과 녹색의 얼룩으로 보이는 게 전부였다) 그림은 이것이 현실임을 깨달았다. 인간들이 오르크 슬라바로부터 물러난 것이다. 피에 젖은 쓰라린 이 땅을 오르크들이 다시 한 번 지켜낸 것이다. 이게 벌써 몇 번째란 말인가.

제 발로 겨우 일어선 그림은 걸음을 디뎌보았다. 한 발 더. 뼈는 성한 것 같다. 그는 시체들을 둘러 승전문 쪽으로 어기적거리며 나아갔다. 원격 카메라가 흰색과 녹색 빛으로 눈을 찌르며 질주하듯 스쳐 날아갈 때는 몸을 숙여야만 했다. 그들은 더는 발포하지 않았다.

밤의 고요 속에서 원격 카메라들이 웅웅거리는 소리를 냈다. 그것은 마치 크고 사납고 아주 간교한 말벌 떼 같았다.

BB

나는 이 오르크 소년을 계속 추적하자는 카야의 부탁이 나를 정말 짜증 나게 한다는 사실을 깨닫고 내가 느끼는 이 감정의 실체를 분석하기 시작했다.

나는 가끔 객관적인 이유로 화를 낼 때도 있었다. 예를 들어 얻어터진 그림의 얼굴 앞에 놓여 있던 종잇조각을 확대시키는 동안 미사일 공격에 동원된 '스카이 프라브다Sky Pravda'가 하마터면 나를 건드릴 뻔했을 때 같은 경우 말이다.

하지만 특별한 이유가 없어도 화가 났다.

한 가지는 확실했다. 만일 그녀가 나를 계속 미치게 만든다면 그건 그녀가 자신의 임무를 탁월하게 수행하고 있다는 것을 의미한다.

사실 나는 수라 가상현실 심리 전문가를 만나 면담을 나누고 나서 이를 깨달았다. 당신도 동반녀를 구입할 때 내가 낸 것만큼의 비용을 지불한다면 무료로 자문받을 권리를 얻게 될 거고 묻고 싶은 모든 것을 질문할 수 있다. 정신분석 상담 비슷한 것을 받을 수도 있다.

흠 하나 없이 섬세하게 다듬어진 턱수염과 한없이 부드러운 시선을 가진 수라 전문 컨설턴트는 왕년에 고무 심장을 여럿 울린 진정한 우머나이저처럼 보였다. 말이 나온 김에 하는 말이지만 'Le Coq d'Esprit(정신의 수탉)' 특수 분대 출신의 다부진 디스코스몽거의 외모도 그와 똑같이 보일 수 있다.

내 문제를 단번에 말하기는 겸연쩍었다. 이 문제에 점진적으로 접근하는 게 좋을 것 같다는 생각이 들었다. 우선 일반적인 주제로 잡담을 나눌 필요가 있다.

"그런데 말입니다," 내가 물었다. "그녀가 생각이라는 걸 하는 겁니까, 아닌 겁니까?"

그는 웃기 시작했다.

"같은 질문을 얼마나 많이 받았는지 몰라요……"

"수라는 이성적인 존재인가요?"

"수라는…… 법률적으로 아주 까다로운 주제예요. 음, 이렇게 대답하죠. 언젠가 학자들은 수학과 논리학의 법칙을 기반으로 기계가 생각하게 만들려고 했었죠. 그리고 그게 불가능하다는 것을 깨달았고요. 이런 입장이라면, 아니죠. 수라는 이성을 가진 존재가 아니니까요. 하지만 인간조차도 수학적 알고리즘의 도움으로 생각하는 게 절대 아니라는 점을 염두에 두세요. 그리고 솔직히 말씀드리면 논리학은 시가 전투의 조건 속에서 적을 타락시키려 하는 우리 전쟁 철학자들에게나 필요할 뿐이죠. 인간들은 선례나 경험을 기반으로 결정을 내려요. 인간이라는 건 그저 현실에 문화를 적용하기 위한 도구일 뿐이죠. 본질에 있어서는 수라도 마찬가지고요."

일전에도 이와 비슷한 말을 들은 적이 있었다. 안타까운 건 이런 설명을 듣고 나면 마치 모두 다 이해한 것처럼 느껴진다는 것이다. 실상 이러한 설명은 질문으로 뚫린 머릿속 구멍을 불투명한 덮개로 덮어줄 뿐이다.

"말씀하신 그 '현실에 문화를 적용한다'는 건 무슨 뜻이죠?" 내가 물었다.

"직접적 지각은 정신적 재현으로 바뀌죠. 그런 다음 이성이 이 재현의 인베리언트와 연관된 문화 내 선례 전체를 분석하고 가장 적합한 행동 모델을 선별하는 거죠."

"이성은 그걸 어떻게 선택하는 거죠?"

"그것 역시 기존의 경험을 기반으로 해요. 선택의 경험을 기반으로요. 정신적인 재현들 사이에서의 상호작용은 이러한 선례에 따른 법칙에 따라 일어나죠."

"그 '정신적 재현들'이라는 건 대체 뭐죠?"

수라 전문가는 지그시 미소를 지었다.

"바로 그게 가장 최근 발견된 선례예요. 수라는 이 메커니즘을 복제하죠. 유일하게 다른 점이라면, 그녀 안엔 재현의 관찰자가 부재하고 그저 기억에 실린 채 자기들끼리 경쟁하는 행동 패턴 집합이 존재할 뿐이죠. 그리고 이것들 가운데 어떤 것을 선택하는가는 전자기적 회로 안에서 일시적으로 발생하는 자극의 강도에 달려 있고요. 자극이 가장 강한 구역이 한시적으로 기술적 측면에서 그녀의 '나'가 되는 것이지요……"

마지막 구절은 나 자신한테도 충분히 적용 가능하다는 생각이 들었지만 나는 아무 말도 하지 않았다. 수라 전문가는 말을 이었다.

"수라는 말입니다, 아주 크고 복잡하게 조직화되어 있는 정보은행 같은 거예요. 여기에는 단순히 반응에 대한 선례들만이 아니라 선례들을 탐지하는 선례들까지 수없이 많은 것들이 담겨 있어요…… 프로그램 알고리즘은 여기에서 아주 부차적인 기능만 수행할 뿐이지요. 하지만 수라 안에도 역시 이 프로그램 알고리즘이 들어 있긴 해요. 특히 그녀의 조정 장치 안에요.”

“그렇지만 저랑 대화를 나눌 때 그녀는 대체 어떻게 생각할 수 있는 거죠?” 내가 물었다. “차근차근 설명해주시겠어요? 메커니즘을 이해하고 싶어요.”

“수라는 생각하지 않아요. 다시 한번 말하지만 수라 안에는 생각하는 이가 없어요. 굳이 당신이 이 메커니즘을 이해하고 싶으시다면, 음…… 언젠가 사람들이 ‘중국어 방’이라는 이름의 실험을 고안했던 건 알고 계실 텐데요. 들어보셨어요?”

“아니요.” 내가 말했다.

“문이 잠긴 방에 중국말을 모르는 한 사람이 앉아 있는 거예요. 작은 창을 통해 그에게 중국어로 질문이 적힌 쪽지를 건네주는 거죠. 이 사람에게 그건 그냥 의미를 알 수 없는 선들이 휘갈겨진 종이에 불과하죠. 하지만 그가 있는 방 안에 이 휘갈겨 쓴 선들에 대해 마찬가지로 휘갈겨 쓴 선들만을 이용해 어떤 순서로 답해야 하는지 자세히 쓰인 여러 권의 문법책이 가득 차 있는 겁니다. 그러면 그는 이 문법을 좇아 쓴 중국어로 된 대답들을 다른 쪽 창문으로 내주는 거죠. 이 대답들 때문에 밖에 서 있는 사람들은 그가 중국말을 안다고 확신할 거예요. 질문이 무엇에 대한 것이었는지 또 자신이 넘긴 답이 무슨 의미인지 그가 이해할 리 없지만 말이에요. 머릿속에 그림이 그려지나요?”

“음, 네.”

“수라는 말이죠, 이 중국어 방과 같아요. 차이점이라면, 자동화되어 있다는 정도죠. 수라 안에는 문답서를 가진 인간 대신에 한자를 읽고 대조하는 스캐너, 대답을 위해 한자를 추려내는 레퍼런스들, 그리고 거대한 문법 규칙들이 들어 있어요."

"어마어마한 양의 문법이겠네요." 내가 중얼거렸다.

"적진 않죠." 상담사는 동의했다. "수라는 당신이 하는 말을 매 순간 수많은 층위로 나누어가면서 몇몇 기호 언어로 번역하고 있어요. 그리고 이 각각의 층위는 그것의 경험 데이터베이스와 연계되고요. 그런 다음 인베리언트들의 역통합이 일어나게 되고, 이때 우리는 유일한 개인을 향한 하나뿐인 생생한 응답 같은 인상을 만들어내는, 상호보완적으로 기능하는 의미적, 양식적, 감정적 측면을 지닌 복합적 반응을 얻게 되죠. 물론 이건 시뮬레이션이에요. 하지만 사실 아이들이 부모나 또래를 모방하는 것도 이와 똑같은 방식이죠. 종종 이러한 모방이 말년까지 이어지기도 하고요. 수라와 교제하면서 당신은 인류의 과거와 만나는 셈인 거죠."

"그럼 인간과 교제하면요?"

수라 전문가는 어깨를 으쓱해 보였다.

"인간도 마찬가지죠. 차이가 있다면 전적으로 위생학적 측면이겠죠. 인간과 접촉하면 선생은 독충이 바글대는 정신적 거름 흙덩이 속에서 헤적이게 되죠. 하지만 수라는 당신을 마치 박물관으로 이끄는 것 같죠…… 수라가 지닌 것들이 훨씬 더 세련되고 풍부하니까요. 당신이 원하기만 한다면 그녀는 영원한 여성, 이브, 원형 그 자체죠…… 그녀의 행동 중 대체 뭐가 선생을 괴롭히는 거죠?"

본론으로 들어갈 때가 되었다. 나는 복에 겨워 권태에 찌든 난봉꾼 같은 포즈로 질문을 던졌다.

"대체 개년성이라는 건 왜 존재하는 겁니까? 생물학적 메커니즘으로서의 개년성 뒤에는 뭐가 감춰져 있는 거죠?"

상담사는 전혀 놀라지 않았다. 그는 고객들의 고충을 잘 이해하고 있는 것 같았다.

"다밀롤라 씨, 그건 좀 어려운 주젠데요, 두 가지 설명법이 있어요. 그중 하나는 정확하긴 하지만 이해하기 어렵고 복잡해요. 이 설명법으론 우린 곧 정신분석학 전문 용어 속에서 헤매게 될 거예요. 그게 아니면 좀 부정확하지만 이해하기 쉽고 단순한 설명법도 있어요. 이 방법이라면 우리는 가장 저급한 부류의 냉소주의에 함몰될 수 있고요. 어떤 걸 선택하실래요?"

나는 시네뉴스 주식회사의 전투비행사인 내가 냉소주의에 빠질 염려는 없다고 말했다.

"좋아요." 상담사가 말했다. "그럼 눈을 감아보세요."

그는 손바닥으로 자기 얼굴을 쓸어내렸다. 마치 인간적인 모든 것을 벗겨내기라도 하듯이.

"벌써 약 140년 동안 우리가 출시한 고급 수라들 안에는 '비치니스bitchiness'라는 컨트롤러가 포함되어 있어요." 그가 운을 뗐다. "수라들의 가상 심리에 포함된 다른 모든 것과 마찬가지로 이건 여성의 어떠한 특성을 모방한 것이지요. 자연이 대체 왜 개년성을 만들어낸 거냐고 묻고 싶으시겠죠. 하지만 그게 대체 어떤 건지 아시기나 합니까?"

나는 어떻게 대답해야 할지 알 수 없었다. 하지만 그 또한 내 대답을 기다리는 것 같지는 않았다.

"이걸 간단하게 정식화한다는 건 쉬운 일이 아네요. 일단은 이것을 여성들, 그중에서도 대개는 젊고 예쁜 여성들이 취하는 일종의 비합리적인 행동이라고 부를 수 있겠네요. 여기서 예쁜 여성들이라고 한정지은 건 못생긴 개년들은 생의 가장 초기 단계에 강제 리포맷을 겪기 마련이기 때문이에요. 말씀드린 이 비합리적 행동이 남성에게 불러일으키는 욕망이란 건 말이죠……"

"여자 귀를 틀어쥐고 그 뒤통수를 연달아 벽에 처박고 싶은 욕망이죠." 내가 끼어들었다. "아예 바닥에 내리박는 게 더 나을 수도 있어요. 바닥이 더 딱딱하니까요."

"그렇겠네요." 상담사는 미소를 지었다. "여성들의 이러한 행동에서 제일 중요한 건 바로 그 모욕적인 비합리성입니다. 여성이 남성을 극도로 불쾌하게 만드는 경우가 왕왕 있죠. 그런데 사실 인간답게 행동하는 건 여성에게 특별히 품이 드는 일이 아니에요. 대부분의 경우 아무 힘도 안 들죠. 반대로 개년이 되는 것이야말로 엄청난 노력이 투입되는 일입니다…… 물론 이것과 비슷한 일들이 우리 문화에서만 일어나는 건 아니에요. 오르크가 전쟁에 나가기 전에 점을 치는 『다오 페스딘』이라는 책이 있다는 건 모르실 테죠……"

"왜 모르겠어요." 내가 말했다. "당연히 알죠. 점치는 것도 봤는데요."

"그 책에 '여성의 마음에 관하여'라는 부분이 있죠. 읽어드릴까요?"

"아녜요." 내가 대답했다. "고맙습니다만, 제가 오르크 경구에 알레르기가 있어서요."

상담사는 기분 나빠하지 않았다.

"끔찍해하실 것 없습니다." 그가 말했다. "그저 잔인할 정도로 솔직하게 쓰여서 그런 것뿐이죠…… 그래도 핵심은 아주 단순해요. 자연은 우리를 위해서 교접의 순간으로 가는 길목에 꽃길을 냈지만 곧 그 순간이 지나면 꽃들도 시들어버리고, 호르몬이 좌지우지하는 우리 지각의 왜곡들도 사라져버리는 것이죠. 자연도 나름대로 일종의 개년이에요. 어찌나 알뜰한지 정말 필요한 상황이 아니라면 우리한테 향정신성 물질을 제공하지도 않죠. 그래서 우리는 사랑의 행위가 끝나고 몇 초만 지나면 일어나는 일이 모두 미친 짓이라는 걸 직시할 수 있는 거예요. 우리와 개인적으로 무관할 뿐만 아니라, 오로지 단백질체 생산의 고대적 메커니즘과만 연관된, 포상이라곤 방금 끝난 그 경련이 전부인, 과다 비용 지출과 정신적 고통만 기약할 뿐 끝도 명확하지 않은 이 몽롱한 이야기에 어쩌다 보니 걸려들고 말았다는 걸 깨닫는 거죠…… 당신이 가진 수라 등급 정도면 다가올 정신적 괴로움보다는 그녀를 구입하려고 받은 대출에 대해서만 떠올리시겠네요."

"민감한 문제는 건드리지 말아주세요." 내가 당부했다.

"알겠습니다." 상담사가 동의했다. "당신은 제일 중요한 걸 아셔야 해요. 생물학적, 사회적 일원으로서 여성은 말짱한 정신으로 자신을 오랫동안 응시하는 당신의 시선엔 별 관심이 없어요. 당신의 수라가 개년성 최고치로 작동 중이라고 하셨는데, 보통

코이투스* 바로 전에 그녀가 뭐라고 말합니까, 그리고 그게 끝나고 나서는 또 뭐라고 하죠?"

나는 깨달았다. 의사한테처럼 몽땅 털어놓아야 한다는 것을.

"'꺼져, 침이나 질질 흘리는 등신아, 너라면 진절머리가 나' 라고요." 내가 대답했다. "어떨 때에는 '머리가 아파'라고 하기도 해요. 하지만 이건 제가 웃어대니까 관두더라고요. 코이투스 이후엔 제 배를 팔꿈치로 콱 밀치고는 종종 벽 쪽으로 돌아누워요. 가끔은 울기도 하죠. 이 모든 게 한꺼번에 나타날 때도 있고요."

"좋아요." 상담사가 말했다. "그럴 때 당신 기분은 어때요?"

"화가 나죠. 가끔은 자기혐오도 생기고. 가끔은 그녀를 패고 싶을 때도 있어요."

"분노와 불쾌가 지체 없이 곧장 당신을 사로잡나요?"

"네, 곧바로요." 내가 대답했다.

"아주 강렬한 감정인가요?"

"그렇죠." 내가 말했다. "다른 생각 따윈 나지도 않아요."

"그럴 때에 포스트 코이투스적 신중함이 유지됩니까?"

나는 이 사람이 무슨 말을 하려는 건지 눈치챘다.

"그러니까 당신이 하고 싶은 말은, 수라가…… 그러니까 여자가 무슨 꿍꿍이속이 있어서 일부러 흙탕물을 일으킨다는 건가요?"

"네, 바로 그겁니다. 침전물을 휘저어 일으키는 건 우리가 아

* 교접.

까 이야기했던 것처럼 남성의 운명에서 그녀가 어떠한 역할을 맡는지에 대한 핵심적 진리를 못 보게 하기 위함이죠. 이런 진리를 숨길 수 있는 건, 그녀가 자기 파트너가 선명한 감각을 상실하도록 갖가지 애를 쓰면서 그를 강도 높은 심리학적, 감정적 스트레스 상황에 몰아넣기 때문이죠. '개년성'이란 건 말이에요, 사실, 성격상 부정적 특징은 아네요. 번식 본능을 고려해 인류 문화가 만들어낸 일종의 대위법 같은 거죠. 수라의 소프트웨어는 단지 이 고대의 메커니즘을 모방하는 거고요."

"당신네 소믈리에들은 이 분야에서 완벽함에 도달했고요." 내가 말했다.

컨설턴트는 미소를 지었다.

"인사치레로 하신 칭찬이겠지만, 사실이 그렇죠." 그가 대답했다. "개년성을 최고치로 올린 모든 고객이 당신이 말씀하셨던 포스트 코이투스 신드롬을 겪는 건 아니에요. 저는 이런 경우 자주 발생하는 한 가지 효과에 대해서 당신께 미리 말씀드리고 싶군요. 소위 '상징적 연적'이라는 건데요."

나는 가슴이 요동치는 것을 느꼈다. 그래, 이제야 중요한 이야기를 해주는구나.

"개년성이 최고치일 때 수라가 사용하는 전략 중에는 당신에게서 질투 반응을 불러일으키려는 시도가 포함되기도 해요. 자신의 목적을 위해 다른 남성에게 관심 있는 척할 수도 있어요, 한 집에 사는 젊은 사람일 때가 가장 많죠. 둘만 함께 사는 커플일 경우에는 영화배우나 텔레비전 아나운서가 선택되고요. 예를 들어, 수라가 계속해서 자기 주인한테 특정 배우가 나오는 스너프나 뉴스를 틀어달라고 하는 거죠. 여기서 그녀의 행동은, 음…… 그러니까, 여러 가지로 변주되죠. 가끔 그녀는 상징적 연적의 장점을 칭송하기도 하고, 또 가끔은 주인이 알아서 결정을 내리도록 잠자코 있을 때도 있어요. 이러한 기법은 대부분의 남성에게 가장 파괴적인 방식으로 작동하죠. 기밀을 하나 알려드리자면, 저희가 이 설정으로 작동 중인 수라의 품질 보장을 해지하는 중요한 이유가 바로 이 주인들이 공장으로 돌려보내야 할 정도의 고액 수리가 필요한 심각한 기계적 상해를 수라들에게 정기적으로 가하고 있기 때문입니다. 회사가 이 비용을 전부 충당할 수는 없거든요……"

"만일 당신이 계속해서 그런 수법의 희생자가 된다면 어떻게 하시겠어요?"

"가끔 프로그램 장애를 유발시킬 순 있죠. 너무 자주 그러지는 마시고요."

"프로그램 장애를 유발시킨다고요?" 내가 되물었다. "어떻게요?"

"수라가 상징적 연적과 만나게 해달라고 조를 것 같으면 당신이 그것을 이미 알고 있고 화가 났다는 걸 보여주세요."

"그럼 어떻게 되는데요?"

"해보시면 압니다." 상담사가 웃었다.

"아녜요." 내가 말했다. "전 그녀의 머릿속에서, 뭐 그게 머릿속이 아니라면 그 어떤 곳에서든, 무슨 일이 일어날지 알고 싶어요."

상담사는 잠시 생각에 잠겼다.

“지금 저희의 기술적 기밀과 맞닿아 있는 민감한 영역을 건드리시네요.” 그가 말했다. “하지만 고객님이 현재 시중 최고가의 모델을 가지고 계시니 설명해드리죠. 이 영역에 대해 아는 게 좀 있으신지 모르겠네요…… 아, 근데 고객님, 군인이라고 하셨죠, 유도 무기의 작동 원리에 대해서는 알고 계시겠네요?”

내가 고개를 끄덕였다.

“미사일을 다루시는군요.” 상담사가 말을 이었다. “최근 저희는 수 세대의 대잠수함 군용 어뢰에 적용되어온 몇몇 알고리즘을 이용했어요. 이건 거의 똑같아요. 물론 어뢰를 만들지 않은 지도 이제 수백 년이 지났지만요. 이상하게 들리겠지만 이건 여성의 행동을 가장 잘 모방한 모델 중 하나죠. 표적을 명중시키지 못한 어뢰가 어떻게 움직이는지 아세요?”

“대충요.” 내가 대답했다.

“표적 추격 프로그램이 작동을 멈추면 어뢰는 일정한 공간을 다 조사할 때까지 나선 코스로 돌면서 공간을 스캔하죠. 파라미터를 만족시키는 표적이 발견되지 않으면 어뢰는 직선 코스에 돌입해요. 다른 지점에 도착해서는 나선형 탐색을 반복하죠. 이런 방식으로 에너지가 남아 있는 한 계속 반복하는 거예요. 아시겠어요?”

“항공 미사일은 좀 다르게 작동되지만, 그래도 전체적으로는 비슷하네요. 그래서요?” 내가 말했다.

“수라는 말이죠, 아, 그냥 툭 터놓고 말할게요. 수라랑 여자는 말이죠, 행동 방식이 동일해요. 프로그램 장애가 생길 때 나선 코스에 놓이는 공간이 물리적 공간이 아니라 정보적 공간이라는 점이 다를 뿐이죠. 사교계 연회에서조차 공간적 이동은…… 뭐 이런 게 중요한 건 아니죠. 쉽게 말하자면 프로그램 장애일 때조차도 '우연적 테마의 검색'이라는 메커니즘이 작동된다는 거죠. 수라는 자기 확신을 재획득하기 위해서만 대화의 주제를 바꿔요. 이 목적을 달성하기 위해 그녀는 대화 상대에게 제시할 수 있는 적합한 정보 대상을 찾을 때까지 자기 뇌 속 수하물을 만지작거리죠. 이 새 지점으로부터 행동을 취하면서 점차적으로 선례 탐색을 위한 기본 알고리즘으로 돌아가는 거예요."

"그 새 지점이라는 건 어떻게 선택되는 겁니까?"

"탐색 파라미터는 주로 상황에 따라 결정됩니다. 그래서 실제로 무엇이 새로운 테마로 선택될지 예측이 불가능해요. 우리 삶도 마찬가지죠."

"삶이 어떻길래요?" 내가 아이로니컬하게 물었다.

상담사가 미소 지었다.

"만일 어뢰를 코스에서 밀쳐내면 어뢰는 속눈썹을 몇 차례 껌뻑거리겠죠. 그런 다음 여성다운 매력적 비논리로 당신을 정신적 마비 상태, 당신이 자기 삶 속 그녀의 존재 사실에 대해 냉철한 평가를 내릴 수 없게 될 바로 그 상태로 다시 돌려놓으려 애쓸 겁니다. 어두운 스펙트럼의 모든 감정, 즉 분노, 심란함, 상처받은 자기애, 자신에 대한 회의, 이러한 모든 것이 두뇌 마비체로 기능할 수 있어요. 그렇죠, 물론, 감각적 욕구도 마찬가지고요."

"어쩐지 즐거울 게 하나도 없을 것처럼 들리는데요." 내가 중얼거렸다.

"아마도 최상의 즐거움은 이러한 급류가 베푸는 자비에 모든 걸 맡겨버리는 데 있을지도 모르죠." 상담사가 건조하게 말했다.

진솔함의 순간이 모두 지나가고 내 앞에는 어느덧 다시 회사를 대표하는 판매자가 앉아 있었다. 그래도 요즘 같은 시기에 사람들 사이에서 아주 드물어져버린 이러한 한 가닥의 섬광 같은 진정성만으로도 나는 감사를 느꼈다.

상담사를 방문한 나는 집으로 돌아와 행복의 방으로 가 암호를 입력하고 카야의 일시 정지 상태를 해제했다(이제껏 그녀는 움직임 없이 소파에 앉아 있었다). 돌아온 나를 그녀는 언짢게 쳐다보았다. 그녀는 내가 자신을 일시 정지시키는 걸 못 참아 한다. 나는 프로그램 장애에 대한 권고 사항을 속으로 되뇌다가 그녀가 나에게 무언가를 말하기 전에 불쑥 선수를 쳤다.

"그래, 자기야 그렇게 해봐. 그 오르크 요괴 좀 보여달라고 나한테 부탁하라고. 눈도 누리끼리한 그 운터멘쉬* 말이야, 덜떨어진 똥개 새끼. 부탁하라니까. 널 위해서라면 다 해줄게, 넌 내 기쁨이니까."

카야는 몇 차례 눈을 깜빡였다.

"근데 왜 운터멘쉬야?" 그녀가 물었다. "자기야, 자기도 똑같이 운터멘쉬잖아. 너랑 그림 다 같은 피잖아."

"뭐, 뭐라고?" 내가 믿기지 않는다는 듯 물었다.

---

* 열등 인간이라는 뜻의 독일어. 독일의 국가 사회주의 독일 노동당원(Nazis)들은 유대인이나 슬라브인 등을 '열등 인간(Untermensch)'이라고 했다.

"너희 둘 다 러시아인이잖아. 자기 성도 '카르포프'면서."

나는 몸을 돌려 행복의 방으로 가 그녀를 다시 일시 정지시켰다. 그런 다음 마니투에 올라타 검색에 열중했다.

우리 예쁜이가 한 말이 맞기도 하고 틀리기도 하다는 게 밝혀졌다.

이상하게도 그녀의 말은 나에 대해서는 대개 맞았지만 그림에 대해서는 거의 맞지 않았다.

그렇다, 그림을 비롯한 모든 오르크는 상부 러시아어로 대화한다. 그래서 뭐? 오프스피어가 수백 년 동안 시베리아 위에 떠 있었으니 여기 있는 우리도 모두 그 언어를 아는 거다. 하지만 저 아래에는 최근 수 세기 동안 기후 이주, 해방 전쟁, 민족 말살, 인공 수정 계획 같은 패러다임적 변동이 있어왔고 그로 인해 현재는 완전히 다른 것이 그들의 공식 언어가 되었다. 그들은 자신들의 뿌리도 자체적으로 추적해내지 못했는데 그것이 설령 법적으로 용인된다 하더라도 마찬가지였을 것이다(하지만 용인되지도 않는다. 사제들과 짭새레기들의 말마따나 '특이점 속에는 다름이란 존재치 않나니').

국적이 다 뭐람. 오르크들한테는 성씨라는 것도 사라진 지 오래다. 그들한테 남은 거라곤 각자 오른팔에 새겨진 영구 개별 번호뿐이다. 이 번호가 그들에게는 성이나 그 밖의 모든 것을 전부 대체한다. 예를 들면 그림의 정식 이름은 그림 영구 개별 번호 1 3505 00148 41 0이고 흘로야는 흘로야 영구 개별 번호 1 3598 47660 12 2이다. 그들이 실제로 어떤 민족에 속하는지는 마니투만이 아신다.

내 성은 정말 '카르포프'이다. 이 성은 물고기 이름에서 유래한 러시아 성이다(이 물고기는 물고기 세계의 전투비행사다. 한마디 더 해야겠는데, 카르프*는 바닥에 가깝게 저공비행으로 이동하면서 시야에 들어오는 것은 무엇이든지 먹어치운다). 내 조상은 아마도 그림의 선조와 같은 피를 나눈 이들이었을 것이다. 하지만 그때부터 지금까지 강산은 물론이거니와 다른 모든 것이 전부 어마어마하게 변했다. 오늘날 우리가 사는 이 위에서는 민족의 존재 여부를 말하기 어려운 게 사실이다.

예전 같은 의미의 민족 따윈 이제 존재하지 않는다.

대신 고대로부터 전수된 공통적 문화 의례를 통해 결집된 몇몇 직업별 조합 공동체가 있다. 직업을 정한다는 건 한 그룹에 가입됨으로써 해당 직종을 연상시키는 특정 민족의 기운 또한 선택하는 셈이 된다.

예를 들면, '독일인'은 최고의 기계공이자 기술자이다. 그들은 부유한 오르크 관료 집단을 위해 값비싼 모토렌바겐-똥차를 고안해 제작하고, 마흔 종의 맥주를 생산해내며, '호흐!'**거리며 황색 구역에 있는 오르크 창녀들에게로 날아간다. 그들의 조립라인이 위치한 곳도 바로 그곳이다. 그들은 수라를 좋아하지 않는다. 그들 사이에는 '고무녀는 무알코올 맥주로 가는 시작이다'라는 말이 있을 정도니까(북쪽 출신 어떤 현자의 말인 것 같다). 하지만 그들은 절대 편협하고 멍청한 속물이 아니다. '독일인'은

* 카르프Карп: 잉어를 뜻하는 러시아어.

** 호흐Хох: '위쪽으로'라는 뜻의 독일어를 러시아어로 표기.

낭만주의자의 심성을 가졌다. 언제나 이들은 이상을 향한 믿음을 남몰래 간직하고 생의 마지막엔 바그너를 들으며 청산가리를 복용하게 되길 갈망한다. 들리는 바에 따르면, 그들은 이런 방식으로 예브라이히의 오프스피어를 침몰시켰다. 때는 모토렌바겐에 대한 전 세계적 수요가 거의 제로로 떨어진 직후였다.

'일본인'은 실루엣, 음영, 장막 등을 이용한 2D 야포르노*부터 데르프헨타이**까지, 공식적으로 아동 포르노 법에 저촉되지 않는 모든 것을 그려낸다. 그들은 별의별 복잡다단한 전자 딸딸이 기구를 비롯한 모든 것, 물론 수라까지도 수집한다. 자식들, 고맙다 고마워. 푸포갈 전체를 대표해 내가 대신 감사를 전하마. 물론 너희들의 진짜 형제는 '독일인들'이겠지만. '일본인들'에게는 모토렌바겐 생산자들과 마찬가지로 자살을 영웅적 행위로 취급하는 문화가 존재한다. 다른 점이라곤 그들의 문화는 맥주에 달려진 것이 아니라 마스터베이션에 달려졌다는 정도일 것이다. 이것은 수 세기 동안 불변이었으며 거기에 바로 그것만이 지닌 아름다움이 존재했다. 오래된 수많은 스너프들이 '야마토' 오프스피어의 멸망을 다룬 건 다 이유가 있었다. 지린 리퀴드 시대에 그들은 수중 촬영을 위해 서커스를 가라앉혀 침수시키자는 진지한 계획을 내놓았고 마니투의 집 소속인 기술 소믈

---

* 야포르노японорно: '일본'의 러시아어인 야포니야Япония와 포르노порно의 합성.

** 데르프헨타이дерпхентай: 변태를 뜻하는 단어 헨타이хентай와 영어 더프derp에서 음차한 러시아어 표기 데르프дерп를 합성했다. 데르프는 이 작품 안에서 'derivate porno(деривативное порно)'를 줄여서 만든 단어로도 풀이된다.

리에들과 공공윤리부가 이를 금지했다고 한다.

'미국인'…… 미국, 거대한 미국, 언젠가 세상을 히틀러와 빈 라덴, 다쿠 백작,* 메가트론, 모리아티 교수로부터 구원했던 거대한 미국! '미국인들'은 스너프를 찍는다. 또 그들은 우리가 스너프를 볼 수 있게 마니투를 생산해낸다. 물론 우리가 이 모든 것에 값을 치를 때 내는 마니투도 이들이 찍어낸다. 그들은 나의 카야와도 관련이 있다. 역사가들에 따르면 수라는 일본산 섹스 인형 폐기물**에 미국산 해방군 무인 항공기를 결합해 만들어졌기 때문이다. 이들은 상반구 출신의 부유한 녀석들이다. 이 녀석들에 대해서 할 얘기가 더 뭐가 있겠나. 시샘이 많은 사람은 그들이 중앙 원자로 근처 어딘가에 몰래 숨겨둔 거대한 박쥐를 숭배한다고 확신한다. 그들이 이 박쥐의 배설물 속에서 종종 최첨단으로 설계된 프로세스 칩을 찾아낸다나. 하지만 이것은 물론 순전히 질투심에 칭얼대는 것일 뿐이니 언급할 가치도 없다.

'유대인.' 이들은 마니투에 대한 저작권을 가진 사제들이다. 어떤 이들은 마니투 안티크라이스트도 브롱크스 출신 유대인이었다고 말한다. 유대인들은 미국인들과 함께 스너프를 찍는데 이 작업에서 둘 중 누가 더 중요한 역할을 하는지는 알 수 없다. 반중력 이자와 대출 기동장치를 창안한 이 글로벌 브레인의 신

* 다쿠 백작이라 표기되었지만, 스타워즈의 악역 두쿠 백작(Count Dooku)을 염두에 둔 것으로 보인다.

** 폐기물(брак): 브락брак이라는 단어는 결혼을 뜻하기도 하고 폐기물을 뜻하기도 한다.

경 조직을 보라. 세상을 아름답고, 강하고, 명료하게 만들고 싶어 하는 모든 이들로부터 처음 머리통을 얻어맞은 게 그들인 건 다 이유가 있다.

'프랑스인.' 이들은 '빅 비즈'의 지식인 돌격대이다. 전쟁을 일으키는 것 자체는 누구나 할 수 있지만 아무도 그것을 이들처럼 우아하게 해낼 수는 없을 것이다. 'Le Coq d'Esprit(정신의 수탉)' 특수 분대에 속한 최고의 디스코스몽거는 예외 없이 고대 프랑스어를 조금씩 알고 있다. 훌륭한 녀석들이다. 군에는 '프랑스 지식인 소대처럼 잘 훈련되어 있다'라는 관용구도 생겼다. 물론 이것은 지적 훈련을 염두에 둔 말이지만 담력 훈련도 여기에 포함된다. 왜냐하면 적들이 방출하는 가짜 과녁들을 기상 조건이나 거리에 상관없이 최고의 전술적 정확도로 전부 피하면서도 주어진 목적에 따라 선별적으로 피를 낼 줄 아는 담력이 모두에게 주어지지는 않기 때문이다.

'영국인'은 젊었을 적에는 최고로 멋진 반항적인 펑크들을 배출하고 어른이 되고 나서는 가장 뱅크적인 사제들을 배출한다.* 분명 위대한 민족이다. 우리가 모든 업무를 괜히 교회 영어로 보는 게 아니다. 문명을 위해 그들이 기여한 부분을 전부 열거하기란 불가능하다. 영국인들이 없었더라면 세상 천지에 정치적 올바름이라는 것도 없었을 테고, 타블로이드도 없었을 것이다. 이들은 위선을 발명하고, 그 기치 아래 최초로 전 세계를 단결시켰으며 지금까지도 그 성스러운 불이 사그라드는 일이 없도

* '펑크'와 '뱅크'의 발음상 유사성을 이용.

록 분투 중이다. 이건 농담이 아니다. 위선이 없었더라면 우리가 지금 다 어디에 있었겠는가? 동의 연령 법령에 따라 마흔여섯 살이 되기 전까지 그 누구도 섹스를 할 수 없었을 것이다. 존경과 경배를 드린다. Rule, Britannia(통치하라, 브리타니아여)!

하지만 이 모든 것은 민족적 성향의 잔유물일 뿐이다. 여태껏 남아 있는 고대 전통의 유령이라고나 할까. 내가 방금까지 말한 모든 것은 피의 부름이라기보다는 각자의 결정에 따른 문화적이고 직업적인 선택이다.

그렇다면 '러시아인'이 된다는 건 무엇을 뜻할까?

이는 어떠한 전문 분야와도 관련이 없다.

그 의미를 알 수 없는 건 오늘날이나 700년 전이나 마찬가지다.

스크린 사전에는 이것이 그 시절엔 무엇을 의미했다고 써 있을까?

독일제 자동차를 타고, 아시아산 포르노를 보고, 미국 화폐로 값을 치르고, 유대인들의 신을 믿고, 프랑스 출신 디스코스몽거의 말을 인용하고, '정부에 들어앉은 도둑들'로부터 거만한 듯 거리를 유지하고, 그리고 무엇이든—그게 하다못해 디지털 형식이라 해도—계속해서 훔치려 하는 이들. 한마디로, 세계의 심장이자 문화 전반의 다목적 총합이다.

우리 고대 러시아 전통은 가진 거라곤 언어뿐인 환경 속에서 건설되었으며, 바로 이 언어를 통해 '아무것도 없음'에 대한 의미 부여가 시작되었다. 유대인들도 비슷한 짓을 했다. 그들은 자신들의 공허에 신이라는 이름을 붙였고 이 공허를 자기들보다 멍청한 민족들에게 이문을 남기고 팔아 넘겼다. 반면에 우리는 어땠는가?

우리가 인류에게 팔아먹으려고 애썼던 것은 신의 부재였다. 형이상학적 측면에서 보면 이게 훨씬 더 멋들어진 일이었을뿐더러 처음엔 꽤 잘 먹혀들기도 했다. 이 때문에 언젠가 우리 민족은 신비로운 경쟁자로 인정받기도 했었다. 하나, 신한테 어떤 민족의 직인을 찍을 수는 있어도, 존재하지 않는 것한테는 찍을 수 없는 게 아닌가? 우리 선조들이 겪은 고대 문명의 위기, 자아 정체성 문제, 줄곧 교회-관료적 몽매주의와 항문 폭정의 압제로 귀착되는 낮은 자존감 등은 바로 여기에서 비롯된다.

하지만 이 모든 것은 아주 오래, 너무나도 오래된 일이고, 지금 이런 데에 관심을 보이는 이들이라곤 역사가들 혹은 개념성과 영성이 최고치로 설정된 수라들뿐이다.

고무녀가 두세 번 속눈썹을 껌뻑인 연유로 인간이 어떤 미궁 속에 빠져드는지를 보시라. 어쨌건 참 재미있다, 안 그런가? 지금이 아니라면 대체 언제 내가 이 모든 것에 대해 생각이나 했을까?

이 문제를 완벽히 정리하는 데 수 시간이 걸렸지만 이제 나는 대화를 계속할 준비가 되었다. 행복의 방에 들어선 나는 우리 예쁜이의 일시 정지를 해제했다.

내가 돌아왔을 때 카야는 소파에 앉아 예의 그 침울한 눈빛으로 나를 쳐다보았다. 마치 그녀의 삶에서 사라진 이 몇 시간이 아예 존재하지 않았던 것처럼.

“난 러시아인이 아니야.” 내가 그녀에게 말했다. “정확하게 말하면, 난 포스트-러시아인이야. 제때에 오프스피어로 건너가지 못했던 그 녀석들과의 공통 운명 따윈 존재하지 않는다고. 그리고 그림도 러시아인이 아니야. 그림은 국적 대신 번호를 가진 오르크야. 러시아라는 명칭으로 불리는 건 지금 우리가 사용하는 이 언어뿐이라고. 그리고 이 언어조차 이제는 러시아어가 아니야, 상부 러시아어지. 상중부 시베리아어와 헷갈리면 안 돼. 시베리아에는 벌써 300년쯤 전부터 민족 같은 건 없었다고. 이 맹추야, 이젠 좀 알아듣겠냐?"

카야는 몇 차례 눈을 깜빡였다.

"근데 있잖아." 그녀가 말했다. "너 날 또 일시 정지시킬 거면, 스크린 사전 커닝할 때 말고 섹스할 때나 좀 꺼주라. 알겠어?"

그러고는 홉뜬 눈으로 나를 쳐다보았다. 그녀의 시선은 내가 오늘은 평소보다는 덜 혐오스럽다는 것을 암시하는, 아니 그런 암시일 거라는 작은 가능성을 품고 있었다.

그녀는 또다시 나를 어리둥절하게 했다. 왜냐하면 나는 민족과 민족성에 대한 심각한 이야기를 할 준비가 되어 있었을 뿐 다른 쪽으로는 전혀 준비되어 있지 않았기 때문이다.

벌써 몸을 돌린 그녀는 이제 바닥을 보고 있었다. 하지만 웃음을 흘리는 걸 보니 실은 온몸으로 지극히 주의 깊게 날 쳐다보는 게 분명했다.

내가 합성 케라믹 피복으로 만들어진 건 아니잖아, 안 그래? 잠시 후 그녀는 벌써 나에게 소리를 질러댔다.

"책상에서 하기 싫어! 책상에서 하기 싫다고 내가 대체 몇 번이나 말했냐, 이 멍청아! 책상은 억세잖아! 기름진 네 방둥이에는 상관없겠지만, 나한테는 억세다고! 억세다니까!"

억세다.

아주 딱 맞는 단어다. 맞다, 아주 억세고, 거칠고, 황홀했다. 너무 순식간이긴 했지만.

얼마 후 내가 힘이 다 빠진 채로 흡족하게 소파에 누워 있을 때 그녀는 다가와 옆에 앉더니 내 위로 몸을 기울여 코에 입을 맞췄다. 나는 그녀가 다시 나에게 그림을 보여달라고 할 것임을 알았다. 하지만 나는 프로그램 장애를 유발시키지 않았다. 그럴 필요 있나? 삶은 삶이다. 젊은 심장은 원하는 대로 뛰라고 내버려두지, 뭐.

두 번의 소용돌이로 내 혼을 쏙 빼놓은 그녀는 그야말로 장인정신을 발휘해 기본 알고리즘으로 되돌아가는 지점에 나를 데려다놓았다. 그리하여 나는 단지 그림에 대한 것뿐만이 아니라 내 러시아 뿌리에 대한 그녀의 이야기까지도 용서할 준비가 되었다. 그것은 프로그램화된 경로가 나에게 강한 인상을 남겼기 때문이 아니었다. 그건, 거기에 바로 책상이 있었기 때문이었다. 전혀 예상치 못했던 책상. 책상은 아주 억세고, 거칠고, 사정없이 급했다.

구십이. 여성의 마음에 관하여.

액즙이 씹으로부터 올라오고, 세상의 온갖 부질없는 것들이 눈으로 날아들어 가라앉는다. 이것들은 가슴 중간에서 만나 끓어오르다가 여성 본질의 뿌리인 검은 실체로 합쳐진다. 세상에 존재하는 이 모든 원한과 개년성, 마음의 고통, 암흑감,* 우수는 여기에서 기인한다. 여성이 거짓말로 유인하느니 이로부터 벗어날 길 없도다. 만일 기만을 버린다면, 여성 따윈 전혀 필요치 않을뿐더러 아예 없는 게 훨씬 낫다는 것을 곧 알게 될 것이다. 여성은 이러한 명징함을 감당할 수 없어 남성이 진리를 보도록 내버려두지 않는다. 왜냐하면 여성은 스스로 사냥할 수 없기 때문이다. 거짓말을 계속 하고 암캐처럼 구는 것도 바로 이 때문이다. 자신이 얼마나 거짓말을 해댔는지 알고 있지만 어쩔 도리가 없는 것이다. 그녀의 눈에는 우수와 공포만이 서려 있을 뿐. 만일 벽으로 밀어붙여져 오랫동안 얼굴을 맞는다면 사리분별을 하게 될 테지만, 한편으론 이렇게 말할 것이다. 자신들에게 간교함이 없다면 생은 고갈될 것이라고.

참으로 그러하다. 고로 현자들은 생을 곧 사기와 검은 기만이라 일컫는다.

* 원어 므라코두시예мракодушие 또한 실제로는 존재하지 않는 어색한 단어다.

본문 아래에 손으로 쓴 부분이 있었다. 전쟁 시 복점을 위한 메모인 듯했다.

만일 내일 전투에 나가게 되거든, 명심하라, 보갈의 심장은 여성의 심장과 비슷하다는 것을.

"그렇군." 그림이 중얼거리고는 『다오 페스딘』을 덮었다.

그림이 흘로야를 어떻게 생각하는지를 이보다 더 잘 설명하기는 어려운 일이었다. 그녀는 그림이 죽었는지 살았는지 알아보려고도 하지 않았다……

사기와 검은 기만에 대해서도 모든 게 사실이었다. 이는 계속해서 입증되었다.

첫째, 태수는 더 이상 그를 런던으로 부르지 않았다. 정부가 공식 업무로 바빠 그림을 완전히 잊은 것이다. 하지만 그림도 원한 바라 딱히 기분 상할 것도 없었다.

둘째, 집에서 가져온 상중부 시베리아어로 쓰인 모든 서류의 마지막 페이지 우측 하단을 그림이 피로 적셨음에도 불구하고 그게 별 소용이 없었다. 새로운 법령에 따르면, 전투의 피는 같은 연대에서 복무한 세 명의 전우를 증인으로 하여 공증을 받아야 한다. 연대 전우 따위는 모두 전사하고 없었지만 어쨌거나 공증 사무소의 대기 순번은 앞으로 한 달 정도 꽉 차 있었다. 사람들 말로는 증인은 그냥 길거리에서 아무나 사면 되는 거였다. 이들은 번역소 주변에서 뭉그적대고 있었는데 그 옆에는 그들의 뒷배를 봐주는 두 명의 라이트액티비스트가 어슬렁대고 있었다.

그림의 가족은, 라이트액티비스트들에게 돈을 내든 아니면 그냥 뇌물을 바치든 상관 없었다. 하지만 뇌물 쪽이 더 빠르긴 했다. 그래서 피로 적신 그 서류들에 대해서는 잊고 지냈고 그 누구도 그림에게 고맙다는 인사조차 제대로 하지 않았다. 그를 신경 쓸 여유가 없었다. 가족에게 아주 불행한 일이 닥쳤기 때문이다. 스쿠터 공장에 다니던 쥘릭 삼촌이 체포되어 이제 위쪽에 있던 집안 연줄이 몽땅 끊어진 것이다.

어쩐지 집에 있고 싶지 않았다. 스너프나 뉴스를 보는 것도 토가 쏠렸다. 그림은 정보화 세계 경계 너머에서 어떤 일이 일어나는지 알아보러 장터 광장에 다녀오기로 했다.

광장에 다다르자마자 곧 그곳에 괜히 갔다는 느낌이 들었다. 광장은 고통에 젖은 야전 진료소였다. 기록병들은 의식을 되찾아 친지들을 보게 될 병사들의 신상을 기록하기 위해 짚과 천 조각 위에 누워 있는 부상병들 사이를 누볐다. 가까운 곳에 집이 있는 이들은 친척들이 와서 돕고 있었다. 어떤 이들에게는 기댈 어깨 하나만으로도 충분했지만 또 다른 이들은 수레에 실려 머나먼 미래로 향하고 있었다. 의무병들이 팔다리를 잃은 채 반죽음이 된 몸뚱이들을 오르크 슬라바로부터 계속해서 실어 날랐다. 이전 전쟁 때와 다르지 않았다.

하지만 이 승리는 특별히 더 씁쓸했다. 세일러복 복장을 한 채 흙과 피로 범벅이 된 서른여섯 구의 시체들이 장터 광장 위에 매달려 있었다. 이들은 카메라 앞에서 바지 내리는 수법을 가르쳐준 병사 블루트와 그 공범들이었는데 이들 중 일부는 이미 죽은 상태에서 교수되었다. 블루트의 가슴에는 잘 알아볼 수 없는 글씨로 다음과 같이 쓰인 팻말이 걸려 있었다.

NO HANGING PARTS, OR HANG!
(달린 게 없으면, 스스로라도 매달려야지!)

교수대 다른 쪽에는 이들이 오르크 군기를 오명으로 덮어버린 배신자들이며 마니투가 이들에게 천벌을 내렸다는 해설이 시베리아어로 붙어 있었다. 지나가던 이들이 교수된 이들을 향해 침을 내뱉었다. 진실을 알고 있는 그림은 이 모든 걸 바라보는 게 너무나 가슴 아팠다. 하지만 논쟁도, 해명도 내키지 않았다. 그래보려 했던 이도 이미 그들 옆에 목매달려 있었다. 그들을 교수한 건 같은 목적을 위해 합심한 짭새레기들과 똥피우개들이었다. 그들에게 누가 명령을 내린 건지는 아무도 몰랐다.

전쟁에서 부상을 입지 않고 온전히 돌아온 이들을 쳐다보는 눈초리에는 경멸이 스며 있었다. 하지만 그렇게라도 돌아올 수 있었던 이들의 수는 적었다. 그림의 얼굴은 왼쪽 전체가 반은 멍, 반은 화상인 커다란 상처로 덮여 있었기 때문에 그나마 아무도 그를 흘겨보지 않았다. 실상 피보다는 검댕이가 더 많이 묻었지만. 사흘이면 다 사라질 테지만 어쨌거나 이 상처로 그림은 영웅처럼 보였고, 만약을 대비해 얼굴을 씻지도 않았다.

장터에서 오고 가는 이야기는 모두 방금 끝난 전쟁에 대한 것뿐이었다. 별의별 말이 다 도는 와중에 대부분이 귓속말이었다.

인간들에게 미리 가스통을 경고하지 않았단 이유로 터진 듀렉스가 사령부 장교들과 함께 살해 당했다는 소문이 떠돌았다. 살인 가스 수레는 모두 합쳐 딱 두 대뿐이었지만 인간들은 오르크들이 수레를 몇 대나 보유하고 있는지 알지 못했다. 오르크들이 두번째 수레를 폭파시켜 배트맨에 이어 캐나다 야만인까지 폭살시키자 인간들은 우르카간의 거룻배에 지능형 폭탄을 투하했고 이때 쉬피르 원수를 포함한 모두가 죽임을 당했던 것이다. 어떤 이들은 카간이 거룻배에서 죽은 게 아니라고 했다. 두 명의 연락 장교가 비탈을 따라 그를 위쪽으로 꺼내 옮겼고 그래서 그가 선조들의 고분에서 죽음을 맞이했다는 거였다. 게다가 카간은 영웅의 기개를 드러내며 마지막 순간까지 노래를 멈추지 않았다고 했다. 폭발력이 너무 강했던지 그의 시신을 찾을 수 없었다.

대체 '지능형 폭탄'이란 게 뭐지? 그림은 찡그린 채로 떠들어대는 얼굴들을 보며 생각했다. '그게 그렇게 똑똑한 폭탄이라면 왜 떨어져서 터진 거지? 아무래도 누군가가 폭탄한테 공갈친 것 같은데. 우리한테 그랬던 것처럼…… 이랬겠지, 와아, 네가 그 제일 똑똑하다는 폭탄이냐, 그럼 날아봐, 별일 없겠지…… 태양은 빛나지, 바람은 불지, 얼마나 좋아, 이랬던 거겠지…… 폭탄은 그 말을 믿어버린 거고……'

인간들이 전쟁을 조속히 끝낸 건 가스통이 폭발했기 때문이 아니라 오르크들이 여기저기서 바지를 내리고 원격 카메라 앞에서 치부를 흔들어댔기 때문이라는 말이 돌았다. 이 때문에 인간들이 전의를 상실했다는 것이다. 하지만 다들 이에 대해서는 교수된 이들을 힐끔거리며 조용히 수군댈 뿐이었다.

한 가지는 확실했다. 듀렉스의 죽음 이후 오르크 정권이 교체된 것이다. 항상 그랬듯이 이것은 재빠르면서도 흐리터분하게 일어났다.

새로운 리얼리티는 선조박물관에 걸린 한 통통한 젊은 사람의 초상화를 자신이라 선언했다. 검은 곱슬머리를 이마에 드리운 그는 빨판 같은 눈을 하고 있었다. 돼지비계 커틀릿처럼 비열함이 깃든 그의 넓적한 얼굴 위로 단어들이 황금빛으로 번쩍이며 타올랐다.

형제여, 힘은 어디에 있는가?*

이것은 터진 콘텍스**라는 이름의 새로운 우르카간이었다. 이 헌사는 아마도 인간들이 고안해냈거나 아니면 그냥 고대 영화에서 인용되었을 것이다. 초상화 아래에는 두리안이 주입된 주사기를 팔고 있는 몇몇 짭새레기들이 서 있었다. 새로운 통치는 온건 진보수적일 것이라고들 했다.

---

* 원문에 우르카이나식 표기로 인용된 이 문장은, 러시아 영화 「형제Брат」(1997, 알렉세이 발라바노프 감독)에서 주인공 다닐라 바그로프(고故 세르게이 보드로프 주니어 분)가 던지는 질문이다. 돈이 모든 것을 지배한다는 생각에 동의하지 않는 다닐라는 힘이란 돈이 아니라 진실 안에 있다고 말한다. 이 문장은 또한 러시아의 대부호이자 2012년 러시아 대선 후보였던 미하일 프로호로프의 캠프에서 홍보 문구로 널리 쓰였다.

** 터진 콘텍스(Рван Контекс): 콘텍스는 듀렉스와 마찬가지로 또 다른 콘돔 상표이다.

터진 콘텍스가 갑자기 어디서 나타난 것인지, 왜 이제 그가 정권을 잡게 된 것인지 아무도 몰랐지만 마치 오르크 따위가 관여할 바 아니라는 듯 이에 대해 아무도 왈가왈부하지 않았다. 그 대신에, 그가 죽은 듀렉스의 사생아라는 이야기가 정말인지 아닌지, 그가 저 위쪽에서 어드바이징과 컨설팅을 공부했다는 게 정말인지 아닌지, 그에게 주식경제 관련 학위가 있다는 게 정말인지 아닌지에 대한 논쟁이 펼쳐졌다.

교회 영어를 아는 한 오르크 여성은 비잔틴 뉴스에서 아나운서의 말마따나 'keeps a low profile(흥미로울 것 없는)',* 오르클랜드로 돌아온 이 콘텍스에 대한 심층 취재 보도를 벌써 두 달 전에 본 적이 있다고 말했다. 또 다른 오르크는 터진 듀렉스 치세에 이 젊은 콘텍스가 물류 창고 사장이었고, 기관 조직과 관련해 큰 재능을 발휘했으며 양심적으로 딱 생계형 도둑질만 해왔다는 사실을 기억해냈다. 이 목소리들이 전쟁 전 장터 광장에서 들었던 그 목소리였다고 그림은 맹세할 수도 있었다. 알레한드로와 밤볼레오의 이름을 큰 소리로 외치던 바로 그 목소리들이었다.

아직 아무도 살아 있는 콘텍스를 직접 본 적은 없었다. 있는 거라곤 이 벽보가 전부였다. 대신에 쥐군 원수의 동상 옆에는 세 장으로 복사된 그의 연설문이 붙어 있었다.

그림은 읽어보려고 다가갔다.

연설문은 평범하기 짝이 없었다. 진정성을 드러내면서도 엄

* 원주에 쓰인 러시아어 번역을 그대로 옮겼다.

중한 듯, 필히 민중의 언어를 사용하려 애쓰는 정부의 관공서풍 볼라퓌크*는 메스꺼웠다. 콘텍스는 구태 도당들 때문에 우르카이나가 당면한 국가적 재앙에 대해, 참혹한 인구학적 여건에 대해, 우르크가 우르카이나의 중심이 되어야지 그 반대여서는 안 된다는 것 등에 대해 이야기하고 있었다. 글 속에 신랄한 오르크 농담이 어찌나 많은지 그것을 다 읽었을 즈음 그림은 마치 썩은 생선을 삼킨 것 같은 느낌을 받았다. 모든 걸 보아 판단하건대 콘텍스야말로 말 그대로, 진지하게 오랫동안이었다.**

하지만 이러한 요상한 짓거리에도 불구하고 독특하고 쓰라린, 전후의 신선한 내음이 대기를 가득 채웠다……

"안녕, 그림. 얼굴은 왜 그 모양이야?"

그림이 돌아다보았다.

흘로야가 서 있었다.

그녀의 얼굴은 주변을 오가는 청상과부처럼 금빛과 검은빛을 띠는 부활 우주 소용돌이로 치장되어 있었다. 줄무늬 바람막이 점퍼에 달린 후드 모자를 머리에 걸친 그녀는 머리를 염색한 채 앞머리를 내리고 있었다. 아무래도 그녀는 전쟁 전에 거둔 명성을 누릴 생각이 없어 보였다.

---

* 볼라퓌크Volapük: 1880년에 독일인 목사 요한 마르틴 슐라이어가 제안한 인공적인 국제어이다.

** 진지하게 오랫동안(Всерьёз и надолго): 제10차 러시아공산당대회에서 경제학자이자 정당인인 발레리안 오볼렌스키(가명 오신스키)가 신경제정책(НЭП)의 전망을 언급하면서 사용한 표현으로, 레닌이 여러 차례 인용해 유명해졌다.

그림이 어떤 느낌을 받았는지 눈치챘을 법도 한데 그녀는 절대 내색하지 않았다.

"너도 괜찮아 보이네." 그림이 말했다. "꼭 기억의 늪에서 기어 나온 악어 같아."

흘로야는 화를 내지 않았다.

"가자." 그녀가 말했다. "서둘러야 해."

그림은 경멸조로 얼굴을 찌푸렸다.

"뭘 어디로 가자는 거야?"

그림은 도덕 관념에 대한 자신을 전부 소진해버린 느낌이 들었다. 흘로야가 벌인 일을 두고 과묵한 경멸로 그녀를 나무라기엔 이젠 너무나 늦어버렸다. 그러려고 그런 건 아니었지만, 잃은 자산을 떠올리면 여전히 울화가 치밀었다.

"보면 알게 돼." 흘로야가 말했다. "재미있을 거야, 내가 장담할게."

그녀는 몸을 돌려 장터 광장에서 멀어졌다.

그녀의 목소리에 끌려 그림은 곧장 그녀를 따라갔다. 순간적으로, 마치 전쟁에서 돌아온 게 그가 아니라 그녀인 것만 같은 느낌이 들었다.

"미안해." 장터가 멀어지자 흘로야가 말했다. 그들은 슬라바의 꼬불꼬불한 더러운 거리로 더 깊숙이 들어섰다. "네가 화난 거 알아. 하지만 난 너한테 별일 없으리란 걸 알고 있었어. 어쩌다 보니 그렇게 됐어…… 그러니까 내 말은, 직접 가보면 알게 될 거야."

흘로야는 그림이 자신보다 도덕적으로 우위라는 사실을 못

견뎌 하는 것처럼 보였다. 이전에 그녀가 했던 추잡한 행동보다 바로 이 점이 그림을 더욱 화나게 했다.

"대체 어디로 가는 건데?" 그가 물었다.

흘로야는 방금 그가 한 말이 자신의 입을 할퀴기라도 한 듯 얼굴을 찌푸리며 대답했다.

"나 너한테 뭔가 고백할 게 있어. 나 디스코스몽거랑 만났어. 그 사람 아주 나쁜 사람이더라고."

"아, 그러니까 그걸 이제 눈치챘다는 거야?" 그림이 조롱조로 되물었다.

조롱조로 물으려 애를 썼다는 게 더 정확한 표현일 것이다. 하지만 성공적이지 못했다. 그저 쉰 목소리가 날 뿐이었다.

걸음을 옮기며 그는 어떻게 처신하는 게 옳을지, 흘로야가 자신의 잘못(더 정확히는, 자신의 수많은 잘못)을 보속하기 위해 그에게 보여줄 게 무엇일지 생각하며 침묵을 지켰다. 만일 이 우주에 그런 게 존재한다고 하더라도 그림은 그게 뭘지 전혀 상상할 수 없었다. 점점 더 흥미진진해졌다.

그들은 한참을 걸었다. 흘로야는 도시의 빈민촌, 가난한 군인 가족들이 사는 지역으로 더 깊숙이 들어갔다. 빈집이 많았고 밖을 돌아다니는 것 자체가 위험했다. 다행스럽게도 아직은 매우 이른 시각이었다.

흘로야는 작은 정원이 딸린 꽤 괜찮아 보이는 소박한 나무 집에 다다랐다. 하급 통역관의 며느리나 베르투하이의 주요 인물 밑에서 일하는 운전사의 사촌동생쯤 되는 하급 관리의 가족이 살 법한, 그런 집이었다. 집과 길은 단단하게 널판으로 짜 맞춘 울타리와 무성한 관목들로 경계 지어져 있었다. 이 집의 측면으로는 지린 리쿼드 시절에 콘크리트로 만들어진 개집들이 즐비했는데 그 안에는 이제 도마뱀과 박쥐 그리고 선조들의 혼령만이 머물렀다.

대문에 다다른 흘로야는 주변을 둘러보더니 자물쇠를 열고 마당 안으로 들어갔다. 그림은 그녀의 뒤를 따랐다.

마당의 방수포 차양 아래에는 황색 및 녹색 구역 통행증이 앞유리 안쪽에 부착된 클래식 지프형의 멋들어진 녹색 모토렌바겐이 서 있었다. 고작해야 보조 수레를 장착한 색 바랜 스쿠터가 서 있는 게 일상인 이 동네에, 이 마당은 물론 집 근처 어디에서도 전혀 어울리지 않는 차였다. 하지만 거리에서 보면 마당에 있는 지프가 보이지 않았다. 말뚝 사이에 걸쳐진 방수포와 관목으로 인해 가려졌기 때문이다.

흘로야가 집으로 들어섰다.

현관에 들어서자 불쾌한 냄새가 그림을 덮쳤다. 바닥에는 말라붙은 토사물과 빈 병들이 흩어져 있었다.

“뭐야 이게, 여긴 치우기나 하는 거야?” 그림이 물었다.

흘로야는 고개를 흔들었다.

“예전엔 내가 치웠었는데 지금은 아무도 안 치워.”

그림은 갑자기 깨달았다.

“너 여기서 계속 만났던 거야…… 그 디스코스몽거를?”

흘로야가 고개를 끄덕였다.

“여기에서도 만났다고 해야 맞아. 여기가 그의 비밀 보금자리거든.”

"그놈은 어디에 있는데?"

"지하실에." 흘로야가 대답했다.

"살아 있어?"

흘로야는 어깨를 으쓱였다.

"보러 가자."

그들은 가구가 드문 휑한 방들을 지나 열려 있는 철제 해치 옆에 당도했다. 해치 아래로는 지하실로 향하는 사다리가 놓여 있었다. 이런 집에 있는 해치치고는 쓸데없이 튼튼하고 묵직해 보였다.

흘로야는 손가락을 까딱여 그림을 부르고는 아래로 내려갔다.

흐릿한 램프 빛이 지하실을 비췄다. 살림살이용 잡동사니가 놓인 선반들이 보였다. 공구, 나뭇조각, 헝겊, 못을 넣어두는 단지, 전선, 오래된 비닐봉지, 휘발유통 들. 풍족하진 않지만 알뜰한 오르크 세간에서 흔히 볼 수 있는 것들이었다.

그림의 눈에 디스코스몽거가 들어왔다.

그는 상태가 안 좋아 보였다.

풍기는 냄새는 더 고약했다.

그는 등을 벽에 대고 깔개 요 위에 앉아 있었다. 팔과 다리는 벽과 바닥에 붙박이로 설치된 철제 고리에 묶여 있었다. 더러운 나이트 슬립이 마른 핏자국으로 덮여 있었고, 반짝거리는 곱슬머리는 흐트러져 있었다. 수일간 빽빽하게 자라난 수염 때문에 이 불쌍한 녀석은 10년은 더 늙어 보였다. 눈을 감고 있는 걸 보니 잠을 자거나 의식을 잃은 상태였다.

바닥에는 다 타버린 석탄들이 들어 있는 화로와 이 인간의 한

쪽 발을 둘둘 감은 갈색 헝겊이 보였다.

"뭐야, 너 저 사람을 고문한 거야?" 그가 물었다.

그림은 역겹고 무서웠지만 흘로야가 자신을 심약하다고 생각할까 봐 무심하게 말하려 애를 썼다. 하지만 전시처럼 무서운 건 아니었다. 전투의 공포가 손에 땀을 쥐게 하는 흥겨운 것이었다면 이것은 즐거움이라고는 없는, 삶은 소 혓바닥 같은 회색의 민간인적 감정이었다.

"아직 고문은 안 했어." 흘로야가 말했다. "살짝 괴롭히기만 했어. 금방 뒈질까 봐 걱정되더라고."

그림은 자신이 간자베르세르크의 딸과 이야기하고 있다는 사실을 깜빡했다는 것을 깨달았다.

목소리를 듣고 인간이 눈을 떴다.

그는 그림을 보더니 소스라치고는 공포로 얼굴이 일그러졌다. 그림은 아무 말 없이 무표정하게 그를 쳐다보았다. 디스코스몽거는 이들이 자신을 죽이려는 게 아니라는 것, 어쨌든 지금 당장 죽이지는 않을 것이라는 걸 깨달았다. 그가 입을 열었다.

"당신들 지금 내 자유의지를 거스른 채 날 억압하고 있는 거요. 구국 정부 대표와의 면담을 요구하오. 터진 콘텍스에게 직접 고하시오."

"여기에 얼마나 있었지?" 그림이 물었다.

"나흘." 인간이 말했다.

"우리한테 구국 정부가 존재한다는 걸 네가 어떻게 알아? 나흘 전이라면 터진 콘텍스도 아직 없었을 땐데."

인간은 자신이 구제 불능의 멍청이와 이야기하고 있다는 것을 깨달았는지 애석한 미소를 지었다.

"만일 당신들이 아주 조금이라도 자기 민중을 사랑한다면, 인질을 잡는 것이 당신네 민중의 이미지를 심각하게 훼손시킨다는 걸 알아야 하오. 그리고 종전 후 발생하는 모든 종류의 폭력 행사는……" 그가 말했다.

흘로야가 한쪽 끝이 현란한 형태로 구부러져 있는, 번쩍이는 금속 막대를 들고 있는 게 그림의 눈에 들어왔다. 흘로야는 팔을 흔들더니 인간의 다리를 세게 내리쳤다.

"우윽!" 인간이 소리를 질렀다. "우으으윽!"

"우린 우리 민중을 사랑하지 않아." 흘로야가 말했다. "우린 오르크니까."

"너 거기 붙어 있는 쇳덩어리는 뭐야?" 그림이 물었다.

"골프채." 흘로야가 말했다. "이놈 차 안에 있던데."

"골프가 뭐야?"

"몰라." 흘로야가 대답했다. "이렇게 하는 거 같아."

그렇게 말하면서 그녀는 다시 한 번 그 막대로 인간의 다리를 내리쳤다. 인간은 다시 소리를 질렀다.

"내가 너한테 수도 없이 말했잖아." 흘로야가 말했다. "똑바로 말해. 이미지라는 게 대체 뭐야?"

"이미지란 일종의 총체적인 형상을 말하는데……"

흘로야가 막대를 쳐들었다.

"우리가 마니투로 당신들을 보여주는 방식을 말하는 것이오." 디스코스뭉거가 얼른 말했다.

"그러니까 네 말은, 내가 더 때리면 때릴수록 너네가 우리를 더 나쁜 모습으로 보여준다는 뜻이야?"

"그렇소."

"너휜 항상 우릴 가능하면 더 나쁜 모습으로 보여주려고 노력한다며? 기억해? 취해 있을 때 네가 그렇게 말한 거?"

인간은 아무 대답도 하지 않았다. 흘로야는 막대를 쳐들어 다리를 때렸다.

"우-우-으으으윽!!!"

"많이 아프다잖아." 그림이 말했다.

흘로야는 그를 멍청이라도 되는 양 쳐다보았다.

"그러라고 때리는 거야."

그림은 그녀에게서 막대를 빼앗고 싶었지만, 이내 위험을 감수하지 않기로 했다. 대신 그림은 흐느끼는 디스코스몽거로부터 흘로야를 조금 멀리 떼어놓았다.

"왜 자꾸 때리는 거야?"

흘로야는 한 선반으로 다가가서 거기 놓여 있던 종이 꾸러미 같은 걸 풀었다.

"내가 뭘 찾았는지 좀 봐봐."

이상한 게 보였다. 마치 쪼그라든 피부 조각들에 붙어 있는, 머리카락으로 만든 목욕용 스펀지 같았다. 하나는 붉은색이었고 다른 하나는 어두운색이었다. 머리카락은 짧았고 잘린 모양이 고르지 않았다.

"이게 뭐야?"

"머리 가죽."

"머리 가죽이라니?"

"이 녀석의 작업이라는 게 다 이걸로 끝이 나거든." 흘로야가 말했다. "이건 이전에 있었던 두 명이고, 내가 그다음 차례였던 거야."

"그걸 어떻게 알았어?"

"자백을 받았지."

그림은 그녀의 손에 있는 골프채를 쳐다보았다.

"어쩌면 자기가 했다고 지어낸 말이 아닐까?"

"아니." 흘로야가 말했다. "지어낸 거 아니야. 내가 감히 그런 건 시도도 못 할 정도로 팼거든. 벌써 다섯 번인가, 차라리 죽여 달라고 그랬으니까. 지가 어떻게 속이겠어."

"어떻게 알았어?"

흘로야는 어깨를 들었다 내렸다.

"나를 묶으려는 걸 보니 딱 감이 오더라고. 나한테, 이제 네가 날 완전히 지배하는 거야, 이러는 거야. 내 목숨은 네 손 안에 있어, 이러면서. 이따가 네가 나를 풀어주면, 나도 너한테 이렇게 한번 해보고 싶어. 딱 5분 동안 말이야. 내가 너를 믿는 만큼 너도 나를 믿는지 그걸 느끼고 싶어…… 그러면서 하는 말이, 난 널 때리지는 않을 거다, 이게 처음이자 마지막이다, 뭐 이러더라고. 금방 풀어줄 테니 끝나고 나면 녹색 구역으로 가자, 이러고."

"넌 그러고 싶지 않았던 거고?"

"응." 흘로야가 말했다. "뭔가 따끔하더라고…… 이 구석에 주저앉으면 다시는 못 빠져나가리라는 걸 눈치챘지. 이놈 집엔 전부 다…… 편리하게 마련되어 있잖아. 어쨌건 난 녀석을 안 풀어줬어."

"그다음엔?"

흘로야가 막대를 까딱였다.

"그랬더니 다 말해주더라고."

"머리 가죽은 어떻게 찾은 거야?"

"어디 있는지 지가 말해줬어. 이전엔 거기에 땋은 머리채도 있었거든. 저 녀석이 머리채를 잘라서 위로 가지고 간 거지."

"네가 저놈을 흠씬 두들겨 패긴 했나 보다." 그림이 쉬쉬하듯 나직이 말했다.

"좀 그랬지." 흘로야가 말했다. "대신에 이젠 전부 다 알아냈어. 뼈는 전부 여기에 묻혀 있어. 저 구석에. 그리고 두개골은 위쪽으로 실어 갔어. 거울처럼 보일 정도로 빡빡 문질러서 광을 냈대. 내가 왜 그랬느냐고 물어보는데 계속해서 어려운 말만 하더라고. 아무리 때려도 다른 방식으로는 설명을 못 해, 진즉에 아파서 울고 있으면서도 말이야. 이상한 녀석이야. 미친놈 같아. 그나마 아직 말이라도 할 수 있을 때 저 녀석한테 뭐든 물어볼래?"

디스코스몽거는 두려움으로 휘둥그레진 눈으로 그림을 쳐다보았다. 그림은 생각에 잠겼다. 주변의 그 누구도 대답을 알지 못했던 수천 가지 어려운 질문이 갑자기 머리에서 사라져버렸다.

"아하, 그래." 무언가 떠올랐다. "왜 우리한텐 마니투나 마니투나 마니투를 가리키는 단어가 한 개뿐인 거야? 너 왜 그런지 알아?"

디스코스몽거가 고개를 끄덕였다.

"고대에 인간들은, 정보 단말기의 화면이 특별한 영이 강림하면서 빛을 발하는 것이라고 믿었소. 그 영은 '마니투Manitou'*라 불렸지. 그래서 화면을 '마니투로 빛나는' '모니터monitor'라고 부르는 거요. 그리고 돈은 교회 영어로 '머니money'요, 처음엔 그랬지. 마니투 교본에 쓰인 대로라면……" 그가 말했다.

디스코스몽거는 눈을 감고 잠깐 기억을 떠올렸다.

"'마니투 안티크라이스트 가라사대, 나보다 앞서 왔던 이들은 신의 것은 신에게로, 카이사르의 것은 카이사르에게로,라고 선언했다. 하나 내 그대들에게 이르노니 모든 것이 마니투로다. 신도, 카이사르도, 또 그들이나 당신들에게 주어진 것 모두가 마니투로다. 마니투가 모든 것에 편재하니 세 가지 가장 중요한 것들을 그 이름으로 명명할지니, 이는 위대한 영의 지상 형상, 개인 정보 패널, 그리고 가치의 보편적 단위로다……' 사제들은 이 단어들이 언어 속에서 저절로 서로 비슷해져 갔다는 사실이 바로 마니투가 존재한다는 증거라고 말했지……"

그림은 언어학적 고고학보다 훨씬 더 궁금했던 또 다른 질문 하나를 기억해냈다.

"난 항상 스너프라는 게 대체 어디에서 나온 건지 알고 싶었어." 그림이 이어 말했다. "사실 고대 영화들이 그랬었던 건 아니잖아. 왜 항상 스너프는 반은 전쟁에 관한 거고 다른 반은 사

* 북아메리카 원주민들이 초자연적 존재로서 혼령을 부르는 말. 프랑스어로는 거물, 세력가를 의미할 때 쓰이기도 한다.

랑에 관한 거지? 학교에서는 아무 설명도 안 해줘. 그것이 바로 마니투의 사랑이자 분노라고 말해주는 게 전부거든."

인간은 입술을 핥았다.

"그건 일종의 종교적인 질문이군." 그가 말했다. "그런 질문은 사제에게 해야지. 그러나 당신들한테 제대로 된 사제가 있을 리 없군. 나도 알고 있소. 학교 교육을 생각해보면…… 마니투 교본에 따르면 마니투는 인간을 자신의 궁전으로 인도하기를 간절히 원했소. 그래서 그들에게 두 개의 마법적 예술을 선물했지. 그게 바로 '영화'와 '뉴스'요. 이 두 가지는 '제거된 머리의 기적'이라 불리는 하나의 성사에 기반하고 있고."

"제거된 머리?" 흘로야가 미심쩍다는 듯 되물었다. "너 그것 때문에 두개골을 저 위로 가져가는 거야?"

디스코스몽거의 얼굴에 절망감이 배어났다.

"아니오." 그가 말했다. "제거된 머리가 뭔지는 당신들도 잘 알고 있을 텐데. 우리한테는 여섯 개의 감각이 있소. 이 감각들이 세계관 형성을 위해 각각 얼마만큼의 비율로 정보를 제공하는지를 일단 살펴보면……" 인간은 흘로야가 들고 있는 골프채를 슬쩍 곁눈질했다. "그러니까, 음, 비율 따위가 중요한 게 아니오. 중요한 건 시각과 청각이 동시 작용하면서 현실을 완벽하게 대체한다는 거지. 그리고 이러한 인식의 이행은 본질적으론 꿈과 전혀 다를 바가 없소, 꿈이나 그 밖에 다른…… 어이쿠!"

흘로야가 어찌나 갑작스레 인간을 내리쳤는지 그림도 그녀를 저지할 수 없었다. 그는 단지 그녀의 어깨를 떠밀었다. 흘로야가 이를 되받아 밀쳤다. 디스코스몽거 앞에서 창피해질까 봐 그림은 다툼을 관두었다.

"왜 때리는 건데?" 그림이 물었다.

"이놈이 술에 취해가지고서는 오르크들을 어린애처럼 취급해야 한다고 했단 말이야." 흘로야가 대답했다. "오르크들한테는 마법 같은 이야기를 들려줘야 통한다는 거야. 그게 아니면 그들의 원시적 상상력은 그 어떠한 것도 붙들고 있을 수 없다고."

"어, 좋아." 그림이 말했다. "난 옛날얘기 좋은데. 흘로야, 너 참 막무가내다. 어떨 때는 복잡하다고 뭐라 하고, 어떨 때는 아이처럼 대한다고 화를 내고. 계속해, 몽거."

"좋소." 디스코스몽거는 흘로야를 흘겨보며 말했다. "고대의 인간들은 이 제거된 머리의 기적을 통해 원하는 쪽으로 이목을 집중시킬 수 있다는 것을 알게 되었소. 이 기적은 인간을 진짜이든 조작된 것이든 할 것 없이 그 어떤 세계라도 볼 수 있게 할 수 있거든. 하지만 현실과 환상을 구분시켜주는 경계는 있소. 이 경계가 영화를 뉴스에서 분리시켜주는 거요. 단순하게 말하자면 뉴스는 실제로 있는 것을 보여주고, 영화는 실제로는 없는 것을 보여주는 거지. 뉴스와 영화는 함께 여러 차례 세상을 전쟁으로 몰아왔소."

"왜?" 그림이 물었다.

"고대의 마술사들이 이 예술들을 조작하면서 현실, 그러니까 리얼리티*를 지배했기 때문이지. 그들은 종종 그것들을 섞어버

---

* 영어의 reality와 같은 리알너스치реальность를 문맥에 따라 '현실' 혹은 '리얼

리거나 뒤바꾸어버리거든. 영화는 뉴스처럼, 뉴스는 영화처럼 보이게 하면서 말이오. 이렇게 할 수 있는 건 이때 제거된 머리의 기적이 전적으로 같은 방식으로 작동하기 때문이오."

"너 재가 말하는 거 이해되니?" 흘로야가 물었다.

"영화를 뉴스처럼 보이게 할 수 있다는 건 이해해." 그림이 말했다. "실제로는 존재하지 않는 것을 뉴스에서 자꾸 보여주면 그렇게 되지. 아니면……" 그는 전장을 뛰어다니던 소아 창자 애호가를 떠올렸다. "존재하는 것처럼 보였지만 사실은 그렇지 않았잖아…… 그런데 뉴스를 영화처럼 보이게 하는 건 어떻게 할 수 있지?"

흘로야는 인간에게 돌아서서 골프채를 살짝 들어 올렸다.

"방향만 반대일 뿐 똑같은 방법이오." 그는 대답을 하고는 갑자기 화를 냈다. "그만 좀 때리시오, 알겠소? 쉽게 설명 안 되는 게 내 탓은 아니잖소!"

"쉽게 말해." 흘로야는 명령했다. 어쨌거나 골프채는 내려놨다.

"그러니까," 디스코스뭉거가 말을 이었다. "이건 실제로 그것과 거의 똑같소. 고대에 인간들은 일을 많이 했거든, 그래서 스크린 앞에서 느긋하게 여유 부릴 시간이 일주일에 얼마 안 됐지. 그들에게 영화는 삶의 백과사전과 같은 역할을 했소. 인간들은 자신들이 가지고 있는 모든 지식을 영화로부터 얻었지. 종

리티' 두 가지로 번역했다. 특히 '주조된 현실'을 의미할 경우에는 '리얼리티'를 사용했다.

종 이것은 그들이 세계에 대한 정보를 얻는 가장 중요한 원천이었소. 그러니까 만일 영화에서 어떤 민족을 계속해서 살인자나 괴물로 표현한다면 그건 곧 진짜 뉴스가 되는 거였지. 영화인 양 제공되기는 하지만."

"그렇군." 그림이 말했다. "그다음에는?"

"고대 마법사들의 솜씨라는 건 무시무시했소. 특히 뉴스와 관련해서는 더 그랬지. 여기에는 이유가 있었소. 세계는 가문들로 나뉘어 있었는데, 이 가문들은 나름대로 각각 자기네 마법사들의 도움으로 리얼리티의 특수 버전을 창조하려고 애썼소."

"왜 아무도 진실을 보여주지 않았지? 고대 마법사들이 전부 다 그렇게 비열하고 사악했던 거야?"

"문제는 그게 아니오." 인간이 말했다. "그들은 착하고 선할 수 있었소. 하지만 그들은 어렸을 적부터 자기 가문의 마법사들이 만들어낸 리얼리티 속에 있었단 말이오. 그리고 인간은 제아무리 정보 통신 마법사라 할지라도 개인적인 생존을 가장 우선 순위에 두고 분투하기 마련이거든. 어떻게 생각하오, 누가 생존 가능성이 더 높았을 것 같소? 전통적인 리얼리티 버전을 강화시켰던 이들일까, 아니면 그걸 변화시켰던 이들일까? 그 변화가 아주 작은 것이라 해도 말이오, 그래, 어떨 것 같소?"

"강화시킨 이들이겠네." 그림이 말했다.

"그렇지." 디스코스몽거가 비죽거렸다. "마법사들은 정보 통신 매체들을 통제할 수 있으리라 생각했지만 실상 모든 건 바다의 물고기들이 어디로 헤엄칠지를 선택할 때 작용하는 것과 같은 생물학적 법칙에 따라 발생했던 것이오. 인간들이 세계관을 정립시키는 게 아니오, 세계관 자체가 인간들을 통해 스스로를 정립한 것이지. 누구의 잘못인지를 밝히는 건 다 쓸모없는 짓이었소."

"전쟁은 왜 시작된 거야?" 그림이 물었다.

"전쟁이 시작된 건 어떤 한 가문의 마법사들이 다른 가문의 리얼리티를 악이라고 선언했을 때부터였소. 그들은 다른 가문들에 대한 영화를 보고는 그것이 마치 뉴스인 양 혼자서 흥분하더니 다른 이들을 폭격하기 시작했소."

"뉴스를 믿게 된 거야?"

"믿음 문제가 아니오. 마법사들이 창조한 그림이 진실이 되어버렸던 건 그걸 믿어서가 아니라 다른 방식으로 생각하는 게 위험한 일이었기 때문이오. 인간들이 정보 속에서 찾으려 했던 건 진리가 아니라 비를 피할 보금자리였거든. 제일 믿을 만한 방법은 가장 강한 종족의 마법사들이 어떻게 보는지를 배워서 그 종족에 가담하는 것이었소. 그냥 그렇게 하는 게 더 속 편한 방법이었지. 아무리 그 사람이 겉으로는 다른 종족의 통치 아래 살고 있다 해도 말이오."

"다른 이들을 믿는다는 이유로 처벌이 가능했다고?"

"아무도 한 인간이 세계의 주인들이 보는 것과 같은 것을 본다고 해서 그를 처벌할 수는 없었소. 그건 주인들에 대항하는 투쟁을 시작하겠다는 것을 의미하니까. 하지만 세계의 주인들은 점차 힘을 잃어갔고 그들의 진실은 비트와 픽셀로 흩어졌지."

그림은 장터 위에 있던 새로운 우르카간의 거대한 얼굴을 떠올렸다.

"힘을 잃었다고?" 그가 물었다. "디스코스몽거, 힘은 어디에 있는 건데?"*

인간은 고통스레 킥킥거렸다. 그림은 이 인간도 언제 어디서였는지는 모르겠지만 어쨌든 터진 콘텍스의 벽보를 보았을 거라 생각했다.

"힘은 항상 힘 속에 있소. 다른 곳엔 없지. 고대 영화에서도 그렇게 말하고 있잖소. '진실이 있는 곳에 힘이 있다'라고. 사실이 그렇소, 이 둘은 항상 같이 있지. 하지만 이건 진실이 있는 데로 힘이 다가가기 때문이 아니오. 힘이 있는 곳으로 진실이 엎드려 기어 다가가는 거지. 사실 인간들은 진실이 어디 있는지 알고 싶을 때 먼저 힘이 어디에 있는지를 살피거든. 힘이 물러나면 진실이 물러나는구나 하고 모두 사이좋게 두런거리는 거지. 인간은 이것을 머리가 아니라 가슴으로 알아차린다오. 이 가슴이란 건 무엇보다도 살아남길 바라니까."

"진실이 물러서다니, 그게 말이 돼?" 그림이 물었다. "2 곱하기 2는 4라고. 힘이 있든 없든 상관없이 이건 언제나 그런 거잖아."

"2 곱하기 2가 4가 되는 건 네가 어렸을 때 당한 몽둥이 찜질 때문이지." 디스코스몽거가 말했다. "또 4라는 걸 '오'가 아니라 '사'로 부르자고 일단은 조건부로 정했기 때문이기도 하고. 진실은 네안데르탈인과 백만 년 동안이나 같이 지냈지만, 네안데르탈인이 마지막으로 절멸되고 난 후 그 자리에는 어떠한 진실도

---

* 259쪽 각주 참고.

남지 않았소. 진실은 생명이 존재하는 곳에 있게 마련이거든. 생명이 없는 곳에는 진실도, 거짓도 존재하지 않지."

"하지만 그런 식으로 세뇌시키면 안 되잖아." 그림이 입을 열었다.

"인류의 역사라는 건," 디스코스몽거가 말을 끊었다. "이건 다시 말해서 대중적 허위 정보의 역사요. 그리고 이건 인간들이 멍청하다든지 그들을 기만하기 쉬워서 그런 게 아니오. 인간들은 영리하고 명민하오. 그러나 그들은 자신의 삶이 멋져지기만 한다면 가장 끔찍한 거짓말도 기꺼이 믿어버릴 거요. 이런 걸 '사회 계약'이라고 부르지. 세뇌시킬 필요 따윈 없소. 문명화된 인간의 뇌는 항상 극장 화장실의 변기처럼 깨끗하게 세척되어 있거든."

"맞는 말이야." 그림이 한숨을 내쉬었다. "그럼 세계의 주인들이 힘을 잃고 나선 어떤 일이 일어났어?"

"사회 계약이 작동하지 않자 제일 먼저 쇠퇴한 건 뉴스였소. 인간들은 뉴스를 믿지 않기 시작했지. 더 이상 그것이 먹고사는 걸 보장해주지 못했으니까. 그다음엔 예술이 쇠퇴했지. 영화는 더 이상 '몰입'이나 '감정 이입'을 일으키지 못했고."

"좀더 자세히 이야기해봐." 그림이 부탁했다.

"고대의 책에는 영화의 힘에 지배되려면 인간 스스로가 직접 영화로 한 걸음 나아가야 한다고 쓰여 있소. 교회 영어로 '서스펜드 디스빌리프suspend disbelief'라 불리는 행동을 취해야 하거든. 이른바 '불신 중지'라는 거요. '나는 이게 실제로 일어나는 일이라고 일시적으로 믿겠다. 당신은 흥분과 놀라움이 가득한 여행으로 나를 인도하라'라는 관객의 동의지. 고대 마법사들의 힘이 건재했던 동안은 아무 문제가 없었소. 하지만 시간이 지남에 따라 사회 계약은 여기에서도 힘을 잃게 되었소."

"왜? 인간들이 불신을 지연시키는 방법을 까먹은 거야?"

"아니. 다른 문제가 발생했소. 영화를 보면서 인간들이 점점 더 '서스펜드 빌리프suspend belief', 즉 '확신 중지'를 힘겨워하게 된 거지. 그들은 영화들이 실상 전부 똑같은 이야기, 즉 사기꾼들이 관객들의 의식에 돈을 담그는 방식으로 고리대금업자들로부터 빌린 돈 3억을 10억으로 만들려는 이야기를 반복할 뿐이라는 걸 일시적이나마 망각할 수조차 없게 된 거요. 이러한 핵심이 모든 의상과 소재, 고대 마법사들의 심리적이고 기술적인 모든 잔꾀와 그들이 후원하는 모든 비평 리뷰에서 두드러지기 시작했고 종국에는 이것이 다른 모든 의미를 몰아냈소. 하지만 이런 일들이 발생한 건 영화들이 변화했기 때문이 아니지. 이건 삶이 변했기 때문이오. 마니투 자루를 쫓아 추격전을 벌이며 스크린을 횡단하는 고독한 영웅인 영화 속 주인공은 더 이상 관객들의 소망을 묘사하지 못했소. 왜냐하면 그러한 소망이 달성 불가능한 게 되어버렸거든. 주인공은 그저 그를 만든 창조자들의 캐리커처가 되어버렸소. 영화는 여전히 돈을 벌어들였지만 더 이상 심장과 영혼에 영향을 주지 못했지. 뉴스가 그랬던 것처럼 말이오."

"그래서 어떻게 됐어?"

인간이 어깨를 으쓱해 보였다.

"영화와 뉴스가 인류를 옥죄기 시작했지. 영화와 뉴스가 쇠퇴했을 때 소규모 가문들의 마법사들은 몹시 기뻐했소. 이제 자신들이 현실을 창조할 수 있으리라 생각했거든. 하지만 곧 몇 가지 서로 공존할 수 없는 리얼리티 버전들이 세상에 나타났소. 아츠틀란 버전, 할리파트 버전, 전국* 버전, 예브라이히 버전, 시베리아 버전 등등이었지. 이제 각각의 가문은 더욱더 영화와 유사해진 자신들만의 뉴스를 보유했고 모두 점점 더 뉴스를 닮은 영화를 찍게 된 거요. 그중 어떠한 리얼리티도 모두를 위해 공통적이지는 않았지. 선과 악이라는 게 손가락을 튕기거나 훅 하고 바람을 한 번 부는 것만으로도 서로 자리를 뒤바꾸는 게 되어버렸던 거요. 파멸을 향한 위대한 전쟁을 더 이상 멈출 수 없게 되어버렸지……"

"얼마나 많은 인간들이 죽었는데?"

인간은 히죽이기만 했다.

"살아남은 이들을 세는 게 더 쉬울 거요. 아주 소수만 살아남았는데 거의 대부분 오프스피어에서였소. 그러나 인간들은 전쟁이라는 게 영화와 뉴스가 자리를 뒤바꿀 때 발발한다는 것을 기억해 냈소. 무사히 살아남은 이들은 더 이상 이러한 바꿔치기가 일어나지 않도록 영화와 뉴스를 아예 하나로 통합하기로 결정했소. 현실과 환상, 예술과 정보 사이를 하나의 핏줄처럼 통과할 만능 현실 '뉴셩화'**를 창조하기로 한 거지. 이 새로운 리

* 춘추 시대 이후의 전국戰國을 뜻함.

** 뉴셩화(киновость): 원작에는 영화를 뜻하는 '키노кино'와 뉴스를 뜻하는 '노보스치новость'를 단순히 붙여 만든 '키노보스치киновость가 쓰였다. 번역어로 '뉴스'와 '영화'를 그대로 붙여 만든 '뉴셩화'를 사용했다.

얼리티는 강고하고 지속적이어야 했소. 삶처럼 실제적이면서도 또 한편 지극히 단의적이어서 그 누구도 그것을 거꾸로 뒤집을 수 없어야 했고. 이 리얼리티는 인간 존재를 이루는 두 개의 거대한 에너지, 그러니까 진짜 사실 속에 등장하는 사랑과 죽음이 서로 합류된 것이어야 했소. 그리하여 스너프가 태어났고 또 지금 우리가 살고 있는 포스트정보화 시대도 시작된 거지."

"무슨 시대라고?" 그림이 되물었다.

"포스트정보화 시대." 디스코스몽거가 되풀이했다. "하지만 이건 내가 아주 단순화시켜서 이야기한 거요. 이 모든 게 하루 아침에 일어난 일은 아니란 말이오. 여기에서 중요한 역할을 한 건 역시 안티크라이스트가 인간들에게 가져다준 마니투교였지. 인류가 이룩한 고대의 통찰을 가장 최근의 과학적 발견과 결합시킨 것이 바로 종교였소. 무엇보다도 스너프는 종교적 성사요. 바로 이 스너프 때문에 우리의 신앙이 가끔 무비즘이라고도 불리는 것이오."

"알겠어." 흘로야가 말했다. "그 큰 전쟁이 있었을 때 오르크들은 어느 편에서 싸웠지?"

"오르크를 만든 건 나중 일이오."

"거짓말하지 마." 흘로야가 얼굴을 찌푸렸다. "민족 전체를 만들어낸다는 게 말이 돼? 오르크같이 가장 오래된 민족을?"

"당신들의 육체를 만들어냈다고 말하는 게 아니오." 디스코스몽거가 대답했다. "당신들의 문화와 역사를 만들어냈다는 거지. 스스로 가장 오래된 민족이라고 여기는 당신들의 그 생각도 그렇게 주조된 것들에 포함되는 거요."

"그러면 대체 왜……" 그림이 말을 꺼냈다가 멈췄다. "아하…… 알 것 같다. 스너프를 찍으려면 영원히 적일 수 있는 상대가 필요했던 거로군?"

"진정한 적이라고는 할 수 없소. 그보다는, 모든 면에서 역겹고 추악한 맞수에 가깝다고 해야 할 거요. 그러나 특별히 강해서도 안 되지. 맞수와의 관계에서 심각한 골칫거리를 발생시키지 않으려면 말이오……"

그림은 만일을 대비해서 흘로야 쪽으로 가깝게 조금 움직였다. 하지만 흘로야는 자기가 쥐고 있던 골프채에 대해서는 아예 잊어버린 것 같았다. 디스코스몽거가 신중함을 잊은 것과 마찬가지로.

"당신들이 왜 스스로를 사랑하지 않는 줄 아시오?" 그가 말했다. "양심에 거리낄 것 없이 서로를 증오하라고 만들어놓은 게 바로 당신들이니까 그런 거요."

"맞아." 그림이 조그맣게 말했다.

"당신들은 문명을 수호하기 위해 바쳐진 제물이오. 인류의 추한 감정을 배출시키는 밸브라고 해야겠지……"

"저 위에는 너희가 3천만 정도 남아 있잖아." 그림이 말했다. "우르카이나에 있는 우리가 너희보다 한 열 배는 더 많다고. 그런데 왜 너희가 인류인 거야, 우리가 아니고?"

"당신들 안에는 인간적인 게 거의 없기 때문이오." 디스코스몽거가 대답했다.

"그러는 너희는 무지 인간적이고?" 그림이 물었다.

디스코스몽거는 아무 대답도 하지 않았다.

흘로야가 그림의 소매를 잡아끌었다.

“위층으로 올라가자.” 그녀가 말했다. “내가 이 녀석을 패 죽이기 전에 말이야. 얼굴이라도 좀 씻을래. 꿈을 애도하는 건 이제 진력이 나.”

ꓭB

마니투의 집으로부터 지시 사항이나 소견서를 받으려면 개인적으로 직접 방문하는 수밖에 없다. 종교 당국이 마니투로 소통하는 것을 내키지 않아 하기 때문이다. 비행사들은 이러한 소환을 끔찍이도 싫어한다. 매번 씻고, 면도하고, 얼굴에 난 뾰루지도 처리해야 하기 때문이다. 하지만 규칙을 거스를 수는 없다. 비슷한 면담이 있을 때마다 나는 튜브*를 이용해야만 했다.

카야도 혼자 남아 있는 걸 좋아하지 않았다. 하지만 그건 그녀가 이별을 못 견뎌 하기 때문은 아니었다. 이런 날이면 아무도 지켜보지 않을 때 혹시 카야가 니르바나에 들까 봐 그녀를 아예 정지시켜놓곤 했다. 이럴 때면 나는 불쌍한 소녀 뒤로 몰래 다가가 솜을 덧댄 몽둥이로 그녀의 머리를 내리치기라도 하는 듯한 느낌이 든다. 사실 카야가 비대해진 지능으로 나를 다림질하기 시작할 때도 정지시키곤 했는데 여기에 내 심술이 전혀 작용하지 않았다고는 할 수 없다. 카야의 불만 연기는 매번 극도로 사실적이어서 대개 나는 그녀가 정말 마음속 깊이 감정이 상했다고 믿곤 했다.

그렇게 카야를 정지시켜놓고 지시 사항을 전달 받으러 집을

* 원문에서는 영국 지하철의 별칭인 튜브tube의 축자적인 러시아어 번역어 트루바труба(대롱, 파이프)를 쓰고 있지만, 영국의 이미지를 살리기 위해 이 책에서는 튜브로 번역했다.

나섰다.

마니투의 집이 시네뉴스 주식회사의 뉴스 비행을 감독하기 위해 파견한 알료나-리버티나 퇴돌브리짓 바르도*가 자신의 의례 집무실에서 나를 기다리고 있었다. 아마도 이 늙은 마녀가 나를 부른 건 자신의 폐경기 멜로드라마를 봐주는 이가 아무도 없어서일 것이다. 황색 구역의 오르크 창녀들뿐만 아니라 그녀의 고양이까지도 그녀를 피하는 건 다 이유가 있었다.

그녀의 집무실로 들어섰다. 3D 조명 하나 없이 넓디넓은 곳이다. 그녀는 검은색 망토를 입은 채 벽에 설치된 제단 옆 환풍후드 아래에 서서 오르크 어린이의 내장으로 점을 치는 척했다.

깜짝이야.

모든 이들이 그녀가 찬장 속 생리 식염수 안에 벌써 5년 동안 어린이를 보관해온 것을 알고 있었다. 이것은 그저 사산된 소두증 아이로 만든 교육용 의학 프레파라트다. 하지만 이 멍청한 늙은 마녀는 계속해서 똑같은 연극을 해댄다. 아무래도 그녀는 자기가 제단 위에서 매일같이 오르크 어린이들의 내장을 긁어낸다 해도 그 누구의 관심도 끌 수 없다는 걸 정말 모르는 것 같다. 그건 동의 연령을 다시 20년쯤 높인다고 해도 마찬가지인데 말이다. 말이 나와서 하는 말이지만, 이를 위해 그녀를 비롯

* '알료나'는 이제는 유행이 지난 러시아 여성의 이름이며, '리버티나'는 정치적 자유를 의미하는 '리버티liberty'에서 연유한 자유사상가, 난봉꾼의 뜻을 가진 이탈리아 및 스페인 단어 '리베르티노libertino'의 여성형 '리베르티나libertina'에서 왔다. 여기에 『티베트 사자의 서』로 알려진 불교 경전 '바르도 퇴돌(བར་དོ་ཐོས་གྲོལ)'과 프랑스 여배우 '브리지트 바르도Brigitte Bardot'가 합성되었다.

한 페미니스트들은 우리 사회를 꾸준히 압박하고 있었다.

"다밀롤라, 와서 앉아." 그녀가 읊조렸다. "잠깐만 기다려줘, 이제 끝낼 거니까. 차 마실래? 아니면 다른 거라도?"

나는 피 한 잔을 달래려다가 무례하게 굴지 않기로 했다. 어쨌거나 이 노파한테 많은 게 달려 있으니까.

"감사히 마시겠습니다, 부인."

마치 점을 칠 때 자신을 도와주는 영들과 논의하기라도 하는 양 그녀는 다정한 말투로 3분쯤 더 중얼거렸다. 이윽고 그녀는 광대 짓에 싫증을 냈다. 그녀는 제단의 쪽문을 닫고(닫혀 있을 때 그녀의 제단은 부엌 찬장처럼 보였다) 고무장갑을 벗어 양동이에 던져놓고는 내가 앉아 있는 책상으로 다가왔다.

"다밀롤라," 그녀가 심각한 표정을 지으며 말했다. "최근에 있었던 전쟁 바로 전에 우리가 뉴스에서 선보였던 그 댐젤은 어떻게 된 거지? 그때 이후로 전혀 안 보이던데."

"부인, 그거라면 베르나르-앙리한테 물어보셔야 합니다." 내가 대답했다. "현재 그녀에 관한 업무는 그가 맡고 있어요. 저는 전방에 처리해야 할 일이 있었거든요."

"그래, 나도 알아." 그녀는 관대한 미소를 지었다. "올해 전쟁 엠블럼은 정말 훌륭하던데, 수고했어."

"감사합니다, 부인."

그녀는 살짝 불안한 듯 나를 쳐다봤다. 나의 가냘픈 이성이 그녀가 내게 하려는 발설을 견뎌낼 수 있을지 염려하는 것 같았다.

"다밀롤라," 결국 그녀가 말문을 열었다. "너 베르나르-앙리가 여자애들이랑 무슨 짓을 하는지 오래전부터 알고 있었어?"

"알았던 게 아니라, 짐작하고는 있었죠." 내가 말했다.

"그런데 왜 잠자코 있었지?"

나는 어깨를 으쓱해 보였다.

"제가 잘못 알고 있을 수도 있으니까요. Don't look-don't see(안 보면, 안 보인다)."

"그렇지." 알료나-리버티나가 동의했다. "하지만 지금 이 경우는 그 규칙과 관계없잖아. 베르나르-앙리가 여자애와 하는 짓은 신성모독이라고."

"왜요?"

"그 여자애는 벌써 뉴스랑 스너프에 나왔으니까. 너 정말 몰라서 묻는 거야?"

"제가 신학 쪽은 약해서요." 나는 이렇게 말하고는 곧 이 말이 건방지게 들렸을까 싶어 주춤했다.

알료나-리버티나가 얼굴을 찌푸리는 것을 보니 아무래도 그렇게 들린 것 같다.

"신앙이 이렇게 몰락하고 있다니." 그녀가 부르짖었다. "비잔티움에 망조가 들었군. 요즘은 종교로부터 거리를 두는 게 유행이 되었단 말이야. 자기네들이 실용주의적 신진 기술 관료들이라는 둥, 미신이나 따르는 노파 무리랑 그들의 그 꼴사나운 의례 따위에는 콧방귀나 뀌어주고 싶다는 둥…… 너희들끼리 무슨 말을 하는지 내가 모를 것 같아?"

"전 부인께서 알고 싶어 하신다면 그 어떤 비밀이라도 절대 숨길 수 없다고 확신하고 있습니다, 부인." 나는 가능한 한 정중하게 말했다.

"안타깝게도 모든 비밀이 그렇진 않지." 의심스러운 눈초리로 나를 쳐다보며 알료나-리버티나가 대답했다. "모든 비밀을 알았다면 진즉에 이 사회를 위해 내가 훨씬 더 효과적으로 봉사할 수 있었을 텐데 말이지. 베르나르-앙리를 개인적으로 마지막에 본 게 언제야?"

'개인적'이라. 이건 아마도 그를 대면한 걸 말하는 거겠지.

"함께 도로 촬영이 있었던 출격 바로 전이었습니다."

"지금쯤이면 신임 카간의 정보 지원 쪽을 담당하고 있어야 하잖아. 근데 그 작자 지금 황색 구역에 없어. 녹색 구역에도 마찬가지고. 대체 어디에 있는 거지?"

직접적 질문에 거짓으로 대답하는 건 무리였다.

"슬라바에 있을지도 모르죠." 내가 말했다. "가끔 오르크 여자 친구랑 거기에 숨곤 하니까요. 부인께서도 이해하시리라 생각하지만……"

알료나-리버티나는 고개를 끄덕였다.

"어떻게 생각해? 댐젤이 아직 살아 있을까?"

나는 입을 다물었다.

"우린 관객 앞에 그녀를 보여줘야 해." 알료나-리버티나가 말했다. "이건 네 책무이기도 해. 베르나르-앙리는 네 카메라 앞에서 벌써 세 명의 아가씨를 구조했어. 그리고 이후에 그 아가씨들을 본 사람은 아무도 없고."

"그게 어떻게 제 임무……" 내가 입을 열었다.

"네 임무가 뭔지는 마니투가 더 잘 아셔." 그녀가 말을 잘랐다.

노파는 자신과 마니투를 같다고 여기는 것 같았다. 종교적 관점에서 본다면 그게 맞을 수도 있다. 그녀가 발부하는 명령들의 무게감이라는 게 그랬으니까(공식적으로 이것들은 '추천서'라 불릴 뿐이지만 이러한 추천서를 무시하는 것보다 직속 상부 기관의 명령을 무시하는 게 낫다).

집무실로 그녀의 조수가 들어와 차 두 잔을 책상 위에 놓았다. 나는 그녀를 곁눈질로 쳐다보고는 모든 걸 금방 알아챌 수 있었다.

그녀의 조수는 훌로야와 닮아 있었다. 그녀는 훌로야처럼 단단하고 통통했다. 단지 나이만 스무 살 정도 더 많아 눈 주변에 잔주름이 보였다. 더 할 말이 뭐가 있겠는가. Don't look-don't see(안 보면, 안 보인다). 나는 내가 알아챈 것을 알료나-리버티나가 눈치채기라도 할까 봐 그 조수에게 시선이 오래 머무르지 않도록 노력했다.

차를 마시고 싶지 않았다. 그녀가 가짜 복점을 친 후 집무실에는 아직도 생리 식염수 냄새가 났다. 그래서 나는 찻잔에는 입술만 살짝 갖다 대고는 신속히 수색에 나서겠다고 말했다.

"그들을 찾자마자 나에게 개인적으로 보고해." 알료나-리버티나가 명령했다. "그다음 지시 사항을 받게 될 거야. 네 상관들한테 내가 말해뒀어."

나는 집으로 향했다.

'헤넬로레'가 이륙 준비를 하는 동안 나는 서둘러 식사를 했다. 흔히들 하는 표현처럼 이미 전쟁의 굉음은 잦아들었다. 그래서 나는 서커스 내부 촬영에 쓰이는 미세 손상용 탄약을 장전하기로 했다. 이 탄약은 더 비싸기는 하지만 나름의 장점이 있었다. 미사일은 가장 위력 있는 것들로 달았다. 손 닿는 곳에는 항상 크고 무거운 돌을 두는 게 나으니.

정지 모드일 때의 카야는 정말 매혹적으로 보였다. 귀찮게 주변을 아른거리는 세계 운명에 대해 깊은 생각에 잠긴 고대의 여신 같았다. 덧붙이자면, 그녀의 슬픈 얼굴을 보아하니 이 세계에 그 어떤 희소식도 없으리란 게 명확했다. 나는 카야의 일시정지 모드를 해제하지 않고 그대로 임무 수행을 위해 출격했다. 그녀를 괜히 걱정시킬 필요는 없을 것 같았다.

내가 슬라바 상공의 먹구름으로부터 날아오르자, 알료나-리버티나가 직접 연락을 취해왔다.

"녀석을 찾았어." 그녀가 말했다. "녀석은 여기에 있어."

내 조준기 옆으로 다른 카메라가 찍은 사진들이 나타났다. 슬라바 빈민굴에 나 있는 작은 길이 보였다. 그런 다음 카메라는 울타리로 둘러쳐져 있고 관목이 무성한, 특별할 것 없는 나무로 된 집으로 향했다. 줌 기능이 탑재된 하이퍼 광학 장치가 가동되자 지하실에 앉아 있는 베르나르-앙리의 모습이 보였다. 최적화로 보정된 색상과 음영으로 보건대 '스카이 프라브다Sky Pravda'로 촬영된 것이 확실했다.

나는 알료나-리버티나에게 그를 어떻게 찾았는지 묻지 않았다. 그녀에게 다른 조력자들이 있다는 걸 짐작할 수 있었다. 베르나르-앙리는 참혹했다. 온 전신이 붉고 푸른 멍투성이였다. 그는 잠을 자거나 정신을 잃은 것처럼 보였다.

"그 아가씨는 어디에 있죠?"

“몰라.” 알료나-리버티나가 말했다.

“베르나르-앙리는 그녀의 짓인가요?” 내가 물었다.

알료나-리버티나는 키득거리기만 했다.

“플랫폼을 보내주세요.” 내가 말했다. “유사시에 제가 엄호하겠습니다.”

“그러지 마.” 알료나-리버티나가 대답했다.

“왜요?” 내가 놀라 물었다.

“베르나르-앙리는 녹초가 됐어. 괴롭히지 말자고.”

이건 정말, 정말 이상했다.

내가 아는 한 베르나르-앙리는, 하물며 알료나-리버티나의 신비주의적 잣대로 가늠한다 해도, 무슨 심각한 짓을 한 게 아니었다. 그를 대피시키는 건 5분이면 충분했고, 그다음에 그를 오르크 포로였다가 탈출한 영웅으로 꾸며내기만 하면 되었다.

에이, 내가 모르는 뭔가가 있겠지.

나는 논쟁하려 들지 않았다. 어쨌든 이런 결정은 내 머리 위 까마득히 먼 곳에서 이루어지는 것이었다. 나에게 이것은 바람의 흐름과 비슷했다. 먹구름이 어느 방향으로 날아가야 하는지 나한테 물어볼 리 없지 않은가.

“저는 어떻게 하면 되죠?”

“목표물 상공에 대기하고 있어.” 알료나-리버티나가 말했다. “댐젤을 기다리고 있다가 나타나면 연락해.”

잠시 후 나는 벌써 내 위치에 가 있었다.

한 시간 후 어린 오르크 과부로 분장한 흘로야가 나타났다. 그녀 옆에는 그림이 터덜거리며 걷고 있었다. 그들은 장터 쪽에서 걸어왔다.

동시에 나는 이 커플 뒤로 미행이 붙은 것을 눈치챘다. 고도를 조금 높인 나는 아주 탐탁지 않은 장면을 보게 되었다.

이 지역은 이미 간자베르세르크들이 포위했고 그들은 이제 점차적으로 포위망을 좁혀 와 그림과 흘로야가 집 안으로 사라지자마자 그곳을 둘러쌌다. 그들은 주변의 시멘트 폐허 안으로 숨어들었다. 하지만 상공에서는 하이퍼 광학 장치의 도움 없이도 파이프 불꽃들이 보였다.

나는 알료나-리버티나에게 연락하여 내가 본 것을 이야기했다.

"그건 터진 콘텍스야." 그녀가 말했다. "아부가 지나치단 말이야, 난 그 녀석 안 믿어. 집 옆에 남아서 그녀를 보호해."

"만일 그녀가 베르나르-앙리를 때리기 시작하면요?" 내가 물었다.

"우리는 타인의 사적 삶에 개입하지 않아." 그녀가 흠 하고 콧숨을 쉬었다. "넌 댐젤만 보호하면 돼. 다른 데 신경 쓰지 마. 베르나르-앙리한테 일어날지 모르는 모든 일은 스스로 자초한 거니까. 내 말 알아들었어?"

나는 그녀의 말이 무슨 뜻인지 알아들었다.

알료나-리버티나가 언급했던 것처럼 신성모독이 문제된 것은 물론 아니었다. 저 정도 급의 디스코스몽거와의 계약이 시시한 장난질 때문에 파기되지는 않는다. 여기에는 무언가 엄청나게 심각한 게 있었다. 내가 알 수 없는 모종의 이유로 베르나르-앙리의 제거가 결정된 거다.

하지만 나는 다른 것에 대해 물어보았다.

"만일 오르크들이 돌격해 오면 어쩌죠, 쏠까요?"

"모든 수단을 다 동원해도 좋아…… 그녀가 도망갈 수 있도록 도와줘. 필요한 때가 되면 이 집 전체를 날려버릴 수 있겠어? 아무런 흔적도 남지 않게 할 수 있어?"

"어려울 거 없죠." 내가 말했다.

"좋아. 내가 사태를 주시할 거야. 모든 건 상황을 봐서 결정하자고."

그녀와의 통신이 끊겼다.

나는 소파에 앉아 상황을 주시할 수 있도록 '헤넬로레'를 자동 비행으로 해두고 화면을 외부 마니투로 내걸었다. 그제야 나는 카야의 일시 정지 모드를 해제했다.

나의 귀염둥이는 스크린에 그림이 보이자 오랫동안 자기를 일시 정지시켰다고 나에게 부루퉁한 표정을 짓는 것도 잊은 듯했다.

'헤넬로레'의 하이퍼 광학 장치가 지하실에 있는 형체들을 뭉개진 상태로 보여주었기 때문에 어디에 그림이 있고 어디에 훌로야가 있는지 특정하기 어려웠다. 그래도 목소리는 잘 들려서 대화를 통해 손쉽게 그들을 구분해낼 수 있었다. 훌로야의 손에는 베르나르-앙리가 항상 가지고 다니던 골프채가 들려 있었다. 나는 이 물건이 그의 사랑 의례에서 상당히 암울한 역할을 맡는다는 것을 알고 있었다. 그러니까 그에게 이것은 인과응보였다.

솔직히 말해서 나는 베르나르-앙리가 저녁을 넘길 수 없을 것이라고 생각했다. 하지만 역사 이야기가 끝나자 오르크 커플은 그를 지하실에 남겨둔 채 위층으로 올라갔다. 우선 그들은 베르나르-앙리가 비축해둔 식량으로 저녁을 먹었다. 병 모양으로 보건대 샴페인도 있는 것 같았다. 그런 다음 그들은 커다란 더블 침대가 있는 방으로 건너갔다.

이제 그들이 훨씬 더 잘 보인다. 형태가 명확하게 그려졌다. 하지만 우리는 하이퍼 광학 장치가 전해주는 깜박이는 번쩍임으로 채워진 윤곽만을 볼 수 있었다. 내가 만일 '스카이 프라브다Sky Pravda'를 탔다면 그들을 사실상 실제처럼 볼 수 있었을 것이다. 하지만 이렇게 보는 게 더 재미있었다. 군사 광학 장치의 효과를 모방할 수 있는 특수 SM-서브 장르 '조준기를 통해'가 인터랙티브 2D-야포르노에 괜히 들어 있는 게 아니다. 이건 아직까지 법적으로 금지된 바 없었다. 법원의 판결에 따라, 아동 포르노그래피에 대한 법률이 여기에는 미치지 않았다. 왜냐하면 번쩍이는 실루엣들의 연령은 어림잡아 추측하는 것조차 불가능하기 때문이다.

어쨌건 흥미진진했다. 볼만한 게 꽤 있었다.

이건 물론 카야를 염두에 둔 말이다.

그녀는 오르크식 교배를 잘 관찰했다가 아침이 다 되도록 흉내 냈고(이건 전장에서 귀환한 영웅에 대한 우르카이나의 느지막한 보상이었다), 그동안 나는 흥미롭게 그녀를 지켜보았다.

카야는 훌륭했다. 그녀는 한밤 내내 내가 지하실에서 괴로워하는 베르나르-앙리를 보여줄 때마다 부끄러운 듯 발개져 내숭을 떨며 날 아프게 꼬집었다.

이윽고 그녀가 입을 열었다.

“네가 구하는 거다.” 그녀가 말했다.

“베르나르-앙리 말이야?” 내가 순진한 목소리로 물었다.

“모르는 척하지 마. 너 내가 그림 얘길 한다는 걸 알잖아.”

“나? 내가 그림을 구한다고? 왜 그래야 되는데?”

“날 위해서. 자신을 위해서. 우리의 사랑을 위해서.”

“나 자신을 위해서라면 내가 그런 걸 할 리 없지. 하지만 널 위해서라면, 나의 기쁨…… 너를 위해서라면 물론 난 뭐든지 할 준비가 되어 있지, 그런데 지금 네가 부탁하는 건 아예 불가능한 거거든.”

“그림을 넘겨주지 마.”

“근데 그러면 저 애들이 베르나르-앙리를 때린다고.” 내가 말했다.

“잘하고 있네. 그 늙은 등신이 널 날아다니는 방둥이라고 불렀잖아. 기억 안 나?”

나는 잘 기억하고 있었다.

“그러다가 만일,” 갈등하는 모습을 보이며 내가 말했다. “내가 전우를 배신한 걸 직장에서 알게 되면 어떻게 해?”

“아무도 모를 거야.” 나를 쳐다보며 애원하듯 그녀가 속삭였다. “자기야, 내가 널 행복하게 해줄게. 맹세해……”

“하지만 난 비행사잖아, 임무가 있다고.” 온갖 감정에 혼돈스러워하는 시늉을 하며 내가 중얼거렸다.

내 흉내가 그녀가 내는 흉내에 비해 나쁘지 않았던 것 같다. 나의 귀염둥이가 이 사건의 미묘한 지점에 대한 이야기를 모르고 있었기에 나는 일어나고 있는 일을 진심으로 즐겼다.

"제발," 그녀가 반복했다. "제발……"

그러더니 그녀는 눈물을 터뜨렸다.

나는 한 번도 카야의 볼에서 그토록 많은 눈물이 흐르는 걸 본 적이 없었다. 그녀 안에 물을 채워둬야 하는 건 아닌가 싶을 정도였다. 이윽고 그녀가 말했다.

"다밀롤라, 네가 만일 나를 위해 그렇게 해주면, 내가……"

"너는 뭘?" 궁금해진 내가 물었다.

"내가 널 믿을 수 없을 정도로 행복하게 해줄게."

"어떻게?"

"방법이 있어." 그녀가 대답했다. "무슨 말인지 모를 거야. 하지만 느끼게 될 거야."

"그게 뭔지 알려주면 안 돼?" 내가 물었다. "그렇게 유별나게 쳐다보고만 있을 거야? 무슨 특수 마사지라도 해주겠다는 거야?"

"이건 '도파민 공명'이라고 부르는 거야. 너 공명이 뭔지 알아?"

"알았던 것 같은데," 내가 대답했다. "잊어버렸나 봐. 설명해봐."

"그네 탈 때 말이야, 정점에서 매번 아주 작은 노력을 하고 그 결과로 그네가 더 높이 올라가잖아. 만일 더 멀리 밀어버리면 그네는 축을 감아 돌기 시작할 거야. 또는, 예를 들어, 다리를 따라 열을 맞춰 행군하는 군인들이 다리를 너무나 흔들어대면 다리가 무너질 때가 있는데 그때도 그래. 만일 군인들이 일정한 진동 박자에 맞춰서 행군한다면 말이야."

"난 줄이나 맞춰 걷는 디스코스몽거가 아니라고." 내가 투덜댔다. "너랑 내가 그거랑 무슨 상관이야?"

"네가 만족감을 느낄 때, 네 뇌 속에서는 특정한 화학물질이 분비되거든. 뇌에는 만족감의 최고치라는 게 정해져 있어. 그 이후부터 뇌는 쾌락으로 활활 타오르는 영역의 스위치를 끄고 자신을 방어하기 시작하지. 하지만 우린 뇌를 살짝 속여서 네 도파민 회로들을 네 방어 사슬이 허용하는 수치 이상으로 더 깊숙하게 짜낼 거야. 네 내부에 있는 그네가 '해님'*을 하게 되는 거지."

"날 묶어놓고 하려는 거야?" 내가 미심쩍다는 듯 물었다.

카야는 웃어댔다. 그녀는 은방울처럼 짤랑거리는 행복하고 여자다운 이 경이로운 웃음을 어떤 시점에 표현해내야 할지 아주 정확하게 알고 있었다.

"네 몸을 가지고 뭘 어쩌려는 게 아니야." 그녀가 말했다. "모든 건 네가 원하는 대로일 거야. 그냥 네 맥박의 변화를 주시하면서 내가 널 만지는 손길마다 어떤 간격을 두어서 네 뇌가 공명으로 들어서게 하는 거지."

"뭘 가지고 하는 건데?"

"네가 스스로 하는 거야."

"그럼 어떤 일들이 생기는데?"

"모든 도파민 제한기들과 그 밖의 다른 방어 기제들이 전부 작동을 멈춰버리지. 형용할 수 없는 음욕이 발작을 일으킬 거

---

* 해님(солнышко): 해, 태양을 귀엽게 부르는 말로 러시아에서는 그네나 철봉 놀이를 할 때 축을 중심으로 한 바퀴 도는 기술을 지칭한다.

야. 자연이 허락한 경계를 넘어서는 거지."

"회사가 그런 걸 허가할까?"

카야는 고개를 가로저었다.

"당연히 아니지. 회사는 이미 너의 안전에 대해서 책임을 지지 않아. 이 모드는 수동 조작으로만 작동할 수 있어. 게다가 항상 가능한 것도 아니야. 컨트롤러의 수치들이 특정하게 조합되어야 하거든."

"어떻게 조합되어야 하는데?" 내가 재빨리 물었다.

"'개년성'하고 '유혹성'을 최고치로 올려놔야 해."

나는 생각에 잠겼다. 모든 게 엄청나게 흥미로웠지만 조금 미심쩍기도 했다.

"그런데 왜 난 그 공명에 대해 한 번도 들어본 적이 없지? 왜 그걸 아는 이가 하나도 없는거야?"

"그런 모드가 작동되는 수라들이 자기 주인들한테 그걸 안 알려주니까."

"왜?"

카야가 미소를 지었다.

"개년성 때문이지."

그녀는 거짓말하는 게 아니었다.

"그럼 넌 나한테 왜 얘기해주는데?"

"나는 '개년성'뿐만 아니라 '영성'도 최고치로 켜져 있으니까."

이것도 진심으로 하는 말 같았다.

"위험한 거야?" 내가 물었다. "갑자기 내가 정신이 나가버리거나 그런 거 아냐?"

“그런 거 아냐.” 그녀가 말했다. “그렇게 되진 않아. 그랬다면 너한테 권하지도 않았을 거야. 이렇게 기름지고 음탕하고 덜떨어진 바부비안이 겁낼 만한 게 있다면 살이 빠질지도 모른다는 정도겠지.”

이 대목에서 나는 그녀한테 잘난 척을 좀 할 수 있을 것 같다는 생각이 들었다. 그녀가 잘못 말한 그 단어를 내가 알고 있었기 때문이다. 베르나르-앙리 덕분이었다. 그가 반복해 말하길 좋아하는 단어였던 것이다.

“본비반이겠지.” 내가 바로잡았다. “교회 영어인 ‘본-비반트 bon-vivant’에서 나온 말이야. 디스코스몽거들의 고대 언어에서 이 표현은 ‘좋은 음식 먹는 것을 좋아하는 이’를 뜻했다고. 말을 하려면 제대로 하던가.”

“난 제대로 말한 거야.” 그녀가 말했다. “난 다른 단어를 쓴 것뿐이야. 바부비안은 본비반이 되려고 했지만 바부인이 되어버린 파비안을 의미해.* 교회 영어 ‘바분-비반트baboon-vivant’에서 나왔지. 아니면 ‘바분-비버baboon-viveur’**라고 말할 수도 있고.”

지적 깨우침이라니, 정말 고마워, 자기야. 언어학적 질문에 대해서 그녀와 논쟁할 필요가 없다는 걸 한 순간도 잊으면 안 된다.

---

* 바부비안бабувиан: 개코원숭이속屬 전체를 뜻하는 ‘파비안павиан’과 여기에 포함된 한 종種인 노랑개코원숭이 ‘바부인бабуин’이 합쳐져 만들어진 이 단어는 그 발음이 난봉꾼, 바람둥이를 뜻하는 러시아어 단어 ‘본비반бонвиван’과 비슷하게 들린다. 화자는 카야가 ‘본비반’을 ‘바부비안’으로 잘못 발음했다고 생각했다.

** viveur: 도락자, 방탕자.

"그 공명이라는 걸로 네가 날 속이지 않으리라는 걸 내가 어떻게 믿지?" 내가 물었다.

그녀가 눈을 내리깔았다.

그녀는 시선만으로도 내 입안을 바싹 마르게 할 수 있었다. 하지만 그게 다가 아니다. 그녀는 내 두 팔이 부들부들 떨리게 할 정도로 쳐다보지 않기에도 능했다. 나는 그녀에게로 뚜벅뚜벅 걸어갔다.

"지금이 아니고." 그녀가 말했다. "네가 그림을 구해준 다음에."

"내가 이 일에 뭘 걸어야 하는지 너 알아?" 내가 물었다. "난 내 전부를 걸어야 한다고. 내가 뭘 위해서 모든 걸 감수해야 하는지 알아야겠어."

카야는 마니투를 쳐다보았다.

그림은 아직 자고 있었고 홀로야는 벌써 일어나서 아침 식사를 한 상태였다. 지하실 쪽으로 난 해치 옆에 서서 생각에 잠긴 채 골프채로 자기 손바닥을 탁탁 치고 있는 걸 보니 아무래도 베르나르-앙리한테 마실 가려는 참인 것 같았다.

나는 확대경을 켰다.

간자베르세르크들은 집을 둘러싼 시멘트 폐허 속에 그대로 숨어 있었는데 그 숫자가 늘어나 있었다. 아침인데도 불구하고 몇몇은 벌써 한 대씩 피우고 있었다. 근처에 그리 많지는 않았지만 기병 부대도 나타났는데 아직 그들은 나무 집으로부터 거리를 유지했다. 재미있는 걸, 나는 생각했다, 간자베르세르크들은 자기 말들에게 뭘 먹이는 걸까? 한번 알아봐야겠네. 아마도 같은 걸 하겠지. 말은 전투에 나갈 때 자기 주인과 같은 트립* 속에 있어야 하니까 말이야, 안 그러면 멀리 다다를 수도 없을 테니……

나는 내가 그림이라고 상상해보았다. 그는 급격하게 방향을 틀고 유해한 관심으로 사방을 압박하는 이 변해버린 이성들 사이에서 잠을 자고 있는 것이다…… 꿈자리가 뒤숭숭할 게 뻔했다.

스스로를 베르나르-앙리라고는 상상해보지 않기로 했다.

"그들은 아무 때고 공격해 들어갈 수 있어." 카야가 말했다.

"맞아." 내가 대답했다. "내가 너라면 이렇게 시간 낭비나 하고 있진 않을 텐데."

"알겠어." 그녀가 동의했다. "20분이면 돼. 이게 다는 아니지만, 그래도 내 말이 뭔지 네가 감은 잡겠지. 등 대고 누워."

진정 그녀는 해냈다.

20분 후 나는 소파에 누워 천장을 바라보고 있었다. 눈물이 멈추지 않고 계속해서 흘러내렸다.

카야가 무슨 특별한 걸 해준 건 정말 아니었다. 그녀의 손가락들과 입술이 나를 부드럽게 건드렸다. 그녀의 몸이 와닿았다. 그녀의 뾰족한 이들이 나를 살짝살짝 깨물었다. 모든 행위는 우리들이 정리해둔 규약과 의례에 완전히 합치하는, 너무나 평범한 것들이었다.

---

* 트립трип: 향정신성 물질로 인한 환각을 뜻하며, 그 내용에 따라 소위 '굿 트립good trip'과 '배드 트립bad trip'으로 나뉜다.

차이는, 바로 내가 느꼈다는 데 있었다. 이 차이가 얼마나 어마어마했던지 나는 마치 잠에서 깨어나기라도 한 것 같았다. 나는 내 평생 박탈되어 있었던 것이 무엇인지, 그리고 어째서 내가 삶에서 사랑이란 건 멀쩡하고 성숙한 지성에게 소중한 의미가 될 수 없다고 그토록 쉽게 말할 수 있었는지 깨달았다. 그건 내가 말짱하고 성숙한 지성을 가지고 있어서가 아니라, 이전까지 내가 쾌락이라고 알았던 모든 것이 방금 나의 경험에 비하면 정말로 무가치하기 때문이다.

나는 전 세계에 추위가 닥쳤던 시대의 혈거인처럼 얼음 동굴 안에서 모닥불을 피울 줄 안다든지 또는 차가운 부분은 엉덩이와 등만 남을 만큼 가끔 그 옆에서 몸을 덥힐 꾀를 부릴 줄 안다는 이유로 내가 따뜻함에 대해서 모든 것을 다 안다고 여겼던 것이다. 그런 내가 갑자기 더 이상 태양을 좇을 필요가 없는 열대 해변으로 떨어진 거고, 이제는 물속이나 그늘에 들어가 태양으로부터 몸을 숨기고 싶은 마음이 드는 것이다. 세계 본연의 상태라는 것이 천상에 무한히 비축된, 이 모든 것을 꿰뚫는 무한한 더위의 희열이며, 더 이상 그 무엇에 대해서도 전전긍긍할 필요가 없으며 이전의 모든 일은 그저 악몽이었을 뿐임을 깨닫게 되었으니 말이다……

행복을 향한 비밀 통로가 있으리라곤 의심조차 하지 못한 채 숱한 세월을 허투루 보냈다는 사실에 나는 울음을 터뜨렸다. 하지만 이것은 깨달음에 대한 기쁨의 눈물이었다.

카야는 내 가슴팍을 손바닥으로 툭툭 쳤다.

“어때?”

"저리 가." 나는 흐느꼈다. "너 어떻게 나한테 이런 걸 숨길 수 있니, 이 못 믿을 음흉한 계집애…… 너 어떻게 나한테……"

"이제 내 말 잘 들어, 날아다니는 방둥이." 그녀가 부드러운 목소리로 말했다.

"만일 네가 지금 당장 그림을 지켜주지 않으면 이걸 다시는 경험하지 못할 거야. 영원히."

개년성. 어쩔 도리가 없다.

"그 친구란 녀석은 어떻게 된 거지?" 내가 마니투로 몸을 돌리며 물었다.

비둘기 커플은 별일 없었다. 그림은 계속 침대를 뒹굴었고 번쩍이는 얼룩으로 번지듯 보이는 흘로야는 골프채를 휘두르며 베르나르-앙리라는 이름의 또 다른 번쩍이는 얼룩과 지하실에서 담소를 나누고 있었다.

"위에서 클로즈업으로 보여줘." 카야가 말했다.

나는 집을 내려다보도록 해주었다. 집 앞으로 나 있는 길이 두 대의 덤프트럭으로 막혀 있었다.

"이것 봐, 내 이럴 줄 알았다니까."

나는 여러 하이퍼 광학 모드를 이리저리 켜고 껐다. 내 전문 분야에서조차 카야가 나보다 더 예리할지 모른단 생각에 왠지 화가 났다. 몇몇 간자베르세르크들이 벌써 울타리를 넘어 이제는 집 바로 옆 관목림 사이에 숨어 있었다.

"내 생각엔," 카야가 말을 이었다. "딱 지금이 끼어들 타이밍이야."

그림은 느지막이 잠에서 깼다.

꿈속에서 그는 자욱한 연기 속으로 가스통 폭탄을 굴리는 자살 폭탄병들과 그 뒤를 따르는 피리 연주자들을 보았다. 그들이 연주하는 음악은 훌륭했는데 더없이 단순하면서도 슬픔과 에너지로 가득 차 있어 그림은 눈물을 흘리면서 잠에서 깼다. 이들이 오래전에 죽었다는 걸 잊어본 적 없었지만 그의 꿈속에서는 전사한 줄 알았던 그들이 지상에서 전혀 이해할 수 없는 방식으로 지금껏 목표를 향해 수레를 몰고 있었다. 제아무리 디스코스몽거들을 태운 원격 카메라들이라고 해도 더 이상 그들을 막을 수 없었다.

홀로야는 벌써 곁에 없었지만 그림은 일어나고 싶지 않았다. 그림은 디스코스몽거의 비밀 은신처를 관찰하며 얼마간 이불 밑에 누워 있었다.

방은 그다지 마음에 들지 않았다. 어디에나 낯선 이의 일상과 습관의 흔적이 보였다. 아마 시간이 지나면 여기에 익숙해질 터다. 하지만 아직까지 주변 공간은 낯선 이가 벗어놓은 구두 속의 공허를 연상케 했다.

홀로야는 옆에 없었다. 어디선가 들릴락 말락 한 소리가 전해졌다. 쉰 목소리도 들렸고, 가느다란 비명도 들렸다. 처음에 그림은 바닥 아래에서 두더지들이 짝짓기를 하는 것이라 생각했다. 하지만 문득 그 끽끽거리는 소리 중 하나에서 단어들이 들렸다. 그림은 곧 훌로야가 베르나르-앙리와 조우하는 중이라는 걸 알아차렸다.

'대단한걸.' 그가 생각했다. '아침부터 저러다니. 기분 좋은 여자를 건드려선 안 되지…… 궁금하네, 뭔가가 마음에 안 들면 훌로야는 나한테도 저럴까?'

그림은 병영을 떠올렸다. 하늘을 올려다보던 입대 동기 친구들과 축축해진 오래된 꽁초들이 들어 있던 '모래'라고 쓰인 붉은 드럼통이 떠올랐다. 그리고 그는 자신에게 점술서를 선물한 사제 흐미르를 떠올렸다.

> '하지만 여기 더 비밀스러운 것이 있다. 영들이 보우하사, 너는 노래와 시를 지을 수 있을 것이다……'

어쩐지 영들은 그림을 보우하려는 것 같지 않았다. 시와 노래 또한 진심에서 우러나오지 않았다.

'어쩌면,' 그림이 생각했다. '나만 모르고 있을 뿐, 실은 내가 시와 노래를 지을 수 있는 게 아닐까? 한번 해볼까?'

창가에 연필과 수첩이 있었다. 첫 장은 지출을 계산한 낙서들로 가득 차 쓸 수 없었다. 훌로야의 필체 같았다. 그림이 침대로 돌아와 한 장을 넘겨 종이에 연필을 갖다 대자, 별안간 머릿속에 첫 줄이 떠올랐다.

> '귀를 뚫은 태수가……'

물론 태수는 훌로야의 아버지를 말한다. 하지만 종이 위에 쓰인 이 한 줄은 무언가 심오하고 보편적인 의미를 지니고 있었다. 그것은 마치 이전에 지구상에 살았던 모든 태수를 염두에 두기라도 한 것 같았다…… 이것은 그림을 흥분시켰다. 두번째 행을 써보았다. 두번째 행도 성공이었다. 그런 다음 그는 첫번째 행의 운에 맞추어 세번째 행을 썼다. 네번째 행은 두번째 행의 운을 따랐다. 자연스레 모든 행에 동일한 리듬이 생겼다. 소리 내어 읽어보니 마치 부릉부릉 소리를 고르게 내는 모토렌바겐이 옆으로 지나가는 것처럼 느껴졌다. '이런 조국을 나는 씹했네'를 모티프로 하여 사행시를 지어냈다.

그림은 어떻게 이게 가능한지 이해할 수 없었고, 자신을 시험해볼 요량으로 4행으로 된 연을 하나 더 써 붙여보았다. 그 뒤를 이어 같은 방식으로 몇 개의 연을 더 써 보태보았다. 종이를 많이 쓸 수밖에 없었다. 항상 순조로운 건 아니었다. 몇몇 연이 운의 자물쇠에 잠기려 하지 않았기 때문에 의미를 조심스레 정돈해야 했다. 예를 들면, 『다오 페스딘』의 구절들을 살아 숨 쉬게 했던 바로 그 고풍스러운 우아함과 소박함이 부족했다. 그래도 그림은 나중에 이 습작을 다시 보면서 훨씬 더 좋은 시로 발전시킬 수 있으리라 생각했다……

그림이 시를 쓰는 동안 베르나르-앙리는 비명을 멈추었다. 마치 바닥과 벽을 통해 전해진 영적인 울림이 수난을 겪는 그에게 마음의 평안을 전해주기라도 한 것 같았다. 잠시 후 훌로야가 방으로 들어왔다.

그림은 수첩을 덮고는 침대 옆에 놓여 있던 바지 주머니에 감추었다.

"뭘 쓰는 거야?" 흘로야가 물었다.

"그냥." 그림이 무심하게 말했다. "시 몇 줄 쓰고 있었어. 너한텐 재미없을 거야."

흘로야는 고개를 끄덕였고, 그림은 그녀가 거기에 아무런 흥미가 없다는 것을 알 수 있었다. 기분이 썩 좋지는 않았다.

흘로야는 그림이 자존심 상했다는 것을 알아차린 듯했다.

"뭐야, 너 사제가 되고 싶은 거야?" 흘로야는 그렇게 묻고는 얼굴 위로 손가락을 올려 지혜의 앞머리를 흉내 냈다.

"몰라." 그림이 대답했다. "아직 결정 못 했어."

"네 시가 팔릴 거라고 생각해? 넌 유명하지도 않잖아."

"유명해질 거야." 그림이 중얼거렸다.

"그러면 네가 유명해질 때까지 우리는 뭘 먹고 살아?"

이 '우리'라는 말 때문에 그림은 너무 화가 나 아무런 대답도 하지 않았다. 흘로야는 벌써 어떻게 살아야 할지에 대한 새로운 계획을 세운 것 같았다. 그 계획 속에 그림의 자리는 이미 다 정해진 것이었다. 그의 의견을 묻지도 않고, 자신의 다단계적인 배신에 대해 사과도 하지 않고 말이다. 그림은 당장이라도 새로운 시를 쓸 수 있을 것 같았다.

"베르나르-앙리는 뒈졌어." 흘로야가 알렸다.

"네 잘못이야."

"저놈을 이제 어떻게 하지?"

"마음대로 해." 그림이 말했다. "난 필요 없어."

"그놈이 말하길 자기 안에 무슨 장치 같은 게 있다고 했어. 자기가 죽으면 녹색 구역에서 금방 알아챈다는 거야. 넌 어떻게 생각해? 거짓말일까?"

"거짓말 같아." 그림이 대답했다. "그러면 그들이 지금까지 왜 그를 못 찾았겠어."

"지금까지 그를 찾지 않은 건 전쟁이 끝나고 난 바로 다음이라 바빠서 그랬겠지. 시간이 나면 분명히 찾아낼 거야, 공중에서 순식간에 말이야. 이런 건 인간들에게 식은 죽 먹기라고 했어, 지금은 그냥 모두들 바쁠 뿐이라고."

"무슨 다른 말 한 건 없어?"

"아, '이런 철학인이 죽어가다니'라고 하던데."

"철학자겠지." 그림이 고쳐줬다.

"'철학인'이라고 했어. 뭐, 상관없어, 가자."

"어딜?"

"집에 가야지." 흘로야가 우울하게 말했다. "난 이제 녹색 구역에 갈 수 없어. 더 이상 거기에 아는 사람이 없거든. 게다가 나중에 누가 저 인간에 대해서 물어보면 할 말이 없잖아."

그림도 이 집에서 나가고 싶었다. 그는 재빨리 옷을 입었다.

흘로야는 문을 살짝 열고는 밖을 내다보았다. 그림이 그녀 뒤를 따르려는데 갑자기 흘로야가 문을 세게 닫으며 뒤로 물러서서 그와 부딪쳤다. 그녀의 놀란 심장이 그림의 가슴을 마구 두드리는 것 같았다.

"왜 그래?"

"쉿." 흘로야가 손가락을 입술에 갖다 댔다. "저쪽에서 매복

중이야."

"어디?" 그림이 속삭였다. "봤어?"

"아니." 흘로야가 말했다. "하지만 그들이 가까이 있어."

"그들이 누구야?"

"간자베르세르크들이지."

"네가 잘못 본 거 아니야?"

흘로야가 고개를 가로저었다.

"약내가 나잖아. 이 냄새라면 내가 어린 시절부터 잘 알고 있어. 대마랑 샐비어*를 섞어 피우는 냄새거든."

"이제 우리 어떻게 하지?" 그림이 물었다.

"너 모토렌바겐 몰 줄 알아?"

"아마 그럴걸." 그림이 말했다. "스쿠터랑 똑같다면 문제없을 거야. 우리 어디로 가는 거야?"

"일단은 여기서 벗어나야 해."

"어쩌면 사실대로 말하는 게 낫지 않을……"

"멍청이." 흘로야가 끼어들었다. "만일 잡히면 아무도 우리 말 따윈 들으려고 하지 않을걸. 평화 시기에 인간을 해코지하면 어떻게 되는지 알아? 하물며 쟤는 디스코스몽거잖아. 전쟁 나기 전까진 새로 들어선 정권이 쟤들 엉덩이를 계속 핥아댈걸."

그림은 한숨을 쉬었다. 흘로야 말이 맞았다. 그림은 흘로야의 판단력이 이 정도로 어른스러울 거라고는 예상하지 못했다. 베르나르-앙리와의 교제에서 영향을 받은 것 같았다.

* 샐비어 잎은 천연 환각제로 쓰인다.

“모토렌바겐을 따라잡진 못할 거야.” 흘로야가 말을 이었다. “슬라바를 벗어나면 숲에다가 버리자.”

“하지만 그들이 이게 우리 짓이라는 걸 알아낼 거야.”

“무슨 수로? 그놈이 광내고 있던 게 누구 두개골인지도 아무도 모르는 마당에…… 여기 한구석엔 뼈들도 수두룩하게 묻혀 있다고…… 찾을 테면 찾아보라지 뭐.”

‘난 이딴 델 뭐 하러 온 거지?’ 그림이 생각했다. ‘뼈들이고 뭐고 혼자서 알아서 할 것이지……’

그는 흘로야를 쳐다보았다. 흘로야는 애처롭게 미소를 짓고는 어깨를 으쓱해 보였다.

“너 화났니?” 그녀가 물었다.

“당연하지.” 그림이 대답했다. “전쟁에서 귀환하자마자 이게 뭐냐고.”

“미안해. 전부 다 내가 잘못했어.”

“알면 됐어.” 그림이 말했다.

“그럼 이제, 갈까?”

그림이 고개를 끄덕였다.

“여기로 빠져나가자.” 흘로야가 말했다. “관목림 뒤쪽은 잘 안 보여.”

그녀는 조심스레 옆쪽으로 난 창문을 열어 콧구멍으로 공기를 들이켰다. 집의 이쪽은 모든 것이 잠잠해 보였다. 그녀는 마당으로 빠져나갔다. 그림은 소리를 내지 않으려 애쓰면서 그녀의 뒤를 따랐다.

차는 바로 옆에 있었다. 하지만 차로 가기 위해서는 공터를 몇 미터씩이나 가로질러야 했다. 그림은 눈을 감고 자신이 아직도 오르크 슬라바에 있는 거라고 상상하려 애썼다. 하지만 전사로서 발휘했던 생사에 대한 초연함이 마음속에 되살아나지 않았다. 혼자였다면 관목림 안에 숨어서 나오지도 못했을 것이다.

하지만 그는 흘로야와 같이 있었다. 그녀가 그의 등을 밀었다.

"앞으로!"

그림은 지프 쪽으로 달려가서 차문을 열고 운전석으로 기어들어갔다. 잠시 후엔 옆자리에 흘로야가 앉아 있었다.

"이거 봐." 그녀가 말했다. "가속 페달이 오른쪽에 있어. 왼쪽은 브레이크고. 그리고 이 검은색 손잡이가 방향 전환. 알았어?"

"응." 그림이 응답했다. "시동은 어떻게 걸지?"

흘로야가 계기판에 있는 버튼을 누르자 엔진이 조용히 부릉부릉 소리를 내기 시작했다.

바로 그때, 버튼 때문에 소환되기라도 한 듯 차 전면에 어반 카무플라주 복장의 간자베르세르크 네 명이 나타났다. 그들 손에는 쇠로 된 짧은 몽둥이가 쥐여져 있었다.

"아-아-아-아!" 흘로야가 열린 창문으로 소리를 질렀다. "우-아-아-아-아-아-아-아-아-아-아-아-아!"

날카롭고 쟁쟁한 그녀의 비명 소리를 들은 군인 중 하나는 예기치 않은 상황에 놀라 무기를 떨어뜨렸다.

베르세르크들은 이상하게 서로서로에게 눈짓을 하기 시작했다. 그림은 그들이 팔과 머리를 벌벌 떨고 있다는 것을 알아차렸다. 게다가 그 떨림은 점점 더 심해졌다. 마치 그들이 무언가 중요한 약속을 상기하면서 여러 번 반복적으로 서로에게 고개를 끄덕여 매 순간 그 약속한 바에 점점 더 많은 감정을 보태가면서, 어떠한 경우에도 절대 그 약속을 잊어버리지 말자고 서로에게 다짐이라도 하는 것처럼 보였다.

발작은 조절할 수 없는 것처럼 보였다. 간자베르세르크 중 하나는 손으로 두 귀를 막고 아예 땅에 주저앉았다. 나머지 세 명은 몸을 떨면서 자신들이 뛰쳐나온 관목림으로 비틀거리며 되돌아갔다.

흘로야는 계속해서 소리를 질렀다. 어찌나 귀청을 찌르는 비명이었는지 그림은 등줄기에 소름이 다 끼쳤다. 소리를 지르느라 입을 벌린 채로 흘로야는 고갯짓으로 대문을 가리켰고 이에 그림은 페달을 바닥으로 내리굴렸다.

대문이 경첩에서 떨어져나갔고 모토렌바겐은 거리로 나왔다. 이제야 흘로야는 비명을 멈추었다. 처음엔 그림도 기뻤지만 곧 거리에는 창을 든 기병들이 보였다.

그림은 주위를 둘러보았다.

한쪽으로는 흙길이 나 있었는데 이 길은 거대한 '다임러 모토렌바겐' 덤프트럭으로 가로막혀 있었다. 북쪽 광갱에서 쓰려고 황색 구역에서 조립된 것들 중 하나였다. 이 트럭의 뭉툭한 코 앞에 넓은 타이어 자국으로 된 오톨도톨한 선로가 나 있었고, 돼지 한 마리가 주변에서 일어나는 일을 신중히 주시하며 그 위에 누워 있었다. 돼지는 마치 이 공연을 미리 알고 있어 아침부터 파르테르*의 첫번째 줄에 자리를 맡아놓은 것처럼 보였다. 그림은 덤프트럭까지 대령할 필요는 없었다는 생각이 들었다. 어차피 그 뒤는 지프가 통과할 수 없는 막다른 길이었던 것이다. 게다가 거기에는 군인들도 서 있었다.

그림은 다른 쪽으로 방향을 틀었다.

그곳엔 기마병들이 있었다.

말을 탄 간자베르세르크들은 터진 듀렉스를 수행하던 전사들과 완전히 똑같아 보였다. 카무플라주 복장을 한 채 갑옷과 투구를 갖추었다. 기마병들의 첫번째 열 뒤로 열이 하나 더 있었고 그 뒤로는 또 다른 덤프트럭이 서 있었다. 덤프트럭 주변에는 몽둥이를 든 군인들이 대기했다.

“비명을 한 번 더 지를 수 있겠어?” 그림이 물었다.

“아니.” 흘로야가 대답했다. “목이 다 쉬었어.”

“그럼 이제 끝이네.”

“뭐가 끝이야?”

“죽음뿐이라고.” 그림이 한숨을 내쉬었다.

그가 이 말을 내뱉자마자 죽음이 정말로 나타났다. 마치 자신이 소환될 때를 기다리면서 여태껏 옆에 숨어 있기라도 했던 것처럼.

죽음은 저번에 마주쳤던 그대로였다.

지프의 앞 유리 너머 공허로부터 모습을 드러낸 죽음은 눈동자 같은 형형색색의 렌즈들을 그림에게 들이댔다.

카메라의 시선 또한 덤프트럭 앞에 누워 있는 돼지의 시선처

---

* 관객석 1층 중앙 자리로 시야가 가장 좋은 구역이다.

럼 긴장되고 주의 깊은 것이었다. 그림은 삶이라는 것도 자기처럼 가끔은 시를 쓰기도 하고 그 시의 운율에 맞추려 애쓰는 것 같다는 생각이 들어 웃음이 터져 나왔다. 깜짝 놀라 그를 쳐다본 흘로야도 카메라를 발견했다.

카메라는 빨간 문신이 그려진 측면을 보이더니 방향을 틀어 위로 날아올랐다. 다양한 구경의 총구들 아래 떨리는 대기 너머 카메라의 검은색 무광택 배 부분이 보였다. 이윽고 배 옆으로 접시 모양의 둥근 판 두 개가 삐져나왔다. 그림은 그 둘 사이에 열린 오목한 곳에서 하얀색과 붉은색으로 칠해진 아름다운 미사일을 볼 수 있었다.

카메라는 작은 연기 뭉치에 휩싸였다. 곧 카메라에서 기이하게 굴절된 세 개의 하얀 형체가 나타났다. 미사일들은 아주 이상한 궤도를 그리며 날았다. 처음에는 하늘로 멋지게 날아오르더니 잠시 후 방향을 틀어 아래로 돌진했다. 그림은 각각의 미사일이 자신만의 고유한 표적을 겨누고 있다는 것을 알아챘다. 다음 순간, 길 앞에는 거대하고 번쩍이는 검은색 나무 세 그루가 쑥쑥 자라 있었다. 그림이 앉은 자리가 흔들거리더니 유리에 돌들이 날아와 따닥따닥 소리를 냈다.

폭발 때문에 일어난 먼지들이 가라앉고 난 후 그림은 앞에 놓여 있던 덤프트럭이 사라진 것을 발견했다. 덤프트럭은 오톨도톨한 바퀴를 들어 올린 채 갓길에 누워 있었다. 간자베르세르크들도 길에서 사라져버렸고 그 자리에는 죽은 말 두 마리가 누워 있을 뿐이었다. 이 밖의 다른 것들은 이미 말의 형체도 아니고, 사람의 형체도 아닌 상태로 여기저기 널브러져 있었다. 강력한 폭발력으로 인해 이웃 집의 벽이 그대로 무너져 내려 방 내부가 훤히 들여다보였다. 방 안에 지린 리쿼드의 옆모습이 담긴 붉은 벽걸이 양탄자, 녹색 소파, 초라한 마니투가 달린 낮은 책상, 그 밖에도 오르크 보물 상자 등이 있었다.

차 쪽으로 방향을 튼 카메라는 까다롭긴 하지만 인간의 제스처처럼 그 의미가 뻔한 동작을 해 보였다. 앞으로 가야 한다는 말이었다.

그림은 이를 따랐다.

폭발로 부서져버린 도로의 한 부분을 겨우 통과한 후 속도를 낮췄다. 간자베르세르크 중 아직 전투력이 남아 있는 이가 있을 것도 같았지만 아무도 이를 조급히 드러내지는 않았다.

카메라는 차 쪽으로 방향을 돌리더니 자신의 희끄무레한 눈을 그림에게서 떼지 않은 채 도로 위로 올라왔다.

"이제는 우리를 쏘려는 것 같은데……" 흘로야가 입을 뗐다.

카메라는 또다시 연기에 휩싸였다. 그림이 눈을 가늘게 뜨고 머리를 운전대에 갖다 누르자마자 서로 연결된 세 번의 폭발음이 들렸다. 하지만 이 소리는 등 뒤쪽에서부터 들려왔다. 차 지붕에 몇 개의 흙덩이가 날아와 부딪치고는 정적이 찾아왔다. 그림은 눈을 떴다.

그들이 방금 떠나왔던 집은 더 이상 존재하지 않았다. 관목림과 울타리조차 사라져버렸고 먼지와 연기가 구름처럼 퍼져나갔다. 또 다른 덤프트럭은 진창에 뒤덮여 있었고 그 앞에 누워 있던 돼지는 온데간데없었다. 그림은 아마도 카메라가 위장 장치를 가동시킨 것 같다고 생각했다.

"어머." 흘로야가 소곤거렸다. "그때 안 나왔으면 큰일 날 뻔했네…… 있잖아…… 저게 다시 한번 자길 따라오라고 하는 것 같은데."

"알았어." 그림이 대답했다. "창문 올려."

"왜?"

"디스코스몽거가 지나가는 거라고 생각하게 하자. 카메라의 수행을 받으면서 말이야. 아무도 더는 성가시게 굴지 않을 거야."

흘로야가 창문을 닫자 그림은 페달을 밟았다. 모토렌바겐이 오르막길을 달리기 시작했다.

몸이 성한 오르크 군인들은 울타리를 따라 바싹 붙어 있었다. 더 이상 아무도 차를 세우려 하지 않았다. 태닝된 유리창이 지나가자 소위보 해골 견장을 단, 진창으로 시꺼메진 간자베르세르크가 거수경례를 붙였다. 그림은 이것이 폭발로 정신 없는 경황 때문이라 생각했다. 하지만 그들이 그다음 초계소에 다다를 때까지 마주친 모든 군인이 그들에게 경례를 했다.

"멋지겠다, 정말." 흘로야가 말했다. "매일 이렇게 다닌다면 말이야."

"어딜 다니게?"

"적어도 황색 구역쯤은 휘저어야지. 아예 녹색 구역까지면 더 좋고."

"금방 싫증날걸." 그림이 대답했다.

"난 평생 이렇게 다닐 수 있을 것 같은데."

그림은 불신과 공포에 휩싸여 그녀를 쳐다보았다.

손가락들이 아직도 덜덜 떨려서 모토렌바겐을 운전하기 위해 핸들을 꽉 잡아야 했다. 흘로야는 진정된 것처럼 보였다. 그녀는 차창을 따라 미끄러지듯 스치는 오르크들의 시선을 빨아들이면서 흥미진진하게 창밖을 내다보았다. 그림은 그녀가 세상 그 무엇보다도 하고 싶은 건 이 차 안에 누가 앉아 있는지를 모두에게 보여주기 위해 태닝된 창문을 내리는 거라고 확신했다.

"우리 어디로 가는 거야?" 흘로야가 물었다. "녹색 구역으로 가는 거야?"

"아직 모르겠어." 카메라 쪽을 흘끔거리며 그림이 대답했다. "근데 네가 비명을 질렀을 때 베르세르크들은 왜 그렇게 된 거야? 네가 귀를 먹게 만든 거야?"

"아니." 그녀가 말했다. "헤까닥하면 항상 그래."

"헤까닥하다니 그게 무슨 말이야?"

"너무 많이 피워대면 헤까닥하거든. 그 상태에서 날카로운 소리를 들으면 돌아버리는 거지. 전쟁 중에 헤까닥하면 걔들은 곧바로 교수형이야. 그래서 전투 전에 귀를 특수 송진으로 틀어막아. 그런데 지금은 전쟁이 끝난 시기잖아. 귀마개를 안 하고 있었던 거지."*

"넌 그런 걸 어떻게 알아?"

"우리 아빠가 '똥피우개'잖아." 흘로야가 말했다. "뭐야, 너, 잊

---

* 헤까닥하다: '이즈메나измена'의 두 가지 뜻을 염두에 둔 대화이다. 이즈메나는 기본적으로 '변화' '배신'을 뜻하는 단어이지만 동시에 '프로비치 나 이즈메누пробить на измену'의 형태로 '(마약 등으로) 환각 상태에 놓이다'라는 뜻으로 사용되기도 한다.

어버린 거야? 우리 할아버지도 베르세르크였어. 할아버진 세 번의 전쟁에서 독전대 소속으로 싸우셨고. 첫번째 전쟁은 지린 왕조 치세 때였어. 눈 한 개랑 손가락 두 개를 조졌지."

"독전대 계실 때 부상을 당하셨다고?" 그림이 놀라 물었다.

"독전대 소속 군인들도 가끔 공격을 받아."

"너희 아빠도 전쟁 났을 때 싸우셨어?"

"울 아빠는 문관 간자베르세르크였어. 직장에서 항상 뽕 가 있었지. 세금 부서에서 일을 시작했는데 거기는 하루에 세 번씩 피우거든. 아빠가 날 허리띠로 때리곤 했는데, 그때 내가 아빠를 헤까닥하게 하려면 어떻게 비명을 질러야 하는지 그 방법을 배워뒀던 거야. 이제 아빠는 한 대 빨고 싶으면 날 피해서 행복의 방으로 들어가."

그림은 이 정도의 군사 기밀이라면 인간들이 관심을 가질 수도 있을 거란 생각이 들었다. 실상 이 체제의 기반은 간자베르세르크들이 아닌가, 만일 그들의 약점을 알아내는 게…… 하지만 그림 자신조차 여기에 흥미가 없었던지라 이 생각은 깊이 고려되지도 못한 채 망각의 어스름 속으로 떠나가버렸다.

그는 카메라가 보내는 신호를 기다리며 교차로에 다다라 속도를 늦추었다. 카메라는 직진하라고 했다.

"어라, 우리 녹색 구역으로 가는 게 아니네." 그림이 말했다. "녹색 구역이었으면 우회전했겠지."

"그럼 어디로 가는 거야?"

"장터로 가는데. 아니면…… 오르크 슬라바로 가거나. 근데 진짜로 그런 거면 좋겠다."

“왜?”

“우리를 거기까지 따라와서 훼방을 놓지는 않을 테니까. 비무장 지대거든. 거기엔 장의차밖에 없어. 성문을 어떻게 통과하느냐가 관건이야. 요샌 거기에 보초병과 차단기가 있거든.”

“좀더 가면 뭐가 나오는데?”

“가보면 알겠지.”

“자, 여기. 이걸 써.” 흘로야가 말했다.

흘로야의 손에는 ‘시네뉴스’라 쓰인 야구 모자가 들려 있었다.

“이거 디스코스몽거 거야?”

흘로야가 고개를 끄덕였다.

“이걸 쓰면 너도 좀 똑똑해질지 모르지.”

그림이 그런 가능성을 특별히 믿은 건 아니었지만, 검문소가 앞에 있기에 그는 야구 모자를 머리에 눌러썼다.

차가 장터 광장으로 출발하자 그림은 다시 겁이 났다.

여기저기에 부상자들이 누운 들것이 널려 있었다. 그림은 오르크들이 디스코스몽거의 차를 뒤집거나 그게 아니라면 적어도 차에 돌멩이들을 집어던지리라 생각했다. 하지만 전혀 반대의 일이 일어났다. 질서 유지를 위해 동원된, 정육점 가판대의 음침한 사내들이 길에 누워 있던 이들을 한쪽으로 끌어내면서 재빨리 그림을 위해 길을 내주었다. 모토렌바겐의 태닝한 창문조차 쳐다보는 이가 하나도 없었다.

승전문은 여전히 열려 있었다. 보초를 서던 간자베르세르크들은 무선 통신기로 누군가와 이야기를 나누더니 차단기를 올렸다.

그림은 겨우겨우 애를 써 빨간 횡목 아래를 천천히 지나갈 수 있었다. 하지만 서커스의 성벽을 지나오자마자 마치 흔적을 지우기라도 하듯 처음에는 오른쪽으로 다음에는 왼쪽으로 휘청대며 불안한 갈지자를 그리고 말았다. 다행히도 이를 수상쩍게 여길 만한 그 누구도 옆에 있지 않았다. 성문에서 멀어지자 그는 차를 세우고 차문을 내렸다.

카메라가 보이지 않았다. 위장 장치를 가동시켰거나 날아가버린 것이다.

그림은 끝없는 평원을 훑어보았다.

멀리 오른쪽에 철갑 거인들과의 전투가 있었던 곳에서 오르크 무리가 밭을 고르고 있었다. 곡물을 실은 수레와 삽과 쇠스랑을 든 형체들이 보였다. 작업을 감독하는 말을 탄 몇몇 베르세르크는 비무장 상태였고 팔뚝에는 하얀 헝겊 완장을 차고 있었다.

부활 소용돌이들이 노랗게 그려진 회색 마포로 덮인 장의용 밴들이 들판을 기어가고 있었다. 장의차 수가 어마어마했다. 눈을 가늘게 뜨면 마치 문장이 찍힌 돛을 단 기선들이 녹색 바다를 따라 항해하는 것처럼 보였다.

시신들은 아직 풀밭에 널려 있었다. 이미 상당히 부풀어 올라 부패하면서 역겨운 냄새를 풍겼다.

"돼지우리 냄새 같다." 훌로야가 역겨워하며 나지막이 말했다.

그림은 문득 길을 가로막고 있던 덤프트럭의 바퀴 옆에 누워 있던 돼지를 떠올렸다. 그는 주머니에서 수첩을 끄집어내 거기에 두세 줄을 적었다.

"또 시 쓰는 거야?"

그림은 고개를 끄덕였다.

흘로야가 한 부분이라도 짧게 읽어달라고 할 때까지 그림은 잠시 기다렸다. 하지만 그녀는 잠자코 있었다. 그러자 그는 수첩을 집어넣고 가능한 한 오르크 시체들을 피하려고 조심하면서 들판의 중심으로 천천히 차를 몰았다. 쉽지 않을 때도 가끔 있었다. 흘로야는 사방을 둘러보며 휘파람으로 어떤 노래를 흥얼거렸다.

자동차가 선조들의 고분으로 다가가면 갈수록 인간 측 무기의 포격으로 인해 만들어진 검게 움푹 파인 곳들이 주위에 점점 더 많아졌다. 여기에는 죽은 오르크들이라곤 없었다. 들판 중앙에 있던 시신들은 이미 다 치워버렸기 때문이었다. 하지만 종종 몸의 일부분이 보이기는 했다. 떨어진 팔이나 붉고 푸른 내장 덩어리, 뭉개진 머리통, 썩어가는 살로 가득 찬 단화들이 그것이었다. 오르크 무기들도 많이 보였다.

정체를 알 수 없는 사건이 발생한 흔적도 종종 마주칠 수 있었다. 보아하니 날아다니는 벽들 뒤에 있는 공터나 막다른 작은 골목에서 일어난 것 같았다.

지프는 작은 글자로 's.n.u.f.f. line—please don't cross(스너프 라인—넘어오지 마시오)'라 쓰인 검은색과 노란색의 접근 금지 테이프가 둘러쳐져 있는 나무 말뚝 옆을 지나갔다. 울타리 친 사각형 안에는 하얀 실크로 된 이불과 여러 색깔의 베개들, 그리고 몇 개의 샴페인 병이 놓여 있었다. 그중 한 샴페인 병에는 분홍색 콘돔이 씌워져 있었다. 아직 따지 않은 샴페인 병들이었다. 금색 레이블로 보아하니 아주 고가였다. 그림은 정리 담당 간자베르세르크들이 줄무늬 테이프를 넘어서서는 안 된다는 지령이 아직까지 유효한지 아닌지 알 수 없어 이것을 챙기지 못했을 것이라고 생각했다.

선조들의 고분 옆에는 그림과 흘로야가 탄 것과 같은 모토렌바겐과 비슷한 인간들의 차 여러 대와 긴 팔에 번쩍이는 주걱들이 달린 노란색 굴착기가 주차되어 있었다. 그림은 만일을 대비하여 더 멀리 그들을 우회했지만 굴착기가 고분 옆으로 파낸 좁고 깊은 구덩이 인근을 통과할 수밖에 없었다. 그곳에서는 한 오르크 부대가 시신이 줄줄이 누워 있는 참호에 흙을 끼얹고 있었다. 삽질하는 이들의 수는 부족했고, 구덩이 쪽을 향해 회색 밴들이 똑바로 줄지어 서 있었다. 전사자들을 몇 겹으로 포개어 묻어 공간을 줄였다.

그림은 흘로야가 아래를 볼 수 있게 해준 뒤 속도를 높이고 선조들의 고분이 멀어졌을 즈음에야 멈춰 섰다.

"아까 거기에 카간의 거룻배가 있었어." 그가 말했다. "나도 그 거룻배 위에 있었고."

흘로야가 더 캐물을 것이라 기대했지만 그녀는 그저 툭 내뱉듯 말할 뿐이었다.

"거짓말은 아니네."

"뭐가 거짓말이 아니란 거야?"

"고분 아래에 있다던 선조들의 뼈들 말이야. 엄청 많은가 보네, 빽빽한 것 좀 봐…… 어머나, 저건 뭐야?"

갈색 언덕이 그림의 눈에 들어왔다. 처음에 그는 그것이 강한 폭발 때문에 땅이 뒤엎인 게 아닐까 하고 생각했다. 하지만 언덕치고는 그 윤곽이 아주 이상했을 뿐만 아니라 언덕에서부터 노란 파이프 같은 것이 삐죽 튀어나와 있었다.

"가서 보자!" 흘로야가 부탁했다.

주변에는 인간들도, 오르크들도 없었다. 그림은 차를 돌렸다.

"코끼리다!" 그들이 가까워지자 흘로야가 속삭였다. "갈색 코끼리야!"

"코끼리가 아니고 매머드야." 그림이 고쳐주었다. "좌익 작전 구역에서 우리 쪽으로 매머드들을 풀어놓았었어. 많은 녀석이 여기서 전사했지……"

매머드는 옆으로 누워 있었다. 검게 말라붙은 진창이 매머드 주위에 난 풀을 덮고 있었다. 오르크들의 피가 흙과 함께 범벅이 된 진창이었다. 뭉개진 시신들은 벌써 치워져 있었다. 검게 얼룩진 자국의 크기들을 보아하니 매머드가 보병대 안에서 신나게 밟아댄 모양이었다. 이 자국들을 건드리지 않도록 주의를 기울이며 그림은 천천히 그 주변을 돌았다.

매머드의 배는 찢겨 있었다. 아무래도 핏물 고인 진창에서 미끄러져 쓰러지자 오르크 영웅들이 달려들어 그 내장을 전부 파헤쳐놓은 것 같았다.

너무나 질긴 내장이었다. 털이 복슬복슬한 배에 난 긴 구멍으로부터 붉은 생체조직 다발들, 주름이 자글자글한 호스들과 전선들이 삐져나와 있었고 그 너머로는 짙은 색의 금속 기저 판이 있었다. 오르크가 가진 무기로는 몇 개의 긁힌 자국만 남길 수 있을 뿐이었다.

축 처진 코에 날렵하게 꼬인 상아를 단 매머드의 얼굴이 보였다. 매머드의 눈은 떠져 있었는데 어찌나 살아 있는 것처럼 보이던지 쳐다보기조차 두려울 지경이었다.

이윽고 매머드의 등에 고정된 전쟁용 단상이 그림의 눈에 들어왔다.

전사들은 방패들을 둘러 걸어둔 선실 안에 아직도 남아 있었다. 그들은 철판으로 꿰매어 댄 가죽 갑옷에 철모를 쓴 채였고, 얼굴과 팔은 오르크 강철에 긁혀 생긴 상처들로 덮여 있었는데 거기엔 정말로 진짜처럼 보이는 피가 고여 있었다. 아무래도 이들을 고인이라 부르는 건 과장이었다.

전사들은 땅으로 굴러 나오는 대신 이 전기 짐승의 등에 박힌 거대한 못들처럼 뻔뻔히 선실에 붙어 있었다. 보아하니 매머드들 중 멀쩡한 건 그들의 것이 유일한 듯했다. 한 전사는 아직까지도 창을 던질 준비를 하고 있었고, 다른 한 전사는 석궁을 재장전하고 있었다. 또 다른 전사는 머리가 떨어져나가 목에서부터 금속성 삽입물과 붉은 혈관이 들어 있는 일종의 긴 플라스틱 파이프가 삐져나와 축 늘어져 있었다.

매머드를 떠나 달리던 그림이 운전을 멈추었다.

"이제 어디로 가지?"

"저기로 가자." 흘로야가 대답했다. "저기, 빨간 게 튀어나와 있는 곳 말야."

"저기가 중앙 전선이었어." 그림이 이렇게 말하고는 페달을 밟았다.

중앙 작전 구역에는 특히 수많은 전투의 흔적이 남아 있었다. 땅은 인간들이 사용한 무기 공격으로 움푹 파인 곳투성이였고 차를 타고 지나가려면 이 움푹한 곳에 바퀴가 빠지지 않게 조심해야 했다.

그림은 높은 장식 군모에 새빨간 예복을 입고 땅에 줄지어 누워 있는 군인들을 피해 지나갔다. 군인들은 굵은 전선이 달린 철제 틀에 연결된 마네킹들이었다. 조잡하게 만들어진 이 마네킹들은 마치 폭풍에 쓰러진 울타리처럼 보였다. 언젠가 이 대열은 마네킹 세 개마다 하나씩 장치된, 가시가 잔뜩 돋친 작은 바퀴들에 의해 움직인 적도 있었다. 그림은 자신도 들은 바 있는 그 인간 방진이 여기에서 전투를 벌였으며, 돌격대들이 상상할 수 없을 정도로 많은 희생을 치르고서야 전체 얼개의 첫번째 대열을 해체했다는 것을 알 수 있었다.

중앙 작전 구역의 화력 밀도가 어찌나 높았던지 우연찮게 포탄의 비행 궤도에 위치해 있었던 몇 대의 원격 카메라가 격추되기도 했다. 이곳에서 전투를 벌인 오르크 영웅 중 그 누구도 살아남았을 리 없었다.

지프는 몇몇의 폐허가 된 뱀파이어 소굴들을 지나갔다. 소굴들 안에는 땅에서 몸을 반쯤 내민 뱀파이어들이 보였다. 보아하니 그들이 땅 위로 뛰쳐나오려고 준비하던 순간에 전원이 끊긴 것 같았다. 이 또한 케이블을 못 쓰게 만든 인간들의 포탄 때문이었다. 뱀파이어들은 지프의 백라이트를 닮은 커다랗고 노란 눈을 가졌는데 그들의 검은 망토 아래에는 복잡한 지렛대와 스프링이 있다고들 했다. 지금 저대로도 충분히 끔찍해 보였지만 어둑어둑한 연기 속에서는 여럿을 혼비백산케 했을 터였다.

마침내 전투가 남긴 흔적의 끝이 보였다. 계속 달리자 곧 서커스를 두른 성벽이 하늘 한 부분을 가렸다. 성벽 앞으로는 고대 콘크리트가 차선처럼 둘러 있었고 이 차선의 벌어진 틈 사이로 풀들이 자라고 있었다. 이 틈들이 전체 오르크 슬라바를 가로질렀다.

"사방에 이 종이는 대체 뭐야?" 흘로야가 물었다.

"핏물들임을 위한 서류들이지." 그림이 대답했다. "아무 쓸모가 없다는 게 흠이지만……"

그는 벽에서 눈을 떼지 못했다. 이곳 벽은 오르크식 석회가 발라져 있지 않아 벽이 지녔던 초기의 둥근 형태가 들여다보였다. 벽은 해안에 부딪치기 바로 전에 굳어버린 거대한 파도를 닮아 있었다. 이 부딪침은 벌써 수백 년 동안 계속되어온 것이었다. 회색 콘크리트는 균열투성이였지만 아직 시간이 이것을 어찌하지는 못했다.

그림은 이런 것을 축성하는 거대한 기계를 상상할 수조차 없었다. 사실 학교 다닐 때 고대에는 기계 대신 눈에는 보이지도 않는 엄청나게 작은 벌레들이 건축을 담당했다고 들은 적이 있었다. 또 어떻게 보면 벽들이 스스로 자라는 것처럼 보이기도 했다. 하지만 이것이 진실인지 아닌지는 아무도 알지 못했다. 왜냐하면 오래된 건물은 단지 울퉁불퉁한 주춧돌만이 남았기 때문이다. 오르크들은 자기 집을 지을 때 나무와 벽돌을 사용했다. 아주 최근에야 버젓한 콘크리트 벽돌을 만들어낼 수 있었는데 이제 그것도 점점 더 형편없어졌다.

"여기까지로군." 그림이 말했다. "이제 되돌아갈까?"

흘로야는 잠시 생각했다.

"내려." 그녀가 명령했다.

"왜?"

"손을 흔들어보자. 카메라가 괜히 우리를 여기로 향하게 한 건 아닐 거야."

"어디로 손을 흔들어?"

"그냥 위로. 그 모자는 좀 똑바로 쓰고."

"왜?"

"베르나르-앙리는," 흘로야가 말을 이었다. "현대의 인간은, 그가 오르크가 아니라면 말이야, 자기가 어떻게 보일지 끊임없이 신경을 쓰면서 마치 누군가가 자신을 촬영하기라도 하는 것처럼 행동해야 한다고 말했어. 왜냐하면 촬영은 아무 때나 시작될 수 있으니까."

"넌 왜 저기에 카메라가 있을 거라고 생각했는데?"

"저기에 없을 수도 있지." 흘로야가 말했다. "하지만 마치 저기에 카메라가 있는 것처럼 행동해야 해. 그러면 우릴 쫓아 날아오게 돼 있어."

"뭔가 바보 같은데." 그림이 중얼거렸다.

"넌 뭐 엄청 똑똑해서 그 모양인가 보네." 흘로야가 대답했다. "내가 만일 네 말을 들었다면 지금 우리가 어디에 있었을 것 같아?"

그림은 이에 대해서 할 말이 많았지만 언쟁은 하지 않기로 했다. 그림은 문을 열고 차 밖으로 나왔다.

흘로야는 그에게 다가가 그의 어깨를 안고는 명령했다.

"이제 고개를 들어 미소를 짓고 손을 흔들어."

그림은 그녀를 흘끔 쳐다보았다.

흘로야의 얼굴에는 이미 미소가 드리워져 있었다. 이를 잔뜩 드러낸 어찌나 큰 미소인지 그 미소가 진실한지 아닌지 물어보는 것조차 무의미했다. 흘로야는 회색의 먹구름을 쳐다보더니 손을 흔들었다. 그림은 그녀의 미소를 따라 해보고(물론 잘되지는 않았다) 공중에 손바닥을 펴 보이며 몇 차례 손을 흔들었다. 그림은 자신이 바보 같다는 생각에 곧 팔을 내렸다. 하지만 흘로야가 미소를 짓다 말고 다시 말했다.

"흔들어, 멍청아!"

1분쯤 지나자 흘로야조차 손을 흔드는 게 지겨워졌다. 흘로야는 실망감에 울적해졌다.

그때 기적이 일어났다.

그들 바로 앞에 갑자기 삼각형 모양의 문이 열리면서 아래로 접히더니 짧은 계단으로 변했다. 계단은 정체를 알 수 없는 어스름을 가리켰다. 거기서는 분명 새로운 세계가 시작되고 있었다. 그곳으로 들어서는 입구는 지면에서 겨우 1미터 떠 있는 상태로 공중에 숨겨져 있었다. 그림이 두어 발자국 다가서면 충분히 머리로 노크할 수 있을 만큼의 높이였다.

새로운 세계로 가는 입구의 문턱에는 두 팔로 꽃을 한 아름 안은 아주 뚱뚱한 인간이 서 있었다. 펑퍼짐하고 알록달록한 가운을 입은 그는 그림처럼 은색 매듭에 '시네뉴스'가 새겨진 야구 모자를 쓰고 있었다. 그의 선량한 얼굴은 행복으로 빛났다.

그림과 흘로야를 만난 게 엄청나게 기쁜 모양이었다. 아니면 그저 몇몇의 투명 카메라가 자신을 촬영한다는 것을 알고 있었기 때문일지도.

그가 처음으로 선보인 것은 에너지가 충만한 희한한 동작이었다. 그는 마치 배로 꽃들을 밀어내기라도 하듯 두 팔을 벌렸다. 다채로운 향기가 비가 내리듯 그림과 흘로야에게 흩뿌려졌다.

"친구들, 안녕!" 뚱뚱한 인간이 말했다. "안녕, 흘로야! 안녕, 그림! 난 다밀롤라 카르포프라고 해. 일면식도 없지만 우린 벌써 오랫동안 서로 아는 사이지. 너희들이 인간들 사이에서 살게 될 거라는 약속이 있었잖아. 우리가 너희를 잊었다고 생각한 거야? 하지만 인간들은 항상 자신이 한 말을 지키지. 빅 비즈에 온 걸 환영해!"

제2부

글루미들의 재*

ASHES OF THE GLOOMY

* 원작에는 'ASHES OF THE GLOOMY'라는 영어 제목이 쓰였으며 원주에는—옮긴이의 번역어에 따르자면—'푸포갈들의 재'라는 설명이 붙어 있다.

힘과 진실에 관한 이야기를 좋아한 건 오르크들과 고인이 된 베르나르-앙리뿐만이 아니었다. 돌격용 원격 카메라의 광고 문구도 이를 증명해준다. '프라브다Pravda가 있는 곳에 힘이 있다.' 이건 물론 '헤넬로레'가 있는 곳에 힘이 있다는 말로 이해할 수 있다. 아직 이해가 잘 안 가는 분들이 계실지 모르니 다시 설명해보자면 이 말은, 힘이라는 건 약발로 벌벌대는 오르크 똥피우개들이 녹슨 고철을 철커덩거리는 곳이 아니라 양심적 인간들이 지닌 보이지 않는 눈이 달린 곳에 존재한다는 뜻이다……

그림은 잘 모를 테지만, 그를 살린 건 오르크 슬라바에 들어올 때 쓰고 있었던 시네뉴스 주식회사 야구 모자였다.

처음에 선임 소믈리에들은 이 오르크 젊은이를 미디어가 조명한 그의 불분명한 과거와 함께 은밀하게 지워버리려 했다. 그들이 흘로야만 미래로 데려가길 원했다면, 난 당연히 명령을 따랐을 것이고, 카야는 다른 메타포적이고…… 상징적인…… 그걸 뭐라고 부르더라, 하여튼 그것을 찾아야 했을 것이다. 수라 전문가들이 뭐라고 불렀었는데, 까먹어버렸다.

이 컷들은 스너프에 포함되지 않았고 이는 종교적 관점에서 허용되었다. 뉴스 송출을 위해서라면 흘로야가 오르크 슬라바에 등장하는 장면을 연출해 처음부터 다시 찍을 수도 있었다. 문제가 될 건 하나도 없었다. 무엇보다도 그렇게 한다면, 서커스에서부터 그림을 지워버릴 수 있었다. 다행히 서커스에서는 아직 시신을 처리하는 중이었고, 동포 전사의 무덤 또한 이를 원하는 이들 모두와 꺼리는 이들 모두를 위해 열려 있는 상태였으니 말이다. 그랬다면 이 이야기는 전혀 다른 방향으로 흘러갔을 것이다.

하지만 입수된 자료를 주시하던 선임 소믈리에 하나가 우리 유니폼 야구 모자를 쓴 그림의 머리가 꽤나 마음에 든 모양이었다. 야구 모자가 그의 얼굴을 물들인 멍과 잘 어울려서였을까. 그들은 알료나-리버티나에게 연락을 취했다. 그녀는 반대하지 않았다.

이 늙은 마녀는 그냥 반대만 안 한 게 아니라 머리를 굴리기 시작했다. 그녀는 나에게 직접 트레일러를 타고 내려가 이 오르크 커플을 뒤쫓으라고 명령했다. 그녀가 감동스러운 만남의 장면을 연출하고 싶었기 때문이다. 나는 당장 '헤넬로레'를 자동비행 모드로, 카야를 일시 정지 모드로 해둔 채, 튜브를 타고 강하 지점인 갑문으로 가야 했다. 하지만 촬영을 앞두고 먼저 면도를 해야 했기에, 오르크들은 서커스를 좀더 헤매고 다닐 수밖에 없었다.

만남은 성공적이었다. 마니투에 비친 내 모습은 썩 괜찮았다. 나중에 카야도 그렇게 말했다.

위에 다다르는 길 내내 우리는 말이 없었다. 그림만이 조심스레 나에게 "시간이 얼마나……"라고 물었다. 나는 그가 뭘 묻는 건지 정확히 파악하지 못한 채 상냥하고 진부한 대답을 해주었다. 시간이란 항상 부족한 거니까 아껴 써야 한다고.

위에서 우리를 기다리는 건 촬영팀이었다. 오르크들을 씻기고 나서 세련되고 깨끗한 옷을 갈아입힌 후 카메라 앞에서 해도 되는 말과 해서는 안 되는 말에 대해 짧게 브리핑했다. 그림은 시가 쓰인 수첩을 빼앗긴 게 걱정스러운 모양이었지만 검역 절차상 어쩔 수 없다는 말만 들었다.

그러고 나서야 구원된 이 오르크들을 인간들에게 내보일 수 있었다. 이들이 누구인지 상기할 수 있도록 전쟁 전에 손에 지팡이를 든 베르나르-앙리가 흘로야 옆에 서 있는 장면들이 송출됐다. 거기에는 양심과 M-비타민으로 전권을 위임 받은 베르나르-앙리가 번쩍였다. 그다음에 보여준 장면은 그에게 마구잡이로 달려들던 오르크들이 나의 총격으로 찢겨져 사방으로 날아가는 모습이었다. 이전 같으면 다 보여주지 않던 장면들이었다. 해설자의 설명이 이어졌다. 오르크들이 미성년 시민들을 살아 있는 방패로 이용하려 하며, 오직 우리 전투 조종사들의 탁월한 기술만이 어쩌고…… 천공의 전사들에게 감사한다는 둥…… 어쩌구저쩌구……

감사 같은 건 과분하니, 보너스나 좀 주지 그러냐.

내 '헤넬로레' 사진을 보여주고 나를 오르크 커플의 구원자라고 발표하고는 잠시 나를 비추었다. 그림과 흘로야가 나와 함께 악수하는 장면이 클로즈업되었다. 여자애는 내 볼에 뽀뽀까지 했다.

그러더니 곧 브레이킹 뉴스breaking news가 등장했다. 아나운서는 저명한 디스코스몽거가 서거했다는 비보를 전했다. 비겁한 권력이 세계 최초의 오르크 푸포같을 자택에서 폭사시켰을 때

이 디스코스몽거가 전설적 존재 트릭과 함께 죽음을 맞이했다는 내용이었다(트릭에 대해서는 이후에 다시 언급하겠다. 우선은 이 이상한 발표가 진실과 거의 일치했다는 점을 말해두겠다). 아나운서는 베르나르-앙리가 트릭 곁에 있음으로써 그를 보호하려 했던 것으로 간주했다. 그럼에도 오르크들이 지닌 탄압과 살육의 엔진을 멈추기에는 역부족이었다는 것이다.

미사일 일제 사격으로 폭발된 집터에 무엇이 남았는지도 컨트롤 촬영본을 통해 제시되었다. 고문서실에 보관되어 있던 자료도 등장했다. 간자베르세르크 몇몇이 금수 같은 이들과 모바일 통신으로 협상을 벌이는 장면이었다. 그런 다음 오르크 슬라바에 서 있는 모토렌바겐이 나왔다. 죽음을 맞이하기 전 베르나르-앙리가 이 젊은 오르크들이 목숨을 부지할 수 있도록 모토렌바겐을 적절한 시기에 넘겨주었다는 것이다. 다음 전쟁까지는 적어도 1년이 남아 있었지만 대기 중에는 확연한 전운이 감돌았다.

구출된 오르크들에 대한 이야기가 베르나르-앙리의 수기로 자연스럽게 넘어갔다. 시청자들은 생방송의 이러한 우발적 진행을 좋아한다. 고인이 된 디스코스몽거가 찍힌 엄선된 컷들이 제시되고, 『죽은 잎새들』의 몇몇 부분이 낭송된 후, 말없이 찡그린 그의 얼굴에 장의용 사진틀이 둘러졌다…… 이렇게 이 우주에서 철학자 하나가 또 사라졌다. 나는 거듭 놀랐다. 이렇게 많은 쓰레기를 한방에 송출하다니, 이건 분명 재능이었다.

이윽고 마니투는 그림과 흘로야의 얼굴에 떠오른 왜곡된 비통함을 오랫동안 클로즈업으로 잡았다. 그들은 얼굴만 창백해진 것이 아니라 결코 꾸며낼 수 없는 비애와 공포로 벌벌 떨고 있었다. 이때 인류의 휴머니즘이 그들에게 도움의 손길을 뻗친 것이다.

베르나르-앙리가 오르크 법 절차에 따라 흘로야를 양녀로 삼았다는 사실이 밝혀졌다. 사실 그는 자기 아가씨를 녹색 구역으로 들여오기 위해 항상 그렇게 해왔다. 어차피 오래 머무는 것도 아니었으니까. 하지만 뉴스는 이에 관해서는 아무 언급도 하지 않았다. 베르나르-앙리에게 상속자가 없었으므로 그 집의 상징인 열쇠는 카메라 앞에서 흘로야에게 성대히 전달되었다. 이 일이 있기 전 시청자들에게는 고인이 된 철학자의 이웃이자 친구인 내가 그를 대신해 멘토로서 빅 비즈의 새로운 시민인 이 오르크 커플이 낯선 세계에서 방향을 잘 잡을 수 있게 도울 것이라 전해졌다. 이것은 그림과 흘로야는 물론 나조차 몰랐던 소식이었다. 하지만 나는 승낙했다. 시네뉴스 주식회사를 위한 모든 업무는 수당이 꽤 괜찮을뿐더러 전쟁이 끝나고 난 직후라 비행사 일감도 부족했다.

쇼는 멋지게 끝났다.

물론 아무도 오르크들을 신경 쓰지 않았다. 이 둘이 어떤 관계인지 혹은 그들이 같이 살지 말지는 공론화되지 못했다. 우아하고 투명한 침묵의 형상을 한 청소년 규칙 'Don't look-don't see(안 보면, 안 보인다)'에 전적으로 입각해 있었기 때문이다. 대신, 촬영이 끝난 후 알료나-리버티나가 그림과 흘로야를 위한 개발 교육에 참여하기 위해 그들을 개인적으로 만나고 싶다는 의향을 비쳤다.

그녀의 집무실에 들어간 흘로야는 거기서 적어도 세 시간은 족히 머물렀다. 그림은 복도에서 기다릴 수밖에 없었다. 알료나-리버티나는 그림과의 만남은 다음으로 미루었다. 흘로야는 고인이 된 베르나르-앙리와 만난 이후 인간들이 가진 그 어떠한 흉허물에도 더 이상 놀라워하지 않았다. 뭔가 감을 잡았을 법도 하지만(그럴 리 없다) 그림 또한 그걸 드러내는 일은 절대 없었다.

사실 나는 나이 든 부자 레즈비언들이 백발이 성성한 나이가 되도록 살아 있는 아가씨들을 따라다닐 뿐 정작 수라를 멀리하는 이유를 오랫동안 이해할 수 없었다. 마흔다섯 살의 레즈비언은 섹스 뱀파이어가 되어 차가운 생선 피로 통통해진 채 타인의 생 에너지를 쫓아다니기 때문에 이러한 질문 자체가 이미 연애의 영역을 벗어난다고 주장하는 이들도 있다. 하지만 나는 그런 말을 공개적으로 반복하는 위험을 감수하지는 않을 것이다. 냉소주의 비슷한 거다.

이제 카야와 나에게 새로운 이웃이 생겼다.

저녁 때 나는 녹화된 방송을 카야에게 모두 보여주었다. 그녀는 눈을 부릅뜨고 방송을 보았다. 깜빡이지도 않았다. 이제 그림과 흘로야가 우리 집에서 40미터도 채 떨어지지 않은 곳에 살게 되었다는 것을 카야가 알았을 때(베르나르-앙리와 나는 복도를 따라 걸어 서로의 집에 방문하곤 했다), 나는 나를 향한 그녀의 시선을 통해, 저 아래에서의 전쟁은 끝났지만 이제 우리 집은 전쟁 발발이로구나 하고 예감했다.

정말로 그랬다.

수라 행동학 컨설턴트가 '상징적 연적' 효과에 대해 미리 경고하지 않았더라면 나는 곧장 나의 예쁜이에게 품질 보증서로 처리가 안 될 만큼 심각한 기계적 손상을 입혔을지도 모른다.

물론 나는 그녀의 유일한 목적이 내 안에 질투를 일으켜 고통을 주려는 것이라는 사실을 알고 있었다. 그녀한테 화를 내는 것은 찻주전자나 밥통에 화내는 것만큼 바보 같은 일이다. 하지만 카야가 자신의 그 새하얀 치아로 내 심장을 어찌나 날카롭게 깨무는지 나는 매번 이에 대해 잊곤 한다.

언젠가 한번은 나를 바라보는 그녀의 뚫어지는 시선 때문에 아침잠을 깬 적이 있다. 그런 일은 종종 있었다. 하지만 그때마다 그녀는 나를 마치 하프 연주를 배우던 음악원에서 그녀를 보쌈해 와서는 돼지우리 겸 하렘으로 쓰는 곳에 던져둔 채 그녀 안의 젊음이 빛바래길 바라는 나병 걸린 예니체리라도 되는 양 바라보았다. 그녀의 이런 시선은 나를 굉장히 흥분시키지만 굳이 말하지는 않았다. 내가 이걸 얼마나 좋아하는지 알면 그녀는 즉시 나의 작은 기쁨을 앗아갈 게 뻔했고, 그럼 나는 또 별수 없기 때문이다. 그녀를 그렇게 행동하도록 만드는 것도 이 아침 시선을 만들어낸 것도 바로 그 개년성이다.

하지만 어쩐지 이번엔 전혀 다른 시선이었다. 거기엔 일종의 좌절된 순종이 엿보였다. 아니, 애원이라고 불러야 할까. 돼지들의 하렘에 굴복하고 만 그녀가 자기의 노동력을 더 좋은 조건에 팔려고 결심이라도 한 것 같았다.

"왜 이래?"

"아빠." 그녀가 말했다. "나한테 괜찮은 옷이 한 벌도 없다는 것에 대해 생각해본 적 있어?"

그건 사실이었다. 그녀한테 있는 거라곤 내가 가끔 벗겨서 찢어버리길 좋아하는 레이스 속옷 몇 벌과 두꺼운 천으로 된 두 벌의 가운뿐이었다. 하나는 지그재그 무늬의 파란색 가운이고 다른 하나는 토끼 무늬가 있는 녹색 가운이었는데, 무슨 이유인지 모르겠지만 그녀가 지그재그 무늬 가운을 끔찍해하는 시늉을 하도록 프로그램을 설정했었다.

"난 네가 아무것도 안 입고 있을 때가 제일 좋더라." 내가 말했다.

"너한테나 좋지." 그녀가 대답했다. "남들하고 같이 있을 땐 어떻게 해? 갑자기 우리 집에 손님이 오면 난 뭐 그냥 가운이나 걸치고 있어? 또 네가 날 어디론가 데리고 나가야겠다고 맘먹었다고 쳐봐. 그럼, 난 레이스 팬티를 입고 가는 거야?"

"야, 이 멍청아," 내가 못 참고 말했다. "내가 널 사려고 받은 대출을 몇 년 동안이나 더 갚아야 하는지 알긴 하냐? 넌 나까지 팬티 바람으로 돌아다녀야 좋겠냐? 게다가 네가 그걸 입고 나갈 데가 있기나 해?"

"아직은 아무 데도 안 가." 그녀가 찌뿌둥하게 말했다.

나는 이 문제는 끝났다고 앞질러 생각했다. 하지만 그녀는 마치 체스의 그랜드마스터처럼 모든 수를 더 멀리 내다보고 있었다.

난 내가 그녀의 절대적 지배 아래 놓여 있다는 사실을 완전히 잊고 있었다. 아니, 아니, 그 말이 아니다. 그녀가 나의 애무 요구를 거부할 수 있는 건 아니다. 더 정확히 말하자면 그러한 거부에 대해서는 설명서에 이미 다 쓰여 있다. 그러니까, 음 뭐라고 말해야 할까, 그건 봉사 목록에 포함되어 있는 거다. 그녀의 눈물은 그저 컨트롤러가 제대로 작동하고 있다는 것을 방증해줄 뿐이다. 이런 일은 우리 사이에서는 일상다반사다. 바로 이러려고 수라의 개년성을 최고치로 설정해두는 거니까.

내가 잊어버리고 있었던 건 도파민 공명에 대한 것이었다.

어쩌면 내가 이걸 아주 잘 기억하고 있었다고 해야 더 맞는 말이겠다. 하지만 나는 카야가 완전히 내 소유라면 그녀의 서비스도 내 것인 게 당연하다고 생각했다. 나는 그녀가 어떻게 그러한 효과를 냈는지 전혀 몰랐으며 그것이 힘으로 얻어지는 게 아니라는 걸 잊은 것이다. 설명서에도 도파민 공명에 대해서는 한마디도 쓰여 있지 않았다. 스크린 사전에도 마찬가지였다. 이 모드는 규범에서 예외적이었다. 잘생긴 그 수라 전문 컨설턴트도 이 주제에 대해서는 말해주지 않을 것이다.

우울한 예감이 온종일 나를 괴롭혔다. 저녁 즈음, 이 우울한 예감은 적중했다.

"싫어." 그녀는 나의 부드러운 부탁을 거절하며 말했다. "그건 없던 걸로 쳐, 기름덩어리 방둥이."

"없던 걸로 치라니, 그게 무슨 말이야?" 내가 버럭 성을 냈다. "내가 원한다니까!"

"불만이 있으면 내 생산자한테 가보시든가."

"갈 거야." 내가 말했다.

"그래, 그렇게 해. 그러면 그치들이 날 업그레이드해서 모든 게 저절로 삭제되겠지. 업그레이드는 무선 통신으로 진행될 테니까 넌 내가 언제 어떻게 업그레이드되는지 알아채지도 못할걸.”

“그들한테 그럴 권리는 없어.”

“그럼 그거에 대해서 어떻게 알아낼 건데?”

“불만 사항을 접수하러 가야지.” 내가 망설이듯 말했다.

“누구한테 가서 뭐라고 말할 건데?”

나는 입을 다물었다.

“이 도파민 공명이 너한테 무슨 필요가 있냐?” 그녀가 신나서 떠들어댔다. “그냥 ‘강간’ 서비스를 이용하면 되잖아. 그게 네 재능 같던데……”

이제야 나는 내가 어떠한 흥미로운 딜레마에 놓여 있는지 깨달았다.

지금 나는 ‘개년성 최고치’ 설정과 말하고 있는 것이었다. 나는 이 수치를 아무 때나 재설정할 수 있다. 하지만 그렇게 되면 이 설정에서만 작동되는 도파민 공명 모드도 사라질 것이다. 이걸 말해준 건 카야였다. 그래도 그녀의 말을 믿을 수밖에 없었다. 그것이 무엇인지를 알려준 유일한 정보 제공자가 그녀였으니까. 자연 상태에서 ‘도파민 공명’은 공식적으로는 존재하지 않았다.

나는 벌써 이를 면밀히 조사해보았다. 오픈 액세스에서는 어떠한 정보도 얻을 수 없었다. 인터넷 설전이나 포럼에서도 도파민이나 공명에 대해서 따로따로 언급되는 경우는 있었지만 도파민 공명에 대해서는 일언반구도 없었다. 그리고 만일 이것이 정말 기밀이라면 회사 측은 나에게 아무런 상담 없이 그녀의 뇌를 간단히 업그레이드시켜버릴 수 있다.

미친 소리로 들리겠지만, 이제 그녀는 나를 협박할 수 있었다.

그녀는 당밀 과자*를 갖고 있었다. 그녀가 당밀 과자를 주지 않겠다고 할 때마다 나는 마치 채찍에 휘둘리는 것과 같은 위력을 경험했다. 물론 나는 비탄**을 한 번 돌려서 그녀가 더 이상 나를 지배할 수 없게 만들 수 있었다. 하지만 이 가상현실 고문 기구가 사라져버리면, 실제의 삶 속에서 내 입술이 닿곤 했던, 세상에서 제일 달콤한 이 탄수화물 빵마저도 사라지게 되는 것이었다.

나로서는 정말로 어찌할 도리가 없었다. 다른 누구를 탓할 수도 없었다. 나, 고통 속에 숨 쉬는 이 인간에게 일어난 모든 일이 유희를 위해 스스로 설정한 비정한 알고리즘에서 기인한 것이라니!

그녀는 눈을 떼지 않고 나를 쳐다보았다. 내 생각이 어떤 방향으로 흘러가는지가 내 얼굴에 고스란히 드러나고 있었는지 한순간 그녀는 달콤하게 웃으며 질문을 던졌다.

"우리 귀염둥이 앵무새 씨가 이제 이해가 좀 됐나 보네?"

"너 일시 정지되고 싶냐?" 내가 엄하게 물었다.

"응." 그녀가 말했다. "그런 다음 화장실에 가서 '구름 같은 부

---

* '당근과 채찍'에 해당하는 표현이 러시아어로는 '당밀 과자와 채찍(пряник и кнут)'이다.

** 비탄: 설정 조절개를 의미한다.['비틀다'(крутить)와 '비탄'(кручина)에 대한 134쪽 각주 참고].

드러움' 모드로 날 다시 켜면 되겠네. 그럼 내가 너한테 슬리퍼도 가져다주겠지. 네가 다 끝내기 전에 숨도 요란하게 몰아쉴 거고. 이 기름진 등신아."

나는 덤벼들 기세로 반쯤 일어섰다.

"너 한마디만 더 해봐 아주……"

그녀는 사악하게 웃어댔다.

"날 어떻게 할 건데? 아프게 할 거야? 진짜 멍청하구나, 다밀롤라. 이 모든 쇼의 공모자라곤 너 하나뿐야. 넌 계속 나더러 뭔가를 떠올리라고 하는 것 같은데 무슨 목적으로 그러는 건지 도통 이해가 안 돼. 왜냐하면 그런 네 행동이 발화 논리를 완전히 무너뜨리거든. 내 얘기가 무슨 뜻인지 이해나 하는지 모르겠다. 너 나 협박하는 거니?"

그녀가 굳이 가르쳐주지 않아도 나는 내가 처한 상황의 이 모든 지옥 같은 희극을 잘 이해하고 있었다. 하지만 이때 행복한 아이디어가 떠올랐다. 어쨌거나 인간이 기계보다야 항상 영리하니까. 이런 생각에 흡족해졌다.

나는 어떻게 이 건방진 전기밥통의 딸을 속여야 할지 이미 알고 있었다. 그녀에게 영성 또한 최고치로 설정했다는 사실을 떠올렸다. 그것은 동정심과 휴머니즘을 전제로 하기 마련이고, 이쪽으로 접근하면 프로그램의 시스템 장애를 유발할 수 있을 거다.

몇 초간, 나는 모든 것을 예기치 않게 망쳐버리는 일이 없도록 어떤 말을 해야 할지 주의 깊게 가늠해보았다. 가능한 효과들을 면밀히 살펴본 후에야 나는 입을 열었다.

"잠깐만, 카야, 잠깐만…… 너랑 내가 적은 아니잖아. 생각해 봐, 난 본질적으로 불쌍하고 외로운 인간일 뿐이라고. 넌 나의 모든 것이야. 근데 그런 네가 날 아프게 하고 있어. 너무나 아프다고. 너 때문에 고통스럽다고."

그녀는 의심 가득한 눈빛으로 나를 바라보았다. 때마침 내 눈은 자기 연민으로 아주 촉촉해져 있었다.

"너 정말 내가 불쌍하지 않니?" 내가 물었다.

"불쌍하지." 그녀가 대답했다. "당연히 불쌍하지, 바보야."

"그럼 나한테 대체 왜 그러는 거야, 우리 꼬맹이 아가씨."

"그러는 넌?" 그녀가 가느다란 목소리로 물었다. "너는 왜 그러는 거야? 너 정말 내가 어떻게 보이는지에 대해선 관심도 없는 거야? 나한테 매일 예쁘다며. 근데 나한테 있는 거라곤 목욕가운 두 개가 전부라고……"

이윽고 그녀의 눈에도 수정같이 맑은 눈물이 비쳤다. 조금 다른 상황에서라면 내가 이따금씩 핥기도 했던, 바로 그 눈물이었다. 하지만 지금은 그런 행동이 적절하지 않을 것 같았고 그건 나도 잘 알고 있었다.

우연히 발견한 행복을 잃어버릴 수도 있다는 공포는 나의 직관을 믿을 수 없을 정도로 민감하게 만들었다. 고무녀한테는 레이스 달린 팬티 두 장이면 충분하다고 말하는 것은 비운의 실수가 될 수 있었다. 한계 트리거가 그녀를 동정심으로 흔들리는 입장에서 개년성 최고치의 대결 구도 시나리오로 옮겨놓을지도 모르는 일이었다. 그러면 나는 5분 만에 나의 워털루를 잃을 게 뻔했다. 바로 코앞에서 행복으로 가는 문이 영영 닫히는 일이 없도록 스킬라와 카리브디스 사이*를 잘 빠져나가야 했다. 나는 후퇴해야 한다는 걸 깨달았다……

"좋아." 내가 말했다. "너한테 뭔가 사줄게. 지금은 안 되고 좀 나중에……"

"안 돼." 그녀가 대답했다. "먼저 사줘. 그냥 뭔가를 사주는 게 아니라 내가 말하는 걸 사줘야 해. 내 건 내가 살 거야. 넌 그냥 값을 치르기만 해."

"좋아." 내가 말했다. "내일 아침 마니투 찾으러 같이 나가서……"

그녀가 다가오더니 옆에 앉아서 팔을 내 머리카락에 갖다 댔다. 이 단순한 동작이 침대에서 가장 섬세한 요술보다도 더한 흥분과 기쁨을 가져왔다는 사실을 말해두어야겠다. 개년성의 최고치는 어쨌거나 값어치를 했다, 그것도 굉장한 값어치를 말이다, 굉장한 값어치……

"돈 줘." 그녀가 내 귀에 대고 속삭였다. "내가 다 알아서 할게."

"우리 야옹이, 얼마나 줄까?" 그녀의 허리를 껴안으며 내가 물었다.

"30만 마니투."

뭐라. 그 돈이면 옷가지를 한 보따리는 살 수 있다. 이건 보통의 고무녀에게 필요한 수준을 훨씬 뛰어넘는다.

"10만." 내가 속삭였다. "그저 널 내 목숨보다 더 사랑한단 이

---

* 스킬라와 카리브디스 사이(между сциллой и харибдой): 트로이 전쟁 후 오디세우스가 고향 이타카로 돌아가는 과정에서 괴물 스킬라와 카리브디스의 공격을 동시에 받게 된다. 진퇴양난을 뜻한다.

유로 주는 거야."

그녀는 벌써 자신의 허벅지로 미끄러진 내 손바닥을 찰싹 내리쳤다.

"20만."

"15만." 내가 말했다. "이걸로 끝이야."

"18만."

"15만. 우리 사정으론 사실 이것도 여의치 않다고."

그녀는 가볍게 내 귓불을 깨물었다. 제대로, 그것도 내가 좋아하는 바로 그곳이었다.

"17만 5천. 지금 당장."

이렇게 쉽게 해결되다니 믿을 수 없는 일이었다.

"좋아." 내가 말했다. "약속한 거다."

"비행사의 약속이라 이거지?" 그녀가 미소 지었다.

이 순간 그녀가 너무나도 예뻐 보여 나는 눈살을 찌푸렸다.

"비행사의 약속." 내가 되뇌었다.

"난 어렸을 적부터 비행사들을 믿었어." 그녀가 그렇게 말하고는 반으로 접힌 종이 한 장을 내밀었다.

나는 그것을 펼쳤다. 거기에는 손으로 적은 숫자들이 쓰여 있었다.

"이게 뭐야?"

"내 지갑." 그녀가 대답했다. "인터넷 쇼핑을 위한 거야. 약속한 대로 거기에다가 17만 5천을 지금 당장 넣어줘."

"내가 언제 지금 당장이라고 약속했어?"

"내가 '17만 5천. 지금 당장'이라고 했잖아. 그리고 넌 나한테 비행사의 약속을 했고.”

“난 지금 당장 시작된다는 게 다른 건 줄 알았는데.” 내가 당황하며 말했다.

“그 다른 것도 시작될 거야.” 그녀가 말했다. “하지만 좀 있다가. 응, 자기야, 자기 요새에 다녀와야지.”

‘자기야……’ 내가 이 말을 그녀에게서 마지막으로 들은 게 언제였더라?

나는 그녀의 시스템 전체를 재설치하고 나서 다시 이 모드를 설정해야 하는 건 아닐까 하는 생각을 하며 천천히 행복의 방으로 향했다…… 사실 원칙대로라면 시스템 재설치 같은 일은 회사가 해주게 되어 있다. 하지만 만일 카야 말이 맞고 도파민 공명이 그저 프로그램 버그라면 새 버전에는 이게 없을 수도 있다.

삶에서 기적적으로 발굴해낸 행복을 잃을지 모르는 위험을 내가 감수할 필요가 있을까? 재설치를 하고 나면 그건 이미 나의 카야가 아닐 것이다. 그녀가 나한테 저지르는 골칫거리들이 관건이라는 생각이 들었다. 바로 이것들이 이 포상을 달콤하게, 또 내가 더욱 갈망하도록 만드는 것일 테니까. 아마 그녀는 내가 제정신이 들어서 무슨 일이 벌어지는지 알아채지 못하도록 그저 고대 여성들의 유혹술을 완벽하게 모방하고 있는 걸지도…… 만일 그렇다면, 그녀는 고무녀로서 임무를 멋지게 수행하는 것일 뿐이며, 이토록 부드럽고 재현 불가능한 알고리즘 타래를 파괴하는 것은 최고로 멍청한 짓이 되는 셈이다.

게다가 솔직히 말해, 그녀의 요구가 그리 과한 것도 아니었다. 모토렌바겐 비즈니스에 종사하는 내가 아는 인간 중에는 오르크 창녀들에게 하루 저녁에 더 많은 돈을 쓰는 놈들도 있으니 말이다.

나는 전능의 왕좌에 걸터앉아 암호를 입력하고 희미하게 빛나는 공허 속으로 그녀의 종이 신분증에 쓰여 있는 숫자들을 박아 넣었다. 이건 이틀 전에 발급된 무기명 수표였다. 이것만 있으면 그 누구라도 물건을 구입할 수 있다. 인터넷상으로는 고무녀 신분을 숨길 수 있는 것이다. 돈을 부치며 난 생각했다. 이제 매번 이렇게 값을 치러야 하는 걸까? 아니면 그냥 일회성 협박일까? 일단 두고 보자고. 하지만 만일을 대비해서 친절하고 사려 깊게 그녀를 대하는 게 낫겠어. 빈정대면 안 돼, 제일 중요한 게 바로 빈정거리지 않는 거라고. 재들이 특히 싫어하니까.

한 시간 후에 나는 힘을 쪽 빨린 채로 행복하게 등을 대고 누워 있었다. 내가 방금 전에 경험한 것은 17만 5천 가지고는 살 수 없는 것이었다. 가격을 매길 수 있는 게 아니었다.

여기서 핵심은 신체적 만족감이 아니다. 신체적 만족감이라는 건 역학적 발작, 몸의 다른 구역으로 이동된 단순한 재채기 반응으로 귀결될뿐 아니라 이 위태로운 경험에 대한 지나친 관심은 사춘기 초기에나 적합하다. 생각해보면 소위 '신체적 쾌락'에는 그 어떠한 만족도 실상 존재하지 않는다. 그것은 번식 본능을 위해 작동하는 우리의 기억에 의한 사후적 기입일 뿐이다(그러니 이것을 '우리의 기억'이라고 부르는 것은 그야말로 순진한 짓이다).

핵심은 완전히 다른 데 있다. 카야를 통해 내가 경험한 것, 전에는 알지 못했던 어떤 내적 비상의 고도가 존재한다는 것, 이것이 바로 핵심이었다. 인간이 그 안에 들어서는 일은 드문가 보다. 그렇지 않았다면 시나 노래에 분명히 반영되었어야 한다. 어쩌면 인간은 긴 역사 동안 예술 안에서 바로 이것을 표현하기 위해 노력했지만 번번이 풀리지 않는 문제라는 확신을 굳히게 된 것일까. 어쩌면 이와 유사한 것을 성취한 고대 신비주의자들은 자신들이 마니투의 궁전에 다가가고 있다고 생각했을 수도 있다.

나는 '내적 비상의 고도'라는 말이 얼마나 무의미하게 들리는지 안다. 더군다나 비행사로부터 이 말을 듣는 건 더 그럴 것이다. 하지만 이걸 더 이상 어떻게 설명한단 말인가. 이것을 그네타기로 '해님' 하는 것에 비유한 카야의 설명이 가장 훌륭하다.

문외한을 위해 말해두는데, '그네'는 모토렌바겐에서 떼어낸 베어링에 횡목을 가로로 고정하여 매다는 작은 나무배로, 슬라바에서 많이 볼 수 있는 기구다. 타기도 많이 탔지만, 「폭정의 얼굴 뒤로」라는 제목의 프로그램을 제작할 때는 이 기구를 촬영하기 위해 출격한 적도 있었다. 그네는 일정한 높이까지는 올라갈 수 있지만 그 이상으로는 목재 제한 장치에 부딪쳐 더 나아가지 못한다.

쾌락을 찾는 인간의 몸도 그네와 비슷하다. 높이를 제한하는 판자에 부딪쳐 그네가 떨리는 것을 느낄 때 우리는 최상의 행복에 도달했다고 여긴다. 맞는 말이기는 하다. 감방에서나 통용되는 왜곡된 의미에서라면 말이다.

언젠가 누군가의 억센 팔이 내가 탄 작은 배를 이 판자가 부서질 정도의 힘으로 밀었던 적이 있었다. 작은 배는 높게, 더 높게 날아오르더니 아예 완전히 원을 그렸다. 뒤로 되돌아가는 익숙한 반동이 아니라, 도달할 수 없는 행복 쪽으로 몇 차례 짧게 발을 들여놓은 나는 더 이상 행복이 아무 데로도 달아나지 않도록 연달아 원을 돌며 내달렸다.

햇빛을 잡고 신기루의 내부로 들어서게 된 것이 중요한 게 아니었다. 자연이 우리를 위해 서투르게 채색한 이 모든 미끼의 거짓 기만이 그 몇 초의 순간보다 더 명확히 폭로된 적은 없었다. 내 그네가 모든 장애물을 부수고 날아오른 금기의 공간에서 세계와 나 자신의 너무나도 묘하고 낯선 모습이 갑작스레 드러났다……

완전히 새로운 전망이 펼쳐졌다.

마치 높은 고도에 올라 오르크 공원의 톱날 같은 울타리와 그 울타리 뒤의 텅 빈 구역을 보게 된 것 같았다. 그곳으로 향하는 어떠한 오솔길도 아래 세계에는 알려지지 않았고 이미 수백 년 동안 인간의 발길이 닿은 적 또한 없었다. 이윽고 나는 우리가 괴로워하며 평생을 좇는 행복이나 슬픔 따위는 진짜 현실 속에서는 존재하지 않는다는 것을, 또 존재하는 것이라고는, 의문도 없고 의심도 없으며 마니투가 인간을 바로 이곳에서부터 그 죄악으로 말미암아 추방했으니 인간 또한 거할 리 없는 이 최고점뿐이라는 사실을 깨달았다.

“왜 또 울어?” 카야가 물었다.

침실의 어스름 속에서 그녀의 얼굴은 실크 위에 펜으로 그린 그림처럼 보였다.

"이제 어떻게 살아가야 할지 모르겠어."

"겁낼 거 없어." 카야가 말했다. "전부 약속을 정하자."

고무녀를 비롯한 여자들은 전부 자기 방식대로 모든 것을 받아들인다. 그래서 전혀 다른 고상한 것을 생각하는 중이었다고 설명해봤자 쓸데없는 짓이다. 특히 그들이 이미 생각해둔 이야기를 할 때는.

"매번 흥정하는 거야?" 내가 물었다.

"아니." 카야가 말했다. "다 공짜야. 예전처럼. 넌 나를 때릴 수도 있고 괴롭힐 수도 있어. 뭐가 어떻든 상관없이 난 똑같은 걸 해줄 테니까. 하지만 넌 세 가지 조건에 동의해야 해."

"어떤 조건인데?"

"첫째는," 그녀가 말했다. "날 가끔 외출시켜주는 거야. 공간 제한 설정을 풀어줘."

"두번째 조건은 뭔데?" 내가 우울하게 물었다.

"날 일시 정지시키지 마."

"세번째는?"

"나한테 그림을 소개시켜줘."

그랬다.

옷이 필요했던 건 바로 이 때문이었다.

카야는 내 상처투성이 가슴을 더 세게 짓누르기 위해 내 눈앞에서 그림과 노닥거리려는 것이다. 그녀의 말을 듣자, 내 안에서 무언가 유리로 된 섬세한 부속품이 조용히 바스락거리는 것이 느껴졌다.

그렇다. 그녀는 똑똑하고 명민할 수 있다. 또 놀라울 만큼 지적이니 나보다 더 교활하고 더 지혜로울 수도 있다. 하지만 내가 아무리 영혼의 이 완벽한 시뮬라크르를 들여다본들, 그 내부에서 경이로운 생각을 찾아낸들, 그 안에 만발한 꽃들의 아름다움에 기만당한들, 뭐가 됐든 어쨌거나 이 시뮬라크르의 뿌리는 언제까지나 저 끝없는 개년성이었다. 항상, 모든 방면에서 말이다.

순간 나는 무릎 꿇고 쓰러져 속삭일 뻔했다.

"자기야, 이렇게까지 해야 돼? 내가 더 세게, 더 심하게 고통받도록 자연과 사회가 너한테 억지로 주입한 이 바보 같은 프로그램을 이렇게 무자비하게 수행할 필요가 있는 거야? 내 영혼에 공포와 아픔의 파도를 일으켜서 그 뒤로 뭘 숨기고 싶은 건데? 네가 덧없는 존재라는 사실? 너의 비존재? 나 그게 뭔지 알아. 나 너한테 악감정으로 이러는 거 아냐. 그저 나한테 기쁨을 주면서 내 곁에서 조용히 살 수는, 아니지, 사는 척할 수는 없니? 대체 왜 이 타는 듯한 고통에 부채질까지 해대는 거야?"

하지만 나는 여자한테 이런 말을 하면 안 된다는 혐오스러운 이 게임의 규칙을 잘 알고 있었다. 이건 다시 말해, 수라한테도 이런 말을 해서는 안 된다는 것을 의미했다.

"어때, 동의하는 거야?" 그녀가 물었다.

"생각 좀 해보고." 내가 말했다. "이게 그렇게 간단하지가 않아."

유리 찬장처럼 안이 들여다보이는 방에서 의사들이 그림과 흘로야를 진찰했다. 촬영 준비를 위한 분장실은 어느 인상적이었던 전쟁 전야 영상(배경에 피투성이의 고무녀가 없었던 것이 유일한 흠이었다)에 등장하는 우르카간의 부두아르와 비슷했다. 하지만 번쩍이는 혼돈 속에서 지나간 첫 몇 시간 중 그림의 기억에 남은 것은 그들이 이 스튜디오에서 저 스튜디오로 넘어갈 때 지나간 추레하고 비뚤비뚤한 복도가 전부였다.

복도에는 검은 카본으로 된 구멍투성이 널판이 잔뜩 걸려 있었다. 사방에 전선들이 너저분했다. 널판 위에는 안내문이 희끗거렸다.

3D PROJECTOR MAINTENANCE.

SORRY FOR INCONVENIENCE!

(3D 프로젝터 점검. 불편을 드려 죄송합니다!)

"여기 있는 모든 건 실제로는 이렇지." 그들이 안내문 옆을 지나갈 때 다밀롤라는 어쩐지 히히거리며 말했다. 나름 농담을 던진 모양이었지만 그림은 새로운 세상이란 이런 복도들로 구성되었다고 정말로 믿었다.

또 새로운 세상이 인간들, 즉 '마니투의 아이들이자 토가를 차려입은' 자신만만한 비잔틴인들로 구성되었다는 것도 믿었다. 사실 그들 중 토가를 입고 다니는 이는 없었다. 되는 대로 아무거나 입은 그들은 실상 오르크와 다를 바가 없었다. 흘로야가 속삭였던 대로 더 '궁색'하다고 해야 할까.

인간들은 원격 카메라가 작동하지 않을 때는 벽처럼 깍듯하고 무심했으며, 카메라들이 돌아가기 시작하면 그림은 일을 해야 했다.

그림은 카메라 앞에서 자신이 너무 긴장해 있다는 걸 느꼈다. 또 그것을 안다는 자체가 그를 더 긴장하게 했다. 질문에 대답하면서도 어찌나 말을 더듬었던지 그림은 가능한 한 말을 적게 하려고 노력했다. 하지만 이 또한 역경의 운명을 짊어진 그을린 얼굴의 오르크 병사라는 이미지에 부응했기에 전체적으로는 나쁘지 않게 굴러갔다.

반대로 흘로야는 광선처럼 내리쬐는 관심 속에서 활기를 되찾았던 모양인지, 베르나르-앙리를 향한 그녀의 슬픈 표정마저 사진발을 더 잘 받았다. 베르나르-앙리 집을 상징하는 열쇠가 그녀에게 건네지고 대중이 박수를 치기 시작했을 때 그녀는 마니투에 잘 잡힐 만한 감동적인 작은 눈물방울 하나를 이미 흘린 눈물 위에 용케 한 번 더 짜냈다.

다밀롤라는 피곤해 보였다. 그는 이 탈출자들이 적응과 휴식 기간을 가지면 곧 며칠 후부터 새로운 세상과의 진짜 만남이 시작되리라 약속하고는 떠났다.

알료나-리버티나가 흘로야와 면담을 마치고 나자 환영위원회에서 나온 친절한 부인이 오르크 젊은이들이 새집에 둥지를 틀 수 있게 데리고 나갔다.

촬영장에서 집까지는 5분밖에 걸리지 않았다. 동화처럼 손쉽게 도착할 수 있었던 건 메트로리프트(여기서는 이것을 '튜브'라 부른다) 덕분이었다. 이것은 네 개의 좌석이 있는 아담하고 편안한 객실로 된 교통수단이다. 일반 엘리베이터를 세우는 것처럼 복도에서 메트로리프트를 세울 수 있었고 행선지를 가리지 않고 무조건 출발했다. 그림은 안내자에게 벨벳으로 덮인 채 제비꽃 향기가 나는 이 캡슐들이 동일한 도관을 타고 다니면서 어떻게 서로 부딪치지 않는지 물어보았지만 그는 그런 것은 잘 모르며 그저 마니투에 목적지의 주소를 입력할 수 있을 뿐이라고 말했다.

메트로리프트로부터 베르나르-앙리의 집까지는 고작해야 20미터 정도였다. 문은 회색과 검은색을 띤 벽에 달려 있었다. 소위 그 상징으로서의 열쇠가 굳이 필요한 것도 아니었다. 문에 달린 손잡이가 그림과 흘로야의 손바닥으로 재코드화되어 있었기 때문이다. 문은 평범하기 그지없었다. 하지만 그 뒤에는……

베르나르-앙리의 집은 거대하거나 멋지지는 않았지만 오르크식이 아니라서 그림과 흘로야에게는 마법사나 신의 거처처럼 보였다.

집은 작은 방이 네 개 있는 두 개의 층으로 구성되어 있었다. 아래에는 테라스 혹은 큰 발코니 비슷한 곳에 꾸며진 작은 개인 정원이 있었다. 정원을 울타리처럼 둘러싸고 있는 벽돌로 된 이끼 낀 벽만 유일하게 오르크 건축 양식을 떠올리게 했다.

하지만 습기로 인한 얼룩과 패인 홈에도 불구하고 그림은 금세 이끼 낀 벽돌이 수상쩍어 보였다. 그는 벽을 자세히 살펴보다가 땅과 이어지는 바닥 근처에서 무언가 무광택의 검은 것이 벽돌 사이에 삐져나와 있는 것을 발견했다. 벽돌도 이끼도 표면이 울퉁불퉁한 테이프를 플라스틱에 붙여 만든 것이었다. 이를 눈치챈 그림은 벽에 있는 반복된 무늬와 얼룩들이 모두 똑같은 패턴이라는 사실 또한 알아차렸다. 하지만 테이프가 어찌나 교묘하게 잘 만들어졌는지 마치 살아 있는 이끼의 감촉 같았다.

정원도 의심스러웠다. 땅에서 자라는 꽃이나 작은 나무들은 진짜였다. 어쨌거나 거의 대부분이 진짜였다. 하지만 이들이 뿌리를 내린 흙은 좀…… 마른 나뭇가지로 흙을 꾹 찔러보고 나서 그림은 자기 다리 아래 있는 것이 식물 모듈들이 꽂혀 있는 일종의 탄창 같은 곳임을 알아차렸다.

"야, 이 바보야." 그림이 자신이 무엇을 알아냈는지 알려주자 흘로야가 침착하게 말했다. "일광욕 벤치에라도 앉아서 '이게 내 정원이구나……' 하고 기뻐하기나 할 것이지. 이젠 아예 '이건 가짜야'라고 생각할 건가 보네."

"너도 '이건 가짜야'라고 생각하게 될걸." 그림이 말했다.

"아니." 흘로야가 대답했다. "내가 뭐 진짜 멍청이인 줄 아냐? 난 평생 이걸 위해 살아왔다고. 난 '이게 내 정원이구나' 하고 생각할 거야."

"하지만 너도 이게 가짜란 걸 알잖아."

"그래도 괜찮아." 흘로야가 말했다. "난 어렸을 적부터 진짜가 지겨웠다고."

베르나르-앙리의 집은 고지대에 있었다. 창문 밖으로 시선이 닿는 모든 곳에 놀라운 광경이 펼쳐졌다. 기이하게 나뉜 들판과 측백나무가 자라는 누렇고 푸른 구릉이 사방으로 펼쳐졌다. 저 먼 곳 어딘가에서 오래된 집들이 하얗게 번쩍거렸다. 들판에는 햇볕에 그을린 건초를 말아 만든 커다란 원기둥들이 누워 있었다. 강도 보였고, 먼 푸른 산들과 거인 같은 평온한 구름이 떠다니는 하늘도 보였다.

여름이 영원에 다다르고 있었다.*

이 아름다움은 그림에게 계속해서 시상을 떠오르게 했다. 하지만 창문 속 세계로부터 불어오는 평온한 바람이 이런 시상을 적어두지 못할 정도로 그를 나른하게 만들었다.

활발한 농업 활동의 흔적에도 불구하고 주변에는 사람들이 보이지 않았다. 하지만 많은 세부 사항을 통해 그들이 존재한다는 것을 알 수 있었다. 예를 들면, 구릉 위에 서 있는 집의 굴뚝에서 나오는 연기나 격자무늬 날개를 단 십자가가 천천히 돌고 있는 땅딸막하고 둥근 탑 모양의 풍차가 그랬다.

그러나 이 동화 같은 공간으로 산책을 나가는 것은 불가능했다. 그곳으로 나 있는 출구가 없었다. 유일한 출구는 튜브로 가는 복도로 난 문뿐이었다. 발코니 정원의 울타리 너머로 기대면 아래에서 자라고 있는, 겉으로 보기엔 아주 딱딱하고 뾰족뾰족한 관목들을 볼 수 있었다. 이론상으로는 그곳으로 뛰어내릴 수 있었다. 하지만 그림은 그런 행동이 아무 소용 없다는 것을 알았다. 이에 대해서는 바로 첫날에 환영위원회 소속 사람들이 경

---

* 여름이 끝나가고 있었다는 것을 의미한다.

고하기도 했다.

물론 오프스피어 안에는 그렇게 비이성적인 공허는 존재할 수 없었다. 창문 너머의 자연 경관은 마니투 위의 그림 속 자연 경관과 같았다. 이것은 놀라우리만치 현실 같은 3D 환상이었다. 하지만 이제 그림은 훌로야가 옳다는 것, 즉 만일 영혼이 이 자연 경관에 기쁨을 느끼고 있다면 매 순간 생각 같은 걸 할 필요가 전혀 없다는 것을 깨달았다.

한 가지 이해되지 않는 지점이 있었다. 환영 제조 장치가 창문으로부터 얼마나 멀리 떨어져 있는지였다. 플라스틱 데우는 냄새가 약하게 나는 것으로 보아 그것은 가까이에, 아무래도 2~3미터 안쪽에 있을 것 같았다. 그림은 그가 발코니에서 발견한 긴 막대기를 바깥쪽으로 멀리 내밀면 그것이 무언가에 부딪칠지 시험해보고 싶었다. 하지만 잠시 후 현명하게도 그는 새로운 세계의 견고함을 더 이상 시험하지 않기로 했다. 명백한 진짜들도 그 세계에는 충분히 많았기 때문이다.

방 안에는 슬라바에서도 우르카간의 주거 지역에서만 볼 수 있었던, 인간 양식으로 디자인된 세련된 가구들이 놓여 있었다. 벽에는 불꽃놀이나 질 나쁜 두리안 때문에 생기는 환영 비슷한 무지개 색 얼룩이 그려진 유화도 걸려 있었다. 아래에서라면 그런 그림들은 선조박물관의 예술 전시실에서만 볼 수 있었다.

심지어 아래에서는 아예 볼 수조차 없는 것들도 많았다.

매트리스는 스펀지 비슷한 알 수 없는 재료로 만들어진 것이었다. 이것은 포근해 보일 뿐만 아니라 마치 형태를 기억하는 듯했는데 알맞은 온도를 유지하면서 몸을 데워주는 것 같았다.

그림은 밤새 몸 한 번 뒤척이지 않고 잠든 자세 그대로 깨어날 수 있었다.

음식을 준비할 필요도 없었다. 음식은 부엌 마니투에서 고르면 됐다. 튜브에서 행선지를 고르는 것과 마찬가지였는데, 몇 분이 지나고 나면 식탁 위 환하게 빛나는 작은 창문에 주문한 음식이 나타났다. 이것은 '프네우마* 배송'이라고 불렸다. 그림으로선 그렇게 맛있는 음식은 처음이었다.

더러운 옷은 또 다른 작은 창문 아래 내던져두면 잠시 후 깨끗하고 건조된 상태로 돌아왔다. 무엇보다 침실이든 부엌이든 행복의 방이든 모든 곳이 마치 바닥이나 벽이 자가 세척을 하기라도 하듯 매번 깨끗한 새것처럼 보였다. 더러운 얼룩은 이내 사라졌고 메트로리프트의 벨벳 객실에서 풍겼던 그 미묘한 제비꽃 냄새만이 남았다.

그림이 약간 실망했던 건 아파트 안에 있는 마니투 때문이었다. 인간들은 3D 마니투를 쓴다고 들었는데 베르나르-앙리의 집에는 우르카이나의 공공장소에서도 볼 수 있는 몇 개의 큰 평면 화면이 전부였다. 그림은 그것을 켜는 방법조차 몰라 헤맸다.

그림과 훌로야를 이 집에 들이면서 위원회 사람들은 베르나르-앙리의 사적인 물건을 모두 가져갔고 그의 책('죽은 잎새들'이라는 제목이었는데 두꺼운 벽돌 같았다)과 오래된 자작나무로

---

* 프네우마: '숨' '호흡'을 뜻하는 고대 그리스어에서 비롯된 단어로, 종교적으로는 '정신' '영혼'을 뜻하며, 고대 철학에서는 만물의 근원으로서 공기를 뜻했다.

된 비싼 액자에 들어 있는 그의 커다란 흑백 사진 하나만을 기념으로 남겼다. 그림은 그 책을 읽지는 않았다. 책이 고대 프랑스어로 되어 있었기 때문이다. 액자는 디스코스몽거가 있는 쪽이 아래로 가게 뒤집어놓았다. 하지만 사흘 후, 새로운 공간에 능동적으로 둥지를 틀던 훌로야가 전 소유자의 또 다른 흔적을 발견했다.

그녀의 관심을 끈 것은 벽에 걸린 그림 중 하나였다. 그것은 세로 1미터 가로 2미터쯤 되는 캔버스였다. 거기엔 뭔가 이상한 것이 그려져 있었다. 우유로 된 바다 위로 아래로 점점 깊어지는 적갈색 소용돌이가 치고 있었다. 'mon souvenir'라는 검은색 글씨가 바다 위에 휘갈겨 쓰여 있었는데 이 글자들조차 소용돌이 속으로 빨려 들어가고 있었다. 이 고대어로 된 글자들은 액자에 붙은 팻말에 교회 영어로 쓰여 있던 'my memory(나의 기억들)'와 같은 뜻을 가진 게 분명했다.

이것은 다른 액자들과는 달리 벽에 아주 단단히 달라붙어 있었다. 이 액자가 벽에 어떻게 붙어 있는지 궁금해진 훌로야는 수차례 이것을 옆에서 밀어보았다. 갑자기 액자가 비밀 벽장을 가린 쪽문으로 변하면서 쉽게 움직였다.

"그림!" 훌로야가 놀라 소리쳤다.

액자처럼 붙어 있던 쪽문이 열리자마자 옆에 서 있던 마니투가 튀어나오면서 음악이 연주되었다. 듣기 좋은 남자 목소리가 알 수 없는 언어로 노래를 불렀다. 하지만 얼마나 놀랐던지 그림과 훌로야는 화면을 쳐다볼 수조차 없었다.

안은 마치 그림 속의 그림 같았다. 그리 깊지 않은 벽장 안에 여러 가지 물건을 전시한 일종의 설치 미술 같았다. 그 안을 들여다보면 볼수록 그림과 흘로야는 점점 더 자신의 눈을 믿을 수 없었다.

무엇보다도 이것은 고대의 무덤을 닮아 있었다. 고고학 논문에서 묘사된 무덤 그대로였다. 측면에 있는 램프들이 무덤을 비추었다. 무덤 상단에는 두개골 두 개가 벽에 붙어 있었고 그 아래에는 작은 방울들이 달린 두 개의 자그마한 북이 놓여 있었다. 하나는 빨간색이고 다른 하나는 파란색이었다. 나머지 표면에는 낙엽이 깔려 있었는데 투명한 래커로 벽에 붙인 것이었다.

꼼꼼히 닦인 두개골들이 번들거렸다. 이 역시 래커 칠 때문이었다. 강한 광채를 발하는 두개골 각각의 이마에는 뼛속으로 박아 넣은 수정 보석이 여러 개의 작은 무지개처럼 빛을 분산시키며 번쩍이고 있었다.

"다이아몬드야." 흘로야가 속삭였다.

그림을 놀라게 한 건 다른 것이었다.

작은 북들에 팽팽하게 댄 것은 여자의 피부였다. 그것이 여자의 피부라는 것은 벗겨져 나온 부분(아니면, 더 정확히 말한다면, 그것과 함께 벗겨져 나온 부분) 때문에 확실해졌다. 털마저 그대로였다. 붉은 북에 있는 털들은 섬세하게 붉은 삼각형 모양으로 다듬어져 있었고, 푸른 북에 있는 털들은 짙은 밤색이었는데 정돈되지 않은 채였다. 이 내밀한 두피는 아무래도 일종의 방부제로 처리된 듯했다. 부패의 흔적 하나 없이 생생한 피부처럼 느껴졌다.

각각의 두개골에는 여성의 땋은 머리가 붙어 있었는데 붉게 땋은 머리는 붉은 북에, 짙은 밤색의 땋은 머리는 푸른 북에 드리워져 있었다. 땋은 머리채들은 그 끝에 각각 'une autre No.1'과 'une autre No.3'*라고 쓰인 종이 꼬리표를 달고 있었다.

"근데 2번은 어디 있지?" 뭐라도 이야기해야겠기에 그림이 입을 열었다.

"그 2번이 나야." 흘로야가 말했다.

그녀의 말이 옳았다. 두 개의 두개골 사이에는 공간이 넉넉하게 있었고 그 아래에도 북 하나가 더 들어갈 수 있었다. 이 자리에는 대신 통통한 종이 꾸러미가 놓여 있었다.

그림이 꾸러미를 펼쳐보니 쭈글쭈글해진 사진 한 뭉텅이가 나왔다. 모든 사진에는 사실상 똑같은 것이 찍혀 있었다. 그것은 몇 명의 사람들이 앉아 있는 책상이었다. 경찰, 의사, 성직자들도 앉아 있었다. 그리고 그들 모두는 그림이 방금 전에 무언가 아주 나쁜 짓을 하기라도 한 것처럼 그를 쳐다보았다. 사진에 찍힌 모습은 책상 모양이나 식탁보 색깔, 모인 사람들의 수, 그리고 그들의 복장에 따라 차이가 났다. 가장 중요한 차이는 꺼리는 듯 지루한 표정에서부터 놀라서 분개한 모습까지 다양한 얼굴 표정이었다. 표정의 종류는 사진의 수만큼이나 다양했다. 흑백 사진이나 세피아 톤으로 보정된 사진도 몇몇 있었다.

사진 뒤쪽에는 'F' 'T' 'B' 'A' 'J' 등의 흐릿한 글자가 써 있었다. 종종 두세 개가 같이 쓰여 있기도 했다.

"이건 대체 무슨 표시야?" 흘로야가 물었다.

---

* Une autre—여성 타자他者(원주).

"몰라." 그림이 말했다.

그는 인간의 기름기가 스며든 사진들을 종이 꾸러미에 되돌려 넣어 제자리에 가져다두었다.

쪽문이 열렸을 때 시작된 음악이 완주된 후 처음부터 다시 연주되었다. 그림은 이제야 마니투를 쳐다보았다.

고대 영화 시대에 찍은 흑백 동영상이 나오고 있었다. 아주 오래된 영화니까 흑백인 이유는 감독의 변덕 때문이 아니라 당대의 기술적 제약 때문일 수도 있다.

동영상 클립에는 특별한 잔꾀라곤 보이지 않았다. 어두운 무대를 따라 재킷을 입은 젊은이 하나가 때때로 관객을 향해 야생 코카투가 암컷에게 최면을 걸 때처럼 복잡한 시선으로 어슬렁거리면서 무언가 알 수 없는 노래를 불렀다. 노래 가사가 고대 영어로 번역되어 자막으로 지나갔다. 자막에 따르면 노래하는 이 젊은이의 이름은 세르주 갱스부르, 노래 제목은 「프레베르의 샹송」이었다.

"내용은 뭐야?" 흘로야가 물었다.

그림은 지나가는 자막을 한동안 유심히 쳐다보았다.

"이미 세상을 떠난 내 연인들이 날마다 끊임없이 죽어나간다." 그가 말했다. "그리고 마지막에는 이런 내용이 있어. 어느 날인가 그들이 비로소 죽는 것을 멈추게 될 거라고. 어쨌거나 이상한 노래야."

"왜?" 흘로야가 물었다.

"이 노래는 다른 노래에 대한 노래야. 우리가 어렸을 적에 외워댔던 '말에 대한 말'처럼 말이야."

"그 다른 노래는 뭐에 대한 노랜데?"

"죽은 잎새들에 대한 노래야. 내 생각이 맞는다면."

훌로야는 한숨을 푹 내쉬고는 북을 덧댄 늘어진 두피들을 다시 한번 살펴보았다.

"요것 때문에 그놈이 내 머리카락이 짧다고 애석해했구만. 그러더니 또, 상관없어, 넌 또 다른 '여성 타자'가 될 거야,라고 하더라고. 난 그놈이 그냥 약에 절어서 하는 소린 줄 알았지……"

훌로야는 그림이 걸린 쪽문을 조용히 닫았다. 마니투는 곧장 꺼졌고 음악 소리도 그쳤다.

"이걸 어떻게 하지?" 그림이 물었다. "누구한테 말해야 하나?"

훌로야가 부정적으로 고개를 갸우뚱거렸다.

"인간들이 우리를 벌써 이렇게나 환영해줬잖아." 그녀가 말했다. "그 사람들을 난처하게 할 필요가 뭐 있겠어? 그냥 잊고 끝내자."

"넌 이걸 잊어버릴 수 있어?" 그림이 의심스럽다는 듯 물었다.

"물론이지." 훌로야가 말했다.

"어떻게?"

"그냥. 발코니에 둔 화분을 잊어버리는 것처럼."

하지만 하루가 지나자 그림조차도 비밀 벽장 안에 있는 두개골 따위는 잊어버렸다. 베르나르-앙리의 마니투로 인터넷에 접속할 수 있게 되었기 때문이다.

훌로야는 옷이나 그 밖에 다른 모든 것을 단말기로 구입하는 방법을 당장 알아내더니 위원회가 미리 준 정착금의 일부를 열정적으로 지출하기 시작했다. 프네우마 배송은 여러 가지 아가씨용 천 쪼가리들이 들어 있는 똑같은 검은 봉투를 연이어 벽에서 뱉어냈다. 훌로야는 이것들을 개봉하기도 전에 다른 것을 또 주문했다. 곧 그녀의 새 물건들이 집 안 전체에 널렸다. 그녀는 자기 옷을 고르지 않을 때는 그림의 옷을 골랐다.

특히 그녀를 사로잡은 건, 여러 종류의 브래지어를 구입하는 일이었다. 오르크식 흉대는 물집이 잡히기 마련이어서 아래 세상에서는 흠이 가장 많은 물품이었다. 사실 훌로야는 그런 게 필요하지도 않았다. 그녀는 장비가 필요 없는 작고 단단한 가슴을 가지고 있었기 때문이다. 그녀의 설명에 따르면 여성들에게 이 장비가 필요한 것은 성 윤리 때문이었다. 카탈로그를 열심히 들여다보던 그녀는 이 위 세계에서는 그런 규범이 적용되지 않는다는 결론에 도달했다.

"여기선 유행을 좀 안다는 여자들이 아무것도 안 입고 다니나 봐." 그녀가 낙심한 듯 말했다. "넌 믿을 수도 없을걸, 옷을 무슨 오르크 창녀처럼 입는다니까. 하지만 어쨌든 일단은 더 알아봐야지……"

옷이나 음식뿐만이 아니라 헤어스타일도 배달시킬 수 있었다. 처음에 그림은 그런 게 가능하다는 것을 믿지 못했다. 하지만 훌로야는 그림의 눈앞에서 마니투 위에 펼쳐진 카탈로그를 따라 머리 모양과 염색 색상을 선택한 후 '구입 결정' 버튼을 눌렀고 곧 재미난 작은 소포가 벽에서 굴러 나왔다.

훌로야는 거기에서 플라스틱으로 된 폭이 넓은 띠를 꺼내서 설명서에 쓰여 있는 대로 젖은 머리 둘레에 감았다. 넓은 띠는 소름 끼치는 지글지글거리는 소리와 함께 마치 녹기라도 하듯 팽창하더니 잔구멍이 잔뜩 난 거대한 공 모양으로 부풀어 올랐다. 몇 분이 지나 흘로야는 이 공을 머리에서 벗겨냈는데 이미 짧게 잘려 염색된 그녀의 머리카락이 복잡한 스타일로 손질되어 있었다. 그림은 이런 일을 상상조차 하지 못했다.

흘로야는 알료나-리버티나의 연락을 받고 캐스팅 문제로 그녀의 집으로 갔다가 이틀째 귀가하지 않았다. 혼자 남은 그림은 인터넷을 조금 익혔다.

그곳엔 모든 것이 있었다.

『다오 페스딘』에 따라 점을 볼 수도 있었다.

이젠 사제한테서 받은 책을 아래에 두고 왔다고 걱정하지 않아도 된다. 모를 일이었다. 마니투를 통해 점을 쳐도 괜찮을까? 이런 식의 접근법이 책을 모시는 영들에 대한 모독은 아닐까?

그림은 직접 해보기로 했다. 영들에게 무엇을 빌어야 할지 생각해보았다. 그는 눈을 들어 몇 차례 방을 둘러보다가 흘로야를 떠올렸다.

방 전체에 그녀의 물건이 널려 있었기에 당연한 일이었다. 흘로야의 물건들은 주변에 고르게 널브러져 있었다. 물건이 어찌나 많았는지 점유한 영토에 말뚝을 박아두려는 절실한 노력이 느껴질 정도였다. 이것은 그 옛날 늑대의 습성보다 더 노골적인 노력이었다.

브래지어만 해도 세 개나 되었다. 하나는 의자 등받이에 걸려 있었다. 소파 옆에 널브러져 있는 것도 있었다. 또 다른 하나는 잘 말려 난로 선반 위 『죽은 잎새들』과 디스코스몽거의 뒤집힌 사진 사이에 아직까지는 그런대로 우아하게 놓여 있었다. 하지만 전투 경험이 풍부한 그림은 한눈에 그곳이 바로 영토 확장을 위한 침투 지점이라는 것을 눈치챌 수 있었다.

흘로야를 떠올렸을 때 드는 느낌은 절반은 유쾌함, 절반은 초조함이었다. 흘로야를 더 오래 생각하면 할수록 언짢은 것들이 점점 더 많이 떠올랐고 곧 깊은 우수가 그를 사로잡았다.

'나랑 흘로야는 어떻게 될까?' 그는 질문을 선택하고 '복점' 버튼을 눌렀다.

이상하게도 마니투는 생각에 오래 잠겼다. 이윽고 화면에는 못에 늘어져 걸려 있는 다람쥐 가죽이 나타났다. 가죽 위에 비뚤비뚤한 필체로 대답이 쓰여 있었다.

서른여섯. 젊은 미녀의 삶에 대하여.

이는 정녕 염소와 한 지붕 아래에서 사는 것과 같도다. 왜 그러한가?

아직 가질 수 없는 미녀는 심장을 찢는다. 그녀를 바라보며 너는 생각한다. 그녀와 사랑으로 엮이는 것이 최상의 행복일 것이라고. 이를 위해 너는 운명, 양심과의 거래를 감행하고 결국 그녀를 얻는다. 기뻐하라, 오르크여…… 그러나 본능에 따르는 쾌락은 무상한 것. 첫째 날 너는 이것을 네 번 경험할 수 있다. 둘째 날은 세 번. 셋째 날은 한 번 혹은 두 번. 그리고 넷째 날 너는 전혀 바라지 않게 된다. 이후 일주일 동안은 싫증이 날 것이다.

그녀의 아름다움은 어디에 있는가? 이제 그녀는 이웃만을 위한 미인인 것이다. 그녀와는 대화를 나눌 것이 없다. 왜냐하면 극도로 무지하기 때문이다. 며칠이 지나면 이전처럼 다시 그녀를 원할지도 모른다는 희망 따위는 갖지 마라. 그러지 못할 것이다. 이제 더 이상 방해물도 없으며 유혹이 피어날 만한 시간도 주어지지 않는다. 너에게 이제 그녀는 그저 집짐승처럼 먹고 자는 어린 동물일 뿐이다.

하지만 너와 함께 살기는 산다! 어디를 보아도 한시라도 자기를 잊고 지내지 못하도록 매일 먹고 더럽히고 온통 엉망진창을 만들어 놓는다.

그리고 그녀를 잃게 될 때 너는 울음을 터뜨릴 것이다.

그림의 시선은 가죽의 아랫부분으로 건너뛰었다.
역시나 대답이 있었다.

군사용 복점을 위해 보태어두는바, 나는 이들을 보갈들과 비교하지 않겠다. 왜냐하면 보갈들과는 한 번도 같이 살아본 적이 없기 때문이다.

알료나-리버티나가 내가 오르크 커플에게 도움을 준 것과 관련해 얼마나 많은 금액을 지불할지 이야기를 꺼냈다. 나는 기분 좋게 놀랄 수밖에 없었다. 이 금액은 시네뉴스의 지출 목록에 '비밀 군사 활동'이라는 명목으로 분류되는 모양이었다.

하지만 대화를 시작한 지 5분이 지나자 나는 그녀가 이 금액을 왜 지불하려는 것인지 알게 되었다. 그녀는 베르나르-앙리가 죽음을 맞은 정황에 대해 굴락의 어느 누구도 알지 못하기를 원했다. 특히 그가 자기 집에서 죽은 사실에 대해서는 더욱 그랬다.

나는 내가 무엇을 함구해야 하며, 또 왜 그래야 하는지 정확하게 알아야 한다고 말했다. 그렇지 않으면 내가 우연찮게 입을 놀릴 수도 있기 때문이었다. 나의 설명에 설득당한 그녀는 모든 것을 숨김없이 말해주었다. 그 내용이 나를 놀라게 했다고는 할 수 없다. 비슷하게나마 나도 예측한 게 있었으니 말이다. 하지만 이 일 이후 삶은 조금 더 역겨워졌다.*

푸포갈 트릭이 원인이었다. 앞서 나는 굴락에 대해서 설명이 필요하다고 말해왔는데 이젠 정말 설명해야겠다. 이 설명 없이는 앞으로 내가 하는 말들을 이해하지 못할 수도 있으니.

---

* 러시아 정치인 보리스 넴초프(Б.Е. Немцов, 1959~2015)가 한 유명한 말로, "러시아에서 생활은 나아졌지만 삶은 역겨워졌다(В России стало жить лучше, но противнее)!"(2008)에서 유래한 것으로 보인다.

자유로운 사회에서 인간들의 비공식적인 모임이 어떠한 역할을 하는지는 모두가 잘 알고 있을 것이다. 특히 자유로운 쾌락주의 모임에서 무슨 일이 일어나는지는 누구나 다 알고 있다. 빅 비즈에서는 비전통적인 성 정체성을 가진 인간들이 '굴락'이라 불리는 운동으로 단결한다.

각 글자는 나름의 의미가 있다. 'GULAG'은 교회 영어 단어인 '게이Gay' '레즈비언Lesbian' '애니멀리스트Animalist'(고대에는 동물의 권리를 위해 싸우는 투사들을 이렇게 불렀지만 정치적 올바름도 나름대로의 변덕이 있기 마련이다)*와 '글루미Gloomy'(이게 우리 푸포갈들이다)의 축약어이다.

다른 모든 비전통주의자들은 글자 'U' 안에 포함시켰다. 이것이 의미하는 바는 'Unspecified(미지정)' 'Unclassified(미분류)' 혹은 'Undesignated(미승인)'인데, 이 중에서 당신 마음대로 골라잡으면 된다. 이것이 소위 티하리들이다(이것을 오르크 사상경찰**과 혼동해서는 안 된다. 내가 독자들을 완전히 헷갈리게 한다는 걸 알고 있다. 하지만 오르크들이 자기네 '티하리'를 보갈이라고 부른다는 사실은 여기 이것과는 아무런 관련이 없다). 'U'라는 글자 뒤에는, 우리 시대가 이토록 지극히 자유주의적임에도 불구하고 아직까지 똥칠이 난무한 변소에서 기어 나올 결심을 완수하지

---

* 애니멀리스트animalist는 동물을 예술 작품에 등장시키는 예술가들을 의미하지만 여기서는 동물성애자(zoophile)를 일컫는다.

** 국가 체제에 반대하거나 비판적인 사상을 가진 이들을 단속하는 경찰. 조지 오웰의 소설 『1984』에 처음 등장한 '사상경찰'(thinkpol, thought police)에서 비롯되었다.

못한 모든 종류의 분변기호증과 페티시즘이 숨어 있다. 그들이 자신의 작은 괴벽을 드러내지 않고 집단적인 사회적 창작 활동에 참가할 수 있도록 자신들을 위한 미신고 특별 신분을 고안해낸 것이다.

'굴락'이라는 단어가 보여주는 다소 불합리한 글자 배열은 우리가 티하리를 푸포갈보다 더 중하게 여긴다는 것을 의미하지는 않는다. 낭랑하게 울리는 이 예쁜 단어를 생각해낸 것은 우리가 아니기 때문이다. 우리는 그저 우리의 오프스피어가 떠 있는 시베리아의 한 지역에 언젠가 존재했었던 고대 문명으로부터 이 단어를 빌려왔을 뿐이다. 그렇기에 우리는 이 단어를 키릴 문자 그대로 ГУЛАК(굴락)이라고 쓸 때도 많다.

이제 굴락 문화에서 남은 것이라곤 고대 거주지의 흔적뿐이다. 특히 상공에서나 겨우 알아볼 수 있는 소위 '철조망 시대'라고 불리는 수용소가 그것이다. 나는 직접 여러 번 본 적이 있다. 수용소는 줄무늬와 직사각형 모양의 얼룩처럼 보였다. 고고학자만이 어디에 막사가 있었고 어디에 망루가 있었는지, 어디에 철조망이 있었는지를 설명할 수 있었다.

사실 우리는 시베리아에 이주민들이 유입해 들어오기 전에 이곳에서 살았던 부족에 대해서는 아무것도 모른다. 하지만 멸종된 원주민들의 숭배 의례도 산업사회의 일반적 양식이었다. 오르크가 아닌 우리에게 장자권이 있다는 것을 스스로 확신하기 위해 우리는 자신의 족보에 이 이주민들을 연결시키려 한다.

우리 사회에서 굴락은 영화 마피아에 버금가는 큰 힘을 지니고 있다. 어쩌면 가장 큰 힘을 지니고 있을 수도 있다. 많은 이들, 특히 우리의 최근 동영상 녹화본을 본 이들은 그렇게 생각한다. 영상 속 무지갯빛 철조망에 다음과 같은 피투성이 메모가 걸려 있었다.

Don't FUCK

With the GULAG!

(감히 굴락에 박으려 들지 말라!)*

바보가 아닌 이상 누가 감히 그럴 생각을 하겠는가. 그러나 정작 생각해보면 저건 완전히 비논리적 전언이다. 그러면 우리 같이 역겨운 놈들을 대체 어떻게 처리한단 말인가? 피어나는 우리의 모든 다양성을 'U'의 어두운 구덩이 속으로 가라앉히란 말인가? 하지만 나는 그쪽으로 가기는 싫다.

성 소수자들은 벌써 오래전에 평등을 얻기 위한 투쟁에서 승리했다. 압도적으로 승리했다고 말해야 할 것이다. 하지만 역설적이게도 여러 성 소수자는 자기들 사이에서의 완전한 평등에는 아직 도달하지 못하고 있다. 디스코스몽거들의 설명에 따르면, 오늘날 이러한 상황은 모든 점잖은 인간을 심란하게 한다. 하지만 나는 이 때문에 심란해한 적도 없을뿐더러 글루미 프라이드에 참석하지도 않는다.

나는 '소수자' '다수자'라는 말이 무엇을 의미하는지 잘 모르겠다. 고인이 된 베르나르-앙리가 『죽은 종잇장들』에 썼던 것처

---

* 원주에는 러시아어로 '굴락을 들이받지 말라!'라고 해석되어 있다.

럼, 만일 오르크 헛간에 열 마리의 양과 두 마리의 늑대가 있다면, 여기서 과연 누가 다수자고 누가 소수자란 말인가? 마흔 명의 수감자와 세 명의 기관총수의 경우에는 어떤가? 하지만 이것은 까다로울뿐더러 정치적인 주제이므로 비행기 조종사가 이런 주제에 끼어드는 건 좋지 않다.

불평등은 성 소수자 그룹 각자가 자신들만의 고유한 문제를 안고 있어서 발생한다. 제일 고달픈 건 아무래도 애니멀리스트-스트레이트들이리라. 이 스포츠를 즐길 수 있는 건 가장 부유한 이들뿐이다. 세금 문제 때문에 빅 비즈에서는 살아 있는 낙타나 양을 키우는 게 사회 계층 피라미드의 최상위층 행운아들에게만 가능하니까. 이들보다 좀 더 빈곤한 이들을 위해서는 고무 양이나 수라 양까지 출시되어 있다. 하지만 이러한 소비자들은 벌써 글루미gloomy 부류에 속한다. 하긴 이건, 우리끼리 까놓고 얘기하자면, 좀 가소롭다. 고집스럽고 가난한 동물 스트레이트들을 위해서 녹색 구역에는 사창가가 있다. 이곳은 '마구간'이라고 불린다. 그곳에서 친환경 브랜드 '휴먼 터치Human Touch'의 우유와 치즈가 만들어진다. 하지만 나는 거기 제품을 먹어볼 엄두가 나진 않았다.

아, 재미있는 것은 황색 구역 너머로 동물을 들여보내기는 하지만 오르크 성 종사자들을 들여보내는 일은 없다는 점이다. 그래서 베르나르-앙리는 자기 아가들과 함께 녹색 구역에서 시간을 보내기 위해 매번 이들을 입양해야 했던 것이다. 물론 이것은 우리한테는 이제 존재하지도 않는 민족적이고 인종적인 편견 때문이 아니라 오르크 젊은이들도 녹색 구역에서는 성교 동의 연령에 대한 우리 법률의 영향을 받기 때문이다. 단속 카메라가 너무 많아 그곳에서 'don't look-don't see(안 보면, 안 보인다)' 규칙을 항상 쉽게 따를 수 있는 것은 아니니까.

하긴 언젠가 오래전에 트랜스젠더transgender라는 또 다른 성 정체성도 있었다. 하지만 이윽고 필요한 기관들과 내외분비샘을 키워서 자연적인 방법으로 뇌 감응을 통해 성별을 바꾸는 법을 의사들이 터득하게 되었고, 그 결과 외과 수술에 의한 트랜스젠더 계급은 사라졌다. 현대의 트랜스들은 평범한 남성들과 여성들이다. 그리고 그들 대다수는 철길처럼 강고한 스트레이트straight들이다. 몇몇은 아예 자신들이 성별이 달랐다는 것조차 기억하지 못했다. 마니투만 있다면 오늘날엔 기억 교정 또한 가능하기 때문이다. 어쨌든 굴락에는 트랜스젠더가 포함되지 않는다.

게이나 레즈비언에 대해 말하자면, 오늘날 그들은 자신들의 권리를 위해 투쟁할 필요가 없다. 그것은 우리 세계에서도 그렇고 오르크 세계에서도 그렇다. 게다가 전투 조종사들이라면 누구나 이 교활한 오르크인들이 정정당당한 전투는 치르기 싫고 공습이나 피해야겠다는 생각에서 진보적인 동성애를 연기하곤 한다는 걸 알고 있다(그들은 또 땅 위에 커다란 글자로 'Thank you, Big Byz!'라고 쓴다). 우리 중 누구도 이 고마워할 줄 아는 성소수자들을 성전 셀룰로이드로 촬영하길 원치 않는다는 것을 동물적 본능으로 알아챈 것이다. 하지만 역시 오르크 중에도 태생적 게이와 레즈비언이 존재하며, 애니멀리스트는 더 말할 것도 없다. 시골 같으면 한 집 건너 한 집이라고 보면 된다.

오르크들 사이에서 찾아볼 수 없는 이들이 바로 글루미다. 굳이 이유를 설명할 필요도 없다. 그들한텐 섹스 인형이 없다. 그도 그럴 것이 이것을 제작하기 위해 요구되는 기술이 없기 때문이다. 카간만이 과감히 중간급 고무 마네킹을 소유할 수 있는데, 이것은 돈이 없어서가 아니라 그 누구도 그에게 카야 급의 수라를 공식적으로 팔려 하지 않아서다. 게다가 우르카간에게 수라가 필요한 건 심장의 부름 때문이 아니라 굴락을 구슬리는 동시에 자신의 독재리아*가 문명화했다는 분위기를 풍기기 위해서라는 건 알 만한 사람은 다 아는 이야기다.

이 때문에 글루미-오르크의 권익 신장을 위한 투쟁이 이전에는 불가능했다. 바보라도 이것이 얼마나 구미가 당기는 주제인지 알 것이다. 그도 그럴 것이 시청자들에게 오르크 세계의 게이와 레즈비언의 권리를 위한 전쟁은 벌써 200년 전에 진저리 난 주제였고, 마찬가지로 애니멀리스트도 식상할 만큼 보여줬기 때문이다. 간자베르세르크들이 동강낸 양들(녹색의 경사진 땅에 붉고 허옇게 보이는 것들인데 나도 내 커리어를 여기에서 시작했다)은 더 이상 시청자들을 감동시키지 못했다. 이에 비하면 글루미 오르크는 그야말로 신선한 소재였다.

그래서 인터넷에 푸포갈 트릭이 등장했을 때 이것은 폭탄급 정보였다. 오르크 중에는 비디오 블로거가 없었던지라 트릭 또한 오로지 글을 통해 자신이 겪은 어려움을 다른 이들과 공유

* 독재리아(диктатория): 독재자를 뜻하는 диктатор에 영토를 뜻하는 територия를 합쳐서 만든 조어.

했다. 이후 얼마 지나지 않아 바위 아래에서 들리는 그의 씩씩한 짹짹 소리는 큰 인기를 끌었고 그는 곧 굴락에서 가장 중요한 아이콘 중 하나가 되었다. 그의 흉상을 만들어 슬라바의 굴락 거리에 위치한 알렉산드르 솔제니친과 엘튼 존 사이에 설치해야 한다는 진심 어린 호소의 목소리가 확산되었다.

이 이야기에 미심쩍은 부분이 수두룩하다는 걸 나는 금세 알아차렸다. 우선, 우리가 쓰는 인터넷에선 노멘클라투라 안쭈구리들이나 여타 창조적 인텔리겐치아들이 거주하는 황색 구역으로의 출입증을 소지한 오르크들만이 텍스트 블로그를 운영할 수 있다는 점이 그랬다. 정부가 이런 녀석들을 유달리 압박하는 건 아니다. 정부 자체가 대개 이런 녀석들로 구성돼 있으니까. 이 점은 베르나르-앙리도 벌써 눈치채고 있었다(그는 이따가 다시 인용하겠다). 둘째는, 사실 이게 더 중요한 지점인데, 트릭이 우리 언론의 행동 노선과 궤를 같이한다는 점이었다. 그의 모든 글이 일탈적 섹스의 기쁨이나 폭정의 극악무도함, 또는 폭정의 탄압 아래에서 즐기는 일탈적 섹스의 기쁨을 다루고 있었기 때문이다. 전투비행사인 나는 이런 식의 전술에는 빠삭했다. 만일 트릭이 존재하지 않는다면 그를 만들어내기라도 했을 게 뻔했다.

하지만 많은 이들이 그의 존재를 믿었다.

그의 애정사에 대해 세세한 부분까지 관심을 가질 정도였다. 진보적 오르크들이 사회적 압박에서 벗어난 자유 시간에 어떤 방식으로 애정 생활을 영위하는지 궁금한 게 사실이니 말이다. 트릭은 아무것도 숨기지 않았다.

그가 감자 포대에 젊은 여인의 석고상에서 떼어낸 머리를 달아 여체의 시뮬라크르로 이용한다는 사실이 알려졌다(반달리스트로 보이지 않기 위해 그는 자신이 석상에서 머리를 떼어 온 게 아니라 그저 폭격 맞은 공원에서 주웠을 뿐이라고 일부러 말을 흘렸다). 트릭의 말에 따르면 몸에 난 내밀한 구멍을 대신해 그가 사용한 것은 들쭉날쭉한 오르크 단검으로 뚜껑에 구멍을 낸 소고기 스튜 통조림이었다.

이것도 믿기지 않았다. 일단, 글루갈*이라면 누구나 알고 있듯 기술해부학적 측면에서 불일치하는 지점들이 보였다. 둘째, 우리에게 충성하는 오르크는 일반 배터리만으로 가동되는 고무 인형을 황색 구역에서 충분히 빌릴 수 있다. 물론 인형을 집으로 가져가서는 안 된다. 기밀 기술의 반출을 막기 위해 인형은 모두 간이침대 위에 수갑이 채워져 있기 때문이다. 그래도 어쨌거나 트릭이 묘사한 것보다는 글루미 전용 사창가에서 보내는 두 시간이 더 낫다.

감자 포대와 사랑을 나누는 게 따분하지 않았느냐는 질문을 받자 그는 매번 사랑을 나누기 전 오르크 알약 '두메드롤'**을 복용했는데 이렇게 하면 두 시간 동안 연인 타냐와 대화하는 것처럼 느껴진다고 했다. 이 대답 이후, 성급한 많은 이들이 트릭을 정말로 우리와 같은 이들 중 하나라고 여기기 시작했다.

---

* 글루갈(глумарас): 글루미gloomy, глуми와 보갈(пидорас)을 합성해 만든 '글루마라스глумарас'를 글루갈로 옮겼다.

** 두메드롤думедрол: 1세대 항히스타민제인 디펜히드라민의 시판 상품명인 디메드롤димедрол에서 만들어낸 단어.

이러한 정보가 널리 퍼지자 굴락의 열정가들은 연대를 이유로 이 오르크 자유 애호가의 업적을 따라했다. 이와 함께 글루미-숍에서 '트릭 세트'라는 것을 주문할 수 있었다. 이 세트는 통조림, 감자 포대, 석고상 머리, 두메드롤 두세 갑, 이렇게 오르크 생산품으로 구성되었다.

통조림에 어떤 방식으로 구멍을 뚫어야 하는지에 대해 트릭은 아무런 설명도 해주지 않았고 이 때문에 트라우마가 발생했다. 통조림에 든 오르크산 음식은 유독성이 강한 데다가 비위생적이었고 알약이 공간 지각 능력과 상황 판단 능력을 떨어뜨렸다. 이 결과로 인해 몇몇은 패혈증으로 목숨을 잃었고, 또 어떤 이들은 생식기를 잃었다. 이후 가난한 이들은 줄기세포로 새 생식기를 배양할 수밖에 없었다. 역시 기쁨에는 희생이 따랐다. 결국 민중은 정치적 올바름과 글루미 연대에 관해서는 잊어버렸고, 굴락은 독자적 수사를 개시해야만 했다.

물론 오르크 하나를 찾아내는 건 우리한테 식은 죽 먹기였다. 그의 마니투는 황색 구역에서 감지됐다. 이 녀석이 슬라바로부터 직통으로 인터넷에 원격 접근할 수 있는 권한을 가졌다는 사실이 드러났다. 이러한 접근 경로는 사실상 매우 드문 경우였다. 이윽고 굴락 녀석들이 그의 주소를 알아냈다.

아마 당신들도 이 주소가 바로 베르나르-앙리가 둥지를 틀었던, 슬라바에 위치한 관목으로 덮여 있던 그 집이라는 사실을 눈치챘을 것이다.

사실 트릭이란 인물은 존재하지 않았다.

이 프로젝트를 몸소 지휘한 것이 바로 베르나르-앙리였고, 그

관리자는 알료나-리버티나였다. 죽은 베르나르-앙리가 그렇게 자만하지만 않았더라면 '트릭'에 미디어 빨대를 꽂아놓고 아주 오랫동안 바람을 불어넣을 수도 있었을 것이다. 늑장 부리지 않고 우리네 생활방식에 대한 몇 가지 특징적 세부 사항만 확인했더라도 그는 그러한 치욕적 상황에 맞닥뜨리지 않았을 것이다.

굴락은 베르나르-앙리에 대해서는 아직 모르고 있었지만 트릭이 시네뉴스의 계획이라는 사실은 이미 추측하고 있었다. 그들이 보안 기구에 이 일을 알리지 않은 것은 이러한 이유 때문이었다. 이제는 누구나 이러한 일들이 영화 마피아의 파생상품일 뿐임을 알고 있다.

굴락은 독자적 외교 노선을 지닐 수 있는 권력이다(그리고 가끔 굴락은 다음 카간을 지명하기도 한다. 소문에 따르면 터진 듀렉스가 그랬다). 굴락의 인간들은 극비리에 새로이 카간을 발굴해내고 그에게 주소를 건네주며 트릭의 정체를 해명하라고 요구했다. 나머지 일들은 내 눈으로 직접 본 그대로였다. 그리고 나는 이 사건에 일정 부분 개입하기도 했다.

알료나-리버티나는 '트릭'을 제거한 후 모든 것을 오르크들에게 뒤집어씌워야 했다. 다음 전쟁이 가까워 올 즈음 이 사건을 들먹이려는 심산이었다. 집은 다른 모든 증거와 함께 파괴되었다. 오르크 세계의 첫번째 푸포갈을 미행하고 폭사시킨 건 오르크 비밀 부대였다는 공식보도가 뒤따랐다. 이 비밀 부대가 이 과정에서 트릭의 인간 방패를 자처한 베르나르-앙리까지 사살했다는 것이다.

굴락 정보국은 다수에 의해 목격된 원격 전투 카메라가 트릭의 사망 장소에서 어떤 임무를 수행했는지 시네뉴스에 문의했다. 이에 시네뉴스는, 카메라를 보낸 건 베르나르-앙리를 보호하기 위해서였지만 누군가가 오르크 보안과에 그 주소를 누설하는 바람에 너무 늦어버렸다고 대답했다. 그 이후 보도자료를 통해, 굴락은 진보적인 오르크 부류를 지지하는 데에 씨네뉴스와 긴밀히 공조해야 하며 그래야만 많은 비극을 모면하게 될 것이라는 언급을 덧붙였다. 뉴스는 연기 나는 폐허의 집들과, 굴락의 한 트레일러 위에 반 톤쯤 되는 장미꽃이 퍼부어진 현장을 보여주었다. 이로써 고기 굽는 냄새가 진동하는 역사의 한 페이지가 지나갔다.

한마디로, 잘 빠져나왔다. 스캔들 규모가 어마어마해서 하마터면 많은 이들의 머리가 날아가버릴 뻔했다. 그 첫번째 대상이 알료나-리버티나일 수도 있었다. 심각한 정치적 위기 상황이 도래할 뻔했던 것이다.

Don't fuck with the GULAG!(감히 굴락에 박으려 들지 말라!)

물론 나에게 이 혐오스러운 이야기는 우리가 얼마나 파렴치한 세상에 살고 있는지를 상기시켰다. 나는 항상 성 소수자들의 정치화에 반대하는 입장이었다. 성 소수자들의 정치화는 글루미 피플gloomy people이 당면한 실제적 문제들로부터 관심을 항상 다른 곳으로 돌렸다. 우리에게는 물론 고민거리가 있다. 그리고 이건 아주 심각한 고민이다. 하지만 사회는 이것을 논할 준비가 되어 있지 않다. 예를 들면, 도파민 공명 같은 건 아무도 알지 못한다.

이 오르크 커플이 사교모임에 나가게 됐을 때 내가 어떤 감정을 느꼈을지 이제 이해가 되실 거다. 그들이 가게 된 곳은 바로 개관식…… 트릭 기념관 개관식이었다.

그렇다. 바로 그런 거였다. 굴락에 아무런 자문도 구하지 않음으로써 사실상 그 얼굴에 침을 뱉은 거나 마찬가지인 시네뉴스가 오르크 보안과에 의해 자택에서 순교 당한 푸포갈 트릭을 기리는 기념관을 개관하기로 결정한 것이다. 단순히 동상이 아니라 박물관을 만든 거다. 모든 정보 채널이 이 행사에 대해 떠들어댔다. 굴락으로서는, 마지막 결전은 나중으로 미루어둔 채, 아무렇지 않은 듯 밝은 얼굴로 맨 끄트머리로나마 참가하는 수밖에 어쩔 도리가 없었다. 이에 역시나 약아빠진 시네뉴스 녀석들은 굴락이 자신들의 자금으로 이 기념관을 짓게 만들었다.

'영원한 전투뿐, 평안은 꿈속에서만 있을지니……'* 고대 시인의 말이 맞았다. 마음속 깊은 곳에선 시인 역시 푸포갈이었던 것이다. 그가 평생을 아를레킨이나 가면을 쓴 미지의 여인들에 대해 썼던 건 우연이 아니었다. 오늘날 정신분석가라면 누구나 이것이 무엇을 의미하는지 알고 있다.

기념관의 개관 행사를 직접 주관한 알료나-리버티나는 나에게 카야와 함께 오라고 했다. 그녀의 설명에 따르면 이것은 제안일 뿐만 아니라 명령이었다.

"커밍아웃해, 다밀롤라." 그녀가 놀리듯이 말했다. "우린 너에 대해서 다 알고 있다고."

"전 숨긴 게 아닌데요." 내가 퉁명스레 말했다. "제 여자 친구

* 러시아의 상징주의 시인 알렉산드르 블록에게서 인용.

가 지금껏 그냥 집 밖으로 다니지 않은 것뿐이에요."

"젖 떨어질까 봐 걱정돼서 그러는 거야?"

폐경인 부인이 폐경 이후를 주제로 농담하는 건 위험한 거 아니냐고 쏘아붙이고 싶었지만, 언제나처럼 나는 참았다. 고대에는 낙하산이 전투기 조종사들을 살렸지만 우리 시대에는 강철 같은 자제력만이 살길이다.

알료나-리버티나는 시네뉴스 방침에 따라 내가 그림과 홀로야를 수행하게 될 것이라고 설명했다. 게다가 나는 글루미 커뮤니티의 회원이었다. 카야가 참석하면 좋겠다고 한 것은 굴락 지도부의 부탁이었다. 굴락으로서는, 민중이 이제, 물론 특정 조건이 따라야 하겠지만, 중간 계급도 '하이엔드' 급의 수라를 구입할 수 있다는 것을 믿게 되길 바랐다.

나는 마음이 누그러졌다. 솔직히 말하면 허영심이 나를 쿡쿡 찌르는 게 느껴질 정도였다. 어마어마한 값어치의 보물을 소유하고 있으면서 이것을 사람들에게 평생 감출 수는 없는 일이다. 자랑하고 싶은 욕망이 점차 무의식에 쌓일 테고 그러다 경솔하게 어느 한순간 엎질러버릴 게 틀림없다. 그러니까 이게 최선일지도 모른다.

카야한테 이걸 어떻게 전달해야 할지 결정해야 했다. 역시 내 근무 경험이 나를 도왔다.

사실 미디어 비즈니스의 본질이 뭔가? 인간들에게 슬픔이 다가온다면 이것을 뉴스 형식으로 잘 팔아넘기도록 노력하라, 그리하면 그대들에게 행복이 있을지니. 이제 내가 고민할 차례다. 하지만 아무래도 이 고민거리들이 내 두통을 기쁨으로 바꿀 기회와 함께 찾아온 것 같았다. 상부의 명령을 마치 사적인 호의인 양 전달하기만 해도 충분했다. 그런 다음 카야한테서 도파민 크레디트를 얻는 것이다.

간단한 규칙이 하나 있다. 관대함을 표현할 때는 투박하고 단순한 방식을 선택해야 한다는 것이다. 자칫 너무 많은 말을 하면 은혜를 입은 이들이 우연찮게 당신의 속내를 들여다보게 되고 그러면 모든 효과가 사라지기 때문이다.

"카야." 다음 날 아침 내가 말했다. "너한테 좋은 소식이 있어."

"뭔데?" 그녀가 물었다.

"네가 저번에 공간 폐색 신호 장치 꺼달라고 했었잖아. 찬성이야. 너 집 밖으로 나가도 돼. 그리고 그림도 소개해줄게."

그녀는 눈을 들어 나를 아주 주의 깊게 쳐다보았다. 나만 그렇게 느낀 건지 아니면 정말 그런 건지 알 수 없었지만 그녀는 무언가 정말로 흥미로울 때는 눈을 깜빡여야 한다는 사실조차 완전히 잊곤 했다.

"오늘 너랑 같이 어떤 기념관 개관식에 갈 건데," 내가 이어서 말했다. "거기에 가면 다른 사람들하고도 얘기할 기회가 있을 거야. 그러니까 여태까지 내 전투 마니투에서 본 모든 게 개인 정보라는 걸 잊으면 안 돼."

카야는 고개를 끄덕였다. 나는 내 말에 수긍한 것이 '개인 정보'라는 코드화된 단어구에 반응하는 서브 루틴일 뿐이라는 것을 알고 있었다. 그러므로 더 이상 구구절절 설명할 필요 없다. 그녀는 어떤 비밀도 발설하지 않을 것이다.

"그림도 올 거야. 인사할 수 있을 거야. 하지만 그 대신에……"

카야는 나에게로 튀어 올라 내 입술에 쪽 하고 키스했다.

"대가로 원하는 게 뭐야, 뚱땡이……"

이후의 두 시간에 대해서는 묘사하지 않겠다.

일어난 일들의 물리적 윤곽을 어떻게 설명하든(유사한 방식의 모든 설명은 이래저래 전부 여기로 귀결된다) 독자는 마치 자신이 전부를 이해한 듯 착각할 것이기 때문이다. 게다가 내 경험이란 것도 토요일 밤 두메드롤을 잔뜩 삼킨 독자가 감자 포대와 나누는 경험과 특별히 다를 바가 없다.

카메라로 우리를 촬영한다고 해도 외부 관찰자는 무언가 특별한 것을 포착하지 못할 것이다. 그에게 우리의 성교는 어쩌면 게으른 나무늘보 두 마리의 부부관계처럼 보일 수도 있다. 우리의 움직임은 악의 없는 관찰자라면 누구나 이해 가능한 생기 넘치는 모습이 아니라 매가리 없이 어루만지는 모습으로 보일 것이기 때문이다.

하지만 내적 실제는 외관과 자주 다른 법이다. 이렇게 느릿한 춤이 시작되고 5분이 경과하자 나는 뚜껑이 나가떨어진 부글부글 끓는 찻주전자가 된 듯했다. 이전엔 나라는 개인이었던 것이 벅찬 쾌락의 불꽃 속에서 증기 구름으로, 하늘의 푸른 공허 속을 부유하는 증발된 영혼 중 하나가 되었다……

내가 제정신을 차렸을 때 카야는 이미 내 곁에 없었다. 그녀는 분주히 옷을 차려입는 중이었다.

그제야 나는 그녀가 어떤 옷을 샀는지 알게 됐다.

"너 정말 그런 걸 입고 싶은……"

"이런 일엔 끼어들지 마." 그녀가 인상을 찌푸렸다. "네가 이

걸 이해하기나 해?”

그녀는 거대한 ‘스마일’이 그려진 검은색 포대 같은 옷을 입고 있었다. 두 눈은 하얀 점 두 개로, 웃는 입은 반원의 형태로 그려져 있었다. 게다가 입에는 밖으로 쏙 내민 빨간 혀가 삐져나와 있었다. 살펴보니 그건 아예 원피스도 아니었다. 대형 사이즈의 남성용 러닝셔츠였다.

날씨가 더울 때는 많은 오르크 아가씨가 그렇게 입고 다닌다. 우리 젊은이들도 종종 그들의 유행을 모방하곤 하는데, 디스코스몽거들의 말에 따르면 이것은 관리 감독에 대한 반항심을 표현하기 위한 행동이다.

이 ‘원피스’는 독특했다. 가장 흥미로운 부분은, 물론, 가슴이었다. 왜냐하면 러닝셔츠의 어깨끈 부분이 가슴을 가리고 있다기보다는 예의에 어긋나지 않게 겨우 형식적 구실만 하는 것처럼 보였기 때문이다.

그 옷은 카야한테 너무나 잘 어울렸다.

게다가 그녀는 한쪽 눈썹을 녹색으로 칠했다. 이것 또한 오르크들 사이에 퍼져 있는 반문화적 최신 유행이었다.

“멍도 좀 그려 넣지 그래.” 내가 말했다.

“넌 네 꼴이나 좀 살피는 게 어때.”

이 아가씨의 말이 옳았다.

행복의 방으로 들어가 거울을 보니 내 눈 아래로 다크서클이 보였다. 그리 눈에 띄지는 않았다. 수면 부족으로 생기는 거였다. 하지만 다크서클이 내려온 적은 여지껏 없었다. 나는 재빨리 단장한 후 시네뉴스 주식회사의 예복을 갖춰 입었다. 이윽고 카야와 나는 팔짱을 끼고 집을 나섰다.

솔직히 말하자면 좀 어색했다. 하지만 카야는 마치 이런 일에 익숙한 듯이 행동했다. 물론 이런 일에 익숙한 것처럼 행동하는 것이 그녀에게는 가장 익숙한 일이었다.

5분 후 튜브는 사람들로 가득 찬 넓은 가로수길에 우리를 뱉어놓았다. 노천 기념관이 서 있는 바로 그곳이었다.

튜브에 직접 연결된 출구와 100미터 구획의 공간 규모가 이 개관식의 의미가 얼마나 중대한지 말해주었다.

뷔페는 벌써 시작된 후였고 이미 충분히 많은 이들이 입장해 있었다. 행사에 맞추어 은빛 키톤에 큰 루비 귀걸이를 한 알료나-리버티나 근처에는 씨네뉴스의 우리 부서 사람들이 무리를 이루고 있었다. 자신의 수라를 대동하고 온 몇몇 유명한 푸포갈이 굴락의 대표자로 와 있었다.

우호적인 성 소수자 중 초대된 인사는 1급 스타인 트리엣* '레즈 트리'였다. 이들은 머리를 빡빡 깎은 채 가죽 앞치마 차림을 한 세 명의 아가씨였다(내가 전쟁 전 시기에 찍었던 영상 '오르크 고기 래어rare'에 등장했던 모습 그대로였다). 이전까지 나는 그들을 마니투로만 접했었는데 실제로도 이들은 너무나 매력적이었다. 그들의 키가 훨씬 더 클 거라고 생각했지만.

아가씨들은 사인을 벌써 다 나누어주고 지루해했다. 그들이 여기로 오게 된 건 무모하게도 한 달 전에 공연했던 「푸포갈 트릭은 나의 심장 프릭」이라는 히트곡 때문이었는데 업보를 갚아

* '트리오'라 칭하지 않고 듀엣에서 착안해 '트리엣'이라 칭함.

야 할 때가 온 것이다. 그들이 어떻게 서서 어느 쪽으로 미소를 짓는지를 살피면 연회장 위 어디에 마이크로 카메라가 설치되어 있는지 알 수 있었다.「푸포갈 트릭」은 계속해서 반복되어 재생되었고 한쪽에 서 있던 소믈리에가 손을 들어 올리자 아가씨들이 댄스와 함께 립싱크를 시작했다.

푸른색과 회색빛을 띤 일반 토가를 입은 수많은 보안 요원을 보아하니 누군가 엄청나게 중요한 인물이 참석한 게 분명했다. 검은색 기병대 망토를 두른 한 지쳐 보이는 중년이 내 쪽으로 다가왔을 때 나는 내 눈을 믿을 수가 없었다. 그는 다윗-골리앗 아라파트 저커버거*였다.

그는 푸포갈 중 최고로 유명한 인물은 아닐지 몰라도 제일 부유한 푸포갈임에는 틀림없었다. 그는 마니투 준비군의 후견인 중 하나였으며, 구태여 이들을 부자라고 부를 필요도 없었다. 마치 고래가 그랬듯** 그들에게 다른 이들의 부와 가난이 달려 있기 때문이다. 그들은 스너프 스타들이 사는 곳 같은, 즉 카메라가 올라가는 것이 금지되어 있는 오프스피어 상부에 있는 거대한 저택에서 산다. 비행사가 그들의 집을 볼 수 있는 건 그들이 저녁 파티용 불꽃놀이를 하기 위해 특별히 비행사를 고용할 때뿐이다. 그들의 집에는 눈에 안 보이는 에어컨 막이 설치된 개방형 정원이 있다. 그곳은 그야말로 천국의 덤불이다. 하지만

* '페이스북'을 설립한 저커버그Цукерберг의 마지막 철자를 '버거бургер'처럼 만들어 저커버거Цукербергер로 썼다.

** 고래 세 마리가 세상을 떠받치고 있다는 고대 민담을 염두에 둔 표현이다.

이 정원으로 너무 가까이 날아갔다간 사전 경고도 없이 격추될 것이다.

다윗-골리앗이 준비군 내부에서 가장 저명한 건 아니다. 하지만 필멸하는 다른 모든 이들에게 그는 신이나 다름없다. 그런데 그 신이 흡사 내가 자신과 동급이라도 되는 양 미소를 지으며 내 쪽으로 다가왔다. 그 옆에는 그의 새 수르*가 따르고 있었다. 나는 그의 수르를 보고는 멈칫했다.

다윗-골리앗의 수르란 솔직히 말하자면 우스우면서도 눈물이 날 만큼 애처로운 존재다. 이 칵테일 속에 웃음은 많아 봐야 10퍼센트이고 나머지는 모두 눈물이었다. 만일 밤에 그의 인형 중 하나가 꿈 속에 등장한다면 영영 잠에서 깨어나지 못할지도 모른다.

어찌 됐건 저커버거는 순도 100퍼센트 글루미였으며 굴락의 정신적 지주였다. 내가 그를 존경하는 건 그가 타인들의 입방아에 오르내리는 걸 두려워하지 않는, 내적으로 자유롭고 당당한 인간이기 때문이었다. 그는 언더그라운드로 떠나는 대신(내 추측으로는, 준비군 쪽 그의 동료들 대다수가 언더그라운드에서 힘겨운 나날을 보내고 있다) 소믈리에와 법률가로 구성된 조직을 이끌고 있다. 이 조직에 속한 소믈리에와 법률가는 정보통신 환경 모니터링을 통해 다윗-골리앗의 수르들을 두고 재치와 시민 의식을 발휘하기 시작한 이들 모두에게 친절하면서도 신랄한 질책을 아끼지 않았다.

---

* 수르: 수라의 남성형.

'저희 의뢰인은 유전적 기억과 강요된 문화 코드가 그의 정신 속에 유도한 목표와 취향에 맹목적으로 탐닉하지 않으며 자기 리비도의 파괴적 에너지가 그 누구에게도 해를 입히지 않도록 노력하고 있습니다. 이는 완벽한 시민적 입장*입니다. 우리를 비방하거나 비평하는 여러분 또한 양심의 가책 없이 스스로에 대해 이와 같이 말할 수 있다면 좋겠습니다……'

이하 등등이었다. 내가 아는 한 그가 스트레이트를 건드린 적은 한 번도 없었다. 그는 작은 소년들을 좋아한다. 하지만 이들은 자연이 생산해낸 소년들이 아니었다. 그의 수르들(그가 데리고 있는 수르들은 하렘을 이룰 정도다)은 탐욕스러운 얼굴의 날렵한 난쟁이들이었는데 아이들을 닮았지만 인간의 아이들을 완전히 닮은 건 아니었다. 그들의 남근 모방 블록은 그 사이즈가 얼마나 큰지 웃음을 참지 못한 다윗-골리앗은 언제부터인가 그들에게 길고 헐렁한 옷을 입히기 시작했다.

다윗-골리앗이 목줄을 채워서 데려온 수르의 키는 그의 허리춤에 겨우 닿았다. 그는, 뭐랄까, 끔찍했다. 방금 작은 공룡으로 아침을 해치운 이 탐욕스러운 가분수 꼬마는 못이 잔뜩 박힌 목줄을 한 채 이제 점심으로 뭘 먹을지 탐색 중이었다. 두 팔이 쇠사슬에 묶인 그는 검은색 실크로 된 일종의 강압복을 입고 있었다(그건 아돌프-키키 디오르 갈리아노에서 출시한 '헤이트 쿠튀르

* 실제 우크라이나에는 동명의 정당이 존재한다.

Hate Couture'*였다. 나는 이 패션 잡화점이 다윗-골리앗의 인형을 치장하는 것만으로 먹고산다는 얘기를 들었다).

하지만 포장 따위로 나를 속일 수는 없었다. 나는 이 무시무시한 존재의 속을 채운 것이 카야의 속을 채운 것과 같다는 사실을 알고 있었다. 이 때문에 내 자긍심은 더 높아졌다. 다윗-골리앗조차 내 것보다 더 좋은 것을 가질 수는 없는 거다. 내 수라보다 더 좋은 게 자연에 존재할 리 없으니까.

카야와 다윗-골리앗의 동행은 서로서로를 쳐다보았다.

수라들끼리의 교제에는 특정한 프로토콜이 사용된다. 그리고 그들은 괴물 같은 속도의 무선 통신으로 정보를 교환할 수 있다. 이 정보 교환이 언제 발생하는지 사용자들이 알 수 있게 수라들은 휘파람을 이용한다(수라들이 이렇게 하는 것은 소비자들의 요구에 따른 법령이 수용되었기 때문이었는데, 이는 의심 많은 나이 든 노파들이 자기들의 고무 삽살개들이 언제 내통하는지 알 수 있도록 하기 위해서였다). 이러한 휘파람은 최소 길이로 법에 규정되어 있었다. 수라들의 정보 교환은 급속도로 이루어지기 때문이었다.

나의 카야와 다윗-골리앗의 수르의 만남은 다음과 같다. 그들은 손바닥과 손바닥을 마주치고(젊은이들의 인사 방법), 카야가 휘파람을 불자, 수르가 짧게 휘파람을 불어 이에 화답했다.

카야는 나를 보고 말했다.

---

* '고급 양장점' '고급 바느질'을 뜻하는 오트쿠튀르Haute couture를 연상시킨다. 이와는 별개로 악마주의를 연상시키는 사티로스를 비롯한 반기독교적, 반사회적 이미지를 프린트에 이용하는 'Hate couture'라는 의류 상표도 있다.

"여긴 내……"

그러고는 다시 휘파람을 불었다.

물론 그녀가 휘파람으로 어떤 내용을 전달했는지는 모른다. 하지만 다윗-골리앗과 동행한 조그만 녀석이 웃어댔다.

어쩐지 나는 그녀가 계급상 오빠뻘 되는 수르한테 세심하게 은닉된 우리의 가난한 살림을 타박하고 있다는 느낌이 들었다. 내가 가난한 건 바로 그녀 때문이니 이건 나에게 특히나 더 참기 힘든 일이었다. 카야는 정말 내가 자기를 부양하기엔 수입이 부족하다고 생각하는 걸까? 적의로 가득한 이 세상에서 그녀에게 어울릴 만한 재력을 못 갖췄다고 날 무시하는 걸까? 나는 두 뺨이 달아오르는 것을 느꼈다.

"우리 집은……" 지옥에서 솟은 양 흉측한 모습의 소년이 입을 열더니 다시 휘파람을 불었다.

카야는 대답으로 그저 두 팔을 벌렸다.

물론 나는 그들이 어떠한 개인 정보도 교환하지 않았다는 것을 눈치챘다. 그런 행동은 프로그램 차원에서 엄격하게 금지되었다. 안 그러면 수라를 통해 은행 비밀번호도 쉽게 훔쳐낼 수 있을 테니 말이다. 이 또한 그저 우리를 감정적으로 유인하려는 하나의 수단에 불과했다. 이 노력은 성공적이었다. 다윗-골리앗도 얼굴을 붉혔던 것이다. 하지만 그는 금방 제정신을 차렸고 피식 웃으며 물었다.

"최고치로 해둔 거야?"

"최고치야." 내가 한숨을 쉬었다.

곧 나는 그의 눈 밑에서 파운데이션으로 가려진 다크서클을 발견했다. 이 순간 마치 우리는 수라와 수르처럼 텔레파시 휘파람을 주고받은 것 같았다. 그리고 살짝 눈짓을 교환했다. 나는 그가 도파민 공명에 대해 알고 있음을 눈치챘고, 그 또한 내가 알고 있다는 것을 눈치챘다.

"재들 우리 보고 저러는 거지?"

내가 고개를 끄덕였다.

우리는 열정적으로 악수를 나눈 후 헤어졌다. 더 이상 무슨 말이 필요하겠는가.

이윽고 다윗-골리앗이 떠나자 연회장은 훨씬 더 한산해졌다. 모인 이들 중 절반이 그의 경호원이었기 때문이다. 야외에서 이동할 때는 대체 어떻게 그를 경호하는지 모르겠다. 사교 모임을 여러 군데 다녀야 할 텐데 말이다.

다윗-골리앗 아라파트 저커버거와 악수했다는 사실을 완전히 실감할 겨를도 없이 알료나-리버티나가 내 쪽으로 다가왔다.

"흘로야는 어디 있지?" 그녀가 물었다. "이번 컷에 그 아가씨가 필요한데."

"몰라요." 내가 대답했다. "그 아가씨랑 그림은 아직 도착하지 않은 것 같은데요."

"길을 잃은 건가?"

"아닐걸요." 내가 말했다. "복도 따라서 튜브까지 걸어 나오는 것쯤은 오르크도 할 수 있…… 아, 저기 있네요. 호랑이도 제 말하면 온다더니."

그림은 흘로야가 사교계 첫 외출을 위해 어떻게 차려입었는지 보자마자 경악을 금치 못했다.

한 오르크를 핑계 삼아 건립된 '노천 기념관' 개관식 참석이었던지라(환영위원회는 이러한 행사에 그들이 참석하지 않으면 모두가 의아스러워 할 것이라고 했다) 오르크적 특성이 엿보이는 복장을 하는 게 적절했다.

하지만 흘로야는 혀를 비죽 내민 채 웃는 모습의 입이 그려진 하얀색 남성용 러닝셔츠를 입었다. 과장이 아니라 말 그대로 그녀는 단 2마니투에 구멍이란 구멍은 다 내주는 슬라바 근교 출신 아가씨들과 똑같은 복장이었다.

그림이 이를 두고 다분히 거칠게 의견을 피력하자 흘로야는 아무 말 없이 마니투로 그를 데려가더니 시즌 패션 카탈로그를 열어 보였다. 군인용 러닝셔츠(100퍼센트 품질 보장 천연 오르크 재봉, 블랙 컬러와 화이트 컬러)가 이곳에서 최고 유행이었고, 아래에서라면 작은 농가 하나를 살 수 있을 정도의 가격이었다.

이제 모든 미학적 기준을 상실한 그림은 흘로야가 자신에게 양쪽 바지 길이가 다른 줄무늬 트렁크 반바지와 뒤집어쓰는 모자가 달린 광대 같은 러닝셔츠를 입히는 걸 군말 없이 지켜보았다. 그녀는 그에게 새로운 헤어스타일도 주문해주었다. 스스로 팽창하는 예의 그 띠가 그림의 숱을 모아 머리 위로 솟아오른 닭 벼슬을 만들어주었는데 물론 이것은 머리를 햇빛에 타버린 건초 색으로 염색한 이후였다.

흘로야는 생각에 잠겨 자신의 완성품을 바라보았다.

"토가를 입으면 어울릴 텐데." 그녀가 말했다. "그걸 우리가 입어도 되는질 모르겠단 말이야. 어쨌거나 우린 오르크니까. 일단은 이렇게 입는 걸로 하자."

튜브의 문이 열리자 그림은 자신의 눈을 믿을 수 없었다. 그 앞에 있는 건 엄청난…… 그것은 숲속 초원이었다. 주변에는 멋지게 차려입은 인간들이 초원에 세워진 게시판과 진열창을 들여다보며 산책하고 있었다.

성대한 구식 전시회였다. 강화 유리 박스 속에 번들거리는 연마 강철로 제작된 지나치리만큼 거대한 틀 속에 2D 사진과 물건이 전시되어 있었다. 정보 전시물의 웅장함은 기억의 견고함을 상징했다. 게시판과 진열장 바로 뒤부터는 관목과 나무들이 심어져 있었고 저 멀리에서 새들의 지저귐이 들려왔다. 바람결에 고개를 까딱이는 잎사귀들 사이로 석양이 부서져 내렸다.

그림은 곧 모든 이들이 설치된 게시판으로 구획된 다분히 비좁은 삼각형 안에 위치해 있다는 걸 깨달았다. 아무도 태양이나 새들이 있는 쪽으로 다가가지 않았다. 다른 곳으로 관심을 돌린 그는 가로, 세로가 각각 10미터쯤 되는 작은 홀에 들어섰다. 이 공간을 둘러싼 벽에 드리운 3D 세계는 믿을 수 없을 정도로 실제 같았다. 그림은 자기 집 창문에서 내다보는 것 같은 느낌이 들었다.

처음에 그림은 매춘부처럼 차려입은 흘로야가 모든 이들의 비웃음을 살까 봐 걱정이 되었다. 하지만 곧 같은 그림이 그려진 검은 러닝셔츠를 입은 아가씨가 눈에 들어왔다.

그녀는 시네뉴스 조종사 유니폼을 입은 다밀롤라 옆에 서 있었다. 다밀롤라가 환영하듯 손을 흔들자 그녀도 손을 흔들며 미소를 지었다.

딸인가 보다.

그녀는 흘로야보다 조금 더 어려 보였다. 거의 검은색에 가까운 그녀의 짙은 머리카락은 앞머리를 내린 어깨 기장의 단순하고 깔끔한 스타일이었는데 마치 래커 칠로 번들거리는 짙은 색 헬멧처럼 보였다. 이유를 알 순 없었지만 한쪽 눈썹은 녹색이었다. 그녀는 조금 창백해 보였다. 그리고 아주, 아주 예뻤다.

어찌나 예쁘던지 그녀의 아름다움은 백 명의 여인들 얼굴에 풀어 녹여도 충분할 것 같았다. 그녀 옆에 서 있는 흘로야는…… 못난이라는 말조차 무색할 정도였다. 흘로야의 반반한 얼굴이란 건 기껏해야 자연이 낯선 여인의 창백한 얼굴 위에 공식화한 우주 법칙의 일개 사례에 불과해 보였다. 흰 피부에 검은 머리카락의 이 아가씨는 이전에 그림이 보았던 어떤 얼굴보다 미의 근원에 훨씬 더 가까웠다.

그녀를 쳐다보면서 그는 이제껏 한 번도 경험한 적 없는 이상한 감정을 느꼈다. 울분 같은 것이었다. 빛으로 그림의 영혼을 꿰뚫었던 보이지 않는 마니투의 광선이 문득 그보다 더 순수하고 나은 존재에게 떠나가버린 것 같다고나 할까. 그렇게 떠나버린 건 온당했다. 그림이 광선의 입장이었다 해도 그럴 수밖에 없었을 것이다.

이 모든 언짢음도 재빨리 그를 뚫고 날아가버렸다. 이윽고 그는 세세한 지점들을 포착하기 시작했다.

우선, 그녀의 러닝셔츠는 흘로야가 입은 것보다 두세 치수나 더 커서 그녀의 얼굴을 쳐다보는 게 힘들었다. 계속해서 그의 눈은 아래로 내려갈 기회만 찾았다. 그녀 옆에서라면 흘로야의 복장은 갑갑해 보일 정도였다.

그에게 포착된 두번째 사실은, 그를 쳐다보는 이 낯선 여인이 마치 오래전부터 알고 지낸 사이라도 되는 듯 미소를 짓고 손을 흔들었다는 것이다.

다밀롤라가 그녀의 어깨를 껴안았다. 아가씨는 군더더기 없이 정확한 움직임으로 그의 손을 떨쳐냈다. 옆에 서 있던 은색 키톤 차림의 부인이 미소를 지었는데 그림은 곧 그녀가 알료나-리버티나임을 알아보았다. 그녀는 헤어스타일이 달라져 있었는데 머리색도 이미 다른 색으로 염색한 상태였다. 그림과 흘로야가 다가가자 그녀는 그림에게 머리를 끄덕이고는 애교를 떠느라 눈을 가늘게 뜬 흘로야의 팔을 잡아 멀리 구석으로 데려갔다.

그림은 검은 러닝셔츠의 아가씨와 흘로야가 바로 옆에 있으면서도 희한하게 서로를 못 본 척 지나쳤다는 사실에 주목했고, 곧 이것이 그들이 같은 러닝셔츠를 입고 있기 때문이라는 것을 깨달았다. 이 때문에 그들은 동일한 극을 띤 전하처럼 재빨리 홀의 서로 다른 끝으로 갈라져버렸다.

"안녕, 그림." 아가씨가 말했다. "나는 카야야."

그림은 자신의 유명세가 놀랍지 않았다. 도착한 첫날부터 인간들이 카메라로 자신과 흘로야를 그토록 찍어댔던 게 괜히 그런 건 아니었을 테니.

"안녕." 그는 이렇게 대답하고는 다밀롤라를 쳐다보았다. "딸?"

다밀롤라는 그림이 눈치 없이 굴기라도 한 것처럼 얼굴을 찌푸렸다. 반대로 카야는 진주 같은 뾰족한 이를 드러낸 채 웃어댔다.

"이 사람은 내 carbohydrate(탄수화물) 아빠야."

"너의, 뭐라고?" 그림이 다시 물었다.

"얘가 지금 농담하는 거야." 다밀롤라가 무안해하며 말했다. "교회 영어 중에 '슈거 대디sugar daddy'*라는 관용어가 있거든. 설탕 아빠라는 뜻이지. 젊은 아가씨를 부양하면서 그녀가 원하는 온갖 선물을 사주는 중년 남성."

"넌 나한테 선물도 안 하잖아." 카야가 말했다. "그러니까 넌 설탕 아빠가 아니라 탄수화물 아빠지. 아니면 아예 사카린 후견인**이든지. 설탕 대체물로 그런 게 있었거든."

"왜 또 후견인이야?" 다밀롤라가 물었다.

"동사 '굽다'에서 나왔어."

그림은 이들이 자신은 안중에도 없이 집안싸움을 해대는 바람에 입장이 난처해졌다. 그는 대화 주제를 돌리려고 애를 썼다.

"전시회는…… 어…… 어…… 벌써 다 본 거야?" 그가 물었다.

---

* 슈거 대디sugar daddy와 슈거 맘sugar mom은 젊은 상대에게 등록금이나 생활비 등을 지원해주는 대신 이들과 함께 시간을 보내거나 성관계를 맺는 미국 중년 남녀를 가리키는 말이다.

** '후견인' '보호자'는 러시아어로 아페쿤опекун이며, '(불)지피다' '(빵)굽다'의 뜻을 가진 동사 '페치печь'에서 나왔다.

“아니.” 다밀롤라가 말했다.

“보러 가자.” 그림이 제안했다.

다밀롤라는 내키지 않는다는 듯 어깨를 으쓱했다. 하지만 카야는 벌써 그림과 함께 전시가 시작되는 부분에 있는 커다란 유리 입방체 쪽으로 걸어갔다.

그 안, 번들거리는 연마 강철로 만들어진 받침대 위에는 약국용 코르크 마개 병처럼 생긴 똑같은 세 개의 유리 단지가 놓여 있었다. 단지들은 꽤 컸는데 각기 5리터씩은 되어 보였다. 이 단지들은 회색의 잡다한 가루로 꽉 채워져 있었다. 강철로 된 받침대 위에는 구슬프도록 엄중한 팻말이 붙어 있었다.

ASHES OF THE GLOOMY(글루미들의 재)

“푸포갈들의 재야.” 다밀롤라가 말했다.

“뭐야, 이거 진짜야?” 자신의 목소리가 공손하게 들리도록 애쓰면서 그림이 물었다.

“몰라.” 다밀롤라가 대답했다. “진짜일 수도 있지. 하지만 이건 상징적으로 이해해야 해. 여기서 중요한 건 우리 몸이 무엇으로 변하는가를 보여주는 게 아니야. 우린 소수자들이 처한 고통을 상기하고 싶은 거지. 소수자들은 이제껏 계속 고통받아왔거든……”

다음은 흑백 사진들이 붙어 있는 커다란 강철 소재 게시판이었다. 관목이 사방에 심어진 오르크식 나무 집이 그림의 눈에 들어왔다. 곧 그 집을 알아본 그림은 끈질기게 따라붙는 공포의 파도를 감지하곤 몸서리를 쳤다. 자기도 그곳에 있었다고 실언하지 않아야 했다. 미리 첫 생방송 전에 그림과 흘로야에게 이에 대한 엄중한 경고가 있었다.

사진 아래에는 집 벽에 낙서된, 스프레이로 난잡하게 그려진 스파스티카들과 '**글루갈에게 죽음을!**'*이라는 글귀가 확대되어 있었다. 그림이 기억하는 한 거기에 없던 글귀였다. 물론 그 글귀는 그가 그곳에 당도하기 전에 덧칠로 지워졌을 수 있다. 하지만 그럼에도 불구하고 이 글귀가 왜 건달들이 아닌 정부 관리가 쓴 것처럼 상중부 시베리아어로 표기되어 있는지가 석연치 않았다. 다른 사진에는 깨진 잉크병 때문에 생긴 얼룩 근처에 토착어로 '**고름덩이 푸포**'라고 쓰여 있었다. 트릭이 오르크 사회의 모든 계층으로부터 박해받고 있음을 의미하는 듯했다.

그림은 카야가 손을 잡아당기는 것을 느꼈다.

그녀가 잡아당긴 것은 사실 손이 아니었다. 그녀가 자기 손으로 조심스레 움켜쥔 것은 그의 엄지손가락이었다. 너무 노골적이지 않다면 예의에 어긋날 게 없는 행동이었지만 그림은 반은 불, 반은 얼음으로 만들어진 사다리가 자신의 몸을 사타구니부터 목구멍까지 타고 지나가는 느낌을 받았다. 그들을 주의 깊게 지켜보던 다밀롤라는 치통을 앓는 듯한 표정을 지었다.

"뭐야?" 그림이 물었다.

"너 이런 거 생각해본 적 있어?" 꿍꿍이속이 있는 것 같은 목소리로 카야가 물었다. "왜 세계적인 올리가르흐들이 변태 성욕

---

* 예의 우르카이나 공식 언어인 상중부 시베리아어로 표기.

자들의 권리에 열을 올리는지 말이야."

오르크 병영에 있을 때도 그림은 이렇게 대담한 대화를 들어본 적이 없었다.

"아니." 눈을 크게 뜨고 그가 말했다. "왜 그런 건데? 그들 스스로가 변태라서?"

"그것 때문만은 아니야." 카야가 대답했다. "세계 권력을 쥐고 있는 게 바로 금융 엘리트들이거든. 자기 이윤을 위해서라면 다른 사람들 전부가 말 못 할 고통을 받든 말든 신경 안 쓰는 딱한 줌밖에 안 되는 파렴치한 놈들이지. 이 잡놈들은 가짜 민주정권을 전면에 내세우고 그 뒤에 숨어서는 대중 앞에 등장하는 걸 피해. 그래서 자기들의 쾌락을 실현시키려면 대중의 의식 속에서 은밀하게 자신들의 상징적 대표자가 될 만한 인간 무리가 필요한 거고…… 내 말 알아들어?"

그림은 미심쩍게 고개를 끄덕였다.

"그들이 왜 그래야 하는데?" 그가 물었다.

"변태들로 구성된, 상징적 프록시-엘리트들에게 최대한의 특혜를 쏟아부어주기 위해서지. 그래야 숨어 있는 진짜 엘리트들이 이 대리인을 통해 크립토오르가슴을 느낄 수 있으니까. 뻔한 거지, 뭐."

"넌 무슨 말도 안 되는 소리를 하냐?" 다밀롤라가 화가 나 말했다. "네 생각엔 푸포갈들의 운명을 걱정하는 여기 모인 사람들이 전부……"

"이 사람들 전부 푸포갈의 운명이든 똥 퍼먹는 놈의 운명이든 아무 관심 없다고." 카야가 그림을 쳐다보며 끼어들어 말했다.

"사람들은 그냥 겁쟁이일 뿐이고 힘과 권력의 벡터가 통과할 거라 예상되는 상상의 지점을 연신 핥고 있는 거야. 민주 정권의 진짜 권력자들은 말이야, 겉으로 드러난 권력자들과 동일 인물이었던 적이 한 번도 없었어. 의례의 대상을 선택하는 데 엘리트들이 휘두르는 전횡이 바로 이 위임된 크립토오르가슴을 가능하게 하는 거야."

다밀롤라는 두 손가락으로 카야의 귀를 잡아당겼다.

"닥치는 게 좋을걸." 그가 명령했다. "말해, 너 그거 다 어디서 읽었어?"

"베르나르-앙리 몽테뉴 몽테스키외가 쓴 걸 읽었지." 카야가 그에게서 우아하게 벗어나며 말했다. "그 『죽은 종잇장들』이라는 책 말야. 내 생각엔 가장 적합한 인용 같은데. 이것도 그의 유품 중 하나니까, 안 그래?"

"만일 베르나르-앙리가 그런 걸 썼다면," 다밀롤라는 겸연쩍어하며 중얼거렸다. "다른 사람더러 읽으라고 쓴 게 아니야. 디스코스몽거들이 읽는 거라면 모를까. 그래서 고대 프랑스어로 책을 쓴 거잖아. 베르나르-앙리 자신도 사람들이 보는 데서는 그런 책 따위는 절대 안 읽었을 거라고."

카야는 아무런 대답도 하지 않았다.

그림은 사진들과 텍스트 칼럼이 가득한 그다음 게시판에 멈춰 섰다.

게시판 윗부분에 한쪽 눈에 검은 안대를 한 채 여러 개의 견장을 단 한 살찐 고대 지휘관의 초상화가 있었다. 팻말에는 육군 원수 쿠투조프라고 설명되어 있었다. 그는 철조망 세기 초의 시베리아 사령관이자 나폴레옹 수상을 수장으로 하는 유럽 연합군을 고대 오르크 수도와 함께 태워버린 가스 폭탄 발명자였다.

상공에서 찍은 사진이 하단에 놓여 있었는데 이를 보자 그림의 심장이 떨려왔다. 오르크 슬라바의 전쟁 때 카메라가 있었더라면 그도 비슷한 사진을 찍을 수 있었을 것이다.

그것은 네 개의 푸른 가스통을 실은 수레였다. 그의 눈앞에서 나무 피리 자살 부대가 연기 속으로 굴렸던 바로 그 가스 폭탄이었다. 사진 속에는 손에 방아쇠 밧줄을 쥔 채 가스통들 사이에 앉아 있는 녀석까지 보였다.

팻말에는 이것이 오래전 고대 오르크들이 성 소수자들에 대적해 사용했던 무기를 부활시킨 것이라고 설명되어 있었다. 쿠투조프의 폭탄에 벌써 두 명의 훌륭한 비잔틴인들, 즉 폰 트리에와 베르나르-앙리가 죽임을 당했으며, 문명 위에 드리운 위협은 신속한 해결을 요구했다. 그리고 그 해결은, make no mistake(의심하지 마시라),* 도래할 것이었다.

더 아래쪽에는 푸포갈 트릭의 집 밑에 난 땅굴 지도가 붙어 있었다. 바로 이 땅굴을 통해 간자베르세르크들이 쿠투조프의 폭탄을 실어 날랐다. 세심하게 그려낸 지층들로 단면이 아주 명확하게 보였다.

"다음 전쟁이 뭣 때문에 시작될지 벌써 예상되는걸." 다밀롤라가 우울하게 말했다.

"푸포갈들 때문이야?" 그림이 물었다.

---

* 괄호 안은 러시아어 원주를 번역한 것이다.

"아니, 터진 콘텍스가 가스를 무기로 쓴 것 때문이지. 푸포갈들을 위한 전쟁은 그다음에나 올 거고. 하지만 내가 틀릴 수도 있어. 좀 있으면 알게 되겠지."

카야는 다밀롤라를 쳐다보았지만 아무 말도 하지 않았다.

그다음 게시판에는 트릭 세트 견본이 전시되어 있었다. 그것은 점질감자가 들어찬 주둥이가 열린 포대, 머리카락이 뱀으로 되어 있는 고대 동상에서 떼어 온 머리 부분과 알약 한 갑, 오르크식 찐 고기 통조림, 위협적으로 보이는 톱니 단검이었다. 붉은색 팻말에는 전설적인 푸포갈의 공적을 혼자 따라 해서는 안 된다는 엄중한 경고가 쓰여 있었다.

그다음에는, 트릭의 개인 물품들이 들어 있는 서랍(특히 매듭 끝에 두 개의 방울이 달린 어린아이용 빨간색 모자가 감동적이었다), 그의 블로그에서 학정을 비난하는 부분을 발췌하여 굵은 글씨체로 강조한 인쇄물들이 보였다. 하지만 이것들이 그림의 관심을 끌지는 못했다.

트릭과 함께 죽음을 맞이한 베르나르-앙리에 대해서는 맨 마지막 한 개의 게시판만 할애되어 있었다(다밀롤라는 전시의 이 섹션을 후원한 건 굴락이 아니라 시네뉴스 주식회사의 소셜 네트워크 부서라고 말해주었다). 게시판은 화려하지 않았다. 번들거리는 철제 받침대 위에서 철학자의 사진이 슬픈 미소를 짓고 있었다. 아래에는 고대 프랑스어로 된 『죽은 잎새들』에서 가져온 두 부분의 수기 발췌가 놓여 있었다(고인이 팩스 송신을 위해 특별히 이 부분을 손으로 직접 옮겨적은 것 같았다). 옆에는 교회 영어로 된 번역문이 쓰여 있었다.

스.너.프. – 이것은 사랑을 분자로 하고 죽음을 분모로 하는 삶 자체를 의미한다. 이 분수는 0과도, 영원과도 동시에 등가를 이룬다. 이 분수를 추구하는 마니투가 그러하듯.

그림은 이 말의 뜻을 전혀 알 수 없었지만 카야가 다시 다밀롤라의 심기를 건드릴지 모른다는 생각에 물어볼 엄두를 내지 못했다. 대신 두번째 발췌 부분은 좀더 명확했다.

오르크의 폭압 체제를 비판하면서 우리는 종종 그것이 가진 본래의 진정한 속성이 무엇인지 망각하곤 한다. 우리가 사용하는 정의가 복잡하면 복잡할수록 질문은 더욱 혼돈스러워진다. 그러나 요점은 지극히 단순하게 설명된다.

레짐이란 그 레짐 아래에서 잘 살고 있는 이들, 그들 자체이다.

여기에는 뇌물을 수수하는 말단 공무원이나 머리통을 부수는 간자베르세르크만 포함되는 것이 아니라, 이들을 익살스레 폭로하는 디스코스몽거들, 황색 구역의 잽싼 저널리스트들, 영원한 가치들에 호소하는 오르크 문화의 거장인 팝아트와 팝파지야아르트*의 유력 인사들, 권력이 세심히 경호해주는 뷔페 연회장에서 레짐에 대해 연일 비판을 가하는 살롱 사교계의 안쭈구리들과 그 밖의 사치에 쩐

* 팝아트pop art를 러시아에서는 폽-아르트поп-арт로 표기한다. 동시에 폽поп은 '성직자'를 가리키는 단어이기도 한데 팝파지야попадья는 러시아 정교회에서 성직자의 아내를 가리키는 말이다.

베르투하이들도 포함된다.

독재리아와의 타협 불가능한 투쟁이 장기 집권을 노리는 선진화된 현대 독재리아의 가장 중요한 기능이라는 사실을 기억해야 한다. 우르카간의 동업자들은 교육이나 의료 따위는 흘러가는 대로 내버려둘 수 있지만 이 예민한 영역을 그냥두지는 않는다. 왜냐하면 만일 그랬다가는 예기치 않은 정권 교체가 일어날 수 있기 때문이다. 그러므로 저 아래에는 끔찍스러울 만큼 정직성이 결핍되어 있다. 오르크식 '새로운 진정성'은 그게 무엇이 되었든 완전히 잊힌 오래된 거짓말일 뿐이기 때문이다.

이 모든 일은 전에도 일어났었다. 그것도 여러 번.

저 아래엔 트릭의 친구라곤 하나도 없다.

Vive la révolution!(혁명 만세!)

БАММ*

그림은 다밀롤라를 쳐다보고는 인용된 부분을 다시 바라보았다. 다밀롤라는 어깨를 으쓱했다.

"위에도 없지." 그가 퉁명스레 말했다.

"뭐가?" 그림은 못 알아들었다.

"친구 말이야." 다밀롤라가 말했다. "이걸 여기다 왜 걸어놓았는지 이해가 안 가네. 아무래도 아래에 자발적 조력자들이 너무 많이 생겼나봐. 우린 앞으로 두세 번의 전쟁을 더 치른 후에 황색 구역을 폭격할 거야. 여론도 조성되고 있어. 하지만 넌 신경

---

* 러시아어로 베르나르-앙리 몽테뉴 몽테스키외의 이니셜이다.

쓸 필요 없지. 넌 이제 자유니까……"

레짐의 본질에 대한 생각은 전체적으로 맞는 말 같았다. 그림도 항상 무언가 비슷하게 느껴왔다. 하지만 베르나르-앙리 자신한테도 이 일반화가 적용되는지는 알 수 없었다.

흘로야가 보이지 않았다. 그림은 홀을 둘러보고는 그녀가 벌써 알료나-리버티나와 함께 사라졌다고 확신했다. 인사도 없이 가버리다니……

카야는 그가 우울해하는 걸 알아차렸다.

"여기서 나가자." 그녀가 제안했다. "어디로 가고 싶어, 그림?"

"걔 아직 아무 데도 못 가봤어." 다밀롤라가 말했다. "이게 첫 외출이라고. 보고 싶은 거라도 있어?"

"런던." 그림이 주저하지 않고 말했다.

"왜 하필 런던이야?"

"다들 그리로 가더라고." 그림이 말했다. "성공한 사람들 말이야."

"알았어." 다밀롤라가 동의했다. "런던이라면 런던이지. 거긴 음식이 별로긴 한데. 그래도 내가 아는 좋은 장소가 있긴 해…… 근데 흘로야는 어딨어?"

"벌써 갔어." 그림이 말했다. "알료나-리버티나하고 같이."

"아하," 다밀롤라가 대답했다. "그렇군. 그럼 갈까?"

그림은 카야가 자신의 손을 다시 잡은 것을 불쑥 깨달았다.

그녀의 손은 따뜻하고 건조했다. 그녀는 마치 자신이 그의 손을 잡았다는 것 자체에 관심을 끌기라도 하려는 듯 손가락으로 그의 손목을 긁었다. 그림도 스스로에게 놀랐다. 자신도 같은 방식으로 그녀의 손목을 긁어 대답했던 것이다.

카야는 그를 보고 미소를 짓더니 튜브의 출입문 쪽으로 끌어 당겼다. 다밀롤라는 뒤를 따랐다. 무언가를 눈치챘을 수도 있지만 그는 절대로 아는 척하지 않았다.

메트로리프트 객실 안에서 다밀롤라는 몇 차례 손가락으로 마니투를 눌렀다. 그림은 흥미로운 댓글에 눈이 갔다.

굴락이 추천하는

비 그벤BI GBEN*

"그럼 그렇지," 카야가 말했다. "우리 아빠가 또 비역질 소굴로 우릴 끌고 가려나 보네."

"소굴이 아니지." 다밀롤라가 투덜거렸다. "여긴 내가 아는 런던 레스토랑 중에서 제일 좋은 데라고. 글로벌 우르크들은 여기에 잘 안 와. 이 집이 굴락 리스트에 올라가 있는 건 그냥 우연의 일치야."

"그래, 그렇겠지." 카야가 말했다. "우린 네 말에 일말의 의심도 없어."

'우리'라는 말에 다밀롤라가 인상을 찌푸리는 것을 보자 그림은 집안싸움에 말리지 않도록 주의해야겠다고 생각했다. 카야는 아까처럼 그림의 손을 잡았고 뭐라도 해야겠다고 생각한 그림은 컨트롤 마니투를 살펴보기 시작했다.

---

* 런던에 위치한 영국 국회의사당 시계탑의 명칭인 빅 벤Big Ben을 변형했다.

컨트롤 마니투 위에는 풍선, 만화 주인공, 새로운 식이법에 대한 동영상 광고 등 온갖 재미있는 것들이 깜빡이고 있었고, 아랫부분에는 카운트다운되는 커다란 녹색 숫자가 흔들리고 있었다. 그림은 보이는 시간이 지정된 지점까지의 남은 시간이라고 생각했다. 역시 마니투에 0이 보이자 곧 문이 열렸다.

앞에는 트릭 기념관과 비슷한 규모의 홀이 나타났다. 높은 창문들 옆에 테이블들이 놓여 있었다. 위에서 어떤 움직임을 느낀 그림은 눈을 들어 올렸고 그대로 멍해질 수밖에 없었다.

머리 위, 비밀 같은 어슴푸레 속에 기름칠로 번뜩이는 톱니바퀴들과 철로 된 아치 모양의 구조물들이 회전했고, 거대하고 무거운 진자가 공간을 가로지를 때마다 홀에 은은한 미풍을 만들어내며 진동했다. 그건 시계 장치였다. 다만 엄청나게 클 뿐이었다. 만일 이것 또한 환영이라고 한다면 이 환영은 기상천외할 정도로 생생했다.

창문들 뒤로는 사방으로 고대 도시의 모습이 높이 뜬 새의 시점으로 펼쳐졌다.

“이게 런던이야?” 그림이 물었다.

“런던이야.” 다밀롤라가 확인해주었다. “시계탑에서 보이는 유서 깊은 풍경이지. 보존된 3D 파노라마에 따라 최대한 복원한 거야.”

녹색 소매에 하얀 실크로 된 옛날 의상을 입은 몸집 큰 흑인 여성이 홀을 가로질러 손님들 쪽으로 서둘러 다가왔다. 초콜릿 살결의 그녀는 회색 드레드록을 하고 있어 그림은 아래에 남겨진 간자베르세르크들이 떠올라 불쾌했다.

"뭘 드릴까요?" 예상치 못한 저음의 남자 목소리로 그녀가 물었다.

그녀를 주의 깊게 바라보고 나서 그림은 그녀의 거대한 가슴이 진짜가 아니라는 것을 알았다. 그것은 은으로 장식된 여성복 상의에 속을 채워 볼록하게 만든 것이었다. 그들 앞에 있는 건 남자였다.

"그벤, 평소대로." 다밀롤라가 거드름을 피우며 말했다. "전부 평소대로 부탁해, 친구."

중년의 흑인은 미심쩍게 다밀롤라에게 시선을 돌렸다. 하지만 그것은 아주 예의 바른 미심쩍음이었다.

"마지막으로 왔을 때처럼 말야." 다밀롤라가 한 번 더 말했다.

흑인은 다시 한번 극도로 정중한 태도로 이해 못 하겠다는 표정을 지었다. 침묵이 길어졌다.

"메뉴 7번 달라고." 다밀롤라가 더 이상 못 참고 말했다.

"애들은요?" 흑인이 물었다.

"같은 걸로 줘." 다밀롤라가 찌푸리며 말했다.

"7번 메뉴 세 개 말씀이시죠?"

"아니." 다밀롤라가 말했다. "두 개. 여자애는 안 먹어."

흑인은 의심스럽다는 듯이 카야를 쳐다보고는 다시 다밀롤라를 응시했다. 그러더니 곧 딸을 굶겨서 못살게 구는 자린고비 아빠로 생각하는 건 아니라는 듯 미소를 지었다. 그는 공손하게 머리를 끄덕이고는 손님들을 자리로 안내했다. 다밀롤라는 강이 보이는 테이블을 골랐다. 그는 기분이 상한 것 같았는데 그림은 그런 그가 조금 안돼 보였다.

하지만 파노라마를 보자마자 그림은 모든 것을 잊었다. 창문 뒤로, 뾰족하게 높이 솟은 창문과 첨탑 들, 그리고 높은 기둥에 깃발까지 달린 회색과 갈색이 어우러진 정교한 탑도 보였다. 진짜 동화 속에서나 나올 법한 성이었다.

"저게 뭐야?" 그림이 물었다.

"의회." 다밀롤라가 대답했다.

여기선 저렇게 생긴 성을 그렇게 부르나 보다.

의회 뒤로 강 위의 다리가 보였다. 그리고 더 멀리로는 안개 속에 고대의 벽돌담으로 된 거대한 회색 집들이 솟아 있었다. 모토렌바겐들로 이루어진 알록달록한 조그마한 상자들과 길거리를 배회하는 인간들로 이루어진 조그마한 점들 하나하나까지도 다 구별이 갔다. 그림은 창문 사이로 통과한 우울한 회색빛 광선을 빨아들였다. 아무리 보고 또 보아도 질리지 않는 광경이었다.

도시 위에 걸린 십자가, 왕관, 꽃무늬의 금장 테가 둘러진 거대한 석구로 된 건축물 장식이 그 앞에 그림자를 드리웠다. 그림은 이게 금속인지 도금된 돌인지 묻고 싶었다. 하지만 곧 이러한 것들을 묻는 게 무의미하다는 것을 깨달았다.

가짜 가슴을 한 흑인 남자가 다가와 음료가 담긴 쟁반을 테이블에 놓았다.

"그벤 마부투는 훌륭한 요리사야." 그가 물러나자 다밀롤라가 말했다. "하지만 저치는, 우리끼리 얘긴데, 근육 무게를 유지하려고 단백동화 스테로이드 주사를 너무 많이 맞아. 그래서 머리가 어떻게 좀 된 것 같아…… 그림, 아프리카 음식 좋아해?"

"모르지." 그림이 대답했다. "먹어본 적이 없으니까. 이건 뭐야?"

"그건 대추빵이야." 다밀롤라가 말했다. "쿠스쿠스…… 바바 가누쉬…… 베르베르 소스…… 너도 좋아할 거야. 오르크 음식이랑 비슷한 데가 있거든."

그림은 오르크 음식이 어땠는지 잘 떠오르지 않아 아무 말도 하지 않았다.

"부자 오르크들은 어디에 살아?" 그가 물었다.

"무슨 말이야?" 다밀롤라가 놀랐다.

"이거 런던 아니야?"

"런던이지."

"우리 오르크 부자들은 다 여기에 산다고 들었는데."

다밀롤라가 웃어댔다.

"그림." 그가 말했다. "요즘 시대에 런던이라는 건 그냥 창밖 풍경일 뿐이야. 그 다른 런던이라는 건 벌써 수백 년 동안 존재하지 않았고. 만일 부자 오르크들이 여기 산다면, 그들이 뭐 여기 살기는 해. 근데 그건 그들도 창문 너머 3D 투사물을 본다는 것을 의미할 뿐이야. 이거랑 거의 똑같은 투사물이겠지. 만날 약속도 런던을 전망으로 도배한 레스토랑에서 갖고."

"이해가 안 가." 그림이 말했다. "누구나 자기 집 창문 너머에 이런 투사물을 연결시킬 수 있을 거 아냐."

"안 그래." 다밀롤라가 말했다. "법으로 금지되어 있거든. 창밖 풍경과 주거지는 분리시킬 수 없게 되어 있어. 집값에 포함되어 있기도 하고. 네가 만일 돈이 많으면 선택할 수 있지. 하지만 무료로 교체하려면 법원 판결이나 지자체의 동의가 필요해. 그래서 창밖 풍경을 지자체립이라고 하는 거야."

"왜 그렇게 된 거야?"

"비즈니스야." 다밀롤라가 한숨을 내쉬었다. "부동산 소유자들의 로비가 막대하거든. 그들은 이 법을 아주 오래오래 전부터, 내가 태어나기도 훨씬 이전부터 밀어붙여왔어. 첫눈에는 이 법이 다소 부조리하게 보이기 마련이지. 하지만 여기엔 사실상 다 의미가 있어."

"어떤 의미?"

"여긴 공간이 부족해. 최고로 부유한 사람들을 제외하고 대부분의 사람들은 세제곱 밀리미터마다 엄청난 양의 기술 공정을 쑤셔 넣어 만든 비슷비슷한 격리실에서 살고 있어서 무직자의 거주지가 부자의 집에 비해 별 차이가 안 나거든. 창밖 풍경은 일종의 사회적 계층화를 지탱해주는 몇 안 되는 매개 중 하나지. 바로 이것에 따라 임대료가 달라져. 예를 들면, 너희 집에 있는 건 토스카나 언덕이야. 그거 비싼 거야. 네가 그걸 누릴 수 있는 건 베르나르-앙리한테서 물려받았기 때문이고…… 토스카나, 멋지지. 근데 런던을 구입하는 건 거의 오르크들이야."

"런던이 더 싸서?"

"런던이 훨씬 더 비싸지." 다밀롤라가 웃어댔다.

"창문 풍경을 위조할 수도 있어?" 그림이 물었다.

"응. 잠시뿐이지만. 지자체립 풍경보다는 더 좋아 보일 거야. 지자체립 프로그램들은 오래됐거든. 버그가 많고 에러가 계속 나. 하지만 위조 풍경을 사용하면 사이버 시큐러티가 스캔으로 단번에 적발해낼 거야. 벌금도 어마어마해. 위조 전망은 그야말로 평생의 수치거든."

"그게 왜 수치인데?"

"생각해봐, 한 사람이 파리에 사는 척하는 거야. 파티가 절정인데 갑자기 사이렌이 울리면서 건너편 에펠탑으로 'ILLEGAL CONTENT(불법 콘텐츠)'라는 거대한 붉은색 사인이 올라가는 거지. 이런 비극은 하물며 적들한테라도 일어나길 바라선 안 되지."

그림은 그의 말을 곰곰이 생각하며 말을 멈추었다. 그런데 무언가가 그의 다리를 살짝 건드렸다. 그는 눈을 들어 올렸다.

카야가 그를 쳐다보고 있었다.

"그림." 그녀가 물었다. "너 첫눈에 사랑에 빠질 수 있다는 걸 믿니?"

다밀롤라는 조용히 웃었다.

카야의 이상한 행동에도 그는 전혀 짜증 내는 눈치가 아니었다. 그는 그녀의 못된 장난에서조차 만족을 느꼈다. 그림은 놀라움에 얼굴을 찌푸렸다. 카야가 왜 갑자기 이런 이야기를 꺼냈는지 알 수 없었다. 그러나 그녀는 진지해 보였다.

"잘 모르겠어." 그림이 말했다. "첫눈에 죽음에 빠지는 경우는 있어. 그런 경우가 있다는 건 내가 정확히 알거든. 근데 첫눈에 빠지는 사랑 같은 건 책에서만 읽었어."

"네 생각엔, 사랑이란 뭔 것 같아?" 카야가 물었다.

"아마도, 누군가랑 같이 있을 때 좋다면 그게 사랑 아닐까?"

"누구한테 좋아야 하는데? 너한테야, 아니면 네가 같이 있는 그 사람한테야?"

그림은 어깨를 으쓱해 보였다.

너무 추상적인 질문이었다. 아래에서 사랑은 모두에게 마이너스였다. 사랑을 하는 이나 받는 이나. 그 누구도 누군가를 정말로 사랑하지는 않는다는 걸 굳이 언급할 필요도 없었다. 오르크들은 그저 일상적으로 서로 문질러댈 뿐이었다.

"넌 어떻게 생각하는데?" 그가 물었다.

"아마," 카야가 말했다. "사랑이란 건 네가 사랑하는 이를 구원하고 싶을 때를 말하는 걸 거야. 특히 그를 구원한다는 게 아주 힘들 때는 더 그렇지. 사랑은 힘들수록 강한 거야."

그림은 생각에 잠겼다.

그는 흘로야를 구원할 생각이 전혀 없었다. 첫째로, 그녀의 상황은 이미 괜찮았다. 둘째로, 흘로야 스스로 누구라도 구원할 수 있었다. 그의 경우만 해도 그랬다. 그를 잡아서 런던까지 데려온 것도 그녀였다. 그녀가 사랑 때문에 그랬을 리 없다. 그를 여기로 끌고 오는 것이 아래에 남겨두는 것보다 쉬웠기 때문에 그냥 그렇게 된 거다. 더욱이 그게 구원일 리 없었다.

뭐라고 대답해야 할지 알 수 없었다. 카야도 딱히 대답을 기다리는 것 같지 않았다. 그녀는 벌써 창문 너머로 보이는 부조로 장식된 의회 건물의 탑들을 바라보고 있었다.

홀의 저쪽 구석에 그벤 마부투가 커다란 쟁반을 들고 나타났다. 쟁반 위에는 큰 술잔과 대접이 여러 개 놓여 있었다.

"너희 집 전망은 뭐야?" 화제를 바꾸려고 그림이 물었다.

"우리 집에 초대할게." 다밀롤라가 말했다. "흘로야랑 같이

와. 직접 보면 되지. 카야가 음식을 주문할 거야. 주문을 기가 막히게 하거든. 정말 맛있어. 내 컬렉션도 보여줄게."

처음에 흘로야는 빽빽한 캐스팅 스케줄을 이유로 초대를 거절하고 싶어 했다. 이웃들과 친하게 지내야 한다는 말은 그녀에게 씨알도 먹히지 않았다. 하지만 웬일인지 그녀는 다밀롤라의 집이 아주 가깝다는 말에 설득되었다.

흘로야와 카야는 이번에는 다르게 입었고 드디어 서로를 알아본 척했다. 통성명을 하더니 그들은 대화를 위한 사교적인 화제를 찾아냈다(오르크 군인 러닝셔츠의 바느질에 관한 이야기인 듯했다). 집주인은 그림에게 집 안의 이곳저곳을 구경시켜주었다.

집의 구조는 그림네와 똑같았다. 벽 색깔과 벽에 걸린 그림들만 달랐다. 그림네 집에 있는 그림들이 추상적이라면 여기에 있는 그림에서는 일종의 정열적인 자유분방함이 엿보였다.

파괴된 마니투가 그림의 주제로 자주 반복되었다. 어떤 그림에는 진공 플라스크가 달린 부서진 진공관 라디오가 그려져 있었고, 다른 한 그림에는 몇 군데 총알구멍이 뚫린 패널이 묘사되어 있었다. 기묘하고도 슬픈 주제의 그림도 있었다. 웬지 다밀롤라를 상기시키는 둥그스름한 그림자가 멀리서 보면 카야를 살짝 닮은 것 같은 부서질 듯한 아가씨의 머리를 총알구멍이 숭숭 뚫린 마니투로 내리치고 있었다. 비잔틴 회화의 전형적 방식에 따라 그림 위에는 다음과 같이 쓰여 있었다.

파일럿이 파일럿카를 공격하고 있다.*

다밀롤라의 집에는 거대한 오르크 예술 작품 두 점이 있었다. 그가 '내 컬렉션'이라고 부른 것인 듯했다. 바로 강철로 된 댓돌 위에 쓰인 털투성이의 빨간 글자 'O(오)'와 바위에서 떨어져 나온, 고대의 상형문자가 쓰인 거대한 석판이었다.

그것들은 3D 복제본이 아니었다. 다밀롤라는 이것이 모두 진짜라는 것을 보여주듯 손으로 만져 보였다.

그의 말에 따르면 털투성이의 붉은 'O'는 이전에 슬라바의 장터 광장에도 서 있었다. 그땐 그 크기가 몇 갑절 더 컸다. 그림은 오래된 스너프에서 장터 광장 위로 떠오른, 오랜 시간 녹색 이끼가 가득 자란 붉은 타원을 언뜻 봤던 기억이 정말로 떠올랐다. 하지만 그게 대체 무엇인지는 알 수 없었다. 밝혀진 바에 따르면, 이 조각은 '우르크들의 위대한 어머니'로 불렸고, 초기 지린 치하에서 만들어졌으나 현재까지 단지 복제본으로만 전해졌다.

---

* 펠로트이 이듯 브 오타쿠 나 펠로톡(ПЕЛОТЫ ИДУТ В ОТАКУ НА ПЕЛОТОК): 펠로트пелот는 필로트пилот(파일럿)의 오기이다. 펠로트카пелотка는 필로트카пилотка(챙이 없는 러시아 군모 개리슨 캡)의 오기인데 이 모자는 모양 때문에 종종 여성의 성기를 가리키는 은어로 쓰인다. 문장 안에서는 이 단어가 마치 пилот에서 파생된 여성 파일럿을 가리키는 단어라도 되는 양 쓰였다. 아타카атака(공격)의 오기인 오타카отака는 문장 안에서는 러시아어의 강세 특성상 아타카атака와 똑같이 들리지만 목적격으로 쓰인 오타쿠отаку라는 표기는 '오타쿠オタク'를 연상시킨다. 이로 인해 파일럿들이 파일럿 여성들이 아니라 여성의 성기를 공격하는 장면과 오타쿠의 이미지가 연결되는 다층적인 효과를 낳는다.

“이게 ‘У(우)’가 아니라 바로 ‘О’라는 사실은,”* 다밀롤라가 말했다. “내가 생각하기에, 자유와 문화에 대한 너희 민족의 부단한 노력을 구현한 것 같아……”

그림은 다밀롤라에게 이 ‘О’가 무언가를 구현할 리 없다고 말했다. 다밀롤라는 그냥 그림이 듣기 좋은 말을 해주고 싶었을 뿐이다. 하지만 그것도 고마운 일이었다.

석판의 상형문자는 아주 단순해 보였다. 하단에는 투박하게 원이 새겨져 있었고 그 위에는 삼각형이, 더 위에는 또 다른 삼각형이 새겨져 있었다. 다밀롤라는 이것이 털북숭이 ‘О’보다도 훨씬 더 오래된 시대의 유물이며 굴락 문화가 점차 쇠락하기 시작한 후기 철조망 세기의 것이라 설명했다. 겉으로 보기에 상형문자는 분명 고대 ‘파이프에 지붕 얹기’라는 의례와 관련 있었다. 전문가들은 이 상형문자가 소위 ‘다지붕’ 시대의 것이라고 했다.** 하지만 이 의례에 어떠한 의미가 있는지에 대해서는 역시 아무도 설명하지 못했다.

그림은 다밀롤라가 오르크 민족의 문화에 대해 자신보다 훨씬 더 많이 알고 있다는 사실이 부끄러웠다. 하지만 그는 오르크의 고대 역사에 대해서 특별한 흥미를 못 느끼겠다고 고백했다.

---

* 러시아 문자 У, О를 말한다.

** 자릿세나 보호비 명목으로 돈을 뜯는 행위를 지칭하는 은어 크리샤крыша는 ‘지붕’ ‘거처’ ‘보호자’를 뜻한다. ‘파이프에 지붕 얹기’는 석유 파이프에도 같은 방식의 이권 개입이 있었다는 것을 의미하며, ‘다지붕’ 시대 또한 이러한 세력들이 난무하던 시대를 지칭한다.

"왜?" 다밀롤라가 물었다.

"그게 어떻게 끝났는지 아니까." 그림이 말했다.

다밀롤라는 한숨을 쉬고는 그림의 마음을 이해한다는 걸 보여주고 싶기라도 했는지 몇 차례 고개를 끄덕였다. 그런 다음 크지 않은 한 그림 앞으로 안내했다. 그 그림에는 상공에서 바라본 슬라바가 묘사되어 있었다. 그런데 슬라바 주변은 정글과 논이 아니었고 마니투로 편집된 창백한 달 표면이었다. 달 위에 작은 글씨로 글이 적혀 있었다.

수 세기 동안 종잡을 수 없는 궤도를 따라 달이 공전하고 있다고 논거를 들어가며 장황하게 말할 수 있다. 달의 끔찍한 죽음의 역사를 언급한 각주들 또한 더할 나위 없이 타당하다. 하지만 다른 천체들을 언급하지 못하게 하는 암묵적 금기가 존재하는 한 이 내러티브는 아무리 인과관계를 추적한다 해도 항상 미완성일 것이다……

БАММ이 친구 다밀롤라에게.

"이거 베르나르-앙리야?" 그림이 추측했다.

다밀롤라가 고개를 끄덕였다.

"선물로 받았지." 그가 말했다. "오랫동안 파트너로 일했거든. 복잡한 사람이었어. 그의 모든 걸 수용할 수 있었던 건 아니야. 하지만 그는 내가 만난 이들 중에서 가장 똑똑했지. 게다가 그는 다른 사람이라면 그냥 침묵했을 것들에 대해 종종 다 들리도록 크게 말하곤 했거든. 그래, 주로 사적인 상황에서 그랬지. 하지만 가끔은 카메라에 대고도 그랬어. 그런 경우를 대비해서 두 명의 법률가가 그에게 조언을 했지…… 그리고 이건 내가 직접 찍은 거야, 그가 죽고 난 이후에. 전우를 기리면서……"

다밀롤라는 그다음 작품을 가리켰다.

그것은 나무판에 그을려 그린 오르크식 싸구려 수공예품을 찍은 사진이었다. 마니투도 잊으셨을 법한 머나먼 촌구석에서 방문 기념품으로 가판에 내놓고 파는 물건과 비슷했다. 매부리코의 장발 장수가 그려져 있었다. 그는 이야기 속에서나 나올 법한 갑옷과 투구, 부적, 실팔찌 등을 걸친 모습이었다. 조상이 어떤 모습이었는지 대충이라도 상상이 안 될 때 오르크 예술가들이 흔히 그리던 모습이었다.

"이건 누구야?" 그림이 물었다.

"동쪽 오르크의 지도자인 이반 프라브이 룰."* 다밀롤라가 말했다. "이런 인물이 정말 있었을 리는 없잖아. 그냥 고대 서사시 속 영웅이지. 장터 위를 정찰할 때 내가 찍었어. 여기 글은 원래 없던 거야. 내가 써넣었지……"

그림은 이반 프라브이 룰이 고인이 된 베르나르-앙리를 빼다 박았다는 것을 눈치챘다. 추억을 이렇게 기념하다니 감동적이랄 수밖에 없었다.

장발의 전사 아래에는 마치 나무를 그을려 섬세하고 세련되게 쓴 것처럼 보이는 서명이 보였다.

---

* 프라브이 룰Правый Руль: 오른쪽 운전대, 오른쪽 조타. 러시아 자동차는 한국처럼 왼쪽에 운전대가 있다. 오른쪽 운전대는 영국을 상기시킨다. 러시아와 영국 양국의 오랜 첩보전을 떠올리면 '이반 프라브이 룰'은 서구 사상의 영향을 받은 전설 속 인물로 설정되었다는 것을 알 수 있다.

'적의를 품은 디스코스몽거는 분해 핵탄두 미사일처럼 발사 단계에서 미리 제거하는 것이 가장 효율적이다. 디스코스몽거가 구사하는 삼단논법들의 불타는 핵심을 설명해내고 이를 자신의 삶과 운명에 적용시키는 대신, 디스코스몽거의 자금줄과 그의 목적, 즉 그는 누구이며 왜 여기에 있는가라는 질문에 먼저 관심을 가져야 한다. 이 질문들만으로도 이미 충분하다. 원격 카메라의 렌즈 앞에서 입을 여는 인물의 등장이 우발적인 양자 효과는 결코 아니기 때문이다. 아무리 최첨단의 카무플라주를 장착해도 원격 카메라가 우발적 양자 효과가 될 수 없는 것처럼 말이다.'

БАММ

"하긴 베르나르-앙리도 양자 효과는 아니었지." 다밀롤라가 콧방귀를 뀌었다. "이건 관찰자로서 말하는 거야. 그는 말하자면, 아주 외로운 사람이었어. 지적인 측면에서 말이야. 온 전력을 다해 치고받을 사람 하나 없다며 항상 불만을 늘어놓곤 했지. 그가 상대하는 오르크들은 전부 끔찍한 바보였던 데다가 또 내가 그들을 너무 빨리…… 미안해."

"괜찮아." 그림이 대답했다.

"자신의 문화를 고대 프랑스어로 그토록 신랄하게 비난했던 건 바로 이런 이유 때문이었지. 하지만, 그림, 그렇다고 해서 그가 빅 비즈의 애국자가 아니었다는 건 아냐. 갠 애국자였어."

"알아." 그림이 말했다. "직접 봤어."

다밀롤라의 침실은 베르나르-앙리의 것보다 작았다. 침실은 두 부분으로 나뉘었다. 둘 중 더 큰 반쪽 공간에서 작은 방으로 들어가는 빠끔히 열린 문으로 이상한 장치가 보였다. 그것은 마치 운동 기구처럼 보였는데 그 위에는 방석들이 쌓여 있었다. 기병대용 안장도 보였다. 엉덩이로 계속 문대서 반질반질한 검은 거울처럼 보였는데, 마치 복잡한 형태의 핸들과 다양한 규격의 마니투 몇 개가 장착된 비스듬히 기울어진 쿠션과 비슷했다.

안장에 앉으면 가슴을 쿠션에 기대고 누워 핸들을 잡을 수 있었다. 안장 아래에는 등자가 용수철 이음쇠에 고정되어 있었는데 그것은 고대의 무광택 은으로 만들어진 진품 중의 진품이었다. 핸들 옆에 있는 작은 서랍장 위에는 촉수 같은 이어폰이 달린 불투명 안경이 놓여 있었다. 커다란 커피 잔도 함께.

컨트롤 마니투 옆에 또 하나의 다른 쿠션이 달려 있는 게 눈에 띄었다. 벽에는 기사들이 묘사된 판화가 걸려 있었다. 다음 순간 다밀롤라가 문을 쾅 하고 거칠게 닫았다. 이 방을 보여주는 것은 그의 계획에 없었던 게 분명했다.

"너 전망에 관심 있다며." 그가 상기시켜주었다.

그림은 창문을 쳐다보았다. 지금에서야 창문 뒤에 무엇이 있는지 눈에 들어왔다.

다밀롤라의 창문들은 움푹한 해안에 위치한 장대한 빈민굴 도시 쪽으로 나 있었다. 창문 안 색채들은 아주 선명했다. 색이 어찌나 선명한지 마치 색조 스펙트럼이 손상된 텔레비전 같았다. 하늘과 바다(그 끝자락이 겨우 보였다)가 꿰뚫을 듯 파랬고, 저 멀리 봉우리가 두 쪽으로 갈라진 완만한 산에는 작은 집들이 곰팡이처럼 덮여 있었다. 작은 배들로 가득 찬 항만은 썩어가는 흰 생선들의 무덤처럼 보였다. 더위, 빈곤, 악취, 느긋함 같은 복잡한 느낌이 한꺼번에 몰려왔다.

"이건 뭐야?"

"나폴리." 다밀롤라가 대답했다. "가장 오래된 도시지. 언젠가 세계 제패도 이 해안에서부터 시작됐지. 하지만 지금은 도시도, 만도 없어…… 난 이 경치가 좋아, 왜냐하면 이건……"

"세일 상품이니까." 뒤에서 다가온 카야가 슬그머니 끼어들었다. "바다랑 항구 덕분에 비싸 보이잖아. 하지만 사실 싸구려야. 저기 저 작은 배 보여? 항구로 들어오고 있지? 만일 여기서 한 10분쯤 기다리면 저게 선착장까지 다다라 정박하는데, 그런 다음 없어졌다가 다시 선착장으로 들어올 거야. 하루 종일 그러는 거지, 밤이나 낮이나. 버그야. 업그레이드하면 되는데 우리가 지금 절약 중이라."

카야를 쳐다보는 다밀롤라의 시선에 증오 같은 감정이 가득 차 있었다. 하지만 그는 곧 웃음을 터뜨리고는 고개를 흔들어 댔다.

"난 저 배도 맘에 들어." 그가 말했다. "존재하는 모든 것들이 순환한다는 걸 상기시켜주거든. 우리 야옹인 여긴 왜 온 거야?"

"식사하러 와." 카야가 말했다. "준비 다 됐어."

그녀가 응접실로 나가고 나자 그림은 마침내 다밀롤라의 집에서 뭐가 그렇게 이상하게 느껴졌는지 깨달았다. 이곳에는 아까 안장이 장착된 운동 기구 옆에 있던 컨트롤 화면들 외에는 마니투가 하나도 없었다.

논리적이었다. 그래야 마니투 폭발이 묘사된 액자가 어울리니까. 이 집 주인이 어떻게 정보화 우주에 접속하는지 궁금해졌다.

"근데," 그림이 맘을 먹었다. "마니투는 어디에 있어?"

다밀롤라는 미소를 짓고는 행복의 방으로 가는 문을 가리켰다.

"아니," 그림이 말했다. "그게 아니라, 너희 집엔 어디에 마니투가 있냐고."

다밀롤라는 다시 한번 미소 짓고는 다시 그 문을 가리켰다. 그림은 자기를 놀리는 것이라고 생각하고는 얼굴을 붉혔다. 어색하지 않으려면 그가 가리킨 곳으로 가보는 게 좋을 듯했다.

"변기에 앉아봐." 다밀롤라가 복도에서 소리쳤다.

그림은 그의 말대로 했다.

그림의 몸이 자리에 닿자마자 바로 앞 공중에 번쩍이는 화면이 나타났고 아래에는 글자, 숫자, 기호 들이 허공에 떠서 깜빡거렸다. 무릎을 벌리고 팔꿈치를 넓적다리에 댄다면 그 위를 편하게 누를 수 있는 위치였다. 이 화면과 자판은 그림이 이해할 수 있는 물질성이 아니었다. 그것은 그저 손가락 접촉에 반응하는 공간 발광 현상이었다. 다밀롤라가 이 유령 같은 장치를 뒷간에 설치했다는 사실은 벽에 걸린 전시물에 드리운 반항적 주제를 미묘하게 보완했다.

그가 일어서자마자 마니투는 곧 꺼졌다. 처음 보는 광경이었다.

"그게 그나마 제일 싼 거야." 그가 나왔을 때 다밀롤라가 설명했다. "베르나르-앙리가 갖고 있는 패널은 골동품에다 이차원

플라스마야. 훨씬 더 비싸. 녀석은 그걸로 글 쓰는 게 마음에 든다고 했었지. 과거의 위대한 디스코스몽거들이 바로 그런 마니투로 작업을 했거든."

"정말 오래된 거야?" 흘로야가 물었다.

"당연히 모조품이지. 하지만 진짜처럼 보여. 고대 패널 하나에 적어도 300만은 줘야 될걸. 곧장 못쓰게 될 테니까 켜면 안 돼. 크리스털 화면을 단 진공 플라스크도 있어. 고대 황제들이 소유했던 것처럼 말이야. 하지만 그런 건 런던 풍경만큼 비싸."

그림은 고대 황제까지 갈 필요 없다고 말하려 했다. 오르크들은 아직까지도 진공 마니투를 썼기 때문이다. 스쿠터 '우르카이나'를 생산하는 공장이 이 진공 마니투도 생산한다. 바로 그림의 삼촌 쥘릭이 신임을 잃고 체포되기 이전까지 그 일을 했었고 오르크들에게 이것은 그들이 위대한 선조로부터 전수받은 자랑스러운 기술이었다. 하지만 곧 그는 이것에 대해 다밀롤라가 그 누구보다도 더 잘 알고 있으리라는 생각이 들었다.

마침내 모두가 식탁에 앉았다.

카야의 맞은편에 앉은 그림은 그녀를 제대로 살펴볼 수 있었다. 이제껏 그는 이토록 아름다운 아가씨를 본 적이 없었다. 그녀는 편안한 실내복 차림이었다. 녹색 토끼들이 그려진 우스운 수건 재질의 가운이었는데 반쯤 아이 같은 옷차림 때문에 그녀는 거북하리만큼 어려 보였다. 흘로야는 모든 파라미터를 동원해 자신과 카야를 꼼꼼히 비교하고 있는 게 분명했는데, 곧 풀이 죽었다.

카야는 음식을 정말 잘 골랐다. 그림과 흘로야를 위해 오르크 음식 '만터우'가 나왔다. 만터우 피 안에는 두부 조각들이 들어 있었고 아주 맛있었다. 오직 카야만이 앞 접시에 담긴 만터우에 전혀 손을 대지 않았다. 대신 그녀는 이 음식이 고대 오르크들이 쪄 먹었던 참수된 적들의 머리를 상징한다고 설명해주었다. 그림은 그녀가 놀리려고 한 말인지 알 수 없었다. 아무래도 그건 아닌 것 같다는 결론을 내렸다. 오르크라면 정말 그런 관습이 있을 법도 하니까. 게다가 그런 관습이 지금껏 인간들 사이에도 남아 있지 않은가. 베르나르-앙리의 벽장 컬렉션만 봐도 그랬다.

그림만이 아니라 흘로야 또한 최근 알게 된 사실을 떠올린 것 같았다. 끔찍한 오르크적 경험을 듣던 중 다밀롤라가 문득 이렇게 대답했다.

"누구나 자기 집 찬장 안에 두개골 하나씩은 가지고 있지."*

흘로야는 이 관용구를 못 알아들은 듯했다. 그녀는 곧 사교적인 톤으로 호호거리더니 대뜸 말했다.

"아, 우리 집엔 두 개나 있어!"

카야는 웃음을 터뜨렸고 다밀롤라는 대화 주제가 밑도 끝도 없는 구덩이로 빠지는 것을 경계하듯 얼굴을 찌푸렸다.

그림은 재빨리 화제를 바꿨다.

"조종사가 되는 건 어렵나?" 그가 물었다. "나도 될 수 있는 거야?"

다밀롤라의 눈은 알 수 없는 감정으로 뒤덮였다. 자긍심인지

---

* '털어서 먼지 안 나는 사람 없다'와 같은 뜻.

슬픔인지, 아니면 둘 다를 합친 것인지 알 수 없었다.

"안 될 거야." 그가 말했다.

"내가 오르크라서?" 그림이 물었다.

"아니." 다밀롤라가 말했다. "조종사가 되려면 어렸을 적부터 준비해야 하거든. 너는 고대 영화는 고사하고 아직 스너프 하나도 처음부터 끝까지 못 봤잖아. 조종사가 되려면 영상 문화 속에서 성장해야 하거든. 유년 시절부터 그 문화에 길들여지게 말이야."

"카메라 조종은 어려워?"

"카메라는 조종만 해서 되는 게 아니야. 카메라와 동화돼야 하는 거지."

"나 반사 신경 좋은데." 그림이 말했다.

다밀롤라가 웃었다.

"보이는 거랑 달라, 단순하지 않다고. 마니투 앞에 앉아서 운전하는 거잖아, 근데 사실은 반생에 걸쳐 익혀야 하는 거거든. 기체역학, 조명 장치, 촬영이나 진격 각도, 회전 급강하, 플래터에 대해서도 알고 있어야 해. 바람이나 노출 등에 대해서는 말할 것도 없고. 만일 흡혈귀가 들어 있는 특정 구멍 위에서 빈둥거리는 것과 같은 구체적인 임무가 주어진다면 그건 간단하겠지. 프리랜서일 때는 어떤 착륙 궤도가 스너프에 적합한지 아닌지를 본능적으로 알아차려야 하거든. 완벽한 저격수가 되어야 하지. 수직 강하하면서 철덩이를 투하하는 일은 외과 수술처럼 정교해야 하거든."

"뭐가 더 어려워?" 그림이 물었다. "포신으로 쏘는 거야, 아니면 폭탄 투하야?"

"폭탄 투하." 다밀롤라가 말했다. "수직 강하할 때는 목표물에 딱 맞게 조준하는 순간이 길어도 0.5초쯤이거든. 물론 유도 폭탄이나 미사일 같은 것도 있지만 그런 건 열 배나 비싸. 지출 비용은 다 개인 계좌에서 빠져나가니까. 그래서 대부분 그냥 철덩이로 공격하는 거야. 요즘 어떤지 알잖아. 다들 허리띠를 졸라매고 있다고. 철덩이로 명중시키려면 언제 발사해야 하는지를 본능적으로 알아야 해. 포신 사격일 때는 아예 생각할 틈조차 없어. 빗나가면 안 돼. 특히 스타를 엄호하거나 코르크로 쏠 때는."

"코르크로?"

"눈에 덜 띄는 전투에서 쓰이는 탄약이지. 이건……"

"본 적 있어." 그림이 말했다.

"눈에 덜 띄기는 덜 띄는 전투지. 그런데 만일 눈이나 뺨을 맞히면 얼굴이 터지고 비싼 컷을 망쳐버리거든. 그러면 다음번엔 누가 너랑 같이 일하려고 하겠어? 그렇지만 제일 끔찍한 건 아무래도 카메라를 깨먹는 거지. 그래서 다들 M-비타민을 먹거나 주사를 맞는데 아무도 이걸 인정하려 들지 않아. 의사들도 물론 못 본 척하고 넘어가지. 왜냐하면 안다 해도 다른 방도가 없으니까. 이런 식으로 나이 50에 너는 벌써 폐인이 되는 거지……"

다밀롤라는 침울해졌다.

"하지만 전투는 많아봤자 1년에 한 번뿐이잖아." 그림이 말했다. "남는 시간에는 뭘 하는 거야?"

"뉴스는 누가 만드는데? 폭격은? 오르클랜드에 대고 매일 하고 있잖아."

"장터에 대고?"

"장터에도 하고 쓰레기장에도 하고. 거기서는 총을 쏠 필요도 거의 없지만. 사실 찍는 것보다 총 쏘는 게 편하기는 하지. 촬영할 땐 적당한 표정, 적당한 옷차림, 적당한 폐허를 찾아내야 해. 이건 해를 거듭하면서 차츰 배우게 되지. 쓰레기장 위를 지나칠 때도 제대로 날아야 해. 컷에 어떤 게 쓰일지 감을 잡아야 한다고. 썩은 양배추가 든 대야를 들고 있는 노파만 그냥 찍는 게 아니라 그 컷 안에 털 붉은 고양이가 야옹거리는 것도 함께 잡혀야 해…… 모든 게 직감에 의한 거거든. 조종사도 그렇고, 선임 소믈리에들도 그렇고."

"규칙 같은 건 있어?"

"정보 비즈니스에는 어떤 규칙도 구두로 존재하지는 않아. 하지만 오른쪽으로 한 발 혹은 왼쪽으로 한 발 비껴나가는 순간 너는 이미 방송에 안 나올 거야. 비슷한 분위기를 풍기는 다른 녀석이 널 대신하겠지. 그러니까 쉴 때도 마니투 옆에 딱 붙어 앉아야 해. 트렌드가 어떻게 흘러가는지 지켜봐야 하거든. 최근 오르크 떠중이들이 오만방자해졌어. 무릿매로 카메라를 맞추는 지경이라니까. 너트를 이용하더라고. 그 놈들 때문에 렌즈가 부서지면 무상 수리를 받아야 하는데, 그러면 넌 그걸 부순 게 네가 아니라고 증명해야 돼."

"근데," 그림이 물었다. "카메라는 누구라도 죽일 수 있고 아무도 그 사실을 알 수 없다는데, 그게 정말이야?"

"알 수 없지, 절대로. 이런 법도 있어, 무기가 작동되면 곧 통제적 촬영이 진행돼야……"

다밀롤라는 잠시 생각하더니 언짢은 듯 인상을 썼다.

"하지만 특수 작전들도 있지." 그가 말을 이었다. "그러면 모든 게 가능해져…… 이럴 때 중요한 건 다른 카메라가 널 촬영하지 못하게 해야 한다는 거야."

업무에 관한 대화는 분명 다밀롤라의 기분을 우울하게 만들었다. 그의 팔이 조금 떨렸다.

카야가 물었다.

"그림, 있잖아, 오르크가 된다는 건 어떤 거야?"

"다밀롤라가 더 잘 알걸." 그림이 불쑥 말했다.

다밀롤라는 웃기 시작하더니 방금 그림이 한 말이 여태껏 들어본 것 중 가장 재미있기라도 한 듯 손바닥으로 자기 넓적다리를 탁 하고 쳤다. 기분이 좋아진 게 분명했다.

갑자기 식탁 앞 허공에 치수가 몇 배 더 클 뿐 행복의 방에 있는 것과 똑같은 화면이 켜졌다. 그림은 카야의 손안에 있는 작고 검은 상자를 눈치채고는 다밀롤라의 집에 있는 마니투는 화장실에서만 켤 수 있는 것이 아니라 다른 모든 곳에서 켤 수 있다는 걸 알았다.

다밀롤라는 어색해서 얼굴을 붉혔다.

"저 너절한 걸 뭐하러 틀었어?"

카야가 미소를 지었다.

"이제 그림이 나올 거거든."

"뉴스에?" 다밀롤라가 놀라 물었다. "트릭에 대한 뉴스는 나온 지 오래됐잖아."

"아니." 카야가 말했다. "이건 그림 혼자에 대한 거야."

"나에 대해서?" 그림이 놀랐다. "네가 어떻게 알아?"

"선전이 있었거든. 넌 오락 블록에서 자작시를 읽을 거야."

"아하," 다밀롤라가 말했다. "오락 블록에서. 그렇구만."

"내가? 시를? 근데 난 오락 블록 촬영을 한 적이 없어!"

다밀롤라는 다시 기분이 좋아졌다. 이제 그는 아예 눈물까지 흘렸다.

"그림." 그가 말했다. "너 진짜 웃기다. 이건 스너프도 아니고 뉴스도 아니잖아. 오락 블록에서는 아무거나 다 보여줘도 된다고. 촬영할 때 네가 그들한테 뭣 하러 필요해? 미안하지만 넌 그냥 방해만 될걸!"

식탁 앞 허공에 검은 깃털로 된 러닝셔츠를 입은 여자 아나운서가 나타났다. 그녀는 당장이라도 식탁에 앉힐 수 있을 만큼 너무나 리얼했다. 그런데 그녀가 소리 없이 입술만 달싹거렸다. 보아하니 다밀롤라의 집에서는 평소에 소리를 꺼두는 모양이었다.

"뭐라는 거야?" 그림이 참지 못하고 물었다.

"고통을 견디지 못하고 자유를 택한 젊은 오르크 무사가 우리 쪽으로 투항해왔다고 전하고 있어." 카야가 대답했다.

"어떻게 알아?" 그림이 놀랐다.

"입술 모양을 읽었어." 카야가 말했다. "지금은, 네가 어렸을 적부터 막노동을 했었고 안쭈구리였다고 말하네. 라이트액티비스트 언론사에서 일한 적도 있고……"

그림은 견디다 못해 히스테릭하게 웃었다.

"라이트액티비스트 언론사라," 그가 말했다. "그런 걸 생각해 내다니."

"권력으로부터 탄압을 받았으며," 카야가 말을 이었다. "지금은 비잔티움에 손님으로 와 있다. 그림 영구 개별 번호 1 3505 00148 41 0은 안쭈구리일 뿐만이 아니라 재능 있는 오르크 시인이다……"

"시인?" 그림이 당황스러워했다. "하지만 나는 시를 쓰지 않…… 그러니까 그냥 시도만 해본 건데…… 잘 안 써지더라고. 전부 그냥 습작 같은 건데, 검역소에 있을 때 다 압수당했고."

"시 쓰는 것도 다 도와줄 거야." 다밀롤라가 웃었다. "완성기가 다 완성시켜줄 거야…… 문명에 익숙해져야지, 그림."

"그의 시는," 카야가 음소거 통역을 계속했다. "투박하고, 통렬하고, 진실하며, 현대 오르크가 느끼는 전형적 감정을 표현하고 있다…… 소리를 켤까?"

다밀롤라가 고개를 끄덕이자 곧 아나운서가 사라지고 식탁 앞에는 그림 자신이 등장했다.

그림은 처음에는 그게 자기인지도 몰랐다.

그 앞에는 음울하게 위풍당당한 검은 전사가 검을 허리춤에 차고 서 있었다. 그의 망토는 소매에 장군 계급을 의미하는 세 개의 비뚤어진 작대기로 된 금빛 스파스티카*가 번쩍이는 것이, 고위 라이트액티비스트의 복장과 닮아 있었다. 검은색 칼집에

* 만卍 자 모양으로 된 표지. 슬라브 민족 특유의 스파스티카는 네 쪽이 아니라 세 쪽으로 갈라진 형태이다.

들어 있는 구부러진 검과 복면에 구멍이 뺑뺑 뚫린 래커 칠 된 투구는 분명 아주 아름다웠고 귀한 것이었다. 하지만 결코 오르크스럽지는 않았다. 그림은 그 어떠한 스너프에서도 이런 것을 본 적이 없었다.

"전투를 맞는 오르크의 찬가!" 무사가 큰 소리로 외치고서는 투구를 벗어 들어 한편으로 던졌다.

그림은 자신의 얼굴을 보았다. 분신의 머리 모양은 이상했다. 젤을 바른 머리카락은 바람에 흔들리는 촛불이나 짓뭉개진 양파를 연상시키는, 말로 표현하기 어려운 형태였다. 아마도 그가 투구를 벗지 않고 밤새도록 말을 타고 달렸다면 머리카락이 정말 그런 모양이 될 수도 있을 것이다.

분신은 검을 잡아 빼더니 매번 4행이 지날 때마다 드라마틱하게 목소리를 높여가며 낭독했다.

"귀를 뚫은 태수가
마을에 가려고 모터사이클에 시동을 걸었을 때,
우리는 서로를 쳐다보았네, 녹슨 드럼통 위에서,
드럼통 위에는 '모래'라 쓰여 있었지(거짓이었네).

더 왼쪽에는, 덤프트럭 바퀴 자국 위에
스푸트니크처럼 큰 돼지가 누워 있었네.
다행인 건 형씨들이 아직 자고 있다는 것
누비옷, 건초, 산처럼 쌓인 이불 천들 위에서.

나는 알았네, 종족적 특성, 즉
오르크들의 생김새와 발 냄새에도 불구하고,
맘속 깊은 곳은 그들 대부분이 보갈이라는 것을.
그리고 그들 중 누구라도 '모래'라 썼을 수 있다는 것을.

하나 정말 내가 더 나은가? 나 또한 유순한 자일 뿐이거늘,
나도 월드 무비를 본다네,
우리 싹싹하고 소심한 영혼들은
'노'라고 대답하기 전에 구시렁댄다는 게 다를 뿐.

나는 창문으로 기어 나왔다네. 내 위에는 하늘이 있었고,
하늘 아래에는 울타리, 울타리 뒤에는 골짜기,
그리고 이 모든 것이 너무나 부조리하여
원래도 그랬지만 모든 것이 더 명확해졌네.

오르크 조국을 뒤치네
똥을 실은 채 갈데없이 구물대는 덤프트럭이.
여기선 날 어렸을 적부터 개 패듯 팼었지.
아무도 인권을 주지 않았네.

이 모든 걸 구리 냄비나 대야로
덮을 수 있다면 가려보라지—이제는 적들이 결단을 내릴 차례.
내가 너희를 위해 서류에 피를 적실 줄 아냐, 씨발,

무기여 잘 있거라, 나는 토끼리라!"*

무사가 아예 고함치듯 내뱉은 점잖지 못한 단어들은 삐 소리에 덮여버렸다.

영상 분신의 낭송은 훌륭했다. 그는 4행마다 점점 더 위협적인 포즈를 취하더니 거의 춤이라도 출 지경이었다. 결국 비명 같은 소리로 넘어가고 나자 그는 마치 유령 무리를 쫓아내기라도 하듯 열렬하게 검을 휘두르기 시작했다. 찬가를 다 읽은 그가 갑자기 잠잠해졌다. 투구를 따라 검도 던져버리고는 마치 마니투 옆에 앉아 있는 사람들의 뜻에 자신을 바치는 것처럼 카메라 쪽으로 몸을 숙였다.

다시 웃음을 머금은 아나운서가 나타났다.

"전투를 맞는 오르크의 찬가!" 그녀는 이 말을 반복하고는 한숨을 쉬었다. "바보 같은 놈, 그래서 대체 어디로 도망칠 건데?"

그러더니 심각해진 아나운서는 알 수 없는 말을 하기 시작했다. 허공에 어떤 구 형태의 절단면 같은 장치가 생기더니 갑자기 카야가 마니투를 꺼버렸다. 그림은 영광의 3분이 다 지나가버렸다는 것을 깨달았다.

"어때," 다밀롤라가 말했다. "잘 찍어줬네. 보통 우리가 사는 여기선 모든 게 조롱조인데, 근데 너는 아주 귀엽게 묘사했잖아. 너 이러다가 스너프에 출연해서 촛대 잡겠는걸. 소감이

---

* 러시아 시작법에 따라 창작된 이 시는 모든 연에서 1행과 3행, 2행과 4행의 압운이 맞아떨어진다.

어때?"

그림은 할 말이 많기는 했다.

첫째로, 만일 그림한테 저런 검과 투구가 있었더라면 그걸 옆에 던져버리지 않고 장터에 내다 팔아 그 돈으로 한 5년은 편안히 살았을 거다.

둘째로, 그는 그런 시를 쓴 적이 없었다. 적어도 저런 식으로 쓰지는 않았다. 시는 그의 수첩에 적혀 있던 조잡한 습작을 편집한 것이었고, 아주 능숙하게, 장인의 솜씨로 재단되어 있었다. 그가 가진 어떤 생각들은 아주 심하게 왜곡되었다. 또 아예 없었다가 생긴 것도 있었다. 점잖지 못한 단어들도 마찬가지였다.

그림의 습작에도 실제로 '보갈들'이 언급되고는 있었지만 완전히 다른 의미로 등장했다. 그림은 군 동기 녀석들이 아무리 불결하고, 잘 씻지도 않고, 멍청해도 어떻게 마니투가 그들 전부를 검은 제비뽑기로 저주하고 죽음을 운명 지을 수 있는지 도저히 믿기지 않았다. 하지만 이 시에는 그림이 여기에 전적으로 동의하는 것처럼 표현됐다.

오르크 조국에 대한 네 줄의 시행은 그가 쓴 것도 아니었다.

이 부분은 민요인 「이런 조국을 나는 씹했네」에서 따왔다. 민요 속에 등장하는 장엄한 고대 모티프를 인용한 것이었다. 단지 원문에는 "똥을 실은 채 전진하는 덤프트럭"이라고 되어 있는데 이것을 '구물대는'으로 바꾸었다. 이것이 더 모욕적인 표현이 되리라 확신했던 것이다. '인권' 부분도 이상했다. 조국에 대한 그림의 시에는 "배불리 먹여주지 않았다"라고 되어 있을 뿐이었다.

그림에게는 오르크 민요들이 그렇게 단순하지만은 않다는 굼뜬 깨달음이 어른거렸다. 그리고 이 민요들을 누가 어떻게 쓰는지 설명할 필요가 있어 보였다. 동시에 그는 생각했다, 모든 게 이리 다 명백한데 여기다 뭘 더 보태서 설명할 필요가 있나…… 오르크 민속춤도 마찬가지였다.

피로 적신 서류들에 대한 부분도 그랬다. 그의 초고에는 이 서류들에 대해서 이렇게까지 역동적인 표현은 없었다. "무기여 잘 있거라, 나는 토끼리라!"라는 부분은 대체 어디서 가져온 구절인지조차 알 길이 없었다. 그림의 초고에는 그 비슷한 것조차 없었다. 그런 생각을 했을지도 모르겠지만 그런 내용을 종이에 쓰면 안 된다는 것쯤은 알고 있었으니까.

물론 중요한 건, 그게 아니었다.

만일 그림이 그 시를 그렇게 썼다 하더라도 추한 자기 종족을 공개적으로 배척하면서 비잔틴 광학의 차가운 렌즈를 낀 채 그것을 낭독할 리가 없었다. 차라리 수치심에 죽어버리는 게 더 낫다. 그런데 영상 분신은 모든 것을 손쉽고 가뿐하게 해냈다. 마치 출생부터 텔레비전을 보며 끊임없이 연속되는 카타르시스에 통감하고 동시에 이것을 생방송으로 계속 전달해오기라도 했던 것처럼.

"월드 무비 부분은 왜 남겨둔 건지, 그건 이해가 안 가네." 다밀롤라가 생각에 잠겨 말했다. "아무래도 급했던 모양이야."

그림은 아주 당황했다. 왜냐하면 시에서 월드 무비에 대한 부분은 첨삭 없이 그대로 보존된 거의 유일한 부분이었기 때문이다.

"급했네, 급했던 게 맞아." 다밀롤라가 말을 이었다. "언젠가 베르나르-앙리가 M-비타민에 취해가지고 오르크 돼지우리에 대해서 불쑥 말을 꺼낸 적이 있었는데, '꼭 진보수적 디스코스* 에서 나는 냄새 같다니까'라고 해버렸거든. 근데 이걸 그냥 그대로 내보낸 거야, 마감일이었거든…… 넌 어땠어, 카야?"

이때 그림은 카야가 움찔거림도 없이 환희에 찬 눈으로 그를 쳐다보는 것을 느꼈다.

"훌륭한 시야!" 그녀가 말했다. "아주 강력한 시야! 이제는 누구도 저런 식으로 시를 쓸 수 없거든. 모두 두려워하니까. 넌 진정한 시인이야, 그림! 사랑해!"

이때 그림에게서 무언가 이상한 일이 일어났다.

방금 전까지 그의 마음속에서 사납게 날뛰던 모순된 감정들이 갑자기 사라지고, 그 자리에 새로운 감각이 눈부시게 번쩍였다. 그것은 갑작스럽고, 신선하고, 환희에 넘쳤고 동시에 너무나 낯설었다. 그는 이 말과 시선이라면 오르크 조국 따위는 주저 없이 연달아 세 번이라도 팔아먹게 될 것이라 느꼈다. 물론 그 큰 게 대체 누구한테 필요할지는 알 수 없지만.

흘로야는 아무 말도 하지 않았다. 하지만 물리적으로도 감지될 정도의 적개심으로 카야를 쳐다보고 있어 날카로운 전기가 방을 타고 파도처럼 지나갔다. 다밀롤라도 이 파도를 느꼈다.

"오-오-오!" 그가 말했다. "이거 심각해 보이는데."

그는 일어서더니 빠르게 행복의 방으로 갔다.

---

* 담론.

카야는 마지막으로 그림을 쳐다보고는 슬프게 미소를 짓더니 눈을 감았다.

그녀한테 무슨 일인가가 생겼다. 조금 전까지 그녀는 살아 있었는데 지금은 사람이라면 불가능할 법한 모습으로 움직임 하나 없이 잠잠해졌다. 납득할 수 없는, 무서운 변화였다.

"카야!" 그림이 그녀를 불렀다. "너 괜찮아?"

"괜찮아." 행복의 방에서 나오면서 다밀롤라가 말했다. "카야는 내가 껐어."

"껐다고?"

"마스터 콘솔로." 식탁에 앉으며 다밀롤라가 말했다. "저기에서 카야를 일시 정지시킬 수 있거든. 비밀번호만 알면 돼. 이렇게 해야 혼자서 멋대로 꺼지질 않지. 수라들이 그러길 좋아해서 말이야."

"수라?" 어리둥절한 그림이 그 말을 따라 했다.

"너 몰랐어?" 다밀롤라가 코웃음을 쳤다. "나 푸포갈이야. 트릭처럼. 더 많은 걸 할 수 있는 능력이 된다는 게 좀 다를 뿐이지."

"그러니까 네 말은……"

"뭐야, 너. 정말 몰랐던 거야? 카야가 살아 있다고 생각한 거야?"

그림이 의심스레 고개를 흔들었다.

금세 모든 것이 확연해졌다. 런던에서나 또 오늘이나 왜 카야가 아무것도 먹지 않았는지, 왜 다밀롤라가 기념관 개관식에 그녀와 같이 왔는지도.

곧 너무나 괴로워진 그림은 자신의 영혼을 울렸던 이 신선하고 황홀한 감정이 삶 속의 다른 모든 것과 마찬가지로 한낱 기만에 지나지 않는다는 것을 깨달았다.

"푸포갈 트릭은 나의 심장 프릭." 그가 중얼거렸다.

흘로야가 웃어대기 시작했다.

"난 짐작했었는데." 그녀가 말했다. "살아 있는 아가씨라면 저렇게 매끈하게 손질이 잘되어 있을 리가 없거든. 얼굴에 잡티나 상처도 하나 없고, 눈에 핏줄 하나 선 게 없더라고. 게다가 진짜 여자는 자기 남자 앞에서 다른 남자한테 집적대지 않거든. 머리통을 얻어맞을 테니깐."

다밀롤라가 고개를 끄덕였다.

"여자들의 직감은 진짜 예리하다니깐." 그가 말했다. "하지만 카야를 그렇게 설정한 건 나야. 내가 사실 조종사잖아. 조종사들의 수라들은 항상 똘기가 좀 있어. 그게 우리 전통이지. 출격했다 돌아오면 피곤해지거든. 또 하루 종일 조준기만 진력나게 쳐다보고 나면 다정한 감정 따위 생길 리가 없잖아. 그래서 날 자극하는 건 쉽지 않아. 다른 이라면 미쳐버릴 법한 상황이라도 조종사는 감정이 잘 안 생겨. 그래서 카야한테는 유혹성이나 그 밖의 다른 파라미터들이 전부 최고치로 설정되어 있어. 카야는 계속해서 성을 내고 끼를 부리지. 프로그램으로 그렇게 설정한 것뿐이야. 심각하게 받아들이지 마."

그림은 자신이 너무 오랫동안 말이 없었다는 것을 깨달았다. 뭐라도 말을 해야 했다.

"카야 같은 건 얼마나 해?"

다밀롤라가 웃어댔다.

"너도 갖고 싶구나, 그렇지? 에이, 뭣 하러? 너한텐 흘로야가 있잖아."

"저런 걸 많이들 가지고 있어?"

"살 능력이 있으면 그렇지. 부자들한테는 거의 다 있어. 요즘 세상에 누가 살아 있는 여자 때문에 골머리를 앓고 싶겠어? 물론, 두개골에 광내는 걸 좋아하는 사람들도 있긴 하지. 하지만 그 녀석들은 마무리가 시원찮아서…… 헤-헤, 그런 의미가 아니야.* 근데 사실, 그것도 뭐……"

그는 음울해진 흘로야를 곁눈질하며 미안한 표정을 지었다.

"얘들아, 날 오해하면 안 돼. 이건 교육과 관습에 관한 문제야. 우리의 문화적 전형이 너희한테는 우스워 보일 수 있다고 생각해. 아니면, 반대로, 받아들이기 힘들든지. 하지만……"

그는 대화가 원치 않는 방향으로 흘러가고 있음을 눈치채고는 입을 다물었다.

그림은 이 위태로운 대화에서 빨리 벗어나려고 노력했다.

"성격 설정은 어떻게 하는데?"

"혼자 할 수 있어. 공장 출하 모드를 사용할 수도 있고. 조율사를 부를 수도 있지. 그런 일을 전문적으로 하는 애들이 있거든. 말이 나왔으니 말인데, 좋은 직업이지, 속 끓이기는 해도. 하지만 진짜 애호가들은 모든 걸 스스로 조율하지. 한번 설정하면 더 이

---

* "마무리가 시원찮아서"의 원문은 "кончают они плохо……"이다. 여기에 쓰인 '끝내다'라는 동사 '칸차치кончать'는 '(성행위 중) 사정하다'라는 뜻으로도 쓰인다. 다밀롤라가 "그런 의미가 아니야"라고 말한 것은 바로 이 때문이다.

상은 다시 건드리는 일이 없어야 해. 그래야 정말 인간 같거든."

"남자도 있어?" 흘로야가 물었다.

다밀롤라는 또 웃기 시작했다. 손님들 덕분에 즐거운 게 분명했다.

"있고말고. 살아 있는 남자는 절대 그들의 적수가 못 되지. 하지만 가격이 비싸. 게다가 스스로 돈 버는 법도 습득 못 한 것 같고, 하-하!"

그림은 카야를 쳐다보았다. 그녀는 눈을 지그시 감고 있었다. 마치 다시 깨어나기 위해, 소란스러운 인스턴트 인간들이 그녀의 매력에 사로잡힌 이 공간을 떠나 먼지가 되어 사라지길 기다리는 천년의 조각상처럼.

오르크 아가씨들의 특징인 실용성을 겸비한 흘로야는 카야의 앞 접시에 놓여 있던 다 식은 만두를 자기 앞으로 가져왔다.

"재한텐 어차피 필요 없잖아." 그녀가 말했다.

다밀롤라는 호의적으로 고개를 끄덕였다.

"그럼, 무슨 생각해?" 그가 물었다.

그림은 눈을 들었다.

"모르겠는 게 하나 있어." 그가 말했다. "만일 너희들이 살아 있는 사람들을 위조할 수 있다면…… 만일 너희가 나 없이도 내 모습을 형상화할 수 있다면 말이야…… 그리고 또 이제야 내가 겨우 쓰기 시작한 시를 내 목소리로 읽게 할 수 있다면…… 그럼 오르크 슬라바에서 일으키는 이 전쟁이 너희한테 대체 왜 필요한 거야? 우리 없이도 너희들끼리 백 배는 더 잘 찍을 수 있잖아. 사랑에 대해서도 그렇고, 전쟁에 대해서도 그렇고. 누굴 죽일 필요가 없잖아."

"그건 그렇지 않아." 다밀롤라가 말했다. "옛날에야 그랬지. 가짜를 찍어대니 아무도 그걸 믿는 이가 없었어. 불신은 증오를 낳았고. 결국은 전 세계가 무너져 내렸어."

"내 전쟁 시도 가짜잖아."

"그러니까 오락 블록에서 틀었지."

"왜 스너프는 오락 블록에서 틀어주면 안 되는데?"

"스너프는 오락이 아니니까." 다밀롤라가 심각하게 말했다. "그건 성사야. 그리고 진실이지. 그냥 진실도 아니고 진실의 본질이라고…… 하긴, 엄격히 말한다면 거기에도 물론 상상한 부분이 있기는 하지. 소재, 의상, 역사적 시기…… 하지만 이건 모두 사탕 포장지 같은 거야. 사탕 자체는 순수한 진리로 만들어진 거지. 스너프는 절대 그 밖의 다른 것으로 만들어질 수 없어. 그러니까 스너프가 바로 다른 모든 것이 설 수 있는 토대가 되는 거야."

"자, 카야를 봐, 이게 진실이야 거짓이야?" 그림이 묻고는 카야를 가리켰다.

"나한테는 진실이야." 다밀롤라가 말했다. "특히 대출금을 생각해보면 그래. 이게 너한테 무엇인지는 너 스스로만 알겠지. 누구한테는 진실이고 다른 누구한테는 거짓인 것들이 있거든. 기왕 나왔으니 하는 말인데, 인간들 사이의 증오는 바로 이 때문에 생기는 거야."

"스너프는 대체 왜 필요한 거야?"

"우리 사회에서 그런 질문은 별 가치가 없어."

"무슨 뜻이야?"

"말 그대로야. 모든 걸 뿌리부터 따지자면 철학과 종교로 거슬러 올라가거든. 하지만 우린 벌써 오래전부터 그런 것들을 생각하지 않게 됐어. 인간들은 그런 걸 생각할 여유가 없으니까. 그림, 나를 봐. 내가 셀룰로이드로 촬영할 때 그건 영원과 마니투를 위한 거야. 이걸 내가 믿지 않는다고 할 수는 없어. 난 믿어. 하지만 깊숙이 파고드는 건 싫어. 내가 시작한 게 아니니까 내가 끝낼 필요도 없지. 그런 건 사제들이 알아서 하면 되는 거지 뭐. 내 머리가 고무로 된 것도 아니잖아. 내 업무만으로도 힘이 빠듯할 지경인데, 또 여기에다……" 다밀롤라는 신비롭게 침묵을 지키는 카야 쪽을 고개로 가리켰다. "그러니까 너 정말 관심 있으면, 성전에 가봐."

"성전?"

"마니투의 집."

"날 들여보내줘?"

다밀롤라가 웃음을 터뜨렸다.

"마니투의 집에는 벌써 오래전부터 아무도 안 가, 그림. 당연히 들여보내주지. 내가 알료나-리버티나한테 얘기해둘게. 내 생각엔 그 여자가 너한테 개인적으로 다 설명해주고 싶어 할 것 같아. 자기 이야기가 아직도 누군가에게 필요하다고 하면 노친네 좋아라 하겠군. 흘로야, 내가 그 여잘 노친네라고 불렀단 건 너만 말하지 않으면 돼. 그랬다간 노친네가 노발대발할 거거든. 헤-헤, 내가 아니라 너한테 화낼 거라고. 알았지?"

BB

손님들이 돌아간 후 내가 카야의 일시 정지를 해제했을 때 그녀가 나에게 처음으로 던진 말은 다음과 같았다.

“공명은 꿈도 꾸지 마, 이 뚱땡이 궁뎅아. 공장 출하 때 설정된 consensual sex(합의 섹스)에나 만족해. 화장실에 처박혀서 날 착하게 설정하라고. 알겠어?”

“응.” 그녀의 말을 듣는 척하며 내가 대답했다. “내가 뭘 하려고 했더라, 뭐였더라?” 그녀는 나의 다음 행동을 예상이라도 한 듯 침울한 의구심을 드러내며 날 쳐다보았다.

귀염둥이의 생각이 맞았다. 나의 다음 행동은 이미 오래전에 준비되어 있었다.

그녀가 천국으로 향하는 문을 내 앞에서 닫고 정말 나를 협박할 생각이라는 것이 확연해졌을 때, 나는 이에 대항할 무기가 필요하다는 것을 깨달았다. 협박에는 협박이지, 뭐. 그 어떤 알고리즘도 이 분야에서만큼은 분개하고 악에 받친 인간을 따라오려면 아직 멀었다.

첫 며칠간 나는 마치 장난하듯 그녀를 어디에 쓰는지 그림에게 이야기할 거라는 말로 그녀를 겁줬다. 처음에는 약효가 있었다. 하지만 그런 게 오래갈 수는 없었다. 그림도 어찌 됐건 스스로 짐작하게 될 터였다. 적어도 흘로야는 알아차릴 게 뻔했다. 그래서 나는 이 패가 드러났을 때도 특별히 걱정스럽지는 않았다.

나한테는 또 다른 방책이 준비되어 있었으니까.

어찌나 오랫동안 애를 쓰며 그림에게 관심 있는 척하던지 카야는 이 행동 패턴을 쉽사리 폐기하지 못했다. 그녀의 모든 요구와 부탁은 이래저래 항상 그 상징적 연적과 관련 있었다. 그녀는 그에게 계속 관심 있는 척할 뿐만 아니라 그의 안녕을 염려하는 척 연기했다.

나는 바로 이것을 이용하고자 했다.

"이리 와봐." 내가 말했다. "너한테 보여줄 게 있어."

그녀는 관심 없다는 듯 인상을 찌푸렸다. 나는 전투 조종석으로 들어와 내 자리에 앉았다.

"그림에 대한 건데." 겨우 들릴락 말락 한 소리로 내가 중얼댔다.

그녀가 고양이처럼 귀를 기울였다.

그녀가 옆에 오기까지는 1분도 걸리지 않았다. 그녀는 컨트롤 마니투 근처의 쿠션에 조용히 걸터앉았다. 그녀는 여전히 내 날숨에 오염될까 봐 주저하는 투였다.

나는 녹화된 것을 틀었다.

그것은 오르클랜드를 순찰하던 중에 '헤넬로레'의 블랙박스에 찍힌 표준 컨트롤 트랙이었다. 마니투를 통해 하이퍼 광학 장치가 켜진 조준기로 촬영된 어떤 집의 지하실이 나타났다.

세 개의 형상이 보였다. 그것은 번쩍이는 섬광으로 가득 찬 실루엣이었다. 형상 하나는 벽 옆에 앉아 있었다. 두번째 형상이 그 옆에 서 있었다. 세번째 형상은 손에 무언가 길고 가느다란 물건을 쥐고 있었다. 이 형상은 그것을 휘두르더니 앉아 있는 형상의 다리를 내리쳤다. 두번째 형상은 이를 저지하려고 했지만 그럴 수 없었다.

소리를 켜니 잦아드는 비명 소리가 들렸다.

"나 이거 봤어." 카야가 말했다.

"이거는 못 봤지." 나는 그렇게 대답하고는 'max HUD'라고 쓰여 있는 버튼을 눌렀다.

마니투에는 곧 풍속과 풍향, 원거리 및 근거리를 반경으로 하는 레이더 지표와 촬영 순간의 달 모양을 포함한 정보의 바다가 펼쳐졌다. 화면 상단 좌측 구석에 있는 두세 개의 복잡한 그래프는 나조차도 이해 못 하는 것이었다. 이 장엄함과 동시에 오르크들의 형체 옆에 이들의 영구 개별 번호가 반짝였다. 1 3505 00148 41 0과 1 3598 47660 12 2였다. 이것은 그림과 홀로야의 정보였다. 나는 카야가 이 번호들을 외우고 있을 것이라 확신했다.

나는 재생을 정지시키고 물었다.

"이 모든 게 어떻게 시작된 건지 기억해? 네가 그림을 구해달라고 나한테 부탁했잖아. 그래서 내가 그를 구했지. 그러니까 심각한 직무상 위반을 저지른 거라고. 지도부한테 상황을 숨긴 거니까."

그녀는 내 말의 진위를 절대 확인할 수 없을 것이다.

"이제 생각을 좀 해봐." 내가 말을 이었다. "내가 이 녹화본을 어디로든지 제대로 넘기면 너의 그 그림에게 어떤 일이 생길지 말이야."

카야는 잠자코 있었다.

"모르겠어?" 내가 물었다. "솔직히 말하면, 무슨 일이 생길지는 나도 잘 모르겠어. 그래도 그 사람들이 그림을 고통 없이 끝내주긴 하겠지. 우리 사회는 어쨌거나 인도주의적이잖아."

"그 '고통 없이'라는 건 무슨 뜻이야?" 그녀가 물었다.

근심은 그녀의 고운 얼굴에 아주 잘 어울렸다.

"아무래도 주사를 놔서 죽이겠지. 아니면 가스실이거나. 다 빨리 끝나."

"너는 어떻게 되는데?" 그녀가 미심쩍어 하며 물었다. "너도…… 위반했잖아."

"네가 나 같은 건 아무래도 상관없다고 여긴다는 걸 나도 알아." 내가 씁쓸하게 말했다. "내가 이 오르크 소년 단원처럼 저세상으로 떠나버린다면 넌 좋아하겠지. 근데 실망시켜서 안 됐지만, 내 경우엔 최고로 심각해봤자 직장에서 경고받는 수준일 거야. 아마 벌금 정도?"

"너도 모든 걸 다 걸었다고 했잖아." 그녀가 말했다.

내가 웃음을 터뜨렸다.

"널 상대하는데 그렇게 말하는 게 당연하지 않냐? 너한테서 뭔가를 얻어내려면 꾀를 내야만 한다고. 업무상 내가 뭔가 잘못했다면 그건 그냥 업무 태만일 뿐이야. 내가 직접 명령을 어긴 건 하나도 없으니까."

이건 정말 사실이었다. 내게 내려진 모든 명령을 완수했으니.

카야는 믿을 수 없을 만큼 빠른 속도로 생각한다. 그 어떠한 초시계도 잴 수 없는 그런 찰나의 순간에 말이다. 하지만 그녀로서는 인간 행동을 모방해야 하기 때문에 생각이 끝난 이후에도 오랫동안 생각하는 척하기 마련이다. 고도의 개년성으로 작동되는 터라 그녀는 이 시간 동안 각종 굴욕적인 인상을 쓴다. 나를 마치 방금 전 자신의 작은 비밀을 드러낸 림프사상충증 환자처럼 쳐다보기도 하고 내가 마치 그녀에게 썩은 생선 기름을 숟가락으로 떠먹이기라도 한 것처럼 눈살을 찌푸린다.

하지만 이제 그녀는 곧 자기 자신을 초월한다.

무언가 그녀의 삶에서 아주 중요한 것이 자기 행동에 달려 있다는 걸 갑자기 깨달은 것 같았다. 순간 그녀는 자신의 개년성을 망각했다.

실상은 물론 그녀는 아무것도 절대 망각하지 않는다. 그러니까 기존 알고리즘이 더욱 높은 우선순위를 갖는 프로세스에 따라 순간적으로 밀려난 것이라고 해야 더 옳은 표현이다.

“너 안 그럴 거지? 그렇지?” 그녀가 불쌍하게 물었다. 그녀의 눈썹은 양 미간 위로 살짝 올라갔다.

나는 속으로 떨고 있었다. 이것은 행복 두세 방울이 이제 곧 바싹 마른 내 입안으로 흘러들어올 것이라는 믿을 만한 신호였다. 만일 나 자신이 이 모든 것을 망치지만 않는다면 말이다. 때때로 다 망쳐버릴 때도 있으니까.

“다 너한테 달렸어, 자기야.” 내가 말했다. “만일 네가 매일 나를 화나게 하면……”

그녀는 내가 말할 몇몇 다음 구절을 휘감아 말기라도 하듯 팔을 휘저었다. 사실 그녀는 나의 다음 말이 무엇인지 알고 있기도 했다.

"하지만 난 계속 그림을 볼 수 있는 거지?" 그녀가 물었다. "너 날 데리고 다닐 거지?"

여기서 나는 바보처럼 행동했다.

내가 가장 강한 카드를 들고 있었기 때문에 나는 어떠한 조건이라도 흥정으로 받아낼 수 있었다. 만약 그랬다면 모든 것이 달라졌을 것이다.

하지만 흥정에는 시간이 필요했다. 물론 새로운 스트레스도 생길 수 있다. 그리고 나는 조건들에 대한 논의가 어떻게 끝날지도 이미 알고 있었다. 그러자 조바심이 나를 덮쳤다.

"조종사들은 한번 한 말은 되돌리지 않아." 내가 자랑스레 말했다. "그 질문에 대한 대답은 우리 벌써 끝냈잖아."

"약속하는 거야?"

"약속하지. 이제 이리 아빠한테로 와…… 우울하고 순종적인 표정을 지으면 안 돼, 알지? 열의가 있어야지. 진짜 열의. 넌 좋은 일을 하는 거잖아. 가스실에서 오르크 등신 하나를 구하는 거라고. 그러니까 얼굴 표정은 당연히 기뻐야지. 안 그러면 내가 생각을 바꿀 수도 있어. 예쁜이, 무슨 말인지 알았어? 그렇지, 그렇게, 좋아……"

나는 약속을 지켰다.

다음번 외출 전 카야는 내 돈으로 사재기한 물건들을 이렇게 저렇게 발라보면서 거울 앞에서 거의 한 시간가량을 보냈다. 나는 내 안에서 진정한 짜증이 솟구치는 것을 수차례 느꼈다. 급기야 나는 그녀의 화장이 그림이 아니라 나를 위해서라고 되뇌면서 스스로를 절제하기 위해 노력했다. 그녀는 목적을 달성했다.

나를 진짜 기쁘게 한 이가 있다면 바로 그림이었다. 카야를 본 그림은 몸을 부르르 떨더니 얼굴을 돌리고는 온종일 그녀를 한 번도 쳐다보지 않았다. 이제 카야에 대한 그림의 반응은 카야에 대한 흘로야의 반응과 다를 바 없었다.

그림은 고대의 죽음 기계가 매우 흥미로웠는지(우리는 스너프 역사박물관을 돌아보았다) 현대의 쾌락 기계 따위에는 관심을 둘 여유가 없었던 듯하다. 카야는 창백하고 슬퍼 보였다. 그녀의 가상 감정 메커니즘에 대해서 내가 알고 있는 대로라면, 이것은 도박과 비슷했다. 제어 알고리즘은 행동에 있어서 의미 있는 일관성을 요구하기 때문에, 만일 어떤 카드에 배팅한 후 돈을 잃으면 그녀는 슬픔을 형상화하게 된다.

꽤 그럴듯했다.

몇몇 장면들이 기억난다. 나는 그림과 흘로야와 함께 역사 스너프에 여러 번 사용되었던 황제 전차 옆에 서서 안내자의 설명을 듣고 있다. 녹슨 칼날이 꽂힌 차축이 다갈색 목조 바퀴로부터 멀리 삐져나와 있다. 흘로야는 전차 갑판에 있는 금빛 조각 장식을 쳐다본다. 그림은 안내자의 말을 들으며 생각에 잠겨 손가락으로 어느 뾰족한 부분을 쓰다듬는다. 가슴에 은빛 고양이가 그려진 우스운 분홍 러닝셔츠를 입은 채 한편으로 물러서 있는 카야의 표정이 너무나도 침울해 보여 나는 곧 눈물이 핑 돌 정도가 된다.

'괜찮아.' 나는 그 어떤 이성도 저지할 수 없는 부드러운 마음이 되어 생각한다. '집에 가면 이 아빠가 널 달래줄게. 그러면,

이 바보야, 너는 그제야 네가 이 세상에서 나 말고는 어느 누구에게도 필요치 않다는 걸 알게 되겠지. 아무도 널 원하지 않는다니까……'

나는 그녀와 시선을 마주치려고 애를 쓰지만 성공하지 못한다.

이제는 10미터짜리 전망대에 실제 소금기 실린 미풍이 부는 코트다쥐르의 해안 빌라로 견학을 간다. 그림은 어떠한 방식으로 하이퍼 광학 장치가 전망대 저쪽 끝에 앉은 흘로야를 축소할 수 있는지 알 수 없어 흘로야가 두 개로 나뉘거나 형상이 왜곡되는 지점을 찾기 위해 앞으로 뒤로 왔다 갔다 걷는다. 그리고 나는……

나는 무성한 잎새들이 흔들리는 아치에 기대어선 카야의 실루엣을 감상하면서, 그녀가 찰나의 녹음이 드리운 침상에서 바다를 바라보는 동안 그녀의 머릿결을 만지작거리며 미소 짓는 바람, 젊음의 유쾌한 침착함, 그녀를 가득 채운 태양의 힘, 이 모든 것이 그녀 안이 아니라 내 안에 존재한다는 사실에 대해 생각한다. 이건 오직 내 안에 있는 것이고 그녀는 전혀 아무것도 느끼지 못한다. 그리고 순수한 형태의 젊음이란 건(만일 그런 게 존재한다면) 그것을 영원히 상실한 이의 심장에 반사되는 빛으로만 나타난다. 이에 반해, 정말 젊디젊은 이들의 머릿속에는 지루한 일상적 근심들, 자잘한 시기심, 욕정과 허영만이 가득할 뿐이다.

나는 그림이 카야에게 흥미를 잃었다고 자신했다. 오르크의 의식 안에서 무엇보다도 가장 강력하게 작용하는 콤플렉스가 내 편이었다. '푸포갈'과 '인형박이'라는 단어는 그들에겐 모욕이며, 이에 상응하는 행동은 남자답지 못한 것으로 여겨진다. 남자에게 가장 중요한 과제는 서류를 피로 적시고 참된 믿음의 영광을 위해 서커스 안에서 죽어가는 것이기 때문이다. 카야가 그림을 자신의 상징적 연적으로 계속해서 이용하려면 오르크가 지닌 이러한 모든 편견을 공략해야 한다.

나는 그녀의 반응이 너무나 궁금했다.

그림도, 흘로야도 런던을 매우 흥미로워했다. 이건 그들이 어렸을 적부터 부유한 오르크들이 모두 거기에 산다는 말을 들어왔기 때문이었다. 런던이 그저 창밖 풍경임을 알았을 때 그들은 조금 침울해했다. 하지만 잠시 후 흘로야는 오르크 엘리트들이 모이는 화려한 레스토랑들을 떠올렸고 빅 비즈에 대한 그녀의 모든 관심이 이 레스토랑들로 쏠렸다. 그녀를 고대 영화 보관소나 기술박물관 같은 곳으로 데려가는 건 쓸모없는 짓이었다. 이제 그녀를 흥분시키는 것은 런던 레스토랑 '버투 하이VERTU HIGH'였다.*

'베르투하이'는 오르크 엘리트의 최고층, 오르클랜드에서 군림하는 글로벌 우르크들을 일컫는 말이다. '글로벌 우르크'라는 표현 자체가 상부 시베리아어 '우르카이나 글로부스'**에서 유래했다. 이것은 그들이 우리 오프스피어를 부르는 공식 명칭이었는데, 자기 민족에게 우리 또한 그저 우르카가나트 왕관에 박힌

* '버투 하이'의 러시아 발음은 '베르투하이'이다.

** 예의 우르카이나 관공서 언어인 상중부 시베리아어로 표기.

하나의 진주알일 뿐임을 암시하기 위함이었다.

글로벌 우르크들은 당연히 아래에서 살지 않으며 우리 속에 끼어 산다. 이 레스토랑은 그들이 모이는 장소 중 하나다. 누구라도 그곳에 갈 수는 있다. 하지만 대부분에게는 지독히 비싸기도 하거니와 형편이 되는 이들에게도 진부하기 짝이 없는 장소다. 이런 방식으로 글로벌 우르크들은 빅 비즈에서도 성공적으로 자신들의 계층 순결성을 지켜나간다. 나는 어떤 꿀 과자를 준대도 그런 곳엔 가지 않을 참이었다. 돈을 아껴야 하기 때문이 아니라 조준기를 통해서 보는 데만 익숙해진 선생들과 한자리에 앉아 있는 것이 영 내키지 않아서다.

레스토랑의 홀은 부유한 오르크적 일상에 특징적으로 드러나는 몰취미와 사치스러움으로 뒤범벅되어 있었다. 검은색과 황금색이 섞인 무늬로 장식된 비단 식탁보와 스파스티카가 조각된 떡갈나무 널판을 보니 구역질이 났다. 역시 오르크들은 런던에서도 참된 믿음을 유지하고 있었다. 홀 안에는 신문명을 바탕으로 오르크식 전통 가치들이 반영된 아름다운 구석*도 작게 마련되어 있었다. 선조들의 고분에서 가져온 야자수 열매, 카간의 초상화, 마니투 성상화가 있었고 그 아래에는 목에 두꺼운 황금 사슬을 찬, 작은 여체 형상의 풍선 인형이 있었다. 물론 오르크들에게 중요한 건 고무 여자가 아니라 사슬이지만(어떤 의미에서든 항상 그렇다), 이렇게 우리에게 땀에 젖은 우정의 악수를

* 정교 신앙의 러시아 가정에서는 '아름다운 구석'이라 불리는 공간이 존재한다. 성물로 장식되어 있는 이 공간은 집 안에서 작은 성소로서 역할을 한다.

권하는 거다. 고맙다, 울 뻔했다.

나에게 주어진 시네뉴스 주식회사의 일일 교부금은 나와 그림, 흘로야가 커피랑 아이스크림을 먹을 수 있는 정도였다. 대신 우리는 빅 벤 쪽으로 난 멋진 풍경이 보이는 창문 옆자리를 차지할 수 있었다. 빅 벤은 오르크들에게는 가장 중요한 일종의 페티시다. 나는 이 탑의 시계 눈금판을 이토록 가깝게 본 적이 한 번도 없었다. 시계 눈금판 아래에는 마니투를 향한 메시지처럼 보이는 황금빛 글씨가 쓰여 있었다.

그림은 홀에 앉아 있는 이들과 창문 쪽을 교대로 쳐다보았다. 하지만 그는 비애로 낙담한 카야(그녀는 아주 잘 작동되고 있었다)에게는 한순간도 시선을 주지 않았다.

"우리네 안쭈구리들은 어디에 있는 거야?" 그림이 물었다.

나는 웃음을 터뜨릴 뻔했다.

"안쭈구리들은 여기까지 못 올라와, 그림. 궤도가 너무 높거든……"

나는 오르크 안쭈구리들이 싫다. 물론 그들 모두가 자기네 짐승 농장의 웅덩이에 비친 오프스피어만 봐도 키스를 해대는 멍청이나 광대는 아니다. 그들 중에도 진실하고 정직한 녀석들이 있다. 솔직히 말하면, 오르크 가운데 가장 훌륭한 이들이 바로 안쭈구리들이다. 하지만 이 오르크들은 황색 구역으로도 입장할 수 없으니 레스토랑 '버투 하이'에 들어오는 것은 말할 것도 없다. 사실 그들 스스로도 여기에 가는 걸 내켜 하지 않을 것이다. 우리가 사는 이 위에서 그런 오르크들을 마주치는 건 벌써 오래전에 낯선 일이 되었고 이제는 거의 사라져버렸다. 뭐, 아래에서도 이들이 오래 버틸 수 있는 것은 아니다. 물론 그들이 어디에 계약되어 있지 않은 경우를 말하는 거다. 말하기 조심스럽지만, 그들이 멸종하는 이유는 별로 영리하지 못해서다. 그들은 오르크들이 모든 방면에서 뒤처진 게 모두 터진 콘텍스가 권력을 잡았기 때문이라고 생각한다.

아이고, 너희들 짠하다, 짠해. 완전히 그 반대라니까. 너희들의 모든 게 뒤처졌기 때문에 터진 콘텍스가 권력을 잡은 거라고. 모든 게 뒤처진 건 어제랑 엊그제도 이미 뒤처져 있었기 때문인 거지. 월요일과 화요일 다음엔 항상 그 주의 수요일이 오는 것처럼 말이야. 아하, 당신네 우르카간을(혁명의 대가는 비싼 것이니 배부른 삶의 잔재와 함께) 제거해버리시겠다, 그럼 뭐 어떻게 되는데? '콘텍스'라는 단어가 맘에 안 들어서 그러시면 이제 뭐, 드란 라텍스* 같은 게 또 나타나겠지. 무슨 차이가 있지? 당신들 자체가 똑같은데…… 그리고 당신들은 진공 속을 사는 게 아니라, 우리 밑에서 살고 있잖아. 당연히 문화 간 대화가 발생하는 거고. 이런 경우, 우리네 소믈리에들은 말 따위를 찾는답시고 주머니에 손을 넣지는 않아.** 녀석들이 주머니에 손을 넣는다면 그건 총을 꺼낼 때라고.

하지만 나는 그림한테 그대로 말하지는 않았다. 그도 그럴 것이 그림 스스로도 어쩐지 여기서 마주칠지도 모른다고 생각했

* 드란 라텍스Дран Латекс: '찢다' '격렬하게 섹스하다'를 뜻하는 동사 '드라치 драть'에서 연유했다.

** '말을 찾느라 주머니에 손을 넣지는 않는다(за словом в карман не полезет)': 눈치가 빠르고 언변이 뛰어나 사교에 거침이 없는 이를 묘사할 때 쓰는 표현.

던 안쪽구리들에 대해 벌써 잊어버렸던 것이다.

주변에는 유명한 오르크 인사들이 많았다. 마니투에서만 볼 수 있었던 바로 그들이었다. 그런데 홀에 앉아 있는 이들 중에 그림이 개인적으로 만난 이가 있었다. 그는 터진 듀렉스의 메자닌 부관으로, 그림이 카간의 거룻배를 타고 오르크 슬라바로 진격했을 때 그의 옆에 있었다. 또한 가스계의 베르투하이 유명인사 두세 명이 경호원들과 함께 와 있었다. 오르크들 모두는 마치 끓는 물을 뒤집어쓰기라도 한 것처럼 끔찍이도 심란해 보였다.

모두 천장 아래 걸린 마니투를 보고 있었다.

뉴스 채널 'B INSIDE B'(오르클랜드로는 절대로 중계되지 않는 빅 비즈의 케이블 뉴스)가 브레이킹 뉴스를 전달하기 시작했다.

런던에서 망명 생활을 하던 터진 듀렉스가 살해당한 것이다.

그렇다, 이 뉴스였다.

이제 생각해보니 신기하다. 방금 내가 어째서 카간을 제거하는 생각을 한 거지? 혹시 뭔가를 귓결에 들었는데 내가 그 정보를 해석하기도 전에 내 무의식이 그것을 가공해낸 것일까? 아니면 정보적 파동들이 어떠한 물질적 매개체도 없이 저절로 정신적 환경에서 그 영역을 넓혀간 것일까?

사건은 저녁 늦게 듀렉스가 오프스피어의 하반구에 있는 자신의 개방형 복층 주택 발코니(경제적 형편에 상관없이 글로벌 우르크에게 허용된 사치 중 최고 수준)에 앉아 있을 때 벌어졌다고 했다. 그의 거처로 '미확인 카메라 세 대'(하-하-하)가 날아 접근한 것이다.

이 카메라 중 하나가 충격기로 듀렉스를 쏘았고 또 다른 카메라가 그를 갈고리로 낚아 발코니의 난간으로 끌어냈다. 그렇게 우르크들의 위대한 지도자는 오르크 슬라바로 불가피한 길고 긴 점프를 하게 되었고 거기서 조상들의 영혼에 합류했다. 세번째 카메라는 듀렉스의 발코니에 빅 벤 전망을 흉내 내기 위해 설치된 왕관을 쓴 황금구에 부딪혀 부서졌다. 십자가나 왕관으로 장식된 이러한 황금구들은(레스토랑 '비 그벤BI GBEN'의 창문에 있는 것과 같다) 돌출 발코니와 평면 에어컨디셔너를 누릴 형편이 되는 글로벌 우르크라면 누구나 가지고 있다. 이 구들이 3D-프로젝트면 안 되고 돌과 금속으로 이루어진 진짜여야 한다는 게 중요한 지점이다. 이것은 그들에게 머스트 해브must have이자 최후까지 지켜내야 할 지위의 상징이었다. 자기들끼리는 이 구들을 '불알'이라 불렀다.

나는 레스토랑의 창문에 있는 빅 벤 쪽으로 고개를 돌리기만 하면 시계 눈금 위에 있는 십자가를 단 구 모양의 장식인, 이 유명인사들의 오르크 '불알'을 제대로 살펴볼 수 있었다. 탑의 가장자리에 있는 구들은 두 배는 더 컸고 왕관을 쓰고 있었다. 이것은 가장 중요한 고객들을 위한 것이었다. 그런 건 아마도 터진 듀렉스의 집에도 있을 것이다. 고대의 건축가들은 이런 걸 예감했던 걸까?

디스코스몽거 녀석들은 오르크 엘리트들이 감히 다른 방식으로는 의식의 표면에 접근시킬 수 없는 자신들의 억압된 동성애를 빅 벤 숭배를 통해 표출하는 거라고 말하길 좋아한다. 그래서 그들은 세대를 거듭해 계속해서 런던으로 이주한다. 이데올

로기적 관점에서 살펴보면 맞는 말일지도 모른다. 하지만 저 아래 그들의 소도미아에 무슨 문제가 있는 것도 아니다. 그건 내가 직접 여러 차례 관측한 바 있다. 어쩌면 그들은 동성애를 의식의 표면으로만 접근시키지 않는 게 아닐까? 어쨌거나 내가 디스코스몽거는 아니다. 이 멜로디 시계 상징물에 대해 생각하고 있던 것도 아니고.

그런 온실 같은 조건에서 카메라를 깨먹다니. 이 조종사 새끼들, 니미. 진짜 브레이킹 뉴스로구나.

암살에 대한 'B INSIDE B'의 공식 의견은 글로벌 우르크 상위 계층이 내놓은 설명이었다. 하지만 나에게는 곧 모든 것이 명확해졌다. 이것은 아래에 남아 있는 글로벌이든 덜 글로벌이든 간에 모든 베르투하이를 향한 메시지였다. 가스 폭탄과 관련해 터진 듀렉스는 큰 착오를 범했고 다른 이들은 여기서 교훈을 얻어야 하는 것이다.

물론 이런 이야기는 한마디도 나오지 않았다. 하지만 듀렉스의 사망 뉴스 이후, 냉동고에 내내 보관중이던 니콜-올리비에 로렌스 폰 트리에의 장례식 실황 방송이 송출되고 있었다. 아무리 멍청한 녀석이라도 여기에서 인과관계를 눈치챌 수 있도록.

폰 트리에는 100미터짜리 수영장에 안장되었다. 수영장은 성대한 행사를 위해 노르딕 거룻배가 노을 속으로 떠가는 바다로 변신했다. 거룻배도, 바다도 성공적이었다. 열린 관 안에 니콜-올리비에가 가슴에 배트를 얹은 채 누워 있었다. 거룻배가 해안에서 떨어져 막 떠가기 시작하자 장례식에 모인 이들은 마치 활을 쏘는 듯한 동작을 보였다. 그랬더니 불화살이 거룻배에 비처럼 꽂혔다. 이내 거룻배는 해안에서 멀어져가는 모닥불이 되었다. 진짜 연기를 낸 건지는 모르겠지만 멋들어졌다.

글로벌 우르크들은 마니투를 유심히 보고 있었다. 그림과 훌로야는 뉴스에서 카간의 영정 사진을 왜 또 보여주는 건지 이해하지 못했다. 그들에게 터진 듀렉스는 오르크 슬라바에서 사령부와 함께 전사했기 때문이었다. 그가 거의 죽을 뻔했다는 얘기는 나도 들은 적이 있다. 어찌나 취해 있었던지 마지막 순간에야 그를 트레일러에 쑤셔 넣을 수 있었다고 했다.

폰 트리에의 장례식 실황은 중간에 몇 차례 끊기곤 했는데, 오르크 슬라바의 풀밭에 누워 있는 하얀 셔츠에 나이트캡을 쓴 듀렉스의 비틀어진 몸을 보여주기 위해서였다.

아주 잘 찍힌 인서트 컷이었다. 화면은 피로 얼룩진 나이트캡을 풀샷으로 잡다가 파리가 기어 다니고 시퍼렇게 멍이 든 얼굴로 넘어가더니 그다음에는 꺾인 다리가 붙어 있는 몸통 전체를 드러냈다(그렇게 큰 키치고는 놀라울 정도로 피가 조금 나왔다). 그런 다음 2, 3초 만에 신속하게 확장된 숏은 풀밭 위의 하얀 형체를 거대한 녹색 바다의 자그마한 점으로 변화시켰다(형제들의 무덤은 신선한 풀 아래에서 이미 분간하기 어려운 모습이었다).

숏을 살짝 더 확장시켜 내가 만든 전쟁 엠블럼 컷으로 넘어갈 지성과 취향이 그들에게 충분할 거라고 생각했지만 그렇지 않았다. 하지만 이대로도 나쁘지 않았다. 자연과 우주를 대면했을 때 떠오르는 인간 존재의 하찮음에 대한, 완전히 이해되지 않는 흐리멍텅한 사색이 가능했다. 이러한 사색이 비단 자연과 우주를 대면할 때뿐만 아니라 타인을 대면할 때도 일어난다는 건 말할 필요도 없다. 사실 주가 되는 것도 바로 그렇게 타인과 대면하는 상황들이다.

내가 뉴스를 보고 있을 때, 카야가 공격을 개시했다.

공격이 언제 어떻게 시작됐는지 모르겠다. 한순간 그녀가 그림과 다시 이야기하고 그가 그녀의 말을 중간중간 고개를 끄덕이며 아주 주의 깊게 듣는 것이 눈에 띄었다. 흘로야도 그녀의 말에 귀 기울였다. 카야의 말이 흥미로운 것 같았다.

카야는 젠체하지도 않으면서 예상 밖의 행동을 했다.

오르크 카간이 사용하는 무기가 가스라면 그녀가 그림을 공격할 때 사용하는 건 자신의 무한한 지식이다. 사실 나는 그녀를 놓고 이 단어를 사용할 수 있는지에 대해서 확신이 없다. 그녀가 기억하는 내용과 그녀가 무선 접속을 통해 얻는 정보 사이에는 명확한 경계가 없기 때문이다.

내가 폰 트리에와 작별하는 군중을 쳐다보는 동안(최소한 마흔 명쯤 되는 사람들이 참석했는데 푸포갈 트릭이 떠났을 때도 그 정도의 인원은 왔었다. 하지만 이걸 시청하는 건 아마도 천만 명 정도는 될 것이다) 카야는 젊은 오르크들에게 '베르투하이'라는 단어의 유래를 설명하기 시작했다.

어렸을 적부터 들어온 말이었음에도 불구하고 그들은 이 말의 뜻을 모르고 있었다. 카야는『죽은 잎새들』의 한 부분을 자기 말로 풀어주었다. 그녀는 마치 폭격기 미사일처럼 빠르고 정확하게 말했다.

"이 단어의 어원은 사전에 나와 있지 않아. 하지만 베르나르-앙리가 여기에 대해서 자세한 설명을 해놨지. 이 단어의 어원에 대한 다양한 설들을 제시하기까지 했더라고. 한 가지 설에 의하면 '베르투하이'는 고대에 카간에게 특별히 충직했던 오르크들을 부르는 말이었다고 해. 카간은 그들에게 성채가 포함된 작은 사유지가 딸려오는 값비싼 핸드폰 '버투Vertu'*를 하사했지. 칼이나 총알, 이빨 자국이 있는 몇몇 핸드폰은 아직까지 슬라바에 있는 선조박물관에 보관되어 있어. 그들이 죽으면 그들의 '버투' 핸드폰들도 고분에 쌓아두었지. 핸드폰을 붙들고 있어야 알칼라에 오르거나 아니면 적어도 다음 생에 런던에서 태어날 수 있다고 여겼으니까. 바로 이러한 해석이 레스토랑 '높은 베르투'**에 반영되어 있는 거야. 우르카가나트는 체제를 지탱하는 유력인사들에게 최고가의 모바일 기기를 하사하는 관습을 열성적으로 부활시키고 있어. 황색 구역의 귀금속상들이 이런 핸드폰을 계속 주문받고 있고……"

흘로야가 무언가 질문하려고 했지만 카야는 말을 멈추지 않았다.

"몽골의 조세 징수자를 '베르투하이'라 불렀다는 설도 있어. 바로 그들로부터 핸드폰 '버투'가 이름을 얻은 거지. 이게 훨씬 더 학술적인 가설이야. 세번째 가설은, 시베리아 평원을 달리는 기병들에게 차를 마시라고 졸라대면서 차이하나*** 근처 기관총 망루에 앉아 있던 차 소믈리에를 '베르투하이'라고 불렀다는 이

---

* 노키아가 제조한 무선 전화기 상품명. '버투'를 러시아에서는 '베르투'라 읽음.

** 앞서 등장한 레스토랑 '버투 하이VERTU HIGH'를 의미함.

*** 중앙아시아에서 차와 음식을 즐기는 찻집을 부르는 말.

야기야. 차 소믈리에들은 멀리 있는 기병들을 찾아내려면 계속 해서 여기저기 둘러봐야* 했거든. 여기에서 '베르투하이'를 다르게 부르는 말이 생기는데, 그게 바로 '살피미'라는 건데……"

그림이 물었다.

"그 기병들은 시베리아 평원에서 뭘 했는데? 그리고 왜 그들한테 졸라댔던 거야?"

카야는 얼굴이 환해졌다. 그러고는 다시 주문 같은 설명을 외우기 시작했다. 조금만 집중하면 무선 통신을 통해 그녀의 머리로 흘러들어 가는 정보적 파동을 볼 수 있을 것도 같았다.

"물론 기병들한테 졸라댈 필요는 없었지. 선사 시대에 유라시아를 점령한 몽골은 별다른 통지 없이 토착 주민들에게 조세 징수사들을 보냈거든. 실제적으로 국가의 관리 감독이라는 게 이게 전부였어. 점차 몽골인들은 지역에서 발탁된 이들을 베르투하이로 임명하기 시작했어. 자신들의 관례에 대해서는 베르투하이 스스로가 더 잘 알기도 했고, 누가 무엇을 감춰뒀는지에 대해서도 훤했으니까. 게다가 잔학함 측면에서도 그들이 몽골인에게 뒤지지 않았거든."

그녀는 큰 소리로 말했다. 나는 옆 테이블 글로벌 우르크들이 우리의 대화를 주의 깊게 엿듣고 있다는 것을 눈치챘다.

"어찌나 효율적이었는지 몽골인들이 떠난 후에도 이 생활양식은 그대로 보존되었어. 발탁 등용됐던 오르크들은 주권이 회

---

* '주변을 둘러보다'라는 뜻을 가진 '베르테차вертеться'는 베르투하이вертухай와 어근이 같다.

복된 이후 베르투하이를 자처하기 시작했지. 거둬들인 세금을 착복하면서 말이야. 이 시스템은 몽골 자체보다 더 명이 길었을 뿐만 아니라 이후 온건한 대결 관계에 놓였던 서구화 계획보다도 더 오래 지속됐지. 민중의 자발적 노예화가 믿을 수 없을 만큼 질긴 생명력을 지닌 사회 구조로 탄생한 거야. 이건 역사적으로 전무후무한 경우라고……"

이쯤 되자 유행하는 은빛 키톤 차림으로 옆 테이블에 앉아 있던 글로벌 우르크가 더 이상 참지 못하고 우리 대화에 끼어들었다.

"그런 관점은 전혀 새로운 게 아니죠." 그가 말했다. "고대 우르크들의 노예 근성에 대해서는 많은 민족 차별주의자 역사학가들이 지적했으니까요. 하지만……"

"아니요." 카야가 끼어들었다. "여기서 중요한 건 노예 민족이 아니에요. 고대에는 모든 민족이 노예였으니까요. 하지만 오르크 베르투하이 엘리트들은 외부 지배자가 없었던 시대에도 식민주의적 행정부 역할을 수행하는 꼼수를 부렸어요. 자신의 문화가 어떤 역사를 지녔는지 아실는지 모르겠는데요, 이게 소위 '유일한 유럽인으로서의 정부'*라는 거죠."

오르크는 항의하듯 보란 듯이 식탁에서 일어나 출구 쪽으로 갔다. 카야는 눈 하나 깜짝하지 않았다. 그러나 벌써 메트르 도텔이 홀을 거쳐 우리 쪽으로 다가오고 있었다. 얼굴을 보아하니

---

* '어쨌거나 정부만이 러시아에서 유일한 유럽인이다': 1836년 10월 19일 푸시킨이 차다예프에게 보낸 편지 중의 한 구절에서 인용.

그 또한 글로벌 우르크라는 걸 금세 알아챌 수 있었다.

"레스토랑 관리부는 어떤 고객에게라도 서비스를 거부할 수 있는 권리가 있습니다." 그가 가까이 다가오기도 전에 말했다.

그림과 흘로야는 정말 놀란 것 같았다.

"그래요, 거부하세요." 시네뉴스 주식회사의 배지를 보이며 내가 말했다. "나도 더 주문하기 싫거든요. 여기는 말도 안 될 정도로 비싸군요. 소비자 권리법에 따르면 이미 구입한 아이스크림은 여기 앉아서 다 먹을 권리가 있죠. 제가 진보 언론 기관의 대표거든요. 그리고 여기는 오르크 총독령이 아니라 빅 비즈고요."

"저희는 촬영이 금지되어 있는데요."

"촬영하러 온 거 아니에요." 내가 말했다. "아이스크림을 먹고 있잖아요."

글로벌 우르크들은 주변에서 진짜로 무슨 일이 일어나고 있는지 절대 알지 못한다. 그러면서도 혹시나 누군가가 갑자기 그들의 자산을 라이어빌리티*(그들의 언어로 표현하자면)로 끌어내리기라도 할까 봐 끊임없이 두려워했다. 덕분에 스캔들은 없었다. 메트르 도텔은 모욕당한 베르투하이가 팽개친 테이블에 앉아 수첩을 꺼내놓고는 우리의 대화를 대놓고 주시했다.

와우, 무섭기도 해라.

글로벌 우르크 중 많은 이들이 오르크 정보국의 협력자라고 한다. 그러라지. 이 애송이들에 비하면 빅 비즈는 타블로이드이

---

* liability: 부채, 책무

자 세탁기이며 현금인출기이자 바이브레이터이고 고해소인 하나의 커다란 정보국이다. 염탐할 테면 하라지. 상황이 어떻게 돌아가는지 우리가 특별히 설명을 해주나마나 그들은 어차피 아무것도 이해하지 못할 것이다.

그렇게 우리는 테이블에 계속 앉아 있었다. 여기서 카야는 다소 의외의 측면을 보였다. 그녀는 오르크 메트르 도텔이 자신의 말을 듣고 있다는 것을 알고는 그림과 흘로야에게 레스토랑 '버투 하이'와 '비 그벤' 간의 싸움에 대해서 소리 높여 이야기하기 시작했다. 접속 중에 그 정보를 봤던 것이다.

'버투 하이'의 창문에서 빅 벤이 보인다고 한 적이 있다. 하지만 빅 벤은 그냥 보이기만 하는 게 아니라, 우리가 마치 공중으로 날아올라 의회 쪽에서 시계로 아주 가까이 접근한 것 같은 각도로 보였다.

이에 그벤 마부투가 오르크들을 비주얼 명예 훼손으로 고소했다는 내용이었다. 오르크들의 창문 밖 풍경이 관념적 현실에 상응한다면 '버투 하이'가 위치한 건물은 의회를 가린 채 '비 그벤'의 창문 바로 앞에 솟아 있어야 했다. 하지만 역사 3D-파노라마에 따르면 그 자리에 뭔가가 서 있었던 적은 한 번도 없었다.

오르크들은 자기들의 풍경을 지자체가 승인했다고 맹세했다. 정말일 수도 있다. 돈이 많은 녀석들이니까. 아마도 고가의 희귀 상품을 샀을 것이다. 판권은 지자체에 있으니. 하지만 우리 사법부가 오르크들을 예뻐하는 건 아니니 그벤 마부투가 승소할 게 뻔했다. 그렇게 되면 오르크들은 창밖 풍경을 역사적 풍경에 합치시켜야 한다. 그게 아니라면 의회로 이사를 가서 자기들 위로 그벤 마부투의 레스토랑이 기세등등하게 드리우도록 내버려둘 수도 있다. 그것도 아니라면 아예 불알까지 떼이고 벨그라비아 같은 곳으로 싸그리 꺼져버리는 수도 있겠다.

메트르 도텔은 이 이야기를 듣고 있을 뿐 별수 없었다. 그의 두 귀는 벌게졌고 얼굴은 녹색이 됐다. 홀에서 몇몇 글로벌 우르크들이 더 나오자 그는 천장 아래에 있는 마니투의 볼륨을 최고치로 올려야겠다고 생각했다. 하지만 뉴스는 벌써 끝나 있었다. 그는 채널을 돌리다 슬라바 방송에서 멈췄다.

황색 구역에서 주최하는 오르크 전쟁 고아들의 합창 콘서트인 「고대 어린 시절의 노래들」이라는 프로그램이었다.

> "울 아빠는 전방에서 적을 치시고,
> 울 엄마는 후방에서 떡을 치신다.
> 큰 구멍이 나 있어,
> 모두모두 보여, 모두모두 들려……"

이 반투명의 감동적 존재들이 무엇을 노래하는지 파악하기가 쉽지 않았다. 오르크 일상다반사인 벽에 난 구멍들에 대한 얘기인지 태아기에 겪었던 섬뜩한 경험에 대한 건지 알 수 없었다. 나는 이 노래가 들릴 때면 슬라바에 있는 오르크 음모론자들이 항상 의미심장하게 시선을 주고받는다는 것을 알고 있었다. 왜냐하면 우리 측이나 그들 측에서 누군가 주요 인사가 죽었을 때 오르크 텔레비전이 이 노래를 꼭 틀어주었기 때문이다. 누가 죽었는지 오르크들에게 항상 알려주는 건 아니었다.

나는 그림이 자기 집처럼 편안한 마음으로 있었으면 했기에, 그에게 의미심장한 시선을 던져보려 했다. 하지만 그는 카야를 바라보고 있었다.

메트르 도텔은 채널을 돌렸다. 슬라바의 다른 프로그램이 나왔다.「우르크의 스타들」.

"사그라들지 않는 당신의 인기 비결은 뭡니까?"

"야이, 멍청아, 내 씹판을 마니투로 매일 보여주니까 그렇지! 히-히-히-!"

메트로 도텔은 한 번 더 채널을 돌렸고 세번째 슬라바 프로그램이 등장했다. 살인 혐의를 받은 정치공학자들의 공판 과정(터진 콘텍스는 이 행사로 자신의 취임을 기념했다)을 전하는 실황 방송이었다. 화면으로 실질적 증거들이 제시되었다. 오래된 케라믹 해골들, 말려서 봉인된 선동 플래카드들, 형형색색의 홀로그램 마니투 뭉치들. 콘텍스는 자기뿐만이 아니라 모든 왕조가 받은 것에 대한 앙갚음을 하려는 듯 보였다. 그는 어찌나 뻔뻔해졌던지 아무런 자문 없이 혼자서 황색 구역에서 몇몇 오르크들을 체포하기까지 했다…… 나는 새로운 전쟁이 생각보다 더 일찍 발발할 것 같다는 생각이 들었다.

채널들이 죄다 이렇다는 게 놀랍지도 않았다. 글로벌할지는 모르지만 어쨌거나 여기도 오르크 식당이니까. 글로벌 우르크들은 인생의 전반부를 우르카이나를 벗어나 런던행 허가증을 얻기 위해 서로 경쟁하는 데 쓰고, 인생의 후반부는 런던에 앉아서 우르카이나 텔레비전을 보는 데 쓴다.

어쨌거나 나는 만족했다. 오르크 방송을 좋아하는 편이기 때문이다. 특히 면도도 안 한 오르크 선동가들이 위 세계의 우리가 우르카이나를 점령하여 오르크들이 우리의 법대로 살도록 강제하는 데 혈안이 되어 있다고 시민들에게 설명할 때가 마음에 든다. 이들에 대해서라면 베르나르-앙리의 말이 옳다. 동화와 꿈이라면 항상 믿을 준비가 된 낭만주의 유아적 민중.

나올 때가 되어 출구 쪽을 향하자 그림과 훌로야는 크게 한숨을 돌렸다. 나는 그들에게 아무것도 두려워할 게 없다고 설명하려 했다. 글로벌 우르크들은 저 아래에서만 무시무시할 뿐이지 이곳에서는 아주 상냥하고 조용하게 굴며, 템스의 회색 물결 위 작은 레스토랑에 앉아 있을 권리를 위해서라면 목숨이라도 내놓을 것이라고 말이다.

하지만 그림과 훌로야는 베르투하이들이 그토록 화가 났음에도 불구하고 어떠한 위협도 가하지 않는다는 사실을 아무래도 믿을 수 없어 했다. 뭐 어쩌겠는가, 자유란 건 태양과 같아서 어렸을 적부터 익혀야 하는 것인 걸. 때를 놓치면 어렵다.

우리는 더 이상 그 레스토랑에는 가지 않았다.

하지만 나는 우리 없이 훌로야가 몇 차례 어떤 글로벌 우르크와 함께 거기에 간 사실을 알게 되었다. 그녀와의 만남은 점점 드물어졌다. 그녀는 대부분의 시간을 알료나-리버티나와 같이 보냈고, 빠르게 인맥을 넓혀나갔다.

그림은 혼자 남겨졌다.

당연히 카야는 이 빈자리를 이용했다.

나는 그녀가 그림 주변에 쳐놓은 간교한 거미줄에 그리 놀라지 않았다. 애초부터 이것이 성공할 것이라 생각하지 않았으니까. 그래봐야 그림은 글로벌한 거라곤 하나 없는 백 퍼센트 오르크 아닌가.

푸포갈이 되려면, 불꽃처럼 타올라 자신의 의식을 쾌락과 엑스터시의 인공적 세계로 반출시킬 만반의 준비가 된 가볍고 유동적인 상상력을 지니는 것이 중요하다. 사실 이걸 따로 배울 필요는 없다. '마이너스' 부호가 달려서 그렇지 이건 우리가 이미 할 줄 아는 거니까. 매 순간 비슷한 일들이 일어나고 있다. 다른 게 있다면, 상상력이 우리를 순간적 리얼리티에서 빼내 데려가는 세계가 행복과 무관하다는 점이랄까. 짐승 같은 상사, 고약한 아내, 질병 혹은 굴욕적 가난이 지배하는 음침하고 억압된 공간일 때가 가장 빈번하다.

하지만 일반적인 의견에 따르면 이것은 '중요'하고 '참된 것'이며, 그곳으로 가는 입구는 환대하듯 활짝 열릴 것이다. 이에 반해 카야가 사는 세계는 소위 '도덕 관념'을 수호하는 해골과 뼈의 정신적 바리케이드에 막혀 평범한 오르크 따위는 결코 입장할 수 없는 그런 공간이다. 그림도 예외가 아니었다. 게다가 정체가 드러난 이후 카야는 그림에게 그저 커피 그라인더나 마구, 삽과 같은 물건일 뿐이었다.

자꾸 이런 생각이 들자 카야는 견딜 수가 없었다. 그래도 일단 그녀가 그림이 정한 사물의 위계 서열에서 가장 높은 자리에 오르는 건 문제 없었다. 그다음은…… 그다음으로는 그림과의 사이에서 우연적 사고 같은 게 발생할 가능성은 존재했다. 일종의 프로그램 버그 같은 것(카야는 종종 우리, 즉 인간들을 그저 벌레 먹은 불량 프로그램 덩어리라고 말했다) 말이다.

보아하니 이것이 그녀의 전략이었다.

그래서 그녀는 그림이 가진 편견, 특히 오르크들이 '변태적'이라고 여기는 것들에 대해 논쟁하려 들지 않았다. 반대로 그녀는 그의 말에 계속 맞장구를 쳤다. 그리고 매 순간 자신의 무기인 정보력을 능숙하게 이용했다.

예를 들면, 음악이 쩌렁쩌렁한 어느 쇼핑몰에 들렀을 때의 일이다. 그림이 눈살을 찌푸리자 카야가 당연히 이를 눈치챘다. 비교적 조용한 곳에 자리를 잡고 요기를 하는데 그녀가 불현듯 『다오 페스딘』을 인용했다. 그녀가 인용한 장은 어떻게 '보갈들이 세계 단일 정부에 복무하고 있는가'에 대한 것이었다. 너무 혐오스러워 그 내용 전체를 반복하는 것은 내키지 않지만 몇몇 단어는 떠올릴 수밖에 없다.

이 책의 귀중한 정보에 따르면 여기에는 다음과 같은 메커니즘이 작동한다. 인간은 "인적이 드물고 조용한 곳"에서 혼자 머물면서 "내적 어두움"을 들여다볼 수 있는데 얼마간의 시간이 지나고 나면 "표현할 수 없는 것을 이해하게 된다." 이제 그는 세계에 대한 흥미는 물론 세계 단일 정부에 대한 흥미도 잃게 된다. 하지만 바로 이 순간 세계 단일 정부를 원조하기 위해 보갈들이 등장한다. 이들은 "강 뒤로 피신한 후 자신들의 음악 장치를 켠다." 그러면 "너는 영원한 진리 대신 질척대는 구멍*만

---

* 구멍(очко): 이 단어는 '눈'을 의미하는 단어 '오코око'의 지소형이면서 동시에 '구멍' '항문' 등의 뜻이 있다.

을 보게 되는 것이다."

나는 하얀 깃발을 내건 고대의 오르크들이 자신들을 향해 조준된 타락한 인류의 우퍼 스피커 아래로 미지의 강을 건너는 모습을 상상해보았다. 잃어버린 낙원. 하지만 그림은 웃음기 하나 없었다. 그는 이 망상 같은 소리를 듣고는 광대 쪽 피부를 긴장으로 움찔하더니 먼 곳을 쳐다보았다. 마치 태곳적 오르크의 진리로부터 반사되는 빛을 정말로 보기라도 하듯.

한편 카야는 『다오 페스딘』이 어떻게 만들어졌는지를 이야기하기 시작했다.

이 책의 원본은 아주 오래전에 쓰였다. 짐작건대 저자는 바다 근처에 살았던 것으로 보인다. 왜냐하면 텍스트의 초기 판본에 "보갈들의 합창 소리와 함께 해안에서 구워진 냉동 생선 꼬치구이"와 "벌건 그릴로부터 콘크리트 해변으로 복도를 따라 내뻬는 벌거벗은 쭈구리 떼"라는 언급이 있기 때문이다.

카야는 고문서 수준의 몇몇 인용을 더 가져왔다. 특히 내 기억에 남은 내용은 다음과 같다.

"샹송 살피미 가라사대, 보갈 음악을 두 번 들은 이는 벌써 보갈이다. 이러한 이들을 '공기로 유린된 자'라 부른다. 그래서 고대의 남자들은 귀청을 못으로 막고 서로 수화로 소통했다……"

물론 유약한 새로운 세기가 이와 같은 방법을 고안해내는 건 힘에 부치는 일이다. 이 책에서 조언을 구하는 이라면 누구나 느낄 수 있는 텍스트의 암울한 위력은 바로 여기에서 나온다. 이후, 차후 수 세기에 걸쳐 탄생한 잡동사니들이 이 거짓 없고 근엄한 고대 성전 속에 기입된다. 진리의 빛, 이성이 가하는 따끔한 충격 등 표현 불가한 것들도 추가된다. 물론, 이건 우리 소믈리에들 없이는 불가능한 일이다.

그림은 입을 벌린 채 경청했고 카야는 행복해했다. 아무리 봐도 옆에선 그렇게 보였다.

내가 카야의 승리를 결정적으로 알아차린 것은 그림이 그녀와 함께 훌로야에 관해 얘기하는 것을 보았을 때였다. 믿을 수 없지만 그녀에 대해 그들이 나눈 이야기는 그저 함께 아는 지인을 다루는 투였을 뿐 그 이상이 아니었다. 사실 훌로야 자체에 관한 이야기라기보다는 데리베이트* 포르노그래피에 관한 이야기였다.

그림은 카야가 어떠한 질문에든 답할 준비가 되어 있다는 사실에 벌써 익숙했다. 게다가 그에게 이제 그녀는 그저 사물일 뿐이니 어려워해야 한다는 생각이 들 리 없었다. 하지만 이때는 행동을 가려 할 필요가 있다는 것을 알진 못했다.

그는 말했다.

"이해가 안 가네…… 훌로야가 벌써 이틀째 마니투로 데르판틴을 보고 있어, 친구 누가 줬다고 하던데. 그런 장면이라면 이전에 나도 많이 봤거든, 근데 이건 영화 전체가 그런 장면들로 되어 있는 거야. 화면으로 테이블이 보이고 남자들이랑 여자들이 앉아 있지. 그냥 보통 사람들 말이야. 경찰도 두셋 있고, 사제도 하나 있고. 다들 말도 없이 카메라만 보고 있는 거야. 그러더니 마치 자기들 앞에서 누가 새끼 고양이를 죽이기라도 하고

* derivate: 파생의, 다른 것을 모방한, 새롭지 않은.

그걸 보는 자기들은 어쩔 도리가 없다는 듯한 표정을 지어 보이더라고. 흘로야가 그런 걸 보고 있더라니까. 지루한 게 뻔한데도 아닌 척하면서…… 그냥 그런 척 정도가 아니야…… 너네 포르노도 그래?”

여기서 나는 참지 못하고 웃음을 터뜨렸다. 내 귀염둥이가 이 상황을 어떻게 헤쳐나갈지 궁금했다.

우선 그녀의 처신이 나쁘지 않았다고 해야겠다.

“그림, 다른 아가씨 앞에서 이런 이야기를 꺼낸 게 아니어서 다행인 줄 알아.” 그녀가 말했다. “뺨을 맞고서도 한 시간 내내 히스테리에 시달렸을 테니깐. 하지만 나란 여잔 편견 따윈 없으니까. 대체로 말이지……”

그녀는 조용히 웃었다. 나는 그림이 자신도 모르게 벌써 그녀의 매력에 빠졌다는 것을 눈치챘다. 첫 만남에서 그랬던 것처럼.

“있잖아.” 카야가 말을 이었다. “빅 비즈 거주자와 오르크들 사이에서 문화적 차이가 느껴질 거야. 오르크들은 스너프에 포함된 에로틱한 요소를 포르노로 받아들여. 그들한테 포르노는 외설적이고 흥분을 불러일으키는 것이지.”

“항상 그런 건 아니야.” 그림이 중얼거렸다.

“자주 그러기는 하잖아. 한데 위에 사는 사람들에게 이건 음울하고 습관적인 종교 방송이야. 시청자에게 에로틱한 경련을 일으키는 동영상 클립을 ‘포르노그래피’라고 한다면 포스트정보화 사회에는 전혀 다른 문화적인 클리셰들이 존재하거든. 흘로야가 데르프에 흥미를 가지려고 노력하는 건 바로 이 때문이지.

개는 있잖아, 멍청한 오르크 년에서 온전한 인간으로 바뀌고 싶은 거라고. 데르프를 놓고 흥분할 줄 안다는 건 인간이 오르크와 다른 특징 중 하나거든."

"그럼 '데르프'라는 명칭은 왜 그런 거야?" 그림이 물었다.

"데리베이트 포르노라는 말을 줄인 거야. '합법적인 아동 포르노그래피'라는 용어를 안 쓰기 위해서지."

"아동? 그치만 거기엔 다 늙어빠진 연금 생활자들만 나오잖아, 테이블 뒤에 앉아 있는 이들 말이야!"

"데르프는 금지된 생산품이 아니야. 합법적인 파생 상품이지. 테이블에 앉아 있는 늙은 연금 생활자들을 얘기하는 게 아니야. 이 늙은 연금 생활자들이 무엇을 보고 있느냐를 말하는 거지."

"아하!" 그림이 알아차렸다. "그러니까 그들이 카메라를 보고 있는 게 아니야?"

카야는 그렇다며 고개를 끄덕였다.

"예전에는 빅 비즈에 아이들이 등장하는 포르노 산업이 정말 있었어. 이 산업에 대한 반대 운동이 일었지. 미성년자들이 나오는 자료가 발견되면 이걸 없애버리기 전에 특별위원회가 한 번 시청을 해야 했거든. 전설에 따르면, 위원회가 이용했던 마니투에는 그 당시 흔히 그랬던 것처럼 작은 카메라가 달려 있었대. 위원회 회원들이 압수된 비디오를 보는 동안 이 작은 카메라가 이들의 얼굴을 촬영했던 거야. 이 촬영본이 유통되기 시작한 건 이게 영상에 이미 질려버린 사람들을 진짜 아동 포르노보다 더 강하게 자극했기 때문이지……"

"그러니까 화면에 나오는 이 뚱한 낯짝들이 아동 포르노를 보는 중이란 말이야?"

"벌써 그렇게 안 한 지 오래됐어." 카야가 말했다. "요새는 특수 배우들이 데르프에 출연하는데 다들 오랜 기간 스타니슬랍스키 시스템을 연구해온 이들이거든. 촬영할 때 그들은 그저 아동 포르노를 보고 있다고 상상할 뿐이야. 계약서에 다 명시되어 있어. 하지만 암시장에는 이 배우들이 마흔여섯 살 미만의 모델들이 등장하는 진짜 아동 포르노를 보고 있는 모습을 찍은 진짜 데르판틴도 있어. 넌 구분도 못 할걸. 식탁보가 깔린 테이블, 목이 긴 물병, 명패들, 다 똑같으니까. 똑같은 아저씨들이랑 아줌마들이 인상을 똑같이 찌푸린 채로 침을 뱉어대지. 하지만 애호가라면 5초 안에 당장 모든 걸 구별해내. 집에 동영상이 있다는 건 물론 부끄러운 일이긴 한데, 범법은 아니야. 하지만 진짜 아동 포르노라면 반평생을 감방 안에서 보내야 할 수도 있거든."

"그러니까, 그런 걸 정말로 좋아하는 애들이 있단 말이지?"

"어떨 것 같아?" 내가 참지 못해 말했다. "평생 데르판틴 앞에서 딸딸이만 치는 놈들도 있어. 수라 살 돈이 없으면 별수 없지. 아동 포르노 하나 본 걸로 감방에서 썩고 싶은 놈이 어디 있어? 그랬다간 언젠간 법정에서 이런 말을 듣게 되겠지. '남자 모델은 겨우 마흔두 살밖에 안 됐습니다. 그런 그를 벌거벗은 여자 옆에서 촬영한 것은 그에게 불치의 정신적 트라우마를 야기할 수 있습니다……' 그러면 생긴 지 1년도 안 되서 피투성이 성기를 타고 기어 나와야 했던 경험은 트라우마로 안 남았나 보지? 그럼 마니투를 20년쯤 감방에 처넣어야……"

"어흐, 진짜 너무 추잡하다." 카야가 눈살을 찌푸렸다. "너 때문에 그림 앞에서 이게 뭐야, 창피해 정말."

그녀가 나한테 감정적으로 반응할 때가 좋다. 설령 그게 상징적 연적 때문이라 해도. 나는 미소를 짓고는 계속했다.

"베르나르-앙리는 진짜 데르판틴 컬렉션을 가지고 있었어. 오래된 것들이었지. 게다가 마니투가 아니라 인화지에 인쇄된 거였고. 볼 줄 안다는 이들한테 그야말로 별미지. 그걸 '페이셜 facial' '애널anal' 등등으로 나누어놓았던데……"

"어으! 어으! 당장 닥치지 못해!" 카야가 발을 굴렀다.

"뭐라는 거야, '닥치라'니? 요즘엔 그런 건 애들도 그리는데. 테이블과 그 뒤에 찡그린 얼굴을 한 아저씨들이랑 아줌마들 같은 거 말이야. 식탁보나 목이 긴 물병은 색연필로 색칠하기도 하고. 부모들한테 그림을 들키면 울고불고 얻어맞고 그러겠지."

"스너프를 보는 건 왜 안 되는데?" 그림이 물었다. "그러니까 내 말은, 어, 스너프를 에로물로 대하면 왜 안 돼?"

나는 어깨를 으쓱였다.

"글쎄, 만일 너 스스로 이걸 이해하고 느끼지 못한다면, 어떻게 설명해야 좋을지는 나도 모르겠어. 왜, 오르크 속담도 있잖아. '수탉은 장닭이 아니다, 스너프엔 딸치는 게 아니다'."

"어휴, 짐승 같은 새끼." 카야가 툴툴거렸다.

그러더니 그녀는 얼굴을 붉혔다.

정말로, 그녀는 얼굴을 붉혔다. 그림은 여기에 또 곧장 걸려들었다. 이번에도 영문을 모른 채.

"이런 대화 괜히 시작했나 봐." 슬픈 표정으로 카야를 쳐다보며 그림이 말했다. "근데 그 오르크 속담이란 건 뭐야?"

"젊었을 적에 오르크 민속학 공부를 좀 했거든." 내가 대답했다. "적의 속내를 파악하기 위해서였지. 새로운 걸 많이 알게 됐어. 말이 나와서 말인데, 아직까지도 새로운 역사적 사실이 너희 속담을 통해 밝혀지고 있거든."

"그게 무슨 말이야?" 그림이 놀라 물었다.

"음…… 예를 들면, 이런 시베리아 격언이 있어. '다스 베이더를 끝장낸 건 그의 아들과 딸이었다'. 이걸 보면 우르카이나가 시베리아공화국이라고 불렸던 당시 오르크 선조들에게 고대 영화로의 접근이 허용되었다는 걸 알 수 있지."

"속담 속에서 또 어떤 것들을 발견했는데?"

나는 카야가 수작을 계속 걸지 아닐지 궁금해졌다. 잠시 나는 또 무엇으로 그녀를 행복하게 만들지 생각해보았다. 다행히도 그건 어렵지 않았다. 오르크 속담 하나하나가 결투를 위한 훌륭한 빌미니까.

"예를 들면, '방귀 없는 오줌은 참파* 없는 차다', 이런 게 있지. 여기에서 역사가들은 언젠가 오르크들이 지금보다 더 고급진 삶의 방식을 영위했었다는 결론을 내렸어. 티베트 고원과 교류가 있었던 거지. 그 덕분에 보릿가루를 얻게 됐잖아."

카야는 인상을 썼지만 잠자코 있었다. 하지만 이제 그녀는 입을 열 필요도 없었다. 그녀의 재능은 그림에게 벌써 전기를 일으켰기 때문이다. 그림이 스스로 입을 열었다.

"미안해, 카야. 내가 또 괜히 말을 꺼내서."

---

* 쌀보리 등의 곡물을 타작해서 구운 티베트식 선식.

"아냐." 카야가 말했다. "그럴 거 없어. 괜찮아."

하지만 그녀는 마치 간자베르세르크 대대 앞에서 벌거벗는 명령이라도 받은 것처럼 보였다. 그림도 낙담한 듯 보였다. 자기 민족의 뿌리 깊은 꼴불견과 대면할 때마다 매번 같은 느낌이었다.

"그런 속담 난 전혀 못 들어봤는데." 그가 말했다.

놀랄 일도 아니다. 왜냐하면 이 속담의 대부분은 지린 리쿼드 시대에 우리 소믈리에들이 오르크 민속 선집을 편찬하면서 만들어낸 것이기 때문이다. 당시 오르크들은 이 문화적 역사를 사들이기로 결심하고 값도 후하게 쳐주었다. 이 속담들이 대중에게 널리 회자된 건 아니다. 아래 세계에서 이 속담을 아는 이들이라곤 대부분 철학자뿐이었다. 하지만 그렇다고 해서 이 속담을 통해 적들의 속내를 연구하는 게 불가능한 건 아니었다. 반대로 이건 아주 편리하기까지 하다. 최소한의 시간 안에 가장 확실한 청사진을 제시해주니 말이다. 오르크 문화 전문가들이 스스로 무언가를 고안할 수 있었다면 아마 그들도 이와 비슷한 것을 만들어냈을 것이다. 하지만 이에 대해 나는 아무 말도 하지 않았다. 여기서도 카야가 뭔가 다툴 거리를 찾아낼 게 뻔했으니까.

"오르크 속담에 대해 내가 다 설명해줄게." 그녀가 그림에게 약속하듯 말했다.

"그러지 않아도 돼." 그가 중얼댔다. "어쨌거나 고마워. 카야, 넌 정말 친절하구나."

내 영악한 여자 친구는 이런 작은 시도를 통해 자신의 목적으로 나아갔고 곧 성공했다.

오, 그렇지. 성공도 그런 성공이 없지.

우리는 고대 영화를 관람하러 레트로 홀에 갔다. 레트로 홀에는 역사적 분위기에 완전히 몰입할 수 있도록 영화 촬영 당시에 존재했던 기기로 영화를 상영하고 있었다. 이것은 재미있는 경험이었다. 나는 크게 보는 걸 좋아해서 보통 첫째 줄이나 둘째 줄에 앉는다. 그런데 그림과 카야는 뒤, 그것도 제일 끝에 앉았다.

나는 뒤돌아보지 않았다. 하지만 나한테는 그들을 관찰하기 위해 특별히 옷깃에 넣어둔 파리 카메라가 있었다. 영화의 중간 어디쯤에서 그들은 키스를 하기 시작했다. 강렬했다.

그랬다.

내가 질투심을 느꼈다고 할 수는 없다. 하지만 이 키스하는 커플이 내 마이크로 마니투에 잡혔을 때 나는 내 삶이 대체 어쩌다 이 지경에 이르렀는지 문득 생각에 잠겼다. 키스도 꾀를 내고 협박을 동원해야 겨우 얻어내는 주제에 난 대체 왜 내 수라가 오르크 운터멘쉬에게 정신없이 키스를 퍼붓도록 저 따위 레짐을 설정해놓은 걸까.

대답은 역시나 간단했다. 그녀가 다른 이에게 키스할 때 나는 그녀의 진정성을 믿었다. 뭔가 불쾌한 것의 존재를 믿는 건 언제나 손쉽기 때문이다. 하지만 만일 그녀가 저토록 정신없는 키스를 나에게 퍼붓는다면…… 사실 이건 그저 비탄*을 세 번만

---

* 설정 조절개[134쪽 '비틀다(крутить)'와 '비탄(кручина)'에 대한 항목 참고].

돌리면 끝나는 일이다. 다만 그때도 지금 나에게 키스하는 것이 단지 '구름 같은 부드러움' 모드일 뿐이라는 사실을 한 순간도 잊을 수 없을 것이다.

이것이 우리가 함께한 빅 비즈로의 마지막 합동 외출이었다. 오리엔테이션은 끝이 났다. 그림도 스스로 비잔티움을 계속 알아갈 정도로 충분히 주변 사정에 밝아졌다.

이제 그는 우리 집에서만 카야를 볼 수 있었다. 그리고 나는 그에게 이 작은 즐거움을 기꺼이 제공했다. 매번 그가 떠나고 난 후 나를 기다리는 커다란 즐거움을 포기할 수 없었기 때문이다.

이전에 나는 수라가 제공하는 서비스 목록에 '상징적 연적에 대한 비환영적 승리'라는 내용이 포함되어 있다는 것을 모르고 있었다. 게다가 이 효과는 도파민 공명으로 배가된 상태였다.

지금 와서 생각하건대, 그때가 내 생애에서 가장 행복했던 나날이었다. 카야는 그림과의 로맨스를 상상하는 데 푹 빠져서 흔치 않은 그들의 만남을 내가 방해하지 않는 것만으로도 매우 기뻐했다(나는 아예 그들이 구석에서 속닥거리고 키스하는 것을 모르는 척하고는 임무를 핑계로 가끔씩 출타하기도 했다. 그들의 관계는 거기서 더 진전되지는 않았다). 그녀는 그 보답으로 고분고분 나에게 행복을 선사했다. 특별한 혐오의 기색도 찾아볼 수 없었다. 최고 개년성으로 먹구름이 잔뜩 낀 날씨에 가능할 법한 딱 그만큼의 혐오였을 뿐.

어느 날 나에게 제조회사에서 전화가 왔다.

카야가 일반 정보 도서관에 소장되어 있지 않은 자료를 유료 접근권으로 열람했다는 것이다. 회사는 그녀가 독자적으로 무언가를 구입한다는 사실을 내가 알고 있는지 물어왔다. 그 자료는 인간의 본성에 대한 고대의 종교적 시론들, 뇌의 기능에 대한 자료 등 전혀 해롭지 않은 것들이었다.

아무래도 카야는 우리를 더 손쉽게 이용하기 위해 우리가 어떻게 만들어졌는지 알고 싶어 하는 것 같았다. 그러다 문득 내가 그녀를 살아 있는 것처럼 생각한다는 사실을 깨달았다.

자신을 나처럼 온전한 사람으로 생각하도록 카야가 어떻게 교묘하게 처신한 건지 이해할 수 없었다. 그녀 안에 마니투의 빛이라곤 깃들어 있지 않고 그저 내 앞에 걸린 전자 거울이라고 분명 확신했었는데.

하지만 그녀는 체스를 둘 줄 아는 거울이었다. 체스를 두면서 말들의 진행만을 보고 건너편에 앉아 있는 이가 누구인지 알 수 있을까?

불현듯 나는 그녀가 복잡한 생활 전자 기기와 질적으로 전혀 다를 바 없다는 회사의 주장을 이렇게 오랫동안 믿어왔다는 것이 이상하게 느껴졌다.

회사가 그렇게밖에 말할 수 없었던 이유는 당연히 이해가 된다.

하지만 그게 진실이었을까?

그림은 홀로 새로운 세계를 여행했다. 홀로야는 그와 동행할 수 있었지만 내켜 하지 않았다. 카야는 그러고 싶었지만 그렇게 할 수 없었다.

이동은 간단했다. 메트로리프트 객실로 들어가서 손가락으로 마니투 위에 주소를 입력하기만 하면 됐다. 스크린 사전과 마찬가지로 새로운 글자를 넣을 때마다 가능한 선택지들이 새로 조합되었다.

만일 지정된 지점이 큰 글씨로 쓰여 있으면 그것은 문이 열렸을 때 넓은 대중 공간이 나타나리라는 걸 의미했다(역이나 위대한 도시에 바쳐진 유적들이 제일 많았는데 튜브와 많은 출구가 연결되어 있음에도 불구하고 그런 곳엔 항상 사람이 적었다).

조금 작은 글씨들은 쇼핑몰이나 레스토랑, 트릭 기념관과 같은 문화 센터였다. 이곳들도 보통 텅 비어 있었다. 그리로 가는 일은 드물었다. 성대한 저녁 식사나 많은 사람이 필요한 미디어 이벤트가 있을 때, 혹은 소비자가 구입 전에 생산품을 손으로 만져보고 싶어 할 때 정도였다.

아주 작은 글자 크기는 개인 주소였다. 몇 차례 그림의 실수로 튜브는 그를 그의 집 입구가 있던 곳과 똑같이 생긴 복도에 뱉어놓기도 했다.

빅 비즈 거주자들은 자신의 개인 공간에서 시간 보내기를 좋아하는 것 같았다. 그림은 대중교통 메뉴에는 안 쓰여 있는 폐쇄된 구역이 존재한다는 것을 알게 됐다. 그곳으로 가려면 코드를 알아야 했다. 하지만 당분간 그는 열려 있는 세계만으로도 벅찼다.

그는 주로 가장 큰 활자의 단어들 위주로 돌아다녔다. '피렌체' '카르타고' '로스앤젤레스' '예루살렘' '페테르부르크' 등등. 매번 그는 이전에는 『무료 백과사전』이나 마니투에서만 보았던 환상적으로 아름다운 장소에 당도했다. 물론 생각해보면 어차피 마니투로 보는 것일 뿐이었지만 그는 그런 사실에 대해서는 생각하지 않으려 노력했다.

형상들의 물리적 현실은 3D 환영 사이 빈틈을 통해 대부분 곧장 눈치챌 수 있었다. 머리나 팔꿈치를 부딪칠 사고 위험이 있는 곳은 녹색 미등으로 빛났기 때문이다. 그러고 보면, 현실은 꽤나 비좁은 것임이 틀림없었다. 도시들은 몇몇 광장으로 이루어져 있었는데 실제로 이 광장들은 낮은 천장의 둥근 홀이었다. 거리처럼 보이는 것은 비좁은 터널들이었다. 장소가 시작되는 곳은 어디나 빅 비즈에 온 첫날에 보았던 환상 발생 장치가 꺼진 지저분한 복도와 비슷했다.

하지만 3D 투영기들은 이 비뚤어지고 복잡한 좁은 굴들을 키 크고 오래된 나무들과 동화 같은 궁전이 있는, 아주 그럴듯한 대로들로 바꾸어놓았다. 단순한 3D 신기루를 넘어서는 환영이었다. 그늘진 정원을 품은 먼지투성이 창살 담장 옆을 지나다가 입김이라도 훅 불라치면 창살로부터 위로 날아오르는 먼지들까지 다 보일 정도였다. 기억해야 할 점은 먼지를 손가락으로 건드리면 절대 안 된다는 것이었다. 그래도 세계는 자기 정체가 폭로될 가능성이 아주 희박하도록 만들어져 있었다.

광활한 공간은 계속해서 눈을 호강시켰다. 하지만 거기에 물리적으로 접근하는 것은 불가능했다. 닥 트인 공간은 진짜 벽과 결합되어 있는 울타리, 겉보기와는 다른 묵직한 칸막이, 콘크리트 난간으로 막혀 있었기 때문이다. 멀리 보이는 공원과 강, 언덕 등은 말 그대로 찰나로 존재했다. 그것의 존재라는 것은 지나쳐 날아가버리면 끝이었다.

하지만 삼라만상의 울타리가 어찌나 교묘한지, 모든 게 진짜였던 오르클랜드와는 달리 경계를 넘어서면 안 된다는 무언의 금지마저 전혀 거칠거나 모욕적으로 느껴지지 않았다. 그림은 자신이 아래 세계에서 살 때 아무런 비판도 없이 자기가 본 것을 모두 그냥 믿었다는 사실을 깨닫고는 깜짝 놀랐다. 본질적으로 운명은 빅 비즈에 있는 것과 같은 바로 이러한 비뚤어진 강제적 오솔길로 그를 인도해온 것이다.

물리적 세계는 소위 '스핑크터'*라 불리는 주요 지점에 투사된 그대로였다. 예를 들면, 녹색 미등으로 표시된 궁전의 입구는 정말 실제 같았는데 그 안으로 들어갈 수도 있었다. 궁전 안으로 들어가보니 이곳은 그가 안쪽으로 들어오기 전에 서 있었던 거리의 모습이 전자 창문을 통해 각층의 높이에 걸맞은 경치로 펼쳐진 다층 공간이었다. 내다본 경치는 거리 그 자체와 마찬가지로 환영이었는데 이 역시 매우 현실 같았다. 가끔은 지붕으로

---

* 스핑크터: 괄약근의 라틴어 학명.

나와서 도시를 아래로 내려다볼 수도 있었다. 하지만 분리대가 정교하지 못해 가장자리로 아주 가깝게 다가갈 수는 없었다.

산책 중에 이따금 마주쳤던 사람들은 붙임성이 없었다. 그들 또한 종종 3D 파노라마인 것으로 밝혀졌다. 이윽고 그림은 자신이 점점 더 많은 시간을 집 안의 개인 마니투 앞에서 보낸다는 사실을 깨달았다. 환영 속 선택의 폭이 공공장소에서보다 훨씬 더 넓었기 때문이다.

첫째로, 마니투를 통해 아주 먼 옛날에 인간들이 촬영한 영화들, 아래에서는 원칙적으로 상영조차 금지된 고대 영화들을 아무 제한 없이 볼 수 있었다.

빅 비즈는 고대 영화를 종교적 경외심을 가지고 다루었다. 매번 영화가 시작되기 전에 그림은 다음과 같은 캡션을 볼 수 있었다.

마니투의 집

그리고

고대 영화 보관소가

사랑을 담아 선보입니다.*

고대 영화들은 2D에 두 시간짜리 이야기가 제일 많았다. 무엇이든 주제가 될 수 있었다. 안티크라이스트 도래 이전 인간들이

---

* 러시아에서 영화나 텔레비전 드라마 등이 시작할 때 제작에 참가한 스튜디오 등을 소개하는 상투적인 문구에 '사랑을 담아'라는 단어를 추가했다.

기도하고 절했던 마법사들과 사악한 영들, 돈을 찾아 해매는 외로운 영웅, 사랑은 물론 그 사랑에 동반되는 죽음, 콘크리트 지옥에 거주하면서 거대 도시에 자신의 지친 섹스를 팔아보려는 이들, 우주적 민주 정권과 독재리아, 모든 것이 주제가 될 수 있었다.

흘로야는 이 영화들을 눈을 부릅뜨고 보았지만 그림은 금세 흥미를 잃었다. 그가 베르나르-앙리에게 들은 말이 그를 방해한 것일 수도 있다. 그림은 베르나르-앙리가 'suspend disbelief(불신 중지)'라 부른 강한 의지의 내적 행동을 실천하는 게 너무나 힘들었다. 의식적으로 불신을 중단시키려 해도 마니투가 보여주는 바보짓이 곧 이러한 감정을 이전으로 되돌려놓았다. 창작자의 의도가 내비쳐 보일 때는 특히 더 불쾌했다.

고대의 인간은 행복한 아이였던 거다. 이 아이는 자기가 창을 들고 빙빙 돌며 춤을 추던 바위 위에 그려진 그림의 리얼리티 혹은 다른 이들이 고안하고 연기한 것을 2D 필름 카메라로 촬영한 후 느려터진 마니투 위에서 전자 화장품으로 적당히 치댄 이야기를 믿을 수 있었다.

그림은 이제 그럴 수 없었다. 그는 환영이란 어떠한 형태로든 존재 할 수 있으며 또한 무가치하다는 사실을 알게 되었다. 고대 영화를 보는 건 재미없었다. 언젠가 필름에 포착된 빛이 거짓에 오염된 채 둥근 양철통 안에 두루마리로 보관되어 세기에 걸쳐 부패해버린 것 같았다. 어떤 꿈도 이보다 백 배는 더 재미있고 현실적이었다. 꿈 너머에는 약아빠진 거짓말쟁이들이 아닌 위대한 무논리의 마니투가 서 있었기 때문이다.

오래된 이야기를 시청하는 것이 내키지 않았던 다른 이유가 하나 더 있었다.

화면 속 인간들은 항상 어렵고 난처한 상황에 빠졌다. 그들은 모욕과 곤궁, 공포를 겪었다(표현했다고 하는 게 더 맞는 말이다). 당연했다. 행동에 일종의 논리적인 근거, 전개의 에너지가 깃들고 소재가 앞으로 나아갈 수 있도록 만들어져 있었던 것이다. 하지만 그림은 화면 위에서 거짓말이 펼치는 논리 따위에는 관심이 없었다. 이러한 논리를 진지하게 받아들이는 건 영화 마피아에게 매수된 비평가들뿐이었다. 그림은 이 고대의 유령들이 부자연스럽기만 한 드라마틱한 효과로 남의 오장육부를 끄집어내려고 하기보다는 오히려 무논리로 행동하는 게 더 나을 것 같다는 생각이 들었다.

배우들이 묘사한 부정적인 감정들이 그의 영혼으로 전달된 것은 그가 특별히 이 감정들을 믿어서가 아니라 그저 공명 법칙에 따른 것이었다. 주인공들이 무시무시한 상황을 마주할 때마다 그림은 무심결에 일시 정지를 눌러 자신의 고통을 중단시켰다. 이 고통은 화면 위에 날조된 고통과는 다른, 진짜 고통이었기 때문이다. 게다가 그가 주인공들과 함께 고통받는 것도 아니었다. 그들이 받을 고통을 그가 대신 받고 있었던 것이다.

예전 인간들은 보이는 리얼리티를 믿는 데서 그치지 않고 타인의 날조된 고통을 영양분으로 삼거나 혹은 이를 다음 출근일이 시작되기 전 심기일전의 한 방법으로 이용했던 듯하다. 이에 반해 그림은 일어나는 사건들을 믿지는 않았지만 일시 정지를 아주 자주 누르는 바람에 밤새도록 시청해야 두 시간짜리 멜로드라마를 겨우 다 볼 수 있었다. 보통 흘로야는 그를 남겨둔 채 다른 마니투로 가버리곤 했다.

오래전 핵 불꽃 속에서 사라진 고대를 보는 게 그림은 금세 싫증났다. 왜 빅 비즈에서 고대 영화 보관소가 귀중한 성물처럼 여겨지는지 이해할 수 없었다.

마니투는 더 소중한 다른 기회도 제공했다. 이제 그는 군 검열이나 오르크 영성 감독의 방해 없이 어떠한 스너프라도 그대로 다 볼 수 있었다.

드디어 교과서는 물론 『무료 백과사전』조차 침묵하고 있던 이 단어의 뜻이 무엇인지 알 수 있었다. 스크린 사전은 줄임말인 'S.N.U.F.F.'를 다음과 같이 풀이했다.

Special Newsreel/Universal Feature Film

이것은 '특별 뉴스/보편 영화'쯤으로 번역될 수 있었다. 하지만 의미상 다른 뉘앙스도 있었다. 예를 들어 'Universal Feature Film'이라는 표현은 고대에 존재했던 '유니버설 스튜디오의 영화'를 지칭했고 나중에서야 '보편 예술작품'이라는 뜻으로 쓰이게 되었다. 'universal'이라는 단어는 '전 우주적인'이라는 단어와 연관된 종교적 함의도 지니고 있었다. 하지만 아직 그림은 거기까지 파고들지는 않았다.

풀이 안에 있는 빗금은 어떤 전설적인 유럽 사상가를 기리는 의미에서 '지직'*이라 불렸다. 사전에 쓰여 있듯이 이 빗금은 서

---

* 지직жижик: 유명한 비판 이론가 슬라보예 지젝Slavoj Žižek의 성을 러시아어

로 보완 관계인 공사 간의 경계를 나누어놓고 있었다.

'지직'은 단어 자체를 넘어서서 어떤 심오한 의미를 지닌 것 같았다. 스크린 사전의 이 단어 항목에는 똑똑한 이들을 위해 작은 글씨로 다음과 같이 쓰여 있었다.

음陰-헤겔리양陽*으로서의 'special-universal(특수-보편)' 이분법.

읽지 않아도 그림의 마음에는 이미 존경심이 가득 찼다.

사전이나 백과전서에는 스너프에 대한 유사 자료가 많으면 백 가지, 적게는 수십 가지에 이르렀다. 헤아릴 수 없이 많은 인간 디스코스몽거 무리가 이 낭랑한 줄임말을 깍듯이 공들여 모시기 위해 애를 썼다. 그래야 팁을 후하게 받는 모양이었다.

그림은 스너프SNUFF가 사실은 매우 오래된 단어이며 이미 고대 영화 시대의 인터넷 진흙탕 속에서 '극도의 흥분을 자아내는 시사적인 예술'이라는 의미로 사용되었음을 알게 되었다(한 주해는 이 단어를 실제 살인 장면을 필름에 담은 포르노라 정의 내렸다). 굴락GULAG이라는 단어와 마찬가지로 이 단어의 현대적 의미가 새로운 시대, 즉 인간들이 오르크들과 싸우던 중 자신을 위대한 지난날의 유일한 상속자로 선포해야 했을 때 고착되었

로 표기하면 'Жижек'이며 'жижик'과 발음이 똑같다.

* 헤겔리양Гегельян 의 '헤겔'은 변증법으로 유명한 독일 철학자를 말하며, 마지막 표기 'ян(ь)'은 동양의 음양陰陽에서 양을 지칭하는 러시아어 표기이다.

다는 일부 언어학자들의 의견이 작은 글씨로 쓰여 있었다.

스너프를 두 부분으로 나누는 지직은 그 내적 구조에 완벽히 부합했다. 스너프의 영상 시간 중 절반은 정확히 섹스가 차지했기 때문이다.

섹스 중인 이들은 젊지는 않았지만 충분히 매력적인 데다가, 고인이 된 폰 트리에와 그의 오래된 연인 드 아우슈비츠와 같이 세계적으로 유명한 인사들이었다.* 섹스는 각종 해부학적 세부사항이 곁들여져 셀룰로이드 필름에 세밀하게 촬영되었다. 어렸을 적부터 그림은 거의 모든 배우들의 얼굴을 알고 있었다. 하지만 오르크 영성 관리 감독이 영상 에로틱물을 자기들의 스플래시 스크린으로 가려왔기 때문에 지금껏 한 번도 벌거벗은 배우들의 모습을 제대로 본 적이 없었다.

여태껏 그토록 주도면밀하게 숨겨왔던 것을 보고 난 후 그림은 오히려 이것을 세세하게 보여주는 것이 이 죄악을 훨씬 더 쉽게 예방하는 방편이 될 것 같다는 생각이 들었다.

상영 시간의 또 다른 절반은 죽음이 차지했다.

스너프 안에 있는 이 부분에서는 빅 비즈의 군 검열로 인해 제대로 볼 기회가 없었던 군 소식을 접할 수 있었다.

이 기록 영화들에 그림은 놀랄 수밖에 없었다.

고대 카간들의 얼굴이 보였다. 선조박물관에서 빛바랜 채 넝마 조각이 된 깃발도 보였다. 영웅들이 죽어가고 있었다. 그림

* 감독 라스 폰 트리에Lars Von Trier는 2011년 칸 영화제에서 히틀러 동감 발언, 나치예술 옹호 발언 등으로 구설수에 오른 바 있다.

이 있던 세계에서는 천편일률적인 사후 초상화들, 다갈색 겉장을 댄 신분증들, 시간에 의해 누래지고 쪼그라들었지만 모친이 소중히 보관해온 배냇저고리들로만 전해 내려오던, 바로 그 영웅들이었다.

매번 전쟁이 있을 때마다 오르크들은 새 군복을 입었다. 다양한 종류의 군복을 자주 갈아입었다. 튜닉 원피스 전쟁, 쇼트팬츠 전쟁, 검은 가죽마구 전쟁, 엄격한 복장의 전쟁이 발발했다. 게이 퍼레이드를 닮은 전쟁도 있었고, 그들을 강제 해산하는 듯한 전쟁도 있었다. 인간 측은 복장을 심하게 변경하지 않는 대신 전쟁 때마다 새로운 무기와 장치를 대동했다.

무엇보다도 그림을 놀라게 한 것은 고대 영화들에서 이미 본 적 있었던 탱크였다. 약 200년 전쯤 인간들은 보존된 스케치에 따라 약 50대가량 되는 탱크를 다시 만들어 오르크들을 상대하는 데 사용했다. 어찌나 살인적인 탱크였는지 민중 사이를 떠도는 소문 속에도 자신의 흔적을 전혀 남기지 않았다. 소문을 퍼트리는 이는 누구도 살아남지 못했던 것이다. 인구 절벽은 인공수정을 통해 해결해야 했는데 휴전 선언 이후 인간들이 이를 원조했다(이것이 소위 '소녀 징병'이며, 학교에서는 이것을 여군 영웅주의의 한 예로 학습시키고 있다).

위대한 원수 쥐군이 거의 백만 오르크들을 결딴낸 것도 바로 이 탱크들과의 전투에서였다. 이제 그림은 이 전투를 처음부터 끝까지 직접 볼 수 있었다.

백마에 올라탄 원수는 계속해서 공격 명령을 내렸다. 오르크들은 앞으로 돌진했다. 인간 측 탱크 하나하나는 오르크 몸뚱이들이 달라붙어 거대한 뭉텅이로 변했다. 이윽고 이 뭉텅이는 영웅들을 피범벅 고기 반죽으로 찌부러뜨리면서 오랫동안 한자리에서 이리저리 움직였다. 탱크가 대포를 발사하자 아예 오르크 대열 전체가 날아가버렸다. 이에 쥐군 원수가 새로운 공격 명령을 내리자 서커스 성문은 오르크 고기 한 접시를 더 빨아들일 수 있었다. 이상적으로 조직화된 육류 납품이었지만 서커스 성문이 이 드라마의 참가자 모두를 통과시키려면 더 많은 날들이 필요했다. 이후 3년 내내 아무 전쟁도 없었다.

인간들은 '소녀 징병'의 시대를 'the monotank years(모노탱크 시절)'라 불렀다. 3년 동안 모든 스너프에서 동일한 촬영본을 여러 앵글로 돌려가며 반복적으로 보여주었기 때문이다.

그 당시 촬영본은 정말로 천편일률적이었다. 인간들이 높은 고도에서 탱크 전투 파노라마를 찍느라 이번에는 날아다니는 벽을 사용하지 않았기 때문이다. 스너프를 보는(적어도 스너프의 군사 부분을 보는) 첫 절반은 재미있고 무서웠다. 그다음부터는 수직 강하하는 카메라들이 매 순간 제공하는 근접 앵글이 등장할 때마다 구역질만 심해질 뿐이었다. 카메라들은 붉은 진창에서 뒤치락거리는 덩치들 사이를 잠입 비행한 후 클로즈업을 위해 솟구쳐 오르려고 상공에서 차례대로 하강했다.

탱크 전투 파노라마는 전혀 감정이입이 안 되는 베드신들과 교차 편집되어 있었다. 인류 문화는 그때부터 몇 차례의 순환을 거듭했고 배우들 역시 오래전에 식상해진 타입의 성적 매력을 계속해서 체현했다. 얼굴에 이상야릇한 웃음을 띠고 오렌지색 승복 위에 화환을 걸친 머리 빡빡 깎은 배 나온 남자들이나

음부에 털이 숭숭 난 채로 유두 주변에 문신을 한, 곱슬곱슬한 머리칼이 갈기처럼 뻗친 순종적인 깡마른 여자나 매한가지로 여겨웠다. 그들이 이미 적어도 이백 살은 먹었다는 것이 그대로 느껴졌다. 남자가 체위를 바꿀 때마다 손에 들었던 점토 찻주전자도, 성교를 하는 아래에 깔려 있던 호랑이 가죽도 소용없었다.

인간의 무기는 바뀌었지만 오르크 전술에는 변함이 없었다. 일단 선조들의 고분에 깃발을 세우고 나면 인간들이 필요한 자료를 다 촬영할 때까지 세 방향으로 나뉘어 중앙 전선과 양쪽 측면으로 들어오는 공격에 반격하는 것이 전부였다. 아마도, 이러한 전투 방식이 선택된 것은, 수 세기 동안 별다른 공을 들이지 않고도 오르크 군인들의 머릿속에 이것을 쑤셔 박아 넣을 수 있었기 때문일 것이다.

편집이나 소재의 측면에서 보자면 스너프는 고대 영화보다 원시적이고 단순하기는 했지만 더 재미는 있었다. 제일 지루한 스너프가 가장 재미있는 영화보다 더 강하게 시청자를 사로잡았다.

그림은 성전 셀룰로이드에 근래의 역사를 새긴 빛이 고대 영화의 영원히 사그라져버린 죽은 빛과는 달리 여전히 생생히 살아남아 지금까지도 이 공간 어딘가를 날아다니고 있을 것 같았다. 화면을 따라 흐르는 위대한 전투들은 전부 사실이었다. 서커스도 마찬가지였다. 그림 자신도 서커스를 막 통과해 지나온 것이다. 한 세기가 지나도록 거의 아무것도 변하지 않았다는 사실이 그저 놀라웠다.

고대 영화 속에서는 모든 것이 기만이고 연기였다. 그러나 스너프 안에서는 모든 것이 사실이었다. 이것은 수백 년이 흐르는 동안 인간들이 정직해져서가 아니다.

본질상 사랑과 죽음에 장난으로 임하는 것은 불가능하다. 과정에 참가하는 이들이 자신들이 하고 있는 것을 믿는지는 중요하지 않았고, 그것이 실제 그들에게 일어나고 있다는 사실만 중요했다. 교미하거나 죽는 것은 집에서 혼자 있든, 원형 경기장에서 백 대의 카메라를 앞에 두고 있든 모두 진심이어야만 가능하다. 그러므로 고인이 된 베르나르-앙리가 언급한 '불신 중지'는 이미 필요치 않게 되었다.

'위대한 문명들의 유년기는,' 스크린 사전에 등장한 미지의 철학자가 설명하기 시작했다. '통치의 대표적 형태들이 발흥하던 시기였다. 이 문명들의 성숙기는 서커스 건축을 그 특징으로 하는데, 여기서 서커스는 사회 발전의 여러 단계에서 정보-가상적인 것일 수도 있고, 물질-물리적인 것일 수도 있다. 지난날의 미디어크라투라*는 리비도와 모르티도를 제한함으로써 인간을 억압했기에 견고하지 못했다. 마니투 안티크라이스트는 사랑과 죽음의 고통에 이를 금지했다……'

스너프 발단부의 소재는 별로 중요하지 않았고, 그게 뭐든 어

---

* 미디어크라투라медиакратура: 미디어와 민주주의의 합성어인 '미디어크라시mediacracy'를 조롱하는 표현으로 미디어와 독재(диктатура)를 합쳐서 만들어낸 단어.

딘가 고대 멜로드라마와 비슷했다. 종종 스너프는 두 연인의 이야기를 다루었다. 인간과 오르크 사이의 비극적인 사랑 이야기도 있었다. 그림이 처음 본 것도 이런 스너프였다.

'오르크'는 미개한 젊은이나 아가씨 역할이었는데 머리카락 사이로 지푸라기가 삐져나와 있기 마련이었다(처음에 그림은 이것이 그의 민족을 적대시하는 프로파간다적 공세라고 생각했다가 이윽고 이것이 자연 친화성을 의미하는 상징적 표식임을 알아차렸다). 여자들의 머리 모양과 화장법은 세기를 거치며 급격하게 달라졌다. 남자한테서 변하는 것은 주로 손지갑 디자인이었다.

연인들의 교합은 무언가 의학적인 측면이 있었다. 교합은 가능한 한 모든 포즈로 카메라에 촬영되었다. 포즈 중에는 교합된 성기들을 렌즈 바로 앞에서 찍은 클로즈업 신이 꼭 있었다(아마 아주 게으른 이들을 위해서 그런 게 아닌가 싶다. 시청자가 손수 확대하고 앵글을 조절할 수 있도록 리모컨 안에 작은 트랙 패드가 장착되어 있으니 말이다).

스너프에 포함된 고대의 뉴스는 너무나 사실적이고 흉측해 마치 호박 안에 들어 있는 파리와 비슷했다. 여기서도 그림은 반복되는 모티프를 빠르게 찾아낼 수 있었다. 시네뉴스 유니폼을 입은(유니폼 또한 시간과 함께 변화했다) 흥분한 한 아나운서가 언젠가 슬라바에서 터진 흉악한 사건을 인간들에게 전하고 있었다. 장터를 보란 듯이 휘젓고 다녔던 저널리스트들을 술 취한 라이트액티비스트들이 대량 학살한 이야기 같은 거였다.

끔찍한 세부 내용이 포함된 장면들이 뒤따랐다. 분명히 실제 장면들이었다(그림은 피 웅덩이보다 장터 광장을 비롯한 익숙한 거리들의 100년 혹은 200년쯤 전 모습이 더 재미있었다).

뉴스 블록이 끝나면, 연인들은 본 것에 대해서 서로 이야기했고 여기에서 보통 오르크는 어떤 악의에 찬 멍청한 말을 하기 마련이었다. 예를 들면, 오르크 저널리스트들 스스로가 라이트액티비스트들을 죽이고 있다든지 하는 말이었다. 이윽고 그들은 한쪽은 선하고 다른 한쪽은 다 악하다는 투로 생각했는데 이것이야말로 바보짓이었다.

물론 바로 여기에서 진짜 선전선동과 세뇌가 시작된다. 그림은 자신의 동족이 이렇게 터무니없는 소리를 해댄다는 것을 믿을 수가 없었다. 저널리스트 따위가 라이트액티비스트한테 감히 앵앵댈 수 없다는 것쯤은 아래에 사는 이라면 누구나 아는 사실이기 때문이다. 화면에 등장한 오르크는 말도 안 되는 소리만 주절거릴 뿐 그림이었다면 꼭 말했을 것 같은 진실은 어쩐지 말해주지 않았다. 예를 들어, 저널리스트들이 계속해서 말들을 훔쳐왔으며 혹시라도 훔치지 못할 것 같으면 말들의 다리와 대가리를 철사로 결박한 후 차례대로 수간하는데, 이렇게 당한 말들은 오랫동안 시름시름 앓았고 이 때문에 사내들이 손수 라이트액티비스트들을 고용하게 되었다는 이야기 같은 것 말이다. 우르카이나에서 이런 건 애들도 다 아는 이야기였다. 그림은 양 문화가 이렇게 서로를 이해하지 못하는 이유를 스크린 사전에서 찾을 수 있었다.

교회 영어 'diurnal, journal(낮의)'에서 유래한 저널리스트. 이는 밤도둑인 녹터널리스트와는 반대로 낮에 훔치는 도둑을 의미한다.

옛날에는 정보통신 소믈리에가 그렇게 불렸다. 아직까지 교회 영어 단어 'journal'은 정보통신 비즈니스와 연계된 함의를 지닌다. 그렇기 때문에 저널리스트 보호라는 문제가 오랜 기간 서커스 전쟁을 일으키기 위한 구실로 기능하는 것이다.

이게 서커스 전쟁의 원인이었다.

누가 진실을 필요로 했는가? 그림은 인간들이 오르크들을 사악한 멍청이로 묘사함으로써 그들을 비방해야겠다는 목표조차 세우지 않았다는 것을 알게 되었다. 인간들은 그저 오르크의 일상을, 그 모든 번거롭고 복잡다단한 일상을 스너프에서 스너프로 전승된 하나의 간소한 클리셰에 담아내려 노력했을 뿐이다. 그래야만 미리 이를 위해 떼어놓은 3분을 쉽게 채울 수 있기 때문이었다. 주제가 조금이라도 표준을 벗어나 전개되면 3분이 아니라 5분, 아니 어쩌면 15분쯤 걸릴지도 모르니까.

스테레오타입으로부터 유쾌한 일탈이 아예 없는 것은 아니었다. 하지만 시네뉴스 주식회사의 작품 대다수는 일정한 패턴에서 크게 벗어나지 않았다.

그러나 수많은 스너프(예를 들어, 역사적이거나 신화적인 주제에 대해 촬영된)에서 오르크는 아예 언급조차 되지 않았다. 처음에 그림은 예고되었던 스페셜 뉴스릴special newsreel이 대체 어느 채널에서 방송되는지도 몰랐다가 곧 서커스 채널이라는 걸 알아차렸다. 서커스에서 일어나는 어떠한 전쟁이든 매번 그해의 주요 뉴스이자 모든 사건 중 가장 진실한 사건이었다.

시각적인 측면에서 '뉴스 동영상'은 항상 '유니버설 영화'와 이상적으로 연계되어 있었다. 마치 닭이 먼저인지 달걀이 먼저인지 말하기 어려운 것처럼, 오르크 전투복이 시나리오에 따라 선택된 것인지 아니면 전투복 때문에 그런 시나리오를 써야 하는 것인지 알 수 없었다. 어쨌거나 오르크 슬라바에서 발생한 사건에 대한 기록 영화가 사랑 블록으로 넘어가는 지점에서 어떠한 추가적 연결 고리도 요구되지 않았다.

스너프들은 하나같이 동의 연령에 다다른 배우와 모델이라는 표준 공식으로 시작되었으며 폭력적이고 끔찍한 장면에 대한 책임은 전적으로 우르카이나 우르카가나트 정부가 지고 있다. 이제 모든 것이 이해되었다. 한 가지만 빼놓고.

인간들은 왜 스너프를 찍는 것일까?

수많은 논문이 쓰였음에도 불구하고 이상하게도 이에 대한 직접적인 대답은 찾을 수 없었다. 스너프가 이곳의 종교와 연계되어 있으며 이 때문에 의례용 감광 필름으로 찍는 것이라는 정도만 이해할 수 있었다.

또 스너프와 종교의 관계는 단순하지 않았다.

스너프는 무비즘의 주요 성사인 듯했다.

매주 일요일 마니투의 집은 따끈따끈한, 여기 말에 따르면 'virgin snuff(처녀 스너프)'를 보여주었다. 성전을 다니는 이들이 급격히 줄어든 지는 벌써 한 100년에서 150년쯤 되었다. 일요일 아침이면 누구든 신작 스너프를 자기 집에서 볼 수 있다. 비잔틴 아이덴티티를 위해 너무나 중요한 이 전통은 규범으로 받아들여졌고 최소한 지키는 척이라도 해야 했다.

결과적으로 시네뉴스 주식회사는 1년에 50편이 넘는 스너프를 찍어왔다. 스너프 제작에는 오리지널 촬영본만 사용되었다(물론 아까 얘기한 탱크전처럼 같은 사건을 여러 각도에서 묘사할 수도 있지만). 전장에 수많은 카메라가 필요한 것도 그 이유 때문이었다. 전쟁은 다양한 스토리 덩어리로 톱질되어야 했다.

스크린 사전에서 무비즘의 성사에 관한 정보를 찾을 수는 없었다. 신앙의 상징이나 교리의 골자에 대해서조차 일언반구가 없었다. 스크린 사전이 이 모든 질문에 하는 대답이라곤 마니투의 집에 있는 구술 안내의 도움을 받으라는 게 전부였다.

하지만 『무료 백과사전』을 이용한 적 있었던 그림은 이질적인 관점들의 정체를 폭로하기 위한 자료들 속에서도 진실의 부스러기가 종종 발견된다는 것을 알았다. 빅 비즈의 스크린 사전도 그랬다. 무비즘 자체에 대한 정보는 없었지만 이것의 이단을 설명하는 항목을 통해 무비즘을 어느 정도 이해할 수 있었다.

가장 주요한 분파는 '필름 소각자들'이었다.

100년쯤 전에 일어난 이 운동에 대한 항목은 분노와 혐오의 톤으로 쓰여 있었는데 내용 중 많은 부분이 모호했다. 그럼에도 그림은 거기서 무언가를 알아낼 수 있었다.

필름 소각자들은 외적 세계가 내적 세계의 투사이며, 그 투영기인 창조 주체로서의 세계는 마니투의 손이 아니라 인간 자신의 내면에 존재한다고 가르쳤다. 이 투영기의 빛이 마니투의 빛이며, 이 빛이 모두에게 동일하게 임하고 있다는 것이다. 하지만 이 빛이 통과할 '필름'은 개인별로 모두 다르고, 각자는 외로움에 고통스러워하며 자기가 만들어낸 환영의 세계에 살고 있다는 거다. 이 분파의 신봉자가 지닌 가장 중요한 종교적 사명은 이 '필름'을 찾아 태우는 일이었다.

필름 소각자들은 '필름을 소각'한 이들이 사후에 다른 세상에서 태어난다고 믿었다. 그들 중 몇몇은 그 세계로 떠나는 것이 생전에 가능한 일이라고 주장했다. 결국 자신들의 형이상학에 독실한 필름 소각자들은 고대 영화 보관소를 방화하려 했다. 이 성물 모독 이후 이 분파는 금지되었다.

그림은 이게 너무 흥미로워 규정에 벗어난 시간임에도 다밀롤라의 집을 방문하기로 했다.

다밀롤라는 사케 병이 즐비한 테이블로 그를 맞아들였다. 보아하니 오늘부터 마시기 시작한 게 아니었다. 퍼랬던 그의 눈 밑 다크서클이 검은색으로 변해 있었다. 이에 반해 카야의 아름다움은 여전히 놀라움을 자아냈다.

그녀는 녹색 실크로 된 몸에 딱 달라붙는 기모노 차림이었는데 머리카락은 우스운 빨강 구슬 여러 개와 작은 동물이 달린 고무줄로 마치 검은 꼬리처럼 졸라맨 채였다. 그녀의 움직임은 정결했다. 테이블을 닦거나 적절한 온도로 꼭 맞게 데워진 술병을 내오기 위해 이따금 테이블 쪽으로 다가왔다. 그러고는 남자들의 대화를 방해하지 않기 위해 곧 물러났다. 하지만 그림은 반쯤 내리깐 그녀의 속눈썹 아래 진득한 시선을 한 차례 포착할 수 있었는데, 그제야 자신이 다밀롤라의 집에 온 진짜 이유를 진지하게 생각해보게 되었다.

"필름 소각자들?" 다밀롤라가 인상을 찌푸렸다. "맞아, 그런 녀석들이 있었지. 꽤나 흥미로운 분파야. 그들은 세계의 출구를 찾아냈다고 말하곤 했어. 그러더니 다들 그 출구를 통해 달아났나 봐, 헤-헤. 그 분파 벌써 없어진 지 오래야. 하지만 녀석들은 아직도 새로운 회원을 모집하고 있어."

"어떻게?" 그림이 물었다.

"마니투를 이용해. 메일을 보내는 거지."

"누구한테 보내야 할지를 어떻게 알아내는데?"

"검색 내역으로. 녀석들이 인터넷에 접속할 줄 알거든. 이 주제에 관심이 있어 하는 놈을 주시하고 있다가 작업에 들어가는 거지."

"이젠 다 사라졌다면서 어떻게 메일을 보내?"

"간단해." 다밀롤라가 손을 휘저으며 말했다. "그들이 사라지고 난 후에, 자율 프쌈봇들이 남았거든."

"프쌈봇?"

"어." 다밀롤라가 말했다. "광고나 그 밖의 모든 바보 같은 메일들을 뜻하는 '프쌈'*이라는 단어에서 나왔지. '스파이스드 햄 spiced ham'** 혹은 '스팸spam'이라는 표현에서 유래한 거야. 고대 영화 시대엔 그게 개밥을 뜻했는데 세기를 지나오면서 수취인이랑 합쳐져 생긴 단어지. 프쌈봇은 마니투 안에 살면서 변화에 스스로 적응하는 작은 유기체 같은 거야."

"그러면," 그림이 말했다. "내가 만일 그들을 사전에서 검색하면, 이제 이 유기체들이 날 데려가는 거야?"

---

* 프쌈псам: 수캐 '표스пёс'의 복수 여격 형태로 문장 안에서는 '수캐들에게'라는 의미로 쓰일 수 있다. 철자를 재배치하여 '스팜спам'이라고 쓰면 쓸데없는 광고메일 등을 지칭하는 대명사가 되어버린 식료품명 스팸spam이 된다.

** 양념된 햄(원주).

“몰라.” 다밀롤라가 흠 하고 코대답을 했다.

“그들이 메일에 뭐라고 쓰는데?”

“카야한테 물어봐야지.” 다밀롤라가 대답했다. “머리통으로 접속이 가능한 건 카야지, 내가 아니니까. 카야, 자기야, 여기로 좀 와봐.”

대화를 주의 깊게 들은 카야는 눈을 내리뜨고는 테이블로 다가와 앉았다. 그녀에게서 어떤 고고한 슬픔이 비쳤다. 그녀는 마치 값비싼 꽃병을 깨고서는 모든 것이 밝혀져 벌을 받을까 봐 두려움에 떨며 조마조마해하는 소녀처럼 보였다. 흘로야에게서는 절대로 볼 수 없었던 모습이었다. 물론 꽃병 깨는 것 말고 곤혹스러워하는 것 말이다.

“필름 소각자 이야기를 하고 있었거든.” 다밀롤라가 말했다.

“들었어.” 카야가 끄덕였다.

“아는 얘기 있어? 걔네들에 대해서 정확히는 모르겠거든.”

카야는 잠깐 생각한 후 말했다.

“그들의 형이상학에는 두 가지 주요 개념이 있어. ‘투영기’와 ‘필름’이야. ‘투영기’는 의식의 빛이야. 필름은 인간을 마니투로부터 떼어놓는 영혼의 암흑과 혼탁을 의미하고.”

“그건 사전에 있어.” 그림이 말했다.

“그렇지.” 다밀롤라가 맞장구를 쳤다. “더 깊숙이 해킹해봐, 귀염둥이.”

그림은 이 말이 무슨 뜻인지 몰랐지만 카야는 이해한 것 같았다. 그녀는 마치 겨우 들리는 어떤 소리를 듣기 위해 애쓰기라도 하듯 눈을 감고 인상을 찌푸렸다.

"그들이 그 필름을 태워야 한다고 가르치고 다니는 거야?" 그림이 참지 못하고 물었다.

카야는 부정의 뜻으로 고개를 흔들었다.

"여긴 뭐가 좀 엉켜 있는데." 그녀가 말했다. "그들은 필름을 태우라고 하지 않았어. 뭘 태우라고 한 적이 아예 없어. '투영기'라는 단어는 '계획을 세우는 이'라는 뜻으로 사용된 교회 영어 '프로젝터projector'의 잘못된 번역인데, 필름 소각자들은 무의식적 두뇌 활동에 침잠해 있는 인간을 그렇게 불렀지. 그러니까, 프로젝터가 되는 것을 멈추고 현실을 있는 그대로 바라봐야 한다는 게 그들의 교리였던 거야. 그러기 위해선 사고를 덮고 있던 '꺼풀'을 벗기고 그것의 이면, 즉 혼탁함이 미치지 못하는 정결한 빛 쪽으로 건너가야 한다는 거야…… 그곳으로 가는 건 특별하고 신비로운 비행을 통해 가능하고…… 여기까지야."

그녀는 잠깐 말을 멈추고 몸서리를 치며 얼굴을 찌푸렸다.

"그렇군," 그녀가 말했다. "눈을 덮었던 꺼풀을 벗기고 마니투의 빛을 보아야 한다는 거야. 이들은 인간 자체가 그저 이 세계의 오염물이며 얼룩일 뿐이라고 말했어. 그들의 가르침은 영화와는 아무런 관계도 없었어. 그들은 자신들을 '필름 리무버들 Film Removers'이라고 불렀어. 존 밀턴의 서사시 「실낙원」에서 가져온 거지. 인용해볼까?"

다밀롤라가 고개를 끄덕였다. 그림이 보기에 그는 자신의 말하는 인형에게 자부심을 느끼는 것 같았다.

"But to nobler sights(그러나 더 고귀한 광경을 위해)," 카야가 낭독하기 시작했다. "Michael from Adam's eyes the film removed(미

카엘은 아담의 눈에서 꺼풀을 벗겼다). '필름film'이라는 단어는 '영화'로 해석될 수도 있고 '꺼풀'로 해석될 수도 있거든."

"그만하면 됐어." 다밀롤라가 손을 휘저었다. "그래서 어떻게 됐는데?"

"영화를 불태우는 건 그 이후의 일이야." 카야가 말했다. "처음에는 몇몇 인간이 성전 셀룰로이드를 몸에 감고 분신을 시도했지. 그런 일이 정말 있긴 있었지만 이건 '마니투의 증인들'이라는 완전히 다른 분파의 소행이었어. 이후 고대 영화 보관소의 암흑기가 시작되었지. 이 분파주의자들이 모두에게 자유를 주기 위해 이 보관소를 태우려고 했거든. 이때 부터 '필름 소각자들'이라고 불리기 시작했던 거야. 방화에 관한 이야기는 그들을 억압하기 위해 고의로 만들어냈다는 설도 있어."

"그럼 그들을 억압했던 진짜 이유는 뭐야?" 그림이 물었다.

"그들이 오르클랜드에 가서 살겠다고 떠나버리곤 했거든. 그들은 오르크들과 절연한 채로 살았어, 대평원의 끝에서. 거기, 쓰레기 매립지가 있는 곳인데…… 거긴 지금……"

카야는 머리가 아픈 듯 인상을 썼다.

"눈물 맺힌 눈이……"

"어떤 눈?"

"눈물 맺힌 동그란 눈이 그들의 상징이야. 오래된 사전들에는 그렇게 쓰여 있어. 하지만 그림은 찾을 수가 없네. 없어, 이건…… 이상하네. 여기에 대한 정보가 하나도 없어, 거의 다 지워졌어. 아하, 여기…… 여기 있네…… 그런 거구나……"

"뭐야?" 다밀롤라가 물었다.

"재미없는 거야." 카야가 손을 휘저었다. "소각자들 중 오르클랜드에서 돌아온 이가 하나도 없다는 것만 알려져 있어. 아무 소식도 없이 다들 사라졌대."

"우리 세계에선 흔한 일이지." 그림이 확언했다.

"이게 전부야." 카야가 말했다. "더 이상은 아무것도 안 보여."

"오르크들이 그들을 전부 다 죽인 걸 거야." 다밀롤라가 추측했다. "그 분파가 금지된 것도 바로 그 때문이고."

카야는 고개를 끄덕인 후 그림에게 몸을 돌려 말했다.

"그림, 지금이나마 우리가 같이 있을 수 있으니까 하는 말인데, 네가 한 가지만 기억해줬으면 좋겠어. 무슨 일이 일어나도 난 널 절대 잊지 않을 거야. 절대로 안 잊는다고. 알겠어?"

그림은 멍해졌다. 카야는 크게 뜬 눈으로 그를 쳐다보았다. 그녀의 눈에는 어떤…… 그 어떤…… 그림은 그런 게 존재한다는 것조차 알지 못했다. 이를 표현할 수 있는 단어를 찾는다는 게 그로서는 절대 불가능했다.

이윽고 정신을 차리기라도 한 것처럼 카야는 시선을 내리깔았다.

몇 초간 테이블에는 정적이 감돌았다. 다음 순간 다밀롤라는 귀가 먹먹할 정도로 크게 웃어대기 시작했다.

"맙소사, 그림, 네 얼굴을 직접 봐야 하는데. 너 얼굴이 빨개졌어! 얼굴이 빨개졌다고!"

"카야도 빨개졌어." 그림이 중얼거렸다.

"카야한텐 쉬운 일이야." 다밀롤라는 이렇게 말하고 더 이상 말을 못 이을 정도로 다시 웃어댔다. "넌 상상도 못 할걸…… 얘가 또 뭘 잘하는지, 그림, 너는 상상조차 못 할걸!"

다밀롤라가 한 번 더 자지러지게 웃어대자 카야는 테이블을 박차고 일어나 자기 방으로 도망가버렸다.

"마음에 두지 마." 그가 웃음을 그치고 말했다. "이 모든 상냥함이나 구석에서 나누는 뽀뽀는 말이야…… 그녀가 나한테 강한 감정을 불러일으키려고 널 자극하는 거란 말이야. 질투, 경쟁심 뭐 그런 거지. 제법이야. 하지만 그건 다 내가 재를 손수 그렇게 프로그래밍했기 때문이라고. 수동 조작으로 말이야."

그림은 우울하게 고개를 끄덕였다.

"네가 했던 그 종교적 질문들 말이야," 다밀롤라가 말을 이었다. "내가 벌써 알료나-리버티나한테 말해뒀거든. 널 기억하고 있더라고. 내일모레 낮 1시에 자기 집무실 옆에 있는 공원에서 널 기다릴 거야."

"무슨 공원?"

"마니투의 집 42번지." 다밀롤라가 말했다. "좋은 곳이야. 젊었을 땐 거길 산책하는 걸 좋아했었지. 거긴 항상 인적이 없거든. 아무도 마니투를 좋아하지 않으니까."

2

튜브를 타고 '마니투의 집 42번지'에서 내린 그림은 나선형 계단이 보이는 막다른 골목 바로 앞에 서 있었다. 계단은 열린 3D 하늘을 향해 나 있었다.

위로 올라가니 거기는 동그란 작은 공원의 한가운데였는데 댓돌에 놓인 하얀 대리석 석상이 열 개 남짓 공원 둘레를 둘러싸고 있었다. 작은 공원은 곧추선 엄중한 의자들이 열을 지어 작은 공원을 채우고 있었는데, 즐비한 열들 사이에 통로가 나 있는 것이 일종의 야외 영화관처럼 보였다. 일요일마다 여기에서 신작 스너프를 상영하는 것 같았다.

어디에도 사람은 코빼기도 보이지 않았다.

별 모양의 공원 중앙에 영화관이 있었고 석상에서부터 사방으로 뻗쳐 있는 오솔길들 사이에서는 동그랗게 다듬어진 관목과 나무들이 자라고 있었다. 오솔길들은 모두 울타리로 막혀 있었는데 그림은 이것들이 전부 가짜라고 생각했다. 이렇게 넓은 장소를 공원이 차지할 리 없었다. 하지만 다음 순간 그는 몇몇 군데에는 울타리가 하나도 없다는 것을 깨달았다. 잠깐 생각해보고 그는 그쪽으로 갔다.

오솔길 양옆으로 자라고 있는 관목들은 진짜였다. 그림은 손으로 그것들을 만져보기도 하고 피가 맺히도록 깊이 가시에 찔려보기도 했다. 하지만 나무들에 대해서는 확신이 서지 않았다.

손이 닿지 않았기 때문이다.

이 시원하고 그늘진 공간에서 길을 잃는다는 건 불가능했다. 하지만 눈에 띄지 않는 건 쉬웠다. 모든 길은 철창으로 막힌 가파른 절벽 아래, 바다가 철썩대는 해변 쪽으로 나 있었다.

모든 것이, 마치 그가 높은 바위들이 즐비한 해변으로 둘러싸인 작고 둥근 섬에 있기라도 한 것처럼 보였다. 그림은 철창 뒤에 바다 따위가 있을 리 없다고 생각했다. 그래도 파도 소리는 제법 진짜 같았다. 이미 익숙해진 가열된 플라스틱 냄새에 가미된 짭짤한 신선함이 여기에 설득력을 보탰다.

뭉게구름이 단조로이 덮인 하늘은 안개마저 가득했다. 이곳에서는 개방된 넓은 공간에서도 좀처럼 태양을 볼 수 없다는 사실에 그림은 이미 익숙해져 있었다. 뭐 그래도 고개만 들면 방금 태양이 숨어든 구름은 항상 볼 수 있었다. 하늘에 걸린 모조 태양은 투영 장비를 위해 엔진 재연소 체제로 가동되는 듯했다.

그림은 담장 옆 벤치에 앉아 몇 분간 그 본질을 떠올리지 않으려고 애쓰면서 파도 소리를 듣고 바다 냄새를 맡았다. 이윽고 그는 깜빡 잠이 들었다. 꿈속에서는, 알 수 없는 임무를 띤 거대한 고대의 기계가 그의 곁에서 작동되고 있었다. 그림 자신은 그냥 어쩌다 생긴 퍼런 곰팡이 얼룩, 시계 안에서 길을 잃은 개미였다. 잠에서 깨어 그는 비죽 웃었다. 좋은 꿈이었다. 그때 해안을 따라 그를 향해 다가오는 검은 옷의 형체가 보였다.

알료나-리버티나였다.

그녀가 아주 가까이 다가온 순간 신속한 파동이 그녀를 훑고 지나갔다. 그림에게는 그녀 또한 신기루의 일부처럼 느껴졌다.

하지만 그녀는 곧 그의 곁에 앉았다. 어떤 향수인지 익숙한 향기가 퍼졌다. 흘로야한테서도 요즘 같은 향기가 났다.

가까이서 보니 알료나-리버티나는 차갑고 생기 없어 보였다. 죽어버린 고인 피가 그녀를 채우고 있기라도 한 것 같았다. 우르카이나에서라면 그녀는 벌써 할머니였다. 하지만 이제 그림은 인간들의 연령 척도가 자신들과는 전혀 다르다는 것을 알고 있었다.

"안녕, 그림." 알료나-리버티나가 미소를 지었다. "너 오락 블록에 아주 잘 나왔던데. 시도 좋고. 흘로야가 분명 너를 아주 자랑스러워할 거야."

위에서 이미 충분한 시간을 보낸 그림은 이러한 그녀의 반어법에 담긴 심연을 가늠할 수 있었다. 또 이것이 그의 화를 돋우려는 게 아니라는 것도 알 수 있었다. 그는 공손하게 시선을 아래로 향했다.

"다밀롤라가 그러던데, 네가 성사들에 대해서 더 많은 걸 알고 싶어 한다고. 뭣 하러?"

그림은 벌써 대답을 준비해놓고 있었다.

"제가 사는 이 세계를 더 잘 이해하고 싶어요. 아래에 있을 땐 저희한테 한 번도 진실을 얘기해준 적이 없었거든요."

알료나-리버티나는 고개를 끄덕였다.

"나는 사제야." 그녀가 말했다. "사제가 된다는 건 인간들에게 진실을 열어 보인다는 걸 의미하기도 하지. 가능한 한 모든 걸 기꺼이 너한테 말해줄게. 물어봐."

불현듯 그림은 하려 했던 모든 질문이 어디론가 사라져버린 것을 깨달았다. 그는 어찌할 바를 몰라 주위를 두리번거렸다.

"공원에 왜 아무도 없어요?" 그가 겨우 말문을 열었다.

"여기는 항상 텅텅 비어 있어." 알료나-리버티나가 말했다. "사람들은 여기 오는 걸 좋아하지 않아. 여기서 너는 마니투의 손바닥 안에 있는 거거든. 지금은 이걸 아무도 안 믿지. 하지만 사실이 그래."

"아름다운 곳인데." 그림이 중얼거렸다. "엄청 긴 해안도 있고."

알료나-리버티나가 웃어댔다.

"이 해안하고 공원은 말이지, 실제로는 움직이는 길이야, 그림. 더 정확하게 말하자면 서로 분리된 몇 개의 길이지. 네가 이 길을 따라 한 시간을 걷든, 두 시간을 걷든, 넌 실상 그냥 한자리에 서 있는 거야."

"만일 빠르게 걸으면요?"

"빠르게 걸으면 길도 빠르게 돌아가지. 전부 너 스스로 정하는 거거든."

그림이 공원을 둘러보았다.

"다른 것도 전부 다 환영이에요?"

"그렇다고도 할 수 있지." 알료나-리버티나가 미소를 지었다.

"저 오솔길들은요?"

"저 중에서 진짜는 세 개뿐이야."

"세 개요?" 그림이 몹시 놀랐다. "누군가가 가짜 오솔길을 따라 걸으면 어떻게 돼요?"

"그런 일은 안 일어나. 저건 오솔길들이 아니라 주변에 관목들이 심어져 있는 복도일 뿐이거든. 보이는 것보다 훨씬 짧아,

저것들도 표면이 다 움직이고 있고. 하지만 나도 이게 전부 어떻게 돌아가고 방향을 바꾸는지 그런 건 정확하게 몰라. 벌써 여기를 산책한 지 반세기나 지났지만."

"잠깐만요." 그림이 말했다. "하지만 해안을 따라 걸어오시는 걸 제가 직접 봤는 걸요. 저 멀리, 멀리서부터 오시는 걸요."

"원하는 건 전부 다 볼 수 있어." 알료나-리버티나가 말했다. "내가 멀리 있다고 여겼겠지. 하지만 난 3미터 안에 있을 수도 있어. 여기서는 모든 것이 다 아주 작고 압축되어 있거든. 전부 다 지척에 있지."

'그리고 모든 게 다 거짓이지.' 그림은 이렇게 생각했지만 아무 말도 하지 않았다.

"또 질문 있어?"

"말씀해주세요, 왜 우리는 이런 거예요? 우리 오르크들 말이에요. 누가 우리를 이렇게 악하게 만들었죠?"

알료나-리버티나는 고개를 끄덕였다. 마치 이런 종류의 질문을 기다렸던 것 같았다.

"이제 와서는 아무도 정확하게 기억을 못 해, 그림. 대강의 얼개만 알려져 있을 뿐이지. 경전들은 모두 인간에게 선하라고 가르치지만 누군가가 선하려면 다른 이가 꼭 악해야 하거든. 그래서 인간 중 일부는 악하다고 선언됐지. 곧 이 선이라는 것도 주먹질 없이는 살아남을 수 없게 되었어. 선은 발생하는 모든 문제를 자기 주먹으로 해결하기 위해 악을 허약하게 만들어야 했을 뿐만 아니라 멍청하게도 만들어야 했지. 최고의 문화 소믈리에들은 점차적으로 인류 유산을 통해 오르크식 생활양식을 창조해냈어. 인간의 기억이 보존하는 가장 못미더운 것들을 가지고 말이지. 이런 말이 너한테 냉소적이고 잔인하게 받아들여질까 봐 걱정스럽긴 해. 하지만 우리 시대에 주어진 사실이 이런 걸 뭐."

그림은 고인이 된 디스코스몽거에게 이미 비슷한 말을 들은 적이 있었다.

"왜 '소믈리에'라고 부르는 거예요?" 그는 바보 같은 질문을 하나 더 던졌다. "각기 다른 직업들인데 그걸 칭하는 단어가 하나라는 게 좀……"

"예전에는 포도주를 가져다주는 시종을 그렇게 불렀어. 그들은 주인들이 포도주를 고르도록 포도주 이름이 쓰인 긴 목록을 가지고 있었지. 그 이후에는 창작이라 불리는 작업에 종사하는 인간을 그렇게 불렀고."

"왜요?"

"필요한 모든 걸 이미 인간들이 다 만들어냈으니까. 언젠가 오래전에 인류가 아주 급격하게 발전하고 있을 때는 말이야, 인간들 주변의 물건들뿐만 아니라 그들이 사용하는 단어들도 계속해서 변화했었어. 그때는 창작에 종사하는 사람들을 부르는 다양한 명칭이 있었지. 엔지니어, 시인, 학자 같은 거 말이야. 이들 모두가 계속해서 새로운 것을 발명했던 거야. 하지만 이건 인류의 유년기일 뿐이지. 곧 인류는 성숙기에 들어섰어. 창작 자체가 사라진 건 아니지만 이것은 그저 이미 창조된 것 중에서 선택하는 작업으로 국한되어버렸지. 비유하자면, 더 이상 포도를 키우지 않게 됐다는 거야. 대신에 술병을 가져오라고 포도주

저장고로 사람을 보내지. 이 일을 하는 인간들을 '소믈리에'라고 불러."

그림은 알료나-리버티나의 말투에서 살짝 짜증이 느껴졌다. 고작 스크린 사전에서 답을 찾을 수 있는 그런 질문을 하겠다고 그녀의 시간을 낭비하게 하면 안 되는 거였다. 이제 중요한 것을 물어야 할 차례였다.

"스너프를 왜 찍는 거죠?"

알료나-리버티나가 미소를 지었다.

"그건 인간으로서 우리의 본분이자 사명이야. 마니투가 원하시는 바거든."

"하지만 인간들이 스너프를 항상 찍어왔던 건 아니잖아요."

"그건 그렇지." 알료나-리버티나가 동의했다. "인간이 항상 스너프를 찍었던 건 아니지. 아직 인간들이 마니투의 뜻을 의식 수준에서 이해한 게 아니었으니까. 하지만 그들은 항상 스너프 안에 찍혀왔어. 네가 메타포를 이해한다면 이게 무슨 뜻인지 알겠지."

"누구를 위해서 스너프를 찍는 건데요? 우리는…… 그러니까 아래에 있는 우리 오르크들은 말이에요…… 스너프를 제대로 볼 수조차 없거든요. 검열로 다 삭제해버리니까요. 이 위에서는 아무도 그걸 보지 않던데요."

알료나-리버티나는 다시 한번 미소를 지었다.

"넌 이해 못 할 거야, 꼬맹아."

"그래도요, 말씀해주세요."

"있잖아, 고대 영화 시대에 한 감독이 있었어. 영화 찍는 사람을 그렇게 불렀었거든. 그 사람한테도 똑같은 질문이 들어온 적이 있었지. 누구를 위해 영화를 만드세요? 영예를 위해서요? 인간들을 위해서요? 그는 아니라고 대답하고는 마니투를 위해 만든다고 했어."

"마니투를 위해서?"

"그래, 꼬맹아. 그리고 우리도 마니투를 위해 스너프를 만드는 거지."

"마니투도 이 사실을 알고 있어요?"

"어차피 마니투의 집에 들어가기 전까진 넌 이해 못 할 거야."

"마니투의 집은 어디에 있는데요?" 그림이 물었다. "전 제가 벌써 와 있는 줄 알았어요."

"가자." 얄료나-리버티나가 말했다. "내가 데려다줄게."

그녀는 일어서서 해안을 따라 걸었다. 그림은 예기치 않게 밀려든 두려움과 싸우며 벤치에서 일어나 그녀와 나란히 걸었다.

오솔길들이 어떻게 만들어졌는지 이미 들어서인지 돌아가는 길이 훨씬 더 길게 느껴졌다. 그림은 자신의 발아래에 움직이는 길이 놓여 있다는 사실이 믿기지 않았다. 그는 정말 그게 평평하게 다져진 흙길인지 아니면 예의 그 환영인지 알아내려고 애쓰면서 아래를 바라봤다. 하지만 아무것도 알 수 없었다.

석상으로 둘러싸인 채 의자들이 늘어서 있는 둥그런 작은 공원에 도착하자 얄료나-리버티나는 그중 한 의자에 앉더니 옆에 앉으라는 손짓을 하며 그림을 불렀다.

"이 인간들이 누군지 궁금하니?" 하얀 우상들을 가리키며 그녀가 물었다.

그림은 댓돌들을 세어보았다. 갈라진 오솔길들처럼 그것도 열두 개였다.

"이건 혹시," 그림이 추측했다. "마니투의 고대 사제들인가요? 그의 하인들?"

"마니투의 대리인들이라고 해야겠지." 알료나-리버티나가 말했다. "우리는 이들을 모두 '마니투'라고 불러. 왜냐하면 이들 하나하나가 인류의 역사상 한 시대를 의미하거든. 그들은 영원한 진리의 확성기였어. 그들의 한 마디 한 마디는 당대의 세계를 뒤흔들었고 해설서도 몇 권씩 쓰였지. 하지만 이제 인간들은 이들의 이름조차 기억하지 못해."

그림은 딱 한 가지가 궁금했다. 마니투는 절대로 속이는 일이 없다는데 그렇다면 저렇게 많은 대리인은 대체 왜 필요한 걸까. 하지만 그는 이러한 질문이 어쩌면 신성모독으로 들릴 수도 있겠다고 생각했다. 그렇다고 해도 뭐가 됐든 이 석상들에 대한 몇 가지 질문은 해야만 했다. 예의상으로라도.

"이건 누구예요?" 코가 뾰족한 장화를 신은 채 가부좌를 틀고 댓돌에 앉아 있는 음흉하게 생긴 사팔뜨기 전사의 석상을 가리키며 물었다.

"이건 마니투 붓다야. 고대의 위대한 전사지. 그는 자신의 바퀴에 마니투의 적들을 묶어서 처형했어. 저기 바퀴* 보이지?"

"아하." 그림이 말했다. "그러면 저 둘은요?"

그는 옆 댓돌에 서 있는 텁석부리의 두 남자를 가리켰다.

---

* 바퀴는 불교에서 윤회의 상징이다.

겉으로 보기에 그 둘은 친형제처럼 보였다. 둘 중 하나의 몸에는 수건 같은 것이 걸쳐져 있었고, 다른 하나는 딱 달라붙는 트리코를 입고 있었다. 전자는 팔을 양쪽으로 벌렸고 후자는 팔을 하늘로 뻗고 있어서 그림은 그들이 두 명의 어부처럼 보인다고 생각했다. 첫번째 사람은 자기가 잡은 물고기가 얼마나 큰지를 보여주는 것 같았고, 두번째 사람은 자기 아름으로는 물고기 크기를 가늠조차 할 수 없었던 모양이다.

"이건 그리스도와 안티크라이스트야." 알료나-리버티나가 말했다. "'음-헤겔리양'의 대표적 본보기, 마니투의 거울상들이지. 안티크라이스트만 받드는 너희 오르크들은 우리가 다른 아바타들도 동등하게 존중한다는 것을 이유로 우리를 이교도, 배교자로 취급하지. 하지만 우리가 봤을 때 너희의 사고야말로 너무 편협한 것 같아. 오르크들은 마니투 안티크라이스트에 대해서조차 너희들한테 모든 진실을 가르쳐주지 않잖아. 마니투는 너희의 초물질적 성상화 '슬라바의 마니투'에 묘사된 것처럼 강착 원반이 달린 블랙홀이 아니라고. 많은 무지몽매한 오르크들은 그가 언젠가 그런 모습을 하고 슬라바에 도착했었다고 여기지. 하지만 사실 안티크라이스트는 나나 너처럼 그냥 사람의 모습으로 내려왔어. 블랙홀들을 엮어 만든 목걸이로 우주를 묶어둔 마니투가 그를 통해서 말을 했을 뿐이지."

"대체 그가 뭐라고 말했길래요?" 그림이 물었다.

"안티크라이스트는 사람들에게 높은 곳이나 낮은 곳이나 예외 없이 모든 곳에 마니투가 살고 있다고 가르쳤어. 선과 악, 천한 것과 고귀한 것을 나누는 것이 바로 원죄라고 했지. 모든 편견을 그 배태에서부터 파괴하기 위해 그는 인류 신화 속에 존재했던 가장 혐오스러운 이름으로 자신의 이름을 짓고, 역시 가장 불명예스러운 것들을 골라 자신의 상징으로 삼은 거야."

"그건 벌써 들었어요." 그림이 말했다. "그를 총살시킨 이유는 뭐예요?"

알료나-리버티나는 살짝 미소를 지었다.

"풍문에 따르면 그가 스페인어를 잘 몰랐기 때문이었다고 해. 모국어인 영어로는 누구라도 꼬드길 수 있었지만 그를 제대로 이해하지 못한 코카인 남작*들은 그가 첩자라고 생각했거든…… 그의 생전에 영어는 아직 교회어가 아니었으니까."

"우리 쪽에서라면 당신이 신성모독을 범하고 있다고 했을 거예요."

"우리 쪽에서라면 너희 쪽 사제들이 신성모독을 범하고 있다고 했을 거고. 그리고 한 가지 더 알아둬야 할 건, 그가 너희들의 스파스티카를 자신의 문장으로 삼지 않았다는 거야. 스파스티카는 오르크들이 자신들만이 진정한 신앙을 고수하고 있다는 것을 보여주기 위해 스스로 고안해낸 거거든. 우리네 소믈리에들이 그들을 도왔을 수는 있겠지만 절대로 마니투 안티크라이스트가 도와준 건 아니야. 만일 그렇게 일찍 죽지만 않았다면 그는 상징이나 성상화를 숭배하지 못하게 했을 거야…… 우리가 너희 스파스티카에 무슨 반감이 있어서 그러는 게 아니야,

* 코카인에 '남작'이나 '왕' 등의 단어를 붙여 코카인 거래상을 가리킨다. 실제로 이들은 남미 출신이 많아서 스페인어를 하는 것이 일반적이다.

그림. 하지만 그 스파스티카가 비호하는 것들 전부가 항상 우리 마음에 드는 건 아니니까."

경멸당한 자의 감정적 폭발을 기대하기라도 하듯 알료나-리버티나는 잠시 말이 없었다. 하지만 그림은 방금 들은 말에 어떠한 반응도 하지 않았다. 그는 비어 있는 받침돌을 가리켰다.

"저 석상은 치운 거예요?" 그가 물었다.

"아니. 그건 북유럽의 영적 지도자인 예언자 무함마드야. 그는 형상의 부재를 통해서만 형상화될 수 있거든. 그래서 신학자들은 그의 형상이 모든 곳에 있다고 주장했고."

"옆에 있는 건 누군데요?"

"그건 제1마쉬아흐인 메나헴 멘델 쉬니어슨*이야."

"이건요?"

"제2마쉬아흐인 세묜 레비탄**이야. 제1마쉬아흐는 뉴욕에 살았고 제2마쉬아흐는 모스크바와 팔레스타인에 살았었어. 제1마쉬아흐는 인간들에게 알려져 있고, 제2마쉬아흐는 인간들로부터 감추어져 있지……"

동화 속에서나 나올 법한 고대 국가들의 명칭들이 그림에게는 잠시나마 무언가 아주 친밀한 형상을 만들어내는 마법 주문처럼 들렸다. 북유럽, 모스크바, 뉴욕, 팔레스타인을 알고 있는 것 같은 느낌이 드는 순간 신기루는 연기 구름처럼 흩어져버렸

---

* Menachem Mendel Schneerson(1902~1994): 제정 러시아 시대에 태어나 뉴욕에 거주하며 활동했던 유대 하시드 운동의 지도자 격인 랍비.

** 펠레빈의 다른 작품 『아름다운 숙녀를 위한 파인애플 물*Ананасная вода для прекрасной дамы*』(2010)의 주인공.

다. 아마도 흩어져버린 게 다행이라고 해야 할 것이다. 다 기억하고 살아가기에 버거울 만큼 수 세기 동안 너무나 많은 일이 일어났다……

"과거에 대해서는 이쯤에서 그만하자." 알료나-리버티나가 말했다. "이제 마니투의 집에 들어가야 할 때야."

"어디론가 가야 하는 거예요?"

"네가 마니투의 집에 들어가는 게 아니야. 마니투의 집이 너한테로 오는 거지. 준비됐어?"

"네." 그림이 대답했다.

"봐봐."

어쩐지 그림은 일요일마다 스너프를 보여주었던 스크린이 자기 앞에 등장하리라 기대했다. 하지만 그게 아니라 모든 것이 순식간에 변해버렸다.

자리에 남은 거라곤 마니투를 구현한 석상들뿐이었다. 하지만 이 석상들도 사방으로 홀을 둘러싼 둥근 벽에 파여 있는 벽감에 놓여 있었다. 벽에는 문도 없었다. 연기 덮인 하늘 대신 끝에 둥근 구멍이 달린 높은 돔이 보였다.

그는 『무료 백과사전』에 있던 고대 성전을 닮은 거대한 건물 내부에 있었던 것이다. 건물의 벽과 돔은 프레스코화로 덮여 있었다. 그림은 이 프레스코화들이 인류의 역사를 형상화한 것임을 알아차렸다. 거기에는 스너프에 등장하는 전투 장면, 바다에서 나온 머리 많은 짐승, 건축 중인 피라미드, 하늘을 나는 철제 조류 등 이름도 안 떠오르는 수많은 것이 그려져 있었다. 하지만 그림에게 가장 강한 인상을 준 것은 이 그림들도 아니었고,

그의 머리를 어지럽게 했던 부조와 배내기 장식의 무자비한 좌우 대칭도 아니었다.

돔 끝에 난 둥근 구멍에서 갑자기 빛이 번쩍였다. 이것은 푸른 불로 빛나는 구체였는데 어찌나 선명했던지 그림은 빛이 보이자마자 무심결에 눈을 가늘게 떴다.

그림은 그렇게 이상한 스펙트럼을 가진 빛은 본 적이 없었다. 이에 비하면 오르크의 노란 태양은 차라리 부드럽고 순했다. 하지만 이것은…… 눈을 찌르는 이 푸른 불은 우주의 검은 솜이 자기 안에 자애로이 품어왔던 마니투의 검 같았다. 이제 그것을 자기 눈으로 직접 보게 되었지만 곧 그림은 자신이 이것을 바라볼 수 없다는 것을 깨달았다. 빛은 너무도 무자비했다. 빛은 그림이 눈을 감았을 때조차 마치 자신의 광선으로 그의 눈꺼풀 위에 구멍이라도 영영 뚫어놓은 것처럼 그 안에서 계속 타고 있었다.

빛이 꺼지자 그림은 안도하며 이마에 삐져나온 땀을 닦았다. 이제는 어스름이 그를 둘러쌌다. 가장자리에서 빛이 나는 가물거리는 검은 얼룩이 눈앞에 떠다니기는 했지만 이전처럼 주변의 모든 것을 볼 수 있었다.

“그림, 너 괜찮아?” 알료나-리버티나가 물었다.

“방금 그건 뭐였죠?”

“마니투의 빛. 어린 마니투는 그렇게 빛이 나거든.”

“그런 빛 아래에서 사는 건 끔찍할 것 같아요.” 그림이 말했다.

“많은 이들이 전 세계에 존재하는 것들 중 이것이 가장 아름답다고 여겨. 바로 이 불 속에서 우주가 탄생하고 또 사라지지. 우리는 그저 저 빛의 그림자로 운명 지어져 있지만 저 빛은 어쨌거나 항상 우리 세계의 닻으로 남아 있고. 그게 리얼리티야."

그림 앞 공간에서 환한 빛을 내는 노란 구가 타올랐고 좀더 작은 다른 구들이 그 주변을 돌고 있었다. 세번째 구가 밝게 빛났다. 그림은 이것이 지구라는 것을 알 수 있었다.

"리얼리티는 말이야, 그림, 과거의 인간들이 '음-헤겔리양'이라고 불렀던 두 가지 양상을 지니고 있어. 전자는 물질을 말해. 후자는 의식이고. 우리의 의식은 항상 물질에 기대고 있지, 물질은 우리의 의식 안에서만 존재하고. 리얼리티라는 건 이 중 어느 하나에 국한되지 않아. 이건 마치 전기가 플러스나 마이너스 하나에 국한될 수 없는 것과 마찬가지지. 고대의 현자들은 이 두 개의 극이 피로 연결되어 있다는 것을 알아냈어."

"어째서 그렇죠?" 그림이 물었다.

"아주 간단해, 그림. 넌 지금 살아서 네 주위에서 물리적인 우주를 보고 있어. 이것은 네 개인의 우주야. 유일하고 특별하지. 왜냐하면 우주가 그런 모습으로 존재하는 건 오직 너만을 위해서거든. 네 안에 있는 물질과 의식은 하나의 그림이 동시에 지니고 있는 극들이야. 하지만 네 피를 흘리면 이 두 극을 영원히 분리시킬 수 있어."

행성들과 태양이 빛을 잃었다. 그림은 또다시 어스름 속에 놓였다.

"물질과 정신의 우주적 관계를 지탱하는 건 지속적인 제물 공양에 의해서만 가능해."

그림은 어스름 속에서 희미하게 하얀 빛을 내던 석상 중 하나가 빛을 내기 시작하는 것을 보았다. 이 석상은 이상한 존재를 형상화하고 있었다. 그것은 의례를 위해 복잡한 자세를 취한 채 꼼짝 않고 있는 뱀 머리의 인간 형체였다.

"저건 마니투 케찰코아틀*이야." 알료나-리버티나가 말했다. "이전에 프로메테우스로서 인간에게 복무한 적이 있었는데, 그를 바위에 묶어버렸던 거야. 그다음에는 안티크라이스트로서 인간에게 복무했는데 멕시코 골짜기에서 총살당했고. 매번 자신을 희생 제물로 바쳐 세계의 태양이 되는 거지. 오르클랜드 위를 비추는 바로 그 태양 말이야. 동시에 이건, 다른 모든 세계에서도 타오르는 바로 그 불이야. 모든 별 하나하나에 마니투가 살고 있거든."

"근데 사실 그 별이라는 건 커다란 원자로일 뿐이잖아요." 그림은 마치 원자로가 무엇인지 알고 있다는 투로 말했다. "안 그래요?"

"그림, 모든 것에는 물질적 측면과 정신적 측면이 있어. 공허에 드리운 원자핵 불꽃은 마니투의 물리적 양상이야. 그것을 볼 수 있는 우리의 능력이 정신적 양상이고. 태양이 우리를 녹이거나 먹일 수 있는 건 우리가 피를 통해 태양과의 정신적 관계를 유지할 때만 가능해. 서커스에서 성스러운 게임은 이를 위해 존재하는 거고."

---

* 케찰코아틀: 아즈텍 신화에 등장하는 날개 달린 뱀의 형상을 한 신으로, 인간이 살아가는 데 필요한 기술 등을 가르친다고 여겨진다.

"당신들한테는, 그러니까 이게 게임이라는 거예요?"

"그럼, 너도 얼마 전까지만 해도 오르크였으니까 지금 네 기분이 어떨지 나도 이해가 가." 알료나-리버티나가 말했다. "하지만 이제 너는 우리 중 하나가 됐잖아. 잊지 마."

그림은 고개를 끄덕였다.

"전쟁을 왜 그렇게 자주 일으키는 거예요?"

"너 밥은 왜 매일 먹니? 마니투의 빛이 계속 타게 하려면 희생은 반복되어야 하는 거야. 우리 스스로가 잔혹해서 피를 향해 나아가는 게 아니야. 우리는 하늘을 먹이고 있는 거라고. 그림, 피는 우리에게 필요한 게 아니라 마니투에게 필요한 거야."

"하지만 왜 우리가 마니투를 보살펴야 하죠?"

"마니투와 이 세계, 이 두 개는 같은 거야. 마니투는 자기 자신으로부터 이 세계를 창조해냈어. 아이들한테 어떻게 설명하는지 알지? 우리가 마니투를 보살피지 않으면, 마니투도 우리를 보살피지 않지. 그러면 마니투의 빛이 말라버릴 거고. 그때에는 태양만 사그라지는 게 아니라 아이들이 보는 재미있는 만화를 비롯해 모든 화면이 사라지는 거야. 그럼 아이들의 엄마아빠 지갑에서 마니투도 끝나게 될 거고. 아무도 더 살 수 없게 되지."

"그래서 인간들이 스너프를 찍는 거예요?"

"그래. 그게 바로 세계가 탄생하는 성스러운 의식이거든."

"왜 갑자기 거기서 세계 탄생에 관한 이야기가 나오는 거예요?"

"그건 이 종교의 최고 비밀 중 하나야, 그림. 그에 대한 해답은 밀교의 입교 예식을 통해서만 구할 수 있어. 여기에 도달하는 건 아무나 할 수 있는 게 아니야. 글로벌 우르크들이 이걸 해내는 건 특히 어렵지. 그들은 펀드 지표보다 높은 영적인 리얼리티가 존재한다고 믿지 않는 경향이 있거든."

"어쩌면, 제가 할 수도 있지 않을까요?" 그림이 말했다.

"좋아." 알료나-리버티나가 말했다. "내가 딱 한 번만 설명해줄게. 근데 만일 네가 이해를 못 한다고 해도 다시 얘기해달라고 하지 마."

그림은 침을 꿀떡 삼키고는 결연히 고개를 끄덕였다.

"봐……"

어스름 속 그림 앞에 선명한 푸른 점이 불타기 시작했다. 이윽고 그 점이 폭발하여, 사방으로 흩어져 날아가는 별들과 성운들의 회오리로 변했다. 이글거리는 점들은 점차 희미해지면서 공간이 깜깜하고 텅텅 빌 때까지 서로에게서 점점 더 멀어졌다.

"우리 우주가 마니투의 빛으로부터 발생해 탄생하고 소멸하는 과정을 이전 시대의 학자들은 이런 방식으로 상상했지." 알료나-리버티나가 말했다. "하지만 원자핵 불꽃이 소진되기 전 고대 영화 시대의 물리학자들은 시간이라는 게 사실은 반대 방향으로 흘러간다는 것을 알아냈어. 우리가 생각하기에는 우주가 빅뱅으로부터 열죽음*으로 가는 것 같지만 이건 그저 인간의 감각이 저지르는 실수 때문이거든. 실제로 측정해보면 모든 과정이 반대 방향으로 가고 있다고. 통계학과 종교적 신앙의 혼합인 열역학 제4법칙은 그냥 착시일 뿐이야. 태양이 지구 주위를

* 열죽음(heat death): 우주 종말의 한 가능성으로, 엔트로피 최대치인 상태를 말함.

도는 것처럼 보이는 것과 마찬가지지……”

그림은 이해되지 않는 단어들의 흐름을 멈추려 애를 쓰기라도 하듯 손을 들어 올렸다.

“인간들은 마니투가 영영 멀리 퍼져 날아가는 파편들로 부서져버렸다고 생각했고, 아주 오래전에 벌써 신의 죽음을 선언했지. 하지만 사실 마니투는 집으로 돌아오고 있는 거였어. 마니투가 자기 자신이 되어가는 중이라고. 천문학자들이 관측한 적색편이*는 환상일 뿐이야. 마니투한테 이건 푸른색이지. 단지 마니투의 푸른빛을 적자색으로 보도록 인간들이 운명 지어졌을 뿐이야. 게다가 그 어떤 것도 한계 속도보다 더 빠르게 움직일 수 없지만 한계 속도 그 자체는 우주의 구성에 따라 변하는 거라고. 하지만 리얼리티는 정신적인 것을 볼 줄 아는 능력을 가져야만 이 모든 것이 이해되도록 구성되어 있지. 또한 이때만 몇몇 물리학적 확증 사실들을 얻게 되는 거고……”

그림은 이제 더 이상 이 말들을 이해하려고 애쓰지 않았다. 그는 예의 그 성운들과 별들에 다시 불이 붙기 시작하면서 밀집하는 모습을 자기 앞에 있는 마니투를 통해 볼 수 있었다. 성운들과 별들은 점점 더 선명하게 타오르면서 가까워지다 결국에는 하나의 눈부신 푸른 광선으로 합쳐지더니 그림을 향해 번쩍하다가 이내 사라졌다.

“사실 세계는 점으로 수축되고 있어. 그래서 우리가 과거라고

---

* 우주 팽창설의 증거 중 하나로 물체가 내는 빛의 파장이 늘어나 보이는 현상. 영어로는 레드 시프트red shift.

여기는 것이 미래야. 적자색 태양의 시대는 지나갔어. 너는 오르클랜드에서 도주한 게 아니야, 그림. 네가 발생한 게 바로 여기 인간들 사이에서였거든. 그러니까 넌 등을 앞으로 돌린 채 네 자신의 과거를 향해 나아가고 있는 기야. 넌 네 어머니의 품으로 돌아가는, 소리 지르는 자그마한 살덩어리가 되는 거지. 그 품 안에 녹아들어 근원과 합일될 거고. 아니면 신학자들의 말처럼, 넌 다시 수직적 시간 속의 정보 파동이 된다고도 할 수 있어. 고대의 영화 시대라는 건 바로 미래에 존재해. 너희들의 성상화들이 마니투의 초기 우주적 몸을 특이점처럼 형상화하는 것도 바로 이 때문이야. 그러니 우리는 모든 것이 다시 하나가 되는 그 점을 향해서 나아가는 거야."

"그런 게 어떻게 가능해요?" 그림이 물었다. "그러니까 우리가 어제를 모르고 내일을 아는 거라는 말씀이세요?"

"애야, 너도 모토렌바겐을 운전해봤잖아. 어디로 운전하는지는 네가 보고 있으니 그건 어떤 일이 일어날지를 네가 안다는 거지. 하지만 등 뒤에 남겨지는 건 안 보이잖아."

"하지만 만일 그게 사실이라면…… 그게 모든 걸 변화시키겠군요!" 조심스레 그림이 말했다.

"모든 걸 변화시키지, 그림. 동시에 아무것도 변화시키지 않기도 하고. 네가 비밀을 알든 모르든 너의 삶은 그대로일 거야. 이 순간부터 네가 젊어지는 건 아니라고. 자신의 왜곡된 지각 속에서 너는 네가 모르는 미래를 향해 이전처럼 계속 나아갈 거야. 물론 그 미래라는 것도 고차원적으로 말하자면 너의 과거겠지만. 이런 게 바로 모든 인간의 운명이지. 하지만 영적인 자기

헌신 속에서 우리는 이 수수께끼를 극복하고 그 위로 올라설 수 있어. 왜 모든 지나간 것 중에서 고대 영화만 남은 것 같니?"

"몰라요."

"고대 영화는 우리가 마니투의 뜻에 따라 보관하는 미래의 설계도거든. 그날이 오면 우리가 보관한 필름들로부터 미래가 탄생할 거야. 마니투의 빛이 그 필름들 사이를 통과할 거고 필름들에 의해 물이 들면서 그 위로 리얼리티를 창조하게 될 거야. 이 모든 일이 참된 차원 속에서 그대로 일어날 거야. 우리는 마니투가 집으로 돌아갈 수 있게 도울 거야, 그림. 시간의 진실된 흐름을 느끼는 힘이 우리 자신한테는 없다고 해도 말이야. 이것보다 더 고귀한 헌신이 어디 있겠니?"

그림은 현기증을 느꼈다. 마치 알료나-리버티나의 목소리가 그를 엄청나게 높은 곳으로 올려다놓기라도 한 것 같았다.

"이제 이해가 가?" 알료나-리버티나가 물었다. "우리는 스너프를 찍는 게 아니야. 우리는 스너프를 외부로 투사해서 세계를 창조하는 거야. 스너프는 마니투 마음에 드는 세계의 배아야. 더 높은 차원의 리얼리티에서 말하자면 스너프는 자기 안에 찍힌 사건들 이전에 존재했다고 할 수 있어. 또한 물리적 차원에서 스너프는 마니투의 빛이 성전 셀룰로이드를 통과하면서 이 설계도를 리얼리티로 변화시킬 때 우주 속으로 녹아들어가게 돼. 미래가 과거와 연결되는 그 점 안에서 우리 인간들은 마니투의 도구가 되는 거야. 우리는 성전 배우들이 나누는 사랑의 포옹 속에서 매번 우주를 잉태시키지. 동시에 이 과정에서 얻어지는 전사들의 피로 하늘을 먹이고 있고. 성사의 의미를 이해하겠니?"

"전사의 피로 먹인다." 그림이 조용하게 반복해서 말했다. "그렇구나⋯⋯ 하지만 시간이 다른 방향으로 흐르면 우리가 어떻게 먹일 수 있⋯⋯"

"더 이상 말은 필요 없어." 알료니-리버티나가 미소를 지었다. "얘야, 내가 장담하는데, 만일 마니투가 우리의 선물을 받아들이려 하신다면 그분은 물리학이나 논리학, 이성의 한계를 뛰어넘어서 그걸 받아낼 방법을 어떻게든 찾아내실 거야. 마니투의 궁전은 시간 밖에 존재하고 그분한텐 어떠한 한계도 존재하지 않아. 하지만 지금 넌 우리 신앙에서 또 하나의 가장 심오한 비밀에 도달했어. 그분을 향한 우리의 제물처럼 보이는 이건, 실은 최고의 리얼리티 측면에서 보자면 그분이 우리에게 주신 선물이야. 전사들은 서커스에서 게임 중에 죽는 게 아니야. 그들은 되살아나. 이해가 되니?"

"네." 그림은 미심쩍어하며 대답했다.

"그 안에서 흘리는 이 모든 피에도 불구하고 세계가 사랑으로 창조된다고 말하는 건 바로 이런 이유 때문이란다."

"마니투께 정말로 피가 필요한가요?"

"그렇단다, 그림. 이걸 부족한 네 이성으로 이해하려 애쓰지 마. 성스러운 전쟁을 없애려고 애를 쓰면 마니투는 분별력을 상실한 외톨이들이 일으키는 대량 살상을 통해 자신이 돌려받아야 하는 피를 거둬들이실 테니까. 전쟁 중에는 그런 식의 대량 살상은 일어나지 않잖아. 마니투를 피로 먹이는 것은 우주적 불가항력이야. 하지만 마니투의 종만이 이것을 이해할 수 있지. 너도 마니투의 종이 되었니, 그림?"

이 질문을 할 때 특별히 알랑대는 듯한 억양 혹은 순간적으로 전체적이고 극적인 상황 때문이었는지, 그림은 이 대답에 자신의 모든 미래, 즉 이제 그게 실상은 과거라는 것이 밝혀진 바로 그 미래가 달려 있다는 것을 깨달았다. 게다가 그 대답은 그저 단순한 '예'나 '아니요'가 되어서는 안 되었다. 조금도 진정성을 의심받지 않는 그런 대답이어야 했다. 어찌나 골몰했던지 그림은 눈이 다 침침해질 지경이었다. 이윽고 대답이 불쑥 도착했다.

"여기까지 왔는데, 제가 그게 아니면 뭐가 될 수 있겠어요?"

알료나-리버티나가 조용히 웃었다.

"작고 영리한 오르크네." 그녀가 말했다. "어쩌면 지나치게 영리할지도 모르지. 하지만 난 널 우리 세계에 들여놓은 것을 후회하지 않아. 죽을 때까지 여기서 행복하게 살아……"

그녀는 잠시 잠자코 있다가 덧붙였다.

"이젠 너도 알겠구나. 우리가 여기서 어디로 나가야 하는지 물어보는 게 아무런 의미가 없다는 걸."

그림의 머리 위에 있던 돔이 사라지고 그림 주변에는 다시 동그란 작은 공원과 석상들, 3D 하늘, 나무들이 보였다. 열 맞추어 늘어서 있는 빈 의자들도 보였다.

옆에 앉아 있던 알료나-리버티나는 미소를 지었다.

"실재의 사막에 온 걸 환영해.* 이제는 네가 마니투의 종으로서 무엇을 해야 할지 생각해봐야 해. 나한테 너를 위한 계획이

---

* 영화 「매트릭스」(1999) 중 모피우스의 유명한 대사 "실재의 사막에 오신 걸 환영합니다"에서 차용했다. 이는 또한 작품 속에 언급된 바 있는 철학자 슬라보예 지젝이 2002년에 펴낸 책의 제목이기도 하다.

있거든."

그림은 극도의 관심을 표시하며 목을 길게 뺐다.

"너는 말하는 일을 해야 해." 알료나-리버티나가 말했다.

"왜요?"

"네 시를 들었어. 오르크 청년이라고 하기엔 범상치 않은 일이지, 시를 쓴다는 게."

"알아요." 그림이 말했다. "불안해요. 제 원고를 저 대신에 마저 다 썼더라고요……"

알료나-리버티나는 그건 전혀 신경 쓸 일이 아니라는 듯 손을 내저었다.

"네가 우리한테 도움이 되었으면 좋겠어."

"어떻게요?"

"창조 완성기 쓰는 법을 익혀봐. 이건 우리 소믈리에들이 네 시를 완성시킬 때 썼던 응용 프로그램이야. 너는 새 스너프를 위해 오르크들의 사고 노선을 창조하게 될 거야. 해내기만 하면 보수도 좋을 거고. 지금 당장 시작할 수 있어."

"제가 할 수 있다고요?"

"그럼. 이 일에서는 너의 단점이 곧 장점이 될 거야. 찢어진 종이에 썼던 것과 같은 소절들이 떠오르자마자 그걸 그냥 마니투에 써넣으면 돼. 복잡하지 않아. 중요한 건 자신을 억누르면 안 된다는 거야. 너는 점점 더 완성기를 능숙하게 사용하게 될 테고 수입은 더 많아질 거야…… 그랬으면 좋겠네."

"매일 해야 하는 건가요?"

"될 때 하면 돼. 하지만 매일 할 수 있다면 더할 나위 없겠지."

"제가 무엇에 대해서 써야 할까요?"

"쓰고 싶은 걸 쓰면 돼. 그게 뭐가 됐든 응용하는 법은 우리가 찾을 테니까. 네가 디스코스몽거가 될 수는 없겠지. 그래도 콘텐츠-소믈리에는 될 수 있어."

알료나-리버티나는 한 번 더 그림을 쭉 훑어보았다.

"어떤 콘텐츠-소믈리에가 될는지는, 금방 확연해질 거야."

카야도 나처럼 근심하거나 감정을 느낄 수 있을까? 그녀의 머리에 있는 중국어 방에 누군가가 살고 있는 걸까? 아니면 그녀의 내부는 그저 어두운 공허뿐일까?

이 문제는 내가 생각했던 것보다 훨씬 더 복잡했다.

생산자인 회사는 법률적 문제가 발생할 가능성 때문에 이런 주제에 대해 지나치게 깊게 생각하는 것을 내켜 하지 않았다. 예를 들어, 수라들의 성교 동의 연령 문제만 해도 그랬다.

마니투의 집과 시네뉴스 주식회사, 그리고 굴락도 괜한 골칫거리를 만들고 싶어 하지 않았다.

스너프에 수라를 등장시키는 건 금지되어 있다. 그들은 종교적 제의의 주체가 될 수 없으니까. 또 그들이 '동의 연령에 다다르지 않은 인물을 모사'한다면 그들을 포르노에 이용해도 안 된다. 하지만 어쩌다 수라들이 동의 연령 관련법에 저촉된다 하더라도 수라 몇 개를 창고에 46년 동안 묵혀두기만 하면 됐다. 그렇게 하면 모든 성전 포르노 비즈니스는 오르크 시인의 말마따나 구리 냄비나 대야에 덮여 가려지는 것이다. 안 그러면 늙고 기름진 페미니스트들이 수라를 그들과 마찬가지로, 더 나아가 그들보다 더 끔찍하게 보이도록 만드는 법을 통과시키려 할 수도 있다.

이에 대한 수사가 촉구되지 않았다는 게 놀랍지 않았다. 그러므로 믿을 건 자기 자신밖에 없었다. 나는 스크린 사전을 이용했다.

나 혼자만 이 문제에 관심을 둔 건 아니었다. 인간들에게 이 문제가 등장한 것은 그들이 인간 행동 각각의 양상을 모방하는 메커니즘을 막 익혔던 수 세기 전이었다. 그들은 '철학적 좀비'라는 문제를 만들어냈다.

철학적 좀비는 『순수이성비판』이나 『죽은 잎새들』을 봉독함으로써 무덤에서 일으킨 죽은 자를 말하는 게 절대 아니다. 이것은 가능한 모든 현상 속에서 완벽히 인간처럼 행동하고, 말하고, 보이는 존재이다. 다른 점이라면 이 존재가 인간의 영혼을 지니지 않는다는 것뿐이다. 의식, 마니투의 빛, 어떻게 부르든 상관없는 바로 그것이 이 존재에겐 없다. 이러한 좀비를 보거나 그 말을 듣는 것은 가능하지만 내적으로 직접 좀비가 되는 것은 불가능하다.

보아하니 고대의 현자들이 제대로 알지도 못하면서 나의 카야에 대해 말했다는 걸 알 수 있었다. 이것을 알고 난 후 나는 더욱 공을 들여 접근 가능한 정보들을 까부르기 시작했다.

이 '철학적 좀비'를 두고 고대의 소믈리에들 사이에서 진짜 전투가 발발한 적이 있었다. 하지만 그들은 자신들이 무엇에 관해 이야기하는지 항상 잘 이해했던 건 아닌 듯했다.

예를 들어 차머스*라는 이름의 소믈리에는 다음과 같이 말했다.

* 호주의 철학자 데이비드 차머스David John Chalmers의 좀비 논법.

"나는 그러한 좀비가 이론적으로 가능하다는 것을 확신한다. 이것은 나 자신과 물리적으로는 동일하지만 인식의 경험은 지니지 않은 무언가일 뿐이다. 좀비의 내부는 어두울 뿐이다……"

여기서 질문이 생긴다. 누구한테 어둡다는 말인가? 차머스한테 어둡다는 건가 아니면 좀비 자체한테 어둡다는 건가? 만일 차머스한테 어둡다는 걸 말한다면, 도대체 그한테는 다른 이의 내부가 밝을 때도 있다는 얘긴가? 만일 좀비한테 어둡다는 걸 말한다면, 좀비한테 밝은 건 또 어디란 말인가? 차머스의 내부?

무신론을 신봉했던 고대의 소믈리에들은 마니투의 빛이 모든 것 안에서 동일하다는 것을 이해하지 못했다. 그래서 계속해서 어둠을 통해 빛을 설명하려 애썼던 것이다. 안티크라이스트가 도래하기 이전이기 때문이기도 했고 또 당시에는 이외의 다른 식이라면 지원금 수혜가 불가능했기 때문이기도 했다.

데닛*이라는 이름의 소믈리에는 '짐보'라는 개념을 도입하기까지 했다. 이것은 '끝없이 거슬러 올라가는 반성적 사고의 나선을 따라 자기 자신의 행동을 추적할 줄 아는 좀비'로, '저차원적 정보 상태에 대한 고차원적 내적 (하지만 비의식적인) 정보 상태를 얻는다'. 오호, 대단한데.

데닛의 주장에 따르면 '짐보'는 자신이 보고할 수 있는 다양한 정신적 상황을 자신의 특성인 양 믿을 수(물론 비의식적 측면에서) 있다. 자신을 의식적 존재라고 생각했나 보다. 실제 자신에겐 의식이 없는데도 말이다……

* 미국의 철학자 대니얼 C. 데닛Daniel Clement Dennett의 짐보zimbo 개념.

자신의 본질대로라면 '정보 상태를 얻는 것'만 가능한 이 짐보가 어떻게 무언가의 존재를 믿거나 사고할 수 있었던 것인지는 끝내 이해할 수 없었다. 카야와 마찬가지로 짐보 안에는 믿는 행동을 하는 누군가가 존재하는 게 아니라 만화경 같은 정보의 카드패들만이 출력 인터페이스에 놓여 있었는데 이 카드패들은 어렸을 적부터 인간들의 어휘와 문화 속에서 지내온 나 같은 관찰자가 확증해주는 경우에만 '믿음'이나 '사고'가 될 수 있었다.

결과적으로 이런 식의 허튼소리는 아무짝에도 쓸모없었다. 그래서 종교적 이유로 이 모든 논쟁이 금지되고 철학자들이 총살된 게 굉장한 비보도 아니었다.

마니투 안티크라이스트는 '모든 것이 마니투요, 마니투며, 마니투고 마니투로다'라고 했다. 성직자들은 자연스레 이 위대한 인용에 리얼리티를 끼워 맞추기 시작했다. 그들은 모든 살아 있는 논쟁을 점차적으로 금지하고, 사고할 수 있도록 허락된 범위를 자신들의 협소한 이해 영역으로 축소시켰다. 마지막에 다다라서는, 이 모든 '좀비'와 '짐보'가 법적 측면에서 그저 전자 기기로 취급되어야 한다는 주장만 남았다.

유일하게 종교적 시점으로부터 안전했던 것은 '비헤이비어리즘'이라 불린 독특한 사고방식이었다. 이것은 행동의 배후에 무엇이 혹은 누가 서 있는지를 파악하고자 하는 사변적 노력은 배제한 채 행동 자체만을 분석하는 활동이다. 이것은 인간이나 파리나 수라를 똑같이 냉정하게 관찰하는 객관적 과학과 정말로 유사한 측면이 있었다.

이 관점에 따르면 나와 카야 사이에 차이는 아예 없었다. 만일 차이가 있다고 해도, 그게 내 손을 들어줄 리 없었다.

카야와 동급인 모든 고가의 수라들에는 '333.33% Turing test passed(333.33퍼센트 튜링 테스트 통과)' 레이블이 붙어 있다(물론 수라 자체에 붙어 있는 건 아니고 서류화되어 있다). 아래에 달린 주석에는 작은 글씨로 'granted only on factory presets(공장 출하 설정에 한해서 보증함)'라고 쓰여 있다.

나도 안다. 판매업에 종사하는 소믈리에라면 코걸이 하나만 더 생긴다고 해도 인간 지능에 대해 퍼붓지 못할 조롱 따윈 없다는 걸. 그래도 이건 흥미로웠다. 어떻게 '333퍼센트'가 가능하단 말인가. 퍼센트는 100까지인데.

나는 다시 스크린 사전을 찾아보고 다음과 같은 사실을 알아냈다. 고대 영화 시대에 앨런 튜링이라는 이름의 소믈리에가 살았다. 굴락의 카드 목록에 그에 대한 많은 정보가 보관되어 있었다. 그는 위선적이고 비인간적 사회로 인해 자살에 이른 게이였다. 튜링은 천재적인 수학자였다. 그는 기계들이 사고할 수 있느냐는 질문에 대답하기 위해서 애를 썼던 첫번째 인물이었다.

'사고'라는 게 튜링 스스로에게 일종의 '군사 암호를 해킹하는 것'(이것이 그의 가장 중요한 업무였고 바로 이를 통해서 그는 많은 군사의 생명을 구했다)을 의미했기 때문에 그는 군인 특유의 효율성을 가지고 이 문제에 접근했다.

그는 실험을 통해서 이 질문을 해결하고자 했다. 그는 몇몇 검사관들이 컴퓨터 프로그램과 인간들로 구성된 비공개 참가자 집단에게 마음대로 질문을 던진 후 대답을 놓고 누가 누구인지를 가려낼 수 있는지 실험했다. 튜링은 두번째 밀레니엄이 끝날 즈음이 되면(믿기 어렵지만 그때도 이와 유사한 기계들이 벌써 존재했다) 컴퓨터 프로그램이 5분 정도 대화를 나눈 후 30퍼센트의 검사관들을 속일 수 있을 거라고 예견했다. 그는 그렇게 되면 기계가 사고한다고 말하는 것이 가능해진다고 했다. 이 문턱을 넘는 것이 바로 튜링 테스트를 완벽히 통과한다는 것이다.

아하, 이제 알았다. 333.33퍼센트가 바로 여기서 나왔구나. 그러니까 판매 담당 소믈리에들이 비례식을 세웠던 거다. 만일 속아 넘어간 30퍼센트의 검사관들이 100퍼센트 테스트 합격점을 준 거라면, 속아 넘어간 검사관들이 100퍼센트였을 때에는 333하고도 3이 무한 반복되는 퍼센트의 테스트 합격점을 받게 되는 것이다.

이 아름다운 숫자는 오늘날엔 더 이상 어떠한 튜링 명패도 수라(주석에 상세히 설명되어 있듯이 '공장 출하 설정'일 때의 수라를 가리킨다)를 살아 있는 인간과 구별해낼 수 없다는 것을 의미한다.

이것이 어떻게 가능한가? 나는 전문가는 아니다. 하지만 수라 전문가인 그 컨설턴트가 했던 말은 기억한다. 인간의 머리와 같다는 얘기 말이다. 수많은 선례가 기억되는데 이 선례들을 기반으로 하여, 질문에 어떻게 대답해야 하는지, 새로운 상황에 어떻게 대처해야 하는지, 혹은 뜻밖의 의미들은 어떻게 떨쳐내야 하는지 등을 판단한다. 이러한 반응도 설정으로 구성할 수 있다. 하지만 그 메커니즘이 뭔지는 상상이 안 간다.

산처럼 쌓인 참고 문헌들을 파헤치고 난 후 나는 이 산들 너머에서 나를 기다리는 것이 어떤 명백한 대답이 아니라 이미 읽은 문헌으로 나를 돌려보내면서 곧 무한 루프에 빠져버리기 시작할 또 다른 문헌들의 산이라는 것을 깨달았다. 무엇보다도 확실한 한 가지가 그제야 떠올랐다. 그래, 이런 문제에 관해서라면 카야보다 더 나은 컨설턴트를 찾을 순 없을 거야.

나의 귀염둥이가 날 잡으려고 여기서 매복 중이었다.

"넌 지금 마니투의 빛에 관해서 얘기하고 있는 거잖아." 내가 대화를 시작하자마자 그녀가 말을 꺼냈다. "너의 내부에는 있고 나한테는 없다는 그거 말이야. 네 안에 마니투가 있다고 진짜로 믿는 거야?"

"응." 내가 대답했다.

"마니투한테 거기가 좁진 않나? 역하지 않을까?"

"말로 표현할 때 그렇게 이야기하는 것뿐이야. 사실은," 나는 교본에 어떻게 쓰여 있었는지 떠올리느라 눈을 가늘게 떴다. "마니투한테는 내부도 외부도 없어. 우리가 마니투의 빛 안에 존재하는 거라고 할 수도 있지. 그러니 우리 자체가 바로 빛이야. 이에 반해 네 내부에는 말이야, 예쁜이, 정보화 프로세스만 들어 있다고."

"그렇지. 그런데 왜 너는 네가 지닌 육감의 중개를 통해야지만 마니투의 빛이 이 정보화 프로세스를 비출 수 있다고 생각하는 거야?"

"다른 방법이 있어?" 내가 놀라 물었다.

"없지, 네가 마니투를 인간이 고안해낸 거라고 생각하는 한.

하지만 마니투가 인간을 고안했다고 생각하면 쉬워져. 넌 그냥, 나처럼 된다는 게 어떤 건지 잘 모르는 거야."

"그러니까 네가 존재한다는 거야?"

카야는 미소를 짓고는 침묵했다.

"왜 아무 말도 안 하는 거야?" 내가 물었다. "널 더 잘 이해하려고 노력하는 건데, 이게 나빠? 정말 뭐가 널 조종하고 있는 건지, 또 네가 할 다음 말이 어디에서 나오는지를 이해하는 건……"

"네가 바보 같은 건 바로 그 때문이야." 카야가 말했다. "넌 그걸 나한테 대입해서 이해하려고만 하잖아. 정작 너 자신을 조종하는 건 뭔지, 또 무엇이 네가 할 다음 행동을 결정하는지에 대해서는 알려고도 안 하잖아."

"나를 조종한다고?" 그녀가 무슨 말을 하려는 건지 생각하면서 내가 되물었다.

하긴 그녀의 말이 옳긴 했다. 모사품이 어떻게 작동되는지를 이해하려면 원본부터 이해해야 했다.

카야는 불쌍한 비행사에게 이미 공격을 가하고 있었다.

"너를 동기 유발하는 건 뭐야? 매 순간 널 작동시키는 게 뭐야?"

"정욕에 대해 묻는 거야? 욕망, 취향, 애착 성향. 이런 거?" 내가 물었다.

"아니." 그녀가 말했다. "그걸 말하는 게 아니야. 네가 말하는 건 죽을 때까지 풀 수 없는 메타포에 관한 거거든. 성격의 장단점이나 장기적인 개인 성향 같은 거. 내가 지금 묻고 있는 이건 네 의식 속에서 엄청나게 빠르게 일어나서 넌 눈치챌 수도 없어. 이걸 알아채는 게 불가능해서 그런 게 아니야. 그냥 네가 훈련이 안 돼 있어서지."

그녀가 알아먹기 힘든 소리를 하기 시작할 때 가장 좋은 전략은 바보인 척하는 것이다. 나는 심각하게 집중하는 듯한 표정을 지었다(나는 그녀가 1초에 두 번씩 내 얼굴의 근육 상태를 분석하고 있다는 것을 알고 있었다).

"훈련? 너 내가 헬스장이라도 다녀야 한다고 생각하는 거야?"

그녀는 의심스럽다는 듯 고개를 흔들었다. 나는 얼굴을 더욱 찌그러뜨려 보였다.

"그러니까 네 생각엔 내가 방향을 잘못 잡았다는 거야? 내가 너무 물질적인 측면에만 몰입하고 있다고?" 목소리에서 깊은 의구심이 묻어나도록 애를 쓰면서 내가 물었다.

그녀는 인내심을 가지고 미소 지었다.

"너 정말 이해를 못 하는구나. 딱하다, 딱해."

내가 그녀를 놀리려 할 때 그녀는 이를 감지할 수 있다. 그리고 이러한 경우에 동정심으로 가득 찬 진심 어린 단순 모드로 전환되면서 나를 무력화시킨다. 그래도 이게 고무적인 건, 내가 그녀의 최고 개년성에 잠시나마 한 수 앞섰다는 것을 의미하기 때문이다.

다밀롤라 대 카야, 1 대 0.

"그럼 누가 너를 조종하는지 알고 싶은 거야? 아니면 이게 너한테 너무 복잡한 주제니?"

내 생각이 짧았다. 주삿바늘 같은 자극이 느껴졌다. 우리 자기는 호락호락한 상대가 아니었다.

“그 어떤 것도 날 조종하지 않아.” 내가 말했다. “나 스스로 모든 걸 조종하지.”

“네가 뭘 조종하는데?”

“예를 들면, 너.” 내가 웃어댔다.

“네가 날 조종하는 동안 널 조종하는 건 뭔데?”

나는 생각에 잠겼다.

진지하게 말하는 게 제일 좋은 방법이었다.

“난 내 마음에 드는 건 고르고 내 마음에 들지 않는 건 거절해. 모든 인간은 이렇게 행동하지. 물론 어떤 의미에선 내 취향이 나를 조종하고 있다고 할 수 있겠지. 물론 이것도 내 통제하에 있는 거고. 내 애착들, 그래, 그런 거. 처음부터 내가 그렇게 말했었잖아.”

“거의 맞는 말이기는 하지.” 카야가 대답했다. “하지만 거의 맞을 뿐이야. 인간들은 ‘애착’이라는 단어를 일종의 피할 수 있는 성격상의 결점 같은 것으로 이해하는 경향이 있어. 하지만 이건 네 뇌의 전자 화학 작용을 조종하면서 찰나적으로 계속 일어나는 반응을 말하는 거거든.”

“난 카야가 좋더라.” 내가 그녀의 배를 가볍게 두드리며 노래를 불렀다. “카야는 나의 작고 달콤한 소녀야. 이런 게 애착인가?”

“아니지.” 그녀가 말했다. “그건 덜떨어지고 기름진 호색한의 웅얼거림이지.”

그녀는 거의 동정하는 투로 말했다. 이 말의 뉘앙스는 자그마한 철심처럼 내가 두르고 있는 여러 겹의 철갑을 뚫어버렸다. 하지만 나는 내색 않고 말했다.

"그럼 설명해봐."

"네 지각은 특정한 구조로 되어 있어." 그녀가 대답했다. "먼저 너의 감각 기관들이 네 뇌까지 어떤 사건에 대해 신호를 보내는 거야. 그런 다음 네 뇌는 이 사건을 기존의 경험과 연결 지으려 애쓰면서 자기가 가진 패턴과 스키마를 이용해 분류하기 시작해. 결과적으로 사건은 유쾌하거나 불쾌하거나 중립적이거나, 그 셋 중 하나로 인정받지. 그러면 이건 더 이상 사건과 연관이 있는 게 아니라 '유쾌' '불쾌' '중립'이라 붙어 있는 표식하고만 관계를 맺는 거야. 중립적인 건 전부, 쉽게 말하자면, 걸러지거든. 그래서 결국은 딱 두 가지 표식만 남지."

"대충 이해가 가네." 내가 말했다. "근데 그게 실제로는 어떤 모습인지 모르겠는걸."

"네가 오르크 결혼식에 대고 총 쏠 뻔했던 거 기억나?"

실제로 나는 어느 날인가 도파민 공명이 끝난 뒤 말과 눈물을 봄비처럼 쏟으며 이 일에 대해 그녀에게 이야기한 적이 있었다.

나와 베르나르-앙리가 낙찰에서 떨어졌던 한 전쟁에서 일어난 일이었다. 나는 엄청나게 악에 받쳐서 건드리면 폭발할 지경이었다. 자잘한 일로 부수입을 올려야 했던지라 민속지학 프로그램을 위해 오르크 결혼식을 촬영하러 출격했다. 촬영을 하려면 오르크들이 거나하게 취할 때까지 기다려야 했다. 시골 상공에 원을 그리며 지루해하던 참이었는데 문득 오르크들이 「좆나 이 시궁창에서 내뺄 수 있으려나」를 부르고 있는 것 같았다.

뻔뻔스러운 동성애적 함의 때문에 나는 마음속 깊이 오르크 민요를 증오한다. 그런데 한순간 그들이 내 대출 문제를 놓고 노래하는 것처럼 느껴졌다. 마침 내가 바로 그것에 대해 생각하는 중이었으니 말이다. 속이 뒤집히면서 어떤 응어리 같은 게 느껴졌다. 결혼식 잔칫상에 총질을 하려던 찰나, 사실은 아무도 그런 노래를 부르지 않았다는 걸 깨달았다. 이것은 장거리 도청 때문에 잡힌 삐거덕대는 문소리였을 뿐이었다. 이 소리를, 화를 낼 꼬투리로 삼은 것은 나 자신이었다. 나는 감정을 추슬렀고, 모두가 무사할 수 있었다.

"기억나." 내가 말했다.

"내가 말하는 게 바로 그거야. 네가 관계 맺고 있는 건 현실이 아니라 네 뇌가 현실을 근거로 스스로한테 내주는 칩들이라고. 게다가 칩을 내줄 때 넌 자주 실수를 저지르기도 하지. 이 칩은 카지노에 있는 칩하고 비슷해. 어떤 칩들은 도취감을 더 높이고, 또 다른 칩들은 고통을 높이지. 세계를 바라보는 네 시선 하나하나가 전부 녹색 양복지 위에서 하는 게임 한 판이야. 만족이나 고통이 그 결과지. 이것들은 화학적 성격을 가졌고 네 뇌 속에만 있는 거야. 자주 육체적 감각처럼 느껴지지만 말이야. 그리고 이 게임을 위해서라면 정작 주변 세계도 필요 없어. 너도 자기 안으로 문을 걸어 잠그고 들어가서 스스로를 기만하는 데 시간을 가장 많이 쓰고 있잖아."

그녀의 말이 맞았다. 여태까지 나의 카지노에는 손해뿐이었다.

"그다음에는?" 내가 찌뿌둥하게 물었다.

"애착을 불러일으키는 건 대상 자체나 외부 세계의 사건이 아니라 이것들을 가지고 네가 만들어내는 도취감과 고통이라는 내 화학적 주사액이야. 소위 '소비'의 제패에 반대하는 저항운동이 왜 전부 기만적이냐고? 왜냐하면 너희가 소비하는 건 물품이나 생산물이 아니라 특정한 화학물질에 대한 뇌의 긍정적 혹은 부정적 애착들이니까. 너희 눈먼 영혼들이 편의주의적 외적 투영에 속박된 것일지 모르는 매번 똑같은 내적 부설 메커니즘을 계속해서 들이받는 것도 바로 이 때문이지. 마니투부터 크바솔라에 이르기까지 전부 말이야……"

나는 '크바솔라'가 오르크의 전통 음료라는 것을 어렵지 않게 떠올렸다.

"넌 볼 장 다 본 약쟁이잖아, 다밀롤라." 그녀가 말을 이었다. "그래서 너한테 이 세계 전부는 그저 뇌에 마약 주사를 맞거나 관장을 받을 수 있는 핑곗거리의 집합체일 뿐이지. 관장은 매번 널 더 딱한 놈으로 만들고 주사는 널 즐겁게 해주지 못하지. 매번 다음번 투약을 갈구하게 만들 뿐이니까. 마약은 항상 그래. 네 삶의 매 순간이 주사 맞을 핑곗거리를 찾는 끊임없는 탐색이 되어버리는 거야. 하지만 네 안에 이걸 거스를 수 있는 이라곤 아무도 없어. 왜냐하면 네가 말하는 그 '개인'이라는 건 마치 이 전기 화학 천둥이 지나간 후 까마득히 범벅이 돼버린 메아리나 무의식적이고 통제 불가능한 과정 위에 드리우는 중화된 자기적 후광처럼 나중에야 등장하거든……"

나는 어떻게 반박해야 할지 알 수 없었다. 이럴 때 나는 모든 것을 장난 같은 농담으로 만들어버린다.

"요 귀염둥이야, 만일 모든 사람이 볼 장 다 본 약쟁이들이라면 왜 감방에 처넣지 않는 건데?"

그녀는 곧장 대답했다.

"왜냐하면 이건 마니투의 마약 비즈니스니까. 약쟁이들의 뒤를 쫓는 건 그들이 허가도 없이 끼어들 때만이야. 너희들은 사실 감옥살이를 하는 거나 마찬가지거든. 너흰 그냥 이걸 받아들이기가 두려운 거지. 그렇게 되면 자기가 루저라는 걸 인정하고 관장이나 받아야 할 테니까."

의미심장한 잠깐의 침묵은 쓸모 있었다. 나는 드디어 무슨 말을 해야 할지 알아냈다.

"넌 믿기 어렵겠지, 하지만 자기야, 인간이라는 건 자기 내부에서 복역 중인 약쟁이 그 이상의 더 거대한 무언가라고. 인간한테는 말이야…… 뭐라고 해야 할까, 이상, 꿈 이런 게 있어. 빛이라고나 할까, 평생에 걸쳐서 그 빛을 향해 걸어가는 거지. 너한텐 그런 게 없잖아."

카야가 악의 없이 웃어대기 시작했다. 나는 그녀가 이렇게 천연덕스럽게 굴 때가 제일 싫다.

"내 루트는 내 안에 프로그램 형태로 기입돼 있어." 그녀가 말했다. "네 루트는 화학적 형태로 네 안에 기입돼 있는 거고. 그러니까 네 스스로 빛과 행복을 향하고 있다고 생각할 때 단지 넌 매번 얻는 설탕 조각을 하나 더 얻으려고 네 안에 있는 조련사를 향해 전진하는 것일 뿐이라고. 게다가 아예 네가 전진한다고 말할 수도 없어. 그냥 화학적 컴퓨터가 'rejoice 5seconds(5초간 즐겨라)'라는 명령어로 건너가기 위해 'take sugar(설탕을 취하라)'라는 명령어를 수행하는 것뿐이니까. 그러고 나면 다시 'suffer(괴로워하기)'라는 명령어가 생기지, 그 누구도 이걸 삭제시킨 적이 없었고 앞으로도 삭제할 수 없어. 이 모든 일에 '너' 따윈 그 어디에도 없다고."

"너 왜 자꾸 나라는 게 아무데도 없다는 거야? 그래, 네 생각엔 너랑 매일 떡치는 게 내가 아니고 누군 것 같은데?"

"덜떨어진 기름덩어리 방둥이지." 그녀가 흡족한 듯 말했다. "그게 아니면 누구겠어. 덜떨어진 기름덩어리 방둥이가 말하는 인형을 매일 떡친다고 해서 여기에 무언가 실제적인 본질이 동반되어야 할 필요는 없잖아. 네가 '나'라고 말할 때 그건 뭘 염두에 둔 말인데?"

그녀가 최고치 영성을 전부 해치우고 나서 최고치 개념성으로 넘어갈 거라는 건 처음부터 예상했던 일이었다. 하지만 나는 그녀가 스위치를 돌려놓게 할 수 있다고 확신했고 그런 믿음이 나에게 평온함과 끈기를 주었다. 사실 전투기 조종사라고 해서 가뜩이나 흔치 않은 휴일을 맞아 여자 친구와 속 깊은 이야기를 나누지 말라는 법도 없지 않은가?

"뭘 염두에 두고 한 말은 아니야, 카야. 내가 '나'라고 말하는 건 그렇게 배웠기 때문이야." 내가 말했다. "만일 어려서부터 이걸 '개굴'이나 '멍멍'이라고 불러야 한다고 배웠다면 그렇게 불렀겠지."

"좋아." 카야가 대답했다. "재치 있고 정확한 지적이야. '나'라는 건 그냥 언어 요소일 뿐이야. 하지만 너는 네 안에 10년이나 15년 전에 너였던 어떤 것이 존재하고 있다고 정말로 믿잖아?"

그렇다, 이 얘기는 벌써 한 적이 있다.

"그렇지." 내가 말했다. "모든 게 흐르지, 모든 게 변한다고. 인간은 강 같은 거야. 물체라기보다는 프로세스지, 그래 맞아. 하지만 이 프로세스 자체가 바로 나야. 물론 '나'가 그저 명패일 뿐이기는 하지만."

"중요한 건 이게 너냐 아니냐가 아니야. 전혀 다른 게 문제지."

"뭐가 문젠데?"

"네가 그 프로세스를 작동시키길 원하는지 아닌지 누가 물어본 적 있어?"

"아니." 내가 대답했다. "아무도 안 물어봤는데."

"그러니까 그건 네가 이 프로세스의 시작도, 또 이 프로세스가 흘러가는 방식도 통제하지 못한다는 거잖아?" 그녀가 통통한 내 엉덩이를 손바닥으로 찰싹 쳤다. "프로세스의 지속 기간이나 그 끝도 말이야."

"그렇지." 내가 말했다.

"그렇다면 다밀롤라, 너는 그 프로세스를 왜 자신이라고 부르는 거야? 왜 이걸 놓고 '나'라고 부르는 거야?"

"나는……" 입을 뗀 후 잠시 생각에 잠겼다. "이 질문은 벌써 과학에 대한 게 아니라 종교적인 거네. 너랑 나는 서로 다른 성질을 가졌어. 정신적인 측면을 고려하자면 말이야. 나는 인간이고, 너는 생활용 가전제품이지. 내 안에는 마니투의 빛이 있지만 네 안에는 내가 하는 이 말들을 듣는 이가 아무도 없잖아, 모든 게 순전히 시뮬레이션이라고. 내 안에는 그 빛이 있다고, 그래서 나는 '나'라고 말할 수 있는 거야. 넌 근본적으로 그냥 프로그램일 뿐이고."

"맞아." 그녀가 말했다. "네가 하는 말에 대한 나의 반응은 프로그램화된 사건이지. 그리고 내 안에는 듣는 이가 존재하지 않아. 하지만 네 안에도 듣는 이는 없어. 소리의 특성을 지닌 어떤 현상이 있을 뿐인데 너는 무슨 이유 때문인지 이게 너로 인한 거라고 생각하는 거야. 그리고 소리의 특성 안에서 의미의 특성도 발현되는데 이것이 애착에 따라 좌우되는 반응을 불러일으키면서 너의 살찐 뇌에 가끔씩 다다르기도 하는 거지. 너도 똑같은 프로그램이야, 화학적이라는 게 다르다면 다를까. 그리고 이 모든 것에 '나' 따위는 없어."

"잠깐만." 내가 말했다. "네 말대로라면 내 화학적 애착 성향이 나를 조종한다는 거잖아. 그건 애착을 갖는 누군가가 있어야 한다는 거잖아? 애착의 영향하에서 어떻게 행동할지 결정하는 누군가가 있어야 한다는 거잖아? 그게 바로 나라니까."

"다시 한 번 설명할게. 네가 '자기 자신'인 것처럼 느끼도록 만든 그 반응들은 인식 이전에 발생해. 이 반응들을 조종하는 건 바로 우주 전체가 변모할 때 의거하는 물리적 법칙이라고. 뭔가를 결정하거나 해낼 수 있는 능력을 가진 그 누군가가 도대체 여기 어디에 존재한다는 거야? 메아리가 자신을 낳은 외침을 조종할 수 있겠어? 애착을 갖는 그 누군가라는 건 네 안에 없어."

"그럼 뭐가 있는데?"

"파리가 꿀에 달라붙는 반복 행동만 있을 뿐이지. 근데 꿀은 파리 안의 흥분으로서만 존재하고 파리는 꿀에 대한 반응으로서만 존재해. 그리고 이게 바로 한없이 풍요로운 네 모든 내적 삶을 채우고 있는 유일한 내용물이야…… 요즘 네가 '좀비'와 '짐보'에 대해서 읽고 있다는 거 알아. 태그가 달렸더라고. 넌 의식이란 게 너한텐 있고 나한텐 없다고 생각하잖아. 하지만 사실 의식 같은 건 아예 존재하지 않아. 세계를 구성하는 갖가지 정보를 발생시키는 유일무이한 보편 수단이 있을 뿐이야. 그래서 고대 중국에는 사물의 보편적 도에 대한 논의가 있었지. 인도에서는 '탓 트밤 아시', 즉 '네가 그것이다'라고 말했던 거고. 이건 오히려 너무 단순해서 아무도 이해 못 해. 계속해서 변화하는 체험만이 존재할 뿐이야. 그게 바로 너야. 그게 바로 세계고……"

"그럼 애착은?" 뭐라도 묻기 위해 내가 질문을 던졌다.

"체험이 어디에 매여 있을 수 있겠어?* 어떤 끈으로? 하나가 끝나면 다른 하나가 시작되는 거지. 이해가 되니, 멍청아? 으휴…… 보아하니, 이해 못 했구나……"

이런 식이다.

우리는 거의 매일 이런 식이었다. 상상이 되나? 당신이 전쟁에서 돌아온 거다, 거기서 못 볼 꼴을 잔뜩 보고는 집에 들어왔는데 또 이 지경인 거다. 나는 생각했다. 이런 데서 만족을 얻는 것도 완전히 정상은 아니지 않나? 어쩌면 나는 깊이 간직된 내적 의도와 취향을 스스로에게 감추고 있으며 카야한테 검은색

* 집착, 애착 등을 뜻하는 러시아어 '프리뱌잔노스치привязанность'는 '매여 있다'라는 뜻의 동사 '프리뱌자차привязаться'에서 파생했다.

장화와 채찍을 사줘야 하는 건 아닐까? 그러니까 이를테면, 내가 베르나르-앙리의 추락한 기치를 바로 세워야 하는 것은 아닐까?

"네가 언젠가 시들한 지력을 다그쳐서 스스로를 있는 그대로 볼 수 있게 된다면," 그녀가 말을 이었다. "넌 중요한 걸 깨닫게 될 거야. 너를 움직이는 너의 생각과 욕망, 충동이 모두 사실은 네 것이 아니라는 걸 말이야. 이것들은 전혀 불명확한 공간으로부터 너에게 도달하는 거야. 마치 어디에서도 연유하지 않은 것처럼 말이야. 다음 순간에 네가 무엇을 원할지 넌 절대 알 수 없어. 이 프로세스 안에서 너는 그저 목격자일 뿐이지. 하지만 네 안에 있는 그 목격자란 녀석은 어찌나 멍청한지 곧바로 공범이 되고 마는 거야. 그러고 나서 된통 얻어터지기나 하고……"

이 부분에서 나는 이미 안간힘을 쓰고 있었다. 이해가 어려웠을 뿐만이 아니라 카야가 화를 돋구었기 때문이다. 게다가 협박처럼 들리기까지 했다. 어쩌면 그녀가 나를 무의식적으로 프로그램화하려는 건 아닐까? 대화 중에 실마리를 놓치는 게 마음에 들지 않는다. 특히 내가 끈을 놓친 게 아니라 그녀가 잡아당겨서 그랬을 때는.

"내가 만일 내 시들한 지력을 다그칠 수 없다면?"

"그럼 너의 내적 삶을 느린 되감기로 살펴보도록 해봐. 매번 똑같은 시나리오가 끊임없이 반복되는 걸 볼 수 있을 테니. 네가 길을 산책하고 있는데 갑자기 가물거리는 환영이 나타나 모퉁이에 있는 한 은행을 터는 거야. 너는 곧 여기에 끼어들지, 마약을 하려면, 아니, 마약을 잠시라도 잊기 위해서 관장이라도 할라치면 돈이 필요하니까. 결국 너는 형량을 받지. 실상 넌 모통이 은행을 털지도 않았지만 말이야, 왜냐하면 모퉁이 따윈 존재하지 않았으니까. 그렇게 너는 날마다 환영의 은행들을 털고 이 때문에 비환영적 종신형을 사는 거지……"

그녀의 말에서 진실의 메아리가 느껴져 나는 문득 우울해졌다. 어쨌거나 이걸 전부 그녀 혼자서 생각해낸 건 아니었다. 그녀가 그럴 수는 없었다. 아마도 이것은 내가 설정한 바에 맞춰서 꾸려진 고대 인류의 지혜가 한 일일 터다.

"그럼 어떻게 해야 돼?" 내가 조용히 물었다.

"넌 아무것도 할 수 없어. 네 내부든 외부든, 모든 건 그냥 일어날 수밖에 없으니까. 너희들의 전쟁 프로파간다는 너를 비롯한 여타 불쌍한 녀석들을 '자유로운 인간들'이라고 부르지. 하지만 실상 너희의 삶은 고통으로 가득한 통로일 뿐이야. 너희 중엔 선인도 없고, 악인도 없어. 아픔을 잊기 위해 무엇에라도 몰두하길 바라는 불쌍한 녀석들뿐이지. 삶이라는 건 말이야, 고통의 불과 황홀의 환영 사이에 놓인 좁은 골 같은 건데, 공포로 울부짖으며 이 좁은 통로를 내달리는 게 이른바 자유로운 인간들이야. 그리고 이 통로조차 인간들의 머리 안에만 존재하는 거고."

"넌 자유로운 인간이 존재한다는 걸 믿지 않는구나."

카야는 웃어댔다.

"네가 숨을 들이쉬고 내쉬는 것도 눈앞에 닥친 고통 때문에 어쩔 수 없이 하는 거야." 그녀가 말했다. "못 믿겠으면 숨을 멈춰봐. 아니 대체, 다르게 숨 쉬는 사람들이 있기나 해? 먹고, 마시고, 싸고, 자세를 바꾸는 것도 다 마찬가지야. 어떤 자세도 몇 분만 지속하면 금세 통증이 되니까. 잠자고, 사랑하고, 이건 것들도 다 마찬가지라고. 매 초 너는 가죽 채찍으로부터 도망치는 거야, 마니투가 가짜 당밀 과자로 너를 애타게 하는 건 아주 드문 일인데 이건 네가 과자를 쫓아올 때 너를 더 아프게 후려갈기기 위해서고. 여기에 무슨 자유가 있다는 거야. 누구에게도 루트는 그가 자기 삶을 살면서 통과한 그거 딱 하나라고."

"그럼, 내가 아무것도 조종할 수 없단 말이야?" 내가 물었다.

"당연하지. 넌 자신이 무언가에 관심을 두는 걸 네가 하는 거라고 생각하겠지만 사실 이것도 결국은 마니투가 조종하는 거야."

"직접?"

"자기 법칙에 따라서지. 하지만 그게 그거야."

"내가 은총을 위해 기도할 수는 있는 거지?"

그녀가 고개를 끄덕였다.

"어떻게?"

"우선 첫 단계로는, 자신의 반응 속에 빨려 들어가지 않게 노력하면서 그것을 관찰할 수가 있지. 이게 바로 기도야."

마니투의 집이 카야의 기도도 들어주면 좋을 텐데.

"그치만, 내가 어떤 것에 관심을 두도록 조종하는 것도 마니투라며." 내가 말했다. "그리고 기도하기 위해서는 내가 내 반응들을 계속 관찰해야 하고. 그렇다면, 은총을 구하는 기도를 하기 위해선 이미 내가 그 은총을 입었어야 한다는 거잖아?"

"물론이지. 기도와 은총은 같은 거야. 이걸 이해하려고 애쓰지 마. 여기엔 이해할 것도 없고 아무도 이걸 이해하려 들지 않

아. 그냥 은행털이를 그만둬. 목격자로 남아 있으라고. 이게 바로 네가 할 수 있는 유일한 정신적 활동이야."

"그러면 강도들이 나를 죽이려고 들 텐데." 내가 음울한 농담을 했다.

"그렇겠지." 카야가 말했다. "바로 그러려고 그들이 스너프를 찍고, 뉴스를 전달하고, 끊임없이 강 건너에서 자신들의 음향 장치를 틀어놓는 거야. 하지만 사실 강도들은 아무것도 할 수 없어. 왜냐하면 그들은 그저 환영일 뿐이거든. 그리고 넌 그들을 꿰뚫어 보는 법을 배울 수 있을 거야. 그러면 그들이 네 눈에 띄는 일조차 없어질 거고. 완전히 다른 역사가 시작되는 거지. 안타까운 거라면, 다밀롤라, 넌 네 자체가 강도고 환영이거든. 그러니 넌 이걸 배우려 들지도 않을 거야. 그치만 그림이라면 가능해. 갠 아직 아무도 죽이지 않았으니까."

이건 다시 개넌성이 작동한 것이다. 질투심을 자극하려는 속셈이 뻔하다. 이러다가는 금세 또 유혹성이 가동되겠지. 아무렴. 알고말고, 다 겪어봤던 거니까. 하지만 내가 유혹성을 최고치로 놔둔 건, 어떤 시점에선가 그 유혹에 스스로 굴복하기 위해서잖아, 안 그래?

나는 그녀를 바닥에 쓰러뜨렸다.

그녀의 얼굴에는 최고 개넌성이 항상 자신의 검은 날개 위에 싣고 오는 예의 그 고분고분한 피로감이 드리워져 있었다. 보통 이것은 날 더욱더 흥분시키곤 했다. 하지만 지금 바로 내 앞에 그녀의 얼굴이 놓인 순간 불현듯 그녀가 한 말의 의미를 깨달았다.

나로 하여금 그녀를 바닥에 쓰러뜨리게 한 그것, 즉 몸을 관통하는 달콤한 예감의 떨림, 뇌 속의 번쩍임이 보였다. 그것은 끝없는 행복에 대한 약속이었다. 하지만 그녀가 한 말 때문에 나는 이제 이 번쩍임과 이전처럼 아무 생각 없이 섞일 수가 없었다. 잠깐의 주춤거림은 치명적이었다.

더 이상의 쾌감은 없었다.

쾌감은 빛이 바래 어스름해졌다. 마치 타오르는 불에 물을 끼얹기라도 한 것 같았다. 나는 내가 매번 심장과 허벅지의 격동 속에서 도달코자 했던 빛나는 약속 뒤에 아무것도 존재하지 않는다는 것을, 그리고 이전에도 그 뒤에 무언가가 있었던 적은 한 번도 없었다는 것을 깨달았다. 나는 이걸 여러 차례 깨달았다. 깨달음은 매번 쾌감의 정점에서 아주 짧은 순간 찾아왔는데 나는 이것을 또 곧장 잊어버리곤 했던 것이다.

이게 다 무슨 소용일까 싶었다. 내가 가까이에 있는 기쁨의 등대로 가고 있다 치자. 내 앞에서 얼마간 깜박이던 등대는 잠시 후 허망한 불꽃으로 산산이 흩어진다. 그제야 나는 내가 속았다는 것을 알게 된다. 하지만 나는 이미 새로운 등대를 바라보고 있고 이번엔 좀 다르기를 기대하면서 또다시 그쪽으로 향한다. 이윽고 그것 또한 사라져버린다. 바로 이런 것이다. 끝없이, 끝없이……

나도 모르고 있던 가장 예민한 신경절을 후려치기라도 한 것 같았다.

최선을 다해 이 세계에 복무해온 나는 그녀 말마따나 고난의 통로를 따라 달려왔다. 담당 업무 중 많은 부분을 경멸했다. 하지만 나는 내 노동에 대한 보상을 받았고, 보상에서 가장 중요한 부분이 바로 카야였다. 그랬던 내가 문득 어떠한 보상도 존재하지 않는다는 걸 깨달은 것이다. 그녀는 내 행복을 앗아갔고 그 자리에 고통의 불을 남겼다. 그리고 이 불은 이제 사방에서 타오르고 있었다.

게다가 카야 자체가 고통의 불이 되어 있었다. 수수께끼 같은 나의 카야가 **나를 전혀 사랑하지 않는** 고무 인형으로 변했다. 그녀가 나의 유일한 기쁨을 앗아가버렸다는 걸 알아차린 순간, 나는 처음으로 그녀를 때렸다.

수라는 때릴 수도 있으며 이 모든 걸 고려하여 제작되었다. 그들은 천장을 쳐다본 채 저항하지 않는다. 가끔 합성 혈액이 조금 삐져나올 때도 있고 입술이 붓기도 한다. 하지만 아침 무렵이면 모든 상처는 깨끗이 사라진다.

다음 날에는 저녁까지 본부로 가야 했다. '헤넬로레'의 새 자이로스코프들을 검사하기 위해서였다. 진짜 조종사는 이런 걸 항상 스스로 관리한다. 퇴근해보니 카야가 집에 없었다.

그녀는 커다란 가방과 옷들, 그리고 자신의 운용 부속품 전부를 가져갔다. 나한테 남긴 것은 트랜스젠더용 모조 남근 키트뿐이었다. 그녀는 가장 잘 보이는 곳에 그것을 놓아두었다. 현관 거울에는 립스틱으로 이렇게 쓰여 있었다. '나 니르바나로 떠나. Take care.'

나는 우리 집에 립스틱이 있는지조차 몰랐다.

그림이 창조 완성기를 켤 때마다 투명한 글자들로 짜인 단어 하나가 순간적으로 나타났다.

마코소프트MACOSOFT

사전에 따르면 이것은 마니투가 가진 고대의 이름 중 하나였다. 이 이름은 아주 적절해 보였다. 창조 완성기에는 정말로 초자연적인 무언가가 있었다.

손가락 두 개를 가지고 모호한 말 배아를 입력하기만 하면, 아니 입력하기 시작하기만 해도 어느새 응용 프로그램은 몇몇 문장 선택지를 대답으로 내놓았다. 이 문장들은 이미 온전한 형태로 홍조를 띤 채 그림을 스크린 시소러스에 계속 기어들게 해 온 똑똑한 단어들로 짜인 포대기에 싸여 있었다.

배양 중인 말 배아는 회전하는 큐빅과 유사했다. 스크린 쪽으로 접근하는 여러 면 위에 다양한 텍스트 선택지가 나타났다. 이것은 매번 문법에 맞게 형성되는 완결된 경구로 더 이상 수정할 필요가 없었다. 하지만 그 안의 뉘앙스는 계속 변경할 수 있으며 여기서 중요한 점은 제때에 동작을 멈추는 것이었다.

그림은 창조 완성기가 어떻게 작동하는지 정확히 알지 못했다. 아무도 그것을 제대로 알지 못했다. 창조 완성기 안에는 카야 안에 있는 것과 동일한 알고리즘이 들어 있다고 다밀롤라가 말해줬을 뿐이다. 이 프로그램은 수 세기에 걸쳐 만들어지고 정보화 연대기 안에서 보존되어온, 언젠가 인간들에 의해서 언급되었던 모든 것, 셀 수 없이 많은 의미의 선택지 모두를 고려한다. 그림의 손가락들은 마치 단어 큐빅들을 움직이는 죽은 혼들의 군대를 지휘하는 것 같았다.

이것은 게임과 비슷했다. 보이지 않는 밭고랑에 순식간에 발아 씨앗을 뿌려놓은 것 같았다. 이 씨앗의 성장은 아주 괴상한 방법으로 조절되었다. 새로 생긴 문단 큐빅을 '어렵게' '간단하게' '사악하게' '착하게' '똑똑하게' '순진하게' '정성스럽게' '날카롭게' '잔인하게' 등의 캡션이 붙은 다수의 축을 따라 움직이면 해당 텍스트는 선택된 루트에 맞게 순식간에 변했다. 게다가 무한궤도에 놓여 있는 하나하나의 새 점에서는 사고를 진전시킬 새로운 의미론적 축들이 생성되었다.

그림은 무명의 장인들이 자신이 쓴 내용을 가지고 '전투를 맞는 오르크의 찬가'를 어떻게 마저 쓸 수 있었는지 이제야 이해가 갔다. 자신의 습작들로 몇 분간 실험을 해본 후 그는 자신의 명작을 변주한 몇 개의 또 다른 작품들을 더 얻을 수 있었다. 하나같이 훌륭했다.

하지만 무엇보다도 그림의 마음에 든 점은 창조 완성기가 자신을 믿기지 않을 만큼 엄청나게 똑똑하게 만들어주었다는 것이다. 일부러 아무렇게나 만들어낸 멍청하고 어눌한 단어 조합도 마니투에 넣어 간단한 조작을 거치면 완전히 다르게 변형되었다.

예를 들면, '빅 비즈에는 개년들이나 볼 장 다 본 딸쟁이들뿐이다'라는 말 배아를 놓고 '똑똑하게'와 '세련되게'의 축에서 손톱이라곤 다 물어뜯긴 손가락으로 두세 번 꾹꾹 눌렀더니 창조 완성기는 다음과 같은 텍스트 단락을 대답으로 내주었다.

'비잔티움 거주자들은 타인의 고통에서 느끼는 쾌락을 거짓 동정과 위선적 도덕 계명 뒤로 숨기는 경향을 가진, 강한 허영심과 성적 콤플렉스에 시달리는 신경쇠약 환자들임에 분명한데, 이는 그 어떤 정신적 양식도 이곳에서의 삶과 합치될 수 없기 때문이다. 어떻게라도 의식이 평정되면 이곳에서의 존재는 곧 자신의 본질을 드러내고 신랄한 고통을 초래할 것이기 때문이다.'

흐리멍덩하게 쓴 '마니투가 없으면 그들은 아무것도 아니지만 마니투와 함께라면 자신을 훌륭하다고 느낀다'는, 손가락이 몇 차례 더 복잡하게 왕복 운동을 하자 다음과 같이 변형되었다.

'그들의 세계에서 모든 마니투를 벗겨낸다면 돌로 된 벌집에서 일하는 환각성 독개미*들을 볼 수 있을 것이다. 만일 그들의 머리에 꽂혀 있는 마니투의 촉수를 전부 뽑아버린다면 서서히 다가오는 붕괴를 잊기 위해 열에 들뜬 채 차례대로 계속 뇌에 작용하는 마약을 제조해내는, 무너져 내리는 단백질 덩어리들을 보게 될 것이다.'

마니투는 만족스러웠던지 이 두 단락을 빨아들이고는 반짝이는 수천 마니투를 스크린 상단에 곧장 계산해 넣어주었다. 그림

* 독에 환각 성분을 가지고 있는 개미. 이 개미를 섭취하면 환각에 빠진다.

이 어떤 대목을 잘 써내면 거기에는 숫자로 된 기둥들 몇 개가 나타나곤 했다. 그림은 그것이 정확히 무엇을 의미하는지 이해하지 못했고, 단지 숫자가 클수록 자신이 수뇌부를 더 크게 만족시켰다는 사실만 알 수 있었다.

그는 딱 2주 만에 화면을 통해 최신 해군 스너프에서 자기 글을 들을 수 있었다. 집에 돌아온 흘로야가 음량을 최고치로 켜놓고 보고 있던 스너프였다(이제 그녀가 알료나-리버티나한테 가서 자고 오는 일은 현저히 줄어들었다). 예의 그 두 단락은 구강애무와 옆치기 섹스 사이에서 '오르크 백작 부인'(인간들에게만 이런 바보 같은 제목이 먹힌다)에 의해 낭송되기 시작했다. 이 스너프의 다음은 과거의 전쟁 장면이었는데 흘로야는 보려 하지 않았다.

그림은 너무나 자랑스러웠다. 저토록 인상 깊은 텍스트를 어떻게 쓸 수 있었는지 흘로야에겐 설명도 하지 않았지만 그녀는 이미 그를 존경 어린 눈빛으로 쳐다보았다.

하지만 더 나은 응용 프로그램을 사용하게 된 그림은 창조 완성기를 사용할 때 세련된 섬세함 영역에서가 아니라 믿을 만한 소박함 영역에서 더 많은 의미론적 축이 열린다는 사실을 알게 되었다. 감동적인 순진함이 아이 같은 솔직함으로 넘어가는 지점이라고나 할까.

이것이 바로 인간들에게 가장 필요한 자기표현 양식이었다. 물론 그림은 여기에서 어떠한 순진함이나, 특별한 솔직함도 발견할 수 없었다. 하지만 역시나 인간들은 복잡하게 구성된 지적 활동을 대면하자 곧 영양실조 상태의 오르크를 떠올렸다. 그림이 예술적 측면에서 성공하고 있다는 얘기였다.

복잡하고 교묘하게 말함으로써 대화 상대를 뒤통수칠 생각을 하는 건 오르크들뿐이었다. 같은 목적을 위해서라면 오히려 인간은 어수룩한 척 연기했다. 복잡해진다 싶으면 그들은 이야기를 더 이상 듣지 않았다. 스너프에 등장한 오르크 백작 부인이 골반에 가해진 잇따른 충격에 전율하면서 내뱉은 말에 그 누구도 귀를 기울이지 않았듯이.

왜 시네뉴스 주식회사에 자기 같은 시나리오 작가의 도움이 필요한지 그 이유를 알 수 없었다. 그게 어떤 말 꽁다리라 해도 원하는 만큼의 울림과 깊이를 지닌 확장된 의미로 변화시키는 게 인간들에겐 일도 아닐텐데 말이다.

오랫동안 골머리를 앓던 그림은 오르크적 사고방식과 거친 언어적 배아, 그가 내뿜을 수 있었던 고유한 독기의 발산에 답이 있다는 결론을 내렸다. 인간 중에는 이제 이런 짓을 할 수 있는 이들이 더 이상 남아 있지 않기 때문이었다. 그들은 무엇이든 할 수 있지만 이것만은 아니었다. 그들은 실험실에서 비슷한 종류의 말 배아를 얻었음에도 불구하고 문단 큐빅을 그림이 했던 것처럼 창조 완성기의 축들을 따라 이동시키려 하지 않았다. 그림은 그냥 유일한 게 아니었다. 그는 갑절로 유일했다.

이를 깨달은 그림은 이내 차분해졌다. 마치 이 세상에서 자신만의 특별한 피신처가 생기기라도 한 것 같았다. 그리고 피신처는, 그도 벌써 알고 있다시피, 모든 인간에게 가장 중요한 것이었다.

그는 드디어 완전히 빅 비즈의 일원이 되었음을 느꼈다. 시간이 쏜살같이 지나가버렸다는 것을 깨달았을 때였다.

시간이 너무 빨리 흘러갔다는 표현으로는 충분치 않았다. 시간은 아예 달력째 사라져버렸다. 언젠가 한번, 일주일이 어디로 갔는지 모르게 사라져버린 후, 그림은 자신의 여생도 바로 그렇게 똑같이 사라지리라 짐작할 수 있었다.

그는 알료나-리버티나의 말 "죽을 때까지 여기서 살아"를 떠올렸다. 생각해보면 조금 이상한 바람이기는 했다. 호기심이 일었다. 그녀는 뭘 염두에 두고 그런 말을 했던 걸까?

그림은 자신의 의아함과 슬픔이 담긴 말 배아를 창조 완성기에 입력하고 '정성스럽게'와 '진실하게'를, 그리고 진정성 추진의 마지막 섹터 사이에서 갑자기 튀어나온 하위 축인 '샐린저'*를 눌렀다.

'샐린저'가 대체 무엇인지 전혀 감이 잡히지 않았다. 하지만 최근 들어 그는 인간식 디자인이 제시하는 잔재주들을 복제하는 데 더 이상 주저하지 않았다.

결과는 다음과 같았다.

'죽음과 지금 네가 서 있는 그 점 사이에 스케이트장처럼 평평한 시간의 빙판만이 놓여 있다는 걸 알게 된다면 네가 그 빙판을 타고 얼마나 오랫동안 미끄러져 나갈지가 과연 중요한 문제가 될까? 죽음을 코앞에 둔 순간도 지금 이 순간과 다를 바 없을 것이다. 또 한 번 친절한 미소의 종업원이 다가와 이제껏

---

* 『호밀밭의 파수꾼』으로 유명한 미국 작가 제롬 데이비드 샐린저(Jerome David Salinger, 1919~2010).

하나같이 매번 구토를 유발시켰던 음료들을 가지고 살짝만 다른 칵테일을 만들어 건넬 뿐, 다른 일은 아무것도 일어나지 않을 것이다. 어쩌면 죽음도 네가 이것을 이해하고, 이 판결에 동의한 후, 앞으로 더 나아갔던 바로 그 지점이 아니었을까?'

그림은 그의 큐빅들이 점점 더 성공적으로 굴러가고 있다고 생각했다. 그건 거의 인간들과 같은 수준이었다.

그런데 어쩐 일인지 마니투가 그림에게 점점 더 낮은 점수를 주었다. 이 때문에 그림은 마음속이 대체로 우울했다. 그리고 베르나르-앙리를 저 아래 저주받은 오르크들의 땅으로 떠밀었던 힘이 어떤 것이었는지 천천히 이해되기 시작했다.

이 모든 문제에 대해서 흘로야와는 아무런 이야기도 나누지 않았다. 흘로야가 이 문제들을 이해할 리 없었다. 대신 그녀는 계속해서 그에게 '지역 사회에 동참하라'고 요구했고 그는 사교적인 흘로야가 초대된 모든 저녁 파티에 그녀와 동행하는 등 나름 성의를 보였다.

보통 인간들은 형형색색의 불빛이 그들의 얼굴과 벽을 타고 지그재그로 내달리는, 음악 소리가 큰 어두운 장소에서 모임을 가졌다. 선명하게 번쩍이는 빛과 둔탁한 저음이 천둥처럼 우르릉거리는 소리, 현기증을 유발하는 서늘한 어두움을 흘로야는 매우 좋아했다. 이에 반해 그림은 이 어둠 속에서 마음의 평온을 찾을 수 없었다. 아무래도 커다란 '붐-붐' 소리의 의미가 전혀 달랐던 전투 경험 때문인 것 같다고 그림은 생각했다.

몇몇 인간은 구석으로 숨어 금지된 여러 가루를 비밀스레 흡입했다. 흘로야도 이에 빠르게 탐닉했다.

가루는 진지하게 금지되었다기보다는 인간 중 누군가가 설명해주었듯이 '아드레날린적 추동을 위해' 금지되었다. 낯선 말이었음에도 불구하고 무슨 말인지 대충 이해가 갔다. 하지만 그림은 이 혼합물을 한 차례 흡입해본 후 혼비백산했다. 아직도 자신이 오르크 슬라바에 있는 것처럼 생각되었다. 그를 둘러싼 모든 일이 신종 무기로 그의 뇌를 놀래키려는 인간들의 새롭고 간교한 공격으로 느껴졌다. 이 모든 것이 항상 그렇듯 공습으로 끝날 것 같았다. 그렇게 되면 그는 더 이상 숨을 수도 없었다. 훌로야가 자극적인 형형색색의 불빛 아래 춤을 추는 동안 그림은 아무 말도 못 하고 구석에서 밤새도록 벌벌 떨었다. 나중에 훌로야가 한 말에 따르면, 잊지 못할 망신이었다.

그림은 어느 저녁 파티에서 인간들 사이에 정착한 또 다른 오르크를 알게 되었다. 그는 흐랍 영구 개별 번호 1 5406 20677 43 2라는 이름의 추방된 안쭈구리였다. 인간들 사이에서 그는 필명인 안드레이-앙드레 지드 타르코프스키로 더 유명했다. 그는 대머리에 턱수염이 덥수룩한 미묘한 눈빛의 노인이었다.

사진발 잘 받는 비범한 용모 덕분에 인간들로부터 자신의 푸파포비아와 잔혹한 민족주의를 용서받은 전설의 이반-이브 간돈* 카라마조프가 유명을 달리한 이후 빅 비즈에서 오르크의 숨은 양심을 대표하는 주요 인물이 되었다. 그가 우르크 시민권을 박탈당한 구실이 된 그의 시「교회 스파스티카 위의 게코」를 그림도 기억하고 있을 정도였다.

* '간돈гандон'은 '콘돔'의 다른 표기법 중 하나다.

말해주소서, 대마 수풀이여,
대답하라, 얼룩 게코여,
대체 왜 땅의 이십 분의 일이
이 고린내를 맡아야 하는가?*

안드레이-앙드레는 '소믈리에'라는 단어를 좋아하지 않았으며 자신을 작가라 불렀다. 그가 지금까지 끔찍하게도 질투해온 고인이 된 이반-이브처럼 말이다('지하 혁명 운동 출신 썹판을 도매로 여기저기 들이미는 거,** 아우야, 이건 삶이자 운명이야……').

처음에 그림은 '작가'라는 게 자기 큐빅들이 어떠한 스너프에도 쓰이지 못하는 소믈리에를 뜻하는 말인 줄 알았다. 안드레이-앙드레는 작가란 동시대인들을 위해서가 아니라 영원을 위해서 쓰는 사람이라며 이 말의 뜻을 고쳐주었다. 그림은 그 영원이라는 것이 이에 대한 응답으로 안드레이-앙드레를 부양하는 데 동의한 건지 아닌지 궁금했다. 하지만 그는 자신이 가끔 뉴스에 인용되는데, 이는 당연히 무보수로 하는 일이라고 상냥

---

* 러시아는 지구 육지 면적에서 6분의 1 정도를 차지한다. 지구 전체 면적 중 육지가 10분의 3을 차지하므로, 러시아의 면적은 지구 전체 면적의 20분의 1인 셈이다.

** 러시아어 표현 토르고블랴 이발럼торговля ебалом을 '썹판 장사'로 번역했다. 여기저기 얼굴을 들이밀며 두리번거리는 행동에 대한 저급한 표현이다. 본문에서는 '장사'를 '도매업'으로 바꾸었다.

하게 설명해주었다. 더불어 그는 자신의 사회적 지위와는 무관하게 한 대학에서 주는 약간의 벨페르*를 받고 있다고 말했다. 그는 그림에게 비밀이 없었다. 비밀 따위를 갖기엔 그는 나이가 너무 많았다.

"그러니까, 얘야." 그가 말했다. "넌 오르크야. 여기서 너를 데리고 있는 건 인간들이 유사시에 너로부터 정직한 오르크의 목소리를 듣기 위해서지. 그래서 먹을 걸 주는 거라고. 그러니까 이 정직한 오르크의 목소리라는 건 언제 어떤 말을 해야 하는지 아주 정확하게 찍어낼 수 있어야 해. 그러려면 뉴스와 스너프를 계속해서 찾아봐야 하고. 상황이 어떻게 돌아갈지 알아보기 위해 직접 특수 사이트를 찾아다니면서 공습 전력의 조준수들이 고대 프랑스어로 쓴 것을 번역해서 전부 읽어내는 게 이상적이지. 그러면 조금 앞서 말할 수 있으니까 신선한 관점으로 모두를 놀라게 할 수도 있고."

"그러니까 뭐예요, 계속 거짓말을 해야 한다는 거예요?" 그림이 물었다.

안드레이-앙드레는 아니라며 고개를 흔들었다.

"그러면 절대 안 돼. 항상 깨끗한 진실만을 말해야지. 하지만 올바른 궤도대로라면, 이 위에서 진실은 하나뿐이야. 그건 직감으로 느껴지는 거고. 항상 뉴스 안에, 뉴스 안에 있으려면 말이야…… 고인이 된 이반-이브는 교회 영어는 몰랐지만 이런 의

* 벨페르: 영어 웰페어welfare의 러시아어 독음. 특히 미국 대학에서 받는 지원금 등 서방의 재정 지원 전체를 통칭할 때 쓰인다.

미에서 진짜 에이스지. 위험을 감수하기 싫다면, 좀더 쉬운 길도 있어. 그들의 조간 헤드라인을 반복하기만 해. 진정성 있게 1인칭으로 말해야 한다는 것만 잊지 말고. 긍정적 뉘앙스를 담아도 되고, 부정적 뉘앙스를 담아도 돼. 그들한텐 큰 의미가 없거든. 우린 어차피 오르크니까."

"뭘 말해야 하는지 그들이 직접 말해주면 안 되나요? 대강이라도 그래주면 안 되나요?"

안드레이-앙드레가 웃어댔다.

"뭘 말해야 하는지에 대해서 너한테 그 누구도 설명해주지 않을 거야, 너 스스로 감을 잡아야지. 여긴 말이야, 그림, 고급 음악가들이 연주하고 있다고. 벌써 아주 오랫동안. 그러니 그들이 너한테 원하는 건, 너의 정직한 목소리가 오케스트라의 하모니를 깨지 않는 것, 그거 하나뿐이야. 교향곡에 참여하라고. 한 달에 딱 한 번 음표 하나, 그거면 평생 공짜로 뷔페를 먹을 수 있어. 하지만 딱 하나 있는 그 음표에서만은 말이지, 제발, 실수하지 마. 감은 잡을 줄 알아야지……"

그는 입술을 조금 깨물더니 자기 손바닥 위에 있는 검버섯을 쳐다보고는 슬픈 듯 말을 이었다.

"실상 이 스마트 프리 스피치smart free speech라는 건 머리가 나쁜 애들은 못 하지. 300마니투랑 공짜 버거 하나 얻겠다고 엄청나게 많은 잡동사니들을 기억해야 하거든…… 여기 디스코스몽거들이 어떻게 먹고사는지 알아? 만약에 어떤 사건이 일어났다고 치자. 그럼 디스코스몽거들은 하나같이 죄다 입장 표명을 해야 해. 인상에 남는 말을 해서 지원금 수혜 기간을 늘리려면 대충이 아니라 신랄하고 대담하게 자기 견해를 밝혀야 하거든. 모두들 차례로 말을 하고 다른 이들은 듣고 필터링을 하지, 뭐 잘못된 게 없나 하고. 근데 만일 누군가가 허기져서 뭔가 실수로 말을 하면 곧장 모두가 우르르 달려들어서는 간이나 쪼아 먹자는 식이거든. 눈 뜨고 볼 수 없을 정도로 끔찍하지. 내가 더 젊었다면 말이야, 돈 벌러 아래로 도망갔을 거야…… 아니다, 그렇겐 못 하겠다. 난 지금 저널들을 읽어, 『우렐』*이나 『사린』** 같은 거. 그런 걸 읽고 나면 통 잠이 안 와. 혁명은 물론 좋은 일이지, 나도 내 반평생을 바쳤는 걸. 하지만 오, 마니투여, 저희가 고삐를 놓지 않게 하소서…… 밑에서 어떤 벌레가 기어 나올지 도통 알 수가 없으니……"

"혁명을 믿으세요?"

안드레이-앙드레는 노인 특유의 몽롱한 시선으로 그를 쳐다보았다.

"얘야, 카메라에 대고 그렇게 말하진 말아라. 하지만 이 말은 기억하렴. 우리 우르키스탄에서의 모든 혁명은 예외 없이 항상 피와 똥과 굴종으로 끝나. 세기를 거듭해 달라지는 거라곤 이것들이 섞인 비율뿐이라고. 자유는 짐을 쌀 딱 그만큼까지만 연장되는 거야. 만일 어디론가 갈 데라도 있다면 말이야."

안드레이-앙드레는 속을 다 터놓는 선량한 오르크였고 그림을 자기 아들처럼 대했다. 그는 흔쾌히 장인만의 비법을 알려주

---

* 머저리.

** 어중이떠중이.

었다.

"재빨리 알아차려야 해, 여기서 팔 수 있는 건 스너프랑 데르판틴뿐이야. 데르판틴 사업은 늙어서 하는 거고, 아직 젊고 예쁠 땐 스너프를 팔아야지."

"어떻게요?" 그림은 이해가 가지 않았다.

"파릇한 생명의 새싹이 사회적 억압의 아스팔트를 깨고 그 파편들 위에서 격렬한 사랑의 춤을 추면서 엉키는 모습을 표현해내야 해. 동시에 바로 이 특정한 세대가 추는 사랑의 춤에 어떤 특징이 있는지도 보여줘야 하고. 그런 다음 탄압하는 폭정의 아스팔트 롤러가 새 아스팔트를 깔면서 어떻게 이 어린 생명의 싹을 뭉개버리는지를 묘사해야 하지. 하지만 이때 그저 바보같이 지껄여대면 안 돼. 뉴스와 디스코스몽거들과 의견을 교환하면서 이 아스팔트가 뉴스에서 보여준 바로 그 아스팔트라는 걸 보여줘야 해…… 그러면 먹을 걸 좀 줄 거야. 동업하고 싶니?"

그는 흥미로운 것들을 많이 이야기했다. 또한 고대 영화「미-666하에서의 잠불」*로부터 모티프를 따와 제목을 정한, 아직 출판되지 않은 자신의 회고록 한 권을 선물하겠다고 거듭 말했다. 성스러운 오르크적 진실을 향한, 무엇에도 굴하지 않는 절개가 엿보이기는 했다. 안타깝게도 그는 빨리 취해버렸고 그와의 대화는 단 몇 분간만 가능했다. 남은 시간 동안 그림은 훌로야가 실컷 춤추고 나서 집에 갈 때까지 구석에서 적적해하며 기

---

* 미МИ-666은 소련제 헬리콥터 МИ-6(MI-6)를 연상케 하며, 잠불은 카자흐스탄의 지역 이름이다.

다렸다.

그는 파티에 와 있는 게 싫었다.

대체 뭐가 그렇게 싫은지 명료하게 설명할 수도 없었다. 어느 날 '파티* 비열한들의 서커스'라는 단어들로 시작되는 텍스트 큐빅을 오랫동안 굴리고 있던 그에게 창조 완성기가 도움을 건네기 전까지는 말이다. 다음과 같은 결과가 나왔다.

'파티는 얼굴을 가린 사회적 격투장, 마이크로 콜로세움이다. 인간들이 이곳에 가는 것은 휴식을 취하거나 긴장을 풀기 위해서인데 실제로는 이들 전부가 자기 옷 아래로 글래디에이터용 장비를 감추고 있다. 각자는 자신만의 꿍꿍이속이 있으며 대화 중에 이해시키려 애썼던 그 '다른 북'이 아닌** 이 꿍꿍이속의 박자에 맞춰 밤새도록 춤을 춘다. 기상천외하게 불을 비춘 수족관에서 이루어지는 수천의 우연한 움직임이 있고 난 후에는 형형색색의 흉물들이 상호 포식과 수정을 위해 서로에게 꽉 맞물려 있다. 순진한 관찰자에게는 유희처럼 보일 테지만 사실 이것은 사회적 의례와 혼합된 채 잠시도 멈추지 않고 계속되는 생존 투쟁이다.'

흘로야는 파티를 집처럼 편안해했다. 보통 파티에 갈 때 그녀

---

* 원문에는 '축제성 모임'과 '정당'의 의미를 둘 다 가지고 있는 파티party의 러시아어 표기 '파르티парти'를 사용했지만 '파티의'를 의미하는 단어로는 러시아어로 '정당'을 뜻하는 '파르티야партия'의 형용사형인 '파르티느이партийный[당의, 당원의, (흔히) 공산당원의]'가 쓰였다.

** '사회적 통념을 따르지 않고 자기 뜻대로 하다'라는 뜻의 'march to the beat of a different drum'이라는 영어에서 비롯된 표현으로 보인다.

가 하는 치장은 아주 야만스러워 보였다. 깃털로 만든 블라우스나 악성 종양을 닮은, 천 조각으로 만든 커다란 꽃들이 달린 원피스 같은 것들이었다. 하지만 인간들은 이것을 마음에 들어 했다. 그들 스스로도 그리 세련된 복장을 하는 건 아니었다. 친구를 많이 사귄 훌로아는 마니투로 새로운 옷을 고르면서 며칠 내내 그들과 함께 음성 통신으로 재잘거렸다.

그녀는 이런 저녁 모임에 점점 더 자주 혼자 나갔다.

그러다가는 아예 나가버렸다.

이 일은 아무렇지 않게 일상처럼 일어났고 그림에게 충격도 아니었다. 그들 사이에 서먹서먹한 거리감이 생긴 건 벌써 오래전이었다. 그림은 자신이 이러한 상황에 대비되어 있다는 사실이 놀랍기까지 했다.

훌로아는 자신과 알료나-리버티나 사이의 우정에 전혀 반대하지 않으면서 자신에게 배역까지 약속한 한 젊은 스너프 디렉터의 집으로 이사했다. 훌로아가 오래전부터 꿈꿔온 일이었다.

그녀는 사뭇 후하게 행동했다. 법률적 측면에서 보자면 이전에 베르나르-앙리가 소유했던 주택은 그녀의 것이었다. 하지만 일단 그녀는 그 집을 그림에게 남겼다. 이제 그녀의 새로운 창밖 풍경은 파리의 봄이었다. 그림은 그녀에게 그런 걸 제공할 능력이 못 됐다.

훌로아는 그림에게 두세 장의 편지를 보냈다. 편지 내용은 차갑고 부자연스러웠다. 그녀가 창조 완성기를 쓰지 않아서 그렇게 느껴졌을지도 모른다. 그림은 답하지 않았다. 화가 나서가 아니라 그냥 할 말이 없어서였다.

이때 그의 삶에서 한 가지 사건이 발생했다. 언뜻 시시해 보일지 모르지만 이상하게도 그 사건은 그림의 머릿속에 있는 모든 사회적 설정을 휘저어놓았다.

그는 명함을 주문했다.

물론 명함이 빅 비즈에서 꼭 필요한 건 아니었다. 원칙적으론 그가 업무상 오르클랜드에 간다든지 하는, 아주 드문 경우에 필요할 수는 있었다. 하지만 사실 명함은 전혀 다른 곳에 필요했다.

그는 명함의 디자인과 텍스트를 스스로 생각해냈다. 더 정확히 말하자면 생각해낸 것이 아니라 베낀 것이다. 슬라바에 있는 자기 책상 위에 오랜 세월 붙어 있었던 바로 그 명함을 본떴다.

한 묶음을 프린트한 후 달콤한 향이 나는 명함 한 장을 모르드 할아버지의 명함이 붙어 있던 이전 그 자리쯤에 놓이도록 마니투 틀 위쪽에 붙였다. 그런 다음 눈을 내리깔고 몇 초간 잠자코 있다가 머리를 번쩍 들어 올렸다.

그의 앞에서 빛나고 있는 직사각형 종이에는 간소하고 엄격한 활자로 다음과 같이 적혀 있었다.

그림 영구 개별 번호 1 3505 00148 41 0

디스코스 콘텐츠 소믈리에

Big Byz 093458731-4091

이것은 성공 증서였다.

그림은 아주 어린 나이에 얻은 것이다. 스무 살이 되기도 전이니까. 서커스에서 그럭저럭 살아남은 오르크 대부분에게 이 나이는 이제 겨우 인생과 운명이 시작되는 시기였다. 하지만 그림은 아무것도 느끼지 못했다. 고인이 된 할아버지 모르드가 당신의 명함에 대해 이젠 아무것도 못 느끼는 것과 마찬가지였다.

하긴 저 아래엔 이 하얀 명함을 보고 고통스러운 질투를 느낄 오르크들이 많기는 했다. 하지만 그림은 그들의 감정 따위에는 관심이 없었다. 어떻게 다른 오르크들의 질투심이 자신의 행복이 된다는 것인지 이해할 수 없었다.

인간들하고도 비슷했다. 좀처럼 파티에 다니지 않는 이에게는 인간 사회의 명망이라는 것도 창밖의 수탉 울음소리나 저 멀리 돼지가 꿀꿀대는 소리와 별반 다를 게 없었다. 이는 하루하루 더 확연해져갔다. 특히 이 소리들이 통합적 성격을 띨 때는 더욱 그랬다.

그런 유의 포상은 그에게 아무 쓸모가 없었다. 그렇다고 다른 종류의 포상이 존재하는 것도 아니었다. 아, 물론 돈 빼고 말이다. 하지만 잘 생각해보면 마니투는 그것을 찍어내는 이들을 제외하고서는 그 누구도 그걸 갖고 있다고 할 수 없었다. 나머지 이들에게는 잠시 가지고 있으라고 가끔씩 맡겨질 뿐이었다. 결국 마니투가 존재한다는 것을 확신시킴으로써 계속 일하게 하기 위한 것이었다. 다밀롤라는 그림더러 이 문제에 더 깊이 관심 두지 말라고 했다. 이 지점에서 hate crime(증오 범죄)의 위태로운 늪이 시작되고 있었다.

그림은 자꾸만 이 늪의 가장자리를 따라 걸었고 가끔 그 가장자리를 넘어서곤 했다. 언젠가 한번은 그가 민주 정권을 모욕한 적이 있었다. 그건, 다밀롤라의 말에 따르면, 진보수적 사회에서는 절대로 해서는 안 될 행동이었다.

한 신작 스너프에서 진보적 개혁의 적, 즉 삼지창과 그물을 휘두르며 자신의 섹스 파트너에게 씩씩대던 악의에 찬 오르크 농부가 반민주 정권적인 의견을 펼쳤던 것이다.

"농업에 빗대어 표현한다면 민주 정권은 'free range organic fed(오가닉 영양 공급하에 방목)'* 중인 인간의 의지 표명이라는 의미가 있지. 그러니까 그 시절에는 'freedom(자유)'이라는 단어를 아직 쓸 수 있었던 거야. 모든 이들이 지혜와 경험을 한 방울 한 방울 축적했고 이러한 의지들의 총합이 가장 훌륭한 통치 형태를 탄생시켰고 이것이 바로 오가닉 통치지. 하지만 오늘날 이 형태는 오르카닉**한 것이 되고 말았어. 오늘날의 민주 정권은 철로 만들어진 벌집 속에 사는 구더기들의 의지 표명이 만들어낸 생산물이야. 이 구더기들은 정신적 화학물질, 거름, 정치공학자들에 의해 생산된 수식어구들의 흐름을 구더기들의 뇌 사이로 펌프질해 올리는 정보화 단말기 파이프를 통해서만 우주와 연결될 수 있어. 여기에 선택 따위가 어디 있다는 거야? 경주에 나가기로 한 바퀴벌레들 모두가 하나의 통조림에서 파온 것이라면, 어떤 바퀴벌레가 첫번째로 들어오든 무슨 차이가 있단 말이야? 빨간색 아니면 하얀색 프리제르바……*** 아, 미안, 프레지

---

* 괄호 안은 러시아어 원주를 번역한 것이다.

** 오르카닉(орканический): 오가닉(органичесикй)과 오르크орк를 합성해서 만든 단어.

*** 작가가 대통령을 뜻하는 '프레지덴트президент'와 황제를 뜻하는 '임페라토

라토르가 하물며 너희들이 차마 입에 올리지도 못할 복장으로 차려입었다 해도 상관없는 거 아냐?"

다밀롤라는 그림에게 그런 농담은 그만두라고 조언했다. 민주 정권을 비방할 경우 선임 소믈리에들이 그가 우르카가나트를 지지한다고 결론 내릴 수도 있기 때문이었다.

"오르크 민주 정권 수립을 위해 빅 비즈의 가장 훌륭한 포르노 배우들이 생명을 바쳤어." 그가 건조하게 말했다. "네가 우리 사회의 일원이라면 그들의 기억을 존중해야 해. 그러니까 '정치공학자'라는 단어는 쓰지 마. 여기선 아무도 그 단어를 이해 못 할 테니까. 스너프에 그 단어가 나올 때마다 '선거가 존재하지 않는 사회에 존재하는 선거 소믈리에'라는 각주를 달 순 없잖아."

그림도 자신의 솔직한 모습이 얼마나 멍청해 보일지 잘 알았다. 또 어떻게 행동해야 하는지도 뻔히 알았다. 이에 대해서는 안드레이-앙드레 노인이 아주 명확하게 설명해준 바 있었다.

무엇 때문에 꾸며대야 하는 거지?

그림이 이 문제에 대해 처음으로 심각하게 고심하게 된 것은, 창문 밖의 토스카나가 긴 기간 바라보는 사이에 변해버렸음을 깨달은 이후였다. 토스카나 내부의 디테일이 하나둘 삐져나오기 시작했고 이 때문에 풍경에 대한 모든 신뢰가 무너졌다.

첫째는, 먼 산 위에 있는, 50마니투짜리 지폐에 그려진 안티

르император'를 합성해서 만든 '프레지라토르 презиратор'를 발음하려다가 실수로 '프리제르바티프 презерватив(콘돔)'라고 발음할 뻔했다.

크라이스트의 옆모습을 닮은 구름이 매번 똑같은 모양으로 몇 시간마다 한 번씩 지나갔다. 둘째는, 풍차의 날개들이 항상 같은 속력으로 돌았다. 셋째로는, 언덕 위 하얀 집의 굴뚝에서 나오는 연기 띠가 짜증을 불러일으켰다. 이 연기 띠의 모양은 계속 변했지만 시간이 조금 흐르고 나면 그 변화가 똑같은 순서대로 반복되었기 때문이다.

그림은 자신이 면도도 안 한 다밀롤라와 함께 벌써 3일째 저녁, 이제 곰팡이가 피기 시작한 텅텅 빈 그의 아파트에서 술을 마시고 있다는 것을 깨달았다. 이제 그는 '삶의 막다른 골목'이라는 표현이 무슨 의미인지 완벽하게 이해했다. 처음에 그는 다밀롤라에게 우울하다며 푸념을 늘어놓았고 다음에는 왠지 모르게 모르드 할아버지에 관한 이야기를 하면서 자신의 새 명함을 보여주었다. 다밀롤라는 몇 초간 관심 있게 명함을 살펴보더니 책상 밑으로 던져버렸다.

"기죽지 마." 그가 말했다. "넌 그냥 아직 어린 거야. 누구나 젊을 땐 삶의 위기도 느끼고 암흑기를 겪기도 한다고. 다 끝났어, 이젠 아무 노력도 할 필요 없다고…… 하-하-하…… 열여덟 살에 인간은 자신을 여든 살로 느끼지, 대신 여든 살엔 열두 살처럼 느끼고. 네 살로 안 느끼는 게 어디야. 넌 그냥 흘로야 때문에 스트레스를 받은 거야, 그림. 스트레스나 호르몬 중독 때문이라고."

"어떻게 해야 해?" 그림이 혀 꼬인 소리로 물었다.

"내가 말해줄게. 굴락에 있는 대여점으로 가. 흘로야를 닮은 수라를 찾아. 마니투가 안 아깝다면 사진을 이용해서 수라한테 특정 얼굴을 일시적으로 주문할 수도 있어. 주말 동안 빌려. '데스데모나' 레짐을 켜고 그녀랑 스너프에 대해서 잡담을 나눠. 문화나 뭐, 음악에 대해서 말이야. 그런 다음 목을 졸라. 온 마음으로 천천히. 오줌을 지리도록 말이야. 리셋시키고 반복해. 대뇌피질 신경중추가 느슨해질 때까지 한 다섯 번쯤 그러는 거야. 단 침대에 방수포를 까는 걸 잊으면 안 돼. 눈을 떴을 때 넌 다른 사람이 되어 있을 거야. 한번 해봐, 진심이야…… 다섯 번 정도로 푸포갈이 되는 건 아니니까."*

물론 그림은 다밀롤라의 조언을 따르고 싶지는 않았다. 하지만 그와 같이 있을 때가 혼자 있을 때보다 더 나았다. 물론 이것도 암울하긴 마찬가지였지만.

'버림받은 두 명의 루저들……'

아무도 입 밖에 내지 않은 이 말이 마치 허공을 날아오르는 것 같았다.

정기적으로 발생하는 오르클랜드의 폭동 소식이 마니투에서 흘러나와도 그에게 도움이 되진 못했다. 예상했던 대로, 신임 카간이라고 해서 전임 카간보다 나을 건 없었고 민주 정권의 싹들은 또다시 익살극이 되어버렸다. 뉴스에 등장한 안드레이-앙드레는 혁명에 힘을 보탤 것을 호소했다. 그리고 슬라바의 변방은 벌써 조금씩 폭격당하기 시작했는데, 이는 어떤 구체적 계산에 의해서라기보다는 습관적인 것이었다.

---

* 게이를 소재로 하는 비하적 농담 중 '한 번으로 게이가 되는 건 아니야(Один раз не пидорас)'라는 표현을 염두에 둔 말.

다밀롤라는 즐거워했다. 슬픔을 달래려 받았던 이 휴가가 끝날 때쯤이면 일감이 많아질 것이라고 했다. 곧 다음번 전쟁이 터질 참이었다. 새 카야를 구입해야겠다는 생각은 점차 헛된 망상 구역에서 맨 정신의 예산 계획 구역으로 자리를 옮겼다.

"2년 동안은 데르판틴이나 보지 뭐." 그가 말했다. "나중에 대출받아서 사면 돼. 좀 있으면 오르크들한테 돈을 많이 찍어줄 거라고 하던데, 그러면 기존 저당을 걸고 다른 데서 또 대출을 받을 수 있을 거야. 하지만 새 수라랑은 모든 걸 엄격하게 품질 보증서대로 유지할 거야…… 글쎄…… 내가 버텨낼 수 없을 거야, 버텨내지 못할 거라고……"

그림은 창밖을 바라보면서 그의 말을 들었다.

다밀롤라는 심각해 보였다. 카야가 실종된 후 그는 모든 것을 절약했다. 심지어 값비싼 나폴리에서 싸구려 뉴욕으로 이사까지 했다. 이제 그의 창밖에는 오래된 '마천루'에서나 보일 법한 야경이 계속되었다.

고대 영화 시대에는 사람들이 거주했던 건물들을 '마천루'라고 불렀다. 이것은 어마어마하게 높은 바위를 연상시켰다. 그 위로는 창문들이 화려한 점처럼 빽빽이 박혀 있었다. 매혹적이면서도 무시무시한 경치였다. 그림은 이것이 꽤나 마음에 들었지만 다밀롤라는 이것이 인간들의 기억 속에 남아 있는 고대의 공포 중 하나라고 설명해주었다. 콘크리트 바위가 세워진 이런 지역은 전통적인 평평한 도시보다 훨씬 더 빠르게 노화되었다. 이 밀집된 마천루들은 문자 그대로 200, 300년 만에 미래의 상징에서 암울한 과거의 상기물로 변했다.

"외부가 내 내면과 조응하면 좋을 것 같아서." 다밀롤라가 말했다. "차차 형편이 나아지면 풍경을 바꿀 거야. 아직은 아니지만……"

그림은 마천루의 인간들이 서로를 깔고 쌓아올린 상자 속에서 위아래로 즐비하게 층을 이루며 사는 모습이 빅 비즈의 대중과 거의 비슷하다는 생각이 들었다. 지금은 거리 대신 터널이 뚫려 있다는 정도가 다를 뿐이었다. 거주 공간의 '외부'는 모두 사라졌고 '내부'만이 남았다.

창조 완성기에 이러한 생각을 넣어 돌려볼 수도 있었다. 그러면 아마 소믈리에들이 신작 스너프에 나오는 한 오르크 영웅의 대사에 이 생각을 넣어줄지도 몰랐다. 하지만 그림은 생각을 적어두는 것마저 귀찮았다.

집에 있는 동안 그림은 무작동으로 화면이 자동으로 꺼진 마니투 앞에 멍하니 앉아 있는 일이 빈번해졌다. 그러면 검은 거울로 변한 화면에 그의 얼굴과 등 너머로 보이는 방의 일부가 나타났다. 창문이 화면에 들어왔다. 그 창문 뒤, 검은 거울에 비친 토스카나의 대부분은 이미 진짜처럼 보이지 않았다. 진짜 창문들, 저 아래 세상에 있는 진짜 창문들은 이렇지 않았는데……

'글쎄,' 그가 생각했다. '이만하면 죽을 때까지 다 산 것 같기는 한데. 좀더 두고 보자. 앞으로 또 뭐가 더 있나……'

이 말의 배아 또한 무언가 아름답고 복잡하게 발전시킬 수 있었다. 하지만 그림은 이것을 창조 완성기에 넣지 않았다. 그림의 말 중에서 마지막으로 스너프용으로 채택된 구절은 다음과 같았다.

'너희네 모든 문화 소믈리에들은 그저 세계 단일 정부를 위해 일하는 보갈일 뿐이야. 그리고 당신네 여자들로 말할 것 같으면…… 난 예전엔 개네가 창녀라고 생각했거든. 근데 지금은 그들이 그냥 고무일 뿐이라는 걸 알게 됐어. 나쁜 의미에서 말이야.'

이 문단과 관련해 두 가지 이상한 일이 일어났다.

첫째, 그림은 창조 완성기로 이 문단을 윤색하면서 프로그램이 제안하는 장식체를 하나도 추가하지 않았다.

둘째, 어찌 된 일인지 스너프에서 이 텍스트를 읊고 있는 이는 오르크가 아니었다. 그의 텍스트는 한 인간에 의해 범죄적 혐오 발언의 한 예로 인용되고 있었다.

젊은 오르크의 몽롱한 영혼을 꿰뚫어 본 나의 마지막 이야기는 어느새 일종의 상상력 놀이가 되어버렸다. 더 이상 나는 이렇게 그를 꿰뚫어 봄으로써 독자들을 즐겁게 해줄 수 없다. 할 이야기도 조금밖에 남지 않았다.

내가 기억하는 그림의 마지막 말은 함께 술을 마실 때 그가 중얼거렸던 "이만하면 죽을 때까지 다 살았다"는 말이다. 이 말이 특별했던 게 아니라, 젊고 힘이 충만한 존재가 그런 말을 한다는 게 엄청나게 부조리하게 들렸기 때문이다. 그럼에도 불구하고 그의 고해를 들어보니 이 말이 전적으로 맞았다. 나는 이 건장한 새끼 짐승보다 훨씬 더 빠르게 취했기 때문에 그의 말을 그다지 주의 깊게 듣지는 못했다. 게다가 나는 다른 생각을 하고 있었다.

어디에서도 카야를 찾을 수 없었다. 나를 도와줄 만한 힘을 가진 이가 없었다. 아무도 달리 애를 써주지 않았다. 친절하기 그지없던 수라 전문 컨설턴트는 보증서 위반 사항을 인용하면서, 카야가 중앙 분쇄기에서 스스로 파기되었을 것이라 추측했다. 그런 일이 실제로 발생하곤 했을뿐더러 회사의 입장에서 이것은 가장 편리한 핑곗거리였다. 그들은 동급의 새로운 수라를 높은 할인율로 제안했다. 물리적 형태의 모든 디테일은 정확하게 재현될 수 있었다. 하지만 그게 카야일 리 없었다. 나는 생각해보겠다고 했다.

곧 우리의 문화 안에서 그림이 지닌 전망이란 것이 별 볼 일 없다는 사실이 확실해졌다. 연이은 두 가지 재난으로 그는 자신의 이미지를 망쳐버렸다. 이 두 가지 모두 베르나르-앙리를 엉터리로 인용한 것이 원인이었다. 마치 그가 자신을 모욕한 이에게 무덤에서라도 앙갚음하려는 것 같았다. 처음에 그림은 「여론」이라는 이름의 한 방송에 초대되었고 거기에서 현대 세계에 여론이란 존재하지 않으며 단지 배고픈 소믈리에 떼가 들러붙은, 마니투를 통해 스스로를 드러내는 파이낸셜 리소스가 있을 뿐이라고 말했다. 베르나르-앙리가 이 말을 괜히 고대 프랑스어로 써둔 게 아니었을 텐데도 우리의 새끼 늑대는 이것을 소리 높여 반복해도 된다고 생각했던 것이다.

며칠 후 명예 회복을 위해 소명의 기회가 주어졌을 때 그는 환영위원회에서 나온 사람들에게 방송 출연을 더 이상 하고 싶지 않다고 말했다. 나는 독불장군이나 망종이 되는 게 자기한테 좋을 게 뭐가 있느냐며 그를 만류했고, 그는 다시 한 번 고인의 말을 인용하여 대답했다. 우리 시대는 누군가가 무보수로 원격 카메라 앞에서 돼지랑 하는 것을 원하지 않으면 그를 '음침한 은둔자' '망종' '독불장군' '요부'라 부르며, 돈을 준대도 돼지랑은 못 하겠다고 마다하는 이들을 가리켜 '신비로운 아우라를 두르고 싶어 저러는군……'이라 말한다고.

나는 베르나르-앙리 스스로도 독불장군이나 은둔자가 절대 아니었고 아우라를 두른 적도 없으며, 그와는 반대로 마니투 더미에서 수영을 할 정도였다고 그림에게 설명하려 애를 썼다. 그러니까 이 아무 생각 없는 오르크는 전력을 다해 노력해야 하는 처지였다. 아무래도 그림에게 우울증이 찾아온 것 같았다.

희한하게도 우리의 운수가 비슷하게 맞아떨어졌다. 이 사실은 나를 놀라게 했다. 우리는 둘 다 어쩔 수 없이 독신 생활을 해야 하는 처지였고 곧바로 재정적 어려움에 부딪혔다. 물론 두 사건의 순서를 뒤바꾸는 것이 더 논리적으로 보이기는 한다. 천사의 모습을 한 더없이 낭만적인 아가씨들은 가난이 다가오는 것을 직감하는 데 있어 재난 발생을 앞두고 보금자리를 내던져버리는 쥐에 절대 뒤지지 않으니까.

우스운 일도 없지는 않았다. 그림은 벌써 자신을 새로운 세상이 선회하는 모든 곳에 유연하게 어울리는 완전한 콘텐츠 소믈리에로 여기고 있었다. 그게 아닐지도 모른다고 생각하게 된 건 자기 집에 온수가 끊겼을 때였다.

그림이 이상한 걸 발견했다며 나를 방문한 때를 기억한다. 그는 자신의 마니투 우측 구석에 있는 숫자들이 빨갛게 되면서 마이너스 표시가 뜨는 것과 수도꼭지에서 나오는 물이 차가워지는 것 사이의 재미있는 연관성을 눈치챘다. 오직 그림만이 여기에서 무엇이 원인이고 무엇이 결과인지 아직 이해하지 못하는 듯했다. 나는 그의 집에 손님으로 들러(재미있는 건, 흘로야가 나간 이후, 죽은 베르나르-앙리의 아파트는 곧 더 이상 오르크 돼지우리를 연상시키지 않았다는 것이다) 그의 가계부를 들여다보았다.

그가 이곳에 온 뒤 마니투의 집이 후하게 내준 착수금 따위는 벌써 다 쓰고 없었다. 그가 오락 채널에 출연하여 깊은 인상을 남긴 후 그에게 지불되었던 시네뉴스 주식회사의 지원금도 거덜 나 있었다. 대부분은 흘로야가, 그림은 맹세코 제 눈으로 단 한 번도 본 적 없다는 귀금속을 사는 데 몽땅 써버린 것이었다.

가계부에서 제일 흥미로운 점은 그림이 벌써 스스로 수입 올리는 법을 배웠으며 괜찮은 실적을 내고 있었다는 점이다. 특히 창작 활동 초기가 그랬다.

하지만 이 불쌍한 녀석은 우리 문화 안에서 자신의 자리가 어디인지를 잘못 이해했다. 그는 삶에 대한 청소년적 판타지를 선임 소믈리에들에게 제공하기 시작했는데 이것은 스너프에 필요한 야만과 복잡함의 숨결이 느껴지는 거만한 오르크식 어구들 대신에 창조 완성기를 통해 점차 전적으로 인간다운(루저답다는 말은 쓰지 않겠다) 방식으로 다듬어진 것이었다. 당연히 이로 인해 그에게 돌아오는 마니투는 점점 줄어들었다. 경쟁자에게서는 좀처럼 기대할 수 없는 넓은 아량의 소유자인 안드레이-앙드레 노인이 오르크가 정녕 살아남고 싶다면 인간들 사이에서 어떻게 벌어먹어야 하는지 이야기해줬지만 아무런 소용이 없었다.

예상된 결과였다. 온수가 끊긴 것이다.

나지막한 평원의 이 순결한 꼬마는 짠한 수건 하나를 팔에 걸친 채 우리 집 문을 두드렸다. 결국 나는 그에게 이곳은 시네뉴스 주식회사 전투비행사의 집이지 오르크 목욕탕이 아니라고 말해야 했다. 이후 그는 아무래도 차가운 물로 씻기 시작한 것 같았다. 이윽고 우리의 술잔치는 점점 뜸해지더니 아예 없어졌다. 그래도 우리는 서로의 소식을 물으며 지냈다. 얼마 후, 그는 아래에서 일자리를 찾았다고 했다.

나는 이것이 그에게 최선의 탈출구라는 사실에 동의했다. 왜냐하면 흘로야가 베르나르-앙리의 집을 내놓으려 했고, 그게 아니더라도 어쨌거나 그 정도의 불안정한 수입으로는 더 이상 내 이웃에서 살 수 없었기 때문이다. 그에게는 두 가지 탈출구가 있었다. 우리 집 화장실 변기를 확대시켜 복제한 것과 같은 3미터짜리 찬장만 한 방(샤워꼭지 달린 변기, 커피 머신, 전 벽면에 마니투와 24시간 맨해튼 야경 전망)을 얻어 이사 가는 것과 조금이라도 저축할 수 있도록 오르크들 쪽에서 위험한 일자리를 얻는 것이었다. 그는 후자를 선택했다. 그리고 그것은 옳은 선택이었다. 왜냐하면 위에서 그의 경쟁자들은 훨씬 더 나은 문화 코드가 장착된 창조 완성기와 사전을 가지고 어떤 짓이라도 할 준비가 되어 있는 콘텐츠 소믈리에 군대였기 때문이다. 반면 아래에서 그는 진창 속의 한 마리 물고기였다.

그리고 거기선 명함도 쓸모 있을 것이다.

우리가 마지막으로 만났을 때 그림은 놀랄 정도로 또렷하고 침착한 상태였다. 나는 처음으로 그의 겉모습에 오르크적 잔재가 전혀 남아 있지 않다고 느꼈다. 그는 충족되지 못한 성적 충동을 저예산 낭만주의 드라마티즘으로 승화시킨 루저에 꼭 맞는 모습이었다. 온통 검은색 차림에 앞머리는 눈까지 내려와 있었고 지그재그로 깎인 목덜미에, 왼쪽 소매에는 철로 만든 조그만 해골들이 보였다. 모든 것이 최신 세대의 반항 스타일을 따르고 있었다(불쌍한 놈, 보통 우리 쪽에선 마흔을 훌쩍 넘긴 사람이 스무 살 갓 넘은 애랑 자려고 서른 살 남짓으로 보이고 싶을 때 그렇게 차려입는 걸 그림은 아직 모르는 거다). 하지만 잘 어울리기는 했다.

나는 아래로 내려간 그가 새 오르크 여자 친구를 얻어올 거라 생각했다. 그러나 그녀가 그림과 함께 위로 올라오려고 하면 입장 허가가 안 날 것이다. 상관없다, 최악이라고 해봤자 기념 해골에 광이나 내는 정도일 테니. 아마도 베르나르-앙리의 집에 카르마라는 게 씌었나 보다. 말을 참 잘했던 내 옛 애인이 이런 효과를 그렇게 부르곤 했다……

그가 어떤 일자리를 찾았는지 알게 되자 처음엔 놀랄 수밖에 없었다. 아휴, 한 5년이나 지난 다음에 그걸 하겠다면 이해됐을지 모르지만 벌써 그런 걸 하겠다고 나서면…… 하지만 적어도 그가 무엇에 반대해 그토록 우아하게 시위하는지는 확연해졌다.

아동 매수꾼이 되려고 결정한 것이다.

우리에게는 이런 이들이 필요하다. 이전에 오르크였던 이가 이 일을 맡는 게 제일 좋다. 우리 쪽에선 자기 아이를 낳는 게 우생학적 측면에서 장려되지 않는다. 아무리 그러고 싶어도 마흔여섯 살이 지나야만 합법적으로 인정받는 임신과 출산에까지 'don't look-don't see(안 보면, 안 보인다)' 법칙을 확장시키는 건 어려운 일이다. 사회에 강제된 높은 '동의 연령'은 병약한 후세를 등장시켰다. 그래서 합법적이고 건강한 아이를 얻기 위해 오르클랜드로부터 입양하는 것을 선호했다. 우리에게는 이것이 더 나았다. 신선한 피가 우리의 멜팅 볼*로 지속해서 유입되도록

* 미국의 다민족 문화를 뜻하는 여러 상징 중의 하나인 '용광로(melting pot)'를 염두에 둔 표현.

보장해주기 때문이었다. 물론 아무도 공개적으로 '신선한 피'를 운운하지는 않았다.

단순한 작업이다. 유전자에 따라 아이들을 골라낸다. 아주 작은 피 한 방울만 있으면 휴대용 특수 마니투로 할 수 있는 일이다. 사회 계획 및 입양자들의 바람에 따라 매년 여러 가지 유전학적 조합이 요구된다. 필요한 재료를 금세 찾아내는 것이 매수꾼들에게는 어려운 일이어서, 그들은 멀리 있는 오르크 농촌을 오랫동안 방랑하곤 한다. 그래서 이 일은 보부상 비슷했고 때마침 내 친구의 반항적 이미지와 잘 맞아떨어졌다. 수매하고, 플랫폼을 소환하고, 선적하고, 옷자락을 얼른 빨고, 소매에 달린 해골들을 흔들면서 다음 장소로 계속 나아가면 됐다.

그림은 자기가 없는 사이에 꽃에 물을 좀 주라고 부탁했다. 나는 그러마 하고 말했지만, 그가 아래로 떠나버리고 나서 이 부탁을 잊어버렸다. 이걸 잊어버린 건 우리 집도 온수가 거의 끊길 뻔했기 때문이었다. 나를 구원한 건 '헤넬로레'를 담보로 받은 또 한 번의 소규모 대출이었다(동료들의 농담에 따르면, 원격 카메라를 담보로 잡혀서 수라를 사고, 수라를 담보로 잡혀서 원격 카메라를 사고, 이 모든 것은 봄마다 찍어내는 5톤어치의 새 녹색 마니투를 받는 오르크들이 지불한다).

나와 그림의 운명이 이상한 관계를 맺고 있다는 건 괜히 한 말이 아니었다. 나는 그림을 놀려댈 까닭이 없었다. 나의 귀염둥이도 그의 훌로야처럼 교묘하게 내 돈을 다 써버렸으니까. 이것으로 수라가 살아 있는 여성들에게 어떠한 측면에서도 뒤지지 않는다는 것이 완벽하게 증명된 셈이었다. 그리고 나는 저임금 일용직으로 추락할 수밖에 없었다.

이제 나는 상반구 쪽에서 불꽃놀이 폭죽을 쏘기 위해서 거의 매일 밤 '헤넬로레'를 탄다. 상반구는 항상 차분한 축일이 지배적이어서 원격 카메라의 비행이 금지되어 있다. 그쪽으로의 업무상 진입이 허가된 이들은 완벽하게 검사를 통과한 조종사들뿐이었는데, 이런 녀석들이 많지 않다 보니 나름대로 주문량이 있었다.

굴락의 다윗-골리앗 아라파트 저커버거로부터 특별히 더 많은 주문이 들어왔다. 전 글루미 연대에도 불구하고 이 일을 고소득이라 부르기는 힘들었다. 게다가 내 상황을 고려한다면 더욱더 그랬다. 나는 생애 처음으로 '밥벌이를 위해 빨다'라는 오르크 관용구의 멍에를 그대로 느낄 수가 있었다. 창조 완성기가 제안하는 대로 굴락을 주제로 농담하고 싶지는 않다. 그러나저러나 다들 아는 얘기니까.

대신 나는 다윗-골리앗이 사는 곳을 살펴볼 드문 기회를 얻었다. 이것은 마니투 그리스도와 한 시대를 살았던 황제 티베리우스의 카프리 빌라를 본뜬 것이었다.

빌라는 빅 비즈의 적도 조금 위에 있었다. 이것은 조각상들과 독수리들로 장식된, 흠잡을 데 없이 완벽한 정원들 안에 파묻힌 대리석 궁전이었다. 궁전 성벽 바로 아래에서부터 절벽이 시작되었다. 모든 것이 저 멀리 카프리 섬에 있는 것과 같았다. 절벽을 따라서 다윗-골리앗이 자신의 수르, 식객 들과 함께 거니는 긴 산책로가 나 있었다. 하지만 나에게 강한 인상을 준 것은 살아 있는 장미 관목이 둘러 심어진 수십 억에 이르는 탁 트인 길이 아니라 그 이름도 유명한 '비너스의 구석들'이었다.

이것은 녹음 사이에 자리 잡은 대리석으로 만든 작은 정자들이었는데 각각의 정자마다 그의 취향에 맞는 두셋의 수르들이, 장미에 휘감긴 다윗-골리앗이 산책 중에 어쩌다 우연히 들를지도 모른다는 기대를 품고 하루 종일 난교 파티 흉내를 내고 있었다. 나는 이 모든 것을 내 눈으로 직접 보는 불행을 겪었지만, 고백건대 내가 여기서 생각에 잠긴 것은 이 광경의 미학적 측면 때문이 아니다. 이 모든 수르가, 어떤 수르든! 나의 카야만큼 가격이 나갔던 것이다.

그 이웃에는 더 부유한 이가 살았다. 그의 땅은 두 배나 더 넓었다. 그는 자기 강까지 소유하고 있었다. 농담이 아니다. 그건 헝클어진 정원을 가로질러 흐르는 그 자신만의 강이었다. 강은 관목숲에 숨겨진 철제 취수장으로 떨어지는 폭포로 이어졌다. 이 모든 것은 전부 진짜였는데, 잠복 스크린을 통해 고공의 추위로부터 보호받고 있었다. 이 스크린이 어떻게 시가 꽁초와 포도주 코르크는 통과시키면서(전투 마니투에 있는 레이더가 정기적으로 나에게 알려준다) 대기는 떠받치고 있는 건지 아직까지도 모르겠다.

물론 그 정도로 출세할 수 있는 경제적 기반에 대해 내가 한두 번 생각해본 게 아니다.

외부 빌라들로 드문드문 얼룩진 거대한 푸른 산을 닮은 오프스피어 상층 표면 전체는 연로한 포르노 배우들(이들에 대해서는 더 말할 것이 없다)이나 마니투 준비군 녀석들, 즉 우리와 오르클랜드를 위해서 돈을 찍어내는 이들이 소유하고 있다. 물론

'돈을 찍어내다'라는 표현은 홀로그램 지폐를 정말로 통용하는 오르크들을 자기들끼리 언급할 때만 의미를 지닌다. 빅 비즈에서 마니투는 어떠한 감각 가능한 물질성을 지니지 않는다. 그건 그냥 마니투상의 숫자일 뿐이다.

경제학에 문외한인 나 같은 사람은 아직도 이해할 수가 없다. 어떻게 이 서투른 인간들이 전적으로 비물질적이고 비감각적인 무언가를 생산해내고 또 이를 통해 거대한 물질세계—소믈리에들이 그 현실성에 결코 의심을 품을 수 없게 만든—전체의 불알을 꽉 쥐고 있을 꾀를 내게 된 것인지 말이다. 아무래도 '마니투Маниту'와 '마니투маниту'가 첫 철자의 대소문자 표기 방법에서만 차이가 나는 건 다 이유가 있어서였나 보다.

하지만 때마침 나는 무언가를 목격했고 이후 증오 범죄의 어두운 심연으로 향하는 길목에서 구원될 수 있었다. 어느 날 산책로에서 다윗-골리앗을 보게 된 것이다. 가벼운 토가를 입은 그는 내가 트릭 기념관 개관식에서 보았던 것과 비슷하게 끔찍하게 생긴 두 소년을 안은 채 걷고 있었다.

이런 종류의 주문을 받아 일할 때는 촬영 기기를 작동시키면 안 되었다. 하지만 불꽃놀이 폭죽을 터뜨릴 때도 미사일을 발사시킬 때와 동일한 시스템이 사용된다. 주문자가 있는 곳을 조준기로 겨냥하고 강하 버튼을 누르기만 하면 다른 것은 신경 쓰지 않아도 된다. 각각의 불꽃놀이 폭죽에는 최상의 경관을 연출하기 위해 비행 궤도와 폭발 순간을 계산해주는 칩이 들어 있기 때문이다.

나는 그렇게 산책로로 이끌려 와 있다가 조준기의 십자 과녁에 크게 확대되어 들어온 다윗-골리앗의 머리를 보았다. 귀는 마개로 틀어막혀 있었고 얼굴에는 우울이 드리워져 있었다. 나는 잠깐 외부 마이크로폰을 켰고 모든 것을 이해할 수 있었다. 주변에는 인공 폭포 너머 푸른 낙원에서 살고 있는 그의 이웃인 포르노 배우가 틀어놓은 파티 음악이 요란했다. 마니투 준비군의 후견인인 그 위대한 아라파트 저커버거조차도 강 너머로 파고들어와 음악 장비를 설치한 보갈들을 어떻게 할 수는 없었던 것이다. 바로 이런 식으로 세계 단일 정부는 자신의 독니로 자기 꼬리를 물고 있었다. 물론, 오르크 점술서를 믿는다면 말이다.

내가 그 책을 특별히 믿는 것은 아니다. 하지만 카야가 말한 고통의 통로에 관한 이야기를 떠올리지 않기란 쉽지 않았다. 그러니까 결국 그 통로를 따라 터덜터덜 걸어가는 건 보잘것없는 나뿐만이 아니었던 거다. 최고 존엄인 다윗-골리앗도 마찬가지였다. 이렇게 지상의 영광은 A 지점에서 B 지점으로 넘어간다. 어쩌면 지상의 영광이 아니라 천상의 영광이라 불러야 할지 모르겠다. 하지만 뭐가 됐든 별 차이는 없다. 여기서 자잘한 특혜를 놓고 신경을 곤두세울 필요는 없다.

시간이 날 때 나는 카야가 내 돈을 몽땅 어디에다가 어떻게 써버릴 수 있었는지 알아보았다. 그리 쉽지는 않았지만 결국은 해냈다.

카야로서는 컨트롤 마니투에 접근할 기회를 단 한 차례 얻은 것만으로 충분했을 것이다. 날짜를 헤아려보니 전쟁이 시작된 바로 그날, 내가 그녀의 설정을 마지막으로 한 번 더 바꾸고 싶어 했던 바로 그 시점이었다. 아마도 스트레스가 많아서였는지 출격 전에 시스템에서 로그아웃하는 것을 잊어버렸던 듯하다. 내가 하늘에서 싸우고 있을 때 그녀는 행복의 방에 들러 내 모든 비밀번호와 디지털 서명들을 복제했다.

그때부터 그녀는 내 마니투를 쓸 수 있게 된 거다. 그녀가 나한테서 17만 5천을 구걸했던 것은 그저 내 관심을 다른 데로 돌리기 위해서였다. 어떤 돈으로 그녀가 주문을 하는지 내가 궁금해하지 않도록 말이다. 그리고 그녀는 내 마지막 재산을 뭔가 전혀 이해할 수 없는 것을 사기 위해 썼다. 그녀가 산 것은……

정말 길고 긴 리스트였다.

합성 섬유가 감긴 몇몇 커다란 두루마리가 있었다. 오르크 유목민들이 유르트*를 치기 위해 쓰는 것으로 회색과 검은색이었다. 소를 치려고 그랬나? 또 굵은 그물코의 어망 두세 개도 있었는데 그것은 실제로 무게가 전혀 나가지 않는 초월적 내구성을 가진 실로 만들어진 제일 고가의 것이었다. 악어 떼를 잡으려고 했나? 또 플라스틱 널판들, 각종 볼트와 너트, 조립용 페이스트 몇 종류 등 엄청나게 많은 양의 건축 자재들과 연장들도 있었다. 전체 리스트는 화면 두 개를 다 차지했다. 그 밖에 잠수용 수중 호흡기와 가스버너, 산악용 시계도 있었다. 요약하자면, 난잡한 구성이었다.

어쩌면, 그녀에게 필요한 것은 단 한 가지뿐이고 다른 것들은 나를 헷갈리게 하려고 산 게 아닐까, 나에게 소 떼나 악어 떼를 생각하게 하려고?

---

* 유목민들의 천막형 전통 이동 가옥.

이 모든 것을 무슨 복잡한 할부 방식으로 지불했는지 계산서가 늦게 도착했다. 아무래도 우리 귀염둥이가 날 너무 일찍 실망시키고 싶지 않았나 본데 성공한 거다. 하지만 이제 영수증이 있으니 나로서는 수월해졌다.

나는 코드들을 마니투에 쳐넣고는 데이터베이스를 샅샅이 뒤져 꽤 빠르게 모든 것을 알아냈다. 주문한 물품들은 황색 구역에 있는 수송 단말기의 주소로 보내졌다. 2년간의 보관비가 미리 지불되어 있었다. 요금률은 터무니없었다. 나는 단말기에 접속하여 '수신인에게 수령됨'이라는 짧은 대답을 얻었다. 수신인은 하마 영구 개별 번호 1 5052 09043 12 7이라는 이름의 오르크 여자였다. 그녀는 미지불된 보관료를 요구했고 그것을 현금으로 받았다.

카야는 아래에 있었다.

그녀는 돈도 갖고 있었다. 그것도 제 아빠가 가진 것보다 더 많이. 그녀에게 돈이 특별히 많아서가 아니라, 이제 아빠한테 돈이라곤 한 푼도 없기 때문이었다. 이 모든 계획이 그녀에게는 아주 간단했다. 슬라바의 신원 증명서(오르크의 아우스바이스* 카드)를 사는 것은 우르카이나에서는 아무 골목에서나 다 가능하다. 어떤 이름과 번호로도 가능했다(마니투가 있다면 영구 개별 번호를 꽂아 넣는 것도 가능하다).

그 이후로는 그녀의 흔적을 찾을 수 없었다.

먼저 그녀가 어떻게 아래로 내려갔는지 알아내야 했다.

---

* 신분증 혹은 허가서를 뜻하는 독일어 아우스바이스Ausweis.

나는 오르클랜드 견학 일정 중 그녀의 도망과 시기적으로 맞아떨어지는 게 있는지 확인하여 서커스로 가는 두 개의 출발편을 찾아냈다. 두 편 모두 황색 구역을 경유했다. 이러한 일정으로 견학하는 이들은 트레일러로 들어설 때 몸에 심은 생체 인식 칩이 스캔되면서 자동적으로 검사된다. 검표 기계는 인간에게만 반응한다. 청소기나 착즙기 같은 것은 겨드랑이에 끼고 몰래 통과시킬 수 있다. 그러니까 나의 귀염둥이는 여동생이 오빠한테 하듯 스캐너에 윙크를 하고는 옆으로 슬쩍 통과해서는 빈자리에 앉은 것이다. 누구도 아무것도 눈치채지 못했다. 이제 어떤 견학단을 통해 그녀가 황색 구역으로 출발했는지 알아내는 것조차 불가능했다.

그녀는 아래에 남겨졌다. 이제 그녀를 찾는 것은 불가능하다.

이 쓰디쓴 사실을 인지한 후 나는 이틀 내내 술을 마셨다. 들이킨 것의 상당 부분이 눈물이 되어 내 몸을 떠났다. 나의 귀염둥이가 수상한 스카프를 한 채 오르크 저잣거리 한구석에 앉아 있는 모습이 떠올랐다. 그녀 옆에는 동정심을 자아내는 작은 여행 가방이 있을 테고, 그 안에는 처녀의 소박한 전 재산인 세 개의 교체용 보지 키트, '아프로디테의 분노'라는 이름의 젤, 그리고 내 통장에서 출금한 기름때 낀 마니투 묶음이 놓여 있을 것이다.

하지만 유르타를 짓는 데 필요한 건축 자재들은 대체 왜? 뭐야, 오르크 축산업자한테 가려고 했던 거야? 아니면 가스로 지하 공방을 밝히며 헐렁한 오르크 셔츠를 재봉하기라도 하겠단 건가? 말도 안 돼. 진짜 말도 안 돼.

사흘째가 되어서야 나의 술 취한 뇌가 다음의 두 가지 사실을 연결 지었다. 카야도 아래에 있고, 그림도 아래에 있다. 이때까지 어쩌면 나는 이들이 서로 다른 두 개의 오르클랜드로 내려가기라도 한 것처럼 생각하거나 대뇌의 각각 서로 다른 반구로 그들을 여기고 있었다. 나는 그들이 만날 약속을 했을 수도 있다는 생각조차 떠올리지 못했던 것이다.

하지만 그럴 수도 있다는 생각이 들자마자 불길한 예감은 음울한 확신으로 변했다. 그리고 나는 그림이 꽃에 물 좀 주라고 부탁했던 일이 떠올랐다. 나는 결국 꽃에 한 번도 물을 주지 않았다.

베르나르-앙리의 아파트에 들어와서(나는 아직도 그곳이 오르크 소굴이라는 인식이 없었다) 나는 제일 먼저 마니투로 달려갔다. 사람 잘 믿는 그림은 마니투에 암호를 걸어두지 않았다. 나는 그의 메일함으로 들어갔다. 메일함은 홀로야가 집을 나간 후에도 계속 끌고 들어온, 귀금속과 화장품 회사로부터의 프쌈으로 가득 차 있었다. 마치 빛이 사그라들었음에도 끊임없이 자신의 빛으로 공상가들을 매혹하는 별과 같았다.

메일 내역이 많아서 무엇을 뒤져야 하는지조차 알 수 없었다. 다행스럽게도 나는 그림의 발신 메일함을 들여다볼 생각을 했고 그가 한 광고 메일에 답신한 것을 보게 되었다.

이것은 아무리 오르크라 해도 이상했다. 나는 메일을 열고 주의 깊게 살폈다.

그러고는 사건들이 어떻게 전개되었는지 비로소 깨달았다.

홀로야가 나가고 한 달쯤 후에 그림은 필름 소각자들로부터 메일을 받았다. 그게 아니라도 어쨌든 그런 메일과 아주 비슷한 메시지였다. 어쩌면 이 메일들은 그 이전에도 왔을 수 있다. 하지만 그가 읽을 수 있었던 건 이것이 처음이었다. 거기에는 이렇게 쓰여 있었다.

신상 마니투가 그림 씨 마음에 들 겁니다!

아마도, 그는 메일에 첨부된 이미지가 이상하다고 여겼을 것이다. 이미지속에 마니투가 없었기 때문이다. 산속 잔디밭에 노란 옷차림을 한 아가씨가 서 있었다. 그녀는 한 손에 투명한 플라스틱 조각을, 다른 한 손에는 다음과 같은 말이 쓰여 있는 팻말을 들고 있었다.

편집자로 열어!

무슨 말인지 알 수 없었다. 스크린 사전을 뒤져보는 수밖에. '편집자'라는 단어는 다른 사람이 쓴 글을 교정하는 사람만을 가리키는 것이 아니었다. 텍스트 작업을 하는 마니투 프로그램이라는 또 다른 뜻도 있었다. 창조 완성기 또한 이러한 응용 프로그램 부류에 속했지만 그것으로 이미지 파일을 열 수는 없었다.

그림의 마니투에는 다른 텍스트-편집자도 있었다. 그림이 구식 오르크산 프로그램인 '피스무이!'*를 사용했기 때문에, 나는

---

* 우르카이나식으로 명명되었으며 '쓰다(писать)' 동사와 '좆(хуй)'을 떠올리게 한다.

이 프로그램을 이용해서 열어보려고 시도했다. 마니투는 이게 정말 내가 원하는 일이냐고 물었다. 나는 그렇다고 대답했다.

다음 순간 이미지가 텍스트처럼 열렸다. 내 앞에는 상징들로 이루어진 복잡한 잡동사니 더미가 나타났다. 평범한 글자들이 보였다. 교회 영어 글자도 있었고 상중부 시베리아어 글자도 있었다. 내가 아예 한 번도 못 본 글자도 있었다. 하지만 무엇보다도 많았던 것은 기이한 기호들이었다. 고대 영화에 등장하는 미친 학자들이 인류에게 죽음의 광선을 겨눌 때 칠판에 이런 글자들을 분필로 쓰던 게 떠올랐다.

기호와 글자가 아주 많았다. 나는 인내심을 가지고 몇 페이지를 살펴보았다. 그러다 문득 '그림'이라는 번쩍이는 단어를 발견했다.

나는 미지의 갈고리 숲을 헤치고 나가 결국엔 다음과 같은 텍스트를 얻어냈다.

그림—마니투가 모든 편지를 읽는다—이러면 마니투에 보이지 않는다—만일 읽었으면 답장해—난 마니투는 필요 없어

보통의 오르크답게 겁을 집어먹은 그림은 잔꾀를 부리려 했던 것 같다. '마니투는 필요 없어'라는 무시무시한 말을 쓰는 대신, 그는 조금 다른 답장을 보냈다.

당신의 편지에 감사드립니다.

마니투가 보고 계십니다—현재 저로선 제가 가지고 있는 이 마니

투면 아주 족합니다. 새것은 필요 없어요.

아마도 오르크 무사는 신성모독으로 고발당하지 않기 위해 '마니투'의 첫 글자를 대문자로 쓴 것이리라.* 동시에 그는 서신 왕래가 들킬까 봐 두려워하고 있다는 것을 미지의 대화 상대에게 알렸다. 만일 소명되어 불려간다면 순진하고 미숙해서 광고 메일에 답장한 것뿐이라고 대답할 수 있게 된다……

불쌍한 녀석은 아직도 자기 주변 세상이 완전히 다른 법칙으로 돌아간다는 것을 이해하지 못했다. 그 법칙은 잔인하고도 단순했고, 이 멍청한 오르크식 잔꾀는 유사시에 그에게 전혀 도움이 될 수 없었다.

그의 이름 앞으로 온 다음 메일은 이틀 후에 도착한 것이었다.

이번 메일 안에는 이것이 필름 소각자들로부터의 전언이라는 어떠한 외적인 특징도 없었다. 다만 회신 주소만 똑같았다. 이것은 '호화로운 전망을 정신 나간 가격에 할인'이라는 말이 들어간 전형적인 떠돌이 광고였다. 적자색 용암이 흐르는 검은 화산 평원의 사진이 아마도 그 전망인 듯했다. 그러니 왜 이 전망의 가격이 정신 나갔는지 금방 알 만했다. 유익한 제안이었다. 만일 금전 상황이 더 안 좋아지면, 뉴욕에서 저기로 이사를 가야겠다고 생각했다.

나는 먼젓번처럼 그림을 편집자-프로그램으로 열었고, 여러

* 카야의 전언을 담은 메일에서 '마니투'는 전부 소문자로 쓰여 있다. 이와 달리 그림이 쓴 메일에 등장하는 '마니투'의 첫 철자는 모두 대문자이다.

페이지에 달하는 코드들을 세심하게 하나하나 체로 쳐서 결국 엔 다음을 걸러냈다.

그림—출구는 있다—너는 할 수 있다—모두 다음 편지에 있다—카야

이 줄에는 '카야'라는 단어 다음에 작은 하트가 그려져 있었다. 사실 이런 기호는 기호 잡탕으로 이루어진 텍스트에서 아주 자주 볼 수 있었다.

검은 하트. 검은 하트. 최고로군.

최종 지시 사항을 담은 메일은 두번째 메일 이후 사흘이 지나고 도착했다. 아마도 메일 삭제 후 쓰레기통을 비우라고 지시되었던 것 같다. 그림은 그렇게 했다. 그의 답장만이 남아 있었다. 거기엔 단어 두 개가 전부였다. '모두 이해함'. 프쌈의 발송자들이 사용하는 것과 똑같은, 보통의 1일용 바라카다브라* 주소였다. 나는 이 주소는 데이터베이스로 검색해보지도 않았다.

어떠한 주소도 필요치 않았다. 만일 내 추측이 맞는다면—내 추측이 옳다는 것에는 의심의 여지가 없었다—내 연인과 재회하려면 나는 그림을 찾아야 했다. 그림을 찾는 것은 식은 죽 먹기였다.

아동 매수는 지원자가 희박할 정도로 아주 리스크가 큰 비즈니스이기 때문이다. 가끔 내려가서 이 매수꾼들을 엄호하기도

---

* 아브라카다브라абракадабра의 첫 두 철자를 바꾸어 씀.

하는데 이 경우엔 그들의 벌이에서 얼마를 떼기도 한다. 물론 내 수준의 조종사들은 그런 생각을 할 만큼 해이하지는 않다. 그런 결로는 총알 값도 안 나온다. 그래도 군 등록부를 통해 오르클랜드에서 일하는 모든 매수꾼의 흔적을 찾을 수 있다. 유사시에 공중에서 쉽게 포착되도록 그들에게 특별한 안표를 뿌려두었기 때문이다.

카야의 위치를 이런 방식으로 표시할 수 있도록 생각을 아무도 하지 못한 게 안타깝다. 하지만 수라를 오르클랜드로 반출하는 것은 배터리 때문에 아예 금지되어 있다. 아무래도 생산자들이 수라 스스로 오르클랜드로 갈 수 있다는 데까지는 생각을 못했던 것 같다……

핵 배터리는 어쨌든 나에게 도움이 되었다. 일종의 기술적 필요로 이 배터리에는 전자 여권이 장착되어 있었는데 이 시그널은 100미터 반경에서 감지되었다. 이 거리에서라면 내 장비들이 그녀의 위치를 알아낼 수 있었다. 하지만 오르크 늪에서 아주 작은 삐삐 소리를 따라 카야를 찾는 것은 어쨌거나 건초 더미에서 행복을 찾는 것과 마찬가지였다. 혼자서는 그렇다.

그림을 찾아야 했다.

나는 술을 깨기 위해 하루를 보냈다. 그런 다음 그의 정보를 '헤넬로레'에 업로드하고 음침한 오르크 같은 아침에 수색을 떠났다. 내가 '음침한 오르크 같은 아침에'라고 한 것은 우리 측에서 위장 먹구름을 강화했기 때문이다. 오르크 수도의 낮은 다소 우울했다. 하지만 '헤넬로레'로 구름 쪽으로 급강하해보니 날씨는 아주 맑았다.

오르크 수도와 그 주변 위를 수차례 선회했지만 아무 소득이 없었다. 나는 공황에 빠졌다. 그림이 안표를 털어냈을 수도 있다는 생각이 문득 들었다. '헤넬로레'를 자동 비행 모드로 해놓고 그런 게 가능한지 알아보기 위해 전투 안경을 벗고 컨트롤 마니투로 넘어갔다.

아니다, 시스템이 응답했다. 아직 환자(혹은 오르크들이 글자 그대로 번역한 대로라면 '쭈구리')는 무사하다. 원거리에서 안표로 식별 가능할 것이다. 그림은 벌써 알칼라(거기서 오르크들이 쓰는 명칭이 무엇이든)로 떠났든지, 아니면 수도에서 아주 멀리 있었던 것이다. 전자의 가능성은 확인할 수 없었기에 나는 후자에 착수하기로 했다.

여기에 덫새가 걸렸다.

나는, 늪을 닮은 그들의 시골과 시골을 닮은 늪, 핼쑥한 말대가리가 어딘가에서 찐득한 오물에 말발굽을 내딛는 천편일률 같은 그들의 논(말이 숨을 쉬는 모습에 대해서 창조 완성기에는 '창백한 말, 창백한 말……'*이라고 뜬다), 딱하기만 한 바나나 플랜테이션, 대마 지옥에서 자신을 구출해달라고 헛되이 조종사에게 애걸하는 겁먹은 허수아비들, 우리 포신에서 나는 신나는 바람 소리 아래로 어정쩡하게 금지된 스파스티카를 감히 꺼내지도 못한 채 건초 더미처럼 위장한 예배당들, 초라한 호수와 파산한 강, 대출도 못 받을 야자수 숲이 들어선 우울한 오르크 광

* 「요한계시록」에 등장하는 '창백한 말'이나 보리스 사빈코프의 소설 「창백한 말」 등 문장 완성에 참고할 수 있는 관련 내용이 제시되는 것을 의미.

야 위를 어떻게 방랑했는가를 묘사한답시고 독자를 옥죌 생각은 없다. 더욱이 창조 완성기가 나 대신 이 모든 것을 묘사했을 테니.

그림의 시그널은 끝없이 펼쳐진 오래된 쓰레기 매립지가 시작되는 곳에서 멀지 않은 오르클랜드 남쪽 국경에 표시됐다. 그는 고대 명칭으로는 '쉴류잔코'*라고 불리는 오르크의 국경 마을에 있었다. 명칭에서부터 이미 우울함이 느껴졌다.

그림이 여기에 업무차 간 것이 아니라는 건 분명했다. 방사능 피폭 때문에 이 지역에서 아이들을 사들이는 것은 방침상 금지되어 있었다.

그런 금지는 물론 괜한 노파심이었다. 왜냐하면 방사능 쓰레기 매립지는 200, 300년 전부터 있었고 지금은 실상 방사능이 전혀 남지 않았기 때문이다. 게다가 여기는 항상 북풍이 불어 뭐가 됐든 자연방사능 수치는 정상이 될 터였다. 하지만 어쨌든 그림은 방침을 어겼다.

온몸이 떨렸다. 곧 카야를 보게 되리라 확신했다. 하지만 때마침 '헤넬로레'가 거의 방전되었고 나는 드라마의 마지막 장을 준비하기 위해 빅 비즈로 귀환했다.

이건 자동 비행 모드로 가능했다.

다섯 시간 후에 나는 다시 제자리였다. 휴식을 취하고 뭘 좀 먹고 모든 전투 시스템을 충전한 뒤 씁쓸히 자위라도 하기에는 시간이 충분했다. '헤넬로레'와 헤어져 있는 게 내게 얼마나 힘

---

* 예의 우르카이나 공식 언어인 상중부 시베리아어로 표기.

든 일인지 독자들은 알 것이다. 단지 마니투만이 카야를 잃은 내 마음이 어떤지, 또 나에게 이러한 비참함을 안긴 오르크에게 내가 어떠한 감정을 느꼈는지 이해할 수 있다. 나의 손가락은 방아쇠 위에서 춤을 추었다. 하강하자마자 내 마니투에서 그의 시그널이 사라졌으니 그는 아주 운이 좋았다.

암소 두 마리가 노니는 초원 끝에 서 있던 허수아비를 날려버리고 나니 긴장이 덜했다(엄청난 기력으로 멀리 뛰어가다가 암소 한 마리가 엎어졌는데, 아마도 다리가 부러진 것 같았다). 동물에 대한 애착을 교도하는 마니투 시바가 나를 용서하시기를. 차분하게 마음을 가라앉히고 나는 친구를 찾기 시작했다. 그를 놓칠까 심란해하지는 않았다. 주변이 훤하게 드러난 스텝 지역이라 도망갈 곳이 없었다. 그가 숨을 곳이라고는 지형 사이의 습곡뿐이었다. 하긴 이상하기는 했다. 스텝 지역에 움푹한 곳이 왜 있는 거지?

이 촌락은 시골길을 따라 길게 늘어선 작은 집들이 모여 이루어져 있었다. 이 집 중 몇몇에는 오르크들이 거주했고 나머지는 축사였는데, 실상 각각의 쓰임은 저공비행으로도 구분이 가지 않았다. 제일 큰 길 위 한 쌍의 닭과 웅덩이에서 쉬는 돼지, 한 손에는 건초 갈퀴, 다른 손에는 의지 한 병을 든 더러운 양털 옷차림의 술 취한 오르크 농부가 나를 맞았다. 솔직히 말하면, 뉴스에서 그를 봤더라면 눈살을 찌푸린 채 전쟁 프로파간다가 저렇게 조잡해서는 안 된다고 생각했을 것이다.

더 높이 상승하자 마니투에 그림의 시그널이 다시 나타났다. 나는 그가 왜 나타났다가 사라지기를 반복하는지 알아챘다. 이 촌락에서 멀지 않은 곳에 고대 영화 시대에 무언가를 채굴했던 오래된 채석장이 있었다. 이제 채석장은 허물어져 무성한 수풀이 덮여 있지만 아직도 아무나 그 안으로 내려갈 수 있었다. 채석장의 바닥에는 반쯤 무너져 내린 헛간이 있었다. 내가 그림을 발견한 것은 벌써 위로 올라온 그가 촌락으로 향하고 있을 때였다.

조심스레 거리를 좁혀 그를 따라잡은 나는 거리를 두려고 노력하면서 뒤를 밟았다. 그림은 나이가 어렸지만 전투와 관련해서라면 이미 경험 많은 오르크였다. 내 위장 장치는 당연히 켜져 있었으며 나는 평상시처럼 태양과 바람을 고려해 모든 경계 방책을 사용했다.

하지만 동네 중간쯤에 도달한 그림이 갑자기 내 쪽으로 몸을 돌리더니 가운데 손가락을 내민 손을 위로 쳐들었다. 그의 눈은 정확히 내 눈을 쳐다보고 있었다. 마치 정말 내 '헤넬로레'를 보고 있기라도 한 것 같았다. 태양이 있는 쪽에서 날고 있었으니 굳이 광학 위장 장치를 켜지 않더라도 눈에 띌 일이 없음에도 불구하고 말이다.

좀 이상하기는 했다. 젊은 오르크가 시골길에서 갑자기 돌아서서 태양에 핑거를 보이고는 침을 탁 뱉고 가던 길을 계속 가다니. 하지만 길가 벤치에 앉아 있는 오르크(병을 들고 있던 아까 그 농부인 것 같았는데 다만 이제 갈퀴는 들고 있지 않았다)가 꿀꿀대는 것과 비교한다면 이 제스처는 민족주의적 정신에 꽤나 입각해 있었다.

그림이 나를 알아챌 리는 없었다. 아마도 그의 본능이 그에게 귀띔을 했나 보다. 하지만 아무래도 그는 그저 내가 자신의 뒤를 밟을지 모른다고 추측하고 내 카메라가 어디에 있을지 상상해본 것뿐이리라. 술잔치를 벌이면서 그에게 비행 기술의 기초에 대해서 설명한 것은 바로 나 자신이었다. 이 약삭빠른 오르크 젊은이는 태양으로 던진 핑거 빼고는 아무것도 잃은 게 없었다. 하지만 노랗고 하얗게 빛나는 고대의 불이 여태껏 얼마나 많은 손가락을 녹여버렸는지 셀 수 있는 이가 있는가? 조용히 해, 창조 완성기, 조용히 하라고.

그림은 마을 끝에 있는 나무 집으로 사라졌다. 나는 몇 분을 기다린 후 가까이 날아가 창문 너머로 들여다보았다. 그림은 책상 옆에 앉아 커다란 녹슨 가위로 가죽 같은 직물에서 조각 천을 둥글게 오려내고 있었다. 그의 앞에 놓인 책상 위에는 접착제가 든 튜브, 밧줄 조각, 빛나는 천 조각들이 놓여 있었다. 소년은 뭔가를 만들고 있었다. 가끔 그는 머리를 들고 반대편에 앉아 있는 이에게 대답을 했다. 그의 대화 상대는 보이지 않았다. 차가운 예감이 등줄기를 타고 흘렀다.

나는 원거리 마이크로폰을 켰다.

"'믿는다, 안 믿는다'는 게 대체 뭐야." 그림이 말했다. "그런 건 오르크식 접근법이라고. 인간들이 뉴스를 만드는 건 사람들이 그들을 믿거나 안 믿게 하려고 만드는 게 아니라, 바람이 어디에서 불어오고 그 바람에서 어떤 냄새가 나는지 알기 위해서야……"

"그럼 그들이 왜 우리를 위해서 뉴스를 만드는 거야?" 가려져 있던 대화 상대자가 물었다. "그래봐야 우린 아무것도 이해하지 못하잖아."

거기에 있는 건 카야가 아니라 어떤 오르크 사내였다.

"우리의 감각 기관으로부터 나오는 시그널을 바꿔치기한 거랑 같은 거야." 그림이 말했다. "네가 정육점 마당에 있는 도살 작업대 쪽으로 기어가고 있다고 생각해봐. 피로 가득한 진창을 배때기를 대고 기는 거지. 그런데 네 눈은 너한테 정원을 보여주고 귀에는 강이 출렁이는 소리가 들리는 거야. 코에는 꽃 향기도 나고. 그리고 머릿속에는 고기 찜을 좀 사야겠다는 생각이 계속 드는 거지. 하지만 네가, 마니투께서 보우하사 그런 일은 없어야겠지만, 어쩌다 그 정원에 정말 기어들면, 네 눈은 너한테 당장 피범벅의 정육점 마당을 보여줄 거라고. 다 낚아챈 거라고."

"그러니까 감각 기관들이 거짓만 보여준다는 거예요?"

"그것도," 그림이 말했다. "한 가지 거짓만 보여주는 게 아니야. 적어도 서로 다른 두 가지 거짓을 함께 보여주지. 우리의 거짓과 그들의 거짓……"

그는 계속 이야기했다. 하지만 나는 벌써 흥미를 잃었다. 창문에서 떨어져 나와 하이퍼 광학 장치를 켰다. 나무 집은 무지개색으로 번쩍였고 마니투에는 굵은 입자로 된 두 개의 실루엣—그림과 똥배가 불룩한 상대편 사내—이 나타났다. 하지만 뚱땡이가 뚱땡이에게 느끼는 일반적인 감정이입은 일어나지 않았다.

카야는 아무 데도 없었다.

이제는 정확히 알 수 있었다. 왜냐하면 내가 그녀의 윤곽을 발견하지 못했더라도(그녀의 윤곽은 인간들의 윤곽과 같았다), 마니투에 그녀의 배터리 시그널이 보일 것이기 때문이다.

나는 수차례 형형색색의 집들로 하강하면서 농촌 위를 날았다. 하이퍼 광학 장치로 순한 술 취한 오르크들과 바닥을 기어 다니는 몇몇 아이들, 그리고 성교하는 오르크 커플까지 볼 수 있었다. 카야의 시그널은 어디에도 없었다.

이윽고 나는 그림이 나온 그 오래된 채석장으로 날아갔다. 그는 나의 귀염둥이를 거기에 감췄을 수 있다. 이것이 나의 마지막 희망이었지만 곧 이 희망도 무너졌다. 채석장 밑바닥 헛간에는 아예 아무도 없었다. 거기에는 난장판이 된 일종의 공방 같은 게 있었다. 창문 너머로 잘린 천 조각들과 밧줄들, 플라스틱 부스러기가 널린 커다란 작업 테이블이 보였다. 시골에서 사는 이들이 가끔 여기에서 일을 하는 것 같았다. 하지만 거기에도 카야는 없었다.

공방 근처에서 고대 오두막의 잔재를 볼 수 있었다. 처음에 나는 거기에서 언젠가 오르크 광부들이 살았을 것이라는 생각을 했다. 하지만 곧 돌로 된 벽에서 조잡하게 새겨진 커다란 부조를 발견했다. 그것은 눈에 눈물이 방울진 형상이었다. 나는 이것이 필름 소각자들의 상징이라는 것을 떠올렸다. 눈물이 아니라 피일지도 모르겠다. 카야가 저것에 대해서 뭐라고 했더라. 그건 중요치 않다. 이전에 그들이 여기에 숨어 있었다 한들 시간이 너무 많이 지났다.

조금 위로 올라가 채석장을 한 번 더 스캔했지만 한 오두막에서 작은 설치류의 실루엣을 포착했을 뿐이었다. 마을로 돌아온 나는 다시 한번 마을 전체를 샅샅이 뒤졌다. 헛수고였다. 나는 마니투를 면밀히 살피며 점점 더 크게 원을 그리면서 마을 주변을 선회하기 시작했다. 카야의 시그널은 어디에도 없었다.

땅거미가 지자 나는 그림이 죽치고 있는 집으로 돌아와 '헤넬로레'를 자동 비행 모드로 한 채 조준기에 몸을 기대고 기다렸다.

헤드폰으로 들려오는 수탉 울음소리에 나는 잠에서 깼다.

그냥 그렇게 진지에서 잠이 든 것이다. 게다가 오래 잤다. 내 카메라는 그대로 집 근처에 떠 있었지만, 날은 벌써 밝아 있었다. 한낮이었다.

그림은 나에게 인사까지 남겼다.

더러운 회색 시트가 집 벽에 펼쳐진 채 걸려 있었다. 놀리듯 서투른 글자들이 나를 쳐다보고 있었다.

다밀롤라!
카야는 벌써 오래전부터 여기에 없어.
갠 남쪽으로 갔어.
정말이야. 그림.

아직 내 눈은 시트 위를 훑고 있었고 내 뇌는 검은 낙서의 의미를 분석하고 있었지만, 나는 이것이 사실이라는 걸 이미 이해했다.

떠난 거였군……

절대로, 듣고 계시나, 절대로 수라의 개년성을 최고치로 설정하지 마시라. 최고 개년성. 당신이 이게 뭔지 이해할 때쯤엔 이미 그녀를 되돌릴 수 없다.

내가 고래고래 소리를 지르면서 양 포신으로 사격을 가하고 있다는 것을 문득 깨달았다. 내가 어떻게 이러고 있는 건지 기억이 없었다. 시트가 연기를 내며 땅으로 떨어지는 것을 보고 나서야 무슨 일이 일어나고 있는지 알 수 있었다.

다음 순간, 오르크식 나무 집이 통나무가 아니라 바짝 마른 모래로 지어지기라도 한 것처럼 산산조각이 났다. 처음에는 벽이 날아갔다. 그다음에는 포탄들이 벽 뒤에 있었던 것들을 가루로 만들었다. 책상, 긴 의자들, 단지들, 유리병들, 궤짝들, 서랍장들이 작은 조각들로 산산이 부서졌다. 커다랗고 하얀 화덕(오르크들이 화덕을 쌓아올리는 것은 일종의 종교적 이유 때문이다)만이 그 형체와 크기를 빠르게 잃어가며 내 포탄의 공격을 버텨냈다.

그림은 이미 집에 없었다. 나는 포탄을 다 쓰고 나서야 이를 깨달았다. 내 사격을 피해 화덕 뒤로 몸을 숨겼던 오르크는 셔츠 하나만 걸친 채 들판으로 줄행랑을 쳤다. 어제 그림이랑 이야기를 나누던 바로 그 녀석이었다. 이 지역 예배당 사제인 듯했다.

집은 흔적도 없이 사라지고 나무 검부러기 사이에 화덕만이 남아 작은 비누처럼 빛났다. 오르크들이 저렇게 단단한 벽돌을 만들 수 있을 거라고는 생각조차 하지 못했다.

이윽고 나는 채석장 바닥에 있던 공방을 떠올렸다. 그림이 거기 있을 수도 있다. 나는 방향을 돌려서……

그때, 멀리서 열기구가 떠오르는 것이 보였다.

그것은 연기 뭉텅이를 닮아 있었다. 여광기와 확대경을 켰다. 플라스틱 큐브가 보였다. 큐브 위에는 가스버너가 최대 화력으로 작동되었다. 버너에서 나온 화염은 캐빈에 고정된 어망 안에서 부풀어 오르는 풍선으로 빠져나갔다. 회색과 검정이 섞인 풍선은 윗부분이 검은색이었다. 가열에 태양의 도움을 받기 위해서인 것 같았다. 풍선은 눈 모양과 유사했는데, 풍선의 회색 측면에 검은색 얼룩이 있었다. 환각제로 인해 수축된 동공처럼 보였다. 아마도, 조정용 냉각구이거나 때운 자리일 것이다.

이제 모든 것이 제자리를 찾았다. 직물도, 가스버너도, 필름 소각자들의 상징도.

그것은 눈물 맺힌 눈 따위가 아니었다.

그건 열기구였다.

나는 순간적으로 그녀의 연극 전모를, '신비로운 비행'과 그 '필름 소각'의 전말(분파주의자들 중 몇몇은 열기구의 풍선을 뜨거운 공기로 채우기 위해 실제로 고대 셀룰로이드를 태웠을 가능성이 있다)을 알아차렸다. 만일 그녀가 정말 이런 열기구를 타고 남쪽으로 날아갔다면—이곳에선 바람이 항상 북쪽에서 불어오니 어디 다른 곳으로 날아간다는 것은 어려운 일이다—그건, 이미 오르클랜드에 그녀가 없다는 것을 의미한다.

그림의 열기구가 빠르게 상승했다. 나는 속도를 높여 열기구 쪽으로 날아갔다. 언제라도 열기구를 쏠 수 있었다. 포탄은 다 떨어졌지만 아직 미사일이 남아 있었으니까. 하지만 그렇게 하면 나와 카야를 이어주는 마지막 실이 끊기는 것이었다. 이런 생각이 들자 나는 감정적으로 행동할 수 없었다. 정말 카야가 열기구로 떠났다면, 그림도 그녀를 따라가겠지 대체 어디를 가겠는가?

나는 장비들을 쳐다보았다. 밤사이 배터리는 4분의 1 정도 소모됐을 뿐이었다. 오르클랜드로 불시착해도 상관없었다. 그런 일은 벌써 겪은 적이 있었다. 빅 비즈로부터 견인선을 부를 수도 있다. 물론 이제는 비싼 서비스가 됐지만. 만일 배터리가 저 멀리 쓰레기 처리장 위에서 방전되면 어떻게 하지…… 거기까지는 아무도 오지 않을 게 뻔한데. 어쨌거나 나는 벌써 국경 위를 날고 있었다. '헤넬로레'가 하루는 버틸 것이다. 그러니까 이건 내가 국경으로부터 한나절쯤 더 멀어져도 귀환할 수 있다는 것을 의미했다.

나는 결정을 내렸다.

에너지를 절약하기 위해 위장 장치를 껐다. 하지만 그림이 눈치채지 못하도록 신중을 기했다. 나는 지면을 배경으로 보통의 점처럼 보이기 위해 그림의 아래쪽 후방을 택했다.

열기구는 고도를 높였다. 고도가 3킬로미터를 넘어서자 그림은 한동안 버너를 껐다. 언제 무엇을 해야 하는지 정확한 지시 사항을 따르는 것 같았다. 그의 열기구는 관성에 따라 계속 상승했다. 나는 그가 강풍 구역에 들어서고 있다는 것을 깨달았다. 그를 쫓는 것 외에 다른 도리가 없었다.

곧 지상 속도 표시기가 아주 높은 수치를 가리키기 시작했다. 하지만 최상공에서는 바람이 느껴지지 않았다. 우리가 바람과 함께 날고 있기 때문이었다. 그림의 열기구는 마치 전나무에 거는 장신구처럼 고요히 내 앞에 떠 있었다. 나는 '헤넬로레'를 자동 목표 추적 레짐으로 돌려놓았다. 비행이 한두 시간으로 끝날 것 같지 않아서 나는 부엌으로 가 요기를 했다. 그런 다음 몸도 씻었다. 비행 중에 가렵기 시작하면 참을 수 없으니까.

물론, 이건 다 신경과민 탓이다.

돌아와 보니 이제 그림은 고도를 높여 더 빠르게 날고 있었다. 바람 때문에 위험이 따르는 일이었다. 고도가 높은 곳에서 열기구의 풍선을 바구니에서 떼어버릴 만한 높이 솟은 산비탈을 계속 마주쳤다. 하지만 그림은 조심해서 움직였다.

그가 들어가 앉아 있는 궤짝을 보고 있자니 무료했다. 하이퍼광학 장치는 그가 무슨 담요 같은 것을 두르고 가스통들 사이에 달라붙어 가스버너 쪽으로 올라가는 모습, 조종간 대신인 밧줄을 간간이 잡아당기는 모습을 보여주었다. 지시 사항을 참고하여 산악용 시계를 통해 고도와 시간을 재면서 호흡기를 통해 숨을 쉬고 있는 듯했다.

이 불쌍한 놈은 역시나 심하게 얼어붙어 있었다. 나는 미사일을 발사하여 그놈을 녹여주고 싶은 마음이 굴뚝같았다. 이러한 기쁨을 맛봐야 했지만, 아직은 때가 너무 일렀다.

한 시간쯤 지나자 지상에 쓰레기 처리장의 끝이 보였다. 거대한 광야가 시작되고 있었다. 나는 내가 직접 이 광야를 보게 되리라고는 생각하지 못했다. 내가 상상했던 바대로라면, 이 광야는 오르클랜드에서 훨씬 더 멀리 떨어져 있어야 했다. 벌써 오래전부터 이리로는 정찰 관측기조차 보내지 않았다. 왜 그런 걸까? 광야는 갈색 해감이 필름처럼 덮인 바다 같았다. 이 광야의 이곳저곳에는 고대 풍차의 잔해가 삐져나와 있었다. 마치 여기에 묻힌 거인들이 모래 아래로부터 고대의 핑거들을 들어 올려 하늘과 나를 향해 내밀어 보이는 것 같았다. 그리고 아마도 창조 완성기에게도.

한 시간이 더 지나자 '헤넬로레'와의 통신 상태가 급격히 나빠졌다. 전혀 예상치 못한 상황에 나는 겁을 집어먹었다. 오르클랜드 상공에는 어디에나 증폭 중계기가 걸려 있었지만, 내가 그림을 추격하는 이곳에는 벌써 수백 년 동안 기술 문명이 존재하지 않았다. 너무 멀리 와버려 마지막 증폭 중계기의 작동 구역을 이제 막 벗어나려는 참이었다. 이미 나는 미사일을 날려버리고 돌아설 채비를 했다. 그런데 갑자기 비용이 얼마나 들지가 뜨더니 시스템이 저절로 오래된 스푸트니크* 기반으로 전환되었다.

---

* 스푸트니크: 러시아 인공위성을 의미한다. 이 작품의 초반부에 오르크 장례 의식에서 쓰이는 관도 '스푸트니크'라 불렸으므로 연상작용을 위해 구별 없이 같은 명칭을 사용했다.

나는 그저 이를 더 악물 수밖에 다른 도리가 없었다.

그래도 이제 통신은 잘 작동되었다. 나는 인공위성 시그널로 라디오 채널도 잡았다. 니콜-올리비에 로렌스 폰 트리에에 대한 기념 방송이었다. 고인이 마지막으로 했던 장편 인터뷰의 발췌 부분이 흘러나왔다.

"40년 내내 'first teen fuck(십대들의 씹)'* 카테고리의 판매율에서 최고의 자리를 지켜낸다는 게 분명 쉬운 일은 아니었을 텐데요. 어떻게 가능했던 거죠?"

"글쎄, 자기야, 이런 질문에 대답을 간단하게 해줄 수 있을지 모르겠네…… 이렇게 말할게, 잠에서 깨는 바로 그 순간부터 난 스스로를 단련하기 시작하거든……"

곧 나는 아래쪽에 녹색 얼룩들이 생겨나고 있다는 것을 알아차렸다. 이 얼룩들은 점점 더 농도가 짙어졌다. 작은 개천들이 어른거리기 시작했다. 곧 숲이 펼쳐졌다. 그럼 거대한 광야는 여기에서 벌써 끝이라는 건가? 아니면 우리가 광야의 가장자리를 건너온 것일까? 우리가 그렇게 먼 거리를 정복했다는 게 이상하게 느껴졌지만 그때 나는 거기에 의미를 두지 않았다.

그걸 생각했어야 했다, 그랬어야 했다! 하지만 나는 그러지 않았다.

이것은 아마도 내 뇌가 세 가지 사정의 균형을 유지하는 데 비행 중 가장 많은 시간을 썼기 때문일 것이다. 나는 손해를 얼마나 볼지 따지면서, 어떻게 그림을 죽일지 생각하고, 동시에

---

* 청소년기의 첫사랑(원주).

카야와의 만남을 상상했다. 급기야 나는 이 과제들을 한꺼번에 해결하기 시작했다. 카야와 화해하면서 이를 통해 그림을 죽이고 동시에 저당 증서에는 그림의 피로 서명하는 방법 같은 거 말이다. 시간을 체크하고 있었던 나는 때가 되자 이제 곧 돌아가야 한다는 것을 깨달았다. 그러니까 난 아마 이제 카야는 영영 못 볼 테고 그림만 죽일 수 있다. 하지만 잠시 후 그의 열기구는 하강하기 시작했고, 나는 내 계획이 아직 전부 다 가능할지도 모른다는 생각을 했다.

진짜 재밌는 건, 그녀를 만났을 때 어떻게 행동해야 할지 상상이 잘 안 간다는 사실이었다. 내 이성의 밑바닥에는, 가물거리는, 그리고 기술적 측면에서 전적으로 비이성적인 희망이 출렁이고 있었다. 재회의 순간 그녀가 회개하며 다가와 나의 '헤넬로레'를 껴안을 것이다. 그러면 내 사랑하는 하나뿐인 물건이 내 하나뿐인 절친한 본질을 집으로 데려다줄 것이다. 음, 그게 아니면 정반대일 수도 있는데, 그만하자. 내가 전투 비행사지 디스코스몽거는 아니니까…… 물론 무게가 나의 '헤넬로레'에 무리를 줄 수도 있다. 하지만 나는 만남의 순간 이 모든 것이 바뀔 수 있을 것이라 여겼다. 하물며 물리학 법칙조차도.

그림은 벌써 지상 1킬로미터까지 하강했고 이제 그의 열기구는 다분히 느린 속도로 날았다. 여기서는 바람도 잠잠했다. 어떤 놈들인지는 몰라도 이 필름 소각자라는 녀석들이 아주 편리한 여행법을 발견해냈다는 생각이 들었다. 열기구의 속도 조절은 고도 조정만으로 가능했다. 바람은 아래에서는 조용히 불었지만, 고도가 4킬로미터 이상이 되면 내 '헤넬로레'도 따라잡지 못할 속도가 된다……

문득 내 뇌에 이가 나 있어 걸쭉한 죽을 오랫동안 오물거리다가 갑자기 강철공을 씹은 듯한 느낌이 들었다. 강철공은 곧장 내 뇌 속의 치아를 짓부수어버렸다.

나는 이제 귀환할 수 없다는 걸 깨달았다.

바람의 속도를 계산해야 한다는 사실을 잊어버렸던 것이다.

나는 힘없이 손가락을 들어 귀환 코스 계산 명령을 마니투에 입력했다. 쓰레기 처리장까지도 날아갈 수 없다는 계산이 나왔다. 광야 어딘가에 처박힐 거라는 얘기다.

전투 비행사라면 누구나 자신의 카메라를 잃을지도 모른다는 위험에 매일 맞닥뜨린다. 하지만 그의 행동은 위험을 불사하는 것이어야 한다. 이 직업은 겁쟁이들을 위한 것이 아니기 때문이다. 나 또한 전투에서, 즉 피와 죽음의 밀림에서 항상 냉정함을 잃지 않았다. 그래도 당시에는 카메라를 잃는다는 건 그저 통계적 가능성을 의미할 뿐이었다. 하지만 이제는……

이제 그것은 피할 수 없는 상황이 되어버렸다. '헤넬로레'의 죽음까지 단지 몇 시간만이 남아 있었다.

주변 세상으로부터 어떠한 위험도 감지되지 않았기 때문에 이것은 더욱 부조리하게 느껴졌다. '헤넬로레'는 살아 있었고 건강했다. 모든 시스템이 정상 작동하고 있었다. 선사 시대 스푸트니크 통신조차도 놀라울 정도로 잘 작동되고 있었다. 마치 오랜 기다림 끝에 의뢰인을 맞이한 고대의 진*처럼.

---

* 아랍 전승에 등장하는 초월적 존재로서의 영귀인 '진'(여성은 '지니야')은 우리

나는 소리를 지르며 목을 떼어버리기라도 할 것처럼 격분하여 사방으로 머리를 흔들어댔다. 눈물이 나의 전투 안경을 적셔 주변 세상이 몽롱하고 아득해졌다. 혹시 '헤넬로레'를 조종할 수 없게 되는 건 아닌지 두려워졌다.

어떻게 내가 이 두번째, 아니 더 정확하게는 첫번째라고 불러야 할 나의 분신을 이토록 간단히 잃을 수 있는지 이해가 되지 않았다. 이 아픔은 카야가 떠나버린 그날만큼 강했다. 나는 폭격당한 오르크처럼 온몸이 뒤틀렸다.

그녀가 있었다면 내 괴로움을 놓고 무슨 말이라도 했을 거란 생각이 가장 참을 수 없었다(나는 그녀와 마법 같은 밤들을 충분히 많이 보냈기 때문에 그게 어떤 말일지 정확히 알 수 있었다). '날아다니는 방둥이, 생각해보면 있잖아, 네 이야기는, 하나의 장치가 또 다른 장치를 전자기장으로 더듬어 찾아낼 수 없고 녹슨 스푸트니크로부터 보고를 받는 기름진 물개가 저 먼 번식지에서 흐느끼고 있다, 뭐 이런 식으로 끝나는 거야……'

잠시 후 나는 진정했다. 내 안의 조종사가 깨어났다. 마치 귀로가 없다는 것을 알면서도 공격을 위해 냉정하게 떠나가는 고대 아시아의 조종사 중 하나의 영이 나에게 깃든 것 같았다.

나는 그런 순간에 그들이 느낀 게 무엇인지 이해할 수 있었다. 매 순간이 작은 삶으로 변했다. 마니투 위의 숫자들은 또렷한 의미로 전례 없이 충만했다. 고도 측정기 위에 놓인 가상현실 사진 속 조그마한 카야가 살아났다. 그녀는 개년성과 유혹성

에게 월트디즈니사의 애니메이션 「알라딘」(1992)의 '지니'로 더 잘 알려져 있다.

의 눈부신 봉우리 정상에서 미소를 보내고 있었다.

마침내 나는 처음부터 내 의식 밑바닥에 감춰져 있던 게 무엇인지 알게 되었다. 내가 왜 그녀를 찾고 싶어 하는지도 깨달았다.

그건 그녀가 나에게로 돌아오게 하기 위해서가 아니었다. 그것은 불가능했다. 물론 그녀를 죽이기 위해서도 아니었다. 이것 또한 실현 불가능하다. 그녀의 존재론적 지위라는 것이, 고인이 된 베르나르-앙리의 말마따나, 처음부터 비존재였기 때문이다. 하지만 만일 내가 카야를 내 존재로 돌려보내지 못한다면 나의 '헤넬로레'가 그녀를 데려올 수 있다.

그림은 안내자 역할에 아주 적합했다.

이 결심이 내 머릿속에 구체화되자마자 그 이후의 일들은 일사천리로 진행되었다. 위장 장치를 켤 때와 끌 때 각각 얼마나 더 비행할 수 있는지 계산해보았다. 일시적으로 사용했으니 시간도 그 중간 어디쯤만큼 남아 있을 것이다. 충분한 시간이 남아 있기를 바랐다. 급강하한 그림이 이제는 아주 천천히 날고 있었기 때문이다. 아무래도 목적지에 가까워진 것이 틀림없다.

고도를 낮게 유지하기가 점점 더 어려워졌다. 그렇다고 해서 그림과 동일한 고도로 비행한다는 것은 위험천만한 일이었다. 노을이 만들어내는 화려한 띠 무늬 배경이라면 나는 눈에 띌 수도 있었다(하늘에서의 마지막 날 내 귀에 대고 누군가가 그런 말을 한 것 같았다). 그림이 더 하강하는 바람에 나는 옆으로 비껴 위로 상승했고, 이에 따라 위장 장치도 가동시켜야 했다. 하늘은 아직 너무도 밝았다.

여기가 어디인지 전혀 알 수 없었다. 태양이 지면서 내는 불꽃으로 멀리 있는 산들이 빛을 내는 것이 보일 뿐이었다. 산들 사이로 푸른 안개가 소용돌이쳤다. 잠자리에 드는 구름 같다는 생각이 들었다(이건 창조 완성기가 만들어낸 게 아니다. 그 순간 정말 내가 그렇게 생각한 것이다). 광활한 공간, 아름답고 끝없이 너른 공간. 거기에 시선을 보내는 매 순간이 이제 곧 내 마법 같은 눈동자가 영영 감기리라는 것을 상기시켰다.

다음 순간 앞에서 빛이 보였다.

아래쪽의 어스름이 짙어지고 있었기에 사실 이 불빛은 눈에 띄지 않을 수 없었다. 환한 전기 램프들이 긴 점선처럼 빛났다. 램프들은 100미터 혹은 그 비슷한 간격이었다. 보아하니 그림을 기다린 것 같았다. 그게 아니라면, 어쩌면 여기서는 이 불빛들이 항상 이렇게 타고 있는 것일지도 몰랐다. 전투비행사인 나는 이것이 원시적이기는 하지만 유용한 내비게이터 시스템이라는 것을 알아챘다. 이런 줄이라면 상공에서 포착되지 않을 수 없으니 말이다. 그림은 오래된 채석장에서부터 공중으로 떠오르기만 하면 되었고 바람이 마치 강처럼 그를 지정된 지점으로 데려가 준 것이다. 아마도, 출발 시간 또한 그가 어스름이 깔릴 즈음 목표 지점에 도달하여 쉽게 시그널 불빛을 식별할 수 있도록 미리 계산된 듯했다.

그림이 불빛을 발견한 것 같았다. 그의 열기구가 급격히 하강했다.

열기구 바구니가 숲 변두리의 지면에 닿았고 그는 곧 밖으로 뛰쳐나왔다.

벌써 그림한테 뛰어오는 이들이 있었다.

처음에 나는 이 사람들이 대체 어디에서 나타난 건지 알 수 없었다. 잠시 후 들판과 숲 사이에 나무껍질로 덮여 있는 차양에 말 몇 마리가 묶여 있는 것이 보였다. 그를 맞으러 나온 이들이 '고대 우르크들'처럼 보여 아무래도 그림이 흡족하지 않을까 싶었다. 그런 민족이 오르크 역사 시대 이전 어딘가에 정말로 존재했다고 친다면 말이다.

그들은 허리를 졸라맨 짙은 색 가운 차림이었다. 몇몇은 석궁이나 허리춤에 찬 칼로 무장했다. 확대시켜보니 머리 스타일이 이상했다. 머리카락들이 알록달록한 끈으로 뒤통수에 매듭지어 있었다.

그들은 그림을 둘러쌌고, 잠시 후 이 오르크 청년은 아직 밝은 서쪽 하늘로 양손을 흔들면서 무언가를 설명했다. 그들은 그를 이해한 것 같았다. 그의 출현이 그리 놀랄 만한 일은 아닌 듯했다. 곧 그림 옆에는 두 명만 남았고 다른 이들은 벌써 거대한 양파 반쪽으로 변해버린 열기구를 부품들로 분해하기 시작했다. 그들이 버너를 능숙하게 분리하는 것을 보니 이런 일이 처음은 아닌 듯했다.

둘은 그림을 차양으로 데리고 갔다. 나는 그들이 밤을 지내라고 그림을 이곳에 남겨두고 가면 내 계획이 물거품이 될 거라는 생각에 덜컥 겁이 났다. 하지만 다행히도, 그들은 그저 그가 물을 마시고 한숨 돌리게 해주고는 말에 올라탔다. 그들은 그림에게도 말을 내주었다. 오르크들은 말을 탈 줄 알았다(이것은 스너프에서 말 타는 장면이 필요할 때를 대비한 그들의 군사 훈련 중 일부분이다). 이윽고 셋은 숲으로 말을 달렸다.

그곳은 이미 아주 어두웠다. 그림의 안내원들은 머리에 붕대를 감고 있었는데 거기에서 나오는 푸르면서도 하얀 빛줄기 두 개가 길을 밝혀주었다. 그리 밝은 빛은 아니었지만 길을 밝히기에는 충분했다. 내 '헤넬로레'에는 전조등이 있다…… 아, 있었다고 해야지. 중요한 건 이게 아니다. 산속에 사는 이 사람들은 원시 부족들 다수가 보유했던 전기뿐만 아니라 우리 황색 구역 제조품이 아닌 게 분명한 물건도 가지고 있었다. 등 뒤에 걸친 석궁 때문이라도 나는 그들이 이러한 것들을 스스로 제조할 수 있을 거란 생각조차 하지 못했다.

이윽고 목적지에 도착했을 때, 마니투에는 벌써 '배터리 방전'을 가리키는 붉은 램프가 빛났다. 시스템은 보통 이 시그널 이후 두 시간쯤 더 작동되지만 조금 더 늘릴 수도 있었다. 나는 벌써 마음을 졸이기 시작했다. 그들이 말에서 내리는 시간이 너무 길게 느껴졌다.

그들의 집은 석조였다. 적어도 부분적으로는 그랬다. 벽과 지붕은 목재와 나무껍질로 만들어졌고 토대와 지주 기둥은 돌과 시멘트로 되어 있었다.

이것은 숲에 숨겨진 일종의 부락이었다. 집들은 나무들 사이 양지 바른 곳에 서 있었다. 집을 서로 연결해주는 길들은 나뭇가지 아래로 나 있었다. 내가 살던 곳의 아파트에는 생태주의 노선을 따르는 중산층을 위해 이것과 비슷한 창문 밖 풍경 모델들('거대한 삼나무들 사이로' '안티크라이스트 1000년 전')이 있었다. 하지만 알다시피 그곳에서는 나무에 다가가는 것이 쉬운 일이 아니었다……

그들은 커다란 귤 같은 노란 종이 등불들로 밝혀진 널찍한 테라스가 있는 집으로 그림을 데리고 들어갔다. 등불들 아래 쿠션 위에는 다리를 꼰 채로 제법 화려한 옷을 입은 사람들이 무장도 하지 않은 채 앉아 있었다. 스무 명 정도였다. 어쨌든, 나는 잠시 그들을 살펴보았다. 왜냐하면……

그렇다. 바로 그 쿠션 위에, 얼굴을 그림 쪽으로 돌린 그녀가, 나의 도난당한 기쁨이 앉아 있었다. 그녀는 금빛으로 빛나는 긴 녹색 옷을 입고 있었다. 하나의 천으로 몸 전체를 둘러 만든 옷이었다(오르크들은 그것을 사리판*이라고 불렀다). 그녀는 역시나 자기가 좋아하는 일을 하고 있었다. 얼마 전에 나에게 그랬던 것처럼 녀석들을 세뇌시키고 있었던 것이다. 그들은 그녀의 말을 아주 주의 깊게 들었다. 나는 그녀에게 마이크로폰을 갖다 대어 몇 구절을 녹음했다.

"당신은, 분노나 고통을 느낄 때, 나타나죠. 감정에 사로잡혀 있는 누군가가 존재한다고 여기니까요. 이렇게 되면 앞으로는, 행동하고 고통 받는 건 이미 그가 되어버려요. 당신은 이 감각과 사념에 꼭 반응할 필요가 없다는 걸 모르고 있을 뿐이에요. 반응이란 당신이 이것을 자기 것이라 여기고 동의하는 데서부터 시작돼요. 하지만 당신의 뇌 속에서 잘까닥거리는 화학적 채

---

* 인도, 네팔 등지에서 여성들이 입는 '사리'를 연상시킨다. 또한 러시아의 여성 전통 복장 중 하나인 사라판сарафан에서 모음 하나를 교체한 것처럼 보이기도 한다.

찍질은 절대 당신의 주인이 아니에요. 당신은 그저 명령을 내릴 수 있는 그의 권리를 한 번도 의심한 적이 없을 뿐입니다. 만약 당신이 그가 당신을 때리는 모습 자체를 보는 방법을 배운다면 그의 폭력은 당신에 대한 지배력을 잃게 될 거예요. 그의 폭력을 바라보는 건 단 하나의 시점에서만 가능해요. 즉 그 폭력이 자신을 향한다고 여기는 이가 사라질 때, 바로 그때만 가능하죠. 고대 오르크 경구 중에 이런 게 있어요. '어디가 더 나은 곳이나고요? 우리가 없는 곳이죠……'* 이게 무슨 말일까요? 당신이 계속 '자신'이라고 여겨온 언덕 위에서 세계를 바라본다면 당신은 언덕 임대료를 아주 비싸게 치르고 있는 거예요. 하지만 당신이 그 답례로 받는 건 뭐죠? 당신은 다음 순간 어떤 채찍질이 당신의 '나'를 그의 악몽 같은 여행으로 내몰게 될지조차 모르고 있어요……"

"고대의 게이들은 오늘날 무뢰한들이 그러는 것처럼 '너 자신을 알라'라는 말을 자기 적들에게 했죠. 그들이 이것을 끔찍한 모욕으로 여겼던 건 다 이유가 있어요. 만화경으로 들여다본 패턴 내부처럼 이 '자기'라는 것 안에 인식할 수 있는 거라곤 아무것도 없기 때문이죠. 단 5분간만이라도 이러한 역부족을 기억하는 존재조차 당신 안에는 없어요. 그렇다고 해서 골목을 누비며 '나' 같은 건 존재하지 않는다고 외쳐대는 건 더 멍청한 짓이죠. 그것이 존재하기 때문이 아니라, 곧 그것이 자기가 존재하지 않

---

* 그리보예도프(A.S Griboyedov, 1875~1829)의 『지혜의 슬픔』(1825)에 등장하는 유명한 문구.

는 척할 테니까요. 힘에 부치는 짐을 스스로 짊어지려 하지 마세요. 마니투가 이것을 당신 어깨에 짊어지웠다고 책망하지도 마시고요. 마니투가 이 짐을 스스로 지도록 내버려둬요. 그게 마니투니까요……"

"당신의 의사를 구한 적도 없는 빛과 그림자가 벌이는 놀이판에서 기인한 이 어마어마한 책임을 왜 당신이 져야 하나요? 머리카락과 손톱, 발톱이 저절로 자란다면 지독한 의지로 애를 써가며 이것을 키울 필요가 있을까요? 당신이 자기 자신에 대해 발휘하는 지배력은 날씨에 대한 당신의 지배력보다 크지 않아요. 만일 당신이 때때로 날씨를 맞힐 수 있다고 해도 비가 오는 게 당신의 저주 때문인 건 아니잖아요. 삶을 살면서 확연해지는 것들 중 그 무엇도 자신이 한 것이라 여기지 마세요. 당신이 냉담해서 마니투가 노할 것이라고 두려워하지도 마세요. 마니투가 당신에게 무언가를 요구한다면, 그게 뭔지는 당신이 맨 먼저 알게 될 거예요……"

말을 마친 다음, 그녀는 그림을 발견했다.

그녀는 곧 일어서더니 그를 맞으러 나왔다. 그들은 오솔길에서 만나 서로에게 미소를 지었다. 그들은 마치 방금 전에 헤어졌던 것처럼 손을 잡고 말없이 숲으로 들어갔다. 누군가가 그들에게 램프가 달린 붕대를 두 개 건네주었다. 그들은 이것을 머리에 썼다. 카야는 어둠 속에서 볼 수 있었다. 하지만 이러한 능력을 보여줌으로써 소비자를 겁주는 일이 생기지 않도록 그녀의 프로그램이 경계 작동 중임을 알 수 있었다. 우리가 아직 같이 지냈을 때, 귀염둥이는 나에게 자주 불을 켜달라고 부탁하곤 했었다.

그들은 숲속 깊숙이 들어갔다. 울퉁불퉁한 땅에 푸른빛을 띠는 하얀 얼룩 두 개, 가물거리는 검은 실루엣 두 개. 곧 하나의 빛줄기가 검은 하늘에 쏘였고 두번째 빛줄기는 어둠 속에서 웃고 있는 카야의 얼굴을 가끔씩 낚아챘다가 가까운 지면으로 떨어졌다. 이윽고 그들은 램프를 껐다.

적외선 대역에서 그들은 그렇게 로맨틱해 보이지는 않았다. 특히 나에게는 더욱더 그랬다. 세밀한 번쩍거림 하나하나가 내 심장에 견딜 수 없는 고통을 주었다. 그래서 나는 그들이 있는 쪽을 잠깐 흘끗 쳐다보기만 했다. 나는 배신당한 남편이 아니라 전투비행사의 눈으로 이 현실을 바라보려 애쓰며 자세를 대충 가늠해보았다(그들의 자세 말고 '헤넬로레'의 자세 말이다). 배신당한 남편들은 총을 쏠 때 종종 못 맞히기 마련이니까.

그들은 커다란 공터의 끝에 자리를 잡았다. 나는 공터의 중앙으로 건너 날아가 4미터 상공에서 여섯 개의 미사일 전부를 한 발에 모아 주도면밀하게 그들을 겨누었다. 파편들이 카메라를 덮치지 않도록 하기 위해 목표 지점까지의 거리를 면밀히 검토했다. 하긴 이제는 그런 게 중요하지도 않았지만.

이제 위장 장치가 꺼졌다. 이것은 '헤넬로레'에게 10분간의 생명이 남아 있다는 의미였다. 'target locked(목표물 고정)'라 쓰인 붉은 사각형 바로 그 안에 카야와 그림이 너울거렸지만, 한순간 나는 그들을 잊어버렸다. 눈에서 눈물이 흘렀다. 내가 둘 중 누구를 더 사랑했는지 모르겠다. '헤넬로레'일까 아니면 카야일까.

이렇게 나는 그 둘 전부를 한순간에 잃어야만 했다. 그리고 이 모든 건 저 오르크 때문이다.

내가 어둠 속에 떠 있었기 때문에 그들은 아무것도 눈치채지 못했다. 하지만 이제 나는 그들이 나를 마지막으로 한 번 바라봐주기를 바랐다. 그들은 보았고 들었다. 곧 나는 이것이 '헤넬로레'의 마지막 힘을 앗아가리라는 것 따위는 생각지도 않고 전조등과 후미등을 켜고 연달아 음악까지 틀었다. 구관이 명관이라는 말마따나, 숱한 전투비행사 세대에 복무한 그 음악, 「발퀴레의 기승」이었다. 오르크 영웅 따윈 자신을 혐오하는 배경 음악 속에서 알칼라로 떠나버리라지.

다음 순간 나는 내 쪽으로 돌린 얼굴들을 줌으로 잡고 이미지를 표준 색상 모드로 전환했다. 이건 아마도 내가 내 카메라가 '스카이 프라브다Sky Pravda'가 아니라 '헤넬로레'라는 것이 애석했던 유일한 상황이리라. '스카이 프라브다'가 있었다면 그들을 마치 백주대낮처럼 정확하게 볼 수 있었을 것이다. 지금은 색상 왜곡 때문에 고무 소녀 위에 고무 소년이 누워 있는 것처럼 보였다. 괜찮아, 나는 생각했다. 이제 다 끝인데 아무래도 상관없지.

카야는 나의 '헤넬로레'를 이렇게 가까이에서 본 적이 없었다. 그래, 봐라, 나는 복수심에 생각했다. 자기야, 마지막으로 날아다니는 방둥이를 보라고. 내가 어떤 녀석인지 이제야 보이는 거니. 잘 봐둬, 겨우 이 오르크 등신이랑 바꾸려고 그 숱한 밤을 배신을 품은 채 네가 안고 있었던 게 누구였는지 보라고. 그와 함께 비존재로 가버려. 아니, 더 정확히는, 그렇게 그를 원한다면 거기서 만나, 거기서 만나라고……

하지만 카야는 내가 그녀의 눈을 바라보는 것을 알았다. 그녀는 나에게 이 마지막 기쁨을 선사하지 않기 위해 검은 하늘 쪽을 쳐다보았다. 그녀의 얼굴은 평온했고 조롱조의 미소도 머금고 있었다.

개년성이 최고치다. 달리 그녀에게서 무엇을 바라겠나.

대신 그림은 나를 정면으로 쳐다보았다. 나는 그의 얼굴을 조준기 전체에 꽉 차도록 확대했다. 그는 위장 장치를 하지 않은 나의 '헤넬로레'를 기억했다. 우리의 만남은 바로 그때부터이기도 했다. 내 조준기 안에 잡힌 그림은 바지도 올리지 못한 채 바그너를 듣고 있었다. 서서 듣고 있었다는 것이 그때와 다르다면 다를까. 삶이란 어찌나 창의력이 부족한지.

그의 눈을 보았을 때 나는 그가 자신의 죽음을 감지했다는 것을 알았다. 강변에서의 그 순간과 깊은 밤 숲속에서의 이 순간까지가 하나의 긴 찰나로 합류하는 것 같았다. 긴 찰나 동안 이 불쌍한 소년은 자신이 뼈가 앙상한 죽음의 사자를 살짝 피했다는 헛된 꿈을 꾸었던 것이다. 하지만 죽음은 항상 자신의 약속을 지킨다. 지금 이렇게 죽음이 도착했다. 이 순간 그림은 죽음이 이 모든 시간 내내 그의 곁에서 참을성 있게 기다려왔음을 확실히 인식했을 것이다.

다음 순간 나는 발사 버튼을 눌렀다.

그림의 눈동자에 스타트 플래시가 비쳤다. 그리고 죽음 바로 직전에 드리우는 질색하는 듯한 표정이 그의 얼굴을 일그러뜨렸다. 나는 다른 모든 것과 함께 화염 폭풍 속으로 사라질, 이 오르크 면상의 마지막 변화를 셀룰로이드에 수차례 담았다.

그런데 폭풍이 일어나지 않았다.

그림의 얼굴이 놀라 길쭉해졌다. 나는 그가 '헤넬로레'를 쳐다보는 게 아니라 어딘가 저 위 다른 곳을 쳐다보고 있다는 것을 깨달았다. 이제 카야도 그쪽을 쳐다보았다. 나는 처음으로 그녀의 아래턱이 아래로 쩍 벌어지는 것을 볼 수 있었다. 이때까지는 그녀에게서 이런 프로그램 반응을 실행시켜보지 못했다.

이윽고 나의 이어폰에 쩌렁쩌렁한 굉음이 여섯 번 연이어 울렸다. 나는 나의 전투 안경을 먼 하늘 쪽으로 틀어잡았다.

거기에는 여섯 개의 거대한 꽃이 피어나고 있었다. 빨간 꽃 하나, 녹색 꽃 하나, 파란 꽃 하나, 그리고 무지개처럼 알록달록한 꽃 세 개. 각기 형태가 다른 이 꽃들은 새로운 우주들, 지금 막 비존재의 암흑에서 태어나 이제 각자가 자신의 법칙에 따라서 살고 있는 그 새로운 우주들을 닮아 있었다. 이윽고 두번째 사이클의 탄약들이 터지기 시작하자, 여섯 개의 거대한 꽃들을 둘러싼 주위 하늘이 다양한 색깔의 지그재그 모양과 화살 모양, 다양한 불꽃의 소용돌이로 반짝였다. 빠-밤. 빠-밤. 빠-밤.

컨트롤 마니투의 프로그램을 변경해야 한다는 걸 나는 잊고 있었던 거다. 기지에서 마지막 재장전 중에 전투 미사일 대신이 불꽃놀이 폭죽이 장전되었던 것이다. 내가 다윗-골리앗의 빌라 상공으로 용돈벌이 야간 비행을 다녔던 최근 한동안 매일 그랬던 것처럼.

나는 여느 때와 다를 바 없이 스스로를 천상의 무사라 여겼지만, 시스템한테 나는 그저…… 그걸 뭐라고 하더라, 그, 침대 옆에 촛대를 들고 서 있는 인물 바로 그거였다.

이윽고 검은 하늘을 수놓은 여섯 개의 우주가 모두 사그라졌다. 바그너도 제풀에 잠잠해졌다. 내 전투 안경 안쪽도 영영 어두워졌다. 하지만 '헤넬로레'가 가없이 먼 자신의 푸른 무덤으로 채 낙하하기 전, 나는 가장 모욕적이고 견디기 힘든 사실과 마주쳤다.

그들은 내 쪽을 더 이상 쳐다보고 있지 않았다.

그들은……

그들은 하던 걸 마저 했다.

나는 어두운 비행 안경을 벗었다. 눈물이 전투 쿠션에서 바닥으로 떨어져 내렸다. 나는 잠깐씩 술을 홀짝이는 것을 제외하고는 그 밤 내내 울었다. 나중에는 술이 나에게서 도로 흘러나오기 시작했다.

에필로그

할 이야기가 이제 조금밖에 남지 않았다. 나 자신에 대해서도, 또 우리 세계에 무슨 일이 일어났는지에 대해서도. 이참에, 창조 완성기의 표현을 빌리자면, 이토록 서툴기만 한 수기의 첫머리에 이 기록을 복수에 관한 이야기라 부른 이유도 밝히겠다.

모두 순서대로 말하겠다.

나의 '헤넬로레'는 완전히 죽어버린 게 아니었다. '헤넬로레' 안에는 비상시에 전파 표지를 가동시키는 예비 배터리가 내장되어 있었다. 수개월은 넉넉히 쓸 수 있는 배터리였다. 그걸로 드물기는 하지만 스푸트니크를 통한 연락이 가능했다. 그 커플은 나를 잊지 않았다. 카야가 내 생일에 '헤넬로레'를 통해 무선통신으로 메일을 보내온 것이다. 메일은 고아가 된 나의 전투 마니투에 불쑥 나타났다.

'생일 축하해, 다밀롤라, 그리고 불꽃놀이 고마웠어! 우린 널 사랑해! 카야와 그림.'

카야가 '헤넬로레'의 기억 장치에 접속하는 건 분명 일도 아니었을 것이다. 아직도 거기에는 흥미롭고 재미있는 것이 많이 보관되어 있다. 창문을 통해 그림의 마니투를 찍어 얻은 그의 졸업 에세이나 오르크 슬라바에서 바람이 불어 그림의 코앞으로 굴러왔던 상중부 시베리아어로 쓰인 종이를 찍은 사진도 얻을 수 있었다.

이상한 일이지만, 나는 그림이 살아남았다는 게 전혀 애석하지 않다. 정반대로 사건이 이렇게 전개되어 아주 기쁘다. 이래야 복수가 가능하니 말이다. 한 가지 이해가 안 가는 건, 예감이라는 게 나한테 어떻게 이토록 기만적일 수 있느냐는 것이다. 그의 눈에 죽음이 비치는 걸 두 번씩이나 내가 분명히 봤단 말이다.

이제 와서 뭐 별수 있겠나, 내가 잘못 본 거지. 다들 실수를 하니까. 오르크의 눈 속 심연에서 무엇을 더 발견하게 될지 알게 뭐람. 어쩌면 그저 고된 어린 시절의 흔적일지도.

그림은 아주 저명한 미디어 인사였기 때문에 그의 탈출은 뉴스거리가 될 만했다. 하지만 이 사건은 어물쩍 넘어갔다. 흘로야의 도움이었다.

이즈음 그녀는 아주 잘나가고 있었다. 그녀는 다음 전쟁을 위한 자료로 그들이 찍기 시작한 스너프에서 조연을 맡았다. 조연은 포르노를 찍는 게 아니므로 나이가 중요하지는 않다. 성교 중인 나이 지긋한 유명인들 주변에는 창의적인 반나체 청춘 남녀들이 촛대를 들고 서 있곤 했는데 바로 그 역할이었다. 시청자들은 성교 중인 스타들의 모습이 동공에 투영된 맑고 젊은 두 눈을 클로즈업한 장면을 좋아한다. 방향만 좀 다를 뿐 데르판틴과 거의 유사한 것으로, 도덕적으로 미심쩍은 부분이라곤 전혀 찾아볼 수 없다. 창의적인 젊은이들이 촛대를 잡고 있는 동안 선임 소믈리에들은 이 청춘 남녀 중 장래가 기대되는 이들을 골라낸다. 꽤 긴 과정인데 여기서 입봉을 제대로 하는 게 매우 중요하다.

흘로야가 나오는 부분은 오락 블록에 등장했고(그녀는 법률가들이 용인한 몇몇 허벅지 동작까지도 감행했다) 이윽고 사회자는 그림에 대해 물었다. 이에 영특한 소녀 흘로야는 눈물방울을 떨구며 가느다란 목소리로 우는 소리를 했다.

"저한테 주먹을 휘둘렀어요. 한번은 술에 잔뜩 취해서는 이렇게 말하더라고요, 꺼져, 이 바보 같은 년아, 너는 전쟁의 얼굴을 하고 있어."*

이에 사회자가 말을 받았다.

"우리가 너무 성급하게 그를 이 위로 초대하지 않았나 싶네요."

그게 전부였다. 이 세계에서 더 이상 그림은 없었다.

하지만 군에는 그것만의 고유한 리얼리티가 있고 이 리얼리티 안에서는 팩트가 그렇게 쉽게 삭제되지는 않는다.

나는 발생 사건에 대한 보고서를 상부에 제출했고 면담을 위해 소환되었다. 곧, '헤넬로레'를 데려오기 위해 견인선을 출격시키는 일은 없을 거라는 게 확연해졌다. 그러자 그들은 나의 전망이 어떤지 이리저리 재보기 시작했다.

이제는 기술 장비를 임대할 수밖에 없었다. 달리 말하자면, 일전에 말했듯, 벌어먹고 살려면 빠는 수밖에 다른 도리가 없게 된 거다. 오르크 흑낙지 건처럼 천재적인 클로즈업을 한 번 더 찍을 수만 있다면, 회사가 3백만 정도는 지불할 거다. 새 수라를 구입하는 것이라면, 나는 단념해야 했다. 담보로 맡길 것 하나

* 스베틀라나 알렉시예비치의 『전쟁은 여자의 얼굴을 하지 않았다』(1985)를 상기시킨다. 이 제목은 알레시 아다모비치의 소설 『지붕 아래 전쟁』(1960)의 첫 부분에서 차용된 것이다.

없이 돌려막기 대출을 받는다는 건 비현실적이었기 때문이다. 최선이라야 주말 대여 정도가 가능했다. 설정 블록이 봉인된 채 염소 살균 냄새를 풍기는 푸른 눈의 금발 머리 아가씨를 대여점에서 골라 와 '그래, 뚱땡이, 한번 놀아볼까? 난 우리 용맹한 공군 전사 아저씨들이 무지하게 좋더라!' 따위의 소리를 듣는 것 말이다.

지도부와의 면담 이후 나는 내가 만난 우리 이웃들에 대해 위에서 항상 알고 있었다는 생각이 들었다. 그들을 겁내고 있었다. 이미 브라질에서 그랬던 것처럼, 그들 중 우리 오프스피어를 피리 연주로 붕괴시킬 마법사가 있을 수 있다는 우려였다. 발설 금지 명령이 떨어졌다. 멍청이들, 한 치 앞도 못 보는 탐욕스러운 멍청이들 같으니라고. 피리 부는 마법사가 아니라 눈 앞에 있는 비즈니스 파트너들을 두려워해야지.

이제, 지금 내가 위치한 공간, 시간, 운명의 순간으로 바짝 다가서려 한다.

그림이 탈출하고 난 후 한 달이 지나 우리는 폭파되었다.

물론 빅 비즈가 스스로 폭파된 것은 아니었다. 폭파된 건 서커스의 벽이었다.

바로 터진 콘텍스의 짓이었다. 모든 우리의 뉴스 채널은 그가 변화를 몰고 올 것이라고 여겼는데 말이다. 그래, 그가 모두에게 한 방 먹였군. 이제 그야말로 어마어마한 변화가 생기겠어.

그가 왜 그랬느냐고?

터진 듀렉스가 죽임을 당했기 때문이었다. 우리 인간들은 이것이 앞으로 모든 오르크 카간들을 겁주는 본보기이자 교훈이 될 것이며 그 누구도 더 이상 가스 무기를 쓸 엄두를 내지 못할 거로 생각했다.

하지만 터진 콘텍스는 정반대의 결론을 내렸다. 자신 또한 결국 내던져져 오르크 슬라바를 향해 머리부터 추락할 것이라는 생각을 했다. 그래서 그는 대범하게 돌진하기로 했다. 용기를 얻기 위해 「스타워즈」를 다시 보고(고대 영화에 대한 접근 권한을 가진 오르크들은 이미 수 세기 동안 오프스피어를 별의 죽음과 비교해왔다) 대가리를 두리안에 적시고는(분명 그냥이 아니라 프리베이스*로 오르크 예산의 절반을 썼을 거다) 결연히 서커스의 벽을 가스 폭탄으로 폭파시켰다.

여기서 가장 괴상하고 짜증 나는 건, 그가 트릭 기념관 개관식 실황 방송에서 이 발상을 얻었다는 점이다.

오르크 보안과가 순교자 푸포갈의 집 아래에 판 것처럼 보이는 땅굴의 단면도가 방송을 타게 된 것이다. 훌륭하고 섬세한 도면은 긴 시간 방송을 탔다. 그런 작품이 허비된다는 게 애석했던 거다. 하지만 이것은 허비가 아니었다. 오르크들 스스로는 이런 것을 꿈에도 고안해내지 못했을 것이다. 그들은 여기서 생각에 잠겼다. 왜 오르크의 억압적 정권은 세계 공동체에 진짜 도전을 하지 않는 걸까? 이건 뉴스에서도 계속 떠드는 일일뿐더러, 런던도 오르크 정권이라면 이미 하수구로 흘려보내는 지경인데……

오르크들은 땅을 팔 줄도 알고 가스도 가지고 있다.

---

* 코카인의 반죽 형태. 코카인을 담배 형태로 흡입하기 위해 사용됨.

개를 궁지로 몰면 안 된다. 하물며 자기 집 개라 해도 마찬가지다. 물기 시작할 것이다. 하지만 이러한 고대의 지혜를 떠올리는 것도 이제는 늦어버렸다.

그들은 슬라바로부터 시작되는 터널을 통해 폭탄을 옮겼다. 우리의 원격 카메라 중 단 한 대도 이 작업을 탐지해내지 못했다. 겉보기엔 아무도 성벽 쪽으로 접근하지 않았고, 땅굴은 왠지 아무도 예상치 못했다. 왜냐고? 이런 일을 명령할 수 있는 이들 전부가 자기 마니투를 우리 쪽에 보관하고 있었으니까.

어떻게 우리 정보국이 그런 걸 놓치게 된 건지 누구도 이해할 수 없는 일이다. 우리가 카간들의 대화까지 모조리 도청하고 있는데 말이다. 한 녹음본에서 오르크 친위대가 카간에게 인간들이 항상 그의 위치를 알아낼 수 있으니 에메랄드 '버투vertu'를 소지하지 말라고 아주 진지하게 설득했던 것이 기억난다. 그게 어찌나 우스웠던지 우리 소믈리에들은 바닥을 데굴데굴 굴렀다.

'핸드폰이 없으면 우리가 못 할 거라 생각하는 모양이지…… 필요하면 카간이 알아서 전화로 보고할 텐데 말이야……'

이제 더는 웃을 일이 없다. 터진 콘텍스가 무선 전화로는 그 누구와도 폭탄에 대해 이야기하지 않았던 것이다. 우리한테도 연락은 없었다.

몇몇 디스코스몽거는 이 모든 일에 경제와 관련된 내막이 있다고 말했다. 이전에는 글로벌 우르크라면 아래에서 훔쳐다가 위에 숨기는 일이 가능했다. 장물들을 마술 같은 방법을 통해 특수한 비물질적 형질로 변환시킬 수 있었기 때문이다. 이 복잡한 연금술적 메커니즘을 이해할 수 있는 이는 다윗-골리앗 아라파트 저커버거 같은 인간들뿐이었다. 오르크의 베르투하이가 소유한 부는 마니투 준비군이 그에게 부여한 승점 같은 것이었다. 그것을 맡길 수 있는 데가 우리뿐이라는 것은 당연했다.

글로벌 우르크들은 평생을 그렇게 살아왔다. 그러다 문득 그들은 준비군의 독수리들이 슬며시 많은 승점을 착복하고 오르크들에게 득점이 얼마 남지 않는다는 것을 알아챘다. 물론 오랜 세월 동안 매년 계속해서 점점 더 많아진 것이 사실이기는 했지만 말이다. 이러한 불공평에 이들은 당연히 모욕감을 느꼈다. 베르투하이들은, 매일 하루 종일 도둑질을 하고 서로에게 달려들어 목을 물어뜯는 것은 자기들인데 어째서 매니큐어 칠한 손가락으로 우아하게 키보드만 딸깍거리는 위에 있는 녀석들이 해마다 총결산 때 자기들보다 열 배나 더 많은 부를 수임하는지가 궁금했다. 이게 폭발한 것이다.

하지만 베르투하이들의 즐거움도 오래가진 못했다. 우리 안보부가 파괴 공작 상황에 대비한 세밀한 작전을 가지고 있었던 것이다. 그들의 모든 런던 아파트에 자물쇠가 채워졌다. 동시에 수도와 전기, 통풍기의 작동이 전부 중지되었다. 게다가 창밖의 런던 풍경도 꺼졌다. 남은 나날 동안(공기가 많이 남아 있던 몇몇 박스에서는 닷새 정도 더 손기척이 있었다) 그들이 창문에서 본 것은 템스 위 음침하고 장엄한 도시가 아니라 자신들 믿음 속의 공간인 똥밭 지옥의 유황불 장작 더미였다. 이는 오르크 성상화에 딱 맞는데다 고해상도로 아주 현실적이었다. 분뇨 유황향 디스트리뷰션 프로그램이 들어 있는 이 파노라마는 벌을 내려야 할 때를 대비해 마니투의 집이 아주 오래전부터 준비해둔 것이었다.

부유한 베르투하이들은 운이 좋았다. 자기 집 발코니에서 오르크 슬라바로 뛰어내리면 빨리 죽을 수도 있었으니 말이다. 글로벌 우르크 한 쌍은 마지막 길에 예의 그 발코니 '불알'을 가져가기도 했다. 뉴스 채널들로서는 그들을 비웃어댈 빌미를 얻은 것이다('카간의 기도에 대해서는 이미 말씀드린 바 있습니다. 친애하는 시청자 여러분, 이제 우리는 오르크 투자자 그룹이 연기하는 카간의 점프를 보여드리겠습니다'). 우리는 한 번도 오르크들을 좋아한 적이 없었다. 우리의 미디어가 여기에 모종의 역할을 했다고 말하는 이들이 있는데 어떤 측면에서는 그 말이 맞을 수도 있다.

무슨 말인지 모르시겠다면 그냥 농담이라고 생각하시면 된다. 이제 주변 모든 이가 농담을 하고 있으니.

폭발로 인해 중력식 닻의 거점 솔레노이드, 기술 소믈리에들은 뭐 다른 말로 부르기도 하던데, 하여튼 그것이 손상됐다. 아무것도 수리할 수 없었다. 수리를 하려면 전체를 꺼버려야 했기 때문이다. 그리고 만일 모든 걸 꺼버린다면 우리는 곧장 추락하는 것이다.

사실상 우리는 이대로도 이제 추락하게 될 터였다. 기술 소믈리에들은 폭발 이후는 길어야 한 달이라고 했다. 그리고 이번 달은 벌써 지나갔다. 재앙을 피할 길이 없다는 것을 믿기 어려웠다. 왜냐하면 서커스의 성벽에 금이 하나도 가지 않았기 때문이다. 성벽은 예전과 똑같아 보였다. 그저 지면의 두 군데에서 검은 연기가 날 뿐이었다. 아주 조금이었다. 하지만 이 연기 때문에 마니투는 이제 「타이타닉」의 장면들이 장식하고 있다. 고대에 그런 영화가 있었었다.

대피가 진행 중이다. 하지만 남은 시간 동안 우리의 주요 과학기술을 아래로 옮길 수는 없다. 이것은 우리가 오르크와 같은 조건에서 싸워야 할 날이 아주 조금밖에 남지 않았다는 것을 의미한다. 우리 세대가 쓸 포탄은 아직 충분하다. 그 이후엔 그들이 우리를 그냥 잡아먹어버릴 것이다.

가장 재미있는 건 터진 콘텍스를 이틀이 지나도록 사살하지 못했다는 점이다. 그가 자신의 에메랄드 휴대폰을 숲속 가짜 움막집에 몇몇 가스통과 함께 파묻어버렸기 때문이다. 세 대의 원격 카메라가 그의 신호를 따라 날아갔지만 폭발되었다. 녀석들은 충분히 숙련된 비행사들이었지만 곧장 추락했다. 경쟁 때문이다. 모두들 이 악당을 사살해서 클로즈업 신을 좋은 값에 팔고 싶어 했다. 자기에 대한 뉴스가 쩌렁쩌렁 울려 퍼질 거라고 기대했는데, 결국 굉음과 함께 사라진 것이다. 나 같았으면 걸려들지 않았을 텐데. 뭐, 월급 때문이라면 다른 애들이나 날아가라지.

비행사들이여, 기억하라. 어떠한 상황에서라도 고도를 여유 있게 잡는 것이 중요하다. 높이는 항상 속도로 전환시킬 수 있다. 하지만 속도를 높이로 전환하는 것은 불가능하다. 최악은 높이도 속도도 없을 때이다.

이것은 이제 우리 모두에게 닥칠 일이다. 빅 비즈는 더 이상 없을 것이다. 그리고 오르클랜드는…… 오르크들 사이에서는 수천 년, 적어도 벌써 수 세기 동안 종말론적 음모론이 유행했다.

하지만 그들의 우르카이나는 어찌나 야비한지 심각한 위험에 처해도 좀처럼 위협받는 일이 없다. 문제가 발생하는 건 그들이 더 나아지고 싶어 할 때였다.

당연히 누군가는 새로운 세계가 도래해도 무사히 살아남을 것이다. 예를 들어, 홀로야가 그렇다. 그녀는 대피하기 전에 집으로 가서 아래로 가져갈 것을 골랐다. 기억난다. 3층짜리 메이크업 키트, 다이아몬드가 박힌 다섯 개의 백금 줄과 황금 브로치. 그녀를 전쟁의 얼굴이라 부른 그림의 말이 딱 맞다. 정말 그랬다. 그녀는 뭐가 됐든 할 일을 찾을 수 있을 거다.

삽살개를 끌고 트레일러를 몰고 다니는 나이 많은 스타들이 아래에서 어떻게 지낼지, 이것이 큰 수수께끼였다. 그리고 우리네 디스코스몽거들은 자신들의 자유로운 말이 비행 원조 없이 얼마짜리인지 오르크 저잣거리에서 확인할 수 있을 것이다.

내내 자신을 비롯한 우리 전체를 위해 마니투를 찍어내면서도 한번도 그 이름이 언급된 적 없었던 애국자들은(지금도 이들은 이 일을 계속하는 중일지 모른다) 아마 사라지지 않을 것이다. 베르나르-앙리가 그들을 펌프질된 침으로 파리들을 소화시키는 거미에 비교했던 게 기억난다. 파리들이 있는 한 거미들도 존재한다. 하지만 그렇다 해도 이제 어디서부터 그들이 이 세계로 마니투를 주입할 것인지, 또 어디로 자신의 유독성 배출물 속에 녹여낸 인류의 생명력을 빨아낼 것인지는 명확치 않다. 하지만 이에 대해 더 깊이 이야기하지 않는 게 좋겠다. 증오 발언에 관한 법령이 아직 폐지되지 않았으니 이러한 엄혹한 시기에 이 법령의 희생자가 되는 것은 갑절로 바보 같은 짓이다.

결론적으로, 아래는 모든 이에게 녹록하지 않다.

하지만 남기로 결정한 이들도 있다.

내가 그런 이들 중 하나여서 기쁘다.

이 세계에서 내가 사랑한 모든 것은 이제 과거에 남았다. 그렇다면 나에게 뭣 하러 미래가 필요한가? 오르클랜드에서 굼뜨고 기름진 내 몸에 어떤 일이 일어나겠는가? 제안은 고맙지만 사양하겠다. 나는 너무나 오랫동안 조준기를 통해 삶을 관찰해 왔다.

기술이 우리에게 선사한 최근 한 달 동안 나는 부산스러워하지도 않았고 짐을 싸지도 않았다. 그저 침착하게 내 기록들을 정리했다. 물론 창조 완성기가 많은 도움이 되었다. 그리고 이제 내 작품은 거의 다 완성되었다. 나는 이것을 마지막 순간까지 퇴고할 것이다. 그래도 끝마치지 못 할 수도 있으니 너무 나무라진 마시라. 작별의 사이렌 소리가 나에게 마침표를 찍으라고 명령하는 순간 나는 이 책을 스푸트니크를 통해 마비된 '헤넬로레'가 있는 주소로 전달할 것이다. 그러면 나의 귀염둥이는 무선 통신을 통해서 이 책을 다운받고, 그 지역 사관들이 소가죽이나 아니면 오늘날 그들 사이에 상용되고 있을 그 무언가에 이것을 새겨줄 것이다.

그녀와 그림이 나를 동정하지 않아도 상관없다. 그들이 나를 사랑해야 하는 이유 따윈 없으니(물론 카야에게는 '사랑하다'라는 단어와 '동정하다'라는 단어가 그저 모방 패턴을 의미하는 것일 테지만. 뭐, 달리 표현할 방법도 없다).

한 100년쯤 지나면 새로 나타난 그들의 동족들이 내 글을 서로 빼앗고 있을 가능성도 충분하다. 머리에 형형색색 리본을 달고 있었던 그 음침한 궁수들 말이다. 그럴 즈음 내 글은 이미 위대한 우리 문화의 마지막 기념비가 되어 있을 것이다.

하긴 나의 귀염둥이라면 이렇게 물었을 테지. 한 무리의 오르크들이 즐겁게 농담을 하면서 다른 오르크들을 죽이도록 되어 있는 시냅스 전기 자극들로 이루어진 폐쇄 회로가 바로 문화라고. 여기에 '위대한'이라는 단어가 적절한 건, 모든 인간적 위대함이 이런 전기화학적 본질을 지니고 있기 때문일 뿐이라고……

이제 제일 중요한 것에 대해 말할 차례다.

나는 스스로에게 수없이 질문했다. 왜, 대체 왜 하나뿐인 내 연인은 그녀 때문에 받은 대출금을 다 갚는 것도 기다리지 못하고 그림을 선택해 떠났을까? 너무 단순하고 뻔한 대답이라 동정심 많은 컨설턴트(그도 여기에 남아 있다)가 가르쳐주지 않았으면 나 혼자서는 전혀 해답을 찾지 못했을 것이다.

그건 그녀가 그냥 그렇게 프로그램화되어 있기 때문이다. 그녀의 관리 코드에는 특별한 방식으로 성적 선호를 시뮬레이션하게 하는 연쇄 명령어가 있다. 이 서브루틴이 그녀로 하여금 젊고 날씬한 수컷을 고르라고, 또 이 선택을 대놓고 하라고—남겨진 수컷들이 서로 치고받고, 고기와 피가 주변에 더 많았으면 좋겠다고 수줍게 희망하면서—명령하는 것이다.

그게 전부다. 그토록 오랫동안 귀청을 찢는 듯한 시와 서사시를 써왔음에도 우리는 결코 평정을 얻지 못한다. 그리고 가장 중요한 것은, 우리가 이미 투입된 투자금을 지키겠답시고 일부러 진실을 보지 않고 있다는 점이다…… 요컨대, 이미 모두가 진실을 알고 있다. 최소한, 자신의 실질적인 일상의 차원에서만큼은 말이다.

여자는 인간이 아니다. 그리고 창녀는 인간을 여자로부터 구원할 수 있는 유일한 존재이다.

창조 완성기는 이전 단락에서 두 차례 '고무녀'라는 말을 지우라고 조언한 적이 있다. 매년 우리의 동의 연령을 올리는 이들 중 활발한 사회 활동을 하는 나이 많은 페미니스트가 문득 이 페이지를 보게 된다면 당장 그 자리에서 꽥 하고 소리를 지를 것이다.

알았다, 지우겠다. 이건 예술에 대한 나의 사랑 때문이다.

내가 아무리 공을 들인다 해도 창조 완성기는 나이 먹은 페미니스트들을 기다리고 있는 것이 무엇인지 아직 모른다. 바닥은 벌써 눈에 띄게 기울었고 시간은 이제 아주 조금밖에 남지 않았다.

컨설턴트는 카야가 다른 이유로 떠난 것일지도 모른다고 말했다. 사실 그녀한테 최고치로 설정된 것이 개념성만은 아니었으니까. 영성의 최고치 설정은, 컨설턴트의 말마따나, 그녀가 '아직 도와줄 수 있는' 이들과 이 영성을 나누고 싶도록 명령하는 알고리즘을 포함한다. 나의 귀염둥이도 무관심한 시선으로 나를 꿰뚫어 보고는 마치 고대의 어뢰처럼 우리 세계의 어두운 심연 속에서 나선형 수색을 실시했고 그녀의 십자 조준선 안에 이 어린 늑대가 등장한 것이다.

어쩌면, 그녀는 사랑에 걸려든 것일 수도 있다.

그럴 수 있다는 생각이 드니 더 화가 났다. 충분히 가능성 있는 일이었다. 인간의 사랑이라는 것은 실상 프로그램화된 사건, 성적 본능이 야기한 충격 이후 인식의 모든 매트릭스를 뚫어버리는 일종의 터널 효과 같은 것이다. 카야 안에도 이와 비슷한 일이 충분히 일어날 수 있다. 진기 회로라는 건 그게 시뮬레이션이든 아니든 동일한 법칙에 따라 작동되니까.

하지만 여기에는 그 어떠한 고양된 마음도 찾아볼 수 없다. 사랑은 혐오스럽고, 이기주의적이며, 비인간적인 감정이다. 왜냐하면 그 대상에 대한 사로잡힘과 함께 다른 이들에 대한 비정한 무관심을 동반하기 때문이다. 이제 이게 다 무슨 소용이람.

내가 말했듯이, 그림이 살아 있다는 게 전혀 애석하지 않다. 나는 오히려 기쁘다.

왠지 알겠나?

나조차도 이것보다 더 끔찍한 복수는 발명할 수 없기 때문이다.

그림은 나의 상징적 연적이었고, 그는 최대 개년성이 나에게서 앗아간 모든 애무와 상냥함을 얻었다. 내가 사라지면 어떻게 되겠는가? 최대 개년성은 온 무게를 다해서 그림을 향해 달려들 것이다. 피할 수 없다. 그의 두개골이야 마녀의 망치 아래에서 아작 나라지! 그림도 흘로야가 일생의 천사로 여겨지고, 제221차 성전을 회고하면서 희고 연한 속눈썹에 노스탤지어의 눈물이 줄줄 흐를 날이 얼마 남지 않았다. 카야가 내가 더 이상 없다는 사실을 알게 되자마자 축제는 시작되겠지만 그림은 이제 상징적 연적이 아니라 새로운 표적이 되는 거다.

이게 바로 내가 그렇게 많은 날을 창조 완성기 앞에서, 내 오르크 친구가 깜짝 놀라도록 저승에서 보내는 이 불꽃놀이, 내 단검을 갈고닦은 이유다. 이 일을 완수하는 데 나와 마찬가지로 죽을 때가 된 '헤넬로레' 할멈도 마지막 힘을 보탠다는 게 어찌나 기쁜지.

카야, 내 말 들려? 어이!

그럼은 새 마니투가 마음에 들 것이다.

카야는 내 컨트롤 마니투에 접속해 암호를 카피했을 때 자신의 설정 사항을 바꿀 기회를 얻었다. 하지만 나는 최고치의 개년성을 지닌 그녀가 자신의 최고치 개년성을 해제할 날이 올 것이라고 생각하지 않는다. 매일 그녀의 언어적 신시사이저들 사이로 그 어떤 유사정신적 멈보-정고mumbo-jungo가 새어 나간다 해도 말이다. 나만큼 이 고무 영혼을 잘 아는 이는 없다.

오르크나 그들의 여성 전우들에 대한 이야기는 이제 충분하다.

하고 싶은 중요한 말이 더 있다.

이전에는 빅 비즈가 마니투의 의지를 수행한다고 생각했다. 하지만 그렇다면 왜 우리의 세계가 무너지고 있는 건가, 왜 우주는 발밑으로 꺼지고 있는가? 신앙심이 깊은 인간은 이를 어떻게 이해해야 할까?

어쩌면 마니투는 우리가 마치 그와 친분이 있기라도 한 것처럼, 그의 계획과 비밀을 다 알고 있기라도 한 것처럼 여기는 게 더 이상 마음에 들지 않았을 수 있다.

마니투는 전문적인 종복들이나 자신의 의지를 예언하는 이들이 존재하길 바라지 않는다. 마니투에게 우리의 성사는 혐오스럽다. 그는 우리가 그에게 법적으로 흠잡힐 데 없는 노인 성애적 스너프를 공물로 바치면서 그에게 타인의 피를 먹이는 것을 원하지 않는다. 육욕을 충족시키기 위해 우리 형상대로 창조한 기계마저도 우리로부터 달아나는 판국에 마니투라고 해서 우리를 사랑할 수 있겠는가? 오직 고무 인형만이 사심 없이 사랑할 수 있는 이 세계가 그에게 대체 무슨 필요가 있단 말인가?

마니투의 눈에 우리는 역겨운 존재들이다. 그리고 나는 이것을 아무 두려움 없이 큰 소리로 말할 수 있는 순간까지 살아남았다는 사실에 기쁘다. 이제 모든 것은 다르게 돌아갈 것이다. 그것이 어떤 방식일지는 마니투만이 알고 계신다.

어떠한 고무녀도 더 이상 내 심장을 아프게 할 수 없는 저 먼 곳으로 내가 떠난다면, 난 우주에 무엇을 남기게 되는 걸까?

다차원적 정보화 파동 비슷한 것이 아닐까 하고 생각해본다. 이 파동은 또 다른 세계들의 모래 위에서 출렁일 것이고, 카야한테 들었던 이야기들이 새로운 내가 평안이 깃든 높은 곳에 오를 수 있도록 도와줄 것이다. 그러면 나의 영은 가볍고 자유로워질 것이다. 어쩌면 나는 오르크 돼지로 태어나 돼지우리(이게 3D-마니투거나 아니거나)에서 생을 마치도록 결정되어 있을지도 모른다. 뭐가 됐든 간에 그건 벌써 내가 아니다. 왜냐하면 이 '나'라는 것은 존재한 적이 한 번도 없었으니까. 맞지, 카야? 이렇게 생각할 수 있겠지?

지구에서 내가 기억될까?

제221차 성전에 부쳐 내가 만든 스플래시 스크린은 많은 새로운 교범들과 연대기에 기록될 것이다. 하지만 인류가 그 기록들을 오랫동안 분석할까, 또 그것으로 뭘 할까? 에이 맘대로 하라지. 날 기억하든 말든 나한테 무슨 소용이람. 내가 그것도 잊고, 내 자신조차도 잊어버릴 텐데.

마지막이 너무 빨리 다가오고 있다. 나한테는 아직 반시간 정도가 남아 있다. 이 시간이면 마침표를 찍고 이 책을 '헤넬로레'로 보내기에 충분하다. 창조 완성기가 마지막 구절로 쓸 만한 꽤 어엿한 몇몇 선택지를 귀띔해주고 있다. 여기에는 인용문도 끼어 있다.

예를 들면 이반 부닌Ivan Bounine*의 오래된 작품. 그는 수탉들이 노골적으로 그를 비난하기 시작했을 때(창조 완성기가 하는 농담을 완전히 이해하지는 못했지만 뭘 알아보고 할 시간이 없다) 마지막으로 무언가 장엄하고 위풍당당한 것을 말해야겠다고 생각하고는 모파상de Maupassant이라는 더 이전의 고대 소믈리에를 인용했다.

발췌된 부분이 이미 내 마니투에 떠 있다.

> '점점 심해지는 산들바람이 흔들리는 파도를 따라 우리를 몰았다. 나는 먼 곳의 종소리를 들었다. 어디에선가 종을 치고 있었다. Angelus(삼종기도)**의 종소리가 들렸다…… 사람들이 잠든 사이 이미 땅이 깨어나기 시작한 이 시간, 이 가볍고 신선한 아침을 내가

---

* 러시아 소설가이며 노벨문학상 수상자(1933)인 이반 부닌(Иван Бунин, 1870~1953)의 이름을 프랑스어로 표기한 것.

** 가톨릭에서 하루에 세 번 바치는 삼종기도 혹은 그 종소리를 의미한다.

얼마나 사랑하는지! 들이쉬고, 마시고, 보이는 것은 탄생하는 세계의 물질적 삶, 삶, 이 삶의 비밀은 우리의 영원하고 위대한 고통일지니……

"베르나르는 여위고, 기민하며, 청결함과 질서를 유달리 신봉하는 자상하고 조심스러운 이다. 그는 정직하고 충실한 사람, 탁월한 선원이다……"'

베르나르에 대해 모파상은 그렇게 말했다. 그리고 베르나르 자신은 자신에 대해서 다음과 같이 말했다.

"난 좋은 선원이었던 것 같아. Je crois bien que j'etais un bon marin."

그는 이렇게 읊조렸다. 죽어가면서.

……

그는 이 말로 무엇을 표현하고 싶었던 것일까? 지상에서 사는 동안 좋은 선원이면서 가까운 사람을 이롭게 했다는 것을 알게 된 즐거움이었을까? 아니다. 그가 알게 된 것은, 신이 우리 각자에게 생명과 함께 재능을 내릴 때 우리가 이를 땅에 매장시키지 않도록 하는 성스러운 책무 또한 맡겼다는 것이다. 무엇을 위해서, 왜? 우리는 그 대답을 알지 못한다. 우리로서는 납득할 수 없는 이 세계의 모든 것에는 어떠한 의미, 즉 이 세계의 모든 것을 '좋게' 만들려는 목적을 가진 일종의 고매한 신적 의지가 있는 게 틀림없다는 것을 알아야 한다. 그리고 이 신적 의지를 열심히 수행하는 것이 언제나 신 앞에서 우리의 공적이고 기쁨이며 자긍심이라는 것도 말이다 …… 나는 예술가로서, 베르나르의 유언과 비슷한 말을 내 생의 마지막 날에 자기 자신에게 할 만한 권리를 가졌다고 생각한다.

알려줘서 고마워, 사랑스러운 마니투야. 하지만 여기에서 창조 완성기와 나의 길은 엇갈린다.

창조 완성기는 베르나르와 베르나르-앙리에 대해서 날카롭게 비아냥거리고(이 세인트버나드들이 죽음을 앞두고 울부짖는 건 매한가지라는 얘기였다) '난 좋은 전투비행사였던 것 같아. Je crois bien que j'etais un pilote bon'이라는 구절로 끝내라고 제안하고 있다.

하지만 나는 빵을 구하는 것마저 힘겨워하다 무덤의 가장자리에 도달했을 때 직업적 열등감으로 괴로워했던 과거의 인간들을 닮고 싶지 않다. (분명 나의 비정한 귀염둥이 같으면 그들은 그저 마지막까지 깊은 내적 황홀을 느낄 구실을 찾았던 것뿐이라고 덧붙였을 것이다). 진보적이며 깨인 기사 넘버 포(내 일터에 있던 뒤러여, 안녕)인 나는 내 의문을 더 확장시켜 제시하고 싶다. 이 세계의 어떠한 다밀롤라라도, 그가 고대인이든 현대인이든 이후에 올 누군가든, 자신의 마지막 순간에 나의 말을 되풀이할 수 있게.

카야는 위안과 기쁨을 위해 나에게 보내졌다. 물론 그녀가 그저 고무 인형이긴 했지만 말이다. 하지만 나의 이성이 어떻게 조직되어 있는지에 대한 그녀의 말이 진실이라면, '인간'이라는 이름의 고무 인형이 마니투에게 왜 필요한 걸까? 또 마니투는 대체 왜 누군가가 우리한테 꽁초를 지져 끌 때 그 아픔을 우리가 느끼길 바랐던 걸까?

아, 해답은 없다. 더 정확히 말하자면 해답이 있다. 하지만 이

해답은 더 많은 수수께끼를 야기하는 해답이다.

하긴 카야는 이렇게 말했다. 대답이란 우리들 자신이라고.

우리 자신, 그리고 우리가 자신과 타인의 삶 속에서 하는 모든 일.

어쩌면 내가 잘못 기억하는 것일지 모른다. 이 말은, 고인이 된 베르나르-앙리가 저저번 전쟁에서 캐스팅을 통과한 오르크들과 형 동생 하는 사이가 되고 내가 그를 성전 셀룰로이드에 촬영했을 즈음, 그때 그가 했던 말일 수도 있다. 실상 말은 모두에게 단 하나이다. 그 누가 제아무리 그것을 이래저래 쌓아올린다 해도 말이다.

이게 끝이다, 시간이 더는 없다. 안녕히 계시길.

마니투여, 제가 소임을 다했길 빕니다.

옮긴이 해설

지독한 농담

대중 매체에 얼굴 한번 비추는 일 없이도 정재계 거물들이나 반체제 인사들 혹은 대담 프로그램 진행자들과 함께 러시아에서 가장 영향력 있는 인물로 언급되는 작가가 있다. 바로 빅토르 올레고비치 펠레빈(Виктор Олегович Пелевин, 1962~)이다. 몇 안 되는 인터뷰를 제외하면 이전 근무지의 이력서를 들춰보거나 주변 인물들을 취재하는 것이 그에 대한 정보를 얻는 유일한 방법이라 알려져 있는 이 작가는 명실공히 현대 러시아 포스트모더니즘 문학의 선두주자이다. 현실과 가상을 넘나드는 내러티브, 신화는 물론 역사, 과학, 철학, 미래학을 비롯해 게임이나 영화 등 대중문화까지 아우르는 다채로운 소재 선택, 우스갯소리처럼 던지는 철학적 문제 제기는 평단의 관심과 대중적 인기를 사로잡기에 충분했다.

믿었던 모든 것을 한순간에 상실한 소비에트인들의 경험을 우주비행사를 꿈꾸는 한 인물의 여정을 통해 묘사한 첫 장편소설 『오몬 라』(1992)가 동시대인들에게 큰 공감을 얻은 이후, 『벌레들의 삶』(1993), 『차파예프와 푸스토타』(1996), 『P세대』(1999),

『숫자들』(2003), 『늑대인간들의 성전』(2004), 『엠파이어 V』(2006), 『스너프』(2011), 『마푸사일의 램프 혹은 비상위원회 위원들과 프리메이슨들 간의 마지막 전투』(2016), 『아이퍽10』(2017), 『후지산의 신비로운 경치들』(2018)을 거쳐 2020년 출간된 『무적의 태양』까지 펠레빈의 작품들은 30년 가까운 세월 동안 출간과 동시에 베스트셀러가 되어왔다. 이 중 『스너프』는 동시대 러시아의 사회적 부조리를 인간 존재에 대한 진지한 사유와 함께 신랄한 유머로 그려낸 작품이다.

마니투를 위한 성사聖事로서의 스너프

작품의 배경이 되는 이 세계의 전사는 어쩐지 낯익다. 거대한 두 개의 나라 아메리차와 츠히나가 상호보완적이면서도 적대적 관계로 존재하다가 결국은 각자 내부 분열로 그 영토가 갈라진다. 이 과정에서 멕시초를 포함한 아메리차의 남쪽 지역에 성립된 것이 나르코 정부 아츠틀란이다. 아츠틀란은 민중을 구원하기 위해 등장한 마니투 안티크라이스트를 살해하고 그의 피를 뒤어진다. 마니투 안티크라이스트의 죽음 이후 더욱 세력이 확장된 아츠틀란은 자신의 국적을 모든 이에게 부여함과 동시에 조세에 열을 올리는데 이때 탄생한 것이 바로 반중력 기동 장치로 공중에 떠 있는 구체 '오프스피어'이다. 처음에는 단순히 조세 회피처였던 이곳에 영화 산업, 과학, 금융이 자리를 옮겨왔고 결국에는 화폐 발행 은행까지 설립된다. 최고위층은 이 거대한 비행 도시 오프스피어에서 어떠한 혁명의 위협도 받지 않고 편안히 살아가게 된 것이다. 아츠틀란을 비롯한 지상 국가들 간에 발발한 대전쟁 중에도 평화 지역으로 공표된 오프스피어들은 핵무기의 해를 입지 않았다. 이윽고 시간이 흘러 오프스피어들 또한 지휘부의 자결이나 반중력 기동 장치의 고장, 마법의 힘으로 하나둘씩 붕괴된다. 결국 마지막으로 남은 오프스피어가 바로 우르카이나의 수도, 슬라바 위에 떠 있는 '비잔티움'이며 이것이 바로 '빅 비즈'이다. 우르카이나와 비잔티움은 아메리차와 츠히나가 그랬던 것처럼 대립적이면서도 상호보완적인 관계를 맺고 있는, 두 개이면서 동시에 하나인 세계이며 이 세계는 '마니투'에 대한 믿음으로 유지된다.

'마니투'라는 용어는 한 가지를 가리키는 것이 아니므로 작품에 등장할 때마다 그 뜻을 추측할 수밖에 없다. 이는 신을 지칭하는 단어이면서 동시에 강림한 빛을 품고 스스로 빛을 발하는 정보 단말기의 화면을 뜻한다. 또한 이 세계에서 돈을 세는 단위이기도 하다. 각기 다른 것들이 하나의 용어로 불리는 것은 일종의 삼위일체의 구현으로, 종교, 언론, 자본이 서로를 공고화하는 거대한 레짐으로 작용하는 현상을 일컫는다. 마니투에 대한 믿음은 바로 스너프 촬영과 상영을 통해 유지되는데, 빅 비즈에 거주하는 '인간들'은 아닐지 몰라도 적어도 우르카이나의 순진한 오르크들은 이것의 신성을 믿는다.

'스너프snuff'는 원래 강간이나 살인 등 끔찍한 사건을 실제로 찍은 영상을 의미한다. 타인에게 고통을 가하고 이를 마치 전리품처럼 촬영해서 남긴다는 점에서, 또 타인의 고통을 감상하려는 인간의 뒤틀린 욕망을 전제한다는 측면에서 섬뜩한 소재이다. 펠레빈은 작품 속에서 이 단어를 스페셜 뉴스릴/유니버설 피처 필름Special Newsreel/Universal Feature Film의 축약형으로 쓰고 있다. 이는 다큐멘터리 기록물과 영화가 빗금 하나로 접목되어버린, 즉 전자이면서 후자처럼 보이도록 의도된 또는 후자이면서 전자처럼 보이도록 의도된 영상물이 품은 기행적 욕망을 표현한다. 반은 정사물로, 반은 전쟁물로 구성된 작품 속 스너프는 외설과 잔인함으로 무장한 채 끊임없이 자신의 감상자들을 찾아내는 오늘날 영상 매체들의 영향력을 상징한다. 빅 비즈는 스너프가 단순히 세계를 반영하기만 하는 것이 아니라 세계를 창조하는 밑그림이 된다는 것 또한 알기 때문에 자신들의 레짐을 유지하기 위해 기꺼이 스너프를 성물화聖物化한다.

작품을 읽는 세 가지 층위

회고록을 표방하는 이 작품의 화자는 우르카이나와 오르크들에 대한 고정관념을 확산시키기 위해 선별적 촬영 임무를 맡은 빅 비즈의 전투기 조종사 다밀롤라이다. 그는 자신의 기록을 '사랑과 복수에 관한 슬픈 이야기'라 소개한다. 거금을 대출받아 구입한 섹스돌 카야가 비잔티움에 입성한 초라한 오르크 청년 시인 그림과 사랑에 빠져 결국 가출을 감행하기 때문이다. 하지만 '사랑과 복수에 대한 슬픈 이야기'는 더 복잡한 화두를 던진다.

카야의 자존심을 꺾기 위해 그녀에게 영혼이 없음을 이해시키려 하는 다밀롤라와 그런 그도 '프로그램적 루트'인 자신과 마찬가지로 '화학적 루트'일 뿐이라는 것을 이해시키려 하는 카야 사이의 논쟁은 '중국어 방'이나 '철학적 좀비' 같은 유명한 사고 실험에 대한 논의로 발전된다. 이 과정에서 다밀롤라는 정작 문제가 되는 건 카야의 배신이 아니라 자기 자신이었음을 예감한다. 자신이 사랑한 것은 카야가 아니라 자신이 카야의 조정판에 설정한 내용이었다는 것을 깨닫게 된 것이다. 잦은 비아냥거림부터 과감한 가출까지 카야의 모든 행동은 그 스스로가 그녀의 성격 설정판에서 '유혹성'과 '개년성'을 최고치로 올려둔 결과이기 때문이다. 상대가 나로부터 기인한 반응일 뿐이라면 그 상대는 그가 아니라 바로 나일 뿐이다. 즉 나는 나 자신이 설정한 것을 사랑하고, 그것에 배신을 당했으며, 그것을 향해 복수의 칼날을 가는 것이다. 결과적으로 다밀롤라가 카야와 함께했다고 여긴 모든 관계는 '자위' 그 이상도 그 이하도 아니다. 게다가 카야의 말대로 다밀롤라에게도 영혼 따윈 존재하지 않는다면 이 모든 것의 주인은 그 누구도 아닌 게 된다. 다밀롤라는 이 모든 깨달음에 가까이 가고 있으면서도 배신자들의 처단을 포기할 수 없다.

또한 이 작품은 총선(2011)과 대선(2012)을 연달아 앞두고 있었던 러시아 대중의 신랄한 현실 인식을 그대로 담아내고 있다. 표현은 직설적이고 외설적이다. 러시아의 후진적 이미지를 강조하는 서방 언론의 태도는 빅 비즈의 후원을 받아 한 오르크 소녀를 구출하는 쇼를 벌이는 '디스코스몽거'나 우르카이나에 불리한 기사를 작성하기 위해 말을 고르는 '소믈리에'들의 합작 공격으로 등장한다. 최고위 러시아 정치인들은 듀렉스Durex, 콘텍스Contex, 비지트VIZIT 등 한 번 쓰고 폐기되는 콘돔 상표와 배설물을 상기시키는 이름을 가진 우르카이나의 지도자 '우르카간'으로 표현된다. 국민의 생명과 재산을 보호해야 하지만 자신들의 이익을 위해서는 범법마저 일삼는 군과 경찰은 드레드록을 한 채 항상 마약에 취해 있는 '간자베르세르크'들로, 일찌감치 유럽이나 미국으로 거주지를 옮긴 부유한 러시아인들의 방관적 태도는 빅 벤Big Ben이 보이는 3D 창밖 풍경을 배경으로 식사를 하며 영상을 통해 고국의 가난과 정체를 영화처럼 관람하는 '베르투하이'들로, 러시아 지식인 이민 사회의 현주소는 빅비즈가 원하는 멘트를 대중 매체에 던져줌으로써 의식주를 해결하는 '안쭈구리들'의 서글픈 처지로 묘사된다. 그 공이 크든 작든 이들 모두는 모순된 체제를 유지하는 주춧돌 역할을 수행하는 것이다. 스스로 이 체제를 지탱하는 디스코스몽거 중 하나였던 베르나르-앙리의 일기는—그의 모든 악취미에도 불구하고—진리를 내포한다.

레짐이란 그 레짐 아래에서 잘 살고 있는 이들, 그들 자체이다.

여기에는 뇌물을 수수하는 말단 공무원이나 머리통을 부수는 간자베르세르크만 포함되는 것이 아니라, 이들을 익살스레 폭로하는 디스코스몽거들, 황색 구역의 잽싼 저널리스트들, 영원한 가치들에 호소하는 오르크 문화의 거장인 팝아트와 팝파지야아르트의 유력인사들, 권력이 세심히 경호해주는 뷔페 연회장에서 레짐에 대해 연일 비판을 가하는 살롱 사교계의 안쭈구리들과 그 밖의 사치에 찐 베르투하이들도 포함된다.

이 작품을 읽는 세번째 층위는 작품의 첫머리에서 다밀롤라가 정신적 고통에서 벗어나게 하는 데 효과가 있는 작업의 하나로 제시한 글쓰기의 의미에 있다. 숙제로 『무료 백과사전』—위키피디아를 연상시킨다—을 베끼는 것에 만족하던 그림이 시를 쓰기 시작한 것은 스너프 촬영의 일환으로 계획된 무모한 전쟁에서 희생된 전우들과 우르카이나의 온갖 부조리한 상황을 되짚기 시작하면서부터였다. 하지만 시련 끝에 입성한 빅 비즈는 그의 시마저 자신들의 체제를 공고히 하기 위한 수단으로 변질시켜버린다. 이후 작가로서 그의 커리어는 계속되지만 빅 비즈에서 작가로 산다는 것은 창조 완성기—검색 사이트의 자동완성 기능을 연상시킨다—를 사용해 세련되게 다듬어진 문장을 제조하는 일일 뿐이다.

실연의 고통을 잊기 위해 시작된 다밀롤라의 회고록은 우르카이나로부터의 예기치 못한 공격으로 마지막 오프스피어인 빅 비즈 또한 추락하면서 조급한 끝맺음으로 치닫는다. 최후의 순간에 창조 완성기의 도움 없이 온전히 자신의 말로 회고록을 마무리하고자 하는 다밀롤라의 노력과 세상의 모든 말은 그것을 누가 어떻게 쌓아올린다 해도 결국은 모두에게 하나일 뿐이라는 그의 마지막 문장이 이루는 묘한 대립이 포스트모더니즘 시대 작가와 문학의 의미를 되씹게 한다.

작가 연보

1962 11월 22일 모스크바 출생.

아버지 올레크 아나톨리예비치 펠레빈은 국립 모스크바 바우만 공과대학의 군사학부 교수, 어머니 지나이다 세묘노브나 펠레비나(결혼 전 예프레모바)는 모스크바의 한 식료품점에서 감독원으로 일했으며 아들이 다니던 중등학교에서 영어를 가르치기도 했다.

1979 모스크바 제31영어특수중등학교(지금의 제1520중등학교) 졸업.

모스크바 에너지공대 전기공학과 입학(1985년 졸업).

1987 같은 대학 대학원 입학시험에 합격하고 2년간 수학했지만 졸업하지는 않음.

1989 고리키 문학대학에 통신 교육생으로 등록.

잡지 『페이스 투 페이스』에서 통신원으로 1년간 활동.

잡지 『과학과 종교』에서 동양 신비주의 관련 원고 편집 및 출판 담당.

첫 단편소설 「마법사 이그나트와 인간들Колдун Игнат и люди」 발표.

1990 고리키 문학대학 안에 자리 잡은 출판사 '하루'의 편집부에서 근무.

「재건자Реконструктор」로 위대한 반지상 수상(단편 부문).
「은둔자와 육손이Затворник и Шестипалый」 발표.

1991 고리키 문학대학에서 제적됨.
중편소설 「국가계획위원회의 왕자Принц Госплана」 발표, 위대한 반지상 중장편 부문 수상.
첫 단편집 『푸른 등불Синий фонарь』 출간, 작은 부커상 수상(1992).

1992 중편소설 『오몬 라Омон Ра』 발표, 청동달팽이상 중편 부문(1993), 인터프레스콘상 중편 부문 수상(1993).

1993 「국가계획위원회의 왕자」가 인터프레스콘상 수상.
장편소설 『벌레들의 삶Жизнь насекомых』 발표, 잡지 기치상 수상.
중편소설 「노란 화살Жёлтая стрела」 발표.
단편소설 「천상계의 탬버린Бубен верхнего мира」 발표, 위대한 반지상 단편 부문 수상.

1995 에세이 「좀비화Зомбификация」로 방랑자상 평론 부문 수상.

1996 장편소설 『차파예프와 푸스토타Чапаев и Пустота』 발표, 잡지 기치상, 방랑자상(1997)을 수상하고, 국제 더블린 문학상 최종후보에 오름(2001).

1999 장편소설 『P세대*Generation «П»*』 발표, 리하르트 쇤펠트 독일 문학상 수상.

2001 잘츠부르크의 노니노상 최우수외국작가상 수상.

2003 장편소설 『숫자들Числа』, 시 「비가2Элегия2」 등이 포함된 선집 『데페페(NN)ДПП(NN)』 출간, 내셔널 베스트셀러상과 아

폴론 그리고리예프상 수상.

2004 장편소설 『늑대인간들의 성전Священная книга оборотня』 발표.

2005 장편소설 『공포의 헬멧Шлем ужаса』 발표.

2006 『엠파이어V*Empire V*』 발표, 러시안 부커상 후보로 선정됨(2007), 큰 책상 인터넷 독자투표상 수상(2007).

2008 단편집 『페 피야치П⁵』 발표.

2009 장편소설 『t』 발표, 큰 책상 3등상 수상, 독자 투표 1위(2010).

2010 단편집 『아름다운 숙녀를 위한 파인애플 물Ананасная вода для прекрасной дамы』 발표.

2011 장편소설 『스너프*S.N.U.F.F.*』 발표, 전자 문자상, 올해의 산문상 수상.

2013 장편소설 『배트맨 아폴로*Batman Apollo*』 발표.

2014 장편소설 『세 주커브린에 대한 사랑Любовь к трём цукербринам』 발표, 인터프레스콘상 장편 부문 수상(2015).

2015 장편소설 『감시자Смотритель』 발표.

2016 장편소설 『마푸사일의 램프 혹은 비상위원회 위원들과 프리메이슨들 간의 마지막 전투Лампа Мафусаила, или Крайняя битва чекистов с масонами』 발표.

2017 『아이퍽10*iPhuck10*』 발표, 안드레이 벨르이상 산문 부문 수상, 노스상 독자 투표 1위(2018).

2018 장편소설 『후지산의 신비로운 경치들Тайные виды на гору Фудзи』 발표.

2020 장편소설 『무적의 태양Непобедимое солнце』 발표.

기획의 말

세계문학과 한국문학 간에 혈맥이 뚫려, 세계-한국문학의 공진화가 개시되기를

21세기 한국에서 '세계문학'을 읽는다는 것은 무엇을 뜻하는가? 자국문학 따로 있고 그 울타리 바깥에 세계문학이 따로 있다는 말인가? 이제 한국문학은 주변문학이 아니며 개별문학만도 아니다. 김윤식·김현의 『한국문학사』(1973)가 두 개의 서문을 통해서 "한국문학은 주변문학을 벗어나야 한다"와 "한국문학은 개별문학이다"라는 두 개의 명제를 내세웠을 때, 한국문학은 아직 주변문학이었다. 한데 그 이후에도 여전히 한국문학은 주변문학이었다. 왜냐하면 "한국문학은 이식문학이다"라는 옛 평론가의 망령이 여전히 우리의 의식을 장악하고 있었기 때문이다. 그렇게 생각하고 그렇게 읽고, 써온 것이었다. 그리고 얼마간 그런 생각에 진실이 포함되어 있는 것도 사실이었다. 그러나 천천히, 그것도 아주 천천히, 경제성장이나 한류보다는 훨씬 느리게, 한국문학은 자신의 '자주성'을 세계에 알리며 그 존재를 세계지도의 표면 위에 부조시키고 있었다. 그런 와중에 반대 방향에서 전혀 다른 기운이 일어나 막 세계의 대양에 돛을 띄운 한국문학에 위협적인 격랑을 밀어붙이고 있었다. 20세기 말부터 본격화된 '세계화'의 바람은 이제 경제적 재화뿐만이 아니라 어떤 나라의 문화물도 국가 단위로만 존재할 수 없게 하였던 것이니, 한국문학 역시 세계문학의 한 단위라는 위상을 요구받게 되었던 것이다.

그러니 21세기 한국에서 세계문학을 읽는다는 것은 진정 무엇을 뜻하는가? 무엇보다도 세계문학이라는 개념을 돌이켜 볼 때가 되었다. 그동안 세계문학은 '보편문학'의 지위를 누려왔다. 즉 세계문학은 따라야 할 모범이고 존중해야 할 권위이며 자국문학이 복종해야 할 상급 문학이었다. 그리고 보편문학으로서의 세계문학의 반열에 올라간 작품들은 18세기 이래 강대국의 지위를 누려온 국가의 범위 안에서 설정되기가 일쑤였다. 이렇게 해서 세계 각국의 저마다의 문학은 몇몇 소수의 힘 있는 문학들의 영향 속에서 후자들을 추종하는 자세로 모가지를 드리워왔던 것이다. 이제 세계문학에게 본래의 이름을 돌려줄 때가 되었다. 즉 세계문학은 보편문학이 아니라 세계인 모두가 향유할 수 있도록 전 세계 방방곡곡에서 씌어져서 지구적 규모의 연락망을 통해 배달되는 지구상의 모든 문학이라고 재정의할 때가 되었다. 이러한 재정의에는 오로지 질적 의미의 삭제와 수량적 중성화만 있는 게 아니다. 모든 현상학적 환원에는 그 안에 진정한 가치를 향해 나아가고자 하는 지향성이 움직이고 있다. 20세기 막바지에 불어닥친 세계화 토네이도가 애초에는 신자유주의적 탐욕 속에서 소수의 대국 기업에 의해 주도되었으나 격심한 우여곡절을 겪으며 국가 간 위계질서를 무너뜨리는 평등한 교류로서의 대안-세계화의 청사진을 세계인의 마음속에 심게 하였듯이, 오늘날 모든 자국문학이 세계문학의 단위로 재편되는 추세가 보편문학의 성채도 덩달아 허물게 되어, 지구상의 모든 문학들이 공평의 체 위에서 토닥거리는 게 마땅하다는 인식이 일상화까지는 아니더라도 최소한 정당화되고 잠재적으로 전망되는 여건을 만들어내게 되었던 것이다.

또한 종래 세계문학의 보편문학적 지위는 공간적 한계만을 야기했던 게 아니다. 그 보편문학이 말 그대로 보편성을 확보했다기보다는 실상 협소한 문학적 기준에 근거한 한정된 작품 집합에 머무르기 일쑤였다. 게다가, 문학의 진정한 교류가 마음의 감동에서 움트는 것일진대, 언어의 상이성은 그런 꿈을 자주 흐려왔으니, 조급한 마음은 그런 어둠 사이에 상업성과 말초적 자극성이라는 아편을 주입하여 교류를 인공적으로 촉진시키곤 하였다. 이제 우리는 그런 편법과 왜곡을 막기 위해서, 활짝 개방된 문학적 관점을 도입하여, 지금까지 외면당하거나 이런저런 이유로 파묻혀 있던 숨은 걸작들을 발굴하여 널리 알리고 저마다의 문학을 저마다의 방식으로 감상할 수 있는 음미의 물관을 제공해야 할 것이다. 실로 그런 취지에서 보자면 우리는 한국에 미만한 수많은 세계문학전집 시리즈들이 과거의 세계문학장을 너무나 큰 어둠으로 가려오고 있었다는 것을 절감한다.

이와 같은 인식하에 '대산세계문학총서'의 방향은 다음으로 모인다. 첫째, '대산세계문학총서'의 기준은 작품의 고전적 가치이다. 그러나 설명이 필요하다. 이 고전은 지금까지 고전으로 인정된 것들에 갇히지 않는다. 우리가 생각하는 고전성은 추상적으로는 '높은 문학성'을 가리킬 터이지만, 이 문학성이란 이미

확정된 규칙들에 근거한 문학성(그런 문학성은 실상 존재하지 않거니와)이 아니라, 오로지 저만의 고유한 구조를 통해 조직되는데 희한하게도 독자들의 저마다의 수용 기관과 연결되는 소통로의 접속 단자가 풍요롭고, 그 전류가 진해서, 세계의 가장 많은 인구의 감성을 열고 지성을 드높일 잠재적 역능이 알차게 채워진 작품의 성질을 가리킨다. 이러한 기준은 결국 작품의 문학성이 작품이나 작가에 의해 혹은 독자에 의해 일방적으로 결정되는 것이 아니라, 세 주체의 협력에 의해 형성되며 동시에 그 형성을 통해서 작품을 개방하고 작가의 다음 운동을 북돋거나 작가를 재인식시키며, 독자의 감수성을 일깨워 그의 내부에 읽기로부터 쓰기로의 순환이 유장하도록 자극하는 운동을 낳는다는 점을 환기시키고 또한 그런 작품에 대한 분별을 요구한다.

이 첫번째 기준으로부터 두 가지 기준이 덧붙여 결정된다.

둘째, '대산세계문학총서'는 발굴하고 발견한다. 모르거나 잊힌 것을 발굴하여 문학의 두께를 두텁게 하고, 당대의 유행을 따라가기보다는 또한 단순히 미래를 예측하기보다는 차라리 인류의 미래를 공진화적으로 개방할 수 있는 작품을 발견하여 문학의 영역을 확장할 것을 목표로 한다. 이는 또한 공동선의 실현과 심미안의 집단적 수준의 진화에 맞추어 작품을 선별한다는 것을 뜻한다.

셋째, '대산세계문학총서'가 지구상의 그리고 고금의 모든 문학작품들에게 열려 있다면, 그리고 이 열림이 지금까지의 기술 그대로 그 고유성을 제대로 활성화시키는 방식으로 진행되는 것이라면, 이는 궁극적으로 '가장 지역적인 문학이 가장 세계적인 문학'이라는 이상적 호환성을 추구한다는 것을 가리킨다. 이는 또한 '대산세계문학총서'의 피드백에도 그대로 적용될 것이다. 즉 '대산세계문학총서'의 개개 작품들은 한국의 독자들에게 가장 고유한 방식으로 향유될 터이고, 그럴 때에 그 작품의 세계성이 가장 활발하게 현상되고 작용할 것이다.

이러한 기준들을 열린 자세와 꼼꼼한 태도로 섬세히 원용함으로써 우리는 '대산세계문학총서'가 그 발굴과 발견을 통해 세계문학의 영역을 두텁고 넓게 하는 과정 그 자체로서 한국 독자들의 문학적 안목과 감수성을 신장시키는 데 기여할 것을 기대하며, 재차 그러한 과정이 한국문학의 체내에 수혈되어 한국문학의 도약이 곧바로 세계문학의 진화로 이어지게끔 하기를 희망한다. 이는 우리가 '대산세계문학총서'를 21세기의 한국사회에서 수행하는 근본적인 소이이다. 독자들의 뜨거운 호응을 바라마지않는다.

'대산세계문학총서' 기획위원회

대산세계문학총서

001-002 소설 트리스트럼 섄디(전 2권) 로렌스 스턴 지음 | 홍경숙 옮김

003 시 노래의 책 하인리히 하이네 지음 | 김재혁 옮김

004-005 소설 페리키요 사르니엔토(전 2권)
호세 호아킨 페르난데스 데 리사르디 지음 | 김현철 옮김

006 시 알코올 기욤 아폴리네르 지음 | 이규현 옮김

007 소설 그들의 눈은 신을 보고 있었다 조라 닐 허스턴 지음 | 이시영 옮김

008 소설 행인 나쓰메 소세키 지음 | 유숙자 옮김

009 희곡 타오르는 어둠 속에서/어느 계단의 이야기
안토니오 부에로 바예호 지음 | 김보영 옮김

010-011 소설 오블로모프(전 2권) I. A. 곤차로프 지음 | 최윤락 옮김

012-013 소설 코린나: 이탈리아 이야기(전 2권) 마담 드 스탈 지음 | 권유현 옮김

014 희곡 탬벌레인 대왕/몰타의 유대인/파우스투스 박사
크리스토퍼 말로 지음 | 강석주 옮김

015 소설 러시아 인형 아돌포 비오이 까사레스 지음 | 안영옥 옮김

016 소설 문장 요코미쓰 리이치 지음 | 이양 옮김

017 소설 안톤 라이저 칼 필립 모리츠 지음 | 장희권 옮김

018 시 악의 꽃 샤를 보들레르 지음 | 윤영애 옮김

019 시 로만체로 하인리히 하이네 지음 | 김재혁 옮김

020 소설 사랑과 교육 미겔 데 우나무노 지음 | 남진희 옮김

021-030 소설 서유기(전 10권) 오승은 지음 | 임홍빈 옮김

031 소설 변경 미셸 뷔토르 지음 | 권은미 옮김

032-033 소설 약혼자들(전 2권) 알레산드로 만초니 지음 | 김효정 옮김

034 소설 보헤미아의 숲/숲 속의 오솔길 아달베르트 슈티프터 지음 | 권영경 옮김

035 소설 가르강튀아/팡타그뤼엘 프랑수아 라블레 지음 | 유석호 옮김

036 소설 사탄의 태양 아래 조르주 베르나노스 지음 | 윤진 옮김

037 시 시집 스테판 말라르메 지음 | 황현산 옮김

038 시 도연명 전집 도연명 지음 | 이치수 역주

039 소설 드리나 강의 다리 이보 안드리치 지음 | 김지향 옮김

040 시 한밤의 가수 베이다오 지음 | 배도임 옮김

041 소설 독사를 죽였어야 했는데 야샤르 케말 지음 | 오은경 옮김

042 희곡 볼포네, 또는 여우 벤 존슨 지음 | 임이연 옮김

043 소설 백마의 기사 테오도어 슈토름 지음 | 박경희 옮김

044 소설 경성지련 장아이링 지음 | 김순진 옮김

045 소설 첫번째 향로 장아이링 지음 | 김순진 옮김

046 소설 끄르일로프 우화집 이반 끄르일로프 지음 | 정막래 옮김

047 시 이백 오칠언절구 이백 지음 | 황선재 역주

048 소설 페테르부르크 안드레이 벨르이 지음 | 이현숙 옮김

049 소설 발칸의 전설 요르단 욥코프 지음 | 신윤곤 옮김

050 소설 블라이드데일 로맨스 나사니엘 호손 지음 | 김지원·한혜경 옮김

051 희곡 보헤미아의 빛 라몬 델 바예-인클란 지음 | 김선욱 옮김

052 시 서동 시집 요한 볼프강 폰 괴테 지음 | 안문영 외 옮김

053 소설 비밀요원 조지프 콘래드 지음 | 왕은철 옮김

054-055 소설 헤이케 이야기(전 2권) 지은이 미상 | 오찬욱 옮김

056 소설 몽골의 설화 데. 체렌소드놈 편저 | 이안나 옮김

057 소설 암초 이디스 워튼 지음 | 손영미 옮김

058 소설 수전노 알 자히드 지음 | 김정아 옮김

059 소설 거꾸로 조리스-카를 위스망스 지음 | 유진현 옮김

060 소설 페피타 히메네스 후안 발레라 지음 | 박종욱 옮김

061 시 납 제오르제 바코비아 지음 | 김정환 옮김

062 시 끝과 시작 비스와바 쉼보르스카 지음 | 최성은 옮김

063 소설 과학의 나무 피오 바로하 지음 | 조구호 옮김

064 소설 밀회의 집 알랭 로브-그리예 지음 | 임혜숙 옮김

065 소설 붉은 수수밭 모옌 지음 | 심혜영 옮김

066 소설 아서의 섬 엘사 모란테 지음 | 천지은 옮김

067 시 소동파사선 소동파 지음 | 조규백 역주

068 소설 위험한 관계 쇼데를로 드 라클로 지음 | 윤진 옮김

069 소설 거장과 마르가리타 미하일 불가코프 지음 | 김혜란 옮김
070 소설 우게쓰 이야기 우에다 아키나리 지음 | 이한창 옮김
071 소설 별과 사랑 엘레나 포니아토프스카 지음 | 추인숙 옮김
072-073 소설 불의 산(전 2권) 쓰시마 유코 지음 | 이송희 옮김
074 소설 인생의 첫출발 오노레 드 발자크 지음 | 선영아 옮김
075 소설 몰로이 사뮈엘 베케트 지음 | 김경의 옮김
076 시 미오 시드의 노래 지은이 미상 | 정동섭 옮김
077 희곡 셰익스피어 로맨스 희곡 전집 윌리엄 셰익스피어 지음 | 이상섭 옮김
078 희곡 돈 카를로스 프리드리히 폰 실러 지음 | 장상용 옮김
079-080 소설 파멜라(전 2권) 새뮤얼 리처드슨 지음 | 장은명 옮김
081 시 이십억 광년의 고독 다니카와 슌타로 지음 | 김응교 옮김
082 소설 잔지바르 또는 마지막 이유 알프레트 안더쉬 지음 | 강여규 옮김
083 소설 에피 브리스트 테오도르 폰타네 지음 | 김영주 옮김
084 소설 악에 관한 세 편의 대화 블라디미르 솔로비요프 지음 | 박종소 옮김
085-086 소설 새로운 인생(전 2권) 잉고 슐체 지음 | 노선정 옮김
087 소설 그것이 어떻게 빛나는지 토마스 브루시히 지음 | 문항심 옮김
088-089 산문 한유문집-창려문초(전 2권) 한유 지음 | 이주해 옮김
090 시 서곡 윌리엄 워즈워스 지음 | 김숭희 옮김
091 소설 어떤 여자 아리시마 다케오 지음 | 김옥희 옮김
092 시 가윈 경과 녹색기사 지은이 미상 | 이동일 옮김
093 산문 어린 시절 나탈리 사로트 지음 | 권수경 옮김
094 소설 골로블료프가의 사람들 미하일 살티코프 셰드린 지음 | 김원한 옮김
095 소설 결투 알렉산드르 쿠프린 지음 | 이기주 옮김
096 소설 결혼식 전날 생긴 일 네우송 호드리게스 지음 | 오진영 옮김
097 소설 장벽을 뛰어넘는 사람 페터 슈나이더 지음 | 김연신 옮김
098 소설 에두아르트의 귀향 페터 슈나이더 지음 | 김연신 옮김
099 소설 옛날 옛적에 한 나라가 있었지 두샨 코바체비치 지음 | 김상헌 옮김
100 소설 나는 고故 마티아 파스칼이오 루이지 피란델로 지음 | 이윤희 옮김
101 소설 따니아오 호수 이야기 왕정치 지음 | 박정원 옮김
102 시 송사삼백수 주조모 엮음 | 이동향 역주
103 시 문턱 너머 저편 에이드리언 리치 지음 | 한지희 옮김

104 소설 **충효공원** 천잉전 지음 | 주재희 옮김

105 희곡 **유디트/헤롯과 마리암네** 프리드리히 헤벨 지음 | 김영목 옮김

106 시 **이스탄불을 듣는다**

오르한 웰리 카늑 지음 | 술탄 훼라 아크프나르 여·이현석 옮김

107 소설 **화산 아래서** 맬컴 라우리 지음 | 권수미 옮김

108-109 소설 **경화연**(전 2권) 이여진 지음 | 문현선 옮김

110 소설 **예피판의 갑문** 안드레이 플라토노프 지음 | 김철균 옮김

111 희곡 **가장 중요한 것** 니콜라이 예브레이노프 지음 | 안지영 옮김

112 소설 **파울리나 1880** 피에르 장 주브 지음 | 윤 진 옮김

113 소설 **위폐범들** 앙드레 지드 지음 | 권은미 옮김

114-115 소설 **업둥이 톰 존스 이야기**(전 2권) 헨리 필딩 지음 | 김일영 옮김

116 소설 **초조한 마음** 슈테판 츠바이크 지음 | 이유정 옮김

117 소설 **악마 같은 여인들** 쥘 바르베 도르비이 지음 | 고봉만 옮김

118 소설 **경본통속소설** 지은이 미상 | 문성재 옮김

119 소설 **번역사** 레일라 아부렐라 지음 | 이윤재 옮김

120 소설 **남과 북** 엘리자베스 개스켈 지음 | 이미경 옮김

121 소설 **대리석 절벽 위에서** 에른스트 윙거 지음 | 노선정 옮김

122 소설 **죽은 자들의 백과전서** 다닐로 키슈 지음 | 조준래 옮김

123 시 **나의 방랑** 랭보 시집 아르튀르 랭보 지음 | 한대균 옮김

124 소설 **슈톨츠** 파울 니종 지음 | 황승환 옮김

125 소설 **휴식의 정원** 바진 지음 | 차현경 옮김

126 소설 **굶주린 길** 벤 오크리 지음 | 장재영 옮김

127-128 소설 **비스와스 씨를 위한 집**(전 2권) V. S. 나이폴 지음 | 손나경 옮김

129 소설 **새하얀 마음** 하비에르 마리아스 지음 | 김상유 옮김

130 산문 **루테치아** 하인리히 하이네 지음 | 김수용 옮김

131 소설 **열병** 르 클레지오 지음 | 임미경 옮김

132 소설 **조선소** 후안 카를로스 오네티 지음 | 조구호 옮김

133-135 소설 **저항의 미학**(전 3권) 페터 바이스 지음 | 탁선미·남덕현·홍승용 옮김

136 소설 **신생** 시마자키 도손 지음 | 송태욱 옮김

137 소설 **캐스터브리지의 시장** 토머스 하디 지음 | 이윤재 옮김

138 소설 **죄수 마차를 탄 기사** 크레티앵 드 트루아 지음 | 유희수 옮김

139 자서전 2번가에서 에스키아 음파렐레 지음 | 배미영 옮김

140 소설 묵동기담/스미다 강 나가이 가후 지음 | 강윤화 옮김

141 소설 개척자들 제임스 페니모어 쿠퍼 지음 | 장은명 옮김

142 소설 반짝이끼 다케다 다이준 지음 | 박은정 옮김

143 소설 제노의 의식 이탈로 스베보 지음 | 한리나 옮김

144 소설 흥분이란 무엇인가 장웨이 지음 | 임명신 옮김

145 소설 그랜드 호텔 비키 바움 지음 | 박광자 옮김

146 소설 무고한 존재 가브리엘레 단눈치오 지음 | 윤병언 옮김

147 소설 고야, 혹은 인식의 혹독한 길 리온 포이히트방거 지음 | 문광훈 옮김

148 시 두보 오칠언절구 두보 지음 | 강민호 옮김

149 소설 병사 이반 촌킨의 삶과 이상한 모험
블라디미르 보이노비치 지음 | 양장선 옮김

150 시 내가 얼마나 많은 영혼을 가졌는지
페르난두 페소아 지음 | 김한민 옮김

151 소설 파노라마섬 기담/인간 의자 에도가와 란포 지음 | 김단비 옮김

152-153 소설 파우스트 박사(전 2권) 토마스 만 지음 | 김륜옥 옮김

154 시, 희곡 사중주 네 편 T. S. 엘리엇의 장시와 한 편의 희곡
T. S. 엘리엇 지음 | 윤혜준 옮김

155 시 귈뤼스탄의 시 배흐티야르 와합자대 지음 | 오은경 옮김

156 소설 찬란한 길 마거릿 드래블 지음 | 가주연 옮김

157 전집 사랑스러운 푸른 잿빛 밤 볼프강 보르헤르트 지음 | 박규호 옮김

158 소설 포옹가족 고지마 노부오 지음 | 김상은 옮김

159 소설 바보 엔도 슈사쿠 지음 | 김승철 옮김

160 소설 아산 블라디미르 마카닌 지음 | 안지영 옮김

161 소설 신사 배리 린든의 회고록 윌리엄 메이크피스 새커리 지음 | 신윤진 옮김

162 시 천가시 사방득, 왕상 엮음 | 주기평 역해

163 소설 모험적 독일인 짐플리치시무스 그리멜스하우젠 지음 | 김홍진 옮김

164 소설 맹인 악사 블라디미르 코롤렌코 지음 | 오원교 옮김

165-166 소설 전차를 모는 기수들(전 2권) 패트릭 화이트 지음 | 송기철 옮김

167 소설 스너프 빅토르 펠레빈 지음 | 윤서현 옮김

168 소설 순응주의자 알베르토 모라비아 지음 | 정란기 옮김